W0396710

CORNELIA WUSOWSKI

Die Leidenschaft der Hugenottin

Die Bartholomäusnacht Pau, 1572: Als Margot, Tochter eines hugenottischen Pfarrers und einer katholischen Adeligen, zur Vollwaise wird, beschließt sie, im Gefolge der Königin von Navarra nach Paris zu reisen. Dort erhofft sie sich eine gut bezahlte Stelle als Erzieherin. Sie bemerkt rasch die unterschwelligen Spannungen zwischen Katholiken und Hugenotten, die sich ab und an in kleineren Exzessen entladen. Um nicht in die Scharmützel hineingezogen zu werden, trägt sie die farbigen Kleider ihrer verstorbenen Mutter.

Eines Tages begegnen der Herzog von Guise und sein Diener Böhme Margot auf einer Brücke über der Seine. Der Herzog ist erstaunt über die Ähnlichkeit Margots mit der Prinzessin Margarete, der jüngsten Schwester des Königs. Seine Liaison mit der Prinzessin wurde von der königlichen Familie gegen seinen Willen beendet.

Guise sieht seine Chance gekommen: Margot muss als Ersatz für die Prinzessin herhalten. Rücksichtslos stellt er ihr nach. Die junge Hugenottin gerät in ein gefährliches Spiel aus Leidenschaft und Begierde. Hin- und hergerissen vom wechselhaften Charakter des Herzogs, der sie mal umschwärmt, mal kaltherzig von sich stößt und sie mittlerweile wie eine Leibeigene hält, entschließt sie sich zur Flucht nach Köln …

Cornelia Wusowski wurde 1946 in Fulda geboren. Schon während der Schulzeit interessierte sie sich für Geschichte, besonders für die Historie unseres großen Bruders Frankreich. Anfang der 1990er wagte sie den Versuch, einen historischen Roman zu schreiben, und debütierte mit »Die Familie Bonaparte«. Weitere Biografien berühmter Staatsmänner und -frauen folgten. Als Gerüst diente allzeit die Romanerzählung, um die teils spektakulären Lebensläufe auch einer breiten Leserschaft näherzubringen und Geschichte mit einem Schuss Esprit zu würzen. In »Die Leidenschaft der Hugenottin« entwirft Wusowski ein aufwühlendes, doch stimmiges Bild der tragischen Entwicklungen am französischen Hof, die im Blutrausch der berüchtigten Bartholomäusnacht gipfelten.

CORNELIA WUSOWSKI

Die Leidenschaft der Hugenottin

Historischer Roman

Original

GMEINER

Die Veröffentlichung dieses Werkes erfolgt auf Vermittlung von BookaBook,
Literarische Agentur Elmar Klupsch, Stuttgart

Besuchen Sie uns im Internet:
www.gmeiner-verlag.de

© 2014 – Gmeiner-Verlag GmbH
Im Ehnried 5, 88605 Meßkirch
Telefon 07575/2095-0
info@gmeiner-verlag.de
Alle Rechte vorbehalten
1. Auflage 2014

Herstellung: Mirjam Hecht
Umschlaggestaltung: U.O.R.G. Lutz Eberle, Stuttgart
unter Verwendung des Bildes »A Lady in Her Bath« von François Clouet, https://commons.wikimedia.org/wiki/File:Fran%C3%A7ois_Clouet_-_A_Lady_in_Her_Bath_-_Google_Art_Project.jpg?uselang=fr, sowie »Bartholomäusnacht« von Francois Dubois, commons.wikimedia.org/wiki/File:Francois_Dubois_001.jpg?uselang=de
Druck: GGP Media GmbH, Pößneck
Printed in Germany
ISBN 978-3-8392-1503-6

Für Elmar Klupsch

PROLOG

DER NACHMITTAG WAR heiß und schwül.

Kein Windhauch drang durch das geöffnete Fenster.

Die junge Frau stand in der Mitte eines Schlafzimmers, betrachtete das mit kostbaren Schnitzereien verzierte Himmelbett und die blutroten Samtvorhänge, die das Bett verbargen. Sie sah zu dem Mann, der lässig an einem der offenen Fenster lehnte und sie anlächelte.

Ein anderer Mann betrat durch eine in der Tapete versteckte Tür diskret das Zimmer.

Die junge Frau nahm ihn wahr, beachtete ihn aber nicht weiter.

Sie atmete schwer, und dann streckte sie plötzlich den rechten Arm in die Höhe, sah den Mann am Fenster zornig an und schrie: »Ich verfluche Euch, seid verflucht!«

Dann drehte sie sich um und eilte hinaus.

Der Mann am Fenster begann zu lachen. »Ein Fluch, das ist doch lächerlich! In unserer Zeit weiß ein jeder, dass ein Fluch ohne Bedeutung ist.«

1. KAPITEL

An einem heissen Augustnachmittag im Jahr 1571 stand ein junges Mädchen namens Margot vor dem städtischen Backofen der kleinen Stadt Pau und beobachtete, wie der Bäcker einen dunklen runden Brotlaib nach dem anderen aus dem Backofen holte und in zwei Körbe legte.

»Wo bleibt der Brotkuchen?«, rief Margot ungeduldig, »der Teig, den ich Euch brachte, muss doch für einen Brotkuchen gereicht haben.«

»Geduld.« Er holte einen kleinen länglichen Brotlaib aus dem Ofen und legte ihn auf einen der Körbe.

Das Mädchen nahm aus ihrer Rocktasche einige Münzen, gab sie ihm und sagte: »Wisst Ihr, wie gut der Brotkuchen schmeckt, wenn man ihn mit Butter und Honig bestreicht?«

Der Bäcker lächelte. »Ich kann es mir vorstellen, aber schweigt besser über Eure Schlemmerei, die Königin isst den Brotkuchen trocken. Falls sie erfährt, dass in einem protestantischen Pfarrhaus solche Leckereien genossen werden, dann wird sie Euren Vater zu sich zitieren und ihn ermahnen, Calvins Vorschriften zu achten und sparsam zu leben.«

»Mein Vater weiß nichts davon. Unsere Dienerin Anne bestreicht den Brotkuchen heimlich damit, und dann esse ich ihn in einem Winkel des Gartens, wohin mein Vater nie kommt.«

»Ja, ja«, sagte der Bäcker bedächtig, »so versucht jeder in unserem Königreich Navarra, heimlich zu ein bisschen Genuss zu kommen. Arbeit und Gebet sind wichtig und notwendig, aber das Leben besteht nicht nur aus Arbeit und Gebet. Was ich soeben sagte, habt Ihr nicht gehört.«

»Seid unbesorgt, ich kann schweigen.«

Sie legte über jeden Korb ein Leintuch, um das Brot vor den staubigen Straßen zu schützen, und ging langsam zurück zum Pfarrhaus.

Margot erinnerte sich an den Geschmack des frischen warmen Brotes, die kühle sahnige Butter, den herben würzigen Honig und ging rascher, weil sie ihre Lust auf diese Leckerei kaum mehr bezähmen konnte.

Vor dem großen Hoftor des Pfarrhauses stand eine Kutsche, vor die zwei Rappen und zwei Schimmel gespannt waren. Auf dem Bock saßen der Kutscher und ein Diener und dösten in der Hitze vor sich hin.

Margot blieb stehen und betrachtete den schweren Wagen, der zwar in den Pfarrhof einfahren, dort aber nicht wenden konnte, weil der Hof dafür zu klein war. Warum war der reiche Monsieur Blin zu ihrem Vater gekommen, ging es ihr durch den Kopf.

Auf der hinteren Seite lag der Stall, wo das einzige Pferd des Pfarrers, der schwarze Wallach Hiram, untergebracht war. Daneben befand sich ein Schuppen für den kleinen offenen Wagen, worin der Pfarrer bei gutem Wetter in die Umgebung der Stadt fuhr, um Gemeindemitglieder zu besuchen. Hinter dem Stall lag eine kleine Weide, wo Hiram tagsüber trabte, galoppierte oder gemächlich auf und ab lief.

Gegenüber dem Hoftor war ein kleines Holztor, das zum Hof hinter dem Haus führte. Dort standen der Ziehbrunnen, das Waschhaus und der Schuppen, in dem das Holz aufbewahrt wurde. Hinter diesem Hof erstreckte sich der Gemüse- und Obstgarten.

Ein halbwüchsiger Junge kam aus dem Pferdestall und schob einen Mistkarren über den Hof zum Gemüsegarten.

»Jacques«, rief Margot, »denk daran, dass Hiram bei dieser Hitze die doppelte Menge Wasser saufen muss.«

Der Junge nickte und schob den Karren in den Wirtschaftshof.

Als Margot über das Kopfsteinpflaster zum Hintereingang ging, der zur Küche führte, eilte ein mittelgroßes rundliches Mädchen auf sie zu.

»Margot, wo bleibst du? Ich warte schon seit mindestens einer halben Stunde auf dich, ich bin so aufgeregt. Ich habe meinen Vater begleitet, er bespricht jetzt mit deinem Vater die Einzelheiten meiner Trauung. Das Aufgebot wurde ja schon vor Wochen bestellt, jetzt geht es um den Inhalt der Predigt, die Musik und so weiter.«

Margot lächelte schmerzlich. »Corisande, ich freue mich für dich, dass du bald heiraten wirst.«

Sie ging zu dem Holztisch, der vor einer Bank stand, die am Haus angebracht war, stellte die Körbe auf den Tisch und betrachtete nachdenklich die dunkelblauen Glockenblumen und die weißen Margeriten, die dort in einem erdfarbenen Krug standen.

›Corisande wird heiraten, und ich? Wir sind fast gleichaltrig, sie ist schon siebzehn, ich folge am 20. Oktober. Bis jetzt ist noch kein Freier aufgetaucht. Nun ja, Corisande hat blaue Augen und blonde Haare, das gefällt den Männern wahrscheinlich besser.

Allerdings, es gibt eine Ausnahme: Graf Armand de Villiers, der Sohn des Oberhofmeisters der Königin, ist in mich verliebt, das spüre ich jedes Mal, wenn ich ihm begegne.‹

Corisandes Stimme unterbrach ihre Gedanken: »Was ist in den Körben?«

»Brot, ich habe es eben beim Bäcker geholt.«

Corisande betrachtete die duftenden dunklen Brotlaibe. »Warum esst ihr kein weißes Brot?«

»Roggenbrot ist billiger, und an der Tafel der Königin wird auch nur dunkles Brot gegessen. Zu ihren Grundsätzen gehört es, so bescheiden wie möglich zu leben, denn Bescheidenheit gehört zu den Pflichten der Protestanten.«

»Bescheidenheit, Arbeit und Gebet«, lachte Corisande, »ich weiß. An unserer Tafel gibt es jeden Tag weißes Brot. Warum beantragt dein Vater nicht den Bau eines eigenen Backofens? Er würde bestimmt die Erlaubnis erhalten, schließlich ist er der Pfarrer in Pau. Du müsstest dann nicht alle paar Tage den Teig zum Bäcker bringen und die fertigen Laibe holen.«

»Mein Vater findet, dass ein eigener Backofen zu luxuriös ist, im Übrigen hat meine Tante, die im Geld schwimmt, auch keinen Backofen.«

»Ein eigener Backofen ist sehr bequem, man kann jeden Tag backen, was man will und so viel man will.«

Margot nahm den Brotkuchen und hielt ihn Corisande unter die Nase. »Hast du schon einmal frischen Brotkuchen mit Butter und Honig gegessen?«

»Nein.«

»Er ist eine Delikatesse. Warte, ich werde Anne sagen, dass sie uns Butter und Honig bringt.«

Sie ging in die Küche, kehrte nach einer Weile mit einer Mohrrübe zurück, und dann setzten die Mädchen sich auf die Bank.

Corisande musterte erstaunt die Mohrrübe.

»Isst du jetzt rohes Gemüse, weil du schlank bleiben willst?«

»Die Rübe ist für Hiram. Er bekommt jeden Tag eine,

entweder als Belohnung nach einem Ausritt oder als Trost, wenn ich ihn einen Tag lang nicht reiten konnte. Heute hatte ich keine Zeit für ihn.«

Corisandes Augen glitten neidisch über Margots Figur. Sie war schlank, kein Wunder, wenn man in ärmlichen Verhältnissen lebte. Sie straffte sich und sagte herablassend: »Unsere Pferde bekommen jeden Tag weißen Zucker zu fressen, das ist das Dessert nach dem Hafer.«

Margot spürte einen feinen Stich. Warum musste sie immer mit ihrem Reichtum protzen? Sie würde ihr zeigen, dass sie sie nicht darum beneidete.

»Wir können uns keinen Zucker leisten, aber Hiram weiß trotzdem, dass er geliebt wird, das ist viel wichtiger. Gehst du jeden Tag zu den Pferden, streichelst sie und sprichst mit ihnen?«

»Nein, um die Pferde kümmern sich die Stallknechte. Wird dein Hiram von Jacques gut versorgt? Sein Vater hat sich zu Tode gesoffen, und man sagt, der Apfel fällt nicht weit vom Stamm. Er ist natürlich für euch eine billige Arbeitskraft. Ich nehme an, er bekommt keinen Lohn.«

»Jacques kümmert sich rührend um das Pferd. Er weiß genau, wie wichtig es für seine Zukunft ist, dass der Pfarrer mit ihm zufrieden ist. Die Fürsprache meines Vaters wird es ihm erleichtern, bei einem der Handwerker eine Ausbildung zu absolvieren. Er muss natürlich nicht umsonst bei uns arbeiten, er wird mit Naturalien entlohnt. Er isst mit uns zu Mittag, und am Abend gibt Anne ihm Obst, Gemüse, Brot, Milch, manchmal auch Eier oder Käse mit. Das ist für seine Mutter wichtiger als etwas Geld, weil sie davon nicht so viele Lebensmittel kaufen könnte. Der Lohn, den sie als Wäscherin bekommt, reicht kaum, um die sieben Kinder zu ernähren.«

»Das Leben ist merkwürdig«, sagte Corisande, »dein Vater hat in Paris und in Genf studiert, hat zwei Doktortitel erworben und muss trotzdem bescheiden leben. Was nutzt ihm sein Wissen?«

»Ein Mensch, der sich mit juristischen, philosophischen und theologischen Fragen und Problemen beschäftigt und auseinandersetzt, erweitert seinen Horizont«, überlegte Margot. »Er sieht das Leben und die Menschen anders als ein Kaufmann, der Geld scheffeln will und hartherzig gegenüber seinen Schuldnern wird.«

Sie schwieg und beobachtete zufrieden, dass Corisande die Augen senkte und leicht errötete. »Ich kann nichts dafür, dass mein Vater unbarmherzig das Geld eintreibt, das man ihm schuldet.«

In diesem Augenblick kam Anne mit einem Tablett und stellte zwei Holzteller, einen Teller mit Butter, einen Topf Honig, einen Krug Milch sowie zwei irdene Becher auf den Tisch und legte Besteck neben die Holzteller. »Guten Appetit, langt ordentlich zu.«

Corisande schnitt eine Scheibe von dem Brotkuchen ab, bestrich sie mit Butter, träufelte einen Löffel Honig darüber und biss hinein. Als sie die Scheibe gegessen hatte, sagte sie: »Du hast nicht zu viel versprochen, in Paris werde ich dafür sorgen, dass regelmäßig dunkles Brot gebacken wird.«

»Paris«, seufzte Margot, »freust du dich auf Paris? Die Stadt ist riesig, ich denke, es ist nicht einfach, sich dort zurechtzufinden.«

»Du stellst dir nicht vor, wie ich mich auf Paris freue. Ich kann es kaum erwarten, aus dieser Enge hier herauszukommen. Als die Königin zum protestantischen Glauben übertrat und der Protestantismus in Navarra zur Staatsreligion wurde, hat sie alles verboten, was Spaß macht: Tanz, weltlichen Gesang, Würfel- und Kartenspiele. Unter der Woche dürfen am Mittag und am Abend nur zwei Gänge serviert werden, an Sonn- und Feiertagen wenigstens drei. Wir Frauen dürfen keinen Schmuck tragen, außer einer Halskette mit einem Kreuz und dem Ehering. Ewig die schwarzen Kleider, die schwarze Haube, lediglich eine weiße Halskrause ist erlaubt, das ist alles. Ich würde so gern einmal bunte Kleider tragen.«

»Ich verstehe dich, wir waren beide zu klein, um uns an die Zeit zu erinnern, als Navarra katholisch war. Du weißt, dass meine verstorbene Mutter Katholikin war. Nach der Heirat mit meinem Vater und ihrem Übertritt zum Protestantismus packte sie alle farbigen Kleider und ihren Schmuck in eine Truhe. Die steht bei uns oben unter dem Dach. Nach dem Tod meiner Mutter konnte ich ohne Aufsicht durch das Haus streifen und entdeckte die Truhe und deren Inhalt. Hin und wieder gehe ich hinauf und betrachte die Kleider und den Schmuck. Du bist froh, dass du die Enge in Navarra verlassen kannst, aber in Paris wirst du auch als Protestantin leben müssen.«

»Gewiss, aber ich werde einen großen Haushalt leiten mit vielen Dienern. Die geschäftlichen Kontakte meines Mannes werden es mit sich bringen, dass man Bankette gibt. Ich werde viel luxuriöser leben als hier in Navarra. Mein Vater ist zwar wohlhabend, wir haben Diener, trotzdem muss meine Mutter den Haushalt überwachen und leiten. Ich hingegen werde einen Verwalter haben, der mir Bericht erstattet und dem ich Anweisungen gebe.«

Margot streifte die Freundin mit einem Seitenblick und überlegte, ob ihr ein solches Leben im Überfluss gefallen würde. Natürlich würde es ihr gefallen, dachte sie, aber das konnte doch nicht alles sein, was man vom Leben erwarten konnte.

»Liebst du deinen Mann?«

Corisande sah die Freundin erstaunt an. »Ob ich ihn liebe? Darüber habe ich noch nicht nachgedacht. Es war die Entscheidung meiner Eltern, mich mit diesem Mann zu vermählen, weil es für meinen Vater und für meinen Mann geschäftlich von Vorteil ist. Außerdem gefalle ich ihm, und er möchte eine junge Frau an seiner Seite haben.«

»Wie alt ist dein Mann?«

»Er ist zweiundvierzig, fünfundzwanzig Jahre älter als ich. Er könnte natürlich mein Vater sein, seine Kinder sind erwachsen, und er hat schon einige Enkel. Ach, ich finde es herrlich, in einer Großfamilie zu leben, die Söhne und Schwiegertöchter wohnen natürlich bei ihm. Dann ist da noch eine unverheiratete Tochter, sie hat nach dem Tod der Mutter den Haushalt geführt.«

»Wann soll die Hochzeit sein?«

»Anfang September, und nach dem Hochzeitsmahl brechen wir sofort nach Paris auf. Ah, mein Vater! Leb wohl Margot, und vielen Dank für die Bewirtung.«

Margot sah ihr nachdenklich hinterher, dann nahm sie die Mohrrübe und lief zur Weide, wo Hiram gemächlich graste. Sie ging zu ihm, strich mit der rechten Hand über seinen Hals und beobachtete, wie er die Möhre aus ihrer linken Hand fraß. Er sah sie dabei mit seinen großen Augen zufrieden an, und Margot legte die Arme um ihn, presste ihr Gesicht an seinen Hals und begann zu weinen.

Nach einer Weile beruhigte sie sich und flüsterte: »Wie gern würde ich dir weißen Zucker geben, aber wir sind zu arm. Ich wünsche mir, einmal so viel Geld zu haben, dass ich mir das leisten kann, was sie besitzt. Ein großes

Steinhaus, eine geräumige Kutsche, Diener, gutes Essen mit Fleisch, außer an den Fastentagen. Ich weiß, dass das nur Träume sind. Aber warum soll ich nicht träumen?

Hiram, an ein ärmliches Leben kann man sich gewöhnen, aber das Leben der Protestanten ist trist und ernst. Gebete, Gottesdienste und Arbeit, es gibt kein Vergnügen, worauf man sich freuen kann, keine Feste. Wie gern würde ich mich ein bisschen aufputzen mit farbigen Kleidern, bunten Bändern, etwas Schmuck. Manchmal möchte ich aus diesem Leben ausbrechen. Aber wo soll ich hin? Vielleicht heirate ich wie Corisande einen reichen Mann. Dann werden die Träume Wirklichkeit, und ich kann zumindest das ärmliche Dasein hinter mir lassen. Die religiösen Zwänge lassen sich im Wohlstand vielleicht leichter ertragen. Morgen reiten wir aus, Hiram, wir galoppieren durch die Landschaft. Wenn ich galoppiere, vergesse ich meine Träume.«

Sie ging zurück zum Haus und trug das Tablett in die Küche, wo die alte Dienerin Anne eifrig über dem offenen Herdfeuer in einem Suppentopf rührte. Margot betrachtete die Gemüsesuppe, in der kein Stückchen Fleisch schwamm. »Anne, wir sind Protestanten, warum fasten wir zur gleichen Zeit wie die Katholiken, also am Mittwoch, Freitag und Samstag, vor Weihnachten und die sechs Wochen vor Ostern?«

»Das ist ein Befehl unserer Königin, sie meint, Fastentage und -wochen sind eine Wohltat für Körper und Seele.«

»Unsere Königin scheint Gefallen an Entbehrungen zu finden, ich nicht. Morgen, am 24. August, sind es sieben Jahre her, dass meine Mutter starb. Seit damals hast du mir alle häuslichen Arbeiten beigebracht, Kochen,

Nähen, Putzen, Waschen. Warum? Wenn ich einmal heirate, werde ich Diener und Mägde haben, die diese Arbeiten verrichten.«

»Euer Vater meinte, er wird Euch nicht reich verheiraten können, weil er keine große Mitgift bieten kann. Deswegen müsst Ihr alle Arbeiten, die in einem Haushalt anfallen, selbst ausführen können.«

»Corisande heiratet einen reichen Mann; manchmal beneide ich sie. Andererseits, dieser Monsieur Berne ist fünfundzwanzig Jahre älter als sie. Ich werde nie einen Mann heiraten, der mein Vater sein könnte.«

Anne hörte auf zu rühren und sah Margot ernst an. »Ihr werdet den Mann heiraten, den Euer Vater aussucht.«

»Ich weiß. Allerdings habe ich noch nicht bemerkt, dass er einen Gatten für mich gefunden hat.«

»Er kann Euch nicht mit irgendwem verheiraten. Ihr könnt nicht nur lesen, schreiben und rechnen, Ihr beherrscht Latein, Spanisch, Italienisch, Deutsch, Ihr habt die Dichter dieser Länder gelesen, Ihr besitzt Kenntnisse in Geografie. Unter solchen Voraussetzungen ist es schwierig, in Navarra einen passenden Gatten für Euch zu finden.«

»Es wäre vielleicht besser gewesen, wenn mein Vater mich weniger unterrichtet hätte. Die Männer mögen keine Frauen, die mehr wissen als sie.«

»Redet keinen Unsinn. Männer mögen keine dummen Frauen. Seht Eure Freundin Corisande. Worüber will ihr Mann sich mit ihr unterhalten? Sie hatte Unterricht, aber was hat sie gelernt?«

»Nicht viel, sie hat sich für nichts interessiert, doch sie bringt Geld in die Ehe. Wenn man Geld hat, muss man noch nicht einmal besonders hübsch sein.«

»Begreift endlich, dass Geld nicht das Wichtigste im Leben ist. Die Protestanten versuchen viel Geld zu verdienen, aber das ergibt sich zwangsläufig aus dem Gebot, viel zu arbeiten. Eurer Mutter war es übrigens sehr recht, dass Ihr gelernt habt. Sie wusste auch viel, Euer Großvater hat dafür gesorgt, dass sie sorgfältig unterrichtet wurde, wie es sich für ein junges aristokratisches Mädchen ziemt.«

Es entstand eine Pause, dann sprach Anne weiter. »Ich glaube, es gibt einen Freier für Euch. Der junge Graf Armand de Villiers ist in Euch verliebt.«

»Ich weiß, aber ich nicht in ihn. Vom Alter her würde er passen, er ist Anfang zwanzig. Aber sonst? Ich mag keine blonden Männer, er neigt zur Fülle, seine blauen Augen sind nicht aufregend, er wirkt langweilig. Außerdem würde sein Vater nie einer Verbindung mit einem bürgerlichen Mädchen zustimmen, weil die Villiers zur alten Aristokratie Navarras gehören.«

»Das dürfte kein Hinderungsgrund sein. Eure Mutter war auch eine Aristokratin, eine Comtesse.«

»Sie hat unter ihrem Stand geheiratet, und ich bin bürgerlicher Abstammung. Aber das ist auch alles unwichtig. Armand gefällt mir als Mann nicht, er ist nicht aufregend genug … Wir reden und reden, ich muss den Tisch decken.«

Sie nahm drei Holznäpfe und drei Holzlöffel und ging hinüber in den Wohnraum, der auch als Esszimmer genutzt wurde.

Anne sah ihr nach und dachte, er ist zwar nicht aufregend genug. Doch aufregende Männer waren meist problematisch.

Nach einer Weile kam Margot zurück, nahm einen der frischen Brotlaibe und ein langes Messer und fing an, das

Brot in dicke Scheiben zu schneiden. »Anne, als wir gestern die Wäsche im Fluss spülten, kamen zwei Frauen mit ihrer Wäsche und unterhielten sich leise, aber ich konnte alles hören. Eine sagte: ›Ich bin schon wieder schwanger, es ist entsetzlich, dieses Kind wurde nicht in Liebe gezeugt. Als mein Mann nach Hause kam, hat er mich geschlagen und mit mir Notzucht getrieben. Es war so demütigend, am liebsten würde ich mit meinen Kindern weggehen. Aber wohin? Ich muss bleiben, weil er unsere Kinder und mich ernährt. Was soll ich nur machen?‹ Die andere Frau antwortete, sie könne nichts machen, sie müsse ihren Mann erdulden. Sie schwiegen eine Weile und spülten ihre Wäsche, inzwischen kam eine dritte Frau dazu und erzählte von einem jungen Mädchen aus Pau, das heiraten muss, weil es ein Kind erwartet. Sie nannte es eine Schande, dass junge Mädchen ihre Jungfräulichkeit nicht bis zur Ehe bewahren können.« Sie machte eine Pause. »Anne, was ist Notzucht?«

»Es gibt Männer, die Frauen zwingen, sich ihnen hinzugeben. Sie nehmen sie mit Gewalt. Ich nenne Euch ein Beispiel: Wenn junge hübsche Landmädchen dem Grundherrn gefallen und sie ihm nicht zu Willen sind, schändet er sie.«

»Die Frau am Fluss war verheiratet, gibt es auch solche Schändungen in der Ehe?«

»Ja, das kommt öfter vor, als man glaubt.«

Margot sah Anne entsetzt an: »Ich dachte bisher, in einer Ehe gäbe es keine Gewalt.«

»Ihr habt nur die glückliche Ehe Eurer Eltern erlebt. Ich hoffe für Euch, dass Ihr einmal einen Mann heiratet, der einen anständigen Charakter hat.«

»Dafür wird mein Vater sorgen.«

»Gewiss, aber auch er wird letztlich nicht wissen, was im Kopf Eures künftigen Gatten vorgeht.«

Margot legte die Brotscheiben auf einen Holzteller, ging zur Tür, blieb stehen und sah Anne an. »Du hast schon öfter zu mir gesagt, dass ein anständiges Mädchen sich dem Mann erst in der Hochzeitsnacht hingibt, und ich bin fest entschlossen, meine Jungfräulichkeit bis zu dieser Nacht zu bewahren.«

Sie verließ die Küche. Anne sah ihr nach und sagte leise: »Sie kennt das Leben noch nicht, ich hoffe für sie, dass sie es nie kennenlernt.«

Pfarrer Nicolas Cauvin sprach das Tischgebet: »Gott, himmlischer Vater, segne uns und diese deine Gaben, die wir durch deine milde Güte zu uns nehmen, durch Jesum Christum, unsern Herrn. Amen.« Dann füllte er nacheinander die Näpfe von Anne, seiner Tochter und seinen eigenen.

Er löffelte genießerisch die Gemüsesuppe und trank einen Schluck Rotwein. »Es geht doch nichts über ein einfaches, bescheidenes Leben, wobei man gleichzeitig gut lebt. In Navarra haben wir alles, was man genießen kann: Wein, Käse und Knoblauch.« Er sah zu Anne. »Ihr habt bei der Suppe mit Knoblauch gespart, Ihr wisst, dass Knoblauch sehr gesund ist.« Und zu Margot: »Nach deiner Geburt habe ich dich an unserem Wein riechen lassen und deine Lippen mit Knoblauch eingerieben.«

Margot sah den Vater erstaunt an. Er sprach vom Genuss, das erlebte sie zum ersten Mal, aber er war schließlich auch einmal ein junger Mann gewesen.

Sie betrachtete die große, hagere Gestalt und die dunklen Haare, die von silbernen Strähnen durchzogen wurden.

Sie rechnete, dass der Vater fast siebenundvierzig Jahre alt war, und überlegte wieder einmal, warum er sich nach dem Tod der Mutter nicht noch einmal vermählt hatte. Es gab in Navarra, sogar in Pau, bestimmt viele junge Frauen, die gern die Frau des Pfarrers geworden wären. Ein Pfarrer war nicht reich, aber er besaß gesellschaftliches Ansehen. Das musste für wohlhabende Bauerntöchter doch reizvoll sein. Allerdings heirateten diese Mädchen wahrscheinlich lieber einen reichen Bauern, obwohl es derer nicht viele in Navarra gab. Der größte Teil der Landbevölkerung war arm und lebte von Ernte zu Ernte.

Der Vater unterbrach ihre Gedanken. »Margarethe, morgen ist es sieben Jahre her, dass deine Mutter im Kindbett starb. Das Kind kam tot zur Welt, es war Gottes Wille, dass du das einzige unserer Kinder warst, das heranwuchs. Ich war während der letzten Stunden deiner Mutter an ihrem Bett, sie starb gegen zwei Uhr morgens.

Das war für mich der größte Verlust meines Lebens, ich habe deine Mutter sehr geliebt, es war von beiden Seiten eine Liebesheirat. Ich wusste, dass ich eine Frau wie deine Mutter nie mehr finden würde. Deswegen heiratete ich nicht noch einmal.«

Er schwieg, und Margot überlegte. Warum erzählte er das jetzt vor Anne? Aber er hatte Margarethe gesagt, nicht Margot. Wenn er sie Margarethe nannte, dann hatte das etwas zu bedeuten, dann wollte er ihr etwas Wichtiges sagen. Sie spürte, wie ihr Herz klopfte.

Der Pfarrer lächelte seine Tochter an: »Margarethe, ich sagte bereits, dass deine Mutter und ich aus Liebe geheiratet haben. Sie wird dir bestimmt erzählt haben, was damals vor achtzehn Jahren geschah. Nun, eine Liebesheirat ist die Ausnahme. Die Regel ist, dass die Eltern den Ehemann aussuchen. Du wirst in wenigen Wochen siebzehn Jahre, und ich war nicht müßig und habe mich nach einem passenden Gatten für dich umgesehen.

Da ich dir keine große Mitgift geben kann, war die Auswahl nicht groß. Dein künftiger Gatte muss die gleiche Bildung besitzen wie du, sonst kommt es in der Ehe zu Schwierigkeiten. Kurz, ein Pfarrer wäre die passende Partie.«

Er schwieg und gab Anne ein Zeichen, den zweiten Gang zu bringen. Ein Pfarrer! Margot spürte eine leise Enttäuschung. ›Ein Pfarrer, mein Vater hat recht, wer sonst kommt für ein Mädchen mit kleiner Mitgift infrage?‹

Anne brachte drei Portionen Ziegenkäse.

Margot sah den Vater an und fragte zögernd: »Wen habt Ihr für mich als Gatten erwählt?«

»Es ist der Pfarrer in Nérac, Monsieur Tartuffe, der dort seit einem Jahr amtiert. Er ist Anfang dreißig und seit über einem Jahr Witwer. Er hat zwei kleine Söhne, vier und fünf Jahre alt, und er wünscht sich für seine Kinder eine gute Mutter. Das ist für ihn wichtiger als die Höhe der Mitgift. Ich kenne ihn persönlich, er ist ein angenehmer Mann, du wirst es gut bei ihm haben.«

Margot glaubte nicht richtig zu hören: ein Witwer mit zwei kleinen Kindern? Sie mochte keine kleinen Kinder. Gewiss, irgendwann würde sie selbst welche haben. Aber das wäre dann etwas anderes.

»Vater, ich weiß nicht, ob ich reif genug bin, um kleine Kinder zu erziehen.«

Der Pfarrer sah sie streng an. »Keine Ausflüchte, Margarethe, man wächst mit den Aufgaben. Überdies wirst du wahrscheinlich nach dem ersten Ehejahr ein eigenes

Kind haben. Das musst du auch erziehen.« Er schwieg und sagte nach einer Weile leise: »Liebes Kind, es war für mich ein schwerer Entschluss, mich nach einem Gatten für dich umzusehen. Ich hätte dich gern noch einige Jahre länger im Haus behalten. Denn je älter du wirst, desto ähnlicher wirst du deiner Mutter, nicht nur äußerlich. Aber ich muss an deine Zukunft denken.«

Nach der Mahlzeit falteten sie die Hände, und der Pfarrer sprach das Gebet: »Wir danken dir, Herr, himmlischer Vater, durch Jesum Christum, unsern Herrn, für alle deine Wohltat, der du lebest und regierest in Ewigkeit. Amen.«

Anschließend ging Nicolas Cauvin in sein Arbeitszimmer, um die Predigt für den Sonntag noch einmal zu überarbeiten.

Margot half Anne beim Reinigen der Holznäpfe.

Die Dienerin sah die finstere Miene des jungen Mädchens. »Was habt Ihr gegen den Pfarrer? Ein Mann, der zum zweiten Mal heiratet, weiß, wie man eine junge Frau behandelt. Wenn er merkt, dass Ihr Euch liebevoll um die Kinder kümmert, habt Ihr es bestimmt gut bei ihm.«

Margot sah Anne mit funkelnden Augen an und schrie: »Ich mag keine kleinen Kinder!«

Anne zuckte zusammen. »Gütiger Himmel, was habt Ihr? Sprecht leiser, Euer Vater darf das nicht hören. Warum mögt Ihr keine kleinen Kinder? Sie sind süß, und es ist ein ganz besonderes Erlebnis zu sehen, wie sie heranwachsen und die Welt entdecken.«

Margot begann zu weinen. »Anne, was ich dir jetzt erzähle, weiß niemand. Du erinnerst dich, als ich sechs Jahre war, gebar meine Mutter einen kleinen Bruder, er war der erste Sohn nach den Mädchen. Meine Mutter war überglücklich und beschäftigte sich nur noch mit ihm. Ich war bis zu seiner Geburt das einzige Kind gewesen, weil die Geschwister alle nach wenigen Tagen starben. Nun sah ich, dass er am Leben blieb, größer und kräftiger wurde, und ich fühlte mich in den Hintergrund gedrängt. Als er laufen konnte, musste ich auf ihn aufpassen, das gefiel mir nicht, weil ich keine Zeit mehr fand, um in Ruhe zu lesen. Er lief umher, und wenn ich ihn zwang, sich zu setzen, fing er an zu brüllen. Meine Mutter befahl mir, liebevoller mit ihm umzugehen. Allmählich fing ich an, ihn zu hassen.

Als er sprechen lernte, wurde mir die Situation immer unerträglicher.

Meine Mutter war vernarrt in ihn und lobte beständig seine Intelligenz. Ich hingegen bekam harte Worte zu hören, wenn ich bei den Rechenaufgaben zu viele Fehler machte. Kurz, er war alles, ich war nichts.

Er starb im Alter von drei Jahren, und ich war glücklich über seinen Tod. Meine Mutter weinte wochenlang, erst allmählich wandte sie sich mir wieder zu. Ich war wieder das einzige Kind und genoss die neue Aufmerksamkeit. Verstehst du jetzt, warum ich keine Kinder, geschweige denn fremde mag?«

»Ich erinnere mich, dass Ihr nicht gern auf den kleinen Pierre aufgepasst habt. Ich glaube, er spürte Eure Abneigung, weil er schrie, wenn er Euch sah; er ließ sich von Euch auch nicht füttern. Ich verstehe jetzt Eure Abneigung gegenüber kleinen Kindern. Eure Mutter wünschte sich immer einen Sohn oder Söhne, weil sie dachte, dass es zwischen ihr und Töchtern nur Spannungen geben würde. Sie hatte zu ihrer Mutter kein gutes Verhältnis. Das erzählte sie mir einmal, und sie befürchtete, dass sie zu ihren Töchtern auch kein gutes Verhältnis haben würde.«

»Das wusste ich nicht. Anne, die erste Frau wird immer

zwischen dem Pfarrer und mir stehen, er wird mich mit ihr vergleichen, und die Kinder sehen in mir wahrscheinlich die böse Stiefmutter. Ich weiß, dass ich mir den Ehemann nicht aussuchen kann. Corisande heiratet ebenfalls einen Witwer, aber sie wird im Wohlstand leben, während ich wahrscheinlich sparen muss. Wie gern würde ich einmal nicht knapsen müssen.«

»Alle Protestanten sparen, deswegen haben es viele auch zu Wohlstand gebracht. Ihr wurdet zur Bescheidenheit erzogen, es dürfte Euch also nicht schwerfallen, Euch in Nérac einzuleben. Viel schwieriger ist es, wenn man Wohlstand gewöhnt ist und sich plötzlich einschränken muss. Denkt an Eure selige Mutter. Sie wuchs in einem Schloss mit vielen Dienern auf, und dann, nach der Heirat, musste sie mit einem bescheidenen Pfarrhaus vorlieb nehmen.«

»Meine Eltern haben aus Liebe geheiratet, das war eine völlig andere Situation.« Sie überlegte kurz. »Anne, war meine Mutter hier in diesem bescheidenen Pfarrhaus wirklich glücklich? Sie hat aus Liebe geheiratet, aber sie vertauschte ja nicht nur ein Schloss mit einem einfachen Haus, sie wechselte von einem Leben mit Tanz und Gesang in ein Leben mit Gebet und Gottesdienst.«

»Ich weiß es nicht, ich kann Euch nur meinen Eindruck und meine Beobachtungen schildern. Als Eure Mutter 1554 nach Navarra kam, war der katholische Glaube die Staatsreligion. Die Protestanten wurden unter der Regierung des alten Königs geduldet, die Mehrheit der Bevölkerung war noch katholisch. Eure Mutter sah die Lebensweise der Katholiken, die sie kannte. Aber sie musste als Protestantin leben. Ich hatte den Eindruck, dass ihr das schwer fiel.

Dann starb der alte König, und Königin Johanna führte allmählich den protestantischen Glauben ein. Navarra war offiziell immer noch katholisch, doch die Protestanten gewannen gesellschaftlich an Einfluss.

Eure Mutter hatte als Pfarrfrau eine herausgehobene Position, man hörte auf ihre Ratschläge, man bewunderte sie, weil sie zum protestantischen Glauben übergetreten war. Ich hatte den Eindruck, dass sie in jenen Jahren glücklich war, trotz der bescheidenen Lebensverhältnisse. Sie genoss es, dass ihr Mann als Pfarrer beliebt war. Allerdings trauerte sie dem Luxus doch ein wenig nach. Ich beobachtete, dass sie manchmal auf den Dachboden ging, wo sie ihre farbigen Kleider verwahrte. Mehr kann ich Euch dazu nicht sagen.«

»Ich bin froh Anne, dass wir über meine Mutter gesprochen haben. Echte Liebe ist anscheinend eine Macht, die viel vermag. Wenn ich nach Nérac übersiedele, musst du mitkommen.«

»Ich würde gern, zumal ich hier außer meinem Bruder keine Verwandten habe. Aber wer kümmert sich um Euren Vater? In dem Pfarrhaus in Nérac gibt es bestimmt eine Dienerin, die Euch bei der Führung des Haushalts unterstützt.«

»Du hast recht«, überlegte Margot laut, »du musst dich um meinen Vater kümmern. Gute Nacht, Anne.«

»Gute Nacht, Margot.«

2. KAPITEL

MARGOT GING LANGSAM hinauf in ihr Zimmer. Sie entzündete die Lampe auf dem Tisch und überlegte, wann sie am nächsten Tag zum Grab der Mutter gehen sollte. Am Vormittag? Am Nachmittag? Nein, besser am frühen Abend, wenn es anfing, kühler zu werden.

Sie setzte sich an den Tisch und holte aus einer Schublade zwei Bücher, die sie während der letzten Tage gelesen hatte: Boccaccios *Decamerone* und Ovids *Ars Amatoria*.

Sie durfte sich in der Bibliothek ihres Vaters Bücher aussuchen, und er hatte ihr erlaubt, Boccaccio und Ovid zu lesen.

Margot ging mit den Büchern hinunter ins Arbeitszimmer des Vaters. Sie durfte den Raum auch betreten, wenn er an seiner Predigt arbeitete. Sie klopfte an, ging hinein, stellte die Bücher an ihren Platz, sah an der Reihe entlang und entdeckte ein dickes Heft, das neben den Büchern lag. Sie schlug es auf und sah eine handschriftliche Widmung der Königin Margarethe von Navarra.

Nicolas Cauvin beendete die Überarbeitung seiner Predigt und ging zu Margot.

»Aha, du hast die Erzählungen der Königin gefunden. Sie schenkte mir eine Abschrift der Geschichten, die damals fertig waren. Das Vorbild war übrigens das *Decamerone*, eine Rahmenerzählung mit hundert Geschichten, die in zehn Tagen erzählt werden sollten. Bei Margarethes Tod war allerdings erst die zweite Erzählung des achten Tages fertig. 1559 erschien eine Ausgabe der zweiundsiebzig Geschichten mit dem Titel *Heptaméron.* Im

Decamerone hast du ein Welttheater gefunden mit Königen, Bauern, Amtsvertretern, Spitzbuben und Mönchen. Und Geschichten, deren Thema Liebe und Erotik sind. Im *Heptaméron* sind amouröse Verwicklungen das Hauptthema. Die Erzähler der Geschichten diskutieren nach dem Ende der Erzählung über deren Moral.«

Margot sah den Vater erstaunt an. »Ich dachte immer, dass Königin Margarethe sich ausschließlich mit theologischen und philosophischen Problemen beschäftigt hat.«

»Sie war eine Frau, die sich für alles interessierte, auch für Dichtkunst und Musik«, gab er lächelnd zurück. »Sie war weltoffen, liebte die heitere Seite des Lebens und alles, was zu den Freuden des Lebens gehört, eine gute Tafel, Tanz und Gesang. Lies die Geschichten, in ihnen spiegelt sich die Lebensfreude der Königin wider.«

»Vater, Ihr erlaubt mir, Liebesgeschichten zu lesen. Ich durfte Ovid lesen, warum? Die Tochter eines protestantischen Pfarrers darf für gewöhnlich Bibel und Gebetbuch lesen.«

»Ich bin gegen Verbote, Margot. Hätte ich dir die Lektüre des Ovid verboten, so hättest du die *Ars Amatoria* irgendwann heimlich gelesen. Stimmt es, oder habe ich recht?«

»Es stimmt, Vater.«

»Siehst du, Verbote reizen dazu, sie zu übertreten. Was ich dir jetzt sage, Margot, muss unter uns bleiben. Meiner Meinung nach verbietet unsere Königin zu viel. Das ist der Grund, warum sie in Navarra nicht beliebt ist. Wie reagiert die Bevölkerung auf die Verbote? Die Menschen verschaffen sich heimlich etwas Lebensgenuss. Wie oft erlebe ich das, und ich drücke dann beide Augen zu und sehe nichts.

Es gibt heimliche Messen im Wald. Wenn ich zu einem Sterbebett gerufen werde, ist manchmal Essenszeit, dann stehen mehrere Gerichte auf dem Tisch. Im Sterbezimmer hängt irgendwo in einer Ecke ein Marienbild. Ich weiß auch, wo die Männer sich treffen, um Karten zu spielen. Ich übersehe alles. Warum soll man den Menschen nicht ein bisschen Lebensfreude gönnen?«

Margot betrachtete das Heft, sah den Vater an und fragte zögernd: »Wie kam es, dass die Königin Euch ihre Erzählungen schenkte? Seid Ihr nach dem Ende Eures Studiums in Genf nicht nach Paris zu Montmorency gegangen und habt als Sekretär bei ihm gearbeitet?«

»Nein, Margot. Deine Mutter und ich haben dir erzählt, was du als Kind verstehen konntest. Die familiären Zwistigkeiten mit deiner Tante haben wir verschwiegen, du solltest ihr unbefangen gegenübertreten.«

»Das ist nur zum Teil gelungen. Seit der Beerdigung meiner Mutter mag ich Tante Johanna nicht mehr.«

Der Pfarrer führte Margot zu dem Stuhl vor dem Schreibtisch, ging zum Wandschrank, nahm eine Flasche Rotwein, zwei Zinnbecher und stellte alles auf den Tisch. Er füllte die Becher.

»Auf deine Zukunft, Margot. Ich erzähle dir, wie mein Leben nach dem Ende meines Studiums in Genf verlief.«

Am Johannistag des Jahres 1548 betrat Nicolas Cauvin den Hof des königlichen Schlosses in Pau. Er sah sich unschlüssig um und ging zu einem der Soldaten, die den Eingang zum Schloss bewachten.

»Verzeiht, ich hörte in der Stadt, dass die Königin an jedem Werktag zwischen zwei und vier Uhr Besucher und Bittsteller ohne Voranmeldung empfängt.«

»Das ist richtig, ich werde Euch zu ihr bringen.«

Sie gingen durch eine große Halle zu einer Terrasse. Dort begann der Schlosspark.

Der Soldat blieb stehen.

»Seht Ihr den Springbrunnen? Die Königin und ihre Damen verbringen dort die Nachmittage, weil die Wasserfontänen angenehme Kühle spenden.«

Nicolas schritt langsam zu dem Brunnen, ging um ihn herum, hörte plötzlich eine wohlklingende Stimme und blieb stehen.

»Sintemalen ich mir oft gewünscht hab, meine Damen«, begann die Rednerin, »Schicksalsgenoss desjenigen zu sein, von dem ich Euch jetzt berichten will, erzähl ich Euch hiermit, dass in der Stadt Neapel, zur Zeit des Königs Alphonse …«

Hier liest jemand eine Geschichte vor, dachte Nicolas, und ging ein paar Schritte weiter. Auf der steinernen Bank, die um den Brunnen führte, saß eine große schlanke Dame, die einige Bögen Papier in den Händen hielt.

Sie trug ein Kleid aus silbergrauer Seide, die Haare waren mit einer Haube aus rosa Seide bedeckt.

Zu ihren Füßen saßen ungefähr sechs junge Damen auf gepolsterten Schemeln und sahen andächtig zu der Vorleserin auf.

Nicolas betrachtete einen Augenblick das ovale weiße Gesicht der Dame, die längliche Nase, die vollen roten Lippen und atmete tief durch. Das war die Königin Margarethe von Navarra, sie musste inzwischen Mitte fünfzig sein. Er ging einige Schritte weiter und verneigte sich vor ihr.

Die jungen Damen fingen an zu kichern, und er hörte sie flüstern:

»Schon wieder einer in schwarzer Kleidung.«

»Schon wieder einer aus Genf.«

Nicolas spürte, wie er errötete.

Die Königin legte die Papiere neben sich und klatschte in die Hände. »Meine Damen, ich möchte mich mit dem Herrn unterhalten.«

Die Hofdamen eilten in den Park.

Margarethe lächelte Nicolas an. »Setzt Euch neben mich, was führt Euch nach Navarra?«

Der warme Ton ihrer Stimme und die gütigen blauen Augen wirkten beruhigend auf Nicolas.

»Majestät, mein Name ist Nicolas Cauvin, ich bin Franzose und habe vor einigen Wochen mein theologisches Studium an der Hochschule in Genf mit dem Doktorgrad abgeschlossen. Monsieur Calvin war so liebenswürdig, mir einen Brief für Euch zu geben.«

Er nahm das Schreiben aus seinem Wams, und während die Königin las, wartete er gespannt auf ihre Reaktion.

Nach einer Weile sah sie auf. »Es ist natürlich zu gefährlich für Euch, als protestantischer Prediger in Frankreich zu leben. Ich verstehe auch, dass Ihr Euch nicht zum Märtyrer berufen fühlt. Was ich nicht verstehe, ist die religiöse Intoleranz meines Neffen Heinrich. Seit seinem Regierungsantritt vor einem Jahr lässt er die Protestanten systematisch verfolgen. Warum? Der Grund dafür ist meiner Meinung nach nicht sein katholischer Glaube, sondern seine Mätresse, die ihm einflüstert, wie er regieren soll. Dieses Weib, diese Diane de Poitiers, die ihn seit Jahren umgibt, wird von der erzkatholischen Familie Guise gelenkt, mit der sie weitläufig verwandt ist. Diese Familie wird vom Machttrieb beherrscht, die Guisen wollen faktisch in Frankreich regieren und sehen in den Protestanten eine politische Gefahr.

Mein seliger Bruder Franz hat sich weder von einer Mätresse beherrschen lassen noch von einer Familie des Hochadels. Zurück zu Euch, Monsieur Cauvin, Ihr dürft selbstredend überall in Navarra die reformierte Lehre verkünden. Doch bevor Ihr Eure Reise durch mein Land beginnt, möchte ich Euch näher kennenlernen. Besucht mich bis zum Ende des Monats jeden Nachmittag. Ab vier Uhr bis zum Abend können wir uns über Religion, Philosophie und Literatur unterhalten.

Von Juli bis Ende September reist Ihr durch das Land, nach Eurer Rückkehr werdet Ihr in Pau predigen. Ich werde Euch oft zu mir bitten, um mich mit Euch über philosophische und theologische Probleme zu unterhalten.«

»Majestät, ich danke Euch von ganzem Herzen, dass Ihr mir in Navarra Asyl gewährt.«

»Das ist für mich selbstverständlich. Eine Frage müsst Ihr mir noch beantworten: Wie kam es, dass Ihr protestantischer Pfarrer wurdet?«

»Während meines Jurastudiums an der Sorbonne lernte ich deutsche Studenten kennen. Sie erzählten von der reformierten Lehre Martin Luthers. Ich war beeindruckt, lernte die deutsche Sprache und las Luthers Schriften.

In dieser Zeit breitete der reformierte Glaube sich allmählich auch in Frankreich aus. Der Name Calvin wurde bekannt in Europa. Ich schloss mein Studium mit dem Doktorgrad ab, und mein Vater schenkte mir zur Belohnung eine Reise durch Europa.

Mein Vater war damals ein reicher Seidenhändler in Paris. Mein älterer Bruder Charles sollte einmal das Geschäft übernehmen, ich hingegen, so der Wunsch meines Vaters, sollte als Jurist in den Staatsdienst treten.

Ich reiste zunächst nach Genf, weil ich Calvin persönlich kennenlernen wollte. Seine Lehre überzeugte mich, und ich begann, an der von ihm gegründeten Hochschule Theologie zu studieren mit dem Ziel, als Prediger zu arbeiten, woraufhin mein Vater mich enterbte. Er befürchtete wirtschaftliche Nachteile, wenn bekannt werden würde, dass sein Sohn zum protestantischen Glauben übergetreten war.

Neben dem Studium unterrichtete ich die Kinder der wohlhabenden Genfer Bürger und verdiente so meinen Lebensunterhalt.«

»Ich verstehe nicht, warum verschiedene Meinungen über den christlichen Glauben Familien entzweien können. Ihr seid kein Einzelfall. Lebt Euer Vater noch?«

»Er ist inzwischen gestorben, aber meine Mutter lebt noch. Sie schrieb mir damals, dass sie die Ansicht meines Vaters nicht teilt, sie seine Entscheidung aber akzeptiert.«

Ein Diener trat zu ihnen.

»Majestät, ein Bauer möchte Euch eine Bitte vortragen.«

»Er soll kommen!« Und zu Nicolas: »Wir sehen uns morgen, ich freue mich auf die Gespräche, die wir führen werden. Wenn es Euch interessiert, lese ich Euch einige meiner Geschichten vor, die ich in den letzten Jahren schrieb. Hättet Ihr in Pau eine Unterkunft?«

»Ja, Majestät, dort leben meine Verwandten. Meine Schwester Johanna heiratete vor zehn Jahren Monsieur Bouton, einen reichen Kaufherrn der Stadt.«

»Monsieur Bouton? Er soll sehr geschäftstüchtig sein.«

Einige Stunden später saßen Nicolas und sein Schwager Maximilien im Arbeitszimmer des Hausherrn beisammen und tranken Rotwein.

Maximilien musterte die groß gewachsene, schlanke Figur des Schwagers, die dichten schwarzen Haare und die ernsten dunklen Augen. »Wir haben uns vor zehn Jahren zum letzten Mal gesehen, damals warst du ein fünfzehnjähriger Junge. Du bist inzwischen ein Mann geworden.«

Er fing an, von seinen Geschäften zu erzählen. Nicolas langweilte sich, betrachtete die große beleibte Gestalt des Schwagers und dachte, dass er sich in den zehn Jahren nicht verändert hatte, seine Schwester hingegen, gütiger Himmel! Sie war nie schlank gewesen, aber jetzt war sie fett. Sie hofften immer noch auf Kinder, verständlich, sie wünschten sich einen Erben für das Handelshaus.

Maximilien sah nach einiger Zeit zur Uhr auf dem Kaminsims: »Es ist Zeit für das Diner.«

Als sie durch die Halle gingen, hörten sie aus dem Speisezimmer die schrille Stimme einer Frau:

»Schlampe! Ein Ei! Wie kann man ein Ei zu Boden fallen lassen! Ich werde dir den Lohn für die kommende Woche um die Hälfte kürzen, verschwinde jetzt!«

Die Tür des Speisezimmers öffnete sich, und ein junges Mädchen rannte weinend durch die Halle. Nicolas sah ihr erstaunt nach und empfand Mitleid mit der Gescholtenen.

Maximilien brummte: »Johanna hat recht, wenn sie die Diener hart bestraft. Dieses Volk ruiniert uns mit seiner nachlässigen Arbeit.«

Sie betraten das Speisezimmer.

Johanna kam ihnen mit hochrotem Kopf entgegen. »Mit der Dienerschaft hat man nur Ärger, aber nun wollen wir das Diner genießen.«

Nicolas betrachtete erstaunt den langen Eichentisch, der mit Damast, Silbergeschirr und Kristallgläsern gedeckt war. Auf dem Damast waren rote Rosenblätter verstreut.

Vor dem Platz des Hausherrn stand eine Kristallkaraffe mit Rotwein.

Johanna beobachtete den Bruder und sagte: »An Sonn- und Feiertagen und wenn wir Gäste haben speisen wir von Silber, an Werktagen von Zinngeschirr. Du bist heute unser Gast, also Silber.«

Maximilien setzte sich auf den hohen gepolsterten Armstuhl am oberen Ende des Tisches, Johanna und Nicolas nahmen rechts und links von ihm Platz.

Maximilien goss Wein in die Gläser.

»Auf dein Wohl, Nicolas.«

»Ich danke euch für die Gastfreundschaft.«

Ein Diener servierte als ersten Gang eine cremige Spargelsuppe mit vielen Spargelstückchen. Als die Teller gefüllt waren, begann das Ehepaar gierig zu essen.

»Guten Appetit«, sagte Nicolas.

Maximilien und Johanna schwiegen.

Nicolas begann, langsam die Suppe zu löffeln, und musterte das rosafarbene Kleid der Schwester und die rosa Haube. Eine dunkle Farbe wäre kleidsamer bei ihrem Umfang, ging es ihm durch den Kopf.

Seine Augen wanderten durch das Zimmer. An einer Wand stand ein großer Eichenschrank, hinter dessen Glastüren Silber und Kristall funkelten. An einer anderen Wand sah er eine eichene Kommode, auf der zwei vielarmige Kerzenleuchter aus Zinn standen. An den Wänden hingen Gobelins. Auf einer Truhe prangte ein großer Strauß roter Rosen.

Er sah die Schwester an. »Dieses Zimmer erinnert mich an den Speiseraum unseres Elternhauses. Allerdings gab es dort keine teuren Glastüren vor den Schränken.«

Johanna lächelte geschmeichelt. »Im Herbst, wenn es

anfängt, kühl zu werden, liegen in der Halle und in allen bewohnten Räumen gewebte Teppiche aus Persien.«

Während sie auf den zweiten Gang warteten, fragte Maximilien: »Wie lange willst du in Pau bleiben?«

»Zunächst bis Ende Juni, von Juli bis Ende September reise ich durch Navarra, um zu predigen. Dann werde ich hier als Pfarrer tätig sein.«

Der Schwager überlegte: »Du kannst nach deiner Rückkehr natürlich wieder bei uns leben, bis du eine Wohnung gefunden hast. Meine Frau und ich erwarten, dass du einen Unkostenbeitrag zum Haushalt leistest. Wir können es uns nicht leisten, jemand, auch wenn er zur Verwandtschaft gehört, einige Wochen oder sogar Monate kostenlos zu verpflegen.«

Nicolas war im ersten Moment sprachlos. Die Armut, überlegte er, fing anscheinend bei Glastüren und Perserteppichen an. Nach seiner Rückkehr würde er sich sofort eine eigene Wohnung suchen.

»Ich bin selbstverständlich bereit, für Kost und Logis zu bezahlen.«

Der zweite Gang wurde serviert. Spargel mit zerlassener Butter und geräuchertem Schinken.

»Ah«, rief Johanna, »das ist der letzte Spargel, der heute gestochen wurde.« Sie schob sich eine Stange nach der anderen in den Mund.

Maximilien füllte die Gläser erneut und gab sich dann ebenfalls den kulinarischen Genüssen hin.

Nicolas beobachtete das Paar und sagte nach einer Weile: »Wusstet ihr, dass die Königin von Navarra Geschichten schreibt?«

Die Verwandten schwiegen.

Der dritte Gang war Huhn in Mandelsauce. Nicolas

dachte daran, dass sein Glaube ihm zwei Gänge erlaubte. War es nicht unhöflich gegenüber den Gastgebern, nach zwei Gängen aufzuhören?

Er verspeiste folglich ein Hühnerbein und sagte: »Die Königin möchte sich mit mir jeden Nachmittag über religiöse und philosophische Probleme unterhalten.«

Die Verwandten schwiegen nach wie vor.

Der vierte Gang war gefülltes Spanferkel.

»Danke«, sagte Nicolas zu dem Diener, als der eine Scheibe Fleisch auf den Teller legen wollte.

Johanna sah den Bruder erstaunt an. »Schmeckt es dir nicht?«

»Es ist alles köstlich zubereitet, aber ich bin nicht gewohnt, so viel zu essen. Du weißt ja, dass Calvin an Werktagen nur zwei Gänge erlaubt.«

»Dieser Calvin scheint ziemlich verschroben zu sein. Nur zwei Gänge, schwarze Kleider. Willst du bis an dein Lebensende nur noch Schwarz tragen?«

»Ja.«

»Nun, das ist deine Angelegenheit, das Leben ist dazu da, um es zu genießen.«

Nach dem Spanferkel wurden noch Fleisch in Gelee aufgetragen, Mandelcreme und Schichttorte mit Trockenfrüchten.

Nicolas atmete auf, als zum Abschluss des Mahls der Würzwein Hippokras und kandierte Früchte serviert wurden.

»Ich möchte noch einen Spaziergang machen, vor der Stadt, in der Natur.«

Maximilien sah zur Uhr. »Das ist jetzt nicht mehr möglich, die Stadttore wurden eben geschlossen. Es gibt einen Spazierweg entlang der Stadtmauer. Du gehst durch die

Küche, über den Wirtschaftshof, durch den Garten, am Ende ist ein Tor. Dahinter liegt in einiger Entfernung die Stadtmauer.«

Nicolas ging durch die Halle zur Küche. Dort saß die Dienerschaft an einem langen Tisch bei der Abendmahlzeit.

»Guten Abend und guten Appetit«, sagte Nicolas, blieb stehen und betrachtete die Speisen.

Er sah Holznäpfe mit einer dünnen Gemüsesuppe, neben jedem Napf lag ein Stück dunkles Brot. Eine Ahnung stieg in ihm auf, und er fragte den Koch: »Ist dies alles, was ihr am Abend esst?«

»Ja.«

»Gibt es wenigstens etwas Fleisch in der Suppe?«

»Nein. Wir bekommen kein Fleisch zu essen.«

Nicolas betrachtete die Holzbecher. »Bekommt ihr wenigstens Wein zu trinken?«

»Nein, wir trinken Wasser. Der Metzger gibt mir manchmal ein paar Fleischabfälle, damit ich uns eine nahrhafte Mahlzeit kochen kann.«

»Das ist die Höhe, ihr müsst arbeiten, und um bei Kräften zu bleiben, müsst ihr auch gut essen. Ich werde ab morgen jeden Tag Fleisch kaufen, und ihr bereitet eine nahrhafte Mahlzeit zu.«

»Vielen Dank, Monsieur Cauvin«, sagte der Koch, und die Diener, die Mägde, der Kutscher und der Stallknecht riefen: »Vielen Dank, Gott schenke Euch ein langes Leben, Monsieur Cauvin.«

Als Nicolas an der Stadtmauer entlang spazierte, dachte er über seine Schwester nach. War sie schon immer geizig und hartherzig gewesen, oder war sie in der Ehe mit dem Geschäftsmann so geworden?

Dieses schweigsame Abendessen, das Paar war nur damit beschäftigt, Speisen in sich hineinzuschaufeln, widerlich.

Nach seiner Rückkehr im Herbst würde er mit Johanna reden und versuchen, der Dienerschaft das Leben zu erleichtern.

Am Nachmittag des 30. Juni saß Nicolas neben der Königin am Springbrunnen.

Margarethe lächelte ihm zu. »Ich danke Euch für die interessanten Gespräche, Monsieur Cauvin. Ein Problem beschäftigt mich nach wie vor, das Abscheiden der Seele vom Körper. Wie merkt man es, gibt es Anzeichen dafür?«

»Ein Mensch, der stirbt, spürt wahrscheinlich, wie seine Seele den Körper verlässt. Ist es für die Umgebung wirklich wichtig, dieses sehr persönliche Erlebnis zu beobachten?«

»Das ist ein neuer Gesichtspunkt, ich muss darüber nachdenken.«

Sie nahm ein neben ihr liegendes Heft und reichte es Nicolas: »Eine Hofdame hat meine Geschichten abgeschrieben. Ich hoffe, dass Ihr Euch nach einem Arbeitstag am Abend bei dieser Lektüre entspannen könnt. Nach Eurer Rückkehr im Herbst möchte ich mich mit Euch über die Geschichten unterhalten.«

Nicolas schlug das Heft auf, sah die handschriftliche Widmung und starrte die Königin an: »Majestät, was für eine Ehre! Eine Widmung von Eurer Hand, es fehlen mir die Worte, um Euch zu danken.«

»Ich schätze Euch als Mensch, Monsieur Cauvin.«

Auf dem Heimweg kaufte Nicolas Hammelfleisch und einige Knoblauchknollen, brachte alles zum Koch und sagte: »Heute ist mein letzter Abend in Pau. Ihr und die Dienerschaft sollen sich heute einmal an einem Hammelragout satt essen. Der Knoblauch macht das Fleisch bekömmlicher.«

»Herzlichen Dank, Monsieur Cauvin, allerdings mag meine Herrschaft keinen Knoblauch.«

Nicolas lachte. »Das Ragout mit Knoblauch sollt ihr und die Diener und Mägde essen, nicht die Herrschaft.«

Er ging durch die Küche in die Halle und blieb erstaunt stehen.

Johanna lief aufgeregt umher und schrie: »Eine Unverschämtheit! Was denkt dieses freche alte Weib, wer sie ist?«

Maximilien lehnte am Kamin und erwiderte: »Beruhige dich, sie wird nicht bei uns wohnen. Ich werde ihr noch heute schreiben und ihr mitteilen, dass wir es uns nicht leisten können, sie hier aufzunehmen.«

Nicolas erschrak. Bei dem alten Weib musste es sich um seine Mutter handeln. Maximiliens Eltern waren tot.

Er trat in die Mitte der Halle: »Was geht hier vor? Was ist passiert?«

Johanna drehte sich zu ihm und funkelte ihn zornig an. »Vorhin erhielt ich einen Brief unserer Mutter. Charles musste das Geschäft verkaufen, er ist darüber vor Kummer gestorben. Seine Witwe ist mit den Kindern zu ihren reichen Eltern nach Antwerpen gereist. Sie will mit unserer Familie nichts mehr zu tun haben. Unsere Mutter hat in dem verkauften Haus lebenslanges Wohnrecht. Sie lebt mit einer Dienerin im Erdgeschoss und ist bestens versorgt. Sie ist zwar kränklich, aber noch reisefähig. Sie bittet, dass ich sie in meinem Haus aufnehme. Sie will ihren Unterhalt bei uns bezahlen und eine Pflegerin, falls es notwendig werden sollte. Ich bin nicht bereit, eine alte Frau, die vielleicht nicht mehr ganz richtig im Kopf ist, hier aufzunehmen.«

»Wie, bitte? Johanna, diese alte Frau ist unsere Mutter. Ich rede jetzt nicht von christlicher Nächstenliebe, aber wir, die Kinder, sind moralisch verpflichtet, ihr zu helfen. Warum willst du sie nicht aufnehmen? Sie kann eine Pflegerin bezahlen und wird dir nicht zur Last fallen.«

»Ich kann den Anblick unserer Mutter nicht ertragen. Sie hat mich nie geliebt, sie liebte nur Charles und dich, dich vor allem. Ich hasse meine Mutter!«

Maximilien ging zu Nicolas. »Meine Schwiegermutter bleibt in Paris, das ist mein letztes Wort in dieser Angelegenheit.«

Nicolas starrte in Johannas gerötetes dickes Gesicht, das zu einer hässlichen Fratze verzerrt war. Sie war nicht mehr seine Schwester, er wollte nichts mehr mit ihr zu tun haben.

Er sah den Schwager an. »Du wirst meiner Mutter nicht schreiben, dass sie bei euch nicht leben kann. Ich reise morgen nach Paris und werde mich um sie kümmern.«

»Tu, was du nicht lassen kannst«, antwortete Maximilien spöttisch, »aber bedenke, dass die Protestanten in Frankreich verfolgt werden.«

»Das interessiert mich nicht.«

Die Abendmahlzeit verlief schweigend. Als der Diener Hippokras und kandierte Früchte servierte, wehte durch die Tür ein Duft von gebratenem Hammelfleisch und Knoblauch ins Zimmer.

Johanna schnupperte und sagte zu ihrem Mann: »Merkwürdig, ich habe nicht angeordnet, dass wir morgen Hammelfleisch essen, und dieser Knoblauchgeruch ist einfach widerlich.«

Nicolas sah die Schwester an.

»Am Tag meiner Ankunft beobachtete ich, dass du die Dienerschaft hungern lässt. Ich kaufte jeden Abend Fleisch, und der Koch bereitete eine nahrhafte Mahlzeit zu. Du hast bisher nichts gemerkt, weil Geflügel nicht so intensiv duftet wie Hammelfleisch.«

Johanna starrte den Bruder einen Augenblick an, dann fing sie an zu schreien: »Was fällt dir ein, dich in meinen Haushalt einzumischen? Es geht dich nichts an, wie ich die Dienerschaft behandele!«

Nicolas sprang auf. »Morgen verlasse ich dieses unchristliche Haus, und ich werde es nie mehr betreten. Gute Nacht.«

Er eilte aus dem Zimmer und warf die Tür hinter sich zu.

Maximilien begann zu lachen. »Lass deinen Bruder laufen, Johanna, er ist ein verschrobener Kerl.«

Nicolas eilte in sein Zimmer hinauf, nahm den Mantelsack und begann zu packen.

Als er fertig war, fielen ihm die Worte des Schwagers ein, und er sank entsetzt auf einen Stuhl. Die Protestanten wurden in Frankreich verfolgt, seine schwarzen Kleider würden ihn verraten. Was sollte er jetzt tun? Es gab nur einen Menschen, der ihm helfen konnte: die Königin. Er musste sofort zu ihr. Hoffentlich hatte sie Zeit, ihn zu empfangen.

Er nahm den Mantelsack, verließ das Haus, sattelte im Stall sein Pferd und ritt zum Schloss.

Margarethe saß in ihrem Arbeitszimmer und schrieb eine neue Liebesgeschichte. Sie sah erstaunt auf, als ein Diener den Pfarrer Cauvin meldete.

Als Nicolas eintrat, stand sie auf und ging auf ihn zu. »Monsieur Cauvin, ist etwas passiert? Ihr wirkt erregt.«

Sie führte ihn zu einer Bank und setzte sich neben ihn.

»Majestät, ich bitte um Vergebung, dass ich Euch zu dieser späten Stunde störe. Vorhin erfuhr ich, dass meine Mutter in Paris krank ist. Ich muss sofort zu ihr reisen und mich um sie kümmern.«

»Kann Eure Schwester sich nicht um die Mutter kümmern?«

Nicolas sah verlegen zu Boden.

»Ich verstehe, sie will sich nicht kümmern. Ihr könnt im Schloss übernachten, und morgen bekommt Ihr farbige Kleider, damit man Euch in Frankreich nicht als Protestanten erkennt.«

»Danke, Majestät, es gibt noch ein Problem. Ich weiß nicht, wie ich in Paris meinen Lebensunterhalt verdienen soll. Als Anwalt kann ich nicht arbeiten, weil ich mich nach dem Abschluss meines juristischen Studiums nicht mehr mit der Rechtsprechung beschäftigt habe.«

»Anne de Montmorency ist der fähigste französische Heerführer«, überlegte die Königin. »Er war eng mit meinem seligen Bruder Franz befreundet. Die Montmorencys sympathisieren seit Jahren mit den Protestanten. Mein Neffe Heinrich toleriert das, weil er sich nicht mit einer Familie des französischen Hochadels verfeinden will.

Ich schreibe noch heute einen Brief an Montmorency, den Ihr ihm überreicht. Montmorency wird Euch helfen, und unter vier Augen könnt Ihr ihm sagen, dass Ihr protestantischer Pfarrer seid.«

Nicolas Cauvin sah seine Tochter an und lächelte.

»Genau betrachtet, habe ich es der Königin Margarethe zu verdanken, dass ich deine Mutter kennenlernte. Montmorency stellte mich als seinen persönlichen Sekretär ein. Ich wohnte in seinem Palais, speiste an seiner Tafel, wurde gut bezahlt und hatte genügend Zeit, mich um meine Mutter zu kümmern.

Am 21. Dezember 1549 starb die Königin von Navarra.

Der verwitwete König bat seine Tochter Johanna, die Erbin von Navarra, mit ihrem Gatten Anton von Bourbon in die Heimat zurückzukehren.

Einige Tage vor der Abreise besuchte Johanna Montmorency. Ich sah sie flüchtig und fand sie unsympathisch. Sie war und ist eine reizlose Frau. Das fahle blonde Haar, der graue Teint und der schmale verkniffene Mund gefielen mir nicht. Was mich aber besonders abstieß, war der fanatische Blick ihrer Augen.

Montmorency vertraute mir später den Inhalt der Unterredung an: Sie war entschlossen, allmählich den protestantischen Glauben in Navarra einzuführen und nach dem Tod des Vaters den Protestantismus zur Staatsreligion zu erklären und zu ihm überzutreten. Allerdings wollte sie für diesen wichtigen Schritt den richtigen politischen Zeitpunkt abwarten. Sie bat Montmorency, nach guten Predigern auszuschauen, die dann in Navarra als Pfarrer arbeiten sollten. Montmorency empfahl zunächst mich. Ich war erleichtert, dass sich für mich eine neue Perspektive eröffnete, denn die Arbeit als Sekretär war langweilig.

Im Spätsommer 1553 starb meine Mutter. Einige Wochen später traf ein Brief der Erbin von Navarra bei Montmorency ein mit der Bitte, mich zu Beginn des neuen

Jahres nach Navarra zu schicken. Sie habe beschlossen, ich solle der Pfarrer in Pau werden.

Der alte König wurde immer schwächer, und sie rechnete damit, bald Königin von Navarra zu werden.

Im Herbst reiste Montmorency im Auftrag des Königs nach Orléans. Ich begleitete ihn. In Orléans lebte ein alter Freund Montmorencys mit seiner Familie. Es ergab sich bald ein reger gesellschaftlicher Kontakt, und wenn der Graf und die Gräfin de Menthon bei uns zur Tafel weilten, war ich ebenfalls anwesend und beteiligte mich an der Unterhaltung, soweit es meiner Stellung als Sekretär ziemte.

Mitte November erhielt Montmorency eine Einladung ins Palais des Grafen zur Geburtstagsfeier seiner einzigen Tochter am 24. November. Montmorency sollte mich mitbringen, weil der Graf beeindruckt davon war, welche geistigen Beiträge ich zur Unterhaltung beisteuerte.

An jenem Abend begegnete ich deiner Mutter zum ersten Mal, den Rest der Geschichte kennst du.«

Nicolas Cauvin schwieg, und Margot atmete tief durch.

»Was für ein aufregendes Leben Ihr hattet.« Sie trank einen Schluck Wein. »Vater, vorhin habt Ihr gesagt, ich würde meiner Mutter immer ähnlicher, nicht nur äußerlich. Wie meintet Ihr das?«

Der Pfarrer betrachtete die Tochter, und seine Gedanken wanderten zurück.

3. KAPITEL

DER 1. DEZEMBER 1553 war ein trüber, frühwinterlicher Tag. Es dämmerte schon, als Nicolas Cauvin die Kathedrale Sainte-Croix in Orléans betrat. Er tauchte zwei Finger der rechten Hand ins Weihwasserbecken, bekreuzigte sich und ging langsam zu einem der Seitenschiffe. Dort knieten einige Frauen und ließen eine Perle des Rosenkranzes nach der anderen durch die Hände gleiten.

Sie beteten das Ave Maria, das ihnen nach der Beichte als Sühne auferlegt wurde, und sie glaubten daran, dass ihnen ihre Sünden von Gott vergeben wurden. Fühlten sie sich auch von der Schuld befreit, die sie durch eine Sünde auf sich geladen hatten?

Eines wusste er: Angenommen, er hätte gebeichtet und die Absolution empfangen, das Gefühl der Schuld gegenüber Katharina würde immer noch auf ihm lasten.

Was war nur los mit ihm während der vergangenen Tage?

Am 24. November war Katharinas Geburtstagsfest gewesen. Sie hatten sich unterhalten, und plötzlich hatte die Liebe wie ein Blitz bei ihnen eingeschlagen.

Man konnte sich gegen die Liebe auf den ersten Blick nicht wehren, aber am nächsten Tag hatte er seine Gefühle nicht kontrolliert. Die Amme brachte ihm ein Billett, worin Katharina fragte, wann und wo sie sich treffen könnten. Statt ihr zu schreiben, dass es für sie beide keine Zukunft gebe, weil er – abgesehen vom Standesunterschied – protestantischer Pfarrer war, hatte er sich mit ihr getroffen. Er gab sich völlig dem Gefühl der Liebe hin. Es war das erste Mal in seinem Leben, dass er für ein Mädchen solch eine innige Zuneigung empfand. Und er dachte nicht an die Zukunft. Gestern, sieben Tage nach ihrer ersten Begegnung, erwachte er langsam aus seinem Traum … Der Garten hinter Montmorencys Palais, wo ihnen am Spätnachmittag niemand begegnen würde …

»Katharina, es gibt für uns keine Zukunft, denkt an den Standesunterschied! Euer Vater würde uns nie seinen Segen geben.«

»Der Standesunterschied interessiert mich nicht. Ich will den Mann heiraten, den ich liebe. Montmorency besitzt großen Einfluss am Hof, er wird dafür sorgen, dass der König Euch in den Adelsstand erhebt und Euch Ländereien schenkt.«

»Katharina, das ist unmöglich, weil …«

Er schwieg. Er brachte nicht die Kraft auf, ihr zu gestehen, dass er Protestant war.

»Es ist nicht unmöglich, es sei denn, Ihr liebt mich nicht aufrichtig.«

»Ich liebe Euch aufrichtig.«

Sie sah ihn an und lächelte: »Was zögert Ihr? Geht morgen zu meinem Vater und bittet ihn um meine Hand, versprecht es mir.«

»Ich verspreche es.«

In diesem Augenblick tauchte die füllige Gestalt einer älteren Frau auf.

»Meine Amme, hoffentlich vermisst man mich zu Hause nicht.« Katharina eilte zu der Frau. Er sah ihnen nach und beschloss, ihr am nächsten Tag zu gestehen, dass er Protestant sei.

Er sandte ihr ein Billett und bat sie, am nächsten Tag um fünf Uhr zur hinteren Seite der Kathedrale zu kommen. Er faltete die Hände und betete leise: »Lieber Gott, gib Katharina die Kraft, dass sie den Kummer, den ich ihr jetzt bereite, erträgt, gib, dass sie mich vergisst. Gib mir die Kraft, ihr die Wahrheit zu sagen, lieber Gott, vergib mir die Schuld, ich habe mich an dem jungen, unschuldigen Mädchen versündigt, weil ich mich nicht beherrschen konnte und mich meinem Liebesgefühl hingab.«

Er verließ die Kathedrale, und während er langsam zum Treffpunkt ging, hörte er die fünfte Stunde schlagen.

Als er um die Ecke bog, sah er im Halbdunkel zwei Frauen.

Katharina trug einen schwarzen Samtmantel und eine dunkelrote Samthaube. Ihr Gesicht war zur Hälfte mit einer schwarzen Maske verdeckt, auch die Amme trug an jenem Nachmittag eine schwarze Halbmaske.

Er ging zu ihnen, und Katharina sagte zu der Amme: »Madeleine, wir sind hier zwar ungestört, achte trotzdem darauf, dass niemand kommt.«

Die Amme entfernte sich, und Katharina umarmte Nicolas und presste ihr Gesicht an seine Brust.

»Nicolas, ist etwas passiert? Ihr wart noch nicht bei meinem Vater, das wüsste ich.«

Er löste sanft ihre Arme und sagte zögernd: »Katharina, Ihr müsst jetzt tapfer sein. Es wird für uns keine gemeinsame Zukunft geben, nicht nur wegen des Standesunterschieds, sondern weil ich protestantischer Pfarrer bin. Es war unverantwortlich von mir, Euch das zu verschweigen. Bitte verzeiht mir. Ich musste aus familiären Gründen einige Jahre in Paris leben, und Montmorency war so großzügig, mich als Sekretär zu beschäftigen. Er weiß um meine Identität. Ich wollte in Paris nicht als Protestant im Untergrund leben und vielleicht zum Märtyrer werden.

Dazu liebe ich das Leben zu sehr. Ich musste mich auch um meine selige Mutter kümmern. Das wäre bei einem Leben im Untergrund kaum möglich gewesen.«

Katharina sah ihn an und nahm langsam die Maske ab. »Ihr seid protestantischer Pfarrer, und Montmorency weiß es. Hochinteressant. Ihr seid ein Gegner des katholischen Glaubens, das habe ich gespürt, als ich Euch zum ersten Mal sah. Es stört mich nicht, dass Ihr Protestant seid, im Gegenteil, ich finde es aufregend.«

Nicolas bewunderte die makellose weiße Haut, die schwarzen Haare, die unter der Haube hervorlugten, die dunklen Augen, die vor Begeisterung funkelten.

»Katharina, Ihr wisst, dass der König die Protestanten verfolgen lässt. Wer ihnen Schutz gewährt oder mit ihnen in Verbindung steht, wird ebenfalls verfolgt. Bisher wissen nur Ihr und Montmorency, dass ich Protestant bin. Ich werde daher Montmorency bitten, mich früher aus seinen Diensten zu entlassen, und morgen nach Navarra abreisen. Ich kann dort in der Hauptstadt Pau als Pfarrer arbeiten.«

»Ich werde Euch begleiten. Nach der Abendtafel rede ich mit meinen Eltern, und morgen verlasse ich unser Haus. Wann wollt Ihr aufbrechen?«

Nicolas erschrak über den harten Unterton ihrer Stimme. »Katharina, seid vernünftig. Eure Eltern werden Euch nicht erlauben, mich zu begleiten. Sie werden Euch daran hindern. Wollt Ihr wirklich, dass es zwischen Euch und Euren Eltern zum Zerwürfnis kommt? Das werdet Ihr nicht so einfach verkraften.«

»Das interessiert mich nicht, aber Ihr habt recht, sie werden versuchen, mich am Verlassen des Hauses zu hindern. Ich schreibe ihnen einen Brief, den sie morgen in meinem Zimmer finden werden.«

»Katharina, angenommen, Eure Eltern gäben uns den Segen, wir heirateten und lebten in Navarra, wisst Ihr überhaupt, wie das tägliche Leben einer Protestantin aussieht? Ihr müsstet natürlich als meine Frau zum reformierten Glauben übertreten.«

»Ich weiß nichts über das Leben der Protestanten. Schlimmer und unerträglicher als das Leben, das ich jetzt führe, kann es nicht sein.«

»Das verstehe ich nicht: Was ist an Eurem Leben unerträglich? Ihr wohnt in einem Palais mit zahlreicher Dienerschaft, Ihr kleidet Euch in Samt und Seide, Ihr genießt jeden Tag eine üppige Tafel, Ihr nehmt an Bällen teil. Was ist für Euch unerträglich?«

»Mein Leben ist langweilig. Ich weiß manchmal nicht, wie ich den Tag verbringen soll. Gewiss, ich lese, sticke, musiziere, reite aus, aber das alles ist keine sinnvolle Tätigkeit. Wenn wir Gäste haben, muss ich zugegen sein und mir oberflächliche Gespräche anhören. Am meisten hasse ich meine religiösen Verpflichtungen, die tägliche Messe, die Fastenzeiten, die wöchentliche Beichte. Ich weiß nie, was ich als Sünde beichten soll. Also erfinde ich eine Sünde, und die Buße, die der Priester mir auferlegt, ignoriere ich. Ich bete keinen Rosenkranz.

Ich möchte raus aus diesem oberflächlichen Leben. Ich sehne mich nach etwas, das mein Leben erfüllt. Versteht Ihr, was ich meine?«

»Ich verstehe Euch sehr gut. Aber als Protestantin müsst Ihr Euch auch gewissen Regeln fügen: schwarze Kleidung, kein Schmuck, keine Bälle, kein Glücksspiel, keine weltlichen Lieder, eine bescheidene Tafel, Gottesdienste und Bibelabende. Das Leben der Protestanten besteht aus Gebet und Arbeit. Als Pfarrfrau habt Ihr *eine* Dienerin, die Euch bei der täglichen Arbeit hilft, das ist alles. Dieses Leben werdet Ihr irgendwann vielleicht genauso unerträglich empfinden wie Euer gegenwärtiges Leben im Luxus.«

»Das kann ich mir nicht vorstellen. Angenommen, wir haben Gäste, dann sind die Gespräche bestimmt interessanter als in meinem Elternhaus.«

»Die Gespräche der Protestanten sind nicht oberflächlich, man spricht vor allem über Gott und den Glauben und darüber, wie man armen Mitgliedern der Gemeinde helfen kann, aber wir kommen so nicht weiter. Ich bitte Euch, denkt an Eure Zukunft. Ihr wollt den jungen Mann, den Eure Eltern aussuchten, nicht heiraten. Redet mit ihnen darüber, vielleicht sind sie damit einverstanden, dass Ihr einen standesgemäßen Mann heiratet, der Euch gefällt.«

Katharina senkte den Kopf und begann leise zu weinen.

Nicolas sah die Tränen, die langsam über ihre Wangen flossen, und fühlte sich hilflos. Nach einer Weile hob er ihr Gesicht ganz nah an seines.

»Katharina, ich liebe Euch, und weil ich Euch liebe, denke ich an Eure Zukunft. Ihr würdet an meiner Seite nicht glücklich werden und irgendwann Eurem alten Leben nachtrauern. Morgen verlasse ich Orléans, und Ihr werdet mich bald vergessen haben. Wie sagt man? Aus den Augen, aus dem Sinn. Ihr seid noch sehr jung, das Leben liegt vor Euch, ein Leben in Wohlstand, mit Annehmlichkeiten und Vergnügungen. Ich bitte Euch, seid vernünftig.«

Sie wischte mit den Händen die Tränen fort. »Ich kann ohne Euch nicht leben, aber ich habe vielleicht eine Lösung. Montmorency hat großen Einfluss auf meinen Vater. Vielleicht gelingt es ihm, meine Eltern von unserer Liebe zu überzeugen. Bittet ihn um Hilfe, jetzt sofort. Ich kann Euch nicht begleiten, weil ich im Palais sein muss, wenn es dunkel wird. Wenn es Montmorency nicht gelingt, meinen Vater zu überzeugen, dann weiß ich nicht, was aus mir werden soll. Lebt wohl, ich warte auf Eure Nachricht.«

Sie streifte die Maske über das Gesicht, eilte davon, und Nicolas sah ihr mit gemischten Gefühlen nach.

Was meinte sie? Sie wusste nicht, was aus ihr werden soll? Gütiger Himmel, wollte sie sich das Leben nehmen?

Er eilte zu Montmorencys Palais.

Montmorency führte Nicolas in sein Schlafzimmer zu einem kleinen runden Tisch, vor dem zwei hohe gepolsterte Armstühle standen. Sie setzten sich, und die grauen Augen des Heerführers ruhten eine Weile auf den dunklen Augen des Pfarrers, in denen sich Verzweiflung spiegelte.

»Sagt offen, was Euch bedrückt, hier sind wir vor Lauschern an der Wand sicher.«

Nicolas straffte sich, atmete tief durch und erzählte. Er schloss mit den Worten: »Ich bitte um Eure Erlaubnis, bereits morgen nach Navarra reisen zu dürfen. Eine rasche Trennung von der Comtesse de Menthon ist wahrscheinlich das Beste für uns. Die Comtesse bittet Euch, uns zu helfen und mit ihren Eltern zu reden. Sie sagte, sie weiß nicht, was aus ihr werden soll, wenn es Euch nicht gelingt, die Eltern von unserer Liebe zu überzeugen. Ich habe Angst, dass sie sich etwas antut.«

Er schwieg und versuchte in der undurchdringlichen Miene des Heerführers zu lesen.

Montmorency sah eine Weile nachdenklich auf die Tischplatte, dann stand er auf, ging zu einem Wandschrank, kehrte mit einer Kristallkaraffe und zwei Silberbechern zurück, die er mit Rotwein füllte.

»Trinkt einen Schluck Wein und beruhigt Euch. Die Situation ist schwierig, aber es gibt immer einen Ausweg. Über den Zeitpunkt Eurer Abreise reden wir später. Katharina wurde so erzogen, dass sie weiß, dass Selbstmord eine Sünde ist. Sie wird sich das Leben nicht nehmen. Ich bin gern bereit, der Comtesse und Euch zu helfen, aber wie?«

Nicolas trank einen Schluck Wein und sah Montmorency an. »Ich bin schuld an dieser Situation, ich allein. Ich hätte Katharina am Tag nach dem Geburtstag, als sie mir das Billett schickte, sofort sagen müssen, dass ich protestantischer Pfarrer bin und es für sie und ihre Familie zu gefährlich ist, mit mir in Verbindung zu bleiben. Dann wären ihre Gefühle wahrscheinlich im Keim erstickt worden.«

»Ihr habt keine Schuld auf Euch geladen. Gefühle, besonders Liebesgefühle, kann man nicht lenken. Angenommen, Ihr hättet der Comtesse Eure Identität erzählt, so wäre in ihr nichts im Keim erstickt worden. Ich kenne sie von klein auf, sie besitzt eine leidenschaftliche Natur.« Er trank einen Schluck Wein. »Wie aufrichtig und ernst ist Eure Zuneigung für das junge Mädchen? Werdet Ihr sie auch noch lieben, falls sie sich als Eure Gattin mit dem bescheidenen Leben als Protestantin nicht abfindet, unzufrieden ist und sich nach ihrem vergangenen Leben zurücksehnt?«

»Ja, ich werde sie immer lieben und, soweit ich es vermag, ihr helfen, sich in Navarra einzuleben.«

Montmorency blickte in die Augen des Pfarrers, sah Güte und Liebe in ihnen. »Ich glaube Euch. Kommen wir zum Grafen. Ich kenne ihn seit seiner Jugend und weiß, welchen Stellenwert die Familienehre für ihn hat. Er ist stolz auf den alten Adel, den Reichtum, und er ist ehrgeizig, was die Familie betrifft. Sein Ziel ist es, die einzige Tochter mit einem Mann zu vermählen, der im Dunstkreis des Hofes lebt. Seine Söhne sollen adlige Mädchen heiraten, die eine stattliche Mitgift bekommen, und er möchte seine Söhne in einflussreichen Stellungen am Hof sehen.

Im Augenblick ist völlig offen, ob er diese Ziele verwirklichen kann, weil Katharinas Brüder jünger und damit noch nicht heiratsfähig sind. Der älteste Sohn ist jetzt fünfzehn Jahre, und der Graf bat mich schon etliche Male, ihm zu einer Stellung im Dienst des Königs in der Armee zu verhelfen. Diesen Ehrgeiz des Grafen müssen wir nutzen.

Ich werde ihm noch heute schreiben und ihn um ein Gespräch bitten. Bei dieser Unterredung sollen auch die Gräfin und Katharina anwesend sein.

Ihr werdet dem Grafen sagen, dass Ihr ein protestantischer Pfarrer seid, und ihn um Katharinas Hand bitten. Er wird zunächst ablehnend reagieren, aber die Angst vor dem Verlust alles dessen, was er besitzt, die Angst um die Familie wird ihn bewegen, Euch und Katharina seinen Segen zu geben.«

Nicolas starrte Montmorency an. »Glaubt Ihr wirklich, dass ein Vater seine Tochter der Familie opfert, dass er sie verstößt? Denn darauf wird es hinauslaufen. Doch Ihr habt recht. Auch ich wurde von meinem Vater damals verstoßen, auch bei uns ging es um den Ruf der Familie und vor allem um wirtschaftliche Interessen. Ich bin mit Eurem Vorschlag einverstanden.«

Am frühen Abend des nächsten Tages wurden Montmorency und Nicolas von einem Diener in das Arbeitszimmer des Grafen geführt.

Der Diener entzündete die Kerzen, die auf dem mehrarmigen silbernen Leuchter steckten, und verließ den Raum. Als die Uhr auf dem Kaminsims die siebte Stunde schlug, betraten der Graf, seine Gattin und Katharina das Arbeitszimmer.

Der Graf begrüßte die Besucher und bat sie zu dem runden Tisch, der in einer Ecke des Zimmers stand. Als sie auf den hochlehnigen gepolsterten Armstühlen Platz genommen hatten, sprach der Graf Montmorency recht unverblümt an. »Eure Bitte um eine Unterredung klang geheimnisvoll. Um was geht es?«

»Monsieur Cauvin und ich danken Euch, dass Ihr uns diese Unterredung gewährt. Sind wir hier sicher vor Lauschern an der Wand?«

»Völlig sicher.«

Montmorencys Augen wanderten zu Katharina, die ihn erwartungsvoll ansah. Er beobachtete, wie ihre Hände auf den Armlehnen zitterten, und atmete durch. Er sah die Eltern an: »Es geht um Eure Tochter und Monsieur Cauvin.« Er schwieg und wartete auf die Wirkung seiner Worte.

Die Gräfin sah ihn erstaunt an, der Graf beugte sich etwas vor und sagte leise mit einem gefährlichen Unterton in der Stimme: »Wie bitte? Ich schließe aus Euren Worten, dass es sich um eine Liebesgeschichte handelt.« Sein Gesicht rötete sich vor Wut, als er Nicolas anschrie: »Wie könnt Ihr es wagen, Euch meiner Tochter zu nähern? Ihr seid zwar ein gebildeter gelehrter Mann, aber Ihr seid kein Aristokrat!«

In diesem Augenblick sprang Katharina auf und trat zu Nicolas: »Vater, bitte hört mich an! Monsieur Cauvin hat sich mir nicht genähert. Während meines Geburtstagsfestes verliebten wir uns ineinander. Es war Liebe auf den ersten Blick. Wir lieben uns und wollen heiraten.«

»Katharina, Kind«, rief die Gräfin, »bist du von Sinnen? Was ist los mit dir?«

»Unsere Tochter ist verliebt, aber die Gefühle eines jungen Mädchens sollte man nicht ernst nehmen«, stellte der Graf fest. Seiner Tochter befahl er: »Du wirst diesen Mann nicht heiraten!«

»Einen Augenblick«, rief Montmorency. »Monsieur Cauvin möchte Euch noch etwas sagen.«

Nicolas spürte ein flaues Gefühl im Magen, sah das Ehepaar an und sagte leise: »Ich bin ein protestantischer Pfarrer. Aus familiären Gründen war ich gezwungen, einige Jahre in Paris als Sekretär von Monsieur de Montmorency zu leben. Ich kann jetzt als Pfarrer im Königreich Navarra in Pau arbeiten. Ich liebe Eure Tochter aufrichtig, ich werde für sie sorgen und sie ehren, sie wird es gut bei mir haben. Ich kann ihr natürlich nicht den Luxus bieten, den sie gewohnt ist. Ich habe ihr das Leben geschildert, das sie erwartet. Sie ist bereit, meinen Glauben anzunehmen und als protestantische Pfarrfrau zu leben.«

Er schwieg, und einige Minuten lang war der Raum von Totenstille erfüllt.

Der Graf sah seine Tochter an: »Stimmt es, was Monsieur Cauvin sagt?«

»Ja, Vater.«

Der Graf schlug mit der Faust auf den Tisch und sprang auf: »Sind denn alle verrückt geworden?«, und zu Montmorency gewandt: »Ihr beschäftigt einen Protestanten als Sekretär. Nun, das ist Eure Angelegenheit. Aber Ihr besitzt die Dreistigkeit, diesen Mann in mein Haus zu führen? Was habt Ihr Euch dabei gedacht?«

»Es war die beste Tarnung für Monsieur Cauvin.«

»Gütiger Himmel, wenn sich herumspricht, dass ein Protestant Gast in meinem Haus war, dann sind meine Familie und ich ruiniert. Wir werden alle zum Tod verurteilt, und selbst wenn man uns das Leben lässt, so bedeutet das Verbannung für meine Angehörigen, Kerkerhaft für mich, die Familie de Menthon verliert ihr Vermögen. Habt Ihr das nicht bedacht?«

Montmorency wartete, bis der Graf sich beruhigte, und erwiderte langsam: »Wie sollte sich herumsprechen, dass Monsieur Cauvin Protestant ist? Im Augenblick wissen wir fünf darüber Bescheid. Ich werde schweigen wie ein Grab, Ihr und Eure Gattin werden ebenfalls schweigen. Eure Tochter und Monsieur Cauvin werden in Navarra leben, dort wird niemand etwas über die Herkunft Eurer Tochter erfahren. Ihr müsst keine Sorgen haben um die Zukunft Eurer Familie und Eures Vermögens.«

In diesem Augenblick begann die Gräfin zu weinen.

»Ihr habt recht, Monsieur de Montmorency. Trotzdem, der Gedanke, dass mein Kind in bescheidenen Verhältnissen leben wird, ist unerträglich für mich. Sie könnte sich glänzend verheiraten. Der Mann, den wir ausgesucht haben, ist ein Verwandter der Familie Guise, das ist die mächtigste Familie am Hof. Unser künftiger Schwiegersohn, der Graf de Montpensier, hat eine glänzende Zukunft vor sich.«

»Ich werde diesen langweiligen Laffen niemals heiraten!«, platzte es aus Katharina heraus.

Der Graf trat zu seiner Tochter. »Katharina, es reicht. Deine Gefühle für Monsieur Cauvin sind ein Zeichen für deine Jugend und Unreife. Wir, deine Mutter und ich, wissen, was gut für dich ist. Du wirst dich in ein Nonnenkloster zurückziehen und deine Tage mit Gebeten verbringen.

Ich hoffe, dass die Einsamkeit dich zur Vernunft bringt. Wenn du bereit bist, Graf de Montpensier zu heiraten, kannst du in den Schoß der Familie zurückkehren. Das ist mein letztes Wort in dieser Angelegenheit.«

Katharina funkelte den Vater zornig an. »Ihr könnt mich in ein Kloster sperren, aber ich werde dafür sorgen, dass bekannt wird, dass ein protestantischer Pfarrer Gast in unserem Haus war!«

Der Graf starrte seine Tochter an, dann schlug er sie mit der rechten Hand auf beide Wangen. »Du willst deine Familie ins Unglück stürzen? Das ist nicht meine Tochter, die so spricht. Du bist nicht länger meine Tochter! Du wirst dieses Haus binnen einer Stunde verlassen und nie mehr betreten! Du wirst nichts erben, du kannst zwei Bündel mit deinen persönlichen Sachen mitnehmen, du wirst dich weder von der Dienerschaft noch von deinen Geschwistern verabschieden. Verschwinde, hinaus mit dir! Gehe mit Monsieur Cauvin nach Navarra und lerne dort die Armut kennen!«

Katharina sah noch einmal die Mutter an und sagte leise: »Ich bitte Euch um Verzeihung.« Dann eilte sie aus dem Zimmer.

Die Gräfin wandte sich an ihren Gatten. »Wollt Ihr unser Kind wirklich verstoßen? Wo soll sie jetzt leben? Was sagen wir unseren Kindern, der Dienerschaft und unseren Bekannten, warum Katharina nicht mehr hier lebt?«

»Sie ist nicht mehr unsere Tochter, es ist mir gleichgültig, wo sie eine Unterkunft findet. Der Grund, warum sie verschwunden ist, nun, da wird mir schon etwas einfallen.«

»Eure Tochter«, sagte Montmorency, »kann bis zur Abreise nach Navarra in meinem Haus wohnen. Der

Grund, warum sie Orléans plötzlich verlässt? Sie hat beschlossen, den Schleier zu nehmen und als Nonne in einem der Zisterzienserklöster in der Provence zu leben. Diese Klöster liegen in Gegenden, die weit entfernt sind von Städten oder Handelsstraßen. Niemand wird dort nach Eurer Tochter suchen.«

Er gab Nicolas ein Zeichen, und sie verließen das Zimmer.

Auf dem Weg zum Ausgang sagte Montmorency: »In Orléans leben viele Protestanten im Untergrund. Ich kenne einen Pfarrer, der Euch mit Katharina vermählen wird. Vorher muss sie zum protestantischen Glauben übertreten, und Ihr müsst sie mit Eurer Lehre vertraut machen. Ich benötige Eure Dienste noch bis zum Ende des Jahres, dann könnt Ihr mit Eurer Gattin nach Navarra reisen.«

»Ich weiß nicht, wie ich Euch danken soll, dass Ihr uns geholfen habt. Die Tatsache, dass der Graf seine Tochter verstoßen hat, wird mich immer belasten, und ich werde nichts unversucht lassen, dass Katharina an meiner Seite glücklich wird.«

Der Pfarrer sah Margot an.

»Deine Mutter besaß einen starken Willen und versuchte das zu erreichen, was sie wünschte. Sie wollte mich heiraten und hat dieses Ziel gegen den Willen ihrer Eltern erreicht. Sie hat sich, was die Liebe betrifft, nur von ihrem Gefühl leiten lassen, das ist verständlich. Ob es richtig war? Ich weiß es nicht. Sie hat sich in das Leben, das ich ihr bieten konnte, gefügt und nie geklagt. Aber ich spürte, dass sie sich dazu zwang, das Leben einer Protestantin zu führen. Beten und arbeiten, das war nicht ihre Welt. Insgeheim sehnte sie sich wahrscheinlich nach dem Leben ihrer Kindheit und Jugend.

Nun zu dir, Margot: Ich habe schon seit langer Zeit den Eindruck, dass dir unser bescheidenes Leben nicht gefällt. Erinnerst du dich an die Winterabende, wenn wir vor dem Kamin saßen? Anne und deine Mutter spannen die Schafwolle zu Garn. Deine Mutter hat dir von ihrer Kindheit und Jugend erzählt, du bist zu ihren Füßen gesessen, hast andächtig zugehört und hast manchmal gesagt, was für ein herrliches Leben deine Mutter hatte.

Ich habe dir die Freundschaft mit Corisande nie verboten, aber sie war kein guter Umgang für dich – wegen des Reichtums ihrer Familie. Du vergleichst wahrscheinlich ihr Leben mit deinem und beneidest sie. Sie wird Navarra bald verlassen, und das ist gut für dich.

Margot, gewöhne dich an den Gedanken, dass du immer das spartanische Leben der Protestanten führen wirst. Ich habe auch den Eindruck, dass dir unsere religiösen Pflichten lästig sind. Beim sonntäglichen Gottesdienst verrät dein Gesicht, dass deine Gedanken nicht bei Gott weilen, sondern anderswo.

Das Gleiche gilt für den wöchentlichen Bibelabend der Frauen im Gemeindesaal. Du nimmst daran teil, weil es deine Pflicht als Pfarrerstochter ist, aber ich sehe deinem Gesicht an, dass du dich langweilst. Du beteiligst dich nicht an den Gesprächen über das Bibelzitat, das ich auswähle, und ich lasse dich in Ruhe, weil ich weiß, wie ungern du an diesen Abenden teilnimmst. Was ist der Grund? Sind diese Gespräche keine geistige Bereicherung für dich?«

Margots dunkle Augen funkelten den Pfarrer an. »Vater, ich empfinde diese erbaulichen Gespräche als Heuchelei. Es gibt Frauen in unserer Gemeinde, die protzen mit ihrem Glauben wie mit einem kostbaren Schmuckstück. Ich kann die Worte ›Unser Herr, Jesus Christus‹ manchmal nicht mehr hören. Unser Herr Jesus Christus würde mit Wohlgefallen sehen, wenn wir nur noch beteten und arbeiteten und die Bibel lesen würden. Wir speisen noch viel zu üppig. Statt geistliche Lieder zu singen, sollen wir beten und so weiter.

Das ist Heuchelei, Vater. Ich kann nicht glauben, dass diesen Frauen ein Leben, das nur aus Arbeit und Gebet bestünde, auch wirklich gefallen würde.«

Der Pfarrer lächelte. »Deine Mutter empfand den katholischen Glauben auch in einigen Punkten als Heuchelei. Heuchelei wird es immer geben, damit musst du dich abfinden. Aber wenn du die Pfarrfrau in Nérac bist, dann kannst du versuchen, gegen die Heuchelei zu arbeiten. Ist das keine sinnvolle Aufgabe?«

»Ich werde darüber nachdenken, Vater.«

»Es gibt noch etwas, worüber ich mit dir sprechen muss, Margot. Die Heirat mit dem Pfarrer in Nérac ist für dich keine Liebesheirat, aber noch bist du mit ihm nicht verheiratet. Wer weiß, was alles passieren kann.

Ich gebe dir jetzt einen Rat für dein künftiges Leben: Verwechsele nie Leidenschaft mit Liebe. Deine Mutter empfand für mich Leidenschaft, aber dieses Gefühl ist nicht von Dauer. Irgendwann erwacht man und ist enttäuscht. Die Liebe muss langsam wachsen. Verstehst du, was ich meine?«

»Ja und nein. Ich habe diese Gefühle noch nicht kennengelernt. Glaubt Ihr, dass ich darin meiner Mutter ähnlich bin, dass ich für einen Mann eine Leidenschaft empfinden kann, die mit einer Enttäuschung endet?«

»Das weiß ich nicht, Margot, aber falls dir ein Mann gefällt, das kann dir auch als Ehefrau passieren, dann denke an meine Worte.«

Er stand auf, ging zum Bücherschrank, suchte und gab Margot ein Buch. »Das ist eine gebundene Ausgabe des *Heptaméron*. Das Heft mit der Widmung der Königin möchte ich hierbehalten, es ist ein teures Andenken. Es war gut, Margot, dass wir uns einmal ausführlich unterhalten haben. Gute Nacht, mein Kind.«

»Gute Nacht, Vater.«

Margot ging hinauf in ihr Zimmer, sank auf das Bett und versuchte ihre Gedanken zu ordnen.

Die Reaktion von Tante Johanna auf den Brief der Großmutter und ihr Verhalten hatten den Vater gezwungen, jahrelang in Paris mit einer falschen Identität zu leben. Immerhin hatte er dadurch ihre Mutter kennengelernt.

Er hatte ihr eine Perspektive für ihr künftiges Leben eröffnet. Ja, sie würde versuchen, in Nérac gegen die religiöse Heuchelei zu kämpfen.

Sie stand auf, nahm das *Heptaméron* und begann die erste Geschichte zu lesen. Doch ihre Gedanken wanderten immer wieder zum Gespräch mit dem Vater.

Nach einer Weile zog sie die Bettvorhänge auseinander, stand auf, stellte sich an das offene Fenster, atmete die schwüle Nachtluft ein und träumte von dem Mann, den sie sich als Gatten wünschte.

›Er müsste fünf bis sechs Jahre älter sein als ich‹, dachte sie, ›groß, kräftig gebaut, dunkle Haare, dunkle Augen, ein gepflegter Bart würde mir auch gefallen. Er muss intelligent sein, belesen, wohlhabend. Welcher Beruf? Anwalt?

Kaufmann? Minister? Ich hätte nichts dagegen, wenn er am Hof der Königin ein wichtiges Amt bekleiden würde. Aber so ein Mann muss erst noch gebacken werden. Ich sollte mich an der Realität orientieren, aber die ist nicht sehr verheißungsvoll, ein Witwer mit zwei Kindern. Manchmal träume ich davon, dass ich einen Aristokraten heirate, einen Grafen oder Marquis. Unrealistisch, ich bin bürgerlicher Abstammung. Indes, meine Mutter war eine Comtesse. Reicht es nicht, dass ich die Enkelin eines Grafen bin?

Der Mann, von dem ich träume, müsste irgendetwas Besonderes sein. Ich weiß nicht, worin diese Besonderheit bestehen soll, aber er müsste stärker sein als ich. Ein Mann, an den man sich anlehnen und aufschauen kann, ein Mann, der alle Probleme für mich löst.‹

Nicolas Cauvin saß noch lange an seinem Schreibtisch, und vor seinem inneren Auge zogen die verschiedenen Abschnitte seines Lebens vorüber. Er zuckte leicht zusammen, als die Uhr die volle Stunde schlug.

Mitternacht, vierundzwanzigster August. Vor sieben Jahren hatte er am Bett seiner Frau auf ihren Tod gewartet. Es hatte noch ungefähr zwei Stunden gedauert. Kurz nach zwei Uhr morgens war sie erlöst worden.

Er fühlte sich plötzlich erschöpft und dachte, das war die Schwüle. Er stand schwerfällig auf, öffnete die Tür, ging langsam zurück ins Zimmer und sank in den hohen Lehnstuhl, wo er immer saß, wenn er ruhen oder lesen wollte.

Er spürte ein leichtes Schwindelgefühl. Dieser Schwindel war in den letzten Wochen häufiger. Sollte er zum Arzt gehen? Wie konnte er ihm helfen? Irgendwelche Pulver, ein Aderlass? Unsinn, das kostete alles nur Geld. Wahrscheinlich war die Hitze an seinem Schwindel schuld. Er würde jetzt etwas ruhen und dann in sein Schlafzimmer gehen.

Er schloss die Augen und schlief ein.

4. KAPITEL

Als Margot am anderen Morgen erwachte, war es noch dämmerig. Sie blinzelte durch die geöffneten Bettvorhänge zum Fenster, stand auf und sah hinaus. Es hatte sich in der Nacht kaum abgekühlt, der Tag würde wieder so heiß werden wie die Tage zuvor.

Sie sah in das morgendliche graue Zwielicht, beobachtete, wie der Himmel allmählich heller wurde und zuckte plötzlich zusammen. Im Haus war eine merkwürdige Unruhe. Sie hörte, dass Anne mit jemandem sprach.

In diesem Augenblick eilte Anne die Treppe hoch, riss die Tür auf und atmete schwer.

Margot fuhr herum, sah das entsetzte Gesicht der Dienerin und spürte, dass etwas passiert war.

Anne holte Luft. »Ich bitte um Verzeihung, aber Monsieur Corvisart ist unten bei Eurem Vater.«

»Mein Vater, ist er krank?«

Anne begann zu weinen. »Nein, er ist tot.«

»Tot? Er war doch gestern noch gesund.« Sie spürte, wie

eine Welle von Hilflosigkeit sie überkam. Margot starrte die Dienerin an. Anne ging zu ihr und fasste ihre Schultern. »Monsieur Corvisart wartet unten im Arbeitszimmer.«

»Der Arzt, ja, natürlich.«

Sie schlug den schwarzen Umhang, der auf der Truhe lag, über ihr Hemd und eilte barfuß hinunter.

Sie betrat das Arbeitszimmer und fuhr zurück, als sie die leblose Gestalt des Vaters im Sessel sah.

Der Arzt verneigte sich. »Mein aufrichtiges Beileid, Mademoiselle Cauvin.«

Margot ging zum Sessel und betrachtete einen Augenblick das friedliche Gesicht des Pfarrers. Dann sah sie Corvisart an. »Ich verstehe es nicht, mein Vater war nicht krank.«

»Es muss ein Herzschlag gewesen sein. Ich weiß, dass es für Euch schrecklich ist, aber für Euren Vater war es ein schöner Tod. Er starb im Schlaf, ohne langes Siechtum.«

»Wann kann er gestorben sein?«

»Ich vermute nach Mitternacht. Seht, die Uhr ist kurz nach zwei stehen geblieben. Das passiert manchmal, wenn jemand stirbt.«

Margot sah zu den Zeigern der Uhr. Er war am selben Tag gestorben wie ihre Mutter.

Einige Minuten sprach niemand ein Wort, dann räusperte sich der Arzt: »Mademoiselle, wegen der Hitze müsste die Beisetzung bald erfolgen, nächste Woche am Dienstag, dann hat der Tischler genug Zeit, um den Sarg zu fertigen. Und Ihr habt genug Zeit, um Eure Verwandten zu benachrichtigen und die Trauergäste zu laden.«

»Ich habe nur eine einzige lebende Verwandte, die Schwester meines Vaters. Sie ist verwitwet und hat keine Kinder. Trauergäste? Ich möchte meinen Vater in aller Stille beisetzen lassen.«

Eine große Trauerfeier konnte sie sich finanziell nicht leisten. Ein Testament lag bei seinem Anwalt, das wusste sie, aber sie würde erst nach der Beisetzung den Inhalt erfahren.

Plötzlich spürte sie eine Ahnung in sich aufsteigen. Ihre Zukunft war finanziell nicht gesichert.

Der Arzt unterbrach ihre Gedanken: »Wenn es Euch recht ist, bitte ich den Pfarrer in Nérac, die Trauerfeier zu gestalten. Der Pfarrer der Königin wäre bestimmt dazu bereit, er hat aber keine Zeit. Abgesehen von den Andachten am Morgen und am Abend muss er jeden Tag vor dem Hof predigen. Da unsere Königin sehr bibelfest ist, muss er die Predigten genau vorbereiten, weil sie anschließend mit ihm über den Inhalt diskutiert.«

»Gütiger Himmel«, rief Margot, »hat eine Königin nichts anderes zu tun?« Sie schwieg und spürte, dass sie errötete. »Verzeiht, es steht mir nicht zu, so etwas zu sagen. Ich danke Euch, dass Ihr den Pfarrer in Nérac benachrichtigen wollt.«

Der Arzt verließ das Haus, und Margot sah Anne hilflos an. »Erzähl, wann hast du meinen Vater gefunden?«

»Ich stand in der Morgendämmerung auf, holte Wasser und Holz, entfachte in der Küche das Feuer, und dann fiel mir auf, dass die Tür zum Arbeitszimmer offen stand. Ich ging hin, sah ins Zimmer, und da saß er im Lehnstuhl … Ich dachte, er ist dort eingeschlafen und hat die Nacht hier verbracht. Ich ging zu ihm und merkte, er atmete nicht mehr. Ihr könnt Euch meinen Schrecken nicht vorstellen. Ich lief zu Monsieur Corvisart und weckte ihn. Er kam sofort und stellte den Tod fest.«

Margot sah ihren Vater an und begann, leise zu weinen.

»Warum musste er so früh sterben? Er war erst Mitte vierzig, er hätte doch noch zehn oder fünfzehn Jahre leben können.«

Anne betrachtete das junge Mädchen voll Mitleid. »Geht in Euer Zimmer und ruht Euch aus, ich kümmere mich um alles. Ich werde Euren Vater jetzt waschen und ihm dann seinen Hochzeitsanzug anziehen. Das war immer sein Wunsch. Im Sarg wollte er seinen Hochzeitsanzug tragen, genau wie Eure Mutter ihr Brautkleid trug.«

»Danke, Anne, dass du dich um alles kümmerst.«

Margot ging hinauf in ihr Zimmer, setzte sich auf das Bett und starrte ratlos vor sich hin. Ruhen, dazu war sie innerlich zu aufgewühlt. Es gab ein paar Leute in Pau, die sie über den Todesfall benachrichtigen musste.

Sie wusch sich, kleidete sich an, steckte die Haare hoch und setzte die Haube auf. Sie ging hinunter in die Küche, machte sich Milch heiß, träufelte etwas Honig hinein, und während sie die Milch trank, überlegte sie, wen sie nacheinander besuchen wollte.

Sie ging zu Anne, sagte ihr, wen sie über den Todesfall benachrichtigen wollte, und verließ das Haus. Unterwegs fiel ihr ein, dass sie und Anne das Pfarrhaus in Kürze würden räumen müssen. Wo sollte Anne bleiben? Den persönlichen Besitz ihres Vaters konnte sie mitnehmen, die Bibliothek behalten. Aber wohin mit all den Büchern? Sie musste jetzt vor allem klar denken und alles gut organisieren.

Inzwischen war Margot vor dem zweistöckigen Steinhaus angekommen, wo Corisande wohnte. Sie betätigte den Türklopfer, und nach einer Weile öffnete ein Diener.

»Ist Monsieur Blin zu Hause? Ich muss ihn dringend sprechen.«

»Bitte, Mademoiselle Cauvin, tretet ein. Monsieur Blin ist geschäftlich unterwegs. Ich werde Madame Blin sagen, dass Ihr wartet.«

Nach wenigen Minuten erschien Madame Blin in der Halle.

»Ihr wollt meinen Mann sprechen?«

»Ja, ich komme aus einem traurigen Anlass: Mein Vater ist letzte Nacht gestorben. Monsieur Corvisart meint, ein Herzschlag sei der Grund.«

»Wie bitte, Euer Vater ist gestorben?« Sie ging zu Margot und umarmte sie. »Armes Kind, mein herzlichstes Beileid«, und zu einem der Diener: »Meine Tochter soll sofort kommen.«

Corisande trat hinzu, umarmte Margot und rief: »Komm, ich will dir zeigen, was von meiner Aussteuer inzwischen fertig ist.«

»Mein Vater ist gestern Nacht gestorben.«

Corisande starrte die Freundin einen Augenblick an, dann rief sie: »Wie entsetzlich, er war doch gesund. Was wird jetzt aus meiner Hochzeit? Wer soll mich trauen?«

Margot glaubte, nicht richtig zu hören, und spürte, wie Wut in ihr aufstieg. Diese dumme Gans war nur mit ihrer Hochzeit beschäftigt. Sie wandte sich an Madame Blin. »Ich möchte nicht weiter stören, ich wollte Euch nur informieren, damit Ihr einen anderen Pfarrer sucht.«

»Wir werden den Pfarrer in Nérac fragen, dann muss die Hochzeit auch nicht verschoben werden.«

»Gott sei Dank«, rief Corisande, »ich bin gespannt, ob der Pfarrer seine Verlobte mitbringt.«

Margot erschrak. Seine Verlobte? Wen meinte Corisande? Sie wusste natürlich nicht, dass mein Vater über eine Ehe mit diesem Pfarrer gesprochen hatte.

»Auf Wiedersehen.«

Sie verließ das Haus im Eilschritt. Corisande hatte noch nicht einmal kondoliert, sie hatten nicht gefragt, wann die Trauerfeier war, welcher Pfarrer ihren Vater beerdigen würde. Oberflächliches Volk.

Während sie zum Haus des Oberhofmeisters ging, dem nächsten auf ihrer Liste, dachte sie noch einmal über die Verlobte des Pfarrers nach. Es wurde so viel geschwätzt, sie musste sich nicht beunruhigen.

Madame Blin und Corisande sahen Margot nach, und dann sagte Madame Blin: »Das arme Kind, was wird jetzt aus ihr? Corisande, du hast noch nicht einmal kondoliert, und wir haben vergessen zu fragen, wann die Beisetzung ist.«

»Das werden wir noch erfahren. Ich bin glücklich, dass meine Hochzeit nicht verschoben werden muss.«

Bertrand de Villiers stand in seinem Arbeitszimmer vor Margot, die leise weinte, und suchte nach tröstlichen Worten, fand jedoch keine. »Euer Vater, er war erst siebenundvierzig, drei Jahre jünger als ich, kommt, setzt Euch.«

Er ging zu einem Schrank und kam mit einer Kristallkaraffe Malvasier und zwei Kristallgläsern zurück. Er füllte die Gläser. »Trinkt einen Schluck Wein, etwas Alkohol beruhigt das Gemüt.«

Margot nippte an dem süßen Wein, betrachtete die große füllige Gestalt des Grafen, sein rundes Gesicht, die dichten blonden Haare, die silbrig schimmerten, und spürte, dass sie Vertrauen zu ihm fassen konnte.

Er sah Margot an.

»Ich habe Euren Vater sehr geschätzt. Wir haben oft zusammen Schach gespielt, er hat alle Partien gewonnen.

Zum Glück hat die Königin das Schachspiel nicht auch noch verboten, aber es ist ja kein Glücksspiel.«

»Ich habe auch nie eine Partie gewonnen.«

»Ihr könnt Schach spielen?«

»Mein Vater hat es mir beigebracht.«

»Interessant. Kann ich Euch bei der Organisation der Trauerfeier behilflich sein?«

»Vielen Dank, das ist nicht nötig. Monsieur Corvisart wird den Pfarrer in Nérac benachrichtigen. Die Beisetzung soll am Dienstag sein, ich werde keine Trauergäste laden. Nur meine Tante, Anne und ich werden anwesend sein.«

»Das verstehe ich. Was wollt Ihr nun machen? Im Pfarrhaus könnt Ihr nicht bleiben.«

»Ich werde heiraten, mein Vater hat mit dem Pfarrer in Nérac darüber gesprochen, er sucht eine Mutter für seine Kinder. Das Trauerjahr muss natürlich abgewartet werden, zumindest das halbe. Ich weiß noch nicht, wo ich in dieser Zeit wohnen kann. Es wird sich schon etwas finden.«

»Ich bin beruhigt, dass Ihr durch die Heirat versorgt seid. Wenn Ihr für die Zeit bis zu Eurer Eheschließung keine Bleibe finden solltet, so kommt zu mir. Ich werde eine Lösung finden.« Er schwieg einen Moment. »Ihr könnt Euch darauf verlassen, dass ich Euch immer helfen werde, wenn Ihr Hilfe benötigt. Das schulde ich dem Andenken Eures seligen Vaters.«

»Ich danke Euch.«

Auf dem Weg zum Haus der Tante überlegte sie, ob sie sie bitten sollte, ihr Obdach zu gewähren.

›Das wäre die letzte Möglichkeit, ich mochte sie nie besonders. Als ich gestern erfuhr, dass sie ablehnte, meine kränkliche Großmutter bei sich aufzunehmen, hat meine

Abneigung sich vertieft. Eines steht fest: Ihre Leibesfülle hat mich immer abgestoßen, diese Korpulenz ist eine Folge ihrer Gefräßigkeit. Wie kann man nur so undiszipliniert sein?‹

Dann stand sie vor einem grauen zweistöckigen Steinhaus, dachte an den erheirateten Reichtum der Tante und wie angenehm es wäre, so viel Geld zu besitzen, dass man sorgenfrei leben könnte. Sie dachte an das Geld, das ihr der Vater hinterlassen hatte, überlegte, wie viel es sein mochte, und verdrängte ihre Angst.

Sie betätigte den Türklopfer. Die Dienerin Marie öffnete und führte sie durch die Halle zum Speisezimmer. Auf dem steinernen Fußboden lag ein Teppich aus Leinenstramin, bedeckt mit golddurchwirkten Seidenstickereien. Die Wände waren mit roten Seidentapeten bespannt, die mit grünen Rebenmustern verziert waren, und auf den hohen Lehnstühlen lagen weiche Kissen. An der Wand links von der Tür stand ein Bücherschrank, daneben eine Vitrine, hinter deren Glasfenstern Silbergeschirr schimmerte.

Als Margot eintrat, blieb sie stehen und betrachtete entsetzt und angewidert die unförmige Gestalt, die vor dem Esstisch saß, genießerisch ein Getränk aus einem Silberbecher schlürfte und zwischendurch große Stücke von der Schichttorte mit Trockenfrüchten aß.

›Vor sieben Jahren, als meine Mutter beerdigt wurde, habe ich Tante Johanna zuletzt gesehen. Sie war damals schon fett, aber jetzt ist sie ein Monstrum.‹

Johanna Bouton sah überrascht auf, als sie Margot erblickte, und winkte sie zu sich. Margot ging langsam zum Tisch. »Verzeiht die Störung, Tante Johanna, ich wusste nicht, dass Ihr noch frühstückt.«

»Es macht nichts, ich gönne mir den Luxus, lange zu schlafen und spät zu frühstücken, heiße Milch mit Honig und viel Eigelb verquirlt. Ich habe, Gott sei Dank, keine familiären Verpflichtungen wie andere Frauen.« Sie stellte den Silberbecher auf den Tisch, lehnte sich in ihrem hohen Armsessel zurück und musterte Margot von Kopf bis Fuß. »Als ich dich zuletzt sah, warst du ein Kind. Du bist ein hübsches junges Mädchen geworden, du siehst deiner Mutter ähnlich. Ach, meine arme Schwägerin Katharina, warum musste sie so früh sterben? Nun, es war Sein Wille.«

Sie schwieg, goss aus einer silbernen Kanne Milch in den Becher, und Margot überlegte: ›Was redet sie da für Unsinn? Sie hat meine Mutter nie gemocht. Im Übrigen wäre es höflich, mir von der Milch und dem Kuchen anzubieten. Heiße Milch mit Honig und viel Eigelb zum Frühstück, das ist ein Getränk der Fürsten, wobei unsere bescheidene Königin sich wahrscheinlich mit einer Milchsuppe ohne Honig und Eigelb begnügt.‹

Johanna leerte den Becher mit wenigen Schlucken. »Was verschafft mir die Ehre deines Besuchs? Schickt mein Bruder dich, weil er sich mit mir versöhnen will?«

»Mein Vater ist tot. Er starb letzte Nacht, wahrscheinlich an einem Herzschlag. Ich hielt es für meine Pflicht, es dir zu sagen.«

»Tot? Mein geliebter Bruder, tot. Wie entsetzlich. Wir haben uns so geliebt, du bist als Einzelkind aufgewachsen, Margot, du weißt nicht, was Geschwisterliebe ist.«

Sie schnitt ein Stück Torte ab, und während sie den Kuchen in den Mund stopfte, dachte Margot, was sollte der Unsinn? ›Mein Vater hat nie viel von ihr gehalten, und als sie vor sieben Jahren während des Trauermahls meine

Mutter als katholische Hure bezeichnete, hat er sie hinausgeworfen und ihr verboten, unser Haus je wieder zu betreten. Gott sei Dank waren keine Trauergäste anwesend! Meine Mutter wollte immer in aller Stille beerdigt werden.‹

Johanna unterbrach ihre Gedanken. »Wann ist die Beerdigung? Ich möchte meinem geliebten Bruder die letzte Ehre erweisen. Ich werde mich in einer Sänfte zum Friedhof begeben. Du wirst viele Trauergäste laden müssen, dein Vater war ein beliebter Pfarrer.«

»Die Beisetzung ist am Dienstag, es werden keine Gäste geladen, das ist im Sinne meines Vaters. Wir sind nur zu dritt. Anschließend gibt es bei uns ein einfaches Mahl: Suppe, Brot, Käse und Wein.«

Johanna seufzte. »Mehr gibt es nicht zu essen? Kein Fleisch, kein Fisch, keine Süßspeisen? Nun, ich werde es überleben.« Johanna musterte Margot neugierig. »Was willst du jetzt machen? Im Pfarrhaus kannst du nicht bleiben.«

»Ich werde wahrscheinlich Monsieur Tartuffe heiraten. Mein Vater sprach vor einiger Zeit mit ihm darüber. Er sucht eine Mutter für seine Kinder.«

»Wie bitte? Du sollst oder willst den Pfarrer in Nérac heiraten? Ich will offen zu dir sein, obwohl vielleicht jetzt nicht der richtige Augenblick ist: Der Pfarrer hat sich vor einiger Zeit mit einer reichen Witwe verlobt. Sie ist einige Jahre älter als er, kinderlos, sie soll nicht besonders hübsch sein. Aber: Sie ist reich.«

Margot erschrak und spürte ein flaues Gefühl im Magen. Corisande hatte also kein dummes Zeug geschwätzt. »Seid Ihr sicher, dass er sie heiraten wird?«

»Ganz sicher, vor ein paar Tagen besuchte mich eine alte Freundin, die sich nach Nérac verheiratete. Sie erzählte, dass das Aufgebot bestellt sei und die Hochzeit noch im September stattfinden soll. Wann hat dein Vater mit Monsieur Tartuffe gesprochen?«

»Ich weiß es nicht, denn ich habe erst gestern davon erfahren. Ich muss jetzt gehen, ich sage Euch noch, um wie viel Uhr die Beisetzung ist.«

»Was willst du machen? Deine Zukunft ist ungewiss.«

»Ich weiß es nicht, ich muss darüber nachdenken.«

»Ich werde auch nachdenken, vielleicht fällt mir bis Dienstag etwas ein.«

Margot eilte hinaus, lief die Straße entlang, blieb nach einer Weile stehen und atmete tief durch. ›Was mache ich jetzt? Ich muss vor allem wissen, wie viel Geld ich erbe. Dann kann ich weiter überlegen. Die Testamentseröffnung ist erst einige Zeit nach der Beerdigung. Der Anwalt darf mir zwar vorher nichts sagen, ich werde ihn aber trotzdem darum bitten, damit ich über meine finanzielle Lage Bescheid weiß.‹

Der Anwalt Tuteur empfing Margot freundlich, kondolierte und sagte: »Die Testamentseröffnung ist in ungefähr zwei Wochen. Madame Bouton muss natürlich als Schwester Eures seligen Vaters auch anwesend sein.«

»In zwei Wochen? Ist es nicht früher möglich?«

»Vielleicht in einer Woche, doch vorher habe ich zu viele andere Termine.«

Margot senkte den Kopf und sagte leise: »Ich muss jetzt wissen, wie viel Geld ich erbe. Schließlich muss ich meine Zukunft planen. Könnt Ihr uns nicht ausnahmsweise das Testament am Tag nach der Beisetzung eröffnen?«

Der Anwalt betrachtete das junge Mädchen und empfand Mitleid. »Mademoiselle Cauvin, ich kann keine Ausnahme machen, aber es gibt eine andere Lösung. Euer Vater übergab mir das Testament zur Aufbewahrung und bat mich, den Inhalt zu prüfen, ob juristisch alles korrekt sei. Ich kann Euch also sagen, was in dem Testament festgelegt ist. Doch Ihr müsst mir hier auf diese Bibel schwören, dass Ihr keinem Menschen etwas erzählt.«

Margot atmete erleichtert auf, legte die rechte Hand auf die Bibel und sagte feierlich: »Ich schwöre bei Gott, dass ich das, was ich von Euch erfahre, in mir verschließen werde.«

»Gut. Eure Tante erbt nichts, auch nicht von dem persönlichen Besitz Eures seligen Vaters, zum Beispiel Bücher. Ihr erbt alles, was Euren Eltern persönlich gehörte, außerdem was an Hausrat angeschafft wurde.«

›Ich erbe die Kleider und den Schmuck meiner Mutter. Im Augenblick kann ich nicht viel damit anfangen, aber wer weiß, was alles auf mich zukommt.‹

»Euer seliger Vater hatte ein Einkommen«, fuhr der Anwalt fort, »das es ihm erlaubte, etwas Geld zur Seite zu legen, aber es ist allgemein bekannt, dass Euer Vater immer ein Herz für die Armen hatte. Niemand, der ihn um ein Almosen bat, wurde von ihm abgewiesen. Das ist wahrscheinlich der Grund, warum er Euch nicht viel Geld hinterlassen konnte. Es sind hundert Livres.«

Margot erschrak, und es dauerte einige Sekunden, bis sie sich fasste. »So wenig? Ich habe nicht mit einer großen Summe gerechnet, aber nur hundert Livres?« Sie stand auf. »Ich danke Euch für Euer Vertrauen. Ihr habt mir sehr geholfen.«

›Diese Summe ist zum Leben zu wenig und zum Sterben zu viel‹, überlegte sie auf dem Heimweg, ›es reicht auf keinen Fall für eine Mitgift. Das bedeutet, dass ich Geld verdienen muss, aber wie?

Ich kann lesen, schreiben, rechnen, ich beherrsche einige Sprachen, habe Kenntnisse in Literatur und Geografie. Vielleicht finde ich bei einer wohlhabenden Familie eine Stelle als Erzieherin. Irgendwo im Königreich Navarra müsste es doch eine Familie geben, die eine Erzieherin sucht. Ich bin bereit, meine Heimatstadt Pau zu verlassen, hier hält mich nichts außer den Gräbern meiner Eltern. Zuerst aber muss ich eine Bleibe finden. Die Gemeinde erwartet, dass ich das Pfarrhaus in den nächsten Wochen verlasse, damit der neue Pfarrer einziehen kann. Es kann noch dauern, bis ein neuer Pfarrer ernannt wird, aber ich muss vor dem Winter ein Dach über dem Kopf haben. Vielleicht kann Anne mir helfen, aber das hat Zeit bis nach der Beerdigung. Soll ich den Oberhofmeister um Hilfe bitten? Nein, das ist jetzt noch zu früh, ich werde zunächst versuchen, allein mit meiner Situation fertig zu werden.‹

Als Margot das Pfarrhaus betrat, kam Anne ihr entgegen. »Euer Vater liegt oben in seinem Schlafzimmer, ich habe ihn mithilfe des Tischlers hinaufgebracht. Er wird den Sarg heute am Abend bringen, ein schöner Eichensarg, ich hoffe, es ist Euch recht.«

›Ein Eichensarg, er wird teuer werden, ein Fichtensarg wäre meinen Finanzen angemessen. Aber was denke ich, ein Eichensarg ist für meinen Vater das Mindeste.‹

»Danke, Anne, dass du dich um alles gekümmert hast.«

Sie ging hinauf, trat zum Bett des Vaters, betrachtete die schmale Gestalt, kniete nieder und sprach ein Gebet.

Dann setzte sie sich auf einen Stuhl, erinnerte sich noch einmal an die vergangenen Jahre und an einige Tage während ihrer Kindheit und Jugend, die sich ihr eingeprägt hatten.

Der 20. Oktober 1560 war ein sonniger, milder Herbsttag gewesen. Gegen acht Uhr eilte Margot erwartungsvoll die Treppe hinunter zum Wohn- und Speiseraum des Pfarrhauses, um mit den Eltern zu frühstücken.

Es war ihr sechster Geburtstag. Sie freute sich auf das neue Kleid, das sie seit dem vierten Lebensjahr an jedem ihrer Geburtstage bekam, und auf das Mittagessen, das sie sich seit zwei Jahren wünschen durfte: Kalbsragout.

Sie betrat das Zimmer und blieb überrascht stehen: An ihrem Platz prangte zwar ein großer Strauß bunter Herbstastern, aber der kleine Tisch daneben fehlte, wo das neue Kleid liegen sollte.

Sie war enttäuscht, ging langsam zur Mutter, dann zum Vater, ließ sich auf die Stirn küssen, hörte die Glückwünsche zu ihrem Geburtstag und setzte sich an ihren Platz.

Die Eltern sahen die enttäuschten Augen der Tochter und lächelten sich an. Dann falteten sie die Hände, und der Pfarrer sprach das Tischgebet: »Alle Augen warten auf dich, o Herr, und du gibst ihnen ihre Speise zur rechten Zeit. Du tust deine milde Hand auf und sättigst alles, was lebet, mit Wohlgefallen. Amen.«

Auf dem Tisch standen eine große erdfarbene Schüssel mit dampfendem Haferbrei und zwei Becher mit Apfelmost für die Eltern und einer mit heißer Milch für Margot.

Margot trank hastig die heiße Milch, um zu verhindern, dass sich jene Haut darauf bildete, die sie nicht mochte.

Sie aß einige Löffel Brei und sah die Eltern erstaunt an. »Er schmeckt heute viel süßer als gestern.«

»Heute ist dein Geburtstag«, antwortete Katharina, »ich habe zu Anne gesagt, sie soll ihn heute mit mehr Honig süßen.«

In diesem Augenblick wurde Margot bewusst, dass die Dienerin am Tisch fehlte: »Wo ist Anne?«

»Sie hat zu tun«, antwortete der Vater.

Als die Mahlzeit beendet war, falteten sie die Hände, und der Pfarrer sprach das Gebet: »Wir danken dir, Herr, Gott, himmlischer Vater, durch Jesum Christum, unsern Herrn, für alle deine Wohltat, der du lebest und regierest in Ewigkeit. Amen.«

Der Pfarrer sah seine Tochter liebevoll an. »Komm, Margot, wir gehen jetzt in mein Arbeitszimmer. Dort hat Anne einen Geburtstagstisch für dich aufgebaut.«

Ihre Mutter lächelte geheimnisvoll. »Du bekommst heute mehr Geschenke als früher, weil mit dem sechsten Lebensjahr der Ernst des Lebens beginnt.«

»Das verstehe ich nicht, Mutter.«

»Dein Vater wird es dir erklären.«

Am Eingang des Arbeitszimmers blieb Margot stehen und bewunderte erstaunt die zwei kleinen Tische mit den Geschenken. Auf einem Tisch war das neue Kleid ausgebreitet, auf dem anderen lagen verschiedene Gegenstände, die sie schon auf dem Schreibtisch des Vaters gesehen hatte. Mitten auf dem Tisch stand ein kleiner Kerzenhalter aus Zinn mit einer brennenden Kerze.

Sie sah die Eltern fragend an: »Eine Kerze für mich? Kerzen sind doch kostbar und teuer.«

»Du bekommst eine Kerze, weil ein neuer Lebensabschnitt für dich beginnt. Sie wird heute während der Mahlzeiten brennen, und was dann davon übrig bleibt, darfst du behalten und entzünden, wann du willst.«

In diesem Augenblick kam Anne ins Zimmer und stellte einen großen Kürbiskuchen auf den Tisch.

»Das ist mein Geschenk, Margot. Ich hätte Euch zu gern eine Schichttorte mit Trockenfrüchten gebacken, aber Kürbisse haben wir im Garten, und ein einfacher Kuchen kann auch mit Honig gesüßt werden. Bei einer Torte muss es weißer Zucker sein.«

Sie schwieg, als sie die traurigen Augen der Pfarrfrau sah. Katharina strich Margot über die Haare: »Liebes Kind, eine Schichttorte mit Trockenfrüchten können sich nur wohlhabende Leute leisten. Wir haben nicht genug Geld, um weißen Zucker, Mandeln, Rosinen und Datteln zu kaufen.«

»Das weiß ich, Mutter«, sagte Margot leise, eilte zur Dienerin und umarmte sie. »Vielen, vielen Dank, Anne, dein Kuchen schmeckt mir so gut wie eine Torte.«

Sie ging zum Tisch, auf dem das neue Kleid lag, betrachtete es und rief: »Mutter, was ist das für ein Stoff? Er sieht kostbar aus.«

Katharina trat zu der Tochter und hob ihr Gesicht an. »Es ist Taft, Margot. Du sollst dieses Kleid tragen, wenn du ab November vormittags in die Schule gehst, und beim sonntäglichen Gottesdienst. Im Haus wirst du natürlich dein altes Leinenkleid tragen. Ich möchte nicht, dass meine Tochter in der Öffentlichkeit wie das Kind armer Leute aussieht.«

Der Pfarrer ging zu den beiden. »Katharina, unsere Tochter ist das Kind armer Leute, das muss sie wissen, und sie muss sich damit abfinden.«

»Ich weiß, Nicolas.«

Margot sah die Eltern erstaunt an. »Warum sind wir arm? Wir haben genug zu essen. Einige Kinder, mit denen ich spiele, können sich nie satt essen und gehen jeden Abend hungrig ins Bett, so haben sie es mir erzählt.«

»Ich will versuchen, dir zu erklären, was wir mit Armut meinen«, reagierte Katharina. »Wir müssen nicht hungern, können uns anständig kleiden und wohnen in einem Haus mit mehreren Zimmern, nicht in einer Hütte, wo es nur einen Raum gibt. Allerdings können wir uns viele Dinge nicht leisten: Schichttorte mit Trockenfrüchten zum Beispiel, eine geräumige Kutsche, mehrere Pferde, eine zahlreiche Dienerschaft. In Pau leben einige Familien, die sich das alles leisten können, weil sie mehr Geld besitzen als wir. Verglichen mit ihnen sind wir arme Leute. Verstehst du, was ich meine?«

»Ja, Mutter.«

»In der Schule wirst du Mädchen begegnen, deren Eltern wohlhabend sind, du musst damit rechnen, dass einige dieser Mädchen mit dem Reichtum der Eltern prahlen. Beneide sie nicht um ihren Reichtum, Geld ist nicht das Wichtigste im Leben.«

»Ja, Mutter.«

Margot ging zu dem anderen Tisch und bestaunte die Geschenke: eine große Schiefertafel, ein schmales langes Stück Kreide, einen kleinen Schwamm in einer Schale, eine längliche Schale aus Holz, worin Gänsefedern und ein Federmesser lagen, ein kleines Tintenfass, eine Streusandbüchse, einige Bogen Papier, eine Mappe aus braunem Ziegenleder und ein Buch.

Margot sah die Eltern an: »Vielen Dank für die Spielsachen. Aber ich weiß nicht, was ich damit spielen soll.«

Nicolas und Katharina lächelten, und Nicolas sagte: »Margot, du hast gehört, dass ab jetzt der Ernst des Lebens für dich beginnt und du ab November die Schule besuchen wirst. Die Gegenstände, die du hier siehst, benötigst du für die Schule, zunächst nur die Schiefertafel, die Kreide und den Schwamm. Später, wenn du richtig schreiben kannst, Papier, Tinte und die Federn.

Unsere Königin ist eine fortschrittliche Frau. Vor einigen Monaten trat sie zusammen mit ihrer Familie offiziell zum protestantischen Glauben über, und dieser Glaube wurde in Navarra zur Staatsreligion erklärt. Das bedeutet, dass es in unserem Land keine Klöster mehr geben wird. Die Mönche und Nonnen müssen auswandern oder sich zum protestantischen Glauben bekennen. In den Mönchsklöstern gab es Schulen für die Jungen. Die Königin hat nun angeordnet, dass die leeren Nonnenklöster in Schulen für Mädchen umgewandelt werden.

Du wirst ab 1. November jeden Morgen deine Schiefertafel in die Mappe packen und in die Schule gehen. Dort wirst du zusammen mit allen gleichaltrigen Mädchen der Stadt Pau von einem jungen Theologen in Lesen, Schreiben, Rechnen und Religion unterrichtet. Das dauert vier Jahre. Die Töchter der Handwerker kehren dann zu ihren Familien zurück und lernen nicht mehr. Die wohlhabenden Familien lassen ihre Töchter von einem Hauslehrer weiter unterrichten. Du wirst von mir ausgebildet, in Geschichte, Geografie, fremden Sprachen und Mathematik, diese Unterweisung wird noch einmal ungefähr fünf Jahre dauern.«

Er schwieg und wartete auf eine Reaktion der Tochter. Nach einer Weile fragte Margot: »Warum darf ich nicht mehr spielen und muss so viel lernen?«

»Margot, allmählich kommen gewisse Schichten der Bevölkerung zu der Meinung, dass auch Mädchen Lesen, Schreiben und Rechnen lernen sollen, um im Lebenskampf bestehen zu können. Die Witwe eines Handwerkers oder eines Kaufmanns zum Beispiel, deren Kinder noch unmündig sind, kann die Geschäfte nur weiterführen, wenn sie diese Fertigkeiten beherrscht.

Ein anderer Grund, weshalb deine Mutter und ich großen Wert darauf legen, dass du viel lernst, ist die Situation der Protestanten in Frankreich. Sie werden wegen ihres Glaubens vom regierenden König verfolgt, und viele haben das Land verlassen, um sich in Deutschland oder in Genf eine neue Existenz aufzubauen. Das gelingt nur, wenn man über ein wenig Bildung verfügt. In Navarra ist zwar der protestantische Glaube seit einiger Zeit die Staatsreligion, aber wer weiß, was alles passieren kann. Die Verhältnisse können sich von einem Tag auf den andern ändern.

Es gibt noch einen dritten Grund, weswegen du viel lernen sollst. Sobald du lesen kannst, wirst du Bücher von mir bekommen. Die Lektüre erschließt dir eine neue Welt, dein Leben wird reicher, du beurteilst dann viele Dinge anders.« Er nahm ein Buch vom Tisch und zeigte es Margot. »Das ist eine Bibel für Kinder, die Geschichten des Alten Testaments sind darin so erzählt, dass Kinder sie besser verstehen. Dieses Buch soll für dich ein Anreiz sein, möglichst rasch lesen zu lernen. Weder deine Mutter noch ich werden dir die Geschichten vorlesen, du musst dich in Geduld üben, bis du es selbst kannst.«

Margot betrachtete das Buch, sah die Eltern an und sagte: »Ich habe verstanden, warum ich viel lernen muss.«

Katharina zog die Tochter an sich: »Eines noch, mein Kind, ich werde jeden Tag überprüfen, ob du fleißig gelernt hast. Ich hoffe, dass dir bis zum Frühjahr die Arbeitsdisziplin in Fleisch und Blut übergegangen ist. Im Mai wirst du einen Bruder oder eine Schwester bekommen, dann werde ich mich nicht mehr so viel um dich kümmern können. So, und jetzt genieße deinen Geburtstag.«

Zwei Jahre später saß Margot zusammen mit ungefähr vierzig Mädchen im Schulzimmer der zweiten Klasse und wartete auf den Lehrer.

Als er hereinkam und sie den Stapel Papier sah, den er unter dem Arm trug, begann ihr Herz heftig zu klopfen.

»Die Rechenarbeit«, sagte sie leise zu Corisande, die neben ihr saß.

Der Lehrer legte den Stapel Papier auf den Tisch, setzte sich, nahm das oberste Blatt und rief: »Corisande Blin, zehn Fehler.«

Corisande ging nach vorn, nahm ihre Arbeit in Empfang und ging zurück zu ihrem Platz.

»Margarethe Cauvin, zehn Fehler.«

Margot erschrak, ging nach vorn, nahm die Arbeit, ging zurück zu ihrem Platz und starrte verzweifelt auf die rote Tinte.

Zehn Fehler, keine einzige Aufgabe war richtig gelöst!

Sie erinnerte sich an die letzte Arbeit mit nur fünf Fehlern, an die lauten Vorwürfe der Mutter, sie war angeschrien worden, hatte eine Ohrfeige bekommen und musste den ganzen Nachmittag lang Rechenaufgaben lösen. Zehn Fehler, wie würde sie jetzt reagieren?

Der Vater war ruhig geblieben bei den fünf Fehlern, er lobte ihre Fortschritte und tadelte nie.

Margot hörte nicht, wie viele Fehler die anderen Mädchen hatten, sie dachte ängstlich an die Begegnung mit der Mutter.

Corisande stieß sie an: »Hast du gehört? Die Hälfte von uns hat zehn Fehler, die Aufgaben waren zu schwierig.«

»Das interessiert meine Mutter nicht. Was wird deine Mutter dazu sagen?«

»Nichts, meine Eltern interessieren sich nicht für die Schule. Wir sind reich, und so werden sie mich eines Tages mit einem reichen Mann verheiraten können. Da ist es unwichtig, wie gut ich rechnen kann.«

Margot seufzte. »Meine Eltern legen leider Wert auf gute Leistungen in der Schule.«

Der Lehrer begann mit dem Unterricht. Margot hörte nicht zu, sie starrte auf die rote Tinte, und allmählich reifte in ihr die Idee, den Vater zu bitten, der Mutter die zehn Fehler mitzuteilen.

Als der Mittag eingeläutet wurde, betrat Margot das Pfarrhaus, sah sich vorsichtig um und ging in die Küche.

Anne rührte in einem kleinen eisernen Topf, der über dem Herdfeuer hing, der anderthalbjährige Pierre saß in einer Ecke auf dem Boden und schichtete Spielklötzchen aus Fichtenholz aufeinander. Als Margot in die Küche kam, stieß er mit den Händen den Turm um und quietschte vergnügt.

Margot zuckte zusammen. »Himmel, was für ein Lärm! Warum können kleine Kinder nicht ruhig spielen? Hör endlich mit dem Geschrei auf!«

Der Kleine verstummte und sah die Schwester ängstlich an.

»Margot, warum behandelt Ihr Pierre immer so

unfreundlich?«, fragte Anne. »Er ist so ein lieber kleiner Kerl und weiß noch nicht, was er tut.«

»Er macht nur Arbeit.« Sie legte die braune Mappe auf den Tisch, bückte sich, sammelte die Klötzchen ein und warf sie in einen kleinen Korb, wo sie aufbewahrt wurden. »Ist Mutter zu Hause?«

»Nein, sie macht einen Krankenbesuch. In ungefähr einer halben Stunde wird sie zurück sein.«

»Ist Vater zu Hause?«

»Ja, in seinem Arbeitszimmer.«

Die Dienerin musterte das Gesicht des kleinen Mädchens. »Ich sehe Euch an, dass etwas passiert ist.«

Margot unterdrückte die aufsteigenden Tränen. »Ich habe in der Rechenarbeit zehn Fehler, doppelt so viele wie beim letzten Mal.«

»Oje, oje, jetzt habt Ihr Angst, dass Eure Mutter mit Euch schimpft.«

»Ja, deswegen gehe ich zu Vater.« Sie nahm die Mappe und verließ die Küche. Anne sah ihr mitleidig nach, und während sie wieder in dem Topf rührte, sagte sie leise: »Das arme Kind! Warum muss es so viel lernen?«

Margot klopfte an die Tür des Arbeitszimmers, trat ein und blieb unsicher stehen.

Der Pfarrer sah von seinen Papieren auf und lächelte, als er die Tochter erblickte. »Margot, komm näher. Du willst mir etwas über den heutigen Unterricht erzählen.«

Margot ging langsam zum Schreibtisch, holte die Rechenarbeit aus der Mappe und gab sie dem Vater. »Es sind zehn Fehler«, sagte sie leise, »Corisande und andere Mädchen haben auch zehn Fehler.«

»Margot, die Fehler der anderen sollen kein Maßstab

für dich sein.« Er vertiefte sich in die Arbeit und sah dann die Tochter ernst an: »Wie kommt es, dass du keine Aufgabe richtig gelöst hast? Deine Mutter hat doch während der vergangenen Woche jeden Nachmittag mit dir geübt, wie man multipliziert?«

Margot begann zu weinen. »Ich weiß es nicht, Vater. Ich bin vor einer Rechenarbeit immer so aufgeregt. Ich habe Angst vor diesen Arbeiten, und wenn ich dann die Aufgaben sehe, vergesse ich alles, was ich am Tag zuvor wusste. Vor einem Diktat, einer Grammatikarbeit oder einer Nacherzählung hatte ich noch nie Angst, im Gegenteil, eine Nacherzählung bereitet mir Freude. Der Lehrer liest eine Geschichte vor, und wir müssen sie nacherzählen. Die Zahlen, diese schrecklichen Zahlen sind langweilig.«

Der Pfarrer überlegte. »Deine Begabung scheint im sprachlichen Bereich zu liegen, aber du musst Rechnen können, denke an deine Mutter. Sie weiß, wie sie das Geld einteilen muss – weil sie es kann. Jetzt weine nicht mehr, versuche, vor der nächsten Arbeit keine Angst zu haben, dann machst du auch keine Fehler.«

Margot wischte mit den Händen die Tränen fort. »Ich werde mich bemühen, keine Angst zu haben. Aber ich kam zu Euch, Vater, weil ich Euch um etwas bitten will. Die Mutter hat neulich furchtbar geschimpft, als ich nur fünf Fehler in der Arbeit hatte. Ich traue mich nicht, ihr zu sagen, dass es jetzt zehn Fehler sind. Ich habe Angst vor ihr. Ich bitte Euch, sagt Ihr meiner Mutter, dass ich zehn Fehler in der Arbeit habe.«

Nicolas Cauvin sah seine Tochter erstaunt an. »Wie bitte? Du hast Angst vor deiner Mutter? Ich weiß, dass sie dich gescholten hat. Aber, Margot, sie hat dich getadelt, weil sie dich liebt. Sie wünscht, dass du die beste Schülerin bist, weil sie stolz auf dich sein möchte. Deine guten Schulleistungen sollen den wohlhabenden Frauen in Pau beweisen, dass Reichtum nichts mit Intelligenz zu tun hat. Ich werde deiner Mutter die Arbeit zeigen und mit ihr reden.«

Margot atmete erleichtert auf. »Ihr seid so gut zu mir, Vater, vielen Dank.«

Sie nahm die Mappe und ging zurück in die Küche. Anne füllte gerade einen Holznapf mit Milchbrei aus dem Kessel und rief: »Ihr kommt zur rechten Zeit, tut mir den Gefallen und füttert Euren Bruder, ich muss mich um die Suppe kümmern.«

Sie stellte den Napf auf den Tisch, hob den kleinen Jungen hoch und setzte ihn auf den hohen Kinderstuhl.

Margot warf ärgerlich die Mappe in eine Ecke. »Anne, du weißt, dass er sich von mir nicht gern füttern lässt.«

»Versucht es und denkt daran, den Brei etwas abkühlen zu lassen, bevor Ihr Eurem Bruder den Löffel in den Mund schiebt.«

Margot setzte sich zu Pierre, füllte einen Löffel mit Brei, wartete einige Sekunden und näherte den Löffel dem Mund des Bruders.

Der Kleine begann zu weinen und beugte sich so weit wie möglich von ihr weg. Margot stieß den Löffel wütend zurück in den Napf.

»Anne, er lässt sich von mir nicht füttern.«

Die Dienerin hob das Kind auf ihren Schoß. »Lasst die Suppe nicht anbrennen.«

Während Margot in dem Kessel rührte, sah sie erstaunt, wie gehorsam Pierre sich von Anne füttern ließ. Als der Napf leer war, hörten sie, dass Katharina nach Hause kam und der Pfarrer sie bat, in sein Arbeitszimmer zu kommen.

Anne sah Margot an. »Es ist wahrscheinlich besser, wenn Ihr Eurer Mutter jetzt nicht begegnet. Bringt Euren Bruder nach oben und legt ihn schlafen.«

Margot nahm den Kleinen auf den Arm und stieg langsam die Treppe zum elterlichen Schlafzimmer hoch.

Sie zog ihm die Schuhe und das Kleid aus, legte ihn in das Kinderbett, das von einer Holzwand umgeben war, damit er nicht herausfallen konnte, und sah erleichtert, dass er sofort einschlief.

Sie öffnete die Tür und horchte.

Nach einer Weile hörte sie die Stimme der Mutter, die Anne von dem Krankenbesuch erzählte. Sie atmete tief durch und ging langsam hinunter in die Küche.

»Guten Tag, Mutter.«

Katharina drehte sich um und sah die Tochter ernst an. »Dein Vater hat mir die Rechenarbeit gezeigt, es sind Flüchtigkeitsfehler. Du wirst ab heute jeden Tag zusätzlich eine Stunde das Rechnen üben.«

»Ja, Mutter.«

Während des Mittagsmahles sprach niemand ein Wort. Nach dem Gebet sah Katharina die Tochter an: »Du begleitest mich jetzt in den Garten. Das Fallobst muss eingesammelt werden.«

Als die Körbe mit Äpfeln und Birnen gefüllt waren, sagte Katharina: »Du hast Angst vor mir, mein Kind, warum? Ich möchte dich zu einem Menschen erziehen, der fähig ist, sein Leben zu meistern. Zur Erziehung gehört auch der Tadel. Ich gebe zu, dass ich vielleicht zu heftig auf deine Fehler in den Rechenarbeiten reagiert habe. Ich werde versuchen, schlechte Schulleistungen nicht mehr so arg zu bestrafen.«

Margot lief zu Katharina und schmiegte sich an sie: »Danke, Mutter.«

Katharina hob das kleine Gesicht zu sich empor und küsste das Kind auf die Stirn. »Margot, ich liebe dich, und ich will nur das Beste für dich.«

Margot betrachtete das wächserne Gesicht des Vaters: ›Euer Gespräch damals mit meiner Mutter hat nicht viel genutzt, bei schlechten Leistungen im Rechnen hat sie mich immer angeschrien, und oft gab sie mir eine Ohrfeige. Als Ihr mich in der Mathematik unterrichtet habt, war sie schon tot, sie hat meine Schwierigkeiten mit Geometrie und Algebra nicht mehr erlebt. Gott sei es gedankt. Ihr seid geduldig gewesen und nicht müde geworden, mir immer wieder alles zu erklären.

Die Bibelabende allerdings, an denen ich seit meinem fünfzehnten Jahr teilnehmen musste …‹

An einem Herbstabend im Jahre 1570 saß Margot neben Anne im Gemeindesaal von Pau an einem langen Tisch inmitten von Frauen und gleichaltrigen jungen Mädchen. Ihr Vater saß am oberen Ende des Tisches und sah gut gelaunt in die Runde. »Ich wünsche euch einen guten Heimweg und einen harmonischen Abend im Kreis eurer Familien.«

Margot atmete auf. Gott sei Dank, der langweilige Abend war überstanden.

In diesem Augenblick sagte Madame Blin: »Monsieur Cauvin, erlaubt, dass ich noch eine Bitte vortrage. Calvin hat geistliche Lieder während des Gottesdienstes erlaubt. Das Singen der Lieder dauert ungefähr eine Viertelstunde. Ist es nicht möglich, auf die Lieder zu verzichten? Wir wären eher zu Hause und könnten uns wieder unserer Arbeit widmen. Auch am Sonntag gibt es im Haushalt viel zu tun.«

Nicolas Cauvin sah Madame Blin überrascht an, und bevor er etwas erwidern konnte, rief Margot: »Madame Blin, Ihr habt doch genügend Diener für die Arbeit. Warum gönnt Ihr Eurer Dienerschaft nicht den Genuss der Lieder? Der gemeinsame Gesang ist eine feierliche Umrahmung des Gottesdienstes.«

Sie sah, dass der Vater sie missbilligend anblickte, und funkelte ihn mit ihren dunklen Augen trotzig an.

»Ich bin dagegen, den Gottesdienst abzukürzen«, rief nun Madame Mehun dazwischen. »Allerdings sind die Lieder ein Genuss, der uns hindert, sich ganz unserem Glauben hinzugeben. Wir könnten die Lieder durch Gebete ersetzen.«

Nicolas Cauvin sah in die Gesichter der Frauen, die von diesem Vorschlag wenig erbaut schienen, und sagte: »Morgen ist der Bibelabend der Männer. Ich werde eure Vorschläge vortragen, und am nächsten Sonntag wird die Gemeinde darüber abstimmen, ob wir auf die Lieder verzichten oder sie durch Gebete ersetzen. Ich danke für die Diskussionsbeiträge und wünsche euch einen guten Heimweg.«

Nicolas Cauvin wartete, bis er mit Anne und Margot allein war. Er sah die Tochter streng an. »Margot, was ist los mit dir? Deine Worte zu Madame Blin waren respektlos. Du beteiligst dich sonst nie an der Diskussion, warum ausgerechnet jetzt?«

»Ich will offen zu Euch sprechen, Vater«, entgegnete Margot. »Ich langweile mich während der Bibelabende, und einige der Frauen, zum Beispiel Madame Blin und Madame Mehun, empfinde ich als Heuchlerinnen. Madame Blin möchte möglichst rasch wieder zu Hause sein, weil sie sich während des Gottesdienstes langweilt, das hat mir Corisande erzählt. Madame Mehun möchte möglichst lange in der Kirche verweilen, weil sie zu Hause ständig von ihrer Schwiegermutter herumkommandiert wird.

Die Teilnahme an den Bibelabenden ist freiwillig, ich bitte Euch, erlaubt mir fernzubleiben.«

»Margot, das werde ich dir nicht erlauben. Du bist die Tochter des Pfarrers, und es ist deine Pflicht, an diesen Abenden teilzunehmen. Du musst mit gutem Beispiel vorangehen. Außerdem kannst du bei den Gesprächen der Frauen viel lernen. Wie oft unterhalten sie sich über Kindererziehung, praktische Probleme im Haushalt, sie tauschen Kochrezepte aus und so weiter. Du musst mehr Disziplin lernen. Dazu gehört auch, dass du an Veranstaltungen teilnimmst, die dich langweilen. Das ist mein letztes Wort in dieser Angelegenheit.«

Margot betrachtete den Vater und erinnerte sich, dass alle Gemeindemitglieder bis auf Madame Blin dafür gestimmt hatten, dass der Gesang geistlicher Lieder den Gottesdienst umrahmen sollte.

Unterricht, Gebet, Gottesdienst, Einarbeitung in häusliche Pflichten. Er war immer freundlich zu ihr gewesen, aber ernst. Nach dem Tod ihrer Mutter hatte sie ihn nie mehr lachen sehen. Er war ein Fels in ihrem Leben gewesen. Sie wusste, dass sie sich auf ihn verlassen konnte.

Das war alles vergangen, sie war erwachsen und musste die Zukunft irgendwie meistern.

Sie stand auf, als Anne sie zum Mittagessen rief. Während sie ohne Appetit einen Napf Suppe löffelte, beschloss sie, am Nachmittag eine Aufstellung der Gegenstände zu machen, die sie mitnehmen wollte.

Sie sah Anne an. »In meiner neuen Wohnung werde ich nicht viel Platz haben. Was soll ich mit dem Hausrat machen, dem Zinngeschirr zum Beispiel?«

»Der Tischler hat bestimmt Kisten, die er entbehren kann. Dort könnt Ihr alles hineinpacken, und für den Verbleib der Kisten wird sich auch eine Lösung finden.«

»Ich muss für Hiram eine neue Bleibe finden.« Sie begann zu weinen. »Es ist schrecklich, dass ich mich von Hiram trennen muss, ich liebe ihn und er mich auch. Er sieht mich immer so dankbar an, wenn ich ihm eine Mohrrübe gebe.«

»Ihr werdet bestimmt einen Käufer finden.«

»Ich werde ihn nicht an irgendjemanden verkaufen, ich muss die Gewissheit haben, dass der neue Besitzer ihn gut behandelt.«

Am Nachmittag ging sie mit Anne durch das Haus und überlegte, was eingepackt werden sollte.

»Das Zinngeschirr, die Tücher aus Leinen. Die Kleider meines Vaters sollen die Armen bekommen. Hast du Verwendung für die Gerätschaften in der Küche?«

»Nein.«

Im Schlafzimmer der Eltern begutachtete Margot die Einrichtung und sagte: »Ich werde den Tischler bitten, das Schlafzimmer zu verkaufen, ebenso die Einrichtung meines Zimmers. In meinem neuen Heim sind bestimmt Möbel vorhanden, ich benötige ja nur ein Zimmer.«

Im Arbeitszimmer ihres Vaters nahm sie einen Bogen Papier und notierte, in welcher Reihenfolge die Bücher in den Schränken standen. Das erleichterte ihr später das Auspacken, überlegte sie.

Gegen Abend kam der Tischler, sargte den Pfarrer ein, versprach, am Montag Kisten zu bringen und sich auch um den Verkauf der Möbel zu kümmern.

Das Problem, wo die Sachen, die sie behalten wollte, untergebracht werden sollten, war noch nicht gelöst.

Nach dem Abendessen saßen Margot und Anne auf der Bank vor dem Haus. Plötzlich begann Margot leise zu weinen. »Anne, warum musste mein Vater so früh sterben, warum? Er war so beliebt in der Gemeinde!« Sie schwieg und sah die Dienerin an. »Warum war er so beliebt?«

»Warum? Er war menschlich und kein religiöser Eiferer. Er hatte vor allem viel Verständnis für menschliche Schwächen. Als der protestantische Glaube in Navarra zur Staatsreligion erklärt wurde, beobachtete er, dass viele Einwohner in Pau unter den strengen Regeln Calvins litten, und er versuchte, den neuen Glauben erträglich zu gestalten. Er tolerierte es, wenn er bemerkte, dass die Regeln nicht immer beachtet wurden.«

»Hatte er keine Angst, dass die Königin von seiner Nachsicht erfahren würde?«

»Nein. Die Königin schickt keine Männer in die Häuser, die kontrollieren, ob die Menschen so leben, wie der protestantische Glaube es vorschreibt, das ist der Unterschied zu Genf. Ich habe gehört, dass dort die Haushalte kontrolliert werden.

Angenommen, die Königin hätte von der Nachsicht Eures Vaters erfahren und ihn zu sich bestellt, Ihr könnt gewiss sein, dass Euer Vater seine Haltung verteidigt hätte, selbst auf die Gefahr hin, dass die Königin ihn als Pfarrer entlassen hätte. Euer Vater war ein tapferer, unerschrockener Mann.«

»Danke, Anne, ich werde auf meinen Vater immer stolz sein.«

5. KAPITEL

Am Sonntag, ungefähr eine Stunde vor dem Gottesdienst, traf überraschend Monsieur Tartuffe aus Nérac ein.

Er sprach Margot sein Beileid aus und fuhr fort: »Entschuldigt den Überfall, Mademoiselle Cauvin, aber ich hatte keine Zeit, Euch zu benachrichtigen.

Gestern Abend kam ein Bote des Oberhofmeisters und überbrachte die Bitte der Königin, dass ich heute predigen soll, weil sie ihren Prediger nicht entbehren kann. Sie hat auch bestimmt, dass ich der neue Pfarrer in Pau sei. Allerdings kann es noch einige Monate dauern, bis ich mein Amt antrete. Bis dahin soll der Pfarrer der Königin am Sonntag hier predigen – natürlich erst nach dem königlichen Gottesdienst.«

Margot hörte höflich zu und musterte verstohlen die

kleine hagere Gestalt, die Hakennase und die schmalen Lippen.

›Finanzielle Sicherheit hin oder her, jetzt bin ich fast froh, dass ich diesen Zwerg nicht heiraten muss. Er ist mir unsympathisch.‹

»Ich würde mir gern das Haus ansehen«, sagte Monsieur Tartuffe. Daraufhin zeigte Margot ihm die Räume und erzählte, was sie mitnehmen wolle und was verkauft werden solle.

»Das ist ganz in meinem Sinne, Mademoiselle Cauvin. Meine künftige Frau wird eine wunderbare Einrichtung aus Eichenholz mitbringen mit kunstvollen Schnitzereien, außerdem Silbergeschirr, Damast und Kristall.«

Silber, Kristall, Damast, das passte in einen aristokratischen Haushalt oder in das Haus eines reichen Kaufmanns.

»Habt Ihr schon überlegt, was Ihr am Grab meines Vaters predigen wollt?«

»Ja, ich werde kurz auf sein Leben eingehen und dann besonders auf seine Mildtätigkeit gegenüber den Armen. Wegen der Hitze und meiner Anreise wird die Beisetzung am frühen Abend um sechs Uhr stattfinden. Ist Euch das recht?«

»Ja natürlich. Meine Tante, meine Dienerin und ich werden anwesend sein. Ich würde mich freuen, wenn Ihr anschließend an unserem Trauermahl teilnehmt.«

»Vielen Dank für die Einladung, aber ich werde sofort nach Nérac zurückkehren, die Pflichten rufen.«

Später saß sie in der Kirche und versuchte, sich auf die Predigt zu konzentrieren, fand diese langweilig und dachte über ihre ungewisse Zukunft nach.

Plötzlich zuckte sie zusammen: War die Predigt schon zu Ende?

Gütiger Himmel, er hatte höchstens eine Viertelstunde gepredigt. Ihr Vater predigte immer eine halbe Stunde, und der Pfarrer der Königin sollte angeblich eine Stunde predigen. Eine Stunde war zu lang, aber eine Viertelstunde war zu wenig. Dieser Monsieur Tartuffe schien seine Pflichten nicht sehr ernst zu nehmen.

Sie sah sich verstohlen um und bemerkte, dass die Gemeindemitglieder sich erstaunt und unwillig ansahen. Seine kurzen Predigten und sein Lebensstil würden ihn nicht beliebt machen. Wahrscheinlich würde er sich auch nicht um die Armen kümmern.

Am frühen Abend nahm Margot ihre Bibel, einige rote Rosen, die im Garten blühten, und ging zum Grab der Mutter.

Sie setzte sich auf die steinerne Umfassung und betrachtete den Grabstein. Dann schlug sie die Bibel auf und begann, das Hohelied Salomos zu lesen.

Sie las bis zum siebten Kapitel. Da spürte sie plötzlich, dass sie nicht allein war. Sie sah auf und erblickte Armand de Villiers, der in einiger Entfernung von ihr stand und sie schüchtern und liebevoll ansah.

Er trat zu ihr und verbeugte sich. »Verzeiht, dass ich Eure Andacht störe, aber Eure Dienerin sagte mir, dass ich Euch hier finden werde. Ich möchte Euch mein tief empfundenes Beileid aussprechen.«

Sie sah ihn an und spürte, dass er es aufrichtig meinte. »Danke, Armand.«

»Ihr lest in der Bibel. Darf ich fragen, was Ihr lest?«

»Das Hohelied Salomos.«

Er sah sie erstaunt an. »Das ist ein Liebeslied.«

»Ich denke, es ist die angemessene Lektüre. Meine Eltern haben sich sehr geliebt. Gewiss, es ist auch ein erotisches Lied.« Sie sah, dass Armand errötete, und sagte: »Ihr denkt jetzt, es ist unschicklich, was ich sage. Ich glaube, es ist die Wahrheit.«

»Es ist nicht unschicklich, aber die meisten Protestanten und auch Katholiken heiraten nicht aus Liebe, sondern aus existenziellen Gründen. Und der Sinn der Ehe besteht für sie darin, viele Kinder zu haben, um den Familiennamen zu erhalten und um im Alter versorgt zu sein. Das ist verständlich, wenn man bedenkt, dass viele Kinder früh sterben. Ihr habt keine Geschwister, ich auch nicht … Wann ist die Beerdigung?«

»Am Dienstag, wenn die Glocken den Abend einläuten. Außer mir werden nur meine Tante und Anne anwesend sein.«

›Aha‹, dachte Armand, ›sie wünscht keine große Trauergemeinde. Ich werde es einrichten, dass ich anwesend bin, ohne dass man mich bemerkt.‹

»Meine Eltern starben am gleichen Tag, fast zur gleichen Uhrzeit, kurz nach zwei Uhr morgens, sie starben in der Bartholomäusnacht.«

»Was bedeutet Bartholomäusnacht?«

»Sie starben am 24. August. Das ist der Tag des heiligen Bartholomäus, und die ersten Stunden nach Mitternacht, das ist die Bartholomäusnacht.«

»Der heilige Bartholomäus, wie kommt Ihr auf solche papistischen Gedanken?«

»Das ist nicht papistisch, die Verehrung der Heiligen gehört zum katholischen Glauben. Meine Mutter hat mir viel über diesen Glauben erzählt, in dem sie erzogen wurde. Sie hat es ohne Wertung erzählt, für sie war der protestantische Glaube so viel wert wie der katholische.«

Es entstand eine Pause, dann sagte Armand zögernd: »Es ist jetzt nicht der richtige Ort und Zeitpunkt, um Euch danach zu fragen, aber wie kam es, dass Eure Mutter Protestantin wurde?«

»Ich denke, es ist schon der richtige Zeitpunkt, nach Dienstag werde ich für die Vergangenheit keine Muße mehr haben. Meine Mutter wurde aus Liebe zu meinem Vater Protestantin.« Schließlich erzählte Margot die Liebesgeschichte ihrer Eltern.

»Ich bewundere Eure Mutter. Ich bin auch schon lange entschlossen, nur eine Frau zu heiraten, die ich wirklich liebe, auch wenn sie nicht standesgemäß sein sollte. Was mein Vater dazu sagt, interessiert mich nicht.«

»Befürchtet Ihr nicht, dass Euer Vater Euch dann enterbt? Wovon wollt Ihr leben und eine Familie ernähren? Meine Mutter wusste, dass ihr Lebensunterhalt gesichert war.«

»Mein Vater wird mich nicht enterben, ich bin der einzige Sohn, der die Kinderjahre überlebt hat. Er legt Wert darauf, dass unser Name erhalten bleibt. Und selbst wenn er mich enterbt, ich habe in Paris Jura studiert, ich könnte meinen Lebensunterhalt als Anwalt verdienen.«

Sie schwieg und fragte sich, ob seine Liebe zu ihr so groß war, dass er es eventuell auf sich nehmen würde, enterbt zu werden? Sie liebte ihn nicht, und wenn er zu einem solchen Opfer bereit war, dann hatte er eine Frau verdient, die ihn aufrichtig liebte.

»Es geht mich zwar nichts an, aber es interessiert mich: War für Eure Mutter diese Veränderung ihrer Lebensumstände nicht sehr schwierig?«

»Sie war eine junge Frau«, erwiderte Margot, »und ich glaube, die Liebe hat ihr dabei geholfen. Außerdem lebten die protestantischen Frauen in Pau genau wie sie: schwarze Kleider, sparsame Lebensführung, Gottesdienste, Bibelabende. Als Frau des Pfarrers hatte sie eine gewisse gesellschaftliche Stellung.«

»Gewiss, aber damals war Navarra noch katholisch. Sie hat doch auch den Lebensstil der Katholiken erlebt und kannte ihn.«

»Faktisch war Navarra damals schon protestantisch. Die Katholiken wurden von der Königin systematisch vertrieben. Ihr Vater war noch König, aber er war alt und ließ sie gewähren. Nach seinem Tod wurde dann der Protestantismus als Staatsreligion eingeführt. Anne erzählte mir«, fuhr sie zögerlich fort, »dass sich meine Mutter nur schwer an das bescheidene Leben und an die Gebote des protestantischen Glaubens gewöhnte, aber sie fand sich damit ab. Sie hat meinen Vater aus Liebe geheiratet.«

Armand sah Margot an und dachte: ›Ich liebe sie und würde sie sofort heiraten. Die Mitgift spielt für mich keine Rolle, der Standesunterschied auch nicht, aber ich weiß nicht, was sie für mich empfindet. Eine Frau heiraten, die ich liebe, die mich aber nicht liebt, das möchte ich auch nicht. Mir bleibt nur die Möglichkeit, weiter um sie und ihre Zuneigung zu werben.‹

»Ich danke Euch, dass Ihr mir die Geschichte Eurer Eltern erzählt habt. Man könnte stundenlang über den Sinn von Religionen diskutieren. In der Vergangenheit haben sie meist Kriege heraufbeschworen, aber Ihr habt jetzt andere Sorgen. Was werdet Ihr machen? Das Pfarrhaus müsst Ihr verlassen.«

»Ich werde irgendwo ein Zimmer finden, aber ich weiß nicht, wo ich die Kisten mit den Büchern, die Bücherschränke und die anderen Sachen unterbringen soll.«

»Nun, wie wäre es damit: Unser Dachboden wird nur zum Teil genutzt. Dort könnten die Sachen stehen, bis Ihr sie benötigt. Ich werde am Montag Diener schicken, die alles abholen.«

»Wirklich? Armand, das ist eine große Hilfe, ich danke Euch. Es gibt noch ein Problem: Ich muss unser Pferd Hiram verkaufen und weiß nicht, an wen.«

»Das ist auch kein Problem, Margot. Hiram kann in unseren Ställen stehen, ich sorge dafür, dass er jeden Tag geritten wird. Ihr solltet ihn nicht verkaufen, vielleicht benötigt Ihr ihn eines Tages noch.«

»Ich danke Euch, Armand! Hiram wird es gut bei Euch haben.«

Er stand auf. »Ich möchte Euch nicht weiter stören, Ihr werdet noch ein wenig allein sein wollen.«

Sie sah ihm nach und dachte, es war gut, einen Freund zu haben, der hilft. Sie sah in ihm einen Freund, aber er sah in ihr die Frau, die er liebte.

Am Dienstag stand Margot vor dem offenen Grab, blickte hinunter auf den Sarg, warf Erde darauf und einige weiße Rosen.

Als sie den Friedhof verließ, sah sie Armand hinter einem Grabstein stehen und freute sich, dass er gekommen war.

Beim Leichenschmaus saß sie mit der Tante und Anne am Esstisch. Anne goss einen großen Schöpflöffel mit Suppe in den Holznapf der Tante, doch diese wehrte ab: »Nicht so viel bitte, ich mag keine Knoblauchsuppe. Der Geruch hat mich schon immer angewidert.«

Als die Platte mit Ziegenkäse auf dem Tisch stand, sagte Johanna zu Margot: »Ich habe über deine Zukunft nachgedacht. Du weißt, dass ich gern lese. Immer allein zu lesen ist manchmal langweilig. Du kannst als Vorleserin bei mir arbeiten.«

»Vorleserin? Das wäre wunderbar. Wann kann ich anfangen?«

»Du kannst in aller Ruhe deinen Auszug regeln, und dann kommst du zu mir. Du kannst bei mir kostenlos wohnen und essen.«

»Ich danke Euch.«

›Alles entwickelt sich positiv, ich werde in einem schönen großen Haus wohnen, wahrscheinlich in einem geräumigen Zimmer, ich werde besser essen als bisher, weil meine Tante gutes Essen liebt.‹

Sie atmete durch und trank erleichtert einen Schluck Rotwein.

Ungefähr drei Wochen später stand Margot im Hof des Pfarrhauses und umarmte den gesattelten Hiram. »Leb wohl, in deinem neuen Stall wird es dir gefallen. Du bist jetzt nicht mehr allein, du wirst dich mit den anderen Pferden anfreunden.«

In diesem Augenblick betrat Monsieur Écuyer, der Stallmeister des Grafen de Villiers, den Hof. Als er das weinende Mädchen sah, blieb er stehen. Er empfand Mitleid und wartete, bis die Tränen versiegten.

Dann ging er zu ihr, nahm einige Stücke weißen Zucker aus seiner Hosentasche und gab sie Margot. »Versüßt Eurem Pferd den Abschied. Bei uns bekommen die Pferde jeden Tag Zucker.«

»Ist das wahr?«

Er nickte, und während Hiram ein Stück Zucker nach dem anderen aus ihrer Hand fraß, sagte sie zu ihm: »Du wirst jetzt ein besseres Leben haben, das beruhigt mich.«

»Mademoiselle Cauvin, Ihr könnt Hiram sehen und reiten, wann immer Ihr Zeit und Lust habt. Das hat Graf de Villiers so angeordnet.«

Sie glaubte nicht richtig zu hören. »Ich darf Hiram sehen und ihn reiten? Sagt dem Grafen, dass ich ihm dafür danke.«

Der Stallmeister ritt davon. Margot sah ihm nach und ging zu Anne, die auf der Bank vor dem Pfarrhaus saß. Sie setzte sich neben die Dienerin. Beide schwiegen und nahmen innerlich Abschied von dem Haus, in dem sie jahrelang gewohnt hatten.

»Nun ist alles geregelt«, sagte Margot nach einer Weile, »die Kisten und Bücher sind im Palais der Villiers untergebracht. Hiram lebt im Stall des Grafen, und ich darf ihn sehen und reiten, wenn ich Zeit dazu habe.«

Sie betrachtete die beiden Bündel mit ihren Habseligkeiten, die neben ihr lagen.

»Ich nehme meine Lehrbücher, Luthers Bibelübersetzung, die Kleider und den Schmuck meiner Mutter mit, weil sie mich an eine unbeschwerte Kindheit und Jugend erinnern. Ein unbestimmtes Gefühl sagt mir, dass ich das alles eines Tages vielleicht benötigen werde. Anne, ich danke dir so, dass du dich um die Gräber kümmern willst!«

»Ich will Euch nicht drängen, aber es wird allmählich Zeit, dass Ihr zu Eurer Tante geht. Bei mir ist es unwichtig, wann ich bei meinem Bruder eintreffe. Meine Schwägerin ist froh, dass ich zu ihnen ziehe. Seit die Töchter alle verheiratet sind und der einzige Sohn als Schneidergeselle auf Wanderschaft ist, fühlt sie sich manchmal einsam. Meinen Bruder und den Gesellen sieht sie nur bei den Mahlzeiten.«

Margot sah nachdenklich vor sich hin und sagte leise: »Ich gehe nicht gern zu meiner Tante, ich habe ein ungutes Gefühl. Nach der Testamentseröffnung benahm sie sich merkwürdig. Als sie hörte, wie wenig Geld ich erbe, sah sie mich lauernd an. Als wir das Haus verließen – die Worte sind mir bis heute im Gedächtnis geblieben –, sagte sie: ›Ich habe es nie für richtig gehalten, dass dein Vater den Armen so viel gibt. Wer arm ist, bleibt arm. Jedem Menschen ist es schon bei der Geburt bestimmt, ob er durch die Gnade Gottes erlöst wird und zu Ansehen und Wohlstand kommt oder ob er nicht erlöst wird und arm bleibt.‹

Das ist natürlich eine starke Vereinfachung von Calvins Lehre über die Prädestination, die Grundlage unseres reformierten Glaubens. Ich frage mich, ob meine Tante wirklich an die Prädestination glaubt oder ob es für sie nur ein Vorwand ist, um ihre Hartherzigkeit gegenüber den Armen zu bemänteln. Mein Vater erzählte, dass sein verstorbener Schwager nur darauf bedacht war, seinen Wohlstand zu mehren. Er hat nie ein Almosen gegeben und meine Tante nach seinem Tod auch nicht.«

»Ich teile Eure Meinung, man sollte Almosen geben, wenn man es kann. Ihr solltet die Übersiedlung zu Eurer Tante nicht so pessimistisch sehen. Ihr werdet ihr aus Büchern vorlesen. Was wollt Ihr mehr?«

»Du hast recht. Lebe wohl, ich werde bestimmt freie Stunden haben, dann besuche ich dich.«

Sie umarmte Anne, stand auf und nahm ihre Bündel.

»Lebt wohl! Ihr seid jederzeit im Haus meines Bruders willkommen.« Anne sah dem jungen Mädchen nach, während sie die Strahlen der Nachmittagssonne genoss. Jetzt beginnt der Herbst, dachte sie, heute waren Tag und Nacht gleich lang.

Margot ging langsam zum Haus ihrer Tante und betätigte den Türklopfer. Nach kurzer Zeit öffnete Marie und führte sie durch die Halle in den Essraum.

Margot blieb an der Schwelle stehen. »Guten Tag, Tante Johanna.« Sie sah erstaunt, dass auf dem Tisch ein Silberbecher mit Wein und ein Silberteller mit Marzipan standen. Ihr Glaube erlaubte eigentlich nur drei Mahlzeiten am Tag.

Die Tante nahm den Krückstock, der am Stuhl lehnte, winkte die Nichte herbei, musterte sie und sagte: »Da bist du ja endlich. Marie wird dir zeigen, wo du wohnst, und dir erklären, welche Arbeiten du zu erledigen hast.«

Margot glaubte nicht richtig zu hören. »Arbeiten? Ich soll Euch doch vorlesen.«

Johanna grinste hämisch, trank einen Schluck Malvasier und sagte: »Ich habe es mir anders überlegt. Für die Protestanten ist Sparsamkeit eine Pflicht. Nach dem Tod meines Gatten beschloss ich, bescheidener zu leben. Ich entließ die Dienerschaft und behielt nur Marie. Ich benötige keine Vorleserin, lesen kann ich allein, sondern eine gute Köchin, die alle Gerichte so zubereitet, wie sie hier beschrieben sind.«

Sie nahm ein Buch, das neben ihr lag, und gab es Margot.

»Marie kann nicht lesen und schreiben und hat so gekocht, wie ich es ihr gesagt habe. Aber das war natürlich ohne Raffinesse. Ich habe Marie heute entlassen. Du wirst künftig kochen und alle übrigen Arbeiten verrichten, putzen, einkaufen, den Brotteig zum Bäcker bringen, Obst und Gemüse ernten und verarbeiten, sodass wir Vorräte für den Winter haben. Du kannst als Lohn dafür hier wohnen und essen. Marie hat natürlich einen wöchentlichen Lohn bekommen. Da du meine Nichte bist, ist ein Lohn überflüssig.«

Margot starrte die Tante ungläubig an. ›Mein ungutes Gefühl hat mich nicht getrogen! Die Arbeit stört mich nicht, Gott sei Dank habe ich bei Anne alles gelernt, aber ich benötige Geld.‹

»Tante Johanna, wäre es nicht doch möglich, mir einen geringen Lohn zu zahlen?«

»Wozu? Du hast ein Dach über dem Kopf und zu essen. Das reicht, sei nicht so geldgierig. Marie, zeige ihr, wo sie wohnt.«

Die Dienerin führte Margot durch die geräumige Küche und öffnete eine Tür neben der Feuerstelle. »Hier habe ich gewohnt, jetzt werdet Ihr hier wohnen.«

Margot betrat die kleine Kammer und sah sich um. Ein schmales Bett mit Strohsack, der mit einem Tuch aus Sackleinen bedeckt war, eine dünne Decke, ein Tisch, auf dem eine Blechschüssel, ein Blechkrug und ein Talglicht standen, ein Stuhl, eine Truhe.

Margot legte ihre Bündel auf die Truhe und sah sich hilflos um.

Marie betrachtete sie mitleidig und öffnete eine Tür zum Hof. »Dort seht Ihr den Ziehbrunnen, hier links ist der Eingang zum Keller, man kann aber auch von der Küche in den Keller hinuntersteigen. Hier rechts ist der Abort. Die Wege sind kurz, das ist im Winter natürlich angenehm. Ich empfehle Euch, im Winter die Kammertür zur Küche offen zu halten. Die Glut im Herd erlischt zwar im Lauf des Abends, aber in der Küche ist es immer warm, und etwas Wärme strömt in die Kammer. Hinter dem Hof liegt der Garten.« Als sie geendet hatte, begann sie zu weinen.

»Was habt Ihr?« Margot legte den Arm um Marie, führte sie zur Truhe und setzte sich mit ihr. Nach einer Weile beruhigte sich die Dienerin.

»Ihr seid unschuldig an meinem Schicksal. Eure Tante ist hartherzig, ich bitte um Vergebung, aber es ist so. Ich fiel gestern aus allen Wolken, als sie mir sagte, dass ich gehen könne. Ich habe nicht viel Lohn bekommen und habe das Geld meinen Eltern gegeben. Sie waren glücklich darüber, weil ich noch kleinere Geschwister habe. Ich erhielt das Geld immer am Sonntag vor dem Gottesdienst. Am Nachmittag, wenn Eure Tante schlief, bin ich zu meinen Eltern, dort konnte ich mich wenigstens satt essen. Das musste für die Woche reichen.«

Margot starrte die Dienerin entsetzt an. »Wie bitte? Ihr bekamt zu wenig zu essen? Wovon habt Ihr gelebt? Nun, ich vermute, dass Ihr große Mengen kochen musstet, und dann habt Ihr von den Resten gelebt.«

»Nein, Eure Tante isst alles auf, beim Geflügel nagt sie die Knochen völlig ab. Es war auch schwierig, etwas abzuzwacken, zum Beispiel von der Suppe, weil sie immer mehrere Näpfe isst.

Alle zwei Tage kommt ein Bauer und bringt Milch, Eier, Butter und Käse. Eure Tante ist ziemlich unbeweglich, sie geht nur vom Essraum ins Schlafzimmer und zurück. Wenn der Bauer kommt, geht sie in die Küche und kontrolliert, was er bringt. Es war fast unmöglich, von diesen Lebensmitteln etwas für mich abzuzweigen. Hin und wieder habe ich etwas Milch genommen oder ein Ei, aber ich musste stets aufpassen, weil sie manchmal unverhofft in der Küche auftauchte. Wenn ich vom Bäcker zurückkam, musste ich ihr immer die Brote zeigen, und sie sagte dann, wie viele Tage das Brot reichen musste. Manchmal habe ich auf dem Heimweg ein Brot unter dem Rock versteckt. Ich erzähle Euch das, damit Ihr wisst, was auf Euch zukommt. Gestern sagte sie, dass Ihr es nicht besser haben werdet als ich.«

»Gütiger Himmel, warum lässt sie uns hungern? Schließlich ist sie auf uns angewiesen.«

»Ich weiß es nicht. Ich habe den Eindruck, dass sie mit ihrem Leben unzufrieden ist. Seit dem Tod ihres Gatten lebt sie sehr zurückgezogen, es kommen nur wenige Besucher. Ich habe auch den Eindruck, dass sie in Pau nicht sonderlich beliebt ist. Wenn ich einkaufte, haben die Händler mich immer mitleidig angesehen und mich gut bedient, wahrscheinlich weil sie nicht wollten, dass ich noch mehr zu leiden habe.«

»Ich weiß nicht«, sagte Margot, »wie ich die viele Arbeit bewältigen soll.«

»Macht Euch darüber keine Gedanken, Ihr könnt die tägliche Arbeit auf den Tagesablauf Eurer Tante einstellen.

Sie steht am Vormittag gegen zehn Uhr auf und nimmt ihr Bad. Gegen halb elf frühstückt sie, heiße Milch, mit viel Honig und drei Eigelb verquirlt, und Gebäck. Ungefähr zwei Stunden später nimmt sie das zweite Frühstück ein, eine Suppe oder kalten Braten, gegen zwei Uhr isst sie zu Mittag, das dauert eine Stunde, dann schläft sie bis fünf Uhr. Um diese Zeit nimmt sie erneut einen Imbiss, ein Glas Malvasier oder zwei und Gebäck, eine Süßspeise oder kandierte Früchte. Um acht Uhr isst sie zu Abend. Das dauert auch wieder eine Stunde. Gegen zehn Uhr begibt sie sich zur Ruhe. Vorher isst sie noch eine Kleinigkeit, kalten Braten oder eine Süßspeise. Sie liebt Süßspeisen.

Ihr habt genügend Zeit, um zwischendurch die Arbeiten zu erledigen. Während sie nachmittags schläft, habt Ihr freie Zeit.«

Freie Zeit, in der sie Anne besuchen konnte.

»Sechs Mahlzeiten am Tag? Unser Glaube erlaubt nur drei.«

»Eure Tante interessiert sich nicht für die Regeln unseres Glaubens. Die Zubereitung der Speisen nimmt die meiste Zeit in Anspruch. Sie sagt Euch jeden Abend, was sie am nächsten Tag mittags und abends essen will. Ihr müsst die Gerichte so vorbereiten, dass Ihr Zeit für die anderen Arbeiten habt. Wenn sie ihre Mahlzeit beendet hat, läutet sie mit einer Glocke.

An den Wochentagen müsst Ihr den Tisch mit Zinngeschirr decken und ein Mundtuch aus Leinen hinlegen. Ihr findet die Tücher in dem großen Schrank in der Küche. An Sonn- und Feiertagen legt Ihr ein Damasttuch und ein Mundtuch, ebenfalls aus Damast, auf den Tisch und deckt ihn mit dem Silbergeschirr.

Tischtuch, Silber und die Mundtücher sind in dem Schrank, der im Esszimmer steht. Das Frühstück und die Zwischenmahlzeiten müsst Ihr jeden Tag auf Silbergeschirr servieren.

Da die oberen Stockwerke und der Wohnraum hier unten seit dem Tod von Monsieur Bouton nicht mehr bewohnt werden, müsst Ihr nur das Esszimmer und das Schlafzimmer einmal wöchentlich reinigen, den Abort Eurer Tante täglich. Im Badezimmer ist der Zuber in den Boden eingelassen, dort ist auch ein Abfluss für das Wasser.

Um die Wäsche müsst Ihr Euch nicht kümmern. Jeden Montag kommt eine Wäscherin, holt die Wäsche ab und bringt sie eine Woche später zurück. Jetzt im Herbst kommt die Obsternte im Garten auf Euch zu; der Garten liegt hinter dem Hof. Das Obst müsst Ihr zu Kompott verarbeiten. Bei dem Gewürzhändler könnt Ihr kandierte Früchte kaufen und die Gewürze, die Ihr zur Zubereitung der Speisen benötigt. Ihr müsst Euch einen Plan erstellen, was Ihr nacheinander erledigt.«

»Die Organisation der Arbeit«, meinte Margot, »habe ich bei unserer Dienerin gelernt.«

»Das Abendessen für heute habe ich schon vorbereitet: Hammelschulter am Spieß. Habt Ihr noch Fragen?«

»Nein.«

Marie nahm ihr Bündel. »Ich werde für Euch beten, lebt wohl.«

»Ich werde auch für Euch beten. Hoffentlich habt Ihr bald eine neue Stellung.«

Margot sank auf den Stuhl und dachte über ihre Situation nach: ›Hat sie mich am Tag der Beerdigung angelogen und wollte mich nur in ihr Haus locken, um mich auszunutzen, oder hat sie ihre Meinung nach der Testamentseröffnung geändert? Ab da wusste sie, dass ich nicht viel erbe und auf Hilfe angewiesen bin. Warum ist sie so geizig und nutzt Menschen aus, die für sie arbeiten?

Das ist jetzt gleichgültig. Der Winter steht vor der Tür, und ich muss wenigstens bis zum Frühjahr hierbleiben. Sobald ich Zeit habe, werde ich Anne besuchen und sie bitten, dass sie und ihre Verwandten sich nach einer neuen Stelle umhören. Es macht mir nichts aus, als Küchenmagd zu arbeiten, wenn ich nur etwas Geld verdiene, um allmählich unabhängig zu werden.‹

Sie ging hinaus in den Hof, von dort in den Garten und betrachtete die Obstbäume, an deren Ästen unzählige Äpfel und Birnen hingen.

›Hier habe ich viel Arbeit. Gott sei Dank sind die Pfirsiche und Aprikosen geerntet, und bis zum nächsten Sommer bin ich hoffentlich nicht mehr hier.‹

Margot kehrte in die Küche zurück, nahm die Öllampe, stieg in den Keller und ging langsam an den Weinfässern vorbei, die mit rotem und weißem Wein gefüllt waren. Sie sah die geräucherten Schinken und Würste, die von der Decke herabhingen, und die erdfarbenen, luftdicht verschlossenen Krüge, die Kompott und Konfitüre enthielten. Auf einem kleinen Tisch standen einige Krüge mit Milch, große Stücke Butter und ein Laib Käse lagen auf Platten, und in einer großen Holzschüssel befanden sich Eier.

Nach der Besichtigung des Kellers begann sie, das Abendessen zuzubereiten. Als der Spieß mit dem Braten sich drehte und der Fleischduft aufstieg, merkte sie, wie hungrig sie war. Das Fleisch reichte eigentlich für drei Personen, vielleicht blieb doch etwas übrig.

Sie servierte den Braten, beobachtete hungrig, wie die Tante drei dicke Scheiben absäbelte, und ging wieder in die Küche. Sie setzte sich auf einen der Holzschemel und wartete auf das Läuten der Glocke. Sie zuckte zusammen, als sie plötzlich einen schrillen Klang hörte.

Sie betrat das Esszimmer und sah, dass von dem Braten nichts übrig geblieben war. Johanna trank genüsslich einen Schluck Rotwein und sagte: »Morgen Mittag möchte ich eine Kalbshaxe essen und am Abend einen Kapaun.«

Kapaun, das delikateste Fleisch. Bei Margot gab es einmal im Jahr zum Geburtstag ihrer Mutter Kapaun. Sie entsann sich, dass Anne ihn nach einem bestimmten Rezept zubereitete. Vielleicht fand sie es in dem Rezeptbuch. Er wurde nicht nur am Spieß gedreht, so viel wusste Margot noch.

»Kapaun?«, fragte sie.

»Ja, Kapaun, was siehst du mich so an? Ich weiß, dass ich besser als die übrigen Protestanten speise, besser als die Königin. Sie liebt einfache Gerichte. Nun, das ist ihr Privatvergnügen.«

Kalbshaxe, der Knochen, das Knochenmark …

»Ihr wollt die Haxe wahrscheinlich ohne Knochen serviert haben.«

»Das könnte dir so passen«, lächelte die Tante spöttisch, »ich möchte auch den Knochen haben, das Knochenmark ist eine Delikatesse. Du hast wohl gedacht, dass du es dir gönnen könntest. Merke dir, du bist hier, um zu arbeiten, nicht um dich der Völlerei hinzugeben.«

Margot schwieg und trug das Geschirr in die Küche. Am späten Abend servierte sie der Tante noch Pudding mit Trockenfrüchten. Dann fiel sie todmüde und hungrig auf ihr Bett.

Am anderen Morgen stand sie bei Tagesanbruch auf, holte Holz und Wasser und machte Feuer. Sie sah sich um, was sie zum Frühstück nehmen konnte, füllte schließlich eine kleine Schale mit etwas Milch, verdünnte diese mit Wasser und trank sie.

Dann ging sie zum Markt. Der Fleischer musterte sie und sagte: »Ihr wohnt und arbeitet jetzt bei Madame Bouton, Eurer Tante. Marie hat es mir erzählt.« Auf ihre Anfrage reichte er ihr eine Kalbshaxe und einen Kapaun. »Das Fleisch reicht für drei Personen. Der gesegnete Appetit von Madame Bouton ist in Pau bekannt.«

Ein Tag nach dem anderen verging. Margot war zu beschäftigt, um über eine Änderung ihrer Situation nachzudenken. Wenn die Tante am Abend speiste, fand sie endlich Zeit, ein Stück von dem Brot zu essen, das sie auf dem Heimweg vom Bäcker aus dem Korb genommen und unter dem Rock versteckt hatte. Manchmal bestrich sie es mit etwas Butter, meistens aß sie dazu etwas von dem Kompott, das sie im Keller stibitzt hatte. Zum Hunger kamen die Vorwürfe der Tante, dass das Essen entweder zu süß, zu sauer, zu bitter oder zu salzig war.

Am Sonntag saß Margot während des Gottesdienstes im Kirchenstuhl der Familie Bouton, betrachtete verstohlen die Gemeindemitglieder und überlegte, welche Familie wohl eine Dienerin benötigte.

Während des Gottesdienstes am 13. Oktober dachte sie: ›Das ist nun der dritte Sonntag, an dem ich meine freie Zeit am Nachmittag mit der Vorbereitung der Abendmahlzeit verbringen muss. Wann kann ich Anne besuchen? Am nächsten Sonntag ist mein Geburtstag, ich wurde an einem Sonntag geboren. Man sagt, Sonntagskinder sind Glückskinder. Bis jetzt habe ich vom Glück nicht viel gemerkt.‹

Am Freitagabend, als sie den großen Laib Ziegenkäse servierte, lächelte Johanna sie spöttisch an und sagte süffisant: »Übermorgen ist der 20. Oktober, dein Geburtstag, du wirst siebzehn Jahre alt. Ein gutes Alter, um zu heiraten. Doch ein armes Mädchen wie du wird nie heiraten, du wirst immer dienen müssen. Der Unterricht, den dein Vater dir erteilt hat, war vergeudete Zeit.«

Margot unterdrückte die aufsteigenden Tränen und beobachtete, wie die Tante den Käse dick mit Butter bestrich. Sie musste ruhig bleiben und durchhalten. Wie lange würde sie das noch können?

Während Johanna eine zweite Scheibe Käse mit Butter bestrich, sagte sie: »Ich weiß, dass an deinem Geburtstag immer deine Lieblingsspeise gekocht wurde: Kalbsragout. Am Sonntag möchte ich mittags und abends eine große Portion Kalbsragout essen. Es ist schließlich dein Geburtstag.«

An jenem Abend lag Margot lange wach, erinnerte sich an ihre Geburtstage und begann zu weinen.

›Am Morgen dieses Tages habe ich gebadet und frische Wäsche angezogen. Auf meinem Platz am Tisch hat ein Strauß Herbstastern gestanden, und neben meinem Teller hat ein Geschenk gelegen, ein Buch. Und mittags und am Abend hat es Kalbsragout gegeben. Ab meinem fünfzehnten Jahr habe ich etwas Weißwein dazu trinken dürfen. Und jetzt? Ich würde so gern wieder einmal baden. In den letzten Wochen hatte ich nur am Sonntag etwas Zeit für Körperpflege. Meine Haare müssten gewaschen werden. Stattdessen muss ich mich mit dem Ragout beschäftigen, von dem ich keinen Bissen bekomme. Doch wenn ich das Ragout schon am Samstag zubereite und am Sonntag aufwärme, dann hätte ich Zeit, um am Nachmittag Anne zu besuchen, endlich eine erfreuliche Perspektive.‹

Anne umarmte Margot, gratulierte ihr zum Geburtstag und sagte: »Wenn Ihr nicht gekommen wärt, hätte ich Euch heute besucht und Euch Euer Kalbsragout gebracht. Habt Ihr denn keine freie Zeit? Müsst Ihr so viel vorlesen?«

»Es ist auch sonntags immer viel zu tun, ich bin fast nur mit Kochen beschäftigt, aber für heute konnte ich alles so vorbereiten, dass ich nachher nur aufwärmen muss.«

Anne sah Margot prüfend an und rief: »Wie schmal und

dünn Ihr geworden seid. Gibt sie Euch etwa nicht genug zu essen? Ich entsinne mich, dass die Dienerschaft bei ihr hungern musste. Aber Ihr seid die Nichte und arbeitet als Vorleserin, Ihr seid keine gewöhnliche Dienerin.«

»Es ist leider anders. Bevor ich dir aber alles erzähle, muss ich etwas essen. Ich sterbe vor Hunger, das meine ich wörtlich!«

Anne ging mit ihr in die Küche, setzte den Topf mit Ragout über das Feuer, butterte eine dicke Scheibe dunkles Brot, träufelte üppig Honig darauf, goss Milch in einen Becher und sagte: »Ihr müsst Eurem Magen vor dem Ragout etwas anbieten, sonst bekommt es Euch nicht.«

Während Margot sich stärkte, erzählte sie von ihrem Leben bei der Tante.

»Gütiger Himmel!«, rief Anne entsetzt, »das ist unerhört. Wollt Ihr nicht in unser Haus übersiedeln? Hier ist genug Platz.«

Margot schwieg und widmete sich dem Ragout. Als sie fertig war, schenkte Anne ihr ein Glas Hippokras ein.

Margot nippte von dem Gewürzwein. »Ich würde hier nur zur Last fallen, das möchte ich nicht. Ich kann noch nicht einmal als Dank hier arbeiten, weil es bereits eine Dienerin gibt. Könnten du und deine Verwandten nicht versuchen, eine Familie zu finden, wo ich arbeiten kann? Ich will und muss Geld verdienen, Anne. Ich möchte eine Mitgift zusammensparen, damit ich einen Gatten finde. Monsieur de Villiers bot mir seine Hilfe an, aber ich möchte ihn nur im Notfall um Unterstützung bitten.«

»Wir werden Euch helfen, mein Bruder kennt als Schneider viele Leute. Überlegt dennoch, ob Ihr nicht zu uns kommen wollt. Es ist so einsam im Haus. Außer meinem Bruder und meiner Schwägerin lebt nur noch der Geselle hier. Gewiss, wir bekommen Besuch, aber Eure Anwesenheit würde etwas Leben in das Haus bringen.«

»Ich werde über dein Angebot nachdenken. Da fällt mir ein, seit der Beerdigung habe ich Armand nicht mehr gesehen. Ich bin jeden Tag auf dem Markt, irgendwann hätte ich ihm doch begegnen müssen.«

Anne lächelte. »Seid Ihr jetzt doch an ihm interessiert?«

»Nein.«

»Armand wurde von seinem Vater zu den Familiengütern geschickt, um die Verwalter zu kontrollieren. Ab Januar will die Königin, dass er in die Verwaltung und in Staatsgeschäfte eingearbeitet wird. Er soll dann im Lauf des Sommers der Sekretär des Prinzen Heinrich werden. Der Prinz soll im Sommer einen eigenen Haushalt bekommen.«

»Einen eigenen Haushalt? Den bekommt ein Prinz erst, wenn er heiratet.«

»Vielleicht wird unser Prinz heiraten, alt genug ist er ja, er wird im Dezember achtzehn. Er soll hinter den Mädchen her sein. Das dürfte der sittsamen Königin kaum gefallen. Vielleicht will sie ihn deswegen verheiraten. Man sagt, der Apfel fällt nicht weit vom Stamm, und es ist allgemein bekannt, dass sein Vater die Königin bis zu seinem Tod mit anderen Frauen betrogen hat.«

»Falls unser Prinz seinem Vater nachschlägt, wird ihn auch eine Ehe nicht davon abhalten, seine künftige Frau zu betrügen, zumal er wahrscheinlich nicht aus Liebe, sondern aus politischen Gründen heiraten muss.«

Eine Uhr schlug die volle Stunde, und Margot stand auf. »Ich muss jetzt gehen. Ich werde wieder versuchen, dich zu besuchen. Wenn ich nicht komme, weißt du, dass ich arbeiten muss.«

»Einen Augenblick, es ist noch viel Ragout übrig. Das nehmt Ihr mit und auch noch andere Dinge.«

Anne eilte in den Keller, kehrte mit einem Schinken, einer Wurst und einem Laib Käse zurück und schnitt große Stücke ab. Sie nahm einen Laib Brot und legte alles in einen Korb. »Das wird reichen bis zum nächsten Sonntag, dann könnt Ihr Euch hier wieder satt essen. Ich werde Euch benachrichtigen, wenn ich eine neue Stelle gefunden habe.«

Margot bedankte sich und umarmte Anne.

Unterwegs sinnierte sie über Armands glänzende Zukunft nach und verspürte ein merkwürdiges Gefühl. ›Ich beneide ihn nicht, ich weiß nicht, ob eine derartige Anstellung in der Nähe eines Fürsten erstrebenswert ist. Man muss wahrscheinlich gegen Intrigen ankämpfen. Armand lebt künftig am Hof, während ich als Magd arbeite. Der gesellschaftliche Abstand zwischen uns wird immer größer. Ich bin abgestiegen, nicht durch eigene Schuld, sondern weil die äußeren Umstände nichts anderes hergaben. Ich muss aus diesem Elend wieder herauskommen, und ich werde es schaffen.‹

An den folgenden Sonntagen hatte Margot keine Zeit, Anne zu besuchen. Sie war an den Nachmittagen vollauf mit der Vorbereitung des Abendessens beschäftigt.

Die Lebensmittel, die Anne ihr gegeben hatte, waren inzwischen verzehrt, und der Hunger begann von Neuem. Margot konnte in der Nacht oft nicht schlafen, weil der leere Magen sie peinigte.

Sie wartete jeden Tag auf die Nachricht, dass eine neue Stelle für sie gefunden worden sei, aber es geschah nichts.

Am Abend des 23. November, einem Samstag, stand sie in der Küche und bereitete eine Kräutersuppe vor, die ihre Tante am Sonntag als zweites Frühstück essen wollte.

Der Sonntag war der Geburtstag ihrer Mutter, und sie überlegte, ob sie so viel Zeit haben würde, um nach dem Gottesdienst zum Friedhof zu gehen. Mechanisch rührte sie im Suppentopf, hielt inne und schätzte die Menge. Es war so viel, ob sie es wagen konnte, etwas von der Suppe zu essen? Ihre Tante war noch mit dem Hasenbraten beschäftigt, da würde es noch eine Weile dauern, bis sie läutete.

Sie atmete den Duft ein, der aus dem Kessel aufstieg, und spürte, wie ihr Magen vor Hunger schmerzte. Sie nahm einen Napf, füllte ihn bis zum Rand, kauerte sich vor das Herdfeuer mit dem Rücken zur Tür und löffelte genüsslich die heiße Flüssigkeit.

Plötzlich hielt sie inne, sie spürte, dass sie nicht allein war. Sie drehte sich um und sah entsetzt, dass die Tante in der Tür stand und ihre Augen sie zornig anfunkelten.

Margot stand langsam auf, stellte den Napf zur Seite und fragte: »Warum habt Ihr nicht geläutet, wenn ich abtragen soll?«

Johanna begann zu lachen. Es war ein schrilles, hysterisches Lachen, und Margot fragte sich entsetzt, ob ihre Tante noch bei Sinnen war.

»Warum?«, schrie Johanna, »du fragst warum? Ich muss dich kontrollieren. Du wagst es also, mich meines Essens zu berauben!«

»Es ist mehr als genug da«, und der Gedanke, dieses Haus zu verlassen, blitzte in ihr auf.

»Los, räum ab, Hurentochter!«

»Meine Mutter war keine Hure.«

»Hinaus, räum ab!«

Margot eilte ins Speisezimmer, nahm die Zinnplatte, stellte einen Teller darauf, drehte sich um und sah die Tante hinter sich. Sie erschrak und ließ das Geschirr fallen. Johanna packte sie mit einer Kraft, die Margot ihr nie zugetraut hätte, zwang sie auf den Boden, hob den Krückstock und ließ ihn auf den Rücken niedersausen. Margot krümmte sich vor Schmerz. Johanna riss ihren Kopf zu sich hoch und schrie: »Ich werde dir deine hübsche Fratze zerstören, ich werde sie so zerstören, dass kein Mann dich mehr ansehen wird!« Doch ihr fehlte anscheinend die Kraft. Sie ließ den Stock fallen und taumelte zum Sessel.

Margot eilte in die Küche, verriegelte die Tür und sank erschöpft auf einen Schemel.

›Sie ist wahnsinnig, morgen verlasse ich dieses Haus.‹

Dann hörte sie das Läuten der Glocke, ging zögernd in den Wohnraum und sah, dass die Tante bitterlich weinte. Sie blieb unentschlossen stehen.

Da sah Johanna auf und sagte mit tränenerstickter Stimme: »Bring das Geschirr hinaus. Ist die Süßspeise fertig, die ich nachher essen will?«

»Sie ist fertig.«

»Bring sie sofort, ich muss mich trösten.«

›Was soll denn das, Tränen, sie muss sich trösten, hat sie sich schon immer mit Essen getröstet?

Ich werde ihr einige Fragen stellen, während sie sich *tröstet.*‹

Sie beobachtete einige Augenblicke die Tante, wie sie gierig die Mandelcreme löffelte. Dann fragte sie ruhig: »Tante Johanna, Ihr seid vermögend. Warum lasst Ihr Eure Dienerinnen hungern? Warum zahlt Ihr mir keinen Lohn?

Warum wolltet Ihr mich zuerst als Vorleserin beschäftigen und lasst mich jetzt als Magd arbeiten?«

»Ich wollte dich als Vorleserin in mein Haus locken und dann als Magd beschäftigen. Nach der Testamentseröffnung wusste ich, dass du nur wenig Geld erbst. Da beschloss ich, dir keinen Lohn zu zahlen, damit du für alle Zeit auf mich angewiesen bist. Du hast so wenig Geld, dass du dir keine eigene Wohnung leisten kannst.«

»Warum wollt Ihr mich in Eure Abhängigkeit bringen?«

»Warum? Du weißt nicht, wie es ist, wenn man so beleibt ist wie ich. Auch als Kind und junges Mädchen war ich nie schlank. Man hat mich deswegen verspottet, und ich habe darunter gelitten. Aus Kummer aß ich immer mehr. Mein seliger Gatte hat sich an meinem Umfang nicht gestört, er liebte mich, wie ich war.

Nach seinem Tod gab es keinen Menschen mehr, der mich liebte. Dein Vater verachtete mich, deine Mutter, die katholische Hure, behandelte mich von oben herab. Sie war arrogant und eingebildet. Ich habe sie um ihre schlanke Figur beneidet und sie gehasst.«

Margot spürte, wie Wut in ihr aufstieg. »Nennt meine Mutter nie mehr Hure, sie war eine achtbare Frau.«

Johanna musterte die Nichte, dann schrie sie: »Du bist ein hübsches, junges Mädchen, du wirst eines Tages heiraten. Das wollte ich verhindern. Du solltest durch Entbehrungen deine Schönheit einbüßen, du solltest hier altern und mich pflegen, wenn ich krank werde. Du solltest nie die Liebe kennenlernen, diese Liebe, die ich seit dem Tod meines Gatten entbehren muss. Es ist entsetzlich, es ist schrecklich.«

Sie begann laut zu weinen, und Margot empfand Abscheu und gleichzeitig etwas Mitleid.

Sie straffte sich. »Tante Johanna, ich kann nicht länger hierbleiben. Ich werde Euch morgen verlassen und mein Leben selbst in die Hand nehmen. Ihr könnt bis in die Küche gehen und Euch morgen die Suppe nehmen. Ihr könnt bis zum Nachbarhaus gehen und die Nachbarin bitten, Euch bei der Suche nach einer neuen Dienerin zu helfen. Meine Entscheidung ist auch im Sinne meiner seligen Eltern, das weiß ich nun. Gute Nacht.«

Johanna sah Margot erschrocken an. »Wie bitte? Du gehst? Du lässt mich in meinem Elend allein? Das ist unchristlich! Habe ich dich nicht kostenlos hier wohnen lassen? Du bist undankbar!«

»Mein Entschluss steht fest.«

Die Tante begann zu weinen. »Ich bitte dich, bleibe, du sollst an meinem Tisch mit mir essen, du sollst mir vorlesen, du bekommst Lohn, ich werde eine Magd einstellen, bitte bleib, lass mich nicht allein!«

›Dieses Gewinsel ist ja noch unerträglicher als ihr Wutausbruch, ich muss fort, sonst werde ich hier noch verrückt.‹

»Lebt wohl, Tante Johanna.« Sie ging zur Tür.

Da rief die Tante: »Wo willst du denn hin?«

»Das überlasst mir.«

In diesem Augenblick nahm die Tante die leere Schüssel und warf sie durch das Zimmer. »Ja, geh nur, geh, nimm dein Leben in die Hand. Du bist arm und wirst nicht weit kommen. Weißt du, wo hübsche Mädchen ohne Geld enden? In der Gosse! Du wirst deinen Körper verkaufen müssen, um zu überleben. Doch wenn du ganz unten bist, dann wage es nicht, an meine Tür zu klopfen, du Hure! Du wirst als Hure enden!«

Margot eilte in ihre Kammer und sank erschöpft auf das Bett. Nach einer Weile richtete sie sich auf und faltete die

Hände. »Lieber Gott, beschütze mich, gib mir die Kraft, das, was jetzt auf mich zukommt, zu bestehen.«

Sie schlief unruhig, stand am nächsten Morgen früh auf und packte ihre Sachen. Dann fiel ihr das Rezeptbuch ein, und sie beschloss, es mitzunehmen. Das war kein Diebstahl, das war die Entschädigung für den Lohn, den sie ihr nicht gezahlt hatte. Wer wusste, vielleicht war ihr dieses Buch irgendwann von Nutzen.

Sie floh mit ihren Bündeln zunächst in die Kirche. Nach dem Gottesdienst ging sie zum Friedhof und stand vor den Gräbern der Eltern. »Jetzt beginnt ein neuer Lebensabschnitt«, sagte sie leise, »irgendwie fühle ich, dass es jetzt bergauf geht.«

Sie verbrachte den Nachmittag auf dem Friedhof, und als es dämmerte, ging sie zu Anne und ihren Verwandten.

6. KAPITEL

Margot wurde von Anne, ihrem Bruder Etienne und seiner Frau Suzanne mit liebevoller Herzlichkeit begrüßt. Die junge Dienerin Julie führte sie in ein geräumiges Zimmer und sagte: »Wenn Ihr etwas benötigt, sagt es mir. Ihr gehört ja jetzt zu meiner Herrschaft.«

»Das ist sehr freundlich, aber ich bin entschlossen, Euch bei der Arbeit zu helfen, ich will die Gastfreundschaft Eurer Herrschaft nicht ausnutzen.«

»Vielen Dank, etwas Hilfe wäre schon angenehm.«

Anne kam ins Zimmer, und als sie unter vier Augen waren, schilderte Margot ihre Erlebnisse mit Johanna.

»Sie hat Euch geschlagen? Gütiger Himmel, wenn das Eure seligen Eltern wüssten! Es war richtig, dieses Monstrum zu verlassen.«

Während der Abendtafel erzählte Margot Etienne und Suzanne kurz, dass sie von der Tante ausgenutzt worden war: »Ich werde Julie unterstützen, wo ich kann. Außerdem werde ich versuchen, eine neue Stellung zu finden, ich muss Geld verdienen.«

»Das ist doch nicht so wichtig«, sagte Suzanne. »Ihr solltet Euch jetzt erst einmal erholen und wieder zu Kräften kommen.«

Etienne sah Margot nachdenklich an. »Ich verstehe Euch, aber es ist weiß Gott nicht einfach hier in Pau. Alle wohlhabenden Bürger haben ihre Diener und Mägde. Ihr könnt hier bei uns wohnen, solange Ihr wollt. Wie sagt man? Wenn eine Tür zugeschlagen wird, öffnet sich eine andere. Ich will damit sagen, vielleicht ergibt sich irgendwo in Navarra eine Möglichkeit, um Geld zu verdienen.«

In den folgenden Tagen genoss Margot die nahrhaften, reichhaltigen Mahlzeiten. Sie begleitete Julie zum Bäcker und zum Markt. Als die Händler sahen, dass Julie in Begleitung der Pfarrerstochter war, und sich herumsprach, dass diese nun im Haus des Schneiders Tailleur wohnte, bekam Julie die besten Fleischstücke. Margot hörte oft: »So einen Pfarrer wie Euren Vater werden wir wahrscheinlich nicht mehr bekommen, er hatte immer Verständnis für die armen Leute. Der neue Pfarrer, der im Februar kommt, dieser Monsieur Tartuffe, soll angeblich Wasser predigen und Wein trinken.«

An den Abenden saß die kleine Hausgemeinschaft vor dem Kaminfeuer im Wohnraum: Suzanne, Anne und Julie spannen Schafwolle zu Garn, Margot las aus der Bibel vor, und Etienne unterhielt sich mit dem Gesellen halblaut über die Aufträge der Kunden.

Während des Gottesdienstes am Sonntag langweilte sich Margot wie stets bei der langen Predigt des königlichen Pfarrers und dachte über ihre Zukunft nach.

›Ist es sinnvoll, den Oberhofmeister zu fragen, ob ich am Hof eine Stelle bekommen kann? In der Küche oder in der Wäscherei? Nein, er weiß wahrscheinlich, dass Armand in mich verliebt ist, er billigt es bestimmt nicht und denkt vielleicht, dass ich auf diesem Weg in Armands Nähe sein will. Er hat mir seine Hilfe angeboten, aber die werde ich erst beanspruchen, wenn ich nicht weiß, wie es weitergehen soll.

Heute ist der 1. Dezember, das Jahr ist bald zu Ende. Hoffentlich wird das Jahr 1572 erfreulicher.‹

Sie zuckte zusammen, als die Predigt zu Ende war und die Gemeinde ein Lied anstimmte. Der Pfarrer ging zum Altar: Er kannte viele Menschen auch außerhalb von Pau. Vielleicht konnte er ihr helfen. Während die Gemeinde die Kirche verließ, ging sie zu ihm.

»Habt Ihr einen Augenblick Zeit, Monsieur Cayet? Ich möchte Euch um einen Gefallen bitten.«

»Ich habe Zeit, sprecht.«

Margot schilderte kurz ihre Situation, um die Geduld des Pfarrers nicht über Gebühr zu strapazieren.

»Ihr seid bereit, auch als Magd zu arbeiten? Ich wüsste eine Lösung, allerdings weiß ich nicht, ob sie Euch genehm ist. Ihr müsstet nämlich in Eurem Elternhaus arbeiten. Monsieur Tartuffe wird ab Februar als Pfarrer hier tätig sein und im Pfarrhaus wohnen. Er bat mich vor einiger Zeit, nach einer fleißigen zuverlässigen Dienerin zu schauen. Seine Frau ist mit der Dienerin in Nérac nicht zufrieden. Würdet Ihr bei ihm arbeiten wollen?«

Gütiger Himmel, bei diesem Pfarrer! Aber sie hatte keine Wahl. »Ja, Monsieur Cayet.«

»Dann schreibt ihm, beruft Euch auf mich. Was mich betrifft, so werde ich Euch ihm empfehlen.«

»Ich danke Euch.«

Am Nachmittag schrieb sie dem Pfarrer einen Brief, und wenige Tage später traf seine Antwort ein. Er war bereit, sie als Dienerin zu einem Wochenlohn von zwei Livres zu beschäftigen.

›Der Lohn ist nicht hoch, aber besser als gar nichts. Ich könnte natürlich in Annes Kammer wohnen, aber das will ich nicht. Ich werde bei den Tailleurs bleiben, ihnen etwas Geld geben und morgens so früh aufstehen, dass ich rechtzeitig im Pfarrhaus bin, um in der Küche das Feuer zu machen.‹

Am Abend erzählte sie von der überraschenden Wendung in ihrem Leben.

»Das ist die andere Tür, die sich geöffnet hat.«

Einen Augenblick sprach niemand ein Wort.

Etienne beugte sich vor und sah sie an. »Ich verstehe Euch, aber Dienerin im ehemaligen Elternhaus, ich weiß nicht. Bedenkt, was Ihr gelernt habt. Im Übrigen kommt es nicht infrage, dass Ihr uns von Eurem Lohn etwas gebt.«

»Ich danke Euch, ich verstehe Eure Bedenken, aber wisst Ihr eine bessere Lösung?«

In dieser Nacht konnte Margot lange nicht einschlafen. Sie erinnerte sich an ihr Elternhaus, an Annes Kammer und an die Küche. Sie sah Anne dort Geflügel rupfen und Suppen kochen. Sie erinnerte sich an ihre Mutter, die Anne bei den Hausarbeiten geholfen hatte. Sie schloss die Augen und sah ihr künftiges Leben als Dienerin im Elternhaus. Ein Bild nach dem anderen tauchte auf und verschwand wieder.

Sie stand früh am folgenden Morgen auf, es war noch dunkel. Sie wusch sich im matten Schimmer der Nachtlampe mit kaltem Wasser und kleidete sich an. Mit der Lampe ging sie hinunter in die Küche, entzündete eine Laterne, verließ das Haus und machte sich durch die stillen Straßen auf den Weg zu ihrem Elternhaus.

Dort angekommen, betrat sie die Küche und wartete, bis der Himmel heller wurde. Als die Sonne den Hof ausreichend erhellte, holte sie aus dem Schuppen Holz. Sie trug mehrere Eimer zum Brunnen, füllte sie mit Wasser, trug sie in die Küche, kippte es in den großen Kessel über der Feuerstelle und entfachte das Feuer. Sie wartete, bis das Wasser heiß war, und goss es in die großen Kannen aus Zink, die auf dem Holztisch standen. Sie trug sie nacheinander in den ersten Stock zum Schlafzimmer des Ehepaars und zum Kinderzimmer, stellte sie auf den Boden, klopfte an die Türen und sagte laut, dass sie warmes Wasser gebracht habe. Sie horchte, ob das Ehepaar erwachte, ging ins Kinderzimmer, weckte die Jungen und half ihnen beim Waschen und Ankleiden. Dann ging sie in die Küche und bereitete das Frühstück, eine Milchsuppe und Getreidebrei.

›Die Zubereitung der Mahlzeiten ist wahrscheinlich weniger aufwendig als im Haus meiner Tante. Ich muss natürlich auch damit rechnen, dass der Pfarrer und seine Frau Feinschmecker sind.

Diese Arbeiten am Morgen sind am schlimmsten, weil es noch kalt und fast dunkel ist.

Die Waschküche, mein Gott, die habe ich völlig vergessen.‹

Sie öffnete die Augen und setzte sich im Bett auf.

›Als ich vierzehn war und kräftig genug, um Anne bei den anstrengenden Arbeiten des Waschtags zu helfen, unterwies sie mich im Waschen der Kleider und Bettlaken.

Damals habe ich Anne nur geholfen, jetzt muss ich diese Arbeit allein bewältigen.

Am Abend vorher die Wäsche einweichen, am nächsten Tag muss sie in dem großen Kessel gekocht und gestampft werden. Dann bringe ich sie zum Fluss, wo sie gespült wird. Im Winter ist das Wasser eiskalt, hoffentlich friert der Fluss im bevorstehenden nicht zu, dann müsste ich das Eis aufhacken. Meine Hände, oh Gott, sie werden bei dieser Arbeit rau und rissig werden. Anne hat ihre Hände am Abend dieses grässlichen Waschtags immer mit einer Salbe eingerieben. Von meinem geringen Lohn wird kein Geld für Salbe übrig bleiben. Meine Hände, meine gepflegten weißen Hände rot und rissig.‹

Sie sank zurück und begann laut zu weinen. Nach einer Weile versiegten ihre Tränen, und sie erinnerte sich an die Gespräche der Frauen, es gab nur ein Thema: Liebe, Schwangerschaft, Geburt.

›Am Waschtag muss ich auch alle anderen häuslichen Arbeiten erledigen. Wie soll ich das schaffen? Einkäufe werde ich am Tag vorher machen, die Mahlzeiten werde ich vorkochen, dann muss ich sie nur aufwärmen.

Wie wird man mich behandeln? Die Pfarrerin ist einige Jahre älter als ihr Mann. Sie wird mich um meine Jugend beneiden, um meine glatte Haut, sie wird mir wahrscheinlich das Leben schwer machen. Wie lange werde ich in meinem ehemaligen Elternhaus arbeiten müssen?

Bei einem Wochenlohn von zwei Livres verdiene ich jährlich einhundertvier Livres. Aber irgendwann benötige ich neue Kleider. Wahrscheinlich bleiben jährlich nur ungefähr neunzig Livres übrig, das sind in fünf Jahren vierhundertfünfzig Livres. Eine kleine Mitgift, mein Gott, fünf Jahre mindestens im Pfarrhaus, dann bin ich zweiundzwanzig und fast am Ende des heiratsfähigen Alters.‹

Sie sank zurück und weinte sich in den Schlaf.

Die Dezembertage vergingen. Margot half Julie so viel wie möglich, um in häuslichen Arbeiten perfekt zu werden und um nicht ständig an ihre neue Stelle denken zu müssen.

Sie begann zusammen mit Julie, die Gerichte des Rezeptbuchs zu kochen. Eines Mittags sagte Etienne: »So gut und schmackhaft wie jetzt habe ich noch nie gegessen.«

Und Suzanne ergänzte: »Diese Art zu würzen ist einmalig.«

Margot sah sich in der Tischrunde um. »Ich freue mich, dass es euch schmeckt. Hoffentlich wird die Pfarrersfrau auch mit meinen Kochkünsten zufrieden sein.«

An diesem Nachmittag ging sie zu Anne. »Du bist der einzige Mensch in Pau, zu dem ich offen sagen kann, wie es in mir aussieht.«

Sie begann zu weinen und sank auf einen Stuhl. Die ehemalige Dienerin nahm Margots Hände und wartete, bis sie sich beruhigte. »Was bedrückt Euch?«

Margot sah sie an. »Ich habe Angst vor der Zukunft. Die Arbeit als Dienerin in meinem Elternhaus werde ich schaffen, obwohl mir davor graut. Anne, ich habe Angst vor der Pfarrersfrau. Sie weiß bestimmt, dass ihr Mann mal erwogen hat, mich zu heiraten, und sieht in mir die Rivalin, zumal ich den Pfarrer fragte, ob ich in seinem Haushalt arbeiten kann. Ich habe Angst, dass sie mit meiner Arbeit nicht zufrieden ist und mir kündigt.«

Anne sah Margot erstaunt an. »Das verstehe ich nicht. Warum sollte sie unzufrieden sein? Ihr beherrscht alle häuslichen Arbeiten.«

Margot schwieg eine Weile und sagte dann leise: »Wer sucht, der findet, und bei der täglichen Arbeit werden mir bestimmt Fehler unterlaufen. Was mache ich, wenn sie mir kündigt?«

»Denkt jetzt nicht über diese Möglichkeit nach. Falls es so weit kommt, müsst Ihr mit Monsieur de Villiers sprechen. Er hat Euch doch seine Hilfe angeboten.«

»Wird er bereit sein, mir zu helfen, wenn er erfährt, dass man mit mir nicht zufrieden war? Er erfährt es bestimmt. In Pau spricht sich alles rasch herum. Außerdem ist es mir peinlich, ihn um Hilfe zu bitten, wenn man mich rausgeworfen hat. Ich trete dann als Versagerin vor ihn und bitte ihn um Hilfe. Das kann ich nicht, das widerstrebt mir.«

»Ihr seid völlig durcheinander, beruhigt Euch, wartet ab, wie sich Euer Leben im Pfarrhaus entwickelt. Seht Eure Zukunft positiv und nicht so düster. Es dauert noch einige Wochen, bis Ihr anfangt, bei den Tartuffes zu arbeiten. Wer weiß, was bis dahin alles passiert.«

Margot stand auf. »Du hast recht, danke, dass du mir zugehört hast.«

Am Nachmittag des 23. Dezember gingen sie und Julie zum Bäcker, um das fertige Brot zu holen. Als die Körbe gefüllt waren, gab er ihnen zwei große Brotkuchen und sagte: »Ich habe die Kuchen heute etwas größer geformt. Es gibt nämlich erfreuliche Neuigkeiten. Unsere Königin wird Anfang Februar nach Paris reisen, um über die Ehe unseres Prinzen zu verhandeln.«

»Unser Prinz wird heiraten!«, rief Julie, »wie aufregend, da werden wir hier tagelang richtig feiern! Wann heiratet er und wen?«

»Ich muss Eure Freude ein wenig dämpfen. Er wird, das steht fest, in Paris heiraten, und das Fest wird von der Familie der Braut ausgerichtet. Ich kann mir nicht vorstellen, dass unsere sparsame Königin nach der Ankunft des jungen Paars in Navarra noch weiter feiern wird. Die Hochzeit soll im Lauf des Sommers stattfinden. Wen er heiraten wird, weiß ich nicht. Wahrscheinlich eine französische Aristokratin.«

Auf dem Heimweg brach Julie von dem Kuchen ein Stück ab, verspeiste es und sagte zu Margot: »Er schmeckt wundervoll, warum esst Ihr nicht?«

»Ich teile meinen Kuchen immer mit Anne.«

Julie brach noch ein Stück ab. »Eine französische Aristokratin! Warum heiratet er keine Aristokratin aus Navarra? Überdies wird diese Französin wahrscheinlich Katholikin sein.«

»Unsere Königin wird bestimmt darüber verhandeln«, meinte Margot, »dass ihre künftige Schwiegertochter zum protestantischen Glauben übertritt. Außerdem gibt es in der französischen Aristokratie viele Protestanten. Das hat mein Vater mir erzählt.«

Zu Hause bestrich Margot die zwei Hälften des Kuchens üppig mit Butter und Honig, ging zu Anne und erzählte ihr die Neuigkeit. Anne aß schweigend, und Margot beobachtete, dass sie über etwas nachdachte. Nach einer Weile sah sie Margot ernst an. »Ihr müsst Navarra verlassen. Hier werdet Ihr immer eine einfache Dienerin sein und nicht vorankommen.«

»Die Stellung der Dienerin ist für mich nur Mittel zum Zweck. Wenn ich so viel Geld gespart habe, dass es für eine Mitgift reicht, werde ich einen Ehemann suchen.«

»Bei dem geringen Lohn, den Euch der Pfarrer zahlt, werdet Ihr jahrelang niedrige Arbeiten verrichten müssen. Vergeudet Eure Jugend nicht, geht nach Paris, dort werdet Ihr bestimmt als Erzieherin arbeiten können. In dieser großen Stadt findet Ihr auch leichter einen passenden Gatten als hier in Navarra.«

»Ihr habt recht, aber ich kann weder eine Reise nach Paris bezahlen noch eine Unterkunft in der Stadt. In Paris ist bestimmt alles viel teurer als hier.«

»Die Königin reist mit Gefolge. Warum versucht Ihr nicht, sich ihm anzuschließen?«

»Unsere sparsame Königin nimmt wahrscheinlich nur so viele Leute mit, wie unbedingt nötig sind.«

»Das bezweifle ich. Wenn sie über die Heirat ihres Sohnes verhandelt, wird sie auch ein bisschen repräsentieren müssen, und dazu gehört ein großer Tross. Das ist der Beweis, dass sie sich finanziell etwas leisten kann.«

»Deine Idee klingt verlockend. Doch wie soll ich zum Gefolge der Königin stoßen? Ich kann mich nicht einfach daruntermischen.«

»Wendet Euch an den Oberhofmeister. Hat er Euch nicht seine Hilfe angeboten?«

»Ich wollte die Hilfe nur im Notfall annehmen.«

»Das ist ein Notfall, er wird Euch helfen. Heute Abend können wir das mit Etienne und Suzanne besprechen. Sie werden Euch auch zu dieser Reise raten, nicht weil sie Euch loswerden wollen, im Gegenteil! Mein Bruder ist jedoch ein Mann, der ähnlich denkt wie ich.«

Nach der Abendtafel erzählte Margot die Neuigkeit und von Annes Idee, im Gefolge der Königin nach Paris zu reisen, um in der französischen Hauptstadt ein besseres Leben zu beginnen.

Etienne schwieg einen Augenblick, sah Suzanne an und sagte: »Meine Schwester hat recht. Wir alle würden Euch am liebsten für immer hier im Hause haben, mit Euch sind Abwechslung und Heiterkeit eingekehrt. In Navarra gibt es jedoch keine Zukunft für Euch, die Eurer Abstammung und Eurer Bildung angemessen ist. Die Königin und ihr Gefolge werden wahrscheinlich im Palais der Braut gastieren, sodass ihr für die ersten Monate kostenlos wohnen und essen könnt. Wer weiß, vielleicht findet Ihr in Paris rasch eine gut bezahlte Stellung und einen Gatten. Die reichen protestantischen Familien in Paris sind sicher froh, eine protestantische Erzieherin zu bekommen. Ihr solltet Euch auf jeden Fall an den Grafen de Villiers wenden.«

Margot sah unentschlossen vor sich hin. »Es klingt alles so verlockend, aber Paris, diese große Stadt, ich habe Angst. Ihr habt gesagt, dass wir monatelang in einem Palais wohnen werden, das verstehe ich nicht. Die Hochzeitsverhandlungen dauern bestimmt nicht so lange, und nach der Trauung kehren alle nach Navarra zurück. Der Aufenthalt im Palais wird höchstens einige Wochen dauern.«

Etienne lächelte. »Das bezweifele ich. Ich hörte heute, dass Prinz Heinrich die jüngste Schwester des französischen Königs heiraten soll, Prinzessin Margarethe. Es ist allgemein bekannt, dass sie eine gläubige Katholikin ist. Unsere Königin wird natürlich versuchen zu erreichen, dass sie zum Protestantismus übertritt. Die Königinmutter wird um einen Kompromiss kämpfen. Ich vermute, wegen der Glaubensfrage werden sich die Verhandlungen über Monate hinziehen.«

Anne, Suzanne, Julie, Margot und der Geselle sahen sich an, und dann rief Anne: »Eine Prinzessin, unser Prinz heiratet die jüngste Schwester des französischen Königs, er heiratet eine Valois, wie aufregend!«

»Eine Namensschwester«, sagte Margot, »ist sie hübsch? Wie alt ist sie?«

»Sie ist einige Monate älter als unser Prinz, und sie soll sehr schön sein.«

»Eine Schönheit.« Margot sah verträumt ins Kaminfeuer.

»Was denkt sich unsere Königin dabei, wenn sie ihren Sohn mit einer Valois verheiratet?«, rief Suzanne dazwischen. »Diese Ehe wird dazu führen, dass Navarra irgendwann zu Frankreich gehört. Wir verlieren unsere Unabhängigkeit! Die Königinmutter will Navarra annektieren. Deswegen ist sie wahrscheinlich an dieser Ehe interessiert.«

Etienne stocherte im Kaminfeuer, um die Glut neu zu entfachen, und erwiderte: »Es wäre nicht das erste Mal, dass die französischen Könige versuchen, durch eine Heirat ihr Gebiet zu vergrößern. Ludwig XII. gewann durch die Hochzeit mit Anne de Bretagne die Bretagne hinzu. In unserem Fall muss man sagen, dass Navarra schon seit langer Zeit mehr oder weniger faktisch unter der Oberhoheit Frankreichs steht, zumindest seit die Schwester Franz I. den König von Navarra heiratete. Die Vermählung unseres Prinzen ist besonders interessant, weil dadurch seine Stellung als Anwärter auf den französischen Thron gefestigt wird.«

»Wie bitte?«, rief Suzanne, »das glaube ich nicht, der französische König hat zwei jüngere Brüder!«

»Der ältere Bruder des Königs ist gestorben, er und die anderen können auch kinderlos sterben. Dann ist unser Prinz Thronanwärter, weil er durch seinen Vater der Nebenlinie Bourbon entstammt.«

»Ach, das sind so Spekulationen«, sagte Suzanne. Und zu Margot gewandt: »Wie werdet Ihr Euch entscheiden?«

»Ich weiß es noch nicht, ich muss darüber schlafen.«

In der Nacht lag Margot lange wach.

›Paris wäre eine Alternative zum Pfarrhaus. Dort habe ich auf jeden Fall mehr Möglichkeiten, mein Leben zu gestalten. Paris ist ein Risiko, aber ich muss es eingehen. Wer nichts wagt, gewinnt auch nichts.

Wäre es meinen Eltern recht, mich als Magd im Pfarrhaus zu sehen? Sie würden wohl verstehen, dass ich Geld verdienen muss, aber sie wären über diese Wendung in meinem Leben traurig.

Morgen gehe ich zum Oberhofmeister. Wenn er nicht erlaubt, dass ich im Gefolge der Königin reise, kann ich nichts machen. Aber ich muss es zumindest versuchen. Irgendwann hat meine Mutter einmal zu mir gesagt, man scheitert im Leben nicht an dem, was man falsch macht, sondern an dem, was man unversucht lässt.‹

Am nächsten Vormittag begab sich Margot zum Palais der de Villiers. Der Verwalter führte sie in die Halle und bat sie, einen Augenblick zu warten.

Margot sah sich um. In solch einem geräumigen Haus würde sie auch gern leben, aber das waren Träumereien, die Aristokraten und die reichen Kaufleute lebten in solchen Häusern. Sie würde wahrscheinlich nur in einem einstöckigen einfachen Holzhaus wohnen können.

Eine Tür öffnete sich, und Armand kam herein. Margot zuckte unwillkürlich zusammen und spürte, dass sie sich über Armands Erscheinen freute. Er eilte zu ihr und lächelte sie an. »Margot, ich freue mich sehr, Euch hier zu sehen. Was führt Euch zu uns?«

»Ich möchte Euren Vater um einen Gefallen bitten.«

»Kommt, ich bringe Euch zu ihm.«

In diesem Augenblick kam der Verwalter hinzu, er hatte das Gespräch offensichtlich mitbekommen, denn er sagte: »Mademoiselle Cauvin, Monsieur de Villiers kann Euch am 31. Dezember empfangen, am Nachmittag um drei Uhr.«

»Ich bin sehr froh, dass Euer Vater mir diese Unterredung gewährt.«

»Margot, ich bin erst gestern Abend von unseren Gütern zurückgekommen. Wir haben uns so lange nicht gesehen. Wie geht es Euch? Ihr wolltet zu Eurer Tante ziehen.«

Sie würde ihm nur wenig erzählen, es machte vielleicht keinen guten Eindruck auf ihn, wenn er hörte, dass sie als Magd arbeiten musste und ausgenutzt wurde. »Ich habe einige Wochen bei meiner Tante gewohnt, wir verstanden uns jedoch nicht. Jetzt lebe ich bei der Familie Tailleur, Annes Verwandten.«

»Ich werde viel zu tun haben«, sagte Armand, »die Königin will mich in die Verwaltung einarbeiten. Wenn ich aber Zeit habe, würde ich mich freuen, wenn wir uns einmal treffen könnten.«

»Ich würde mich auch freuen, aber ich muss jetzt gehen, ich helfe meist bei der Zubereitung der Mahlzeiten.«

Auf dem Heimweg überlegte sie, dass es aufrichtiger gewesen wäre, ihm von den Pariser Plänen zu erzählen.

›Er wird verstehen, dass ich dazu geschwiegen habe. Denn noch ist nichts entschieden. Warum habe ich mich gefreut, als ich ihn plötzlich sah? Warum ist es mir ihm gegenüber peinlich, dass ich als Magd gearbeitet habe? Fange ich etwa an, mich in ihn zu verlieben? Nein, mit Sicherheit nicht. Außerdem ist er als Aristokrat unerreichbar für mich.‹

Am Nachmittag des 31. Dezember saß Margot im Arbeitszimmer des Oberhofmeisters auf einem hohen gepolsterten Stuhl mit Armlehnen und überlegte, wie sie ihre Bitte vortragen sollte.

Bertrand de Villiers musterte das junge Mädchen und dachte, dass sie nicht nur hübsch, sondern auch intelligent war. Kein Wunder, dass Armand sich in sie verliebt hatte.

»Ihr habt mich um eine Unterredung gebeten, Mademoiselle Cauvin. Was kann ich für Euch tun?«

»Monsieur de Villiers, nach dem plötzlichen Tod meines Vaters wart Ihr so gütig, Eure Hilfe anzubieten. Bis jetzt habe ich versucht, allein mit meiner Situation fertig zu werden. Jetzt geht das nicht mehr.« Sie schwieg einen Moment und beschloss, ihm nur das Nötigste über die vergangenen Wochen zu erzählen und zu verschweigen, dass sie bei dem Pfarrer Tartuffe als Magd arbeiten musste.

»Ich habe einige Zeit bei meiner Tante gewohnt und gearbeitet. Da sie mir für meine Tätigkeit keinen Lohn zahlte, verließ ich ihr Haus. Ich wohne jetzt bei der Familie Tailleur.

Meine Bemühungen, hier in Pau eine neue Stelle zu finden, waren vergeblich. Als ich hörte, dass die Königin nach Paris reist, kam mir der Gedanke, im Gefolge mitzureisen. In Paris leben viele wohlhabende Protestanten. Vielleicht ist es dort leichter für mich, eine Anstellung zu finden. Ich bitte Euch darum, mir zu erlauben, mit dem Gefolge zu reisen. Selbstverständlich werde ich auf der Reise arbeiten. Ich kann kochen und die Wäsche besorgen. Anne hat mir alles beigebracht.«

Bertrand de Villiers lehnte sich in seinem Lehnstuhl zurück und betrachtete die dunklen, verzweifelten Augen, die ihn flehend ansahen. Hatte der Vater ihr so wenig Geld hinterlassen, dass sie arbeiten musste? Sie war tapfer, sie versuchte, ihr Leben zu meistern. Welch ein Unterschied zu den jungen Mädchen am Hof, die nur herumsaßen und warteten, bis sie von den Eltern verheiratet wurden.

Wenn sie nach Paris ginge, würde Armand sie in Zukunft nicht mehr sehen. Auch wenn er die Königin auf dieser Reise ebenfalls begleitete, würde Bertrand schon dafür sorgen. Was machte er, wenn ihr Vorhaben ohne Erfolg blieb? Er wollte nicht, dass sie nach Pau zurückkehrte und Armand weiter den Kopf verdrehte. Falls sie in Paris keine Arbeit fände, musste er mit Coligny reden und ihn bitten, uns zu helfen. Er war der militärische Führer der Protestanten und besaß viele Verbindungen.

Nach diesen Überlegungen beugte er sich etwas vor

und sah Margot ernst an. »Ich verstehe Euch und finde es bewundernswert, dass Ihr den Mut habt, Eure Heimat zu verlassen und nach Paris zu gehen. Was wollt Ihr dort genau tun?«

Margot atmete erleichtert auf. »Monsieur de Villiers, Ihr wisst, dass mein Vater mich unterrichtete. Er legte besonderen Wert auf fremde Sprachen. Ich beherrsche Latein, Spanisch, Italienisch und Deutsch. Ich habe fundierte Kenntnisse in der antiken Literatur und in der Literatur Frankreichs. Er hat mich auch in Rhetorik, Geografie und Mathematik unterwiesen, wobei die Mathematik nicht meine Stärke ist. Ich könnte als Lehrerin in einer protestantischen Familie arbeiten. Ich weiß, dass meistens Männer als Lehrer beschäftigt werden. Vielleicht macht man einmal eine Ausnahme. Wenn eine Tätigkeit als Lehrerin nicht möglich ist, bin ich bereit, mich als einfache Dienerin zu verdingen. Ich möchte mir ein wenig Geld verdienen, dass ich eine kleine Mitgift zusammenspare. Sollte mich dann ein Mann nehmen, werden wir bescheiden und sparsam leben müssen, das stört mich nicht, daran bin ich gewöhnt.«

›Sie denkt realistisch‹, überlegte der Oberhofmeister, ›und weiß, dass Armand unerreichbar für sie ist. Das beruhigt mich.‹

Er lächelte Margot an. »Es wird für Euch nicht möglich sein, auf der Reise zu arbeiten, die Königin wird von vielen Mägden und Dienern begleitet. Wir werden in Schlössern oder in Gasthöfen übernachten, und dort ist für das leibliche Wohl gesorgt.« Er schwieg, weil ihm etwas eingefallen war.

Margot erschrak. Das bedeutete, dass sie in Pau bleiben musste. Sie unterdrückte die aufsteigenden Tränen und stand auf. »Monsieur de Villiers, ich danke Euch, dass Ihr mich angehört habt. Ich entnehme Euren Worten, dass ich nicht nach Paris reisen kann.«

Der Oberhofmeister sah sie erstaunt an. »Das habe ich nicht gesagt, setzt Euch. Wie gut beherrscht Ihr die deutsche Sprache?«

»Mein Vater hat sich mit mir in den fremden Sprachen unterhalten, um meine Fortschritte zu überprüfen. Ich kann die deutsche Sprache lesen und sprechen. Ich habe zum Beispiel Luthers Bibelübersetzung gelesen, das hielt mein Vater für wichtig, weil von Luther die Reformation des christlichen Glaubens ausging. Ich habe alle meine Lehrbücher und auch die Lutherbibel mitgenommen, als ich unser Haus verließ.«

»Sehr gut. Ich sehe eine Möglichkeit für Euch, auf der Reise zu arbeiten. Die Königin sucht schon seit geraumer Zeit einen Lehrer, der ihre Tochter, die Prinzessin Katharina, in der deutschen Sprache unterrichtet. Ich vermute, dass sie die Prinzessin irgendwann mit einem protestantischen deutschen Fürsten verheiraten will. Eine Ehe mit einem französischen Aristokraten, der Protestant ist, kommt aus politischen Gründen nicht infrage. Ich hoffe auf Eure Diskretion. Was ich Euch eben gesagt habe, ist am Hof noch nicht bekannt.«

»Ihr könnt Euch auf meine Verschwiegenheit verlassen.«

»Gut. Ich werde dafür sorgen, dass Ihr dafür einen angemessenen Lohn bekommt. Und ich werde Euch ein Zeugnis über Eure Tätigkeit ausstellen, das Euch bei der Suche nach einer Anstellung behilflich sein kann.«

»Ich darf mit dem königlichen Gefolge nach Paris reisen?«

Der Oberhofmeister lächelte. »Ja, die Königin will Navarra am 1. Februar verlassen. Ich gebe Euch noch Nachricht, um wie viel Uhr wir aufbrechen, vorausgesetzt, die Witterung erlaubt eine Reise. Aber wie ich die Königin kenne, wird auch Schnee sie nicht abhalten.«

»Wie lange werden wir unterwegs sein?«

»Die Königin wird aus gesundheitlichen Gründen langsam reisen. Ich rechne damit, dass wir erst Anfang April in Paris sein werden. Bis zur Hochzeit und der Abreise des jungen Paares nach Navarra könnt Ihr mit uns im Louvre wohnen. Danach wird man sehen. Vielleicht habt Ihr dann aber schon eine neue Stelle.«

»Wann soll die Hochzeit sein?«

»Im Laufe des Sommers. Das hängt davon ab, wie lange die Verhandlungen über den Ehevertrag dauern. Prinz Heinrich wird erst einige Tage vor der Hochzeit in Paris eintreffen und bis dahin eine Inspektionsreise durch Navarra unternehmen.«

Margot stand auf. »Ich weiß nicht, wie ich Euch danken soll, Monsieur de Villiers, Ihr habt mir sehr geholfen. Ich verspreche Euch, dass ich auf der Reise niemandem zur Last falle.«

»Ich habe Eure seligen Eltern sehr geschätzt. Es ist meine Christenpflicht, der Tochter zu helfen.«

Die Tailleurs und Anne beglückwünschten sie zu dem Ergebnis der Unterredung, und Etienne sagte: »Auch wenn Ihr eine Stellung finden solltet, ist Eure Zukunft immer noch ungewiss. Mein Haus steht Euch jederzeit offen, falls Ihr nach Navarra zurückkehren müsst.«

Margot sah ihn erstaunt an. »Aber wenn ich eine Stelle in Paris finde, werde ich dort bleiben.«

Etienne schwieg einen Augenblick und sagte vorsichtig: »Hin und wieder habe ich protestantische Kunden, die in Paris leben und auf einer Reise ein paar Tage hierbleiben, um sich ein neues Kleidungsstück schneidern zu lassen. Jeder erzählt, dass die Protestanten in Paris nicht beliebt sind. Die Pariser Bevölkerung hasst uns. Es könnte sein, dass Ihr *deswegen* gezwungen seid, nach Navarra zurückzukehren.«

»Warum hassen sie uns?«

»Warum? Das ist ganz einfach. Die Hugenotten, so nennt man die Protestanten in Frankreich, sind wohlhabender als die katholische Pariser Bevölkerung. Damit meine ich jetzt Kaufleute und Handwerker, sie arbeiten mehr als die Katholiken. Das ist ein Grund für ihren Wohlstand. Außerdem gefällt den Katholiken unsere bescheidene Lebensweise nicht. Die katholische Bevölkerung liebt Spiel, Gesang, Tanz und üppige Mahlzeiten. Vielleicht haben sie ein schlechtes Gewissen wegen ihrer Lebensweise. Gleichviel, Ihr müsst damit rechnen, dass man den Hugenotten feindselig, zumindest aber reserviert begegnet.«

»Vielleicht ändert sich diese Einstellung, wenn die Schwester des Königs mit unserem Prinzen verheiratet ist.«

»Vielleicht, vielleicht auch nicht. Ich könnte mir denken, dass diese Verbindung bei vielen Parisern unpopulär ist.«

Margot stand auf. »Es ist spät geworden, ich wünsche eine gute Nacht.«

In ihrem Zimmer schrieb sie einen Brief an den Pfarrer Tartuffe, worin sie diesem mitteilte, dass sie die Stellung bei ihm leider nicht antreten könne.

Unterdessen betrat Armand das Arbeitszimmer seines Vaters. Der Oberhofmeister sah ihn ernst an und wies auf den Lehnstuhl ihm gegenüber. »Armand«, begann er, »Ihr seid mein einziges Kind, das die Kinderjahre überlebt hat. Ich habe Euch in Paris Jura studieren lassen, damit Ihr hier in Navarra einmal ein hohes Staatsamt bekleiden könnt.

Es sieht so aus, als würden sich meine Hoffnungen erfüllen: Ihr werdet wahrscheinlich einmal zu den engsten Ratgebern des künftigen Königs Heinrich gehören; vielleicht werdet Ihr sogar sein Kanzler. Eine hohe Stellung an einem Fürstenhof verpflichtet natürlich auch zu einem gewissen Verhalten: keine Händel, keine Duelle, keine Schulden, keine Weibergeschichten. Habt Ihr mich verstanden?«

Armand sah den Vater erstaunt an. »Ich verstehe Euch nicht. Ein Lebenswandel ohne Schulden und Weibergeschichten war für mich immer selbstverständlich. Ich weiß, was ich dem Namen unserer Familie schuldig bin und auch meiner künftigen Stellung in der Nähe des Prinzen Heinrich.«

»Ich weiß, mein Sohn, aber Eure Mutter und ich erwarten, dass Ihr eines Tages standesgemäß heiratet. Ein junges Mädchen, das einer der aristokratischen Familien Navarras entstammt.« Daraufhin holte Bertrand eine Flasche Malvasier, schenkte Wein ein, hob sein Glas und sagte: »Auf Euer Wohl und das Eurer künftigen Gattin.«

Armand trank einen Schluck und fragte sich entsetzt:

›Haben die Eltern schon eine Braut ausgesucht? Eines jener langweiligen Mädchen, mit denen man sich nicht vernünftig unterhalten kann, die nur die Bibel und das Gebetbuch kennen? Die keine eigene Meinung haben und nur darauf warten, verheiratet zu werden?‹

»Vater, Ihr sprecht von meiner künftigen Gattin. Habt Ihr schon ein Mädchen gewählt?«

»Nein, diese Entscheidung will gut überlegt sein. Schließlich ist nicht nur der Name wichtig, sondern auch die Mitgift. Meine künftige Schwiegertochter soll ein stattliches Vermögen mitbringen. Ich spreche zu Euch von diesen Dingen«, fuhr Bertrand fort, »weil ich Euch noch einmal an Eure Pflichten erinnern will. Es ist mir nicht entgangen, dass Ihr für Margot Cauvin Zuneigung empfindet, und ich verstehe Euch.

Die Demoiselle ist schön, gebildet, fromm und intelligent. Sie ist entschlossen, ihre Zukunft selbst zu gestalten. Davor habe ich Hochachtung. Aber sie ist nicht standesgemäß. Deshalb sollt Ihr sie vergessen. Das dürfte nicht schwierig sein. Heute ist sie zu mir gekommen und hat darum gebeten, im Gefolge der Königin nach Paris reisen zu dürfen, um sich dort eine Stellung zu suchen. Ich habe die Bitte bewilligt, weil sie Unterstützung verdient und ich mich ihren verstorbenen Eltern verpflichtet fühle. Nun will es das Schicksal, dass auch Ihr im Gefolge der Königin reist. Ihr werdet Margot zwangsläufig sehen.

Ich bitte Euch inständig, Begegnungen mit Margot zu vermeiden. Es gibt keine Zukunft für Euch und sie. Habt Ihr mich verstanden?«

»Ja, Vater.«

Als Armand das Zimmer verließ und in die Halle hinunterging, versuchte er, das Gespräch zu verarbeiten.

›Margot will also in Paris ihr Leben neu gestalten, das ist verständlich. Mein Vater hat ihr die Reise wahrscheinlich nur erlaubt, weil er sie weit weg von mir wissen möchte.

Welch ein Glück, dass ich ebenfalls die Königin begleite. Es werden sich genug Möglichkeiten ergeben, Margot zu sehen. Wenn sie keine Stelle findet, muss ich mir überlegen, welche Alternativen sich für sie in Pau bieten. Dann werde ich sie überreden, mit uns nach Navarra zurückzukehren. Ungefähr Anfang April werden wir in Paris sein. Die Eheverhandlungen zwischen unserer Königin Johanna und der Königinmutter Katharina dauern bestimmt zwei Monate, vielleicht länger. Ich werde also fünf bis sechs Monate in Margots Nähe sein, und wir werden zusammen im Louvre wohnen. Selbst für den Fall, dass sie rasch eine Stelle findet und bei der neuen Herrschaft wohnt, werden sich Gelegenheiten ergeben, dass ich sie heimlich sehen kann.

Meinen Vater werde ich schon irgendwie überreden, dass er seine Erlaubnis zur Heirat gibt.‹

Er trat gut gelaunt vor das Palais und atmete tief die kalte Dezemberluft ein.

Alles würde gut werden, dachte er, eines Tages würde Margot ihn lieben.

7. KAPITEL

Am Nachmittag des 1. Januar 1572 stand Margot vor den Gräbern ihrer Eltern, sprach ein Gebet und fuhr dann leise fort: »Jetzt sind es noch vier Wochen bis zu meiner Abreise nach Paris. Ich freue mich auf diesen neuen Lebensabschnitt. Ich hoffe, dass meine Wünsche und

Erwartungen sich erfüllen werden. Heute ist der erste Tag des Jahres 1572, wird es für mich ein erfreuliches Jahr werden? Ich bitte Gott jeden Abend, dass mein Leben ab jetzt ruhiger verläuft, ohne finanzielle Sorgen. Ich bitte ihn, dass Paris für mich zu einer neuen Heimat wird. Ich weiß nicht, ob ich noch einmal nach Pau zurückkehre. Anne wird Eure Gräber pflegen, und ich werde in Paris an Euren Geburts- und Todestagen und an Eurem Hochzeitstag in einer Kirche eine Kerze entzünden. Das wird zwar in einer katholischen Kirche sein, weil die Protestanten in Paris wahrscheinlich keine eigene Kirche haben, aber Ihr werdet es verstehen.«

Später am Abend ging sie zum Zimmer von Anne und besprach sich mit ihr.

»Ich muss meine Gedanken ordnen, es geht mir so viel durch den Kopf, Paris, mein Gott, Paris, jetzt beginnt das Leben! Ich rechne damit, dass ich rasch einen Ehemann finden werde. Vielleicht hat die Familie, bei der ich arbeite, einen ledigen jungen Verwandten, dem ich gefalle.« Sie setzte sich und sah Anne an. »Wie ist deine Meinung? Werde ich in Paris einen Mann finden, der bereit ist, so lange mit der Heirat zu warten, bis ich eine Mitgift angespart habe? Ich möchte nicht mittellos zu ihm kommen.«

»Ich bin davon überzeugt, dass es Euch in Paris nicht an Verehrern mangeln wird. Doch wie wollt Ihr Euch verhalten, wenn Ihr die Zuneigung nicht erwidern könnt, wenn die Männer Euch widerwärtig sind? Denkt an Armand.«

Margot sah Anne erstaunt an. »Armand? Er ist mir nicht widerwärtig, ich finde ihn sympathisch. Man kann sich vernünftig mit ihm unterhalten, er ist hilfsbereit, aber ich liebe ihn nicht. Er ist ein Freund und wird für mich immer nur ein Freund bleiben. Wenn ein Mann anfängt, mich zu umwerben, dann muss ich mich sofort in ihn verlieben. Die Liebe auf den ersten Blick, das ist für mich die wahre Liebe.«

»Die Liebe auf den ersten Blick ist oft nur von kurzer Dauer«, erwiderte Anne, »ein Strohfeuer, das bald erlischt. Die Liebe, die aus einer Freundschaft erwächst, ist beständig, weil man den Menschen liebt. Bei der Liebe auf den ersten Blick ist man zunächst von Äußerlichkeiten fasziniert, lernt man dann den Menschen näher kennen, ist man oft enttäuscht.«

»Ich verstehe, was du meinst, und verstehe es auch nicht. Ich kann mir im Augenblick nicht vorstellen, dass ich mich in einen Mann verliebe und dann von ihm enttäuscht bin.«

»Ich hoffe, dass Euch diese Lebenserfahrung erspart bleibt. Eines solltet Ihr nicht vergessen: Die jungen Männer, die Ihr kennenlernt, sind wahrscheinlich nicht frei in der Wahl der Gattin, weil sie sich den Wünschen der Familie fügen müssen. Baut jetzt keine Luftschlösser auf, das gilt auch für Eure künftige Arbeitsstelle. Es kann sein, dass Ihr keine Stelle als Erzieherin findet und als Dienerin Euren Lebensunterhalt verdienen müsst, vergesst dies nicht.«

»Du hast recht, daran habe ich nicht gedacht. Nun, Dienerin in einem großen Haushalt in Paris ist etwas anderes als Dienerin in Pau. In einem großen Haus verteilt die Arbeit sich auf mehrere Diener und Mägde. Ich muss nur gewisse Arbeiten verrichten, in der Küche zum Beispiel Geflügel rupfen und Gemüse putzen. Ich werde wahrscheinlich auch als Dienerin besser bezahlt als hier. Ich bin der Herrschaft nicht auf Gnade oder Ungnade ausgeliefert wie bei meiner Tante. Ich muss nicht hungern, alles in allem wird mein Leben als Dienerin in einem großen Haushalt in Paris angenehmer sein als in Pau. Anne, hast du während der vergangenen Wochen gehört, wie es Corisande geht? Ich möchte sie in Paris besuchen und bitten, mir bei der Suche nach Arbeit behilflich zu sein.«

»Nach einem Gottesdienst im November sah ich Madame Blin inmitten einer Gruppe von Frauen stehen, und als ich vorbeiging, hörte ich sie sagen: ›Meine Tochter hat sich sehr gut in der neuen Familie und in Paris eingelebt, Paris muss eine wunderbare Stadt sein, meine Tochter ist glücklich, dass sie nun dort lebt.‹«

Margot sah Anne erstaunt an. »Ich finde es merkwürdig, dass Corisande in Paris glücklich ist. Hat sie noch nichts von den Spannungen zwischen Katholiken und Protestanten bemerkt, von denen die Kunden deines Bruders erzählten? Wahrscheinlich haben die Kunden die Situation düsterer dargestellt, als sie tatsächlich ist.«

»Das glaube ich nicht, die Kunden sind verständige Männer, die kein dummes Zeug erzählen. Ich nehme an, dass Corisande in ihren Briefen diese Spannungen verschwiegen hat, um ihre Eltern nicht zu beunruhigen.«

»Anne, wenn Corisande ihre Eltern mit diesem Problem nicht belasten will, dann ist die Situation in Paris vielleicht ernster, als wir annehmen.«

»Vielleicht ja, vielleicht nein, Ihr solltet jetzt nicht weiter darüber nachdenken, wartet in Ruhe ab.«

Am späten Abend des 28. Januar klopfte es an Margots Tür und Anne betrat das Zimmer.

»Verzeiht die Störung, aber ich möchte etwas mit Euch besprechen.« Sie übergab Margot ein Päckchen. »Es ist möglich, dass Ihr in Paris einem Mann begegnet, der Euch gefällt und dem Ihr gefallt. Vielleicht könnt Ihr ihn in absehbarer Zeit noch nicht heiraten, aber die menschliche Natur fordert … Nun, ich will damit sagen, dass Ihr wahrscheinlich vor der Ehe mit ihm die Liebe erleben wollt.

In diesem Päckchen ist ein Säckchen mit getrockneten Kräutern, ein Holzlöffel und ein Holzbecher. Die Kräuter werden Euch vor einer ungewollten Schwangerschaft schützen. Drei Stunden, bevor Ihr Euch dem Mann hingebt, tut Ihr einen Löffel Kräuter in den Becher, gießt heißes Wasser darüber, lasst die Kräuter sieben Minuten ziehen, dann trinkt Ihr den Sud.«

»Ich verstehe dich nicht. Als du mich über Empfängnis, Schwangerschaft und Geburt aufgeklärt hast, sagtest du immer wieder, dass ein anständiges Mädchen sich dem Mann erst in der Hochzeitsnacht hingibt, und ich bin fest entschlossen, meine Jungfräulichkeit bis zur Hochzeitsnacht zu bewahren. Warum glaubst du, dass ich nicht warten kann?«

»Ihr wart noch nie verliebt. Ihr habt noch nie erfahren, dass Euer Körper in dem Moment der Verliebtheit verrückt wird, anders kann man es nicht bezeichnen. Ihr wünscht nichts sehnlicher, als Euch dem Mann hinzugeben und der Mann, der Euch liebt, wird diesen Wunsch verstärken.«

»Wenn ich mich vor der Ehe einem Mann hingebe, bin ich kein anständiges Mädchen mehr. Du willst doch bestimmt nicht, dass ich zu einer Dirne werde, so nannten die Frauen am Fluss die Mädchen, die wegen einer Schwangerschaft heiraten mussten.«

»Gütiger Himmel, was denkt Ihr von mir? Ihr sollt Euch nicht wegwerfen, Ihr sollt aber auch nicht in Euer

Unglück rennen mit einem unehelichen Kind. Angenommen, der junge Mann liebt Euch und Ihr ihn, angenommen, Ihr müsst mit einer Heirat längere Zeit warten, in diesem Fall solltet Ihr eine Schwangerschaft verhüten.«

»Und wo bekommt man die Kräuter?«

»Ich war bei einer Hebamme. Diese Frauen wissen alles über Schwangerschaften, wie man sie verhindert und wie man sie während der ersten drei Monate unterbricht, falls es nötig sein sollte. Ab dem vierten Monat ist es schwierig, wenn nicht gar unmöglich.«

»Wie bitte?«, rief Margot, »man kann das Kind töten? Warum hast du mir dies alles nie erzählt?«

»Die jungen Mädchen aus guter Familie erfahren nichts über diese Dinge. Sie sollen noch Jungfrau sein, wenn sie heiraten, das ist auch der Wunsch der jungen Männer. Da Ihr nach Paris geht und eine ungewisse Zukunft für Euch beginnt, müsst Ihr darüber aufgeklärt sein.

Viele Frauen versuchen, eine Schwangerschaft zu verhindern: Ehefrauen, die nach zehn Kindern keine weiteren mehr wollen, ferner die Huren, die ihren Körper verkaufen und so ihren Lebensunterhalt verdienen. Schließlich die jungen Frauen und Männer, die sich lieben, aber zu arm sind, um zu heiraten. Denkt an die Knechte und Mägde, die im Haushalt der Aristokraten arbeiten, sie leben nicht keusch wie Mönche und Nonnen.«

»Und du bist sicher, dass die Kräuter eine Schwangerschaft verhindern?«

»Ja, ich selbst habe sie als junge Frau benutzt, weil mein Mann und ich nicht bis zur Hochzeit warten wollten.

Ich wurde erst nach der Hochzeit schwanger, mein Mann starb während des ersten Ehejahres und unser Kind kam tot zur Welt. Nach dem Trauerjahr gab es etliche Männer, die mich heiraten wollten, aber ich fand sie alle widerwärtig und zog es vor, meinen Lebensunterhalt selbst zu verdienen. So kam ich in das Haus Eurer seligen Eltern und hatte bei ihnen ein gutes Leben.«

»Anne, angenommen, ich lerne in Paris einen Mann kennen, wir verlieben uns ineinander. Eines Tages gebe ich mich ihm vor der Hochzeit hin, wird er mich dann überhaupt noch heiraten wollen? Wird er in mir nicht eine Dirne sehen?«

»Ja und nein. Einerseits besteht diese Gefahr, andererseits werdet Ihr den jungen Mann einige Zeit kennen und wahrscheinlich wissen, was er über die Liebe vor der Ehe denkt.«

»Es ist alles so kompliziert. Was mache ich, wenn er mich bedrängt und droht, mich zu verlassen, wenn ich mich ihm nicht hingebe?«

»In diesem Fall lasst ihn laufen, dann besitzt er keinen anständigen Charakter und ist Eurer nicht wert.«

»Anne, woran merkt man, dass man verliebt ist?«

Die Dienerin lächelte. »Wie soll ich es Euch erklären? Ihr verspürt den Wunsch, diesen Mann jeden Tag zu sehen und Ihr wollt ihm körperlich nahe sein. Es ist am besten, Ihr wartet ab, Ihr merkt von selbst, wenn Ihr verliebt seid.«

Margot schwieg einige Minuten, dann stand sie auf. »Ich danke dir für die Kräuter, Anne, was haben sie gekostet?«

»Nichts, die Hebamme gab sie mir umsonst, weil sie mich schon lange kennt.«

»Anne, ich danke dir für das Gespräch. Je länger ich nachdenke, desto fester bin ich entschlossen, die Liebe erst in der Ehe kennenzulernen. Ich kann mir nicht vorstellen, dass es einen Mann auf dieser Welt gibt, den ich so begehre, dass ich mich ihm bereits vor der Hochzeitsnacht hingebe.«

Der 1. Februar war ein kalter, trüber Wintertag.

Sie war noch einmal in den Stall des Oberhofmeisters gegangen und hatte sich von Hiram verabschiedet. Dann drehte sie sich um und eilte aus dem Stall zum königlichen Schlosshof, wo die Reisegesellschaft sich nach und nach zusammenfand.

Sie traf auf Bertrand de Villiers, der Margot zu ihrer Kutsche begleitete. Vor der Kutsche blieb der Oberhofmeister stehen und übergab Margot zwei Briefe.

»Der eine Brief ist ein Ausweis für Euch. Er enthält Euren Namen, das Geburtsdatum und Euren Wohnort. Ihr reist zwar im Gefolge der Königin, aber man weiß nie, was unterwegs passiert. Es ist besser, wenn Ihr nachweisen könnt, wer Ihr seid.

In dem anderen Schreiben stehen die Anordnungen der Königin über den Unterricht ihrer Tochter. Die inhaltliche Gestaltung des Unterrichts bleibt Euch überlassen. Die Prinzessin soll den ganzen Tag unterrichtet werden, und zwar nur in der deutschen Sprache. Die Königin meint, es genügt, wenn ihre Tochter sich bei den Mahlzeiten und am Abend erholt. Die Königin erwartet, dass ihre Tochter bei der Ankunft in Paris die neue Sprache so weit beherrscht, dass sie Luthers Bibelübersetzung lesen kann.«

Margot erschrak. Wie sollte sie das schaffen, die deutsche Sprache war schwierig, allein die drei Artikel!

»Ich werde mir Mühe geben, Monsieur de Villiers. Was passiert, wenn die Prinzessin bei der Ankunft in Paris Luthers Bibel noch nicht versteht?«

»Es wird nichts passieren. Wahrscheinlich werdet Ihr die Prinzessin dann im Louvre, soweit es zeitlich möglich ist, weiter unterrichten. Ihr solltet Euch darüber keine Sorgen machen. Die Prinzessin ist an diszipliniertes Lernen gewöhnt, sie weiß, dass sie von ihrer Mutter bestraft wird, wenn diese mit ihren Fortschritten nicht zufrieden ist. Die Königin überprüft jeden Abend, ob ihre Tochter fleißig war oder nicht. Wohlgemerkt, die Prinzessin wird bestraft, nicht der Lehrer.«

»Wie wird sie bestraft?«

»Meistens darf sie dann nicht an der Abendtafel teilnehmen.«

Das arme Kind, dachte Margot.

Ein schmales, flachsblondes Mädchen von ungefähr dreizehn Jahren trat zu ihnen. Sie war in Begleitung einer jungen Frau und einer Dame mittleren Alters.

Der Oberhofmeister verbeugte sich vor dem Mädchen. »Königliche Hoheit, ich möchte Euch die Demoiselle Cauvin vorstellen, sie wird Euch auf der Reise nach Paris in der deutschen Sprache unterrichten.«

»Ich weiß, Mama hat es mir gesagt. Willkommen, Mademoiselle Cauvin, setzt Euch neben mich, damit wir gleich mit dem Unterricht anfangen können.« Sie wies auf ihre Begleiterinnen. »Madame de Môle ist meine Gouvernante, Yvette ist meine Zofe.«

Madame de Môle lächelte Margot an: »Ich freue mich, dass Ihr uns begleitet und Ihre Königliche Hoheit während der Reise sinnvoll beschäftigt ist.«

Während die Kutsche über die staubige Landstraße rumpelte, las Margot den Brief der Königin und überlegte, wie sie den Unterricht gestalten sollte.

Eine Sprache lernte man leichter, wenn man die Vokabeln aufschrieb, aber hier gab es diese Möglichkeit nicht, sie konnte nur mündlich unterrichten.

Sie öffnete das Bündel und nahm die Bibel heraus. »Königliche Hoheit, ich werde mit den Vokabeln anfangen. Ich sage Euch ein deutsches Wort, dann die französische Übersetzung, dann zeige ich Euch in der Bibel, wie das Wort geschrieben wird. Wenn Ihr genügend deutsche Wörter kennt, werde ich Sätze bilden, Ihr werdet wiederholen, was ich sage. Das ist der Unterricht am Vormittag, am Nachmittag wird nur wiederholt. Wenn Ihr genügend Grammatik beherrscht, fangen wir an, die Bibel zu lesen. Ihr werdet jeden Satz in die französische Sprache übersetzen. Seid Ihr mit dieser Methode einverstanden?«

»Ja, Mademoiselle Cauvin.«

Ein Tag nach dem anderen verging. Margot war erleichtert, als sie merkte, dass ihre Schülerin leicht und fleißig lernte. Jeden Abend begab sich Katharina zur Königin, und am anderen Morgen berichtete sie Margot, dass die Mutter mit ihren Fortschritten zufrieden war.

In den ersten Wochen sah Margot weder den Oberhofmeister noch Armand, weil das Gefolge immer in einiger Entfernung von der Königin und ihren engsten Begleitern untergebracht war.

Mitte März tauchte Armand, begleitet von einer Sänfte, plötzlich neben der Kutsche auf.

Er zügelte sein Pferd, befahl dem Kutscher zu halten, dann stieg er ab, öffnete den Wagenschlag und sagte: »Königliche Hoheit, Ihre Majestät bittet Euch mitsamt Madame de Môle und Eurer Zofe in ihren Wagen zu steigen und dort die Reise bis heute Abend fortzusetzen.«

Als die Sänftenträger sich in Bewegung setzten, fuhr die Kutsche weiter und Armand trabte nebenher. »Endlich eine Gelegenheit, um mit Euch zu plaudern. Hier, nehmt meinen Umhang, damit Ihr nicht friert.«

»Ich bin so froh, dass ich mich mit jemandem unterhalten kann. Den ganzen Tag unterrichte ich, und am Abend bin ich zu müde, um mit der Gouvernante oder der Zofe Gespräche zu führen. Wird es nicht unangenehm auffallen, wenn Ihr neben einer Kutsche reitet, in der ein junges Mädchen ohne Begleitung sitzt?«

»Das ist mir gleich. Überdies weiß jeder, auch die Königin, dass ich kein Mann bin, der hinter Weiberröcken herläuft.«

»Warum mussten meine Begleiterinnen in den Wagen der Königin umsteigen?«

»Am Abend erreichen wir die Stadt Blois. Wir werden im königlichen Schloss wohnen, da die Königinmutter zurzeit dort weilt und unsere Königin erwartet. Ich nehme an, die beiden Damen werden erste Gespräche über den Ehevertrag führen, und die Königinmutter wird uns dann bis Paris begleiten. Unsere Königin will natürlich ihre Tochter präsentieren, schließlich gehört sie demnächst zur königlichen Familie.«

»Glaubt Ihr, dass der Ehevertrag bis zur Ankunft in Paris ausgehandelt ist?«

»Nein, das kann ich mir nicht vorstellen. Unsere Königin wird darauf bestehen, dass Prinzessin Margarethe zum protestantischen Glauben übertritt, die Königinmutter wird zu erreichen versuchen, dass unser Prinz zum katholischen Glauben übertritt. Sie wird verhandeln, verhandeln und verhandeln. Unsere Königin hat sie schon in früheren Jahren kennengelernt und nennt sie Frau Schlange, natürlich nur im engen Kreis ihrer Ratgeber.«

»Armand, Etienne Tailleur hat gesagt, er habe schon etliche Male von Kunden gehört, dass die Protestanten bei der Pariser Bevölkerung wegen ihres Reichtums und ihrer sparsamen Lebensweise nicht beliebt seien. Habt Ihr das während Eures Studiums auch bemerkt? Und er bezeichnete die Protestanten als Hugenotten. Was bedeutet dieser Ausdruck?«

»Es ist wahr, die Protestanten oder Hugenotten sind in Paris nicht beliebt. Ich habe damals im Quartier Latin gelebt und studiert, da merkte man es nicht so. Aber ich spürte die Abneigung meiner katholischen Kommilitonen, sie behandelten mich reserviert, ich gewann keinen von ihnen zum Freund. Ihr solltet über dieses Problem nicht nachdenken. Ihr werdet irgendwann bei einer hugenottischen Familie leben und kaum Kontakt zur katholischen Bevölkerung haben. Überdies genießt unser Anführer Coligny die Gunst des französischen Königs. Karl IX. bezeichnet Coligny als seinen Vater und redet ihn auch so an: ›Vater‹.« Er hielt inne und überlegte eine Weile. »Die Hugenotten? Die genaue Herkunft dieses Ausdrucks ist nicht vollständig geklärt. Zum einen führt man das Wort auf den Genfer Bürgermeister Hugues zurück, nach dem man die Protestanten spöttisch genannt habe. Zum anderen vermutet man, dass es einen Geheimbund gab, der sich nach Hugo, dem Kapetinger, benannte. Schließlich wird gesagt, das Wort leite sich von den schweizerischen Eidgenossen her, freilich in einer verderbten Sprachform. Als Anton von Bourbon, der Vater unseres Prinzen Heinrich, und Ludwig von Condé sich zum reformierten Glauben bekannten, fing man in Frankreich an, die Protestanten verächtlich Hugenotten zu nennen. Mehr kann ich Euch nicht dazu sagen.«

»Interessant. Monsieur Tailleur erwähnte auch, dass Prinz Heinrich Thronanwärter werden könnte, weil er einer Nebenlinie der Valois entstammt. Voraussetzung ist natürlich, dass der König und seine jüngeren Brüder sterben, ohne männliche Nachkommen zu hinterlassen. Glaubt Ihr, dass die Königinmutter mit einer solchen Möglichkeit rechnet und ihre Tochter deswegen mit unserem Prinzen vermählt?«

»Ihr stellt schwierige Fragen, das gefällt mir. Der Anstoß zu der Heirat ging von der Königinmutter aus. Katharina will durch diese Verbindung den Frieden von Saint-Germain vom August 1570 festigen, sprich: Sie will den jahrelangen Religionskrieg durch die Vermählung ihrer einzigen noch unverheirateten Tochter mit einem protestantischen Fürsten beenden.

Ein weiterer Grund ist die Sorge um die Krone: Sie möchte verhindern, dass die mächtige Familie Guise den Valois die Krone raubt. Um den Frieden zu sichern, hätte sie auch den jüngeren Bruder des Königs, den Herzog von Anjou, mit der Tochter eines der Hugenottenführer verheiraten können.«

»Wieso hat sie Angst, dass die Familie Guise den Valois nach der Krone trachtet?«

»Warum hat sie Angst vor der sehr reichen und erzkatholischen Familie Guise?«, antwortete Armand belustigt. »Das ist eine pikante Geschichte, die erzähle ich Euch später. Was unseren Prinzen Heinrich betrifft, so ist es möglich, dass er Thronprätendent wird, und Katharina denkt vielleicht auch an diese Möglichkeit.

Ihr ältester Sohn, Franz II., starb mit sechzehn Jahren ohne männliche Nachkommen. Der jetzige König, Karl IX., ist zwar verheiratet, hat aber noch keine Kinder geschweige denn Söhne gezeugt. Zudem ist er von schwacher Gesundheit, genau wie der Herzog von Anjou. Abgesehen davon umgibt der Herzog sich am liebsten mit jungen Männern, er interessiert sich nicht für Frauen, was ihn nicht daran hindert, sich oft als Frau zu verkleiden. Falls er heiratet, ist fraglich, ob er überhaupt Kinder zeugen wird. Der jüngste Sohn, der Herzog von Alençon, soll furchtbar hässlich sein. Das spielt zwar bei einer politischen Verbindung keine Rolle, aber als jüngster Sohn ist er für katholische Fürsten außenpolitisch uninteressant.

Falls unser Prinz alle Valois überleben sollte, gibt es folgendes Problem: Er kann nur König von Frankreich werden, wenn er zum katholischen Glauben übertritt.«

»Glaubt Ihr, dass er dieses Opfer bringen würde?«

»Ich weiß nicht, ob es für ihn ein Opfer ist. Ich kenne ihn persönlich ein wenig, und eines steht fest: Er ist nicht so fanatisch wie seine Mutter. Er sieht alles realistisch und scheint tolerant zu sein. Unter uns, Margot, aber das muss unter uns bleiben: Die Gesundheit der Königin ist sehr schwach, deswegen reisen wir auch so langsam. Es könnte sein, dass Heinrich rascher König von Navarra wird als angenommen. Ich würde einen Thronwechsel begrüßen. Unter einem König Heinrich wird wahrscheinlich wieder etwas mehr Lebensfreude in Navarra einkehren: Gesang, Spiel, Tanz und Tafelfreuden, natürlich alles in Maßen. Prinz Heinrich ist weltlichen Freuden zugetan, der beste Beweis sind seine zahlreichen Frauengeschichten. Ich möchte nicht wissen, wie viele Bastarde er inzwischen gezeugt hat.«

»Frauengeschichten werden seiner künftigen Gemahlin nicht gefallen.«

»Ich glaube nicht, dass sie das stört, die Prinzessin hat mit Sicherheit auch nicht wie eine Nonne gelebt. Was sie vermutlich stören wird, ist die Tatsache, dass er kleiner ist als sie. Die Prinzessin soll groß gewachsen sein, und der Knoblauchgeruch, der ihn permanent umgibt, wird sie wahrscheinlich nicht begeistern. Im Louvre ist sie ja nur von Parfümduft umgeben.«

»Sie hat nicht wie eine Nonne gelebt? Hatte sie Liebhaber?«

»Ich weiß nicht, ob sie mehrere Liebhaber hatte, halte es aber für unwahrscheinlich. Fest steht aber, dass sie *einen* Galan hatte, vielleicht war er sogar ihre große Liebe, wer weiß. Dieser Mann war der Herzog Heinrich von Guise, aus der Seitenlinie der lothringischen Herzöge. Das ist übrigens die pikante Geschichte, die ich Euch erzählen wollte.

Das Verhältnis hat wahrscheinlich nur einige Monate gedauert, weil der Herzog einen großen Teil des Jahres in Lothringen verbringt. Irgendwie hat der König davon erfahren. Er und Katharina haben das Paar in flagranti erwischt, der Herzog konnte fliehen, Margarethe wurde von Bruder und Mutter verprügelt. Das haben die Diener beobachtet, die immer auf der Lauer liegen. Der König und Katharina bildeten sich ein, dass der Herzog Margarethe heiraten wollte, um den Valois die Krone zu rauben – für den Fall, den ich eben schon genannt habe, also wenn die Söhne Katharinas ohne männliche Nachkommen bleiben.«

»Gütiger Himmel, der König von Frankreich verprügelt seine Schwester? Das ist ja eine schreckliche Familie.«

»Ich würde sagen, es ist eine bizarre Familie, aber nun genug von den Valois. Es gibt etwas, worüber ich schon seit einiger Zeit mit Euch sprechen will. Angenommen, Ihr findet in Paris keine Stellung, was wollt Ihr dann machen?«

»Ich weiß es nicht, ich habe noch nicht darüber nachgedacht, und ich will jetzt nicht darüber nachdenken.«

»Einverstanden, aber ich habe nachgedacht. In diesem Fall könnt Ihr nicht in Paris bleiben, Ihr habt nur eine Möglichkeit: die Rückkehr nach Navarra.«

»Wie soll ich in Navarra eine Stelle finden, wenn ich nicht einmal in Paris eine finde?«

»Man könnte versuchen, Euch im Haushalt des jungen Paares unterzubringen. Ich habe ein gutes Verhältnis zu Prinz Heinrich. Wenn ich ihm Eure Situation schildere, wird er bestimmt eine Lösung finden. Allerdings wird diese Unterredung erst nach der Hochzeit möglich sein. Vorher ist er zu beschäftigt.

Die andere Möglichkeit wäre eine Stellung im Haus meines Vaters. Meine Großmutter ist inzwischen erblindet, Ihr könntet als Vorleserin und Gesellschafterin bei ihr arbeiten. Meine Mutter hat nicht so viel Zeit, um ihr stundenlang vorzulesen. Um ihre körperliche Pflege müsst Ihr Euch nicht kümmern, dafür gibt es andere Dienerinnen. Was haltet Ihr davon?«

»Das kommt völlig überraschend. Meint Ihr, es wäre Eurem Vater recht, wenn ich in Eurem Palais arbeiten würde?« Er wusste bestimmt, dass Armand in sie verliebt war, und hatte sicher etwas dagegen, dass sie sich dann täglich sahen.

Armand ahnte, was in ihr vorging. »Seid unbesorgt, meinen Vater werde ich schon überreden. Ich werde ihm sagen, dass Ihr eine eigene kleine Wohnung habt und nur bei uns weilt, wenn Ihr vorlesen müsst. Falls Ihr gezwungen seid zurückzukehren, so wäre mir die zweite Möglichkeit als Vorleserin lieber. Denkt in aller Ruhe darüber nach. Doch jetzt wird es Zeit, dass ich wieder zur Königin reite.«

Er sah sie liebevoll an, und Margot fühlte sich eigentümlich berührt beim Anblick seiner Augen.

»Ich danke Euch, dass Ihr über meine Zukunft nachdenkt.«

Sie sah erstaunt, dass er errötete.

Jetzt, dachte er, war der richtige Zeitpunkt gekommen. »Margot, ich weiß nicht, ob wir während der Reise oder in Paris noch einmal unter vier Augen sprechen können. Ihr sucht eine Stellung, um Euren Lebensunterhalt zu verdienen und eine Mitgift anzusparen. Es gibt noch eine andere Möglichkeit für Eure Zukunft.

Ich liebe Euch schon lange, ich liebe Euch als Mensch und als Frau. Ich möchte Euch heiraten, eine Mitgift ist für mich unwichtig. Ich erwarte von Euch jetzt keine Antwort, aber versprecht mir, über meinen Antrag nachzudenken.«

Margot atmete tief durch. »Armand, ich weiß nicht was ich sagen soll, Euer Geständnis, Euer Antrag, es kommt alles so plötzlich. Ich bin davon überzeugt, dass Ihr es aufrichtig meint, aber denkt an Euren Vater, er wird dagegen sein, dass Ihr mich heiratet. Für ihn bin ich ein mittelloses Mädchen, das zudem nicht standesgemäß ist.«

»Mein Vater schätzt Euren Charakter, und wenn Ihr als Vorleserin bei uns arbeitet, wird ihn auch der Standesunterschied und die fehlende Mitgift irgendwann nicht mehr stören. Falls er unnachgiebig bleibt, so bin ich fest entschlossen, mit Euch zusammen Navarra zu verlassen und in einer Stadt, die den Hugenotten zugewiesen ist, als Anwalt zu arbeiten.«

»Habt Ihr dies alles gut überlegt, Armand? In Navarra läge eine glänzende Laufbahn vor Euch als Berater des Kronprinzen, wollt Ihr wirklich darauf verzichten?«

»Ja, Margot. Ich muss jetzt zur Königin reiten, wir sehen uns irgendwann in Paris.«

Er ritt davon, Margot sah ihm nach, sank dann zurück in die Wagenpolster und schloss die Augen. In ihrem Kopf wirbelten die Gedanken durcheinander.

›Er liebt mich, er will mich heiraten, er ist entschlossen, alles für mich aufzugeben, ich müsste mich darüber freuen, vor mir liegt eine sichere Zukunft. Armand als Ehemann, er wird mich gut behandeln, er wird mich auch nicht bedrängen, mich ihm vor der Hochzeitsnacht hinzugeben, die Hochzeitsnacht, das Eheleben, könnte ich an seiner Seite leben?

Ja und nein.

Ja: Ein geräumiges Haus, Diener und Mägde, ich muss nicht selbst arbeiten und kann den ganzen Tag lesen. Wenn wir Kinder haben, werde ich ihre Erziehung beaufsichtigen. Kinder? Ich werde die Nächte mit ihm verbringen.

Nein: Er ist mir zwar nicht widerwärtig, aber es fehlt etwas, ich habe keine körperliche Sehnsucht nach ihm.

Eines steht fest: Ich werde in Paris nach einer Stellung suchen, ich werde bestimmt eine finden, dann kann ich immer noch entscheiden, ob ich in Paris bleibe oder nach Navarra zurückkehre.

Was soll ich tun, wenn ich in Paris die Liebe auf den ersten Blick erlebe? Der Mann muss natürlich auch in mich verliebt sein, was mache ich dann?

Ich weiß es nicht, ich weiß nur, dass ich darauf achten muss, dass dieser Mann einen anständigen Charakter besitzt wie Armand.‹

8. KAPITEL

ANFANG APRIL TRAFEN Königin Johanna und ihr Gefolge in Paris ein. Johanna, ihre Tochter, die Zofen und Diener, der Pfarrer und die Würdenträger wurden in Appartements geführt, die in der Nähe der königlichen Gemächer lagen.

Das restliche Gefolge wurde in einem entlegenen Flügel des Louvre untergebracht. Als Margot mit ihren Bündeln durch die verschiedenen Innenhöfe ging, fühlte sie sich plötzlich unbehaglich. Wie sollte sie sich in diesem riesigen Schloss zurechtfinden? Sie betrat ihre Kammer in einem der oberen Stockwerke und blieb überrascht stehen.

Der Raum war nicht groß, aber sie empfand ihn als gemütlich. Im Kamin loderte ein Feuer, die Vorhänge des großen Himmelbettes waren aus dunkelblauem Samt. Sie zog die Vorhänge auseinander und sah, dass das Bett mit weißem Leinen bezogen war.

Sie legte ihre Bündel auf die Truhe. An einer Wand war ein Waschtisch mit einer großen Blechschüssel und einer großen Blechkanne. Daneben lagen frische Tücher.

An der anderen Wand stand ein großer Tisch. Auf ihm lagen Papier, Schreibfedern, ein Federmesser, ein Tintenfass und eine Streusandbüchse. Eine Öllampe, ein Tablett mit zwei Karaffen und einem Becher standen ebenfalls auf dem Tisch.

Mehr konnte sie nicht erwarten, die Hugenotten sollten sich anscheinend im Louvre wohlfühlen.

Sie packte ihre Bündel aus und platzierte die Bücher auf den Tisch. Ihr Geld legte sie in die Truhe, darauf ihre Unterhemden und Strümpfe.

Sie wusch Gesicht und Hände und trat dann an eines der beiden Fenster. Margot sah hinunter in einen Innenhof, ging zum anderen Fenster und erblickte eine ruhige Straße.

›Ich wohne also in einem Eckzimmer, dieses Stockwerk liegt wahrscheinlich direkt unter dem Dach.‹

Dann entdeckte sie zwei Holztüren neben dem Kamin. Sie öffnete die eine Tür, dahinter befand sich der Abort. Sie öffnete die andere und erblickte einen kurzen dunklen Gang und eine weitere Tür.

Sie eilte zur Eingangstür, schob den Riegel vor, ging in den dunklen Gang, öffnete die Tür und stand auf einem Treppenabsatz.

Im spärlichen Licht, das durch die Maueröffnungen fiel, erkannte sie eine Wendeltreppe. Es musste sich um eine Art Geheimgang handeln. Sie ging die Treppe langsam hinunter, stand wieder vor einer Tür, schob den Riegel zurück, öffnete vorsichtig die Tür und befand sich plötzlich auf der Straße.

›Das ist gut, wenn ich das Schloss verlassen will, kann mich niemand beobachten. Andererseits, warum soll nicht jeder sehen, wenn ich das Schloss verlasse?‹

In diesem Augenblick begannen die Glocken einer Kirche zu läuten. Sie lauschte dem Klang der Glocken und spürte eine unbestimmte Angst. Dieses Geläut klang unharmonisch, es war zu laut und schrill.

Sie ging zurück in ihre Kammer, setzte sich auf den Stuhl und überlegte:

›Im Louvre gibt es wahrscheinlich viele verborgene Treppen und Ausgänge, das ist beruhigend zu wissen, doch warum? Einerlei, die Hugenotten sind bei der Pariser Bevölkerung unbeliebt, es ist wohl am besten, wenn man hier im Louvre bleibt. Aber ich möchte auch gern Paris erkunden, Zeit genug habe ich. Der Unterricht soll vorerst nicht fortgeführt werden, weil die Königin mit dem Ergebnis zufrieden ist: Die Prinzessin kann tatsächlich ein wenig in der Lutherbibel lesen.‹

Sie dachte an den Beutel mit den Livres, den der Oberhofmeister ihr am Abend zuvor gegeben hatte.

›Dieses Geld reicht zusammen mit meinem Erbe immer noch nicht für eine Mitgift aus, ich muss also eine Stelle finden. Morgen werde ich zunächst Corisande besuchen, sie kennt ja inzwischen viele Hugenotten, sie kann mir bestimmt weiterhelfen. Corisande wohnt in der Nähe von Colignys Palais, das wird hier jeder kennen, ich werde mich durchfragen.‹

Margot zuckte zusammen, als sie hörte, wie sich Schritte näherten. »Mademoiselle Cauvin, rasch, beeilt Euch.« Es war die hugenottische Dienerin, die während der Reise als Wäscherin gearbeitet hatte. »Merkt Euch den Weg, wir gehen jetzt zu dem Raum, den wir für unsere Gottesdienste nutzen können, Monsieur de Villiers will uns dort vor Beginn der Abendtafel etwas sagen.«

Margot versuchte sich den Weg einzuprägen. Es dauerte nicht lange, bis sie einen großen kahlen Raum betraten, wo sich das hugenottische Gefolge um den Oberhofmeister scharte.

Bertrand de Villiers sah sich um.

»Sind alle versammelt? Meine Freunde, der König war so gütig, uns diesen Raum für Gottesdienste und Gebete zur Verfügung zu stellen. Wir sind jetzt für einige Wochen, vielleicht sogar Monate Gäste in diesem Schloss, Gäste des Königs. Man hat uns freundlich aufgenommen und gut untergebracht. Wir sind verpflichtet, die Gastfreundschaft des Königs zu würdigen. Ich ermahne euch deshalb, euch angemessen zu benehmen.

Es kann sein, dass der eine oder andere Franzose an diesem Hof spöttische Bemerkungen über uns und unseren Glauben macht. Ich verstehe, dass ihr euch darüber ärgert, gleichviel: Bewahrt die Ruhe! Schweigt bei solchen Bemerkungen, vermeidet Diskussionen über Glaubensfragen, benehmt euch immer höflich gegenüber den Franzosen, gebt keinen Anlass zu Streitereien.

Ihr werdet die Mahlzeiten gemeinsam mit den Franzosen einnehmen, also mit Leuten, die im Schloss als Kutscher, Handwerker und Diener arbeiten. Es ist hier üblich, dass sich vier Personen ein Gericht teilen. Ihr werdet euch erst aus den Schüsseln bedienen, wenn die Franzosen, die euch gegenübersitzen, sich bedient haben, überlasst ihnen die saftigen Fleischstücke, an diesem Hof wird niemand verhungern.

Noch etwas: Hier werden mehrere Gänge serviert, ich erinnere euch daran, eure Sitte beizubehalten und nur zwei Gänge zu essen. Die Königin legt Wert darauf, dass wir weiterhin unsere bescheidene Lebensweise fortführen. Habt ihr mich verstanden?«

»Ja, Monsieur de Villiers«, sagte jemand ziemlich laut, und andere riefen lauthals: »Ihr könnt Euch auf uns verlassen, Monsieur de Villiers, wir werden keinen Anstoß erregen.«

Der Oberhofmeister sah sich zufrieden um.

»Gott sei mit uns!«

Als die Hugenotten den Speisesaal betraten, saßen die Franzosen bereits in einer Reihe an der langen Tafel.

Die Hugenotten setzten sich ihnen gegenüber und spürten fast körperlich die Abneigung, die man ihnen gegenüber empfand.

»Ich bin froh«, sagte der junge Mann, der gegenüber Margot saß, »dass die Fastenzeit bald vorüber ist und wir wieder Fleisch essen dürfen. Heute erlebt Ihr also zum ersten Mal ein Fastenmenü, Ihr seid zu beneiden, dass Ihr keine Fastenzeit habt.«

»In Navarra«, erwiderte Margot, »wird auf Befehl der Königin auch gefastet, am Mittwoch, Freitag, Samstag, vor Weihnachten und natürlich die sechs Wochen vor Ostern.«

»Das ist ja interessant. Eure Königin hat also gewisse Bräuche der katholischen Kirche beibehalten.«

»Nein, sie ist eine überzeugte Protestantin, aber sie meint, das Fasten, also der Verzicht auf Fleisch, stärkt die Disziplin, auch die Arbeitsdisziplin.«

Inzwischen wurde der erste Gang aufgetragen. Margot betrachtete die drei Gerichte, die aus grünem Porree, Fisch und Kichererbsensuppe bestanden. »Ich esse sehr gern Suppe und Fisch, ich weiß nicht, für welches Gericht ich mich entscheiden soll.«

Ihr Gegenüber sah sie erstaunt an. »Das ist doch ganz einfach, esst alle Gerichte.«

»Es gibt ein Problem: Wir dürfen an einem Wochentag nur zwei Gänge essen. Ein Gang besteht bei uns nur aus einem Gericht. Wenn ich jetzt Suppe und Fisch esse, darf ich nichts mehr essen.«

»Mon Dieu«, rief der junge Mann, »was für entsetzliche Vorschriften, da vergeht ja jede Lebenslust. Man isst doch auch wegen des Genusses und nicht nur, um den Hunger zu stillen.«

Seine Nachbarin kicherte, und Margot beobachtete, dass der junge Mann ihr einen Rippenstoß gab. Die junge Frau hörte auf zu kichern und aß den Porree.

Margot entschied sich für die Suppe und beschloss, auf den nächsten Gang zu warten. Sie sah die Tafel hinunter und sagte: »Hier sitzen höchstens fünfzig Bedienstete des Louvre, es gibt doch bestimmt mehr Diener.«

»Das ist richtig, aber wir essen in Etappen. Hier seht Ihr zum Beispiel die Kutscher und andere Handwerker. Wenn wir fertig sind, kommen noch einmal Handwerker, Zofen, also Leute, die im Schloss eine höherwertige Arbeit ausüben. Erst dann ist die niedere Dienerschaft an der Reihe, also Stallknechte, Küchenmägde, Küchenjungen und so weiter.«

»Die müssen dann wahrscheinlich essen, was übrig bleibt.«

»Nein, was wir nicht essen, bekommen die Armen, die sich jeden Tag an einem Hintereingang versammeln. Die niedere Dienerschaft bekommt frisches Essen. Allerdings bestehen bei ihnen die Gänge nur aus einem Gericht.«

›Was für eine Hierarchie, dachte Margot. Bei unserer Königin gibt es nur eine Tafel für die Dienerschaft.‹

Der nächste Gang wurde aufgetragen: Aalspießchen und Thunfisch in gelbem Pfeffer.

»Esst von dem Thunfisch«, sagte der junge Mann zu Margot, »einer der Vorteile des Lebens am Hof ist der, dass der Seefisch immer frisch ist.« Er nahm das größere Stück und legte es auf Margots Teller.

»Vielen Dank, aber jetzt bleibt für Euch nur eines der kleineren Stücke.«

»Das ist unwichtig, die Hugenotten sind unsere Gäste, und der König und auch die Königinmutter haben den Befehl erteilt, die Hugenotten gut zu behandeln. Das fängt bei den gemeinsamen Mahlzeiten an.«

Ihr Augen wanderten an der Tafel entlang, und sie beobachtete, dass die Franzosen sich ausschließlich untereinander unterhielten. Dasselbe galt für die Hugenotten. Kein Katholik, dachte sie, sprach hier mit einem Hugenotten. Wie mochte es erst in der Stadt sein? Hier wahrte man wenigstens ein Mindestmaß an Anstand und Form. Aber in Paris?

Der dritte Gang waren Fisch in Gelee, Pudding mit Trockenfrüchten und Birnen in griechischem Wein. Das Dessert bestand aus Schichttorte von Trockenfrüchten und Apfelkonfekt.

Margot betrachtete die Speisen und kämpfte gegen die Versuchung, die Schichttorte zu probieren.

Der junge Mann goss etwas Wein in ihren Becher. »Nach der Mahlzeit bekommen wir zum Abschluss Hippokras. Kennt Ihr diesen Gewürzwein?«

Bevor sie antworten konnte, ertönte Glockengeläut. »Diese Glocken hörte ich von meiner Kammer aus, sie klingen so unharmonisch.«

»Das ist die Kirche Saint-Germain de l'Auxerrois, sie hat einen schönen Kreuzgang. Wenn Euer Glaube es erlaubt, solltet Ihr ihn Euch einmal ansehen. In der

Nähe ist ein geräumiges Haus, das jetzt der Familie Guise gehört. Ihr wisst, wer die Familie Guise ist?«

»Ja.«

»Wenn Euer Coligny den Kronrat verlässt, um sich zu seinem Palais in der Rue de Bethisy zu begeben, muss er an der Kirche und dem Haus vorüber.«

In diesem Augenblick dachte Margot an ihren Besuch bei Corisande. Sie wohnte in der Nähe von Coligny, überlegte sie, sie musste sich also nur den Weg zur Kirche erfragen und dann einfach weitergehen, dann würde sie Colignys Palais finden.

Sie sah den jungen Mann an und lächelte. »Wir haben uns angenehm unterhalten, erlaubt, dass ich endlich meinen Namen sage, ich bin Margot Cauvin.«

Der junge Mann betrachtete sie ernst und erwiderte: »Euer Name interessiert mich nicht, und es ist auch überflüssig, dass ich Euch meinen Namen nenne.«

Margot erschrak. Er war höflich auf Befehl, wahrscheinlich mussten die Katholiken am Hof mit einer Strafe rechnen, wenn sie sich über sie beschwerten, und eine Beschwerde würde beim König Gehör finden, da Coligny bei ihm in höchster Gunst stand. Innerlich hassten sie die Hugenotten.

Wie sollte das alles weitergehen?

Am anderen Vormittag verließ Margot das Schloss durch den geheimen Ausgang, ging die Straße ein Stück hinunter und sah sich nach Passanten um, die ihr den Weg zur Kirche beschreiben konnten. Nach einer Weile kam sie zu einem kleinen Platz, auf dem an jenem Vormittag Markt war.

Sie trat zu einer Gemüsehändlerin. »Verzeihung, könnt

Ihr mir sagen, wie ich zur Kirche Saint-Germain de l'Auxerrois komme?«

Die Frau musterte sie feindselig von oben bis unten und schwieg. Sie erwartete wahrscheinlich, dass Margot etwas bei ihr kaufte, aber sie hatte vergessen, einige Münzen mitzunehmen.

Sie ging weiter und fragte eine Kundin vor einem Fischstand nach dem Weg. Die Frau sah sie kurz an und schwieg. Sie fragte noch weitere Frauen, und alle schwiegen.

Sie sollte vielleicht einen Mann fragen, daher sprach sie einen Kutscher an.

Ehe dieser antworten konnte, rief ein Händler: »Das hugenottische Weibsbild erdreistet sich nach einer katholischen Kirche zu fragen! Wahrscheinlich will sie dort beten, das würde die Kirche entweihen!«

»Schweigt! Warum soll eine Hugenottin sich nicht nach dem Weg zu einer Kirche erkundigen? Und wenn sie dort beten will, so ist es in Ordnung. Das wird unsere Kirchen bestimmt nicht entweihen!« Der Kutscher wandte sich zu Margot und erklärte ihr den Weg.

»Ich danke Euch, Ihr habt mir sehr geholfen, vielen Dank.«

Während sie weiterging, überlegte sie: ›Ich will mir unbedingt einige Stadtteile ansehen, aber dann darf ich keine Hugenotten-Kleidung tragen. Ich werde eines der einfacheren farbigen Kleider meiner Mutter anziehen. Was für ein Glück, dass ich diese Kleider nicht verkauft habe.‹

Nach einiger Zeit stand sie vor dem Palais des Admirals Coligny, sah erleichtert, dass dort Hugenotten vorübergingen, und fragte nach dem Haus von Monsieur Berne.

Das Haus lag in einer ruhigen Seitenstraße, und Margot betrachtete eine Weile das zweistöckige steinerne Gebäude, dann betätigte sie den Türklopfer.

»Mein Name ist Margot Cauvin«, stellte sie sich vor, als die Tür geöffnet wurde, »ich bin eine alte Freundin von Madame Berne. Ist sie zu sprechen?«

Man führte sie in die Halle und bat sie, einen Augenblick zu warten.

Margot betrachtete die hohe Halle, die üppig mit Schnitzereien verzierten Stühle, den Tisch vor dem Kamin und die dicken Teppiche auf dem Steinfußboden, bis Corisande plötzlich die Treppe herabeilte.

»Margot, welche Überraschung!«

Corisande umarmte die Freundin und führte sie in ihr Schlafzimmer. »Sieh dich um, ist es nicht prachtvoll? Die vornehmen Damen empfangen Besucher im Schlafzimmer. Setz dich.«

In einer Ecke, von wo aus man das ganze Zimmer sehen konnte, standen ein runder Tisch und hohe gepolsterte Stühle.

Margot setzte sich und betrachtete das Himmelbett, das mit dunkelroten Samtportieren verhängt war, den Waschtisch, auf dem Geschirr aus Zinn stand, und die dicken Teppiche.

Corisande läutete, und als eine Dienerin erschien, befahl sie ihr, Malvasier und kandierte Früchte zu bringen.

»Ich bin überwältigt von deinem Schlafzimmer«, sagte Margot und versuchte den Anflug von Neid zu unterdrücken. Sie musterte Corisande und sah, dass der Leib der Freundin sich leicht wölbte. »Bist du guter Hoffnung?«

»Ja, ich bin so glücklich, ich freue mich auf das Kind,

dann habe ich wenigstens eine Aufgabe in diesem Haus. Ende August soll es zur Welt kommen.«

»Du wünschst dir bestimmt einen Sohn?«

»Das Geschlecht des Kindes ist unwichtig, mein Mann hat ja Söhne. Ich hoffe, dass es gesund ist und die ersten Jahre überlebt. Finanziell ist das Kind schon jetzt bestens versorgt. Mein Mann hat in seinem Testament alles festgelegt. Aber nun erzähle, wieso bist du in Paris?«

Margot berichtete Corisande kurz, wie es dazu gekommen war.

»Gütiger Himmel, ich hätte nie gedacht, dass du einmal arbeiten musst. Was möchtest du denn arbeiten?«

»Am liebsten wäre mir eine Stelle als Erzieherin, du weißt, welche Kenntnisse ich besitze. Wenn es aber nicht anders geht, bin ich auch bereit, als Dienerin zu arbeiten. Anne hat mir alles beigebracht.«

»Ich helfe dir gern und werde mich umhören. Du solltest dir aber keine allzu großen Hoffnungen machen. Die Familien, die ich kenne, haben genügend Dienerschaft. Was machst du, wenn du hier keine Arbeit findest?«

»Ich weiß es noch nicht, vielleicht kehre ich nach Navarra zurück.«

Corisande hob ihr Glas: »Auf deine Zukunft, Margot.«

»Auf deine Zukunft und die Gesundheit deines Kindes.«

Sie nippten an dem Malvasier, und dann saßen sie und sahen sich schweigend an.

Margot betrachtete die blauen Augen der Freundin. Sie wirkte nicht besonders glücklich, sondern niedergeschlagen – trotz des Reichtums, der sie umgab.

»Wie gefällt es dir in Paris? Hast du dich gut eingelebt? Ich möchte mir die Stadt ansehen, du kannst mir wahrscheinlich sagen, welche Gebäude und Kirchen man unbedingt sehen sollte.« Corisande schwieg und nach einer Weile begann sie zu weinen. Margot sah die Freundin unsicher an. »Was gibt es? Ist deine Stellung in dieser Familie nicht so, wie du es wünschst?«

»Die Familie akzeptiert mich«, antwortete Corisande, während sie sich die Augen mit einem spitzenbesetzten Taschentuch betupfte. »Ich habe zu den Kindern meines Mannes ein gutes Verhältnis, auch zu den anderen hugenottischen Familien in der Nachbarschaft, aber ich habe Angst, Angst vor der Pariser Bevölkerung. Du wirst es vielleicht nicht glauben, aber seit ich hier bin, war ich noch nie in der Stadt, ich habe von Paris noch nichts gesehen. Die Pariser hassen uns. Ich habe Angst davor, angepöbelt zu werden.«

»Ist es so schlimm? Gewiss, auf dem Weg zu dir habe ich auch gemerkt, dass wir nicht beliebt sind. Was sagt dein Mann dazu?«

»Er versteht meine Bedenken und ist einverstanden, dass ich im Haus bleibe.«

»Dein Mann muss in geschäftlichen Angelegenheiten das Haus verlassen. Hat er keine Furcht?

»Doch, aber er geht nie ohne bewaffnete Begleitung aus und verkehrt nur mit Hugenotten.«

»Eines verstehe ich nicht: Admiral Coligny steht beim König in hoher Gunst. Ich habe gehört, dass der König ihn mit ›Vater‹ anredet. Solange der König uns schützt, haben wir nichts zu befürchten, oder?«

»Solange der König uns schützt, schwelt die Wut der Pariser nur im Untergrund. Wie lange wird der König das aber noch können? Coligny hat bestimmt Feinde am Hof, die an seinem Untergang arbeiten. Margot, willst du unter diesen Umständen in Paris bleiben? Es wäre besser, wenn du nach Navarra zurückkehrst.«

»Ich muss in Ruhe darüber nachdenken. Aber jetzt muss ich gehen, Corisande, ich habe mich gefreut, dich wiederzusehen.«

»Ich habe mich auch gefreut, du kannst mich immer besuchen, aber es ist vielleicht sicherer, wenn du im Louvre bleibst. Ich schicke dir Nachrichten über meine Bemühungen um eine Stelle.«

»Corisande, ich bin nicht ängstlich, wenn du mich sprechen möchtest, schicke einen Boten, dann komme ich.«

»Ich danke dir. Pierre soll dich zum Louvre begleiten, er ist der Mann meiner Zofe Sophie und Hausverwalter bei uns.«

Sie läutete mit einer kleinen Glocke und Pierre, derselbe Mann, der Margot geöffnet hatte, erschien und brachte sie zurück in den Louvre. In ihrer Kammer trat sie an eines der Fenster und sah hinunter in den Hof.

›Soll ich Corisandes Rat befolgen und nach Navarra zurückkehren? Sie wurde immer verhätschelt, jetzt lebt sie behütet und verwöhnt in einem großen Haus. Wahrscheinlich ist ihre Angst übertrieben, vielleicht hängt ihre Furcht auch mit der Schwangerschaft zusammen. Wenn ich eine Stelle finde, bleibe ich in Paris.‹

Nach der Mittagstafel holte sie die Kleider der Mutter aus der Truhe, betrachtete sie und entschied sich für ein einfaches lindgrünes Taftkleid. Sie steckte einige Münzen in die Rocktasche und überlegte, was sie sich an diesem Nachmittag zuerst ansehen sollte.

Sie überlegte, und dann fiel ihr ein, dass Armand während seiner Studentenzeit im Quartier Latin gelebt hatte.

›Das Universitätsviertel werde ich mir zuerst ansehen. Ich möchte wissen, wo Armand gelebt hat.‹

Sie begab sich zum südlichen Ufer der Seine und bahnte sich ihren Weg durch die Gassen, vorbei an diskutierenden Gruppen von Studenten, Sängern und Bettlern, sie betrachtete die Kneipen: ›Zur Magdalena‹, ›Zum Schloss‹, ›Zum Maulesel‹. Sie sah Garküchen und atmete genießerisch die verschiedenen Gerüche nach gebratenem Fleisch, Fisch, Suppe, Knoblauch und süßem Gebäck ein.

Irgendwann blieb sie müde stehen und sah sich um. Sie zuckte zusammen, als sie plötzlich die Stimme eines Sängers hörte, der die Straße entlang kam:

»Ich bin Franzose, was mir gar nicht passt,
geboren zu Paris, das tief unten jetzt liegt,
ich hänge nämlich meterlang an einem Ulmenast
und spür am Hals wie schwer mein Arsch hier wiegt.«

Er singt ein Lied von Villon, dachte Margot und klatschte Beifall. Inzwischen war eine Gruppe von Studenten zu dem Sänger getreten, von denen einer rief: »Singt uns die Ballade von den Frauen vergangener Zeit!«

Der Sänger stimmte seine Laute und begann:

»O sagt mir, in welchem Land
Ich Flora, Romas Schönste, finde,
Archipiada, wohin verbannt,
Mit Thais, ihrem Schwesterkinde,
Echo, die widersprach, wenn Töne
Man über Fluss und Teich ließ ziehn,

Die mehr besaß als Menschenschöne?
Wo schmolz der Schnee des Winters hin?«

Bei den zwei folgenden Strophen stimmten die Studenten und Margot den Refrain zusammen mit dem Sänger an:

»Wo schmolz der Schnee des Winters hin?«

Dann sang der Sänger den Schluss:

»Fürst, fraget nicht, wo sie geblieben
Seit Tag und Jahr; lasst Euern Sinn
Von diesem Kehrreim nicht betrüben:
Wo schmolz der Schnee des Winters hin?«

Als der letzte Ton verklungen war, ging der Sänger mit seinem Hut herum und Margot warf einige der Münzen hinein, die sie mitgenommen hatte. Anschließend ging sie langsam zurück zum Louvre und sang leise:

»Wo schmolz der Schnee des Winters hin?«

›In diesem Viertel hat Armand mehrere Jahre gelebt, er hat bestimmt auch die Verse von Villon gehört. Ob sie ihm gefallen haben? Ich werde ihm beizeiten von meinem Ausflug erzählen. Seit unserem Gespräch im März sind wir uns nicht wieder begegnet. Wann werde ich ihn wiedersehen?‹

Sie spürte, dass innere Unruhe in ihr aufstieg, die von einem leichten Herzklopfen begleitet wurde und blieb stehen.

›Irgendwann begegnen wir uns im Louvre, dann wird er mich fragen, ob ich seinen Heiratsantrag annehme. Ich werde ihn bitten, mir noch Zeit zu lassen, Zuneigung kann man ja nicht erzwingen. Wird er sich gedulden? Ja, er ist kein Draufgänger. Doch wie lange wird er mir lassen?‹

9. KAPITEL

DER APRIL NEIGTE sich dem Ende zu.

Einige Tage nach Ostern überbrachte Sophie einen Brief von Corisande. Sie schrieb, dass sie leider keine Stelle für Margot gefunden habe, auch nicht für niedere Arbeiten. Margot ging zu einem der Fenster und sah deprimiert hinunter in den Hof. Wie sollte es jetzt weitergehen?

›Ich habe noch eine Möglichkeit: Ich muss den Oberhofmeister um Hilfe bitten. Er kennt mehr Leute als Corisande und hat andere Verbindungen. Wenn auch er keinen Erfolg hat, was dann? Rückkehr nach Navarra?‹

In diesem Augenblick klopfte es an der Tür, und Claude betrat das Zimmer.

»Mademoiselle Cauvin, ein Unglück ist passiert, unsere Königin ist tot. Wir versammeln uns im Gebetsraum.«

Margot starrte das Mädchen an: »Tot? Wann starb sie?«

»In den frühen Morgenstunden. Viele von uns sind überzeugt, dass die Königinmutter sie hat vergiften lassen.«

»Das glaube ich nicht, warum sollte sie die Königin vergiften lassen?«

»Man hört, dass die Verhandlungen über die Ehe unseres neuen Königs Heinrich sehr schwierig sind, weil unsere selige Königin darauf bestand, dass die Prinzessin zu unserem Glauben übertritt. Die Prinzessin weigert sich bisher. Wahrscheinlich hofft die Königinmutter, dass die Verhandlungen mit unserem König einfacher sind. Er ist kein so fanatischer Protestant wie seine Mutter es gewesen ist.«

»Ich glaube nicht an eine Vergiftung. Katharina von Medici soll in politischen Dingen sehr klug sein. Sie möchte durch diese Heirat den Friedensvertrag festigen. Bei einer Vergiftung muss sie befürchten, dass die Protestanten das nicht einfach hinnehmen werden. Dadurch wäre der Friede erneut gefährdet.« Oder hatte sie ganz andere Ziele, die sich nicht mal erahnten?

Im Gebetsraum drängten sich die Hugenotten um den Oberhofmeister. Bertrand de Villiers betrachtete besorgt die zornigen Gesichter und rief:

»Meine Freunde, Königin Johanna ist heute Morgen gegen fünf Uhr gestorben. Ich habe bereits Boten zu unserem neuen König Heinrich geschickt. Die Eheverhandlungen werden fortgeführt, und unser König wird die Prinzessin Margarethe noch im Lauf des Sommers heiraten. Da bereits kurz nach dem Tod unter euch der Verdacht geäußert wurde, die Königin sei vergiftet worden, hat König Karl eine Autopsie angeordnet, um euch zu beweisen, dass Königin Johanna eines natürlichen Todes gestorben ist.

Nach der Autopsie wird die Königin in aller Stille in Saint Denis beigesetzt. Sie war eine Nichte von König Franz I. Deswegen gebührt ihr diese Ehre.

Die Beisetzung in Saint Denis symbolisiert auch die Bereitschaft des Königs, mit uns in Frieden zu leben. Ich bitte euch, Ruhe zu bewahren und dieses Gerücht einer Vergiftung nicht weiter zu streuen.«

»Das ist alles schön und gut, Monsieur de Villiers. Wer garantiert uns aber, dass die Ärzte, die die Autopsie vornehmen, die Wahrheit sagen?«

»Ich kann euch beruhigen, es werden auch hugenottische Ärzte anwesend sein.«

Ein Murren erhob sich, und einige schrien: »Das ist alles Lug und Trug, unsere Königin wurde vergiftet!«

»Ruhe!«, donnerte der Oberhofmeister, »seht ihr denn nicht, dass dieser Verdacht die Franzosen gegen uns aufhetzen wird? Unser König Heinrich ist tolerant in Glaubensfragen, auch er wünscht den Frieden. Ich versichere euch, wenn er erst hier in Paris ist und immer noch von einer Vergiftung gesprochen wird, dann wird er hart durchgreifen. Geht jetzt!«

An der Mittagstafel herrschte Schweigen. Als sich Franzosen und Hugenotten an der Abendtafel gegenübersaßen, war das Ergebnis der Autopsie bekannt: Die Königin von Navarra war an einer Lungenentzündung gestorben.

Während man auf das Fleisch wartete, rief einer der Franzosen zu den Hugenotten: »Eure Königin ist eines natürlichen Todes gestorben. Es war eine bodenlose Unverschämtheit von euch zu behaupten, sie sei vergiftet worden!«

»Hatten wir nicht Grund zu der Annahme? Es ist allgemein bekannt, dass der Parfümeur der florentinischen Krämerstochter ein Giftmischer ist!«

Nun sprang ein Franzose auf: »Ihr wagt es, die Königinmutter als florentinische Krämerstochter zu bezeichnen? Das ist Majestätsbeleidigung!«

Margot verfolgte entsetzt den Wortwechsel und überlegte, ob sie sich einmischen und die Gemüter beruhigen sollte. Da rief ein anderer Hugenotte: »Wartet nur, bis unser König Heinrich mit seinem bewaffneten Gefolge in Paris eintrifft. Außerdem werden im Lauf des Sommers Hugenotten aus ganz Frankreich in Paris ankommen. Sie alle werden dafür sorgen, dass der papistische Saustall endlich ausgemistet wird!«

»Schweigt! Was fällt Euch ein, so zu reden? Werdet nur nicht übermütig, weil Euer Coligny im Augenblick die Gunst des Königs genießt! Die Ermordung des großen Heerführers Franz von Guise ist immer noch ungesühnt! Coligny war der Mörder! Er hat viele Feinde am Hof. Denkt daran und mäßigt Euer hochmütiges Maul!«

In diesem Augenblick war es mit Margots Beherrschung vorbei, sie sprang auf und rief: »Ich bitte euch, hört auf zu streiten! Sollen die Menschenopfer, die der jahrelange Krieg zwischen Katholiken und Protestanten forderte, umsonst gewesen sein? Es wurde ein Friedensvertrag geschlossen. Soll jetzt wieder ein Krieg ausbrechen?« Alle schwiegen betroffen, als sie an die Hugenotten das Wort richtete: »Wir sollten glauben, dass unsere Königin eines natürlichen Todes starb. Schließlich waren auch hugenottische Ärzte bei der Autopsie anwesend.«

Sie sank erschöpft auf ihren Stuhl.

Die Hugenotten sahen verlegen auf den Tisch.

»Beruhigt Euch, Ihr habt gut gesprochen«, sagte der Franzose zu ihr, der ihr gegenübersaß.

Das Fleisch wurde aufgetragen, und der Franzose nahm von der Platte mit den Lammkoteletts die Fleischstücke mit den kleinsten Knochen und legte sie auf Margots Teller.

»Danke, aber es sind die besten Stücke, für Euch bleiben nur Knochen mit wenig Fleisch.«

»Betrachtet es als Friedensangebot.«

Am nächsten Vormittag saß Margot in ihrem Zimmer und überdachte erneut die Situation.

›Im Augenblick ist es sinnlos, dass ich den Oberhofmeister mit meinen Sorgen belästige, er hat jetzt andere Probleme. Ich werde warten, bis unser König eingetroffen ist. Hoffentlich gelingt es ihm, die erhitzten Gemüter zu beruhigen, und zwar auf beiden Seiten. Allerdings befürchte ich, dass die Spannungen zwischen den Parisern und uns noch lange andauern werden. Vielleicht ist es doch besser, nach Navarra zurückzukehren? Und Armand? Angenommen, Armand und ich heiraten nicht, aus welchen Gründen auch immer, dann möchte ich nicht nach Navarra zurück, sondern irgendwo ein neues Leben beginnen.‹

Sie zuckte zusammen, als es an der Tür klopfte. Sophie und Pierre betraten das Zimmer.

»Entschuldigt, dass wir Euch stören, Madame Berne schickt uns«, sagte Sophie zögernd. »Sie bittet Euch, sofort zu ihr zu kommen, wenn es Euch möglich ist.«

Margot spürte, dass ein ungutes Gefühl in ihr aufstieg: »Ist etwas passiert? Ist Madame Berne krank?«

»Sie ist nicht krank, aber …«

Sophie sah ihren Mann hilflos an.

»Es geht ihr nicht gut«, sagte Pierre, »sie hat mich geschickt, damit ich Euch vor Übergriffen der Katholiken schütze, ich habe auch eine Pistole dabei.«

›*Eine* Pistole! Wenn mehrere Katholiken uns angreifen, sind zwei Frauen und ein Mann wehrlos, aber es ist gut gemeint von Corisande.‹

»Gehen wir, ich glaube nicht, dass wir angegriffen werden.«

Sie gingen zur Kirche Saint-Germain de l'Auxerrois und weiter zu Colignys Palais. Unterwegs begegneten sie einigen Parisern, aber niemand kümmerte sich um sie.

Pierre blieb einige Male stehen und sah sich vorsichtig um.

»Was habt Ihr?«, fragte Margot.

»Ich spüre, dass uns jemand folgt.«

»Bewahrt die Ruhe, wer sollte uns folgen?«

Corisande war überängstlich und steckte die Diener mit ihrer Furcht an. Als sie das Schlafzimmer der Freundin betrat, lag diese weinend auf dem Bett.

»Corisande, was ist passiert, warum weinst du? Hast du Schmerzen wegen der Schwangerschaft?«

Corisande setzte sich auf und trocknete die Tränen mit einem kleinen spitzenumsäumten Seidentuch. »Margot, ich danke dir, dass du sofort gekommen bist. Ich habe entsetzliche Angst, ich habe geträumt, die Katholiken werden uns alle umbringen.«

»Ein Traum?«, rief Margot, »gütiger Himmel, wie oft habe ich nach dem Tod meines Vaters schlecht geträumt, dass ich in Lumpen gehe und auf der Straße um Brot betteln muss. Aber es waren Träume, nichts davon ist eingetroffen. Beruhige dich.«

»Margot, die Vergiftung unserer Königin war nur der Anfang, sie werden uns umbringen.«

»Du steigerst dich in etwas hinein, betrachte die Tatsachen: Der König ordnete eine Autopsie an, bei der auch hugenottische Ärzte anwesend waren. Die Untersuchung ergab, dass unsere Königin eines natürlichen Todes gestorben ist. Die Valois wünschen religiösen Frieden im Land, da wäre es doch Wahnsinn, die künftige Schwiegermutter der Prinzessin Margarethe umzubringen. Die Valois wissen genau, dass dies zu neuen Unruhen, vielleicht sogar zu einem neuen Krieg führen kann.«

»Autopsie hin und her, alle Hugenotten, die ich kenne, sind davon überzeugt, dass unsere Königin vergiftet wurde. Abgesehen davon hat Coligny viele Feinde am Hof. Das hat mein Mann schon oft gehört.«

»Ein Mann, der die königliche Gunst genießt, hat immer viele Feinde. Solange der König ihn schützt, haben wir nichts zu befürchten.«

»Wie lange wird der König ihn noch schützen können?«

In diesem Punkt hatte sie recht, überlegte Margot. Man hörte immer, dass Frau Schlange den König lenkte, vielleicht beeinflusste sie eines Tages insgeheim den König so, dass er Coligny fallen ließ. Im Augenblick aber war sie sicherlich an der Erhaltung des Friedens interessiert.

»Corisande, vergiss die Vergiftung, es ist nun leider so, dass ein Verdacht sich in den Köpfen festsetzt, obwohl er völlig unbegründet ist. Ich denke dabei an Coligny.

Der Mann, der damals den Herzog von Guise erschoss, wurde ergriffen und sagte, er habe im Auftrag Colignys gehandelt. Es kam zu einem Prozess und Coligny wurde freigesprochen aus Mangel an Beweisen. Die Katholiken sind aber nach wie vor davon überzeugt, dass er den Auftrag zur Ermordung des Herzogs gab.«

Corisande sah Margot erstaunt an. »Woher weißt du dies alles?«

»Mein Vater erzählte es mir einmal.«

»Na bitte«, rief Corisande, »wenn an Coligny immer noch der Verdacht haftet, dann sind seine Feinde bestimmt daran interessiert, diesen Mord zu rächen.«

»Das mag sein, aber ein Interesse an Rache hat wahrscheinlich nur die Familie Guise. Sie wohnt in Lothringen, dieser Mord liegt fast ein Jahrzehnt zurück, und Coligny lebt noch. Wie dem auch sei, Corisande, warum wolltest du mich jetzt sehen? Ich kann versuchen, dich zu beruhigen und deine Ängste zu zerstreuen, mehr nicht. Hast du deinem Mann von deiner Angst und deinem Traum erzählt?«

»Ja, er versteht mich. Er ist auch davon überzeugt, dass eine Verschwörung gegen die Hugenotten im Gange ist. Allerdings kann er Paris wegen seiner Geschäfte nicht verlassen. Ich ließ dich kommen, weil ich dich um etwas bitten möchte.

Ich will nach Navarra zurückkehren, mein Mann ist einverstanden. Er meint, ich solle so lange im Süden bleiben, bis sich hier alles beruhigt hat.«

»Ich verstehe deinen Mann nicht. Falls es wirklich so weit kommt, dass hier in Paris ein offener Kampf zwischen Katholiken und Protestanten ausbricht, dann kann es Jahre dauern, bis sich alles beruhigt hat. Willst du jahrelang getrennt von deiner Familie leben? Aber meine Gedanken sind jetzt unwichtig, um was wolltest du mich bitten?«

»Frage Monsieur de Villiers, ob er mich und mein Kind im Gefolge des jungen Paares nach Navarra reisen lässt, an Geld soll es nicht mangeln.«

»Ich werde ihn natürlich fragen, aber der Zeitpunkt der Hochzeit ist noch ungewiss. Im Lauf des Sommers, wann? Im Juni, Juli oder erst August? Wann wird das junge Paar sich nach Navarra begeben? Was ist mit deiner Schwangerschaft? Du riskierst, das Kind während der Reise zur Welt zu bringen. Falls es vorher geboren wird, ist es vielleicht zu gefährlich, mit einem Säugling eine so beschwerliche Unternehmung anzutreten. Wenn du Paris unbedingt verlassen willst, dann solltest du es jetzt.«

»Nein, das ist mir zu gefährlich, nur im Gefolge unseres Königs fühle ich mich sicher.«

»Gut, ich werde Monsieur de Villiers fragen, und er wird wohl nichts dagegen haben.«

»Ich danke dir. Und was machst du? Ich habe bis jetzt noch keine Stelle für dich gefunden, und ich bezweifele, eine zu finden. Willst du nicht auch nach Navarra zurückkehren? Du könntest mich begleiten, und in Navarra wird mein Vater durch seine geschäftlichen Beziehungen bestimmt eine Stelle für dich finden. So lange kannst du natürlich bei uns wohnen.«

Margot sah Corisande an.

›In diesem Haus wohnen, wo die Oberflächlichkeit herrscht? Nein! Eine Stelle, die mir Corisandes Vater verschafft? Nein! Ich will nicht von dieser Familie abhängig sein. Wenn Monsieur de Villiers mir hilft, ist es etwas anderes. Falls ich nach Navarra zurückkehre, werde ich bei den Tailleurs wohnen und meine Unterkunft bezahlen.‹

»Es ist reizend von dir, dass du an meine Zukunft denkst, aber ich bin noch unentschlossen, was ich machen werde. Ich muss in Ruhe darüber nachdenken.«

»In Ordnung. Sophie und Pierre werden dich wieder in den Louvre begleiten.«

»Danke, das ist nicht nötig, auf dem Weg hierher wurden wir nicht behelligt.«

Während Margot zum Louvre zurückging, dachte sie über Corisandes Befürchtungen nach.

›Sie ist in Panik, wahrscheinlich wird sie von den Hugenotten in ihrer Umgebung beeinflusst. Andererseits, die Szene am Abend vorher an der Tafel hat gezeigt, wie verhasst wir sind.

Ich werde Monsieur de Villiers fragen, ob er nicht Kontakte zu den Hugenotten hat, die in einer der Städte leben, die uns im letzten Friedensvertrag als Sicherheitsplätze zugestanden wurden, also La Rochelle, Cognac, Montauban und Charité.

Es ist vielleicht wirklich besser, Paris zu verlassen. Wenn er keine Beziehungen zu den Hugenotten in diesen Orten hat, was mache ich dann? Eine Reise in eine dieser Städte und dort selbst nach einer Stelle suchen, das könnte ich mir jetzt zwar leisten, dank des Geldes, was er mir gab, aber ich möchte meine Rücklagen nicht anbrechen.

Meine Gedanken drehen sich im Kreis, und ich komme zu keiner Entscheidung. Ich werde jetzt warten, wie die Situation sich nach der Ankunft unseres Königs entwickelt und dann in aller Ruhe mit dem Oberhofmeister sprechen. Und Armand? Warum zögere ich ihn zu heiraten? Lieber Gott, hilf mir bitte, zu einer Entscheidung zu kommen.‹

Sie blieb stehen, atmete tief durch und hatte wieder das Gefühl, dass ihr jemand folgte. Sie sah sich vorsichtig um, sah aber niemanden und ging weiter. Es war nicht mehr weit bis zum Louvre. Als sie an der Kirche vorbeiging, stürzte aus dem Haus, das der Familie Guise gehörte, ein Mann auf sie zu, packte sie am Arm und zerrte sie in den Kreuzgang.

Margot sah ihn erschrocken an und erkannte in ihm den Händler, der sie beschimpft hatte, als sie nach dem Weg zur Kirche fragte.

Sie spürte, wie ihr Körper vor Angst anfing zu zittern.

»Was wollt Ihr? Lasst mich los!«

»Das könnte dir so passen, hugenottische Hure, ich lasse dich erst los, wenn ich dich besessen habe, los, leg dich auf den Boden!«

»Nein! Nein! Hilfe! Hilfe!«

»Hier kommt dir niemand zur Hilfe, los, leg dich hin!«

Sie versuchte sich seinen Armen zu entwinden, da warf er sie auf den Boden und kniete sich über sie.

»Zieh den Rock hoch!«

»Hilfe! Hilfe!«

Er umklammerte ihre Hände mit einer Hand, riss mit der anderen den Rock nach oben, sie versuchte sich vom Griff seiner Hand zu befreien und sah entsetzt, wie er mit der linken Hand an seinem Hosenlatz nestelte.

»Lieber Gott«, rief sie, »hilf mir!«

Sie sah, dass die Hose jetzt offen war, schloss die Augen und begann zu weinen.

In diesem Augenblick spürte sie, dass sein Körper zurückwich, und hörte eine bekannte Stimme rufen:

»Papistischer Hundsfott, lass das Mädchen in Ruhe!«

Sie stand langsam auf und beobachtete, wie Armand den Mann mit den Fäusten bearbeitete, bis dieser bewusstlos zu Boden sank.

Dann ergriff er ihre linke Hand. »Los, wir müssen rasch fort von hier.«

Sie rannten zum Louvre, Margot öffnete ihren Geheimgang und sie eilten nach oben.

In ihrem Zimmer blieben sie atemlos stehen und sahen sich erschöpft an.

»Wie kommt es, dass Ihr im entscheidenden Augenblick da wart?«, fragte Margot ihn.

»Ich sah Euch in Begleitung zweier Hugenotten weggehen und folgte Euch aus Neugier. Ich sah Euch das Haus betreten und erfuhr, dass dort Eure Freundin Corisande lebt. Als Ihr das Haus ohne Begleitung verließet, folgte ich Euch, um Euch zu beschützen. Nach dem Tod unserer Königin ist es für uns auf den Straßen von Paris nicht mehr sicher. Das wird sich wahrscheinlich ändern, wenn König Heinrich eingetroffen ist. Allerdings reist er mit einem zahlreichen Gefolge an, und kurz vor der Hochzeit wird es in Paris von Hugenotten wimmeln, weil sie aus ganz Frankreich kommen. Das wird die Pariser bestimmt nicht beruhigen ... Wir sind durch einen Seiteneingang eingetreten, wie habt Ihr diesen entdeckt?«

»Durch Zufall. Am Tag unserer Ankunft öffnete ich aus Neugier alle Türen dieser Kammer. Ich benutze diesen Eingang immer, wenn ich mir Paris ansehe.«

»Wie bitte? Ihr streift in Hugenottenkleidung durch Paris? Das ist gefährlich!«

»Seid unbesorgt«, lächelte Margot, »ich habe die Kleider meiner Mutter mitgenommen, und wenn ich Paris erkunde, trage ich farbige Kleider. Zuerst habe ich das Quartier Latin besucht. Ihr kennt es, ich muss es Euch nicht beschreiben. An diesem Tag erlebte ich einen Sänger, der eine Ballade von Villon sang, das werde ich nie vergessen.«

»Warum wart ihr zuerst im Quartier Latin? Es ist ein Stadtviertel, mehr nicht, es hat keine Sehenswürdigkeit wie zum Beispiel die Notre-Dame.«

»Ich wollte sehen, wo Ihr gelebt und studiert habt.«

Armand sah sie überrascht an, er beobachtete ihre leuchtenden Augen. Dann lächelte er sie an, und sie lächelte zurück.

»Ihr wolltet sehen, wo ich gelebt habe?«

»Ja.«

»Margot, ich verstehe, dass Ihr Euch die Stadt ansehen wollt, ich glaube aber es ist besser, wenn Ihr vorerst im Louvre bleibt, es ist sicherer. Gewiss, Ihr tragt farbige Kleider, aber ist es nicht möglich, dass Euch irgendwer irgendwann in unserer Kleidung gesehen hat und Euch als Hugenottin erkennt? Ihr müsst nicht in Eurer Kammer bleiben, Ihr könnt Euch das Schloss ansehen, und in den Höfen habt Ihr genug frische Luft. Bitte, versprecht mir, dass Ihr im Schloss bleibt, hier seid Ihr sicher. Mindestens bis zur Ankunft des Königs. Ich schätze, dass er Mitte Mai eintreffen wird, vielleicht auch später. Mit einem Gefolge reist man immer langsamer.« Er stand auf.

»Danke, Armand, nochmals vielen Dank, und ich bitte Euch, der Vorfall in der Kirche bleibt unser Geheimnis.«

»Selbstverständlich, ich freue mich sogar, dass wir ein Geheimnis haben.« Mit diesen Worten verließ er die Kammer.

Sie sah ihm nach. ›Er hat nicht gefragt, ob ich ihn heiraten will, er lässt mir Zeit und nach dem schrecklichen Erlebnis in der Kirche war es auch nicht der richtige Zeitpunkt.

Er liebt mich, warum hat er mich nicht in die Arme genommen und geküsst? Warum hat er kein Rendezvous vereinbart? In diesem Schloss gibt es viele Winkel, wo man ungestört ist.

Will er mich überhaupt noch heiraten? Gütiger Himmel, was ist los mit mir? Ich habe plötzlich Angst, ihn zu verlieren. Es ist gut, wenn ich während der folgenden Tage im Louvre bleibe, hier kann ich nachdenken.‹

10. KAPITEL

Am folgenden Tag streifte Margot durch den Louvre und versuchte sich zu orientieren. Sie entdeckte geheime Treppen und Nebenausgänge. Plötzlich ging sie an einer Fensterreihe vorbei, von wo aus sie ein schlossähnliches Gebäude und Grünanlagen sah.

Sie blieb stehen, und als ein Diener vorbeikam, sprach sie ihn an: »Das Gebäude dort, ist es ein Schloss?«

»Ja, das sind die Tuilerien, die Königinmutter hat es für sich erbauen lassen. Vor dem Schloss liegen die Tuileriengärten.«

Margot setzte sich auf eine Fensterbank und genoss den Blick zu den Grünanlagen. Nach einer Weile wanderten ihre Gedanken zu Armand.

›Er will mich heiraten.

Wer würde uns trauen? Der Pfarrer des Königs oder der grässliche Tartuffe?

In Pau würden alle staunen und einige werden mich beneiden. Es kommt nicht alle Tage vor, dass ein bürgerliches Mädchen einen Aristokraten heiratet. Nach der Trauung wird im Palais der de Villiers das Hochzeitsmahl stattfinden, einen Ball wird es nicht geben. Irgendwann am Abend gehen Armand und ich in unser Schlafzimmer, während die Gäste noch bleiben und sich unterhalten.‹

Sie schloss die Augen und erinnerte sich an Corisandes Schlafzimmer.

›Bettvorhänge aus Samt, Teppiche auf dem Steinfußboden, ein Frisiertisch, Parfümfläschchen. Armand betritt das Zimmer, wie geht es weiter?

Er wird mir sagen, wie ich mich in unserer ersten gemeinsamen Nacht verhalten soll. Hat er schon einmal mit einer Frau geschlafen?

Wahrscheinlich hat er während seiner Studienjahre in Paris Erfahrungen gesammelt.‹

Sie schloss die Augen, malte sich aus, wie er sie in die Arme nahm und spürte erstaunt, dass eine warme Welle ihren Köper durchströmte.

Sie öffnete die Augen und sah wieder zu den Tuileriengärten.

Sie hatte sich in ihn verliebt, so war es also, wenn man verliebt war.

Am nächsten Tag saß sie wieder auf der Fensterbank und malte sich ihr tägliches Leben im Palais der de Villiers aus:

›Ich muss nicht arbeiten, es gibt genügend Diener und Mägde.

Wie verbringe ich den Tag?

Ich werde der blinden Großmutter vorlesen. Irgendwann habe ich Kinder, um die Erziehung werde ich mich persönlich kümmern und nicht alles den Hauslehrern überlassen.

Ich werde meiner Schwiegermutter Gesellschaft leisten müssen. An den Abenden sitzen wir zusammen, unterhalten uns, hin und wieder werde ich mit Armand oder meinem Schwiegervater eine Partie Schach spielen.

Mein Schwiegervater!

Er ist gegen diese Heirat seines einzigen Sohnes, das habe ich völlig vergessen.‹

Sie stand auf, ging ziellos im Louvre umher und versuchte, nicht an Bertrand de Villiers zu denken, aber seine Gestalt verfolgte sie.

Während der Nacht lag sie im Halbschlaf. Sie sah abwechselnd die strenge Miene Bertrand de Villiers und Armand, der sie zärtlich anlächelte. Irgendwann schlief sie ein, und als sie erwachte, fühlte sie sich erschöpft und deprimiert.

Sie musste raus aus diesem Schloss, sie würde zu einer Seinebrücke gehen, ein Spaziergang in der frischen Luft würde das Denken erleichtern. Sie zog ein silberblaues Taftkleid an, weiße Strümpfe und Schuhe, ging zur Notre Dame und versuchte, ihre Gedanken zu ordnen.

›Der alte de Villiers ist mit unserer Heirat nicht einverstanden.

Armands Hoffnung, dass der Vater seine Meinung ändern wird, ist eine Illusion. Es gibt zwei Möglichkeiten:

Entweder der Vater erlaubt unsere Heirat, um den Sohn nicht zu verlieren. In diesem Fall werde ich die ungeliebte Schwiegertochter sein, und er wird es mich spüren lassen.

Armand wird stets zwischen der Familie und mir vermitteln müssen. Wird seine Liebe während dieses Kampfes nicht irgendwann erkalten?

Unsere Ehe muss starken Belastungen standhalten, und es ist denkbar, dass wir beide unglücklich werden.

Die andere Möglichkeit: Wir heiraten, übersiedeln in eine der Städte in Frankreich, die den Hugenotten als sichere Standplätze zugewiesen sind, und Armand arbeitet als Anwalt.

Angenommen, er verdient viel Geld, und wir leben ohne finanzielle Sorgen, wird er sich nicht eines Tages nach der Heimat, seiner gesellschaftlichen Stellung und der Laufbahn am Hof zurücksehnen?

Er wird mich dafür verantwortlich machen, dass er nur Anwalt ist und nicht Kanzler des Königs von Navarra.

Er wird unglücklich sein und ich auch. Seine Liebe wird allmählich erkalten, und das Leben wird für uns beide zur Hölle.

Ich kann Armand nicht heiraten, weil ich uns beide unglücklich machen werde.

Eines weiß ich: Nach Navarra kehre ich nicht zurück. Ich könnte es nicht ertragen, Armand als Gatte einer Frau zu sehen, die der Vater ihm aussucht. Armand wird diese Frau wahrscheinlich nicht lieben, aber ich würde sie um Armand beneiden und um den Reichtum, der sie umgibt. Wer weiß, vielleicht liebt Armand seine Frau eines Tages? Was für ein unerträglicher Gedanke!‹

Sie begann leise vor sich hin zu weinen, und es dauerte eine Weile, bis sie sich beruhigte.

›Wann sage ich Armand, dass ich ihn nicht heiraten werde? Heute? Soll ich warten, bis wir uns zufällig im Louvre begegnen? Sage ich es ihm, wenn er mich nach meiner Entscheidung fragt? Er wird meinen Entschluss nicht akzeptieren und versuchen, mich davon zu überzeugen, dass die Meinung seines Vaters für ihn keine Rolle spielt.

Wie werde ich reagieren? Werde ich bei meiner Entscheidung bleiben? Ich glaube nicht. Das Leben, das er mir bieten kann, ist zu verlockend und inzwischen gefällt er mir als Mann.

Ich träume schon wieder, doch ich muss die Realität sehen: Wir werden Navarra verlassen müssen. Es ist möglich, dass sein Vater ihn ziehen lässt, ohne ihm einen Livre zu geben, dann besitzen wir nur mein Geld. Es wird nicht lange reichen, wir werden in Armut leben.

Wird unsere Liebe so stark sein, um die Armut zu ertragen? Ich weiß es nicht, vielleicht sehe ich alles zu düster, aber ein harmonisches Leben in seinem Elternhaus, das ist eine Illusion.

Welche Möglichkeiten habe ich, um mein Leben neu zu gestalten?

In Paris kann ich nicht länger als Hugenottin leben, das ist zu gefährlich. Ich werde den alten de Villiers fragen, ob er Beziehungen zu Familien in La Rochelle oder einer der anderen Städte hat. Er ist bestimmt bereit, mir bei der Suche nach einer neuen Stelle zu helfen. Wann kann ich mit ihm sprechen? Wahrscheinlich wird er erst nach der Hochzeit unseres Königs Zeit haben, sich mit meinen Problemen zu beschäftigen.

Das dauert mir zu lange.

Ich muss *jetzt* ein neues Leben anfangen. Heute ist es für mich noch erträglich, auf Armand zu verzichten, in einigen Wochen wahrscheinlich nicht mehr.

Oder kann ich es wagen, mich in Paris als Katholikin auszugeben und bei einer wohlhabenden katholischen Familie arbeiten? Dort würde ich wahrscheinlich viel Geld verdienen und könnte eine größere Mitgift ansparen.

Überdies ist das Leben der Katholiken angenehmer. Sie tragen farbige Kleider und Schmuck. Sie genießen Tanz, Spiel, den Gesang weltlicher Lieder und üppige Mahlzeiten.

Mein Vater war Gott sei Dank kein fanatischer Protestant, sonst hätte er meine Mutter nicht geheiratet. Ich wurde im protestantischen Glauben erzogen, aber ich könnte mir auch vorstellen, als Katholikin zu leben. Wie lerne ich in Paris katholische Familien kennen, die eine Erzieherin suchen?‹

Sie sah ratlos hinauf in den wolkenlosen blauen Himmel und bemerkte nicht, dass zwei junge Männer die Brücke betraten.

Der eine blieb plötzlich stehen und sagte leise zu seinem Begleiter: »Herr Herzog seht, dort steht die Prinzessin Margarethe, was macht sie hier?«

Der Angesprochene erwiderte: »Du irrst dich, Böhme, die Prinzessin ist nicht so schlank, außerdem würde sie eine Maske tragen, wenn sie in Paris ausgeht, und sie würde von ihrer Zofe begleitet wie damals, als wir sie hier trafen. Allerdings, dieses junge Mädchen oder diese junge Frau könnte ihre Zwillingsschwester sein. Ich darf gar nicht daran denken, dass meine geliebte Margarethe in einigen Wochen diesen Hugenotten heiraten wird.«

»Wer weiß, Herr Herzog, vielleicht will er sie jetzt nach dem plötzlichen Tod seiner Mutter nicht mehr ehelichen. Dann könntet Ihr die Prinzessin doch noch heiraten.«

»Rede keinen Unsinn, der Hugenotte ist auf dem Weg nach Paris. Er weiß, dass seine Mutter eines natürlichen Todes starb. Er kennt die Königinmutter. Sie ist viel zu klug, um die hugenottische Königin ermorden zu lassen. Außerdem würden die Valois nie einer Vermählung mit Margarethe zustimmen. Ich muss mich damit abfinden, dass meine Familie mich irgendwann verheiratet, um die Valois zu beruhigen, mit wem, interessiert mich nicht. Ich werde immer nur Margarethe lieben.«

»Warum seid Ihr nach Paris zurückgekehrt, wenn die Heirat der Prinzessin mit dem König von Navarra so schmerzlich für Euch ist?«

»Es war ein Befehl meines Onkels, bei dieser Hochzeit muss die Familie Guise vertreten sein. Wir müssen zeigen, dass wir den Valois gegenüber loyal sind und nicht daran denken, ihnen die Krone zu rauben. Für mich gibt es noch einen anderen Grund, jetzt in Paris zu sein, nämlich Coligny. Vor neun Jahren, am Sterbebett meines Vaters, schwor ich, seinen Tod zu rächen. Ich war damals noch ein halbes Kind, knapp dreizehn Jahre, aber ich wusste, dass Coligny den Auftrag gab, meinen Vater zu ermorden, weil er ihm den Ruhm als siegreicher Heerführer nicht gönnte. Man hat dem Hugenotten den Mord nicht beweisen können, aber meine Familie und ich, wir sind von seiner Schuld überzeugt. Ich spüre, dass jetzt der Moment gekommen ist, um meinen Vater zu rächen.«

»Das verstehe ich nicht, Coligny steht in höchster Gunst beim König.«

»Beim König, aber nicht bei der katholischen Aristokratie und vor allem nicht bei der Königinmutter. Sie macht gute Miene zum bösen Spiel, sie muss im Augenblick Coligny akzeptieren, um ihren Einfluss auf den König zu behalten. Ich bin davon überzeugt, dass sie schon lange darüber nachdenkt, wie sie Coligny ausschalten kann. Sie ist eine kluge Politikerin und sieht, dass der Hugenotte inzwischen zu einer großen politischen Gefahr für Frankreich geworden ist.«

»Eine *politische* Gefahr?«

»Böhme, was ich dir jetzt sage, musst du für dich behalten, zumindest für einige Zeit. Es wird nicht mehr lange dauern, dann werden sich Colignys Pläne am Hof herumsprechen. Ich habe zuverlässige Agenten. Coligny hat die wahnwitzige Idee, den Frieden zwischen Katholiken und Protestanten durch einen äußeren Krieg zu festigen, und zwar durch einen Krieg gegen Spanien. Er sieht in Spanien den Hauptgegner der Hugenotten. Das ist nicht ganz falsch, König Philipp würde am liebsten alle europäischen Protestanten auf den Scheiterhaufen schicken. Aber Frankreich ist durch die Religionskriege, die fast zehn Jahre gedauert haben, militärisch und finanziell nicht in der Lage, einen neuen Krieg zu führen, schon gar nicht gegen Spanien. Frankreich muss wirtschaftlich wieder aufgebaut, die Staatsfinanzen müssen saniert werden. Deswegen ist die Königinmutter an einer Festigung des Friedens interessiert.

Im Kronrat wird schon seit Wochen über einen Waffengang diskutiert, alle sind dagegen, nur der König ist begeistert von dieser Idee.«

»Gütiger Himmel, glaubt Ihr, dass es Coligny gelingen wird, den König zu überreden?«

»Ich bin davon überzeugt, dass die Königinmutter mit allen Mitteln, ich betone, mit allen Mitteln, versuchen wird, einen Krieg zu verhindern. Das könnte für mich und meine Familie der Augenblick der Rache werden.«

»Was habt Ihr vor?«

»Ich weiß es noch nicht, ich warte erst einmal ab.« Er schwieg und betrachtete Margot einen Augenblick. »Ich werde diese Heirat nicht verhindern können, aber vielleicht kann die junge Frau auf der Brücke mich trösten. Ich muss sie kennenlernen, Böhme, finde heraus, wer sie ist, dann sehen wir weiter.«

Er ging in eine Seitenstraße, und Böhme sah ihm einen Augenblick hilflos nach. Was für ein Auftrag, es gab nur eine Möglichkeit, er musste das Mädchen oder die Frau jetzt ansprechen, wenn sie weiterginge, verlöre er ihre Spur. Er betrachtete die Passanten auf der Brücke und überlegte:

›Das trifft sich gut, es ist einfacher sie anzusprechen, wenn wir nicht allein sind.‹

»Verzeiht, dass ich Euch belästige, aber Ihr seht aus, als ob Ihr ein Ziel in der Stadt habt und nicht wisst, welchen Weg Ihr gehen sollt.«

Margot zuckte zusammen und sah den großen kräftigen Mann unsicher an.

»Verzeiht meine Unhöflichkeit, ich vergaß mich vorzustellen. Mein Name ist Jannowitz, man nennt mich Böhme, weil ich aus Böhmen stamme.«

»Aus Böhmen, also aus Deutschland?«

›Aha, sie ist nicht ungebildet; wenn sie weiß, wo Böhmen liegt, kann sie wahrscheinlich auch Lesen, Schreiben und Rechnen. Im Übrigen sieht man an dem Kleid, dass sie nicht von einfacher Herkunft ist.‹

»Ich habe während des letzten Krieges, der in Frankreich zwischen Katholiken und Hugenotten tobte, unter dem Befehl des Herzogs von Guise gekämpft. Ich will mich nicht rühmen, aber ich war tapfer, er wurde auf mich aufmerksam, und nach dem Krieg nahm er mich in seine Dienste. Ich bin sein Sekretär, ein gütiges Schicksal ließ mich die französische Sprache während des Krieges erlernen.«

»Monsieur Böhme, lebt die Familie Guise nicht in Lothringen?«

»Ja, aber sie verbringt jedes Jahr einige Wochen oder auch Monate in Paris, um den Kontakt zum Hof zu pflegen. Mein Herr, der Herzog Heinrich von Guise, weilt jetzt hier, weil er bei der Hochzeit der jüngsten Schwester des Königs anwesend sein muss. Sein Onkel, der Kardinal, und die Mutter des Herzogs sind in Lothringen geblieben, weil sie sich die Reise aus gesundheitlichen Gründen nicht zumuten.«

In diesem Augenblick betrat ein junger Mann die Brücke, ging zu Böhme, lachte und sagte: »Guten Tag, Böhme, so also verbringst du deine Zeit in Paris, du machst jungen Damen schöne Augen.«

Margot betrachtete das verwegene Gesicht und spürte eine unbestimmte Furcht.

Der junge Mann sah sie an, trat einen Schritt zurück und sagte spöttisch:

»Ach so ist das, Böhme.«

›Was hat er?‹, dachte Margot. ›Mein Anblick überrascht ihn offensichtlich, warum?‹

Böhme unterbrach ihre Gedanken: »Das ist mein Freund Maurevert, er hat auch unter der Fahne des Herzogs gekämpft. Nach dem Krieg wurde er der Verwalter eines Hauses hier in Paris, das der Familie Guise gehört. Ihr habt das Haus bestimmt schon gesehen, es liegt gegenüber der Kirche Saint Germain de l'Auxerrois, unweit vom Louvre.«

Margot erschrak.

›Aus diesem Haus kam der Händler, der mich vergewaltigen wollte. Hat dieser Maurevert ihm den Auftrag gegeben? Nein, Unsinn, ich bin völlig durcheinander, welches Interesse sollte der Verwalter an mir haben? Sein Blick sagt mir, dass er mich jetzt zum ersten Mal gesehen hat.‹

Sie spürte, dass Maurevert sie betrachtete, und beschloss, sich zu verabschieden.

In diesem Augenblick sagte Maurevert. »Nun, Böhme, willst du mir die junge Dame nicht vorstellen?«

»Euer Freund kann mich nicht vorstellen, weil ich ihm meinen Namen noch nicht genannt habe; wir haben uns eben erst kennengelernt. Mein Name ist Margarethe Cauvin, meine Familie und meine Freundinnen nennen mich Margot.«

Die beiden Männer sahen sich überrascht an, dann lächelte Maurevert und sagte: »Margot, ein reizender Name, so nennt man am Hof die Prinzessin Margarethe von Zeit zu Zeit. Margot, was für ein Zufall. Ich bin leider in Eile, der Herzog erwartet mich, er will etwas mit mir besprechen.« Er verbeugte sich. »Auf Wiedersehen, Mademoiselle Cauvin.«

Er eilte fort, und Böhme sagte zu Margot: »Jetzt weiß ich Euren Namen, wollt Ihr mir nicht mehr über Euch erzählen? Ich sagte vorhin, dass ich den Eindruck habe, dass Ihr etwas sucht. Vielleicht kann ich Euch helfen.«

Margots Gedanken überstürzten sich.

›Er ist Katholik, er kennt bestimmt Familien in Paris und auch in Lothringen, die eine Erzieherin oder eine einfache Dienerin suchen. Was seine Person betrifft, so hat er die Wahrheit gesagt. Das ist für mich die Gelegenheit, meinem Leben eine neue Richtung zu geben. Ich bin ab jetzt Katholikin und muss von der Pariser Bevölkerung nichts mehr fürchten, vielleicht lebe ich künftig in Lothringen. Ich werde ihm meine Geschichte erzählen und die Wahrheit etwas verändern.‹

»Ich danke Euch für Euer Angebot, ich benötige tatsächlich Hilfe. Mein Vater war Rechtsanwalt in Pau, im Königreich Navarra. Meine Mutter starb vor einigen Jahren. Mein Vater hat mich in Sprachen, Literatur, Geografie, Rhetorik und Mathematik unterrichten lassen, unsere Dienerin unterwies mich in allen Arbeiten eines Haushaltes, Kochen, Nähen, Sticken, was so alles dazu gehört. Das war im Sinne meiner seligen Mutter. Ihr wisst, dass die Katholiken in Navarra unterdrückt wurden, seit der Protestantismus zur Staatsreligion erklärt wurde.

Im Sommer letzten Jahres verließ mein Vater mit mir Navarra und ging nach Paris, um sich dort eine Stellung als Anwalt aufzubauen. Wir wohnten bei einer befreundeten Familie, dort lebe ich auch jetzt. Kurz nach unserer Ankunft starb mein Vater plötzlich. Er hinterließ mir nur wenig Geld, sodass ich mich gezwungen sah zu arbeiten, um das Geld für eine Mitgift zusammenzusparen. Leider fand ich bis jetzt keine Stellung. Auch die Bemühungen meiner Freunde waren vergeblich. Jetzt überlege ich, wie es weitergehen soll. Ich kann bei meinen Freunden wohnen, solange ich will, aber ich möchte ihnen nicht zur Last fallen.«

Böhme versuchte seine Gedanken zu ordnen. Gute Herkunft, gute Erziehung, sie suchte eine Stellung, das erleichterte seinen Auftrag. »Was wollt Ihr arbeiten?«

»Am liebsten wäre mir eine Stelle als Erzieherin, ich beherrsche Latein, Spanisch, Italienisch und habe solide Kenntnisse in Literatur und Geografie. Wenn es nicht möglich ist, als Erzieherin zu arbeiten, so genügt mir auch eine Stelle als Dienerin. Für mich ist es wichtig, dass ich Geld verdiene.« Sie verschwieg ihm, dass sie auch Deutsch beherrschte. Sie hatte noch nie mit einem Deutschen gesprochen und fürchtete, sich zu blamieren.

»Euer Schicksal ist bedauernswert. Es wundert mich, dass Ihr bis jetzt keine Stellung gefunden habt. Andererseits, wer weiß, wozu es gut war. Dadurch haben wir uns kennengelernt. Ich werde mich umhören und kann Euch morgen sagen, wo Ihr anfangen könnt zu arbeiten.«

»Glaubt Ihr, so rasch eine Stelle für mich zu finden?«

»Ihr vergesst, dass ich im Dienst des Herzogs von Guise stehe. Der Herzog hat viele Verbindungen in Paris. Sagt mir, wo Ihr wohnt, und ich schicke Euch morgen einen Boten.«

Margot erschrak. Er durfte nicht wissen, dass sie im

Louvre wohnte. »Das ist nicht nötig, Boten sind manchmal unzuverlässig, ich komme morgen gern wieder hierher, um zu hören, was Ihr erreicht habt.«

Böhme sah sie erstaunt an und überlegte, warum sie ihm nicht sagen wollte, wo sie wohnte. Wahrscheinlich musste sie gewisse Rücksichten auf ihre Freunde nehmen. »Meine Boten sind zuverlässig. Doch natürlich respektiere ich Euren Wunsch.« Die Glocken läuteten den Mittag ein. »Ich erwarte Euch morgen hier auf dieser Brücke ungefähr eine Stunde vor dem Mittagläuten, in Ordnung?«

»Ich danke Euch, vielen Dank«, atmete Margot auf, »aber jetzt muss ich nach Hause.«

Böhme sah ihr nach, wie sie über die Brücke eilte, und begab sich gut gelaunt zum herzoglichen Palais.

In ihrer Kammer überlegte sie, wie sie weiter vorgehen wollte.

›Ich werde den de Villiers nichts sagen, sie würden meine Entscheidung, künftig als Katholikin zu leben, nicht verstehen. Ich werde ihnen aber einen Brief hinterlassen, worin ich ihnen mitteile, dass ich eine Stellung gefunden habe. Ich werde ihnen für alles danken und sie bitten, Corisande zu erlauben, dass sie mit dem königlichen Gefolge nach Navarra zurückkehrt. Ich darf nicht vergessen, ihnen Corisandes Anschrift zu geben.

Dies ist der richtige Zeitpunkt, um Armand zu sagen, dass ich ihn nicht heiraten werde.

Schreibe ich ihm einen Brief?

Meine Tischnachbarin könnte ihn Armand überreichen. Nein, ein Brief ist herzlos, ich muss es ihm persönlich sagen.

Diesem Böhme werde ich sagen, dass ich im Lauf des Nachmittags bei meiner neuen Herrschaft ankomme. Man wird erst bei der Abendtafel entdecken, dass ich fort bin. Ob man nach mir suchen wird?‹

Sie ging zur Truhe, nahm die Kleider ihrer Mutter heraus, den Schmuck, den Rosenkranz, das Gebetbuch und überlegte:

›Wie könnte es auffallen, dass ich keine Katholikin bin? Bei der Messe nicht, ich werde die anderen beobachten und mich so verhalten wie sie, also bei der Wandlung niederknien und so weiter.‹

Sie blätterte in dem Gebetbuch. Sie würde das Ave Maria auswendig lernen. Auf den letzten Seiten erkannte sie, dass die Tage der Heiligen aufgelistet waren.

Das war praktisch, so wusste sie wenigstens, wann ein katholischer Feiertag war.

Auf den letzten Seiten fand sie den Beichtspiegel und die Beichtformel. Ihre Augen glitten über die Fragen des Beichtspiegels:

›Habe ich die täglichen Gebete nicht gebetet?

Bin ich aus eigener Schuld zu spät in die heilige Messe gekommen?

Habe ich anderen Böses gewünscht?‹

Sie zählte die Fragen. Es waren sechzig. Wenn sie sich als Katholikin ausgab, musste sie beichten und dieser Beichtspiegel erleichterte es ihr, Sünden zu erfinden. Die Beichtformel musste sie auswendig lernen sowie die schwarzen Kleider, ihr Gebetbuch und die Bibel in der Truhe zurücklassen. Wollte sie den Rest ihres Lebens als Katholikin leben? War es nicht ein Verrat an ihrem Glauben? Was sollte sie nur machen? Würde sie jemals wieder zur Hugenottin werden? Sie wusste es nicht, sie wusste nur: Sollte sie jemals einen Hugenotten lieben, dann würde sie zu ihrem alten Glauben zurückkehren.

Während Margot über ihre Zukunft nachdachte, schilderte Böhme dem Herzog die Unterredung.

»Es ist erstaunlich, dass sie in Paris noch keine Stellung gefunden hat«, sagte Heinrich von Guise, als Böhme mit seinem Bericht geendet hatte. »Es gibt viele wohlhabende Familien, die eine gute Erzieherin suchen. Wie dem auch sei, sie wird in meinem Haus arbeiten, in der Küche und im Garten, da bieten sich Gelegenheiten, ihr zu begegnen.«

»Mit Verlaub, Herr Herzog, im Garten, das leuchtet mir ein, aber wie wollt Ihr ihr in der Küche begegnen?«

»Das ist ganz einfach, Böhme, ich lasse sie Speisen nach oben bringen. Sage dem Küchenmeister, dass er ihr nur leichte Arbeiten geben soll, und dem Gärtner sagst du, sie solle ihm bei der Arbeit zunächst zusehen, um etwas zu lernen. Als Wochenlohn bekommt die neue Dienerin zehn Livres. Gib ihr eines der Gästezimmer, eine der Mägde soll sie bedienen. Ich wünsche auch, dass sie die Mahlzeiten in ihrem Zimmer einnimmt und nicht an der Tafel der Diener. Die Dienerschaft hat zwar die Prinzessin noch nie gesehen, weil sie bisher in Lothringen gelebt hat, aber man weiß nie, was erzählt wird. Ich möchte vermeiden, dass das Gerücht die Runde macht, eine Art Doppelgängerin der Prinzessin lebe in meinem Haus und man am Hofe auf den Gedanken kommt, Margarethe sei wirklich bei mir.«

»Herr Herzog, ich werde alles so ausführen, wie Ihr es wünscht. Die Dienerschaft wird sich allerdings über die Sonderrolle der neuen Dienerin wundern.«

»Das weiß ich, sie soll nur vorübergehend als Dienerin arbeiten. Wenn ich sie näher kenne, soll sie meine Gesellschafterin werden.«

»Mit Verlaub, Herr Herzog, sie soll Eure Geliebte werden?«

»Ich weiß es noch nicht, Böhme, ich habe sie nur kurz gesehen, sie sieht aus wie die Prinzessin. Ich bin neugierig und möchte sie kennenlernen. Falls sie mich langweilt, werde ich sie zwar hinauswerfen, aber es bieten sich genügend Möglichkeiten, sie bei irgendeiner Familie in Lothringen als Erzieherin unterzubringen. Im Übrigen weiß ich ja auch noch nicht, ob ich dem Mädchen gefalle. Ich werde sie zu nichts zwingen, was sie nicht will. Wahrscheinlich ist sie noch ein junges Mädchen, das schließe ich aus ihrem bisherigen Leben. Margarethe war auch noch Jungfrau. Nun Böhme, einzelne Anweisungen bekommst du noch.«

Am nächsten Tag stand Margot zeitig auf und versuchte ihre Unruhe zu bekämpfen. Schließlich hielt sie es in der Kammer nicht mehr aus und eilte zu der Brücke. Als es elf Uhr schlug, trat Böhme zu ihr und lächelte sie an.

»Guten Morgen, Mademoiselle Cauvin, ich habe gute Nachrichten. Ihr könnt noch heute im Palais des Herzogs von Guise anfangen zu arbeiten. Ihr werdet im Palais wohnen, dem Küchenmeister und dem Gärtner helfen, und Ihr bekommt einen wöchentlichen Lohn von zehn Livres.«

Margot glaubte nicht richtig zu hören:

›Im Palais des Herzogs, das ist doch etwas anderes als bei einer Familie, die vielleicht wohlhabend ist, aber nicht zur Aristokratie gehört und so viel Geld, das ist mehr als ich erhoffte. Vielleicht kann ich von dieser Stellung aus doch noch irgendwann, irgendwo Erzieherin werden, was mir mehr zusagt als einfache Küchenarbeit.‹

»Mein Herr, der Herzog«, fuhr Böhme fort, »meint, dass Ihr irgendwann in Lothringen auch als Erzieherin arbeiten könnt, vorausgesetzt, Ihr seid bereit, in Lothringen zu leben.«

»Ja, natürlich, ich danke Euch, Ihr habt so viel für mich getan, ich würde mich gern erkenntlich zeigen, aber ich weiß nicht wie.«

»Das ist nicht nötig. Wann könnt Ihr heute im Palais anfangen?«

»Ich muss noch packen und mich verabschieden, ist der späte Nachmittag recht?«

»Gut, ich erwarte Euch hier um fünf.«

»Auf Wiedersehen«, dann dachte sie daran, dass sie sich ab jetzt als Katholikin benehmen musste, und fügte noch hinzu: »Ich werde noch heute einen Rosenkranz für Euch beten.«

Sie eilte fort, und Böhme sah ihr amüsiert nach.

›Sie scheint fromm zu sein, hoffentlich ist sie für den Herzog nicht zu fromm. Er erfüllt zwar gewissenhaft seine religiösen Pflichten, aber ansonsten liebt er das Leben mit allen Genüssen, die es bietet.‹

11. KAPITEL

Margot eilte zum Louvre. Sie musste jetzt sofort mit Armand sprechen, noch vor der Mittagstafel, später würde sie keine Zeit mehr haben. Sie musste packen, den Brief an seinen Vater und ihn schreiben, sie musste vor allem pünktlich an der Brücke ankommen.

Sie zog hastig die schwarzen Kleider an und eilte zu dem Flügel des Schlosses, wo die königlichen Appartements lagen.

Am Eingang stand ein Türsteher und betrachtete sie misstrauisch.

»Zu wem wollt Ihr?«

»Ich möchte Graf Armand de Villiers sprechen.«

»Das ist nicht möglich, Mademoiselle, Graf de Villiers und sein Sohn sind heute früh mit dem König zur Jagd geritten.«

»Wann werden sie zurück sein?«

»Irgendwann am Abend. Der König kehrt oft spät von einer Jagd zurück.«

Margot ging enttäuscht zurück in ihre Kammer. Sie sank auf einen Stuhl und sah ratlos vor sich hin. Sie musste ihm einen Brief schreiben und Claude ihn Armand nach seiner Rückkehr übergeben.

›Ich werde ihm zuerst mitteilen, dass ich ihn liebe, dann nenne ich den Grund, warum ich ihn nicht heiraten kann. Ich muss vor allem betonen, dass ich nicht wünsche, dass er durch eine Heirat mit mir unglücklich wird, zuletzt bitte ich ihn um Verständnis. Er muss sich keine Sorgen um mich machen, weil ich eine neue Stelle gefunden habe.‹

Sie schrieb den Brief und verschloss ihn. Armand würde versuchen, sie zu finden, aber das würde ihm nicht gelingen. Er würde nach Navarra zurückkehren und sie irgendwann vergessen. Konnte sie ihn auch vergessen? Sie wusste es nicht, sie hoffte es aber.

Sie nahm von ihrem Geld zwei Livres, ging zur Kammer von Claude und bat sie, Armand den Brief zu übergeben.

»Man muss damit rechnen, dass der Türsteher Euch den Zugang zu den königlichen Appartements verwehrt, gebt ihm einen Livre, dann wird er Euch einlassen. Der andere Livre ist für Euch.«

»Ein ganzer Livre für mich? Ihr seid sehr großzügig, herzlichen Dank, ich werde alles zu Eurer Zufriedenheit besorgen.«

Sie versteckten den Brief und das Geld unter der Bettdecke und gingen zur Mittagstafel.

Margot beteiligte sich so unbefangen wie möglich an der Unterhaltung und ging dann aufgeregt in ihre Kammer. Sie zog ein lindgrünes Taftkleid an, packte ihre Sachen und betrachtete eine Weile das schwarze Kleid, die Lutherbibel und das Gebetbuch. Schließlich legte sie alles in die Truhe und schrieb den Brief an die de Villiers. Sie würden ihr Schreiben schon irgendwie erhalten.

Es schlug fünf Uhr, als sie die Brücke betrat.

Böhme wartete schon, nahm ihre zwei Bündel und führte sie in eine Seitenstraße zu einer Sänfte. Sie stiegen ein, er schloss die Vorhänge, und dann saßen sie sich eine Weile schweigend gegenüber.

»Habt Ihr Eure Angelegenheiten regeln können, Mademoiselle Cauvin?«

»Ja.«

»Rachel, Mose, wo steckt ihr?«, ertönte die Stimme einer Frau. »Los, kommt, wie oft soll ich euch sagen, dass ihr euch nicht herumtreiben sollt?«

Rachel, Mose, das waren jüdische Namen. Sie sah Böhme fragend an.

»Sind wir jetzt im Judenviertel?«

»Ja, dieses Viertel ist nicht weit vom Marais entfernt. Dort steht das Palais der Familie Guise.«

Im Marais, sie hätte sich denken können, dass die Familie im vornehmsten Viertel wohnte.

Nach einer Weile hielt die Sänfte, sie stiegen aus und Margot stand vor einem dreistöckigen Gebäude aus grauem Stein.

»Der Haupteingang ist auf der anderen Seite«, sagte Böhme, »im ersten Stock sind Ballsaal, Bankettsaal und die privaten Gemächer der Familie, im zweiten Stock sind die Gästezimmer, im dritten Stock wohnt die Dienerschaft. Ihr werdet in einem der Gästezimmer wohnen.«

»In einem Gästezimmer? Müsste ich nicht im dritten Stock bei den Dienern wohnen?«

»Befehl des Herzogs.«

Merkwürdig, warum diese Sonderbehandlung?

Dann betraten sie ein Zimmer im zweiten Stock. Margot atmete tief durch und sah sich um: Ein Himmelbett mit olivgrünen Samtportieren, ein Tisch, ein Armsessel, einige Stühle und Schemel, ein Waschtisch mit silbernem Geschirr, ein Frisiertisch mit einem Spiegel, ein hoher Standspiegel, eine große Truhe, einige Öllampen und Kerzen in silbernen Leuchtern.

»Gefällt Euch das Zimmer?«

»Ich bin überwältigt. Die Möbel sind alle aus Eichenholz, und die Schnitzereien, die sie schmücken, sind wunderschön.« Sie trat zu dem Bett und sah ein Nachthemd aus weißer Seide, das mit Spitzen besetzt war. Daneben lag ein einfaches Kleid aus weißem Leinen und eine weiße Leinenhaube.

»Dieses Kleid«, sagte Böhme, »sollt Ihr tragen, wenn Ihr arbeitet, Euer Taftkleid ist als Arbeitskleid zu schade.« Er nahm eine kleine silberne Glocke, die auf einem Tischchen neben dem Bett stand. »Wenn Ihr etwas benötigt, läutet, dann kommt Henriette, eine Dienerin. Diese Tür führt zum Baderaum und zum Abort.

Ihr könnt jetzt in Ruhe auspacken und Euch das Arbeitskleid anziehen. Ich komme in ungefähr einer halben Stunde und bringe Euch in die Küche. Dort gibt es um diese Zeit bestimmt eine Arbeit für Euch. Die Mahlzeiten nehmt Ihr hier ein, ich bringe sie Euch am Mittag und am Abend. Wenn Ihr fertig seid, läutet, dann kommt Henriette und räumt das Geschirr ab. Sie wird Euch am Morgen wecken, Euch das Frühstück sowie heißes Wasser zum Waschen bringen, sie wird Euch, wann immer Ihr es wünscht, ein heißes Bad richten und Euch beim Ankleiden behilflich sein.«

»Warum bringt ausgerechnet Ihr die Mahlzeiten?«

»Bei mir könnt Ihr sicher sein, dass die Speisen nicht vergiftet sind.«

»Wer könnte ein Interesse daran haben, mich zu vergiften?«

»Die Dienerschaft könnte neidisch werden auf Eure Sonderstellung im Haus.«

»Warum habe ich eine Sonderstellung?«

»Befehl des Herzogs.«

»Der Herzog kennt mich doch überhaupt nicht, ich verstehe das alles nicht.«

»Ihr müsst es auch nicht verstehen. Einen Rat kann ich Euch geben, und ich empfehle Euch, ihn zu beherzigen. Irgendwann werdet Ihr den Herzog kennenlernen, fragt nie danach, *warum* Ihr hier eine Sonderstellung genießt.« Er überlegte und fuhr fort: »Morgen ist Sonntag, um sieben Uhr begibt sich die Dienerschaft zur Messe in die Hauskapelle, der Herzog hört die Messe erst am späten Vormittag. Pater Recco, Hausgeistlicher der Familie, hält die Messe; bei ihm kann die Dienerschaft jeden Sonnabendnachmittag zwischen drei und fünf Uhr beichten, danach die Rosenkränze beten, die er als Buße auferlegt, und am Sonntag kann die Kommunion empfangen werden.«

»Pater Recco? Der Name klingt italienisch.«

»Das ist richtig, er und der Küchenmeister Carlo stammen aus Florenz.«

Ihre Sonderstellung war mysteriös, überlegte Margot, als Böhme das Zimmer verlassen hatte. War es richtig, in dieses Palais zu gehen? Nun, jetzt war es zu spät.

Sie packte aus, kleidete sich um und nahm dann vorsichtig das Nachthemd in die Hände.

›Seide und Spitzen, ich werde bedient wie eine Aristokratin. Will der Herzog mich zu seiner Geliebten machen? Das wäre eine Erklärung für die bevorzugte Behandlung …‹

In der Küche duftete es nach gebratenem Fleisch, Gewürzen und frischem Brot.

Böhme ging mit Margot zu dem Küchenmeister. »Carlo, das ist die Demoiselle Cauvin, die neue Dienerin, die dich unterstützen soll«, und zu Margot: »Unser Küchenmeister Carlo.«

»Ein gebratener Kapaun gehört zu den Lieblingsspeisen des Herzogs. Rupft ihn. Mehr Arbeit habe ich heute nicht für die Demoiselle.«

»Das macht nichts«, sagte Böhme, und an Margot gewandt: »Wenn Ihr fertig seid, geht Ihr wieder in Euer Zimmer.«

Margot begann mit ihrer Arbeit. Sie bewunderte das funkelnde Kupfergeschirr, das an den grauen Steinwänden hing, und staunte über den großen rechteckigen Eichentisch in der Mitte des Raumes, der von eichenen Bänken und Schemeln umgeben war, und über die vier großen offenen Feuerstellen in den Ecken der Küche. Sie betrachtete das Geflügel, die rohen Fleischstücke, das Gemüse, die Eier und Früchte, die sorgfältig geordnet auf dem Tisch lagen. Sie zuckte unwillkürlich zusammen, als sie die Küchenjungen und die Mägde in einer Ecke zusammen stehen sah.

Sie senkte die Augen, fuhr fort, den Kapaun zu rupfen, spürte, dass man sie neugierig betrachtete, und hörte leises Tuscheln.

»Wer ist sie, woher kommt sie?«

»Sie sieht vornehm aus.«

Carlo ging zu der Gruppe und brummte: »Was steht ihr und haltet Maulaffen feil, an die Arbeit!«

Die Küchenjungen und Mägde stoben auseinander zu ihren Arbeitsplätzen an den Feuerstellen und am Tisch.

Carlo trat zu Margot und beobachtete, wie sie rupfte. »Ihr versteht Euer Handwerk, könnt Ihr auch kochen?«

»Ja, ich besitze sogar ein Rezeptbuch. Ihr werdet den Kapaun wahrscheinlich am Spieß braten, es gibt noch eine andere Art der Zubereitung.«

»Interessant, vielleicht frage ich Euch irgendwann danach. Heute habe ich keine Zeit, um mich mit neuen Rezepten zu beschäftigen.«

Als sie fertig war, überreichte sie Carlo den Kapaun. Er betrachtete ihn von allen Seiten und lächelte. »Ihr habt hervorragend gearbeitet, das hätte ich nicht vermutet.«

»Warum?«

»Ihr seht nicht aus wie eine derbe Magd, sondern wie eine junge Dame.«

»Habt Ihr noch eine Arbeit für mich?«

»Nein, Ihr könnt nach oben gehen.«

In ihrem Zimmer nahm sie das Gebetbuch und begann das Ave Maria auswendig zu lernen. Nach ungefähr einer Stunde klopfte es, und Böhme brachte ihr das Abendessen.

»Das ist viel zu üppig für mich allein«, wunderte sich Margot.

»Nein, das ist das Essen der Dienerschaft. Wir speisen natürlich einfacher als der Herzog. Kapaune, Austern, Trüffeln und andere Delikatessen gibt es nur an seiner Tafel.«

»Ich danke Euch, dass Ihr mir das Essen bringt, aber Ihr versäumt Eure eigene Abendmahlzeit.«

»Nein, die Dienerschaft isst erst, wenn der Herzog fertig ist. Das hat den Vorteil, dass wir dann Zeit haben, nicht gestört werden und plaudern können, solange wir wollen. Ich wünsche Euch guten Appetit und eine angenehme erste Nacht im Palais der Familie Guise.«

»Ich danke Euch, dass Ihr Euch um mich kümmert.« Dann fiel ihr ein, dass der Samstag bei den Katholiken ein Fastentag war. »Ist der Samstag nicht ein Fastentag?«

Böhme lächelte. »Ja, aber die Familie Guise liebt das

gute Leben, und auch an der königlichen Tafel wird samstags Fleisch serviert. Ihr könnt mit gutem Gewissen essen und müsst diesen Genuss auch nicht Pater Recco beichten.«

Er verließ das Zimmer, und Margot betrachtete den Napf aus Zinn, worin eine Gemüsesuppe dampfte, die Platte mit Porree und Mangold, die Schüssel mit Hammelragout, die Platte mit Schweinebraten, die Platte mit verschiedenen Käsesorten, die Schichttorte mit Trockenfrüchten und den Teller mit warmem Weißbrot.

Sie aß von jeder Speise eine Kleinigkeit. Die Dienerschaft aß später, das bedeutete, sie bekam ihre Mahlzeiten zur selben Zeit wie der Herzog. Warum hatte sie diese Sonderstellung?

Sie läutete, und Henriette erschien.

»Mademoiselle Cauvin, ich bin Henriette, Eure Dienerin.«

Margot betrachtete die kleine dralle junge Frau, das runde rotbäckige Gesicht, die freundlichen hellblauen Augen, die blonden Locken, die unter der Haube hervorquollen, und fand sie sympathisch.

»Henriette, es ist sehr großzügig von dem Herzog, dass er mir eine Dienerin gibt. Da ich in diesem Haus auch eine Dienerin bin, werde ich mich bemühen, Euch nicht zur Last zu fallen. In meinem bisherigen Leben hatte ich nie eine Dienerin, die Situation ist für mich ungewohnt. Wie alt seid Ihr?«

»Achtzehn Jahre. Ich bin jetzt zum dritten Mal für einige Wochen in Paris, und ich freue mich schon jetzt auf die Rückkehr nach Lothringen. Der Herzog hat mir erlaubt zu heiraten, und im September wird die Hochzeit sein. Mein Bräutigam ist Tischler in Nancy, er ist inzwischen Meister, und ich bin dann die Frau Meisterin.«

»Ich wünsche Euch eine glückliche Ehe. In diesem Haus ist immer nur von dem Herzog die Rede. Gibt es auch eine Herzogin?«

»Noch nicht, die Mutter des Herzogs und sein Onkel haben noch keine Frau gefunden, die zur Familie passt.«

Sie trat zu dem Tisch, betrachtete die Speisen und rief: »Mademoiselle, Ihr habt so wenig gegessen, hat es Euch nicht geschmeckt?«

»Es war alles wunderbar, aber ich bin es nicht gewohnt, so viel zu essen.«

»Ich werde jetzt zum Abendessen in die Küche gehen, in ungefähr zwei Stunden bin ich wieder hier oben. Läutet, wenn Ihr etwas benötigt.«

»Wo ist Euer Zimmer?«

»Es ist die Kammer neben dem Baderaum. Dort wohnt immer der Diener, den ein Gast mitbringt.«

Margot trat zum Fenster und sah hinunter in den Hof.

›Im Louvre werden sie inzwischen gemerkt haben, dass ich verschwunden bin. Hat Armand meinen Brief erhalten? Unten in der Küche reden sie jetzt wahrscheinlich über mich und meine Sonderstellung. Wie wird mein Leben in diesem Haus weitergehen?‹

Sie begann erneut sich das Ave Maria einzuprägen, und als ihr die Augen fast zufielen, entkleidete sie sich und legte sich im neuen Nachthemd zu Bett.

In der Küche saß die Dienerschaft an dem rechteckigen Tisch, aß, trank und unterhielt sich über Margot.

»Sie hat nur wenig gegessen«, sagte Henriette, »sie ist wahrscheinlich aufgeregt. Ich vermute, der Herzog wird die Nacht mit ihr verbringen, ich musste nämlich ein Nachthemd aus weißer Seide hinlegen.«

»Sie ist eine Schönheit«, sagte Carlo, »ich verstehe, dass der Herzog sie zu seiner Geliebten haben will. Aber warum muss sie hier als Dienerin arbeiten? Du genießt das Vertrauen des Herzogs, Böhme. Wird sie seine Geliebte werden? Wo hat er sie kennengelernt?«

»Ich möchte jetzt in Ruhe essen«, erwiderte Böhme gereizt, »und mich nicht weiter über die Demoiselle Cauvin unterhalten. Im Übrigen weiß ich nicht, ob sie die Geliebte des Herzogs werden wird.«

»Nun«, sagte Henriette, »da ich die junge Dame bedienen soll, werde ich schon merken, was sich abspielt und was nicht, und werde euch alles berichten.«

Im Louvre saßen die königliche Dienerschaft und die Hugenotten an der Abendtafel. Claude wunderte sich, dass Margot nicht erschienen war, und dachte an ihren Auftrag.

Sie musste sofort nach der Abendtafel zu dem jungen Grafen, hoffentlich war die königliche Tafel dann beendet.

Während man auf den zweiten Gang wartete, sagte der Franzose, der Margot für gewöhnlich gegenübersaß, zu Claude: »Wo bleibt Eure Freundin? Ist sie krank?«

»Ich weiß es nicht. Heute Mittag fühlte sie sich noch wohl. Ich werde nach ihr sehen.«

Sie eilte in Margots Kammer und blieb an der Schwelle überrascht stehen. Das Zimmer war leer. Sie ging langsam in den Raum und sah den Brief.

Kaum eine Stunde später stand Claude nervös vor den beiden Grafen de Villiers und berichtete, was vorgefallen war. Sie überreichte zunächst Bertrand das Schreiben, der es sofort öffnete und ihnen den Rücken zuwandte, während er es las.

Claude atmete auf, ging zu Armand, gab ihm den Brief und sagte leise: »Sie bat mich, Euch dieses Schreiben persönlich zu übergeben. Heute Mittag war sie hier und wollte Euch sprechen.«

Bertrand de Villiers drehte sich um und sah Claude an. »Wann habt Ihr die Demoiselle Cauvin zum letzten Mal gesehen?«

»Heute Mittag.«

»Es ist gut, Ihr könnt gehen.«

Bertrand gab Armand den Brief. »Versteht Ihr, was das alles bedeutet?«

»Sie schreibt, sie hat eine Stelle gefunden, sie entschuldigt sich, dass sie weggeht, ohne sich zu verabschieden, sie dankt uns für alles, sie bittet uns, ihrer Freundin Corisande die Rückreise nach Navarra im königlichen Gefolge zu erlauben. Ich verstehe nicht, warum sie uns nicht persönlich gesagt hat, dass sie eine Arbeit gefunden hat. Gehen wir in ihre Kammer, dort finden wir vielleicht einen Hinweis.«

»Nach der Abendtafel können wir uns weiter mit der Demoiselle Cauvin beschäftigen, kommt endlich.«

Der König unterhielt die Tischgesellschaft mit Jagdabenteuern und Armand war froh, dass er nur zuhören musste. Er merkte nicht, was er aß, dachte an Margot und den Brief in seiner Rocktasche.

Er atmete auf, als der König die Tafel aufhob und sich mit den Franzosen in die Spielzimmer begab, während die Hugenotten zu ihren Gemächern gingen.

Ein hugenottischer Diener begleitete die de Villiers mit einer Laterne zu Margots Kammer. Vater und Sohn sahen sich in der Kammer um.

Schließlich ging Armand zu der Truhe, öffnete sie, sah die schwarzen Kleider und rief: »Vater, sie hat ihre Kleider, die Bibel und ihr Gebetbuch hier gelassen! Ich verstehe das alles nicht.«

»Mon Dieu, sie kann doch nicht im Unterrock auf der Straße herumlaufen! Gütiger Himmel, Armand, sollte sie Selbstmord begangen haben? Vielleicht ist sie zu einer Seinebrücke und hat sich in den Fluss gestürzt!«

»Das glaube ich nicht, dann hätte sie dies im Brief angedeutet. Nein, ich denke, sie hat die Kleider ihrer Mutter mit nach Paris genommen und sie angezogen, wenn sie sich die Stadt ansah. Das hat sie mir erzählt. Diese Kleider fehlen. Ich vermute, dass sie eine Stellung bei einer *katholischen* Familie gefunden hat und uns das nicht sagen wollte.«

Bertrand ging im Zimmer auf und ab, blieb dann vor seinem Sohn stehen und sah ihn zornig an: »So, sie hat Euch erzählt, dass sie sich Paris ansieht. Mit anderen Worten, Ihr habt Euch über meine Anordnung hinweggesetzt, den Kontakt zu diesem Mädchen zu meiden! Eure Vermutung, dass sie bei Katholiken arbeitet, ist wahrscheinlich richtig. Umso mehr bin ich froh, dass sie für immer aus Eurem Gesichtskreis verschwunden ist. Ihr werdet sie nie mehr sehen.«

»Vater, wir müssen sie suchen!«

»Ich denke nicht daran, nach einer Hugenottin zu suchen, die sich von unserem Glauben abgewendet hat. Für mich ist Margot Cauvin tot. Ihr werdet ebenfalls nicht nach ihr suchen, ein solcher Versuch ist außerdem zwecklos. Wo wollt Ihr anfangen?«

»Vielleicht weiß Corisande, wo sie sein könnte.«

»Sie hat Corisande bestimmt nicht erzählt, was sie plant.«

»Nun, wir müssen mit Corisande sowieso wegen der Rückreise sprechen. Seid Ihr wenigstens bereit, Margots Bitte zu erfüllen?«

»Das entscheide ich nach dem Gespräch mit Corisande. Eines noch: Wir werden unseren Landsleuten nur sagen, dass Margot eine Stelle gefunden hat. Das genügt. Die Jagd hat mich sehr angestrengt, gute Nacht, Armand.«

»Gute Nacht, Vater.«

Anschließend ging Armand in sein Schlafzimmer. Er nahm den Brief, betrachtete ihn von allen Seiten und spürte, dass Angst in ihm aufstieg. Nachdem er ihn gelesen hatte, fühlte er sich wie betäubt.

Er setzte sich, legte den Brief auf den Tisch, goss ein Glas Rotwein ein und während er langsam den Wein trank, versuchte er seine Gedanken zu ordnen.

Er musste Margot finden, doch er hatte nicht die Zeit, selbst nach ihr zu suchen. Jean, ja, das würde der richtige Mann sein, er diente ihm schon einige Jahre, immer loyal, er hatte ihn noch nie enttäuscht.

Er ging in die kleine Kammer neben seinem Schlafzimmer und weckte den Diener.

»Jean, ich habe einen Auftrag für dich. Die Angelegenheit ist wichtig und eilt. Du hast Margarethe Cauvin in Pau einige Male gesehen, nicht wahr?«

»Ja, Herr Graf.«

»Sie ist vor einigen Stunden verschwunden und hat meinem Vater und mir einen Brief hinterlassen mit der Mitteilung, dass sie eine Stelle gefunden hat. Mein Vater und ich vermuten, dass sie sich als Katholikin ausgibt und bei einer katholischen Familie arbeitet. Ich weiß nicht, ob als Erzieherin oder als Dienerin. Jean, du musst sie finden, und mein Vater darf nicht wissen, dass du sie suchst. Es gibt allerdings ein Problem, angenommen, sie arbeitet als Erzieherin, dann wird sie, wenn sie das Haus verlässt, eine Maske tragen. Dann musst du auf ihren Gang achten, arbeitet sie als Dienerin, wird sie keine Maske tragen. Sie darf nicht mitbekommen, dass ich sie suchen lasse, sie darf dich also nicht sehen, du musst dich verkleiden, aber wie bekommen wir farbige Kleider, eine Perücke, einen Bart?«

»Mit Verlaub, Herr Graf, während Eurer Studienzeit in Paris gab es im Quartier Latin die ›Rote Laterne‹. Die jungen Damen dort waren reizend, die Inhaberin ebenfalls, sie legte Wert auf gediegene Gäste. Ich werde heute am frühen Abend hingehen. Um diese Zeit ist es dort ruhig. Die Inhaberin wird uns weiterhelfen mit der Verkleidung.«

»Ich entsinne mich gut an dieses Haus. Ich gebe dir einen Beutel mit Goldstücken, falls die Inhaberin noch mehr Geld verlangt, sage es mir. Du wirst natürlich eine Belohnung bekommen, wenn du Margot findest.«

Jean würde Margot finden, dachte Armand, sie würden miteinander reden und alles gut werden.

12. KAPITEL

Heinrich von Guise öffnete die Tür und betrat zögernd einen langen dunklen Gang, der spärlich von wenigen brennenden Fackeln, die an den Steinwänden steckten, erhellt war. Er wartete einen Augenblick, bis seine Augen sich an das Halbdunkel gewöhnt hatten, und spürte plötzlich eine unbestimmte Angst in sich aufsteigen.

Er beschloss zurückzugehen und erschrak, als er merkte, dass er sich nicht mehr bewegen konnte. Er spürte, dass er in diesem Gang nicht allein war, fuhr hoch und sah sich um.

›Mein Schlafzimmer‹, dachte er, ›ich bin in meinem Schlafzimmer, ich habe geträumt, ein schrecklicher Traum, ein böser Traum … Heute ist der 4. Mai 1572, es ist Sonntag. Nach der Messe werde ich mir die neue Dienerin genauer ansehen.‹

Er stand auf, trat an eines der Fenster, atmete tief die kühle Morgenluft ein, betrachtete den wolkenlosen blauen Himmel und zuckte zusammen, als die Uhr auf dem Kaminsims die volle Stunde schlug. Heinrich wusch Gesicht und Hände, zog Wams, kurze Pluderhose, Strümpfe und Schuhe aus blutroter Seide an und eilte hinunter in den Hof. Er setzte sich auf den Beckenrand des Springbrunnens und sah hinauf zum zweiten Stock.

›In einem dieser Zimmer schläft das junge Mädchen, das so aussieht wie die Prinzessin. Sie ist so groß gewachsen wie Margarethe, aber viel schlanker, überschlank, Margarethe ist üppig. Der König nennt seine Schwester ›die dicke Margarethe‹. Stört mich die schlanke Figur? Nein.

Die Haut ist so weiß wie bei Margarethe, sie schimmert wie Elfenbein. Die Haare sind schwarz und glatt wie bei Margarethe. Der Mund ist voll und rot wie bei Margarethe, die schwarzen Brauen wölben sich wie Halbmonde über den schwarzen Augen, genau wie bei Margarethe.

Die Augen? Sie blicken anders als bei Margarethe: Ihre Augen funkeln lustig, übermütig, heiter, sie lächeln. Die Augen des Mädchens sind ernst und nachdenklich. Kein Wunder, ihr Leben ist nicht so unbeschwert wie das Leben der Prinzessin. Ihr Gesicht strahlt keine Heiterkeit aus, stört es mich? Ich weiß es nicht.‹

Er öffnete die Augen und ließ die rechte Hand spielerisch durch das Wasser gleiten. Dann stand er auf, ging in sein Schlafzimmer, befahl seinem Diener, ein Bad zu richten und ließ Böhme kommen.

»Die Demoiselle Cauvin wird nachher den Gärtner begleiten. Sage François, dass er sie in meinen Rosengarten führen soll. Dort werden wir ihnen ›zufällig‹ begegnen.«

Henriette betrat Margots Schlafzimmer, ging zum Bett, zog die Vorhänge auseinander und betrachtete einen Augenblick lang die Schlafende.

»Mademoiselle Cauvin«, sagte sie halblaut und nach einigen Sekunden noch einmal: »Mademoiselle Cauvin.«

Margot schlug die Augen auf, sah sich erstaunt um. Erst dann fiel ihr ein, dass sie im Palais des Herzogs von Guise war.

»Guten Morgen, Mademoiselle Cauvin, habt Ihr gut geschlafen?«

»Sehr gut, aber künftig werde ich die Vorhänge nicht zuziehen. Die Nachtluft ist jetzt angenehm, und ich liebe frische Luft. Wie spät ist es?«

»Halb sieben.«

»Halb sieben? Gütiger Himmel, um sieben beginnt die Messe!«

»Immer mit der Ruhe, ich habe Euch ein heißes Bad gerichtet, die Morgensuppe bringe ich Euch nach der Messe. Ich werde Carlo und den Gärtner François jeden Abend fragen, wann Ihr mit der Arbeit beginnen sollt. Dann werde ich Euch so zeitig wecken, dass Ihr jeden Tag in Ruhe baden und frühstücken könnt.«

»Jeden Tag ein Bad? Ich freue mich so, aber ist es für Euch nicht zu viel Arbeit?«

»Nein, das ist schon in Ordnung, macht Euch darüber keine Gedanken. Im Lauf des Vormittags wird Böhme Euch zu François, dem Gärtner bringen.«

»Zu François? Muss ich nicht in der Küche helfen? Am Sonntag gibt es dort bestimmt mehr Arbeit als an einem Wochentag?«

»Böhme sagte mir, der Herzog wünscht, dass Ihr heute François begleitet.«

»Muss François am Sonntag arbeiten? Es ist verständlich, dass in der Küche gearbeitet wird. Im Park und in den Gewächshäusern kann die Arbeit am Sonntag doch ruhen?«

»Ihr habt recht, der Gärtner und seine Gehilfen arbeiten heute nicht, aber François liebt es, am Sonntag durch den Park, die Nutzgärten und Gewächshäuser zu spazieren, um zu sehen, welche Arbeiten in der Woche erledigt werden müssen.«

Nach der Morgentoilette von Margot betraten sie gemeinsam die Kapelle, benetzten die Finger mit Weihwasser, bekreuzigten sich, und während Henriette zu einigen

Dienerinnen ging, blieb Margot in der letzten Reihe stehen und sah sich vorsichtig um.

›Diese Kapelle erinnert mich an Notre Dame. Es ist eine kleine Kathedrale, bunte Glasfenster, Bilder, wo Ereignisse der biblischen Geschichte dargestellt sind, der Altar mit Silberleuchtern und Blumenschmuck.‹

Sie betrachtete die hohen brennenden Kerzen, und dann sah sie einen kleinen grauhaarigen rundlichen Mann zum Altar treten. Es musste Pater Recco sein. Die Messe begann, und sie lauschte dem lateinischen Gesang:

›Ich verstehe alles, weil ich Latein gelernt habe, die Diener verstehen sicher nicht, was er vorträgt. Wie andächtig sie zuhören, obwohl sie nichts begreifen. Allerdings wird man zwangsläufig andächtig bei dem Gesang und dem Duft des Weihrauchs. Warum ist das bei den Protestanten verboten?‹

Irgendwann hörte sie ein Klingeln, beobachtete, dass alle niederknieten und auf den Steinfußboden sahen, und tat es ihnen gleich.

Das ist die Wandlung, sie lugte neugierig etwas nach oben und sah, dass Pater Recco mit beiden Händen einen Pokal in die Höhe hob. Sie senkte die Augen, dann stand sie mit den Anwesenden auf, und als einige zum Altar gingen, um die Kommunion zu empfangen, erschrak sie bei dem Gedanken daran, irgendwann dem Pater beichten zu müssen.

Zurück in ihrem Zimmer sank sie erschöpft auf einen Stuhl und atmete tief durch: Die erste Messe in diesem Palais hatte sie überstanden, ohne dass aufgefallen war, dass sie keine Katholikin war.

Nach einer Weile brachte Henriette einen Becher Weißwein, der mit Wasser verdünnt war, eine Schüssel, worin eine Suppe dampfte, und während sie einen Napf aus Zinn mit der Suppe füllte, sagte sie: »Das ist eine Zanzarelli. Carlo kocht oft italienisch, und wir alle, auch der Herzog, sind begeistert von der italienischen Küche.«

Margot aß einige Löffel. »Diese Suppe ist köstlich! Warum ist sie so gelb?«

»Das ist Safran. Ich kenne das Rezept nicht in den Einzelheiten, aber ich weiß, dass sie aus Eiern, geriebenem Käse und Mehl besteht. Sie wird auf der Basis von Fleischbrühe gekocht und mit Safran gelb gefärbt.

Im Herbst und im Winter kocht Carlo am Sonnabend oft Ribollita, das ist eine Spezialität seiner Vaterstadt Florenz. Dieser Eintopf besteht aus frischem Gemüse, Möhren, Sellerie, Lauch und vor allem aus frischen weißen Bohnen, Knoblauch, Zwiebeln, Schinken und viel Olivenöl.«

Nach dem Frühstück lernte sie weitere Sätze des Ave Maria auswendig. Als es elf Uhr schlug, klopfte es an der Tür, und Böhme betrat das Zimmer.

»Guten Morgen Mademoiselle Cauvin, habt Ihr Euch inzwischen etwas eingelebt?«

Sie legte das Gebetbuch zur Seite und stand auf. »Es gefällt mir hier sehr gut.«

»Ich bringe Euch jetzt zu dem Gärtner François. Der Herzog wünscht, dass Ihr ihn heute auf seinem Rundgang begleitet.«

Sie gingen schweigend hinunter und betraten durch einen der hinteren Eingänge den Park, wo François auf und ab ging.

»François, das ist die Demoiselle Cauvin, sie soll dich

zunächst nur begleiten und sehen, welche Arbeiten erledigt werden müssen. Der Herzog wünscht, dass du ihr heute seinen Rosengarten zeigst.«

François betrachtete Margot wohlwollend. »Habt Ihr schon einmal in einem Garten gearbeitet?«

»Ich habe Obst gepflückt.«

»Das ist der angenehmere Teil der Gartenarbeit. Weniger angenehm ist es, Unkraut zu jäten oder Kieswege zu harken.

Ich mache jeden Morgen einen Rundgang durch Garten und Park. Die Aufgaben verteile ich dann an meine Gehilfen. Irgendwann wird sich für Euch auch eine Beschäftigung finden, jetzt sehen wir uns zunächst den Rosengarten an. Die Rosen pflege ich selbst, es sind die Lieblingsblumen des Herzogs. In ihrer Blütezeit wird das Palais damit geschmückt. Der Herzog legt Wert darauf, dass seine Rosen die schönsten in Paris sind und von den Gästen bewundert werden.«

Nach einer Weile kamen sie zu einer halbhohen Mauer mit einer Holztüre. François öffnete sie. Beide betraten den Rosengarten. Margot blieb überrascht stehen und sah sich um.

An den verwitterten Mauerwänden rankten sich rote Kletterrosen empor, in den Ecken sah sie rosa Heckenrosen und in der Mitte ein Viereck mit drei Reihen Rosenstöcken.

Sie trat näher, atmete den Duft ein und zählte zwölf Rosenstöcke in jeder Reihe.

François ging mit ihr zu der Seite des Vierecks, wo keine Stöcke gepflanzt waren. »Von hier aus könnt Ihr sehen, dass in der ersten Reihe weiße Rosen stehen, in der zweiten Reihe rosa und in der dritten Reihe rote Rosen.«

»Hat diese Anordnung etwas zu bedeuten?«

»Das weiß ich nicht, es war ein Wunsch des Herzogs. Er wünschte auch, dass hier, wo wir stehen, keine Rosen gepflanzt werden.«

Margot betrachtete die Blumen. »Die Rosenstöcke bilden einen rechten Winkel. Und was ist dies? Das fällt mir jetzt erst auf: An drei Ecken steht eine Säule aus schwarzem Marmor. Warum?«

»Das weiß ich nicht, es war auch ein Wunsch des Herzogs. Am Johannistag werden die Säulen mit weißen, rosa und roten Rosengirlanden geschmückt, und wenn die Abenddämmerung beginnt, wird eine brennende Kerze auf die Säulen gestellt. Früher versammelte sich dann die herzogliche Familie hier, ringsum wurden Tische und Bänke aufgestellt, und dann tafelte man. In diesem Sommer ist der Herzog allein hier. Ich weiß nicht, ob das Ritual des Johannistages stattfinden wird.«

»Es ist richtig, dass man den Johannistag feiert, der Sommer beginnt, die schönste Jahreszeit. Gleichzeitig fangen die Tage an wieder kürzer zu werden. Der Johannistag symbolisiert Höhepunkt und den Beginn des Niedergangs, der mit der Wintersonnenwende endet.«

In diesem Moment betrat Böhme in Begleitung eines jungen Mannes den Garten.

»Der Herzog«, sagte François leise, und Margot spürte, dass ihr Herz anfing zu klopfen.

»Herr Herzog«, sagte Böhme, »darf ich Euch die Demoiselle Cauvin vorstellen?«

Margot spürte, dass sie errötete und machte einen Knicks.

»Mademoiselle, Ihr müsst vor mir nicht in die Knie gehen, ich freue mich, dass ich Euch kennenlerne. Habt Ihr Euch inzwischen in meinem Haus eingelebt?«

»Ja, Herr Herzog.«

»Seid Ihr mit Eurem Zimmer zufrieden?«

»Ja, Herr Herzog, das Zimmer ist wunderbar.«

»Ich hoffe, dass Ihr Euch in meinem Haus immer wohl fühlen werdet.« Sie war nicht nur eine Schönheit, dachte er, sie strahlte Wärme aus, obwohl ihre Augen ernst blickten, und sie war begehrenswert, sehr begehrenswert sogar.

Margot spürte, dass sein Blick und sein Lächeln sie verunsicherten. »Herr Herzog, in Eurem Haus werde ich mich bestimmt immer wohl fühlen.«

»Wie gefällt Euch mein Rosengarten?«

»Ich bin sehr beeindruckt, um nicht zu sagen fasziniert. Ich habe noch nie an solchen Rosen gerochen, die so stark duften; sie benebeln die Sinne.«

Sie schwieg, betrachtete ihn und überlegte, ob sie als Dienerin wagen durfte, ihm die Fragen zu stellen, die François nicht beantworten konnte. »Herr Herzog, darf ich Euch etwas fragen?«

»Selbstverständlich, Mademoiselle Cauvin.«

»Warum sind nur an drei Seiten dieses Vierecks Rosenstöcke gepflanzt? Die drei Säulen, haben sie eine Bedeutung?«

»Ihr seid der erste Mensch in meinem Leben, der sich nach der Bedeutung des Vierecks und der Säulen erkundigt. Ich bin gern bereit, Euch zu antworten. Wir stehen jetzt im Norden, kommt, gehen wir zum Osten, von dort aus könnt Ihr alles besser sehen. Zunächst das Viereck. Es ist kein Viereck, betrachtet die Anordnung der drei Säulen. Vor uns links steht eine, die nächste links im Westen, die dritte rechts im Westen. Das Viereck sieht nun aus wie ein Winkelmaß, nicht wahr? Das Winkelmaß soll die menschlichen Handlungen nach Recht und Gerechtigkeit ordnen.

Die drei Säulen symbolisieren den Lebensplan, den jeder Mensch für sich überlegt. Die Säule links vor uns steht für die Weisheit, sie soll uns beim Bau unseres Lebens leiten. Die Säule links im Westen steht für die Stärke, wir benötigen Stärke, um den Bau auszuführen. Die Säule rechts im Westen steht für die Schönheit, die Schönheit vollendet den Bau unseres Lebens.«

»Weisheit und Stärke, das verstehe ich. Aber was bedeutet die Schönheit bei einem Lebensplan?«

»Ich will versuchen, es Euch an einem Beispiel zu erklären«, antwortete Heinrich. »Eine Frau heiratet und muss einen Haushalt leiten, er mag klein oder groß sein, sie benötigt dafür Weisheit und Stärke. Die Schönheit, die den Lebensplan vollendet, ist die Liebe, die Liebe, die sie für den Gatten und die Kinder empfindet. Für den Mann, der als Heerführer, Kaufmann, Handwerker oder Bauer tätig ist, gilt das Gleiche.«

»Die Liebe«, sagte Margot leise, »Ihr habt recht, die Liebe vollendet das Leben, das Leben findet in der Liebe seine Erfüllung.«

Heinrich von Guise wandte sich nun an Böhme. »Der Sommer des Jahres 1572 wird wegen der Heirat der jüngsten Schwester des Königs mit dem König von Navarra ein Festsommer werden. Ich wünsche, dass auch in meinem Haus gefeiert wird. Ich möchte an meinem Geburtstag, am 30. Juni, ein Sommerfest veranstalten mit Sonnwendfeuer, einem Bankett und einem Ball im Park unter freiem Himmel.«

»Gewiss, Herr Herzog, habt Ihr schon überlegt, welche von Euren Freunden am Hof ich einladen soll?«

»Ich möchte an diesem Abend keine Hofleute sehen. Dieses Fest ist für die Menschen gedacht, die hier arbeiten, und für meine Gefolgsleute in Lothringen. Du kannst die Einladungen schon dorthin schicken.« An den Gärtner gewandt fuhr er fort. »Ich wünsche, dass an diesem Abend der Eingang, die Halle und die Tische im Park verschwenderisch mit Rosengirlanden geschmückt werden.«

François verbeugte sich. »Gewiss, Herr Herzog.«

Daraufhin ging Heinrich zu den Rosenstöcken und brach eine rote, eine weiße und eine rosa Rose ab. Er trat zu Margot und lächelte sie an.

»Diese Blumen sind ein persönlicher Gruß an Euch. Mit Worten kann man Gefühle oft nur unzulänglich ausdrücken. Die Rosen sollen Euch zeigen, wie sehr ich mich über Eure Ankunft in meinem Haus freue. Die rote Rose symbolisiert die Kraft, Rot ist die Farbe der Liebe und des Lebens. Die weiße Rose symbolisiert das Geistige, Weiß ist aber auch die Farbe des Todes. Die rosa Rose symbolisiert das Spannungsfeld zwischen Leben und Geist.

Dieses Spannungsfeld ermöglicht eine Veränderung des Lebens.«

Er überreichte ihr die Blumen.

»Gebt Acht, dass Ihr Euch nicht an den Dornen stecht. Ich wünsche Euch noch einen angenehmen Sonntag.«

»Ich danke Euch herzlich für die Rosen, Herr Herzog«, erwiderte Margot hochrot, »ich wünsche Euch auch einen angenehmen Sonntag.«

Heinrich von Guise und Böhme verließen den Rosengarten.

Nach einer Weile blieb Heinrich stehen. »Böhme, das Mädchen soll vorerst jeden Tag François begleiten. Und nun möchte ich allein sein.«

Er ging durch den Park, setzte sich auf eine Steinbank. Heinrich musste versuchen herauszufinden, ob das Mädchen seinen Vorstellungen entspräche. Wenn ja, dann musste er sie überreden, bei ihm zu bleiben. Eine Heirat würde nie möglich sein, selbst wenn der König sie in den Adelsstand erhöbe. Dieses Spiel war zwar nicht ritterlich, aber er wollte sie unbedingt körperlich besitzen. Vielleicht war das eine Möglichkeit, um die Prinzessin zu vergessen.

›Böhme soll ihr morgen einen Beutel mit vierzig Livres geben, einen Lohnvorschuss für den Monat Mai. Sie wird es bestimmt annehmen, weil sie Geld benötigt. Will ich sie mit Geld ködern? Ich weiß es nicht, wichtig ist, dass ich ihr als Mann gefalle. Sie soll sich mir hingeben, weil sie in mich verliebt ist, nicht weil sie Geld von mir erhält.

Dieses Gespräch mit ihr vorhin zeigt, dass sie ernst und nachdenklich veranlagt ist. Die Prinzessin hat meinen Rosengarten nie gesehen, aber selbst wenn sie ihn betreten hätte, wäre sie nie auf den Gedanken gekommen, nach der Bedeutung der Säulen zu fragen. Tiefsinnige Gespräche über das Leben habe ich mit der Prinzessin nie geführt, allerdings habe ich in ihrer Gegenwart solche Gespräche auch nicht vermisst.

Passt diese Demoiselle Cauvin zu mir?‹

Unterdessen ging François mit Margot von einem Rosenstock zum anderen, betrachtete prüfend die Knospen, und Margots Gedanken wanderten immer wieder zum Herzog.

Sie rief sich seine große männliche Gestalt in Erinnerung, das kantige Gesicht, die dunklen Haare, den gepflegten Backenbart, die dunklen Augen, das Timbre seiner Stimme, hatte es nicht werbend geklungen?

›Wie alt mag er sein, ich schätze ihn auf Anfang zwanzig. Er sieht aus wie der Mann, den ich mir in Pau in meinen Tagträumen vorstellte. Ich darf mich jedoch nicht in ihn verlieben, denn gesellschaftlich steht er noch höher über mir als Armand, er ist ein Herzog. Für mich könnte es mit ihm nie eine Zukunft geben. Das Gespräch mit ihm war interessant, Heinrich scheint nicht oberflächlich zu sein, er denkt über das Leben nach, das gefällt mir, aber ich darf mich nicht in ihn verlieben.

Er sprach von seinen Gefolgsleuten in Lothringen. Wen meinte er damit? Es sind anscheinend keine Leute, die am Hof verkehren. Ich werde Böhme nachher fragen.‹

Sie zuckte zusammen, als François plötzlich stehen blieb.

»Mademoiselle, ich habe Euch den Rosengarten gezeigt, das genügt für heute. Den Nachmittag könnt Ihr verbringen, wie Ihr wollt. Seht Euch den Park an oder besichtigt das Palais, ruht Euch aus. Wahrscheinlich werdet Ihr morgen wieder in der Küche arbeiten müssen.«

»Ich danke Euch, und ich freue mich natürlich über den freien Nachmittag. Was wird der Herzog dazu sagen?«

»Seid unbesorgt, er wird nichts davon erfahren.«

In ihrem Zimmer betrachtete sie die drei Rosen, atmete den Duft ein und überlegte:

›Heute hat mir zum ersten Mal ein Mann Blumen geschenkt. Will der Herzog andeuten, dass ich ihm gefalle? Das wäre eine Erklärung für meine besondere Stellung, allerdings hat er mich heute zum ersten Mal gesehen, ich verstehe es nicht.

Der Herzog gefällt mir, wie soll ich mich ihm gegenüber verhalten, wenn wir uns wieder begegnen? Wohin verirren sich meine Gedanken? Wenn wir uns wieder sehen, bin ich die Dienerin.‹

Sie läutete nach Henriette, um sie zu fragen, ob sie eine Vase haben könne. Als Henriette das Zimmer betrat, fiel ihr Blick sofort auf die Rosen in Margots Händen. »Das sind die Blumen, die der Herzog Euch vorhin schenkte.«

»Woher wisst Ihr dies?«

»Böhme erzählte es mir, wartet, ich hole eine Vase mit Wasser.«

Henriette kehrte zurück und arrangierte die Rosen. »Böhme erzählte mir, dass der Herzog noch nie einem Menschen Rosen aus seinem Garten geschenkt hat. Ihr müsst den Herzog sehr beeindruckt haben.«

»Wie meint Ihr dies?«

»Ist das so schwer zu erraten? Ihr gefallt dem Herzog als Frau.«

»Angenommen, ich gefalle dem Herzog als Frau, was soll ich dann tun?«

»Seid unbesorgt, ich werde Euch helfen, wenn ich kann.«

»Ich danke Euch für Eure Hilfe.«

Henriette verließ das Zimmer und Margot atmete erleichtert auf. Sie war in diesem Haus nicht ganz allein.

Am Mittag brachte Böhme ihr die Mahlzeit. »Der Herzog wünscht, dass Ihr vorerst nicht in der Küche arbeitet«, ordnete er an, »sondern den Gärtner begleitet. François weiß schon Bescheid.«

»Natürlich. Darf ich Euch etwas fragen? Der Herzog sprach von seinen Gefolgsleuten, sind es Soldaten?«

»Ja und nein, natürlich gehören Soldaten dazu, aber vor allem sind es Aristokraten aus Lothringen, die der Familie Guise treu ergeben sind. Diese Aristokraten werden natürlich nicht nur anlässlich des Sommerfestes aus Lothringen anreisen, sie kommen auch, um bei der Hochzeit der Prinzessin Margarethe anwesend zu sein. Der Herzog muss schließlich gegenüber der königlichen Familie repräsentieren.«

»Oh, dann werden der Küchenmeister und die Diener viel Arbeit haben.«

»Nein, so viele Gästezimmer gibt es in diesem Haus nicht. Die Gefolgsleute des Herzogs werden in ihren Pariser Palais wohnen. Ihr müsst bedenken, dass sie mit ihrer Dienerschaft anreisen.«

Am Nachmittag nahm Margot das Gebetbuch, ging in den Park und setzte sich auf eine der Steinbänke.

Sie versuchte, sich auf das Ave Maria zu konzentrieren, doch obwohl es nur wenig Text war, wanderten ihre Gedanken immer wieder zu der Begegnung mit dem Herzog und die kommenden Ereignisse. Nach einer Weile schloss sie das Buch und sah über die grüne Rasenfläche:

›Irgendwo in diesem Park wird das Sommerfest stattfinden. Will er mit seinen Leuten wirklich nur repräsentieren? Corisande behauptete, dass alle Hugenotten umgebracht würden. Das kann nicht sein, denn diese Hochzeit soll den Frieden festigen. Coligny erfreut sich der Gunst des Königs, wer kann ein Interesse daran haben, dass ein neuer Krieg zwischen Katholiken und Protestanten ausbricht?‹

Sie schlug das Buch auf und begann erneut, sich das Ave Maria einzuprägen.

13. KAPITEL

Am nächsten Tag begleitete sie François durch den Garten und ertappte sich dabei, dass sie darauf wartete, dem Herzog zu begegnen, doch ihre Hoffnung wurde enttäuscht.

Als Böhme ihr am Abend das Essen brachte, sah sie erstaunt, dass auf dem Tablett neben den Speisen ein großer Lederbeutel lag.

»Der Herzog zahlt Euch den Lohn für einen Monat im Voraus.«

»Der Lohn für einen Monat?« Sie traute ihren Ohren nicht. »Ich habe bisher fast nicht gearbeitet; vorgestern rupfte ich einen Kapaun. Das war bis jetzt alles.«

»Denkt nicht weiter über das Geld nach, es ist der Wunsch des Herzogs. Guten Appetit und angenehme Ruhe.«

Er verließ das Zimmer. Margot betrachtete den Beutel und begann, langsam die Kräutersuppe zu löffeln. Dann nahm sie den Beutel, ging zum Bett, öffnete ihn und ließ die Goldmünzen auf die Decke rieseln. Es waren vierzig Livres, ein Monatslohn. Sie tat die Münzen zurück in den Beutel, legte ihn in die Truhe, setzte sich wieder an den Tisch und betrachtete nachdenklich die Speisen.

›Warum zahlt der Herzog meinen Lohn im Voraus, nicht nur für eine Woche, sondern für den ganzen Monat? Warum muss ich nicht arbeiten?

Es sieht so aus, als wolle der Herzog mich zu seiner Geliebten machen. Wie soll ich reagieren, wenn er versucht, sich mir zu nähern? Falls ich ihn zurückweise, riskiere ich, dass ich dieses Haus verlassen muss. Was wird dann aus mir? Will ich ihn überhaupt zurückweisen?‹

Sie fuhr fort mit ihrem Abendmahl, aß den Spinat und das Linsengemüse, zerteilte das Brathuhn und nagte genüsslich die Knochen ab. Wie rasch man sich an üppige Mahlzeiten gewöhnte.

Am nächsten Vormittag begleitete sie den Gärtner zu dem großen Gewächshaus. Er führte sie zu den Spargelbeeten und betrachtete das Gemüse. »Ich glaube, dass man Mitte Mai anfangen kann, den Spargel zu stechen.«

»Das wird viel Arbeit in der Küche geben, wenn der Spargel für alle Hausbewohner geschält werden muss«, erwiderte Margot.

»Mademoiselle, der Spargel, das königliche Gemüse, ist nur für die Tafel des Herzogs bestimmt. Der Küchenmeister ist immer froh, wenn er so viel Abfall von dem Spargel hat, dass eine Brühe gekocht werden kann.«

»In meinem Elternhaus gab es nur am Sonntag Spargel, er musste auf dem Markt gekauft werden und war teuer. Unsere Dienerin hat die Abfälle auch immer für eine Suppe verwendet. Könnte ich nicht beim Spargelstechen helfen?« Sie wollte nicht nur guten Willen demonstrieren, sie wollte helfen.

»Nein, das ist eine schwierige Arbeit, zwei meiner Gehilfen sind besonders geübt darin. Kommt, ich will überprüfen, ob die Kieswege ordentlich geharkt wurden.«

Am Ausgang kam ihnen der Herzog entgegen. Margot spürte, dass ihr Herz anfing zu klopfen, und ärgerte sich, als sie merkte, dass sie errötete.

»Guten Morgen, Mademoiselle Cauvin, guten Morgen, François, ich vermute, dass du nach dem Spargel gesehen hast.«

»Ja, Herr Herzog, Mitte Mai können wir anfangen, ihn zu stechen.«

»Wunderbar, ich freue mich schon auf Spargel mit zerlassener Butter und geräuchertem Schinken. Esst Ihr dieses Gemüse gern, Mademoiselle?«

»Ja, Herr Herzog.«

»François, für die Demoiselle soll auch Spargel gestochen werden, jeden Tag.«

»Ich darf jeden Tag Spargel essen?« Er sah sie an, und sie wurde unsicher unter dem Blick seiner Augen. Sie glaubte, er entkleidete sie in Gedanken.

»Warum sollt Ihr nicht jeden Tag Spargel essen?«

»Ich danke Euch, Ihr seid sehr großzügig. Auch danke ich für den Lohnvorschuss. Seid Euch gewiss, dass ich Euch dafür ewig ergeben sein werde.«

»Dankt mir nicht, ich möchte, dass Ihr Euch in meinem Haus wohl fühlt.« Er wandte sich um und verließ den Park.

Francois und Margot gingen weiter, bis der Gärtner plötzlich stehen blieb und schimpfte: »Die Burschen werde ich mir vornehmen, wie schlampig die Wege geharkt sind, und seht, das Unkraut ist auch nur halb gejätet.«

Als der Mittag eingeläutet wurde, sagte François: »Den Nachmittag habt Ihr frei.«

Sie atmete erleichtert auf. Gott sei Dank, so konnte sie ihren Gedanken nachhängen.

Nach dem Mittagessen betrachtete Margot ihre Bücher. Sie nahm das *Heptaméron*. Das war die richtige Lektüre für den Park. Ob der Herzog es nicht unschicklich fand, wenn sie in Liebesgeschichten las?

›Außer dem *Heptaméron* gibt es nur noch meine Schulbücher. Lateinische Vokabeln zu wiederholen würde auch merkwürdig wirken. Ich rechne damit, dass ich ihn heute am Nachmittag sehe, ich spüre es. Warum?

Seine Augen, er sprach leiser als sonst, seine Stimme klang weich, werbend. Sie klang, als würde ich ihm gefallen. Wohin soll das führen?

Ich glaube, ich fange an, mich in ihn zu verlieben, das darf nicht sein.

Ich könnte natürlich den Nachmittag in meinem Zimmer verbringen, aber ich hoffe, dass ich dem Herzog begegne. Soll ich mich ein bisschen aufputzen und eines der Taftkleider anziehen? Nein, ich bin in diesem Haus nur eine Dienerin. Was soll der Herzog denken, wenn er mir zufällig im Park begegnet und ich statt des Leinenkleides eines aus Taft trage.‹

Sie ging in den Park zu ihrer Bank, setzte sich und versuchte, sich auf eine der Geschichten zu konzentrieren. Sie las Sätze, die sie nicht verstand, und nach einer Weile hörte sie, dass sich Schritte näherten. Margot blickte auf, sah den Herzog langsam auf sich zukommen und sprang auf.

»Herr Herzog, ich bitte um Vergebung, dass ich hier sitze. Ich müsste den Gärtner begleiten, aber er hat im Augenblick keine Arbeit für mich und gab mir den Nachmittag frei.«

»Seid unbesorgt, das ist völlig in Ordnung. Störe ich Euch bei Eurer Lektüre?«

»Nein, Herr Herzog.«

»Setzt Euch wieder, ich möchte mich mit Euch unterhalten.« Er nahm neben ihr in angemessenem Abstand Platz. »Darf ich erfahren, was Ihr lest?«

»Ja, es ist das *Heptaméron* der Margarethe von Navarra.«

»Das *Heptaméron*, ja, die Schwester von Franz I. war eine gebildete Frau, was man von ihrer verstorbenen Tochter, der Königin Johanna von Navarra, nicht sagen kann. Johanna war eine fanatische Protestantin, ich mag keine Fanatiker. Nun, das *Heptaméron*. Das Vorbild für diese Liebesgeschichten war das *Decamerone* von Boccaccio. Habt Ihr das *Decamerone* ebenfalls gelesen?«

»Ja, ich habe auch Petrarca und Dante gelesen.«

»Aha, wie kommt es, dass Ihr Liebesgeschichten lest?«

»Mein Vater besaß eine umfangreiche Bibliothek. Wenn ich Lektüre suchte, ging ich an den Bücherwänden entlang, und so stieß ich auf das *Heptaméron* und das *Decamerone*. Als wir Pau verließen, musste er die Bibliothek verkaufen, weil er Geld benötigte. Ich vergaß, ihm das *Heptaméron* zurückzugeben. So habe ich es bis heute bei mir getragen. Es ist für mich eine wertvolle Erinnerung an meine Jahre dort.«

Heinrich lächelte. »Ich will offen zu Euch sein, als ich hörte, dass Ihr das *Decamerone* und das *Heptaméron* kennt, war mein erster Gedanke: Habt Ihr vielleicht in Navarra einen jungen Mann geliebt, der Euch ebenfalls liebte und Euch diese Lektüre empfahl? Die Geschichten sind, nun sagen wir, sehr freizügig.«

»Verzeiht, Herr Herzog, aber ich finde, dass Ovids *Ars Amatoria* viel offener ist. Ihr habt Ovid sicherlich gelesen?«

»Ja, Ihr habt meine Frage noch nicht beantwortet. Gab es in Navarra einen jungen Mann in Eurem Leben?«

»Es gab einen jungen Mann, der mich verehrte und liebte. Er wollte mich heiraten und gab mir Zeit, um über seinen Antrag nachzudenken. Meinem Vater erzählte ich nichts, weil ich von seiner Meinung nicht beeinflusst werden wollte.« Sie zählte ihm die Gründe auf, weshalb sie Armand zurückgewiesen hatte. »Während der Reise nach Paris dachte ich nach und beschloss, ihn nicht zu heiraten, weil ich wusste, dass sein Vater gegen eine Verbindung seines einzigen Sohnes mit mir war.«

»Verzeiht meine Neugier, Eure Überlegungen klingen sehr rational, habt Ihr die Zuneigung des jungen Mannes erwidert?«

»Ja, aber das dauerte eine Weile. Als ich anfing ihn zu lieben, musste ich an den Vater denken und unterdrückte meine Gefühle. Dann starb mein Vater, und ich musste an meine Zukunft denken.«

»Ich glaube, es ist nicht richtig, Gefühle zu unterdrücken, weil es äußere Widerstände gibt. Den jungen Aristokraten, der bereit war, sich über die Vorurteile des Vaters hinwegzusetzen, verstehe ich, wen ich nicht verstehe, ist der Vater. Fangen wir mit Eurer kleinen Mitgift an. Diese hugenottische Aristokratenfamilie ist sicher sehr wohlhabend und nicht auf Eure Mitgift angewiesen, aber so sind die Protestanten: Geld, Geld und nochmals Geld, das ist ihr Lebensinhalt.

Der Vater möchte keine Katholikin als Schwiegertochter. Das ist unverständlich nach den Religionskriegen. Der französische König und vor allem seine Mutter versuchen den religiösen Frieden zu stabilisieren, das kann nur gelingen, wenn man bei den Familien anfängt und eheliche Verbindungen zwischen Katholiken und Protestanten toleriert.

Der Vater legt Wert auf eine standesgemäße Schwiegertochter. Das ist bedauerlich. Die Ebenbürtigkeit ist wichtig bei regierenden Familien, die durch Heirat eine

Vergrößerung ihres Landes anstreben oder ein Bündnis schließen wollen, das im Interesse ihrer Außenpolitik ist. Eine aristokratische Familie, die nicht über einen Staat herrscht, kann auch eheliche Verbindungen mit Angehörigen des Bürgertums eingehen.«

»Eure Meinung überrascht mich. Darf ich Eure Worte so verstehen, dass für Euch Mitgift, Religion und Stand bei einer Heirat keine Rolle spielen?«

»Ja. Angenommen, ich hätte einen Sohn, der ein junges Mädchen von bürgerlicher Herkunft heiraten will, eine Protestantin ohne Mitgift, so würde ich ihm meinen Segen geben, vorausgesetzt, das Mädchen besitzt einen anständigen Charakter und liebt meinen Sohn aufrichtig.« Sie zuckte zusammen, als Heinrichs tiefe Stimme auf einmal weich und zärtlich klang: »Mademoiselle Cauvin, Ihr seid eine sehr schöne Frau.«

Sie sah ihn verlegen an. »Ich bin noch keine Frau, Herr Herzog.«

Jetzt hatte er in Erfahrung gebracht, was er wissen wollte. Er lächelte sie belustigt an. »Irgendwann werdet Ihr eine Frau sein. Hat der junge Mann in Navarra Euch nie gesagt, wie schön Ihr seid?«

»Nein, Herr Herzog.«

»Merkwürdig, nun, vielleicht war er zu schüchtern.«

Er rückte noch etwas näher zu Margot, hob ihr Gesicht zu sich empor und betrachtete es eine Weile.

Margot sah in die Augen des Herzogs, die anfingen zu funkeln, und spürte eine Mischung aus prickelnder Erregung und Furcht in sich aufsteigen.

»Die Worte schön oder Schönheit beschreiben nicht, was sich in Eurem Gesicht spiegelt«, sagte Heinrich, »schön, das klingt so allgemein, Euer Gesicht ist apart, auch das ist nicht das richtige Wort. Euer Gesicht, Eure ganze Erscheinung, die Art wie Ihr Euch bewegt, das ist weiblich, verführerisch, sinnlich, begehrenswert.« Er nahm die Hand von ihrem Kinn. »Verzeiht meine Worte, aber ich musste Euch sagen, was mich bewegt, wenn ich Euch sehe. Ich wünsche Euch noch einen erholsamen Tag, ich habe nichts dagegen, wenn Ihr die Nachmittage im Park verbringt.«

Er ging in die Richtung Palais und Margot sah ihm nach.

›Das war eine merkwürdige Unterhaltung. Warum wollte er wissen, ob ich schon einen Mann geliebt habe? Wollte er wissen, ob ich in meinen Gefühlen noch ungebunden bin? Ich gefalle ihm als Frau, und ich freue mich darüber, ich fange an, mich in ihn zu verlieben.

Ich glaube sogar, dass ich mich in ihn verlieben darf, weil für ihn der Standesunterschied keine Rolle spielt. Ich gefalle ihm, aber ist er auch in mich verliebt?‹

Margot nahm das Buch, ging langsam zurück in ihr Zimmer und stellte sich vor den Standspiegel. Sie setzte sich vor den Frisiertisch und träumte vor sich hin:

›Wann werden wir uns wieder begegnen? Wird er dann versuchen, mich zu küssen? Wie soll ich reagieren?‹

Sie schloss die Augen und stellte sich vor, wie er sie umarmte und seine Lippen ihren Mund berührten. Sie spürte, dass sich in ihrem Körper etwas veränderte. War dies etwa die Liebe auf den ersten Blick, von der Anne gesprochen hatte?

Irgendwann klopfte es an der Tür und Böhme brachte ihr das Abendessen. Neben den Speisen auf dem Tablett stand eine Vase mit sieben roten Rosen. Daneben lag ein Billett.

»Der Herzog schickt Euch die Rosen, ich wünsche Euch guten Appetit.«

Nachdem er das Zimmer verlassen hatte, öffnete Margot das Billett und las:

›Rosen mit Dornen für die Rose ohne Dornen.
Heinrich von Guise.‹

›Die Angelegenheit fängt an ernst zu werden‹, ging es ihr durch den Kopf. ›Ich werde ihm ein Billett schicken und mich für die Blumen bedanken, was soll ich ihm schreiben? Meine Worte dürfen nicht zu kühl wirken.‹

Sie betrachtete die Speisen und verspürte keinen Appetit. Sie trank nur etwas Rotwein und läutete.

»Was für ein herrlicher Rosenstrauß«, rief Henriette beim Betreten des Zimmers. »Den hat der Herzog Euch geschickt, das weiß ich von Böhme.«

»Der Herzog hat mir auch ein Billett geschickt, ich möchte ihm für die Rosen danken, aber wie, mit welchen Worten?«

»Mademoiselle Cauvin, Ihr habt fast nichts gegessen, nun, es wundert mich nicht, die Rosen des Herzogs haben Euch wahrscheinlich aufgewühlt. Ihr seid ein Glückskind!«

»Wie meint Ihr dies? Ich wurde an einem Sonntag geboren und man sagt immer, Sonntagskinder sind Glückskinder.«

»Ich will offen zu Euch sprechen. Seit Eurer Ankunft sind wir, die Dienerschaft, davon überzeugt, dass Ihr eines Tages die Geliebte des Herzogs werdet, das ist die einzige Erklärung für Eure Sonderstellung im Haus. Die Rosen, die er Euch schenkt, sind der Beweis. Der Herzog ist in Euch verliebt, sehr verliebt sogar.«

»Ich habe an diese Möglichkeit gedacht, weil ich mir die bevorzugte Behandlung nicht erklären konnte. Der Herzog sah mich aber erst, nachdem ich hier eingezogen war, warum wurde ich schon am ersten Tag nicht wie eine Dienerin behandelt, sondern wie, wie … mir fällt kein passendes Wort ein.«

»Das ist tatsächlich merkwürdig, aber darüber solltet Ihr nicht nachdenken. Gefällt Euch der Herzog?«

»Ja, er gefällt mir sehr.«

»Eurem Glück steht nichts mehr im Wege. Eine Geliebte hat es besser als die legitime Gattin. Sie erfährt aufrichtige Zuneigung. Ihre wirtschaftliche Zukunft und die ihrer Kinder wird gesichert, auch in dem Fall, dass die Zuneigung des Herrn eines Tages erlischt. Manchmal verheiratet er dann die Geliebte. Über eines allerdings müsst Ihr Euch klar sein: Eine Geliebte wird fast nie geheiratet, meist wegen des Standesunterschiedes.«

»Angenommen, ein Aristokrat ist noch nicht verheiratet und nimmt ein Mädchen bürgerlicher Herkunft zur Geliebten, ist es nicht denkbar, dass er dieses Mädchen aus Zuneigung irgendwann ehelicht?«

»Das kommt wahrscheinlich vor, aber es wäre die Ausnahme, nicht die Regel.«

»Wie wird der Herzog reagieren, wenn ich mich weigere, seine Geliebte zu werden?«

»Das weiß ich nicht, wahrscheinlich müsst Ihr dann das Haus verlassen, aber warum wollt Ihr Euch ihm verweigern? Ihr sagtet, er gefällt Euch, ich rate Euch, seine Geliebte zu werden, dann habt Ihr keine Sorgen mehr.«

Margot betrachtete Henriette und fuhr zögernd fort. »Ich habe den Eindruck, dass Ihr auf mich nicht neidisch seid. Warum? Ihr seid zwar verlobt, doch wäre es nicht natürlich, dass eine Dienerin auf die andere Dienerin, die der Herzog zur Geliebten erwählt, eifersüchtig ist?«

»Ihr habt recht, von den Mägden in diesem Haus werden Euch viele beneiden. Ich gehöre nicht dazu, weil ich vor ungefähr zwei Jahren ein schreckliches Erlebnis hatte. Das Dorf, wo ich aufwuchs, gehört zu den Ländereien des Barons Baudricourt. Er ist der Stadthauptmann von Vaucouleurs und ein treuer Gefolgsmann des Herzogs. Vor einiger Zeit verlobte er sich mit einem Mädchen aus Domrémy, Nachfahrin der legendären Jeanne d'Arc.

Damals war meine beste Freundin seine Geliebte. Für ihn war es ein Zeitvertreib während des Frühlings. Meine Freundin liebte ihn aufrichtig und hoffte, dass er sie vielleicht doch eines Tages heiraten würde. Ich versuchte vergeblich, ihr diese Träumereien auszureden. Sie wurde schwanger, obwohl sie wusste, mit welchen Mitteln man eine Schwangerschaft verhindern kann.

Als sie Baudricourt sagte, dass sie ein Kind von ihm erwarte, trennte er sich von ihr und verbot ihr, sein Haus noch einmal zu betreten. Er gab ihr kein Geld, um ihren und des Kindes Lebensunterhalt zu sichern.

Meine Freundin konnte bei ihren Eltern leben, und es fand sich sogar ein Bauer, der bereit war, sie zu heiraten.

Sie trauerte dem Baron nach und ging eines Tages zum Schloss, um ihn zu sehen und mit ihm zu sprechen. Sie war bereits im sechsten oder siebten Monat und bewegte sich schwerfällig. Der Baron beobachtete von einem Fester aus, wie sie langsam auf das Schloss zuging. Er gab den Befehl, seine Bluthunde auf sie zu hetzen.« Henriette schwieg und begann zu weinen, bevor sie wieder die Kraft fand, weiterzusprechen.

»Was dann geschah, weiß ich nur von den Stallknechten: Die Hunde fielen über meine Freundin her und zerfleischten sie.«

Margot starrte Henriette an und spürte Angst in sich aufsteigen. »Ihr sagtet jedoch vorhin, dass die Aristokraten eine Geliebte gut versorgen, wenn sie ihrer überdrüssig sind.«

»Das ist die Regel, Baudricourt ist eine Ausnahme. Er war auch ein strenger Grundherr, wehe dem Bauern, der erwischt wurde, wenn er in den Wäldern ein Stück Wild erlegte.« Henriette wischte mit der Hand die Tränen weg. »Ich habe Euch erschreckt, das wollte ich nicht. Der Herzog würde nie so handeln wie der Baron, Ihr müsst keine Angst vor ihm haben.«

»Ich glaube Euch. Hat der Herzog jemals erfahren, was Baudricourt Eurer Freundin antat?«

»Das weiß ich nicht. Böhme erwähnte irgendwann, dass der Herzog sich nicht darum kümmert, wie seine Gefolgsleute ihre Leibeigenen behandeln.«

»Bitte geh nun, ich möchte allein sein.«

Nachdem Henriette fort war, versuchte Margot, ihre Gedanken zu ordnen: Mit welchen Worten konnte sie dem Herzog für die Blumen danken?

Als es Mitternacht schlug, schrieb sie:

›Ich sitze hier, betrachte Eure Rosen, atme den Duft ein und erinnere mich an Eure Worte: Die rote Rose symbolisiert die Kraft, Rot ist die Farbe der Liebe und des Lebens.

Ich danke Euch herzlich für das Blumengeschenk.

Margarethe Cauvin‹

Anschließend streute sie Sand über die Tinte. Morgen würde sie Henriette das Billet geben. Sie lag lange wach, dachte darüber nach, was Henriette ihr über die Geliebte Baudricourts gesagt hatte. Der Herzog war sicher ganz anders als dieser Schuft.

Endlich schlief sie ein, und als sie am anderen Morgen erwachte, erschien ihr Henriettes Erzählung wie ein böser Traum.

14. KAPITEL

NACH DEM FRÜHSTÜCK ging sie zu François. »Der Herzog wünscht, dass ich Euch heute jenen Teil des Parks zeige, der so angelegt wurde wie der Garten in Villandry.«

Sie gingen durch den Park bis zu einer Mauer. Dort öffnete François eine kleine Pforte und zeigte Margot den Garten, der vor ihnen lag.

»Dort ist der Gemüsegarten, die Gemüse sind farblich aufeinander abgestimmt: Zum Beispiel im Sommer blauer Lauch, roter Kohl, grünes Karottenkraut.

Rechts vom Gemüsegarten liegt der Heilkräutergarten, oberhalb davon seht Ihr den Ziergarten. Dort werden auf vier Beeten die verschiedenen Arten der Liebe dargestellt.«

In diesem Augenblick näherten sich Schritte, und Heinrich trat zu ihnen.

»Guten Morgen. François, *ich* werde Mademoiselle

Cauvin den Liebesgarten erklären. Ihr seht vier Beete: Auf einem Beet wird die tragische Liebe symbolisiert, daneben die unbeständige Liebe, dann die zärtliche Liebe und zuletzt die leidenschaftliche Liebe. Die Blumen sind so angebaut, dass sie die verschiedenen Liebesformen ausdrücken. Die tragische Liebe wird durch Schwerter und Dolchklingen dargestellt, die unbeständige Liebe durch Hörner, Fächer, Liebesbriefe, die zärtliche Liebe durch Herzen, Masken und Flammen, die leidenschaftliche Liebe durch ein Labyrinth deformierter Herzen.«

Er schwieg, und Margot betrachtete eine Weile staunend die Anordnung der Blumen.

»Welches Beet findet Ihr am schönsten?«, fragte Heinrich sie leise nach eine Weile.

»Sie gefallen mir alle sehr gut, die Darstellung der zärtlichen Liebe gefällt mir jedoch am besten. Wie kamt Ihr auf die Idee, einen solchen Garten anzulegen?«

»Während einer Reise in den Südwesten Frankreichs war ich Gast in Schloss Villandry. Der Hausherr zeigte mir voller Stolz den Garten, und ich war fasziniert von der Idee, den Gemüsegarten, den Kräutergarten und den Ziergarten auf einer Fläche anzulegen.

Leider ist das Grundstück hier nicht so groß, so konnte ich keinen Musik- und auch keinen Wassergarten anlegen, die in Villandry den Abschluss bilden.«

»Wo liegt Villandry?«

»Südwestlich von Tours. Das Schloss ist architektonisch nicht besonders interessant, ich meine, es bietet keine Besonderheiten wie einige der Königschlösser an der Loire. Ihr seid bestimmt auf Eurem Weg nach Paris entlang der Loire gereist. Habt Ihr die Schlösser gesehen?«

»Wir haben in Blois übernachtet. Das ist das einzige Schloss, das ich sah. Im oberen Stock gibt es eine Besonderheit: Ein langer dunkler Gang. Es wird erzählt, dass es in diesem Gang spuken soll. Ich glaube nicht an solches Gerede, aber es klingt geheimnisvoll.«

»Ein dunkler Gang? Ach, jetzt weiß ich, was Ihr meint. Vor vielen Jahren war das Schlafzimmer des Königs eine Bibliothek, und es kam vor, wenn der Rat tagte, dass ein Buch benötigt wurde, dann konnte man rasch durch den Gang zur Bibliothek gelangen. Dieser Gang ist finster, aber man nahm natürlich eine Lampe mit.

Da fällt mir ein Erlebnis aus meiner Kindheit ein. Der Herzog von Anjou und ich sind ungefähr gleichaltrig, als Kinder spielten wir oft zusammen, und Anjou hatte immer Angst, durch diesen Gang zu gehen.

Er war wissbegierig und hat fleißig gelernt. Wenn er nun ein Buch aus der Bibliothek wollte, hat er mich geschickt. Ich hatte nie Angst, durch den Gang zu gehen, und habe seine Furcht nicht verstanden.« Er lächelte Margot an. »Ich habe übrigens Euer Billett erhalten. Rot ist die Farbe der Liebe und die Rose ist die Blume der Liebe.«

»Das wundert mich, Rosen sind einzigartig und ihr Duft wunderbar, aber sie haben Dornen, die stechen, das passt nicht zur Liebe. Zwei Menschen, die sich aufrichtig lieben, können und wollen einander nicht verletzen.«

»Erlaubt, dass ich Euch widerspreche. Es kann durchaus zu Unstimmigkeiten kommen, vor allem, wenn die Partner sich länger kennen. Eifersucht zum Beispiel oder Streitereien über unwichtige Kleinigkeiten, Missverständnisse, aber wenn die Liebe aufrichtig ist, versöhnt man sich auch wieder.«

Sie schwiegen einen Augenblick, dann sagte Heinrich: »Bitte, setzt die Haube ab.«

Margot zögerte einige Sekunden, doch kam seinem Wunsch schließlich nach.

Heinrich strich mit der rechten Hand behutsam über die aufgesteckten Haare, und sie spürte, wie leise Schauer sie durchrieselten. »Ihr habt so glänzende seidige Haare, Ihr solltet sie nicht verstecken, ohne Haube seht Ihr noch reizender aus.«

»Ich bin nur eine Dienerin, und es ziemt sich nicht, dass ich die Haare nicht bedecke.«

»Ab heute zeigt Ihr Eure Haare, gewährt Ihr mir diese Bitte?«

»Ja, Herr Herzog.«

»Ich danke Euch, ich würde gerne weiter mit Euch plaudern, aber die Arbeit ruft. François wird Euch jetzt durch den Garten führen, Ihr könnt hier spazieren, wann immer Ihr wollt. François, die Demoiselle kann ab heute jeden Nachmittag verbringen, wie sie will.«

»Vielen Dank, Herr Herzog.«

Heinrich von Guise ging langsam zurück zum Palais, Er war sich sicher, dass sie sich in ihn verguckt hatte. Er würde ihr ein Billett senden und sie bitten, ihn auf einem Spaziergang durch den Park zu begleiten.

›Das ist die beste Gelegenheit, um ihr zu gestehen, dass ich in sie verliebt bin. Was könnte ich ihr schenken? Irgendein Flitterkram passt nicht zu ihr, ein Stundenbuch wäre ein Geschenk oder ein Rosenkranz, ja, das ist einerseits kein Tand und andererseits nicht zu protzig und kostbar.‹

Während sie den Gärtner zu dem Gemüsegarten begleitete und er ihr die Anordnung der Gemüse erklärte, überlegte sie, wie es mit ihr und dem Herzog weitergehen würde. Sie zuckte zusammen, als sie Schritte hörte, drehte sich um und sah Carlo auf sie zueilen.

»François, entschuldige die Störung, aber ich muss dir die Demoiselle entführen. Mademoiselle Cauvin, Ihr müsst mir helfen. Der Herzog wünscht zum Mittagessen einen Kapaun, aber er wünscht eine raffinierte Zubereitung. Am Spieß gedrehtes Fleisch schmeckt angeblich langweilig. Ihr erwähntet, dass Ihr eine andere Zubereitung kennt. Könnt Ihr mir das Rezept geben?«

»Selbstverständlich«, und zu François, »darf ich?«

»Ja, die Wünsche des Herzogs sind uns Befehl.«

Sie bereitete zusammen mit Carlo den Kapaun zu und instruierte ihn, was zu tun war. »Kapaun in Soße. Kocht Eure Kapaune in Wasser und Rotwein, entbeint sie und bratet sie in Schweineschmalz, zerdrückt dann das Fleisch Eurer Kapaune ebenso wie ihre Leber zusammen mit Mandeln, gießt mit Brühe auf und bringt alles zum Kochen. Nehmt Ingwer, Zimt, Nelken, Galgant, langen Pfeffer und Paradieskörner, löst sie mit Essig auf, gebt das zur Brühe und bringt alles zum Kochen. Kurz bevor Ihr auftragt, gebt Euer Fleisch in die Schüsseln und gießt die Soße darüber.«

Carlo bemühte sich, den Anordnungen Margots möglichst genau Folge zu leisten. Nach dem Essen betrat der Diener die Küche und sagte ihm: »Der Herzog war begeistert von dem Kapaun, er möchte Euch persönlich danken, kommt.«

»Der Dank gebührt Euch, Mademoiselle. Ihr müsst mich begleiten.«

Heinrich sah erstaunt auf, als Carlo in Begleitung Margots den Saal betrat. Der Küchenmeister verbeugte sich.

»Herr Herzog, ich freue mich, dass Euch der Kapaun gemundet hat. Allerdings habe nicht ich ihn zubereitet, sondern Demoiselle Cauvin. Sie kennt dieses Rezept.«

»Wieso kennt Ihr diese köstliche Art der Zubereitung?«, wollte Heinrich von Margot wissen.

»Ich besitze ein Rezeptbuch.«

»Carlo, Ihr könnt lesen und schreiben, seht Euch die Rezepte an und schreibt die ab, die ausgefallen sind. Ihr könnt jetzt gehen.«

Während Carlo erleichtert den Saal verließ und Gott dankte, dass er seine Stellung nicht verloren hatte, wies Heinrich auf den Stuhl neben sich. »Leistet mir einen Augenblick Gesellschaft.«

Ein Diener betrat den Saal und stellte die Zwischengerichte auf die Tafel: eine aromatisch duftende Kräutertorte, dampfende Weizengrütze und Fleisch in Gelee. Er verließ wieder den Saal und kehrte mit einem Gedeck für Margot zurück. Er stellte einen Silberteller und ein Kristallglas vor sie, legte ein silbernes Besteck dazu und eine weiße Damastserviette.

Heinrich goss Rotwein in das Glas und reichte es Margot. »Auf Eure Kochkunst, Mademoiselle Cauvin.«

»Auf Euer Wohl, Herr Herzog. Was für ein schönes Glas, es ist einzigartig geschliffen, ich erkenne Blumen und Girlanden, und der Wein funkelt wie ein Rubin.«

»Es ist böhmisches Glas, Böhmen ist berühmt für die Glasbläserkunst. Ihr werdet hungrig sein, bedient Euch. Die Weizengrütze ist keine süße Speise, Carlo bereitet sie immer mit Fleischbrühe zu, und das Fleisch in Gelee besteht aus mehreren Fleischsorten. Carlo verwendet meistens Kalbshaxe, Schweinefleisch, ein Kaninchen und ein Huhn.«

»Wie kommt es«, fragte Margot erstaunt, »dass Ihr wisst, wie Carlo die Speisen zubereitet?«

»Ich esse gern gut und möchte wissen, was ich esse. Bedient Euch. Probiert die Weizengrütze und das Fleisch. Carlo hat sich selbst übertroffen.«

»Vielen Dank, Herr Herzog, aber ich bin es nicht gewöhnt, so viel zu essen.«

Er sah sie erstaunt an. Andere Mädchen hätten es nicht gewagt, seiner Aufforderung, Gerichte seiner Tafel zu probieren, abzulehnen. »Wie kommt es, dass Ihr kochen könnt? Das ist merkwürdig für ein Mädchen Eurer Herkunft. Gewöhnlich gibt es im Haus von gebildeten Bürgern genügend Dienerschaft für diese Arbeiten.«

»Im Haus meines Vaters gab es nur eine Dienerin, und nach dem Tod meiner Mutter lehrte sie mich alle Hausarbeiten. Das war ein Wunsch meines Vaters.«

»Nur eine Dienerin?«

»Mein Vater verdiente als Anwalt nicht viel Geld, um mehrere Diener zu beschäftigen. Er wusste, dass er mir keine große Mitgift würde geben können, um so reich zu heiraten, dass ich eine Dienerschaft haben würde.«

»Ihr habt eine gute Erziehung genossen, ich meine damit, Ihr habt viel gelernt. Könnt Ihr Schach spielen?« Heinrich glaubte es zwar nicht, aber erhoffte sich so die Möglichkeit, weiter mit ihr ins Gespräch zu kommen.

»Ja, mein Vater hat es mir beigebracht.«

»Hättet Ihr Lust, heute Abend eine Partie mit mir zu spielen?«

»Ja, Herr Herzog, es ist eine Ehre für mich.«

»Gut, ich erwarte Euch um neun Uhr in der Halle.«

In diesem Augenblick betrat Böhme den Saal, ging zu Heinrich und sagte leise einige Worte, die Margot nicht verstand.

»Er soll einen Augenblick warten, Böhme. Ich habe die Demoiselle heute Abend zu einer Partie Schach eingeladen.«

»Viel Glück«, meinte Böhme, »der Herzog ist ein starker Gegner. Er hat bisher alle Partien gewonnen.«

»Es stört mich nicht, wenn ich verliere, mein Vater hat auch immer alle Partien gewonnen. Ihr müsst mir heute kein Mittagessen mehr bringen.«

Böhme betrachtete das zweite Gedeck auf der Tafel. Allmählich wurde die Beziehung zwischen ihr und dem Herzog interessant. »Wie Ihr wünscht, Mademoiselle.«

Als sie durch den Vorsaal ging, sah sie einen Mann mit dem Rücken zu ihr in einer Fensternische stehen. Nanu, dachte sie, das war doch dieser Maurevert. Er war am Tag ihrer Ankunft schon beim Herzog, um etwas zu besprechen.

Worüber mochten sie reden? Er wirkte irgendwie geheimnisvoll.

In ihrem Zimmer sah sie sich unschlüssig um.

Wie verbringe ich den Nachmittag? Auf ein Buch kann ich mich jetzt nicht konzentrieren, ich werde mir den Liebesgarten noch einmal in Ruhe ansehen.

Als es anfing, kühl zu werden, ging sie zurück in ihr Zimmer, zog das weiße Leinenkleid aus und überlegte, welches der Taftkleider sie am Abend tragen könnte.

Rot kleidete sie am besten. Sie zog das blutrote Kleid an und betrachtete sich im Spiegel. Sie strich mit der rechten Hand über ihre makellose weiße Haut.

In diesem Augenblick erschien Böhme mit dem Abendessen. »Ihr seht wunderbar aus in diesem Kleid. Wenn der Herzog Euch sieht, ist er vielleicht so gebannt, dass Ihr die Schachpartie gewinnen werdet.«

»Es ist unwichtig, ob ich gewinne oder verliere. Ihr kennt den Herzog gut: Angenommen, ich gewinne die Partie, wie wird er reagieren? Er verliert nicht gegen einen Mann, sondern gegen eine Frau. Wird ihn das nicht verletzen?«

»Nein, seid unbesorgt, der Herzog war schon als Kind von starken Frauen umgeben, von seiner Mutter, seiner Großmutter und auch der Königinmutter. Er wird es Euch nicht verübeln, wenn Ihr gewinnt. Ich wünsche Euch viel Glück.«

Margot betrachtete die von Böhme gebrachten Speisen: Gemüsesuppe, Bohnenpüree, Aaltorte, Kalbsragout, den Pudding mit Trockenfrüchten, das Apfelkonfekt und spürte, dass ihr Magen wie zugeschnürt war.

Sie durfte Carlo nicht beleidigen und musste wenigstens etwas probieren. Sie aß etwas Ragout und läutete dann nach Henriette.

»Mademoiselle, schmeckt es Euch nicht? Ihr habt kaum etwas zu euch genommen.«

»Ich habe keinen Hunger. Ich bin ein wenig aufgeregt, wisst Ihr.«

Sie nahm die silbernen Kämme ihrer Mutter und reichte sie Henriette. Die Dienerin löste die aufgesteckten Haare, flocht sie ineinander, legte sie um den Kopf und befestigte sie mit den Kämmen. Dann trat sie einen Schritt zurück und betrachtete Margot. »Dazu habt Ihr keinen Grund, Ihr seht wundervoll aus, der Herzog wird entzückt sein. Ich wünsche Euch viel Glück und Spaß bei dem Spiel, damit meine ich nicht nur das Schachspiel.«

»Das andere Spiel«, meinte sie ernst, »das Ihr meint, nun, ich spüre, dass es noch nicht so weit ist.«

Die Uhr begann die volle Stunde zu schlagen, und als sie die Halle betrat, verklang der letzte Ton. Margot hatte noch überlegt, ob sie etwas von dem Schmuck ihrer Mutter anlegen sollte, diesen Gedanken aber wieder verworfen. In diesem Augenblick kam der Herzog und ging zu ihr.

»Ich freue mich, dass Ihr pünktlich seid, als Soldat lege ich Wert darauf. Es gibt Frauen, die mit ihrer Toilette nicht fertig werden, und man wartet und wartet.«

Er betrachtete sie, und sie freute sich über die Bewunderung in seinen Augen. Sie gingen zu einem Schachtisch, der vor dem Kamin stand, in dem ein Feuer loderte.

»In der Halle ist es auch an warmen Abenden kühl, deswegen brennt hier immer ein Feuer, setzt Euch hier hin.«

Margot nahm Platz und sah erstaunt, dass vor ihr die weißen Schachfiguren standen. »Herr Herzog, ist es nicht üblich, dass man auslost, wer welche Farbe bekommt?«

»Ja, aber Ihr seid mein Gast, und dem Gast soll man einen kleinen Vorteil gewähren. Wer die Partie eröffnet, ist im Vorteil.«

»Vielen Dank.«

Auf einem kleinen Tisch standen eine Kristallkaraffe mit Rotwein und zwei silberne Becher. Heinrich goss ein und reichte Margot einen Becher.

»Auf Euer Wohl, ich hoffe, Ihr mögt italienischen Wein. Dieser wird auf den Hügeln um Florenz angebaut. Die Königinmutter schenkte mir vor Jahren einige Fässer davon.«

»Auf Euer Wohl, Herr Herzog.« Sie nippte daran. »Er

schmeckt so samtig und vollmundig, der Wein in Navarra schmeckt immer herb. Ihr müsst ein gutes Verhältnis zur Königinmutter haben, wenn sie Euch derart zugetan ist.«

»Wie man es nimmt.« Heinrich lächelte. »Wir misstrauen einander, aber wir respektieren uns. Das ist viel wert. Gewiss, es gibt hin und wieder Streitigkeiten, aber die Königinmutter ist eine kluge Frau, sie weiß, wie wichtig unsere Familie für Frankreich ist.«

Margot dachte an die Liebesgeschichte zwischen dem Herzog und der Prinzessin und beglückwünschte sich, dass sie nicht an einem Hof lebte, wo es bestimmt viele Intrigen und wahrscheinlich auch Verrat gab.

Sie sah auf das Schachbrett und schob zögernd einen Bauern nach vorn.

Unterdessen saß die Dienerschaft in der Küche beim Abendessen und hörte begierig, was Henriette zu berichten wusste.

»Sie spielen jetzt Schach in der Halle. Sie sieht hinreißend aus, sie ist sehr aufgeregt und hat kaum etwas gegessen.«

»Ich finde die Demoiselle reizend«, sagte François, »aber irgendetwas stimmt nicht. Auf Befehl des Herzogs soll sie mich im Garten nur begleiten, aber nicht arbeiten. Ich verstehe, dass er sie zu seiner Geliebten machen will. Warum aber wird sie hier als Dienerin eingeführt und hat vom ersten Tag an eine Sonderstellung?« Er sah Böhme an. »Du genießt das volle Vertrauen des Herzogs, du weißt bestimmt mehr als wir.«

Böhme sah unwillig von seinem Teller auf. »Ich weiß nicht mehr als ihr, aber bedenkt, der Herzog ist ein Mann von Welt, er will die Demoiselle wahrscheinlich langsam erobern, er zwingt eine Frau nicht zur Hingabe, wenn sie es nicht will. Deswegen hat er sie zwar als Dienerin eingestellt, aber nur der Form halber. Wenn sie nicht will, ist es für ihn einfacher, sich von einer Dienerin zu trennen.«

»Rede keinen Unsinn, Böhme, für ein einfaches Mädchen ist es doch eine Ehre, die Geliebte des Herzogs von Guise zu sein. Bei einem Mädchen aus dem Volk ist doch keine Eroberung notwendig. Diese Mädchen geben sich von selbst hin, schon wegen der materiellen Vorteile, und wenn der Herzog sie wegschickt, weil er ihrer überdrüssig ist, so bekommen sie eine ansehnliche Summe als Abfindung.«

»Du redest immer von einem einfachen Mädchen«, rief Henriette, »aber ich glaube nicht, dass sie von einfacher Herkunft ist. Die silbernen Kämme, das Kleid, das sie heute trug, außerdem kann sie Lesen, Schreiben und Rechnen, auf ihrem Tisch liegen verschiedene Bücher, und sie besitzt auch etwas Geld, irgendetwas stimmt nicht.«

»Der Herzog wird seine Gründe haben, warum er sie als Dienerin eingestellt hat. Ich möchte jetzt nicht weiter über diese Angelegenheit reden«, ging Böhme laut dazwischen, »und ich möchte auch nicht, dass in der Nachbarschaft von euch etwas über die Anwesenheit dieses Mädchens im Haus erzählt wird.«

Henriette lächelte Böhme spöttisch an. »Du weißt mehr, als du uns erzählen willst, aber du musst wahrscheinlich auf Befehl des Herzogs schweigen. Im Übrigen werde ich merken, wann sie seine Geliebte wird.« Sie sah sich in der Runde um. »Ich finde die Demoiselle Cauvin ist ein sehr sympathischer Mensch. Die Tatsache, dass sie hier im Haus eine besondere Stellung als Dienerin hat, die Annehmlichkeiten, die ihr auf Befehl des Herzogs gewährt werden, sind ihr bisher noch nicht zu Kopf gestiegen. Sie ist bescheiden und behandelt mich sehr liebenswürdig und rücksichtsvoll.«

»Ich bin deiner Meinung«, erwiderte Böhme.

In der Halle saßen Margot und Heinrich und betrachteten die Schachfiguren.

Nach einer Weile nahm Margot einen Springer, und als sie ihn setzen wollte, warnte Heinrich sie: »Überlegt diesen Zug gut, wenn Ihr den Springer dorthin setzt, kann ich Eure Dame nehmen.«

Margot betrachtete das Feld. Er hatte recht. Sie konnte sich heute nicht auf das Spiel konzentrieren.

»Vielen Dank.« Daraufhin bewegte sie einen der Türme.

Heinrich beobachtete sie amüsiert. Sie war nicht bei der Sache, woran dachte sie? Er würde auf Remis spielen, um ihr zu schmeicheln.

Das Spiel nahm seinen Lauf. Margot hatte nur noch ihren König. Heinrich setzte seinen Turm nun so, dass Margot ihren König nicht mehr bewegen konnte, aber nicht im Schach stand.

»Remis!«, rief Heinrich aus. »Das habe ich noch nie erlebt, dass einer meiner Schachpartien unentschieden ausging. Mein Kompliment, Mademoiselle Cauvin, Ihr seid eine gute Spielerin.«

»Das weiß ich nicht. Ohne Euren Hinweis vorhin hätte ich das Spiel verloren.«

»Ich spiele gern mit Euch, allerdings erfordert das Schachspiel die ganze Konzentration, man kann sich dabei nicht unterhalten. Das ist bei Kartenspielen anders. Welche Kartenspiele kennt Ihr?«

Margot erschrak. »Es tut mir leid, Herr Herzog, aber ich habe kein Kartenspiel gelernt. Ich wurde auch nicht im Tanz unterrichtet, und in meinem Elternhaus wurden nur geistliche Lieder gesungen.«

Heinrich beugte sich vor und sah Margot erstaunt an. »Wie bitte? Ihr könnt nicht tanzen? Ich hatte mich schon darauf gefreut, beim Sommerfest die Volta mit Euch zu tanzen. Wenn ich nicht wüsste, dass Ihr Katholikin seid, würde ich Euch für eine Hugenottin halten. Bei den Protestanten ist dies alles verboten. Ihr habt eine merkwürdige Erziehung genossen.«

»Herr Herzog, bedenkt, dass ich in Navarra lebte. Mein Vater wollte nicht, dass wir unangenehm auffielen. Deswegen passte er sich schweren Herzens den Sitten der Protestanten an.«

»Das ist natürlich eine Erklärung für Eure Erziehung.«

»Herr Herzog, Kartenspiele, weltliche Lieder, Tänze, das alles kann man lernen, und ich lerne gern.«

»Gewiss, aber es geht nicht darum, dass Ihr diese Dinge lernt. Ihr müsst auch Freude dabei empfinden. Wenn Ihr zum Beispiel die Volta tanzt, dürft Ihr innerlich nicht denken, dass es Sünde sei.«

»Sünden kann man beichten, man empfängt die Absolution, betet einen Rosenkranz, und dann ist alles wieder in Ordnung.«

»Alles, was im protestantischen Glauben verboten ist, das sind keine Sünden. Man sündigt, wenn man lügt, betrügt, stiehlt, die Ehe bricht, einen Mord begeht, ich übertreibe jetzt. Durch Eure Erziehung habt Ihr verinnerlicht, dass es Sünde ist zu tanzen, weltliche Lieder zu singen, Glücksspiele zu spielen.«

Er hielt inne und dachte:

›Sie passt nicht zu mir, sie ist zu ernst, ich muss es ihr sagen, bevor wir beide uns in etwas verstricken. Sie will mir gefallen, das spüre ich. Und wann will eine Frau einem Mann gefallen? Wenn sie sich in ihn verliebt hat.

Das ist jetzt eine fatale Situation: Sie ist in mich verliebt, und ich begehre sie. Aber sie passt nicht zu mir, so wie die Prinzessin zu mir passte.‹

»Ich will offen zu Euch sein. Aus einem bestimmten Grund war ich interessiert an Euch und wollte Euch näher kennenlernen, ich wollte wissen, ob Ihr zu mir passt. Aber … ich habe Euch noch nie lachen sehen, um ein Beispiel zu nennen. Ihr seid so ernst. Es wird für uns keine gemeinsame Zukunft geben. Es tut mir leid, dass ich Euch das sagen muss.«

Margot erschrak: Wollte er mich vielleicht heiraten? Er war ein Herzog, sein Stand war weit über ihrem Stand, allerdings, Armand war auch ein Aristokrat und wollte sie heiraten. Sie spürte, dass Tränen aufstiegen, und unterdrückte sie. Sie musste jetzt Haltung bewahren.

»Herr Herzog, es tut mir leid, dass ich Euch enttäuscht habe. Ihr findet mich zu ernst. Nach dem Tod meines Vaters war das Leben nicht einfach für mich.«

»Das verstehe ich, aber ich glaube, Ihr seid von Natur aus so veranlagt.«

»Das weiß ich nicht, aber Ihr spracht davon, dass Ihr an eine gemeinsame Zukunft dachtet. Wie soll ich das verstehen?«

»Ich wollte Euch mit nach Lothringen nehmen und dort mit Euch leben.«

Er wollte mich heiraten, und jetzt?

In diesem Augenblick war es mit ihrer Beherrschung vorbei, und sie begann leise zu weinen.

Heinrich sah sie bestürzt an. »Beruhigt Euch, ich wollte Euch nicht verletzen.«

»Ich kann nicht länger hier bleiben, ich werde Euer Haus morgen verlassen.«

»Nein, das geht nicht, wo wollt Ihr hin? Ihr suchtet eine Stellung und Ihr bleibt hier, bis ich eine Lösung gefunden habe.«

Er hatte recht, wo sollte sie hin? »Danke, ich wünsche Euch angenehme Ruhe.« Sie ging zur Treppe und schritt langsam die Stufen empor.

Heinrich sah ihr nach und spürte plötzlich ein unbändiges Begehren in sich. Er musste sie besitzen. Er eilte die Treppe hinauf: »Margot!«

Sie blieb stehen, wandte sich um und sah ihn fragend an.

Er ging zu ihr, legte den Arm um sie und führte sie nach oben. »Margot, vergiss, was ich vorhin sagte, die Wahrheit ist, ich bin in dich verliebt, ich verliebte mich in dich, als ich dich zum ersten Mal sah.«

In diesem Augenblick fühlte sie sich glücklich wie noch nie zuvor in ihrem Leben. Sie lächelte ihn an. »Heinrich, jetzt kann ich es dir sagen: Auch ich verliebte mich in dich, als ich dich das erste Mal sah.«

Er hob ihr Gesicht an und küsste sie sanft auf die Lippen.

»Es wird alles gut werden, schlafe jetzt und mache dir keine Gedanken über die Zukunft. Du kannst ab heute jeden Tag verbringen, wie du willst.«

15. KAPITEL

Als Margot am nächsten Morgen erwachte, fühlte sie sich glücklich. Sie stand auf, trat an das Fenster, sah hinunter in den Hof zu dem Springbrunnen und überlegte, wie sie ab jetzt die Tage verbringen könnte.

Sie beschloss, am Vormittag Vokabeln und Grammatik in den fremden Sprachen zu wiederholen sowie die Heiligentage auswendig zu lernen. Am Nachmittag würde sie dann im Liebesgarten auf Heinrich warten.

Henriette betrat das Zimmer. »Guten Morgen, Mademoiselle Cauvin, Ihr seid schon aufgestanden?«

»Henriette, ab heute müsst Ihr mich nicht mehr wecken, der Herzog sagte gestern zu mir, ich könne die Tage so verbringen, wie es mir beliebt. Ich muss ab heute nicht mehr arbeiten.«

»Ich freue mich, ab jetzt beginnt für Euch ein Leben ohne materielle Sorgen.«

»Warum ist es für Euch und die anderen so interessant, ob und wann ich die Geliebte des Herzogs werde?«

»Warum? Unser Leben hier ist eintönig, und die Menschen tratschen nun mal gern. Außerdem ist es immer spannend, eine Liebesgeschichte zu beobachten.«

»Ihr habt recht. Gleichviel, für mich ist es ungewohnt. Könnt Ihr Volta tanzen?«

»Selbstverständlich, alle jungen Leute lieben die Volta. Der Tanz gilt zwar als unmoralisch und unsittlich, aber das erhöht seinen Reiz.«

»Zeigt mir bitte die Schritte.«

»Es ist ganz einfach: Ihr müsst aufstehen und Euch mir gegenüberstellen.«

Sie nahm Margots Hände und hüpfte mit ihr ein paar Schritte nach rechts, dann ein paar Schritte nach links, wieder nach rechts, blieb stehen und tat so, als wollte sie Margot in die Höhe heben.

»Euer Tanzpartner hebt Euch hoch, wirbelt Euch durch die Luft und setzt Euch wieder ab. Ihr hüpft mit ihm wieder nach rechts und links, er hebt Euch wieder hoch, und so geht es etliche Male, das ist alles.«

»Aha.« Sie versuchte sich vorzustellen, wie der Herzog sie hochheben würde. »Warum ist dieser Tanz unmoralisch?«

»Es ist ein Paartanz. Außerdem fliegen bei diesem Tanz die Kleider hoch, und man kann die Beine sehen.«

Nach dem Frühstück lernte sie und horchte hin und wieder, ob sich nicht Schritte der Tür näherten, aber es blieb alles ruhig.

Dann brachte Böhme ihr das Mittagessen. »In der Küche redet man nur noch über Euer Schachspiel mit dem Herzog, und man schließt Wetten ab, wann Ihr seine Geliebte werdet.«

»Ich habe mich inzwischen damit abgefunden, dass über mich geredet wird. Wisst Ihr, ob es Kartenspiele gibt, die der Herzog am liebsten spielt?«

»Da fällt mir nur Minchiate ein. Die Königinmutter hat es seinerzeit aus Florenz am französischen Hof eingeführt. Ihr werdet es wahrscheinlich nicht kennen.«

»Das ist richtig. Beherrscht Ihr das Spiel?«

»Nein, aber ich kann Euch die Karten bis zum Abend besorgen und auch die Spielregeln. Dann könnt Ihr es Euch selbst beibringen.«

»Das wäre wunderbar, vielen Dank.«

Nach dem Mittagessen ging sie nachdenklich auf und ab.

›Wie lange wird es dauern, bis ich Heinrichs Geliebte bin? Einige Tage oder Wochen? Wenn ich es werde, muss ich damit rechnen, dass ich schwanger werde. Will ich das? Wie würde er reagieren, wenn ich ein Kind erwarte? Würde er mich heiraten? Wahrscheinlich nicht. Also muss ich versuchen, eine Empfängnis zu verhindern.‹

Sie öffnete die Truhe und suchte das Kräutersäckchen. Die Kräuter würden sie vor einer Schwangerschaft schützen, vorausgesetzt, sie wüsste den Zeitpunkt der ersten gemeinsamen Nacht.

Am Nachmittag ging sie in den Liebesgarten und trat zu dem Beet, wo die zärtliche Liebe dargestellt war.

Sie betrachtete die Buchsbaumreihen, die Herzen darstellten. In der Mitte des Beetes waren die Blumen zu Masken geformt, und sie erinnerte sich, dass ihre Mutter ihr erzählt hatte, dass man sich auf Bällen Masken vor die Augen hielt, die es erlaubten, zwanglose Liebesgespräche zu führen.

Sie ging zum nächsten Beet, wo die leidenschaftliche Liebe dargestellt war. Auch hier waren die Buchsbaumreihen zu Herzen geformt, aber sie waren ineinander verschlungen, eine Art Labyrinth verschlungener Herzen.

Margot stand lange davor, und plötzlich fand sie diese Darstellung der Liebe aufregender. Sie dachte an Armand und Heinrich.

›Die zärtliche Liebe passt zu Armand, aber sie ist nach einiger Zeit wahrscheinlich langweilig. Zu Heinrich passt die leidenschaftliche Liebe. Und zu mir?

Ich liebe Heinrich, und zwar leidenschaftlich. Ich möchte den ganzen Tag in seiner Nähe verbringen, an seinem Leben teilnehmen, ich möchte die Nächte bei ihm sein. Er hat mich geküsst und seine Liebe gestanden. Er hat Sehnsucht nach mir und wird mich sicherlich bitten, ihm am Abend Gesellschaft zu leisten.‹

Sie ging zu einer Steinbank, setzte sich, betrachtete die beiden Beete und merkte, dass sie schläfrig wurde. In diesem Augenblick betrat Heinrich den Garten, kam zu ihr und setzte sich neben sie.

»Wie hast du den Vormittag verbracht?«

»Henriette hat mir gezeigt, wie man die Volta tanzt. Auch wird Böhme mir das Kartenspiel Minchiate besorgen und die Spielregeln, dann kann ich mir das Spiel beibringen, und wir können uns den Abend mit Minchiate vertreiben.«

Heinrich legte den Arm um sie, zog sie an sich und sagte leise: »Wir können uns den Abend auch anders vertreiben.«

Sie erschrak und wusste nicht, was sie antworten sollte, daher wechselte sie das Thema. »Ich habe mir noch einmal die Beete der zärtlichen und der leidenschaftlichen Liebe angesehen. Die leidenschaftliche Liebe gefällt mir jetzt viel besser als die zärtliche.«

»Warum?«

»Ich glaube, die zärtliche Liebe ist langweilig, die leidenschaftliche hingegen ist aufregend.«

Er schwieg eine Weile, bevor er ernst antwortete: »Eine leidenschaftliche Liebe dauert manchmal nur kurz, doch sie kann auch lange dauern, und dann kann sie schmerzhaft werden.«

»Das verstehe ich nicht.«

»Ein Paar empfindet leidenschaftliche Liebe füreinander, sie verbringen Tag und Nacht zusammen, plötzlich kühlt die Leidenschaft eines Partners sich ab, die

Gefühle des anderen hingegen verändern sich nicht. Das ist schmerzlich, nicht wahr?«

Margot sah ihn unsicher an. »Wie kommt es, dass eine leidenschaftliche Liebe abkühlt?«

»Es gibt unzählige Gründe: Langeweile, man entdeckt vielleicht Gewohnheiten beim anderen, die man nicht ertragen kann, wer weiß.«

»Du meinst, eine leidenschaftliche Liebe ist keine wahre Liebe?«

»Nicht unbedingt, aber die Menschen können nicht ein Leben lang im Rausch der Gefühle leben. Um auf unser Paar zurückzukommen: Derjenige, der sich in seiner Leidenschaft verstrickt, wird irgendwann unglücklich werden, und wenn er merkt, dass der Partner für immer verloren ist, muss er damit fertig werden.« Er stand auf. »Die Arbeit ruft.«

»Willst du schon gehen? Sehen wir uns am Abend?«

»Ich weiß es noch nicht.«

»Bekomme ich keinen Kuss?«

Er wandte sich wortlos um und verließ den Garten.

Margot sah ihm nach, spürte Enttäuschung und Angst, ihn zu verlieren. Sie begann zu weinen – und erwachte. Sie schlug die Augen auf und sah sich um. Es war nur ein böser Traum gewesen.

Als Böhme das Abendessen und das Kartenspiel brachte, überlegte Margot, ob sie ihn nach dem Herzog fragen sollte, unterließ es aber, weil er nicht den Eindruck gewinnen sollte, dass sie Heinrich nachlief.

»Wie viel habt Ihr für das Spiel bezahlt?«

»Nichts. Der Jude, bei dem ich war, gab es mir kostenlos, er hat auch die Spielregeln aufgeschrieben.«

»Vielen Dank für Eure Mühe. Wie kommt es, dass der Jude kein Geld haben wollte? Das ist ungewöhnlich.«

Böhme begann zu lachen. »Der Jude wollte kein Geld, weil angeblich ein Fluch auf diesem Spiel lastet.«

»Ein Fluch? Das ist Hokuspokus. Allerdings ist es schon merkwürdig, dass er es Euch schenkte.«

Später legte sie die Karten nebeneinander. Es waren 78 Karten, und auf ihnen waren Personen oder Objekte abgebildet: Kaiser, Kaiserin, Papst, der Gehenkte, Sonne, Mond, Sterne, ein Haus. Margot vertiefte sich in die Spielregeln und wusste nach einiger Zeit, dass sie es wagen konnte, mit Heinrich Minchiate zu spielen.

Es war unwichtig, ob sie gewänne oder verlöre, es war ein Glücksspiel.

Sie dachte an den Fluch, verspürte ein leichtes Unbehagen und verdrängte die Worte des Juden.

Als sie am nächsten Morgen erwachte, war ihr erster Gedanke, dass sie Heinrich an diesem Tag irgendwann sehen würde.

›Vielleicht hatte er gestern viel Arbeit, musste Korrespondenz erledigen, aber er hätte mir doch ein Billett schicken und mitteilen können, dass er keine Zeit hat. Bereut er den Kuss und sein Liebesgeständnis? Er sagte, dass ich nicht zu ihm passe, weil ich zu ernst sei. Was mache ich nur, wie soll ich mich verhalten? Ob ich Böhme frage, wo der Herzog ist? Nein, das verbietet mein Stolz.‹

Irgendwann kam Böhme mit dem Essen. »Carlo hat heute frische Seezungen gekauft, das ist ein besonders delikater Fisch, der nur für die Tafel des Herzogs zubereitet wird. Carlo meinte, da Ihr Spargel essen dürft, kann er für Euch auch eine Seezunge braten.«

»Ich vergaß, dass heute Freitag ist.« Sie betrachtete den Fisch, der würzig duftete, und die anderen Fastenspeisen: Kichererbsensuppe, grüner Porree, Fisch in Gelee, Pudding mit Trockenfrüchten, Apfelkonfekt.

»Es ist sehr aufmerksam von Carlo, dass er für mich Gerichte bereitet, die nur für die Tafel des Herzogs bestimmt sind. Ich habe aber überhaupt keinen Appetit. Ihr könnt die Speisen wieder in die Küche bringen.«

»Mademoiselle, es geht mich nichts an, aber ich kann mir vorstellen, wie Ihr Euch fühlt. Ihr habt den Herzog jetzt zwei Tage nicht gesehen, aber ich kenne ihn, und ich sage Euch, dass Ihr Euch keine Sorgen machen müsst. Seid guten Mutes und esst, sonst werdet Ihr noch krank.«

Sie sah Böhme erstaunt an und erwiderte zögernd: »Ich glaube Euch, da Ihr den Herzog schon lange kennt. Sagt Carlo, dass ich ihm für den Fisch danke und seine Aufmerksamkeit zu schätzen weiß.«

Böhmes Worte waren ein Silberstreif am Horizont. Wollte er andeuten, dass sie den Herzog morgen sähe?

›Ich soll mir keine Sorgen machen. Warum hat Heinrich dann nicht wenigstens ein Billett geschickt und mir mitgeteilt, wann wir uns wieder sehen werden? Ich muss mit Henriette über meine Situation sprechen. Eine Frau kann das Verhalten des Herzogs wahrscheinlich besser beurteilen als ein Mann wie Böhme.‹

Sie läutete und als Henriette kam, wies sie auf einen Stuhl. »Setzt Euch, ich muss etwas mit Euch besprechen. Ich habe den Herzog zwei Tage lang nicht gesehen und weiß nicht, was ich davon halten soll. Er hat mir auch kein Billett geschickt. Böhme sagte vorhin, ich solle mir keine Sorgen machen, was meint Ihr dazu?«

»Ich kenne den Herzog nicht so gut wie Böhme. Ich vermute, dass der Herzog Euch Zeit geben will, um Euch darüber klar zu werden, was Ihr für ihn empfindet. Seht es als ein Zeichen, wie sehr er Euch achtet, Ihr bedeutet ihm mehr als ein flüchtiges Liebesabenteuer. Ihr habt wahrscheinlich während der letzten zwei Tage gedacht, er habe kein Interesse mehr an Euch, ich glaube, das Gegenteil ist der Fall. Wartet in Ruhe ab.«

»Ich danke Euch.« Margot atmete erleichtert auf. »Es tut gut, wenn man mit einem Menschen über die Sorgen sprechen kann, die man empfindet.«

16. KAPITEL

AM DARAUFFOLGENDEN TAG ging Heinrich von Guise in seinem Schlafzimmer auf und ab und dachte über sein Verhältnis zu Margot nach.

›Ich bin in sie verliebt, sehr verliebt sogar, ich begehre sie, aber ich weiß auch, dass unserer Beziehung keine Dauer beschieden ist, weil ich nach wie vor nur die Prinzessin Margarethe liebe.

Margot soll mich von der Prinzessin ablenken, wird sie das?

Werde ich sie nicht, wenn sie in meinen Armen liegt, in Gedanken mit der Prinzessin betrügen? Andererseits habe ich körperliche Sehnsucht nach diesem Mädchen, und ihre Gesellschaft ist angenehm. Sie wird enttäuscht sein, wenn ich sie irgendwann verlasse. Sie weiß aber auch um den Standesunterschied und kann nicht erwarten, dass ich sie heirate.

Sie suchte in Paris nach einer Stellung, um Geld zu verdienen. Ein Zufall führte sie in mein Haus. Sie wird dieses Haus wohlhabender verlassen, als sie es je erträumt hat. Ich werde ihr so viel Geld geben, dass sie sich mit einem reichen Mann vermählen kann. Und wenn sie schwanger wird, suche ich einen Mann für sie, der bereit ist, das Kind als seines anzuerkennen. Sie wird kein uneheliches Kind zur Welt bringen, sondern gut versorgt sein. Mehr kann ich nicht tun, und Geld spielt für mich, Gott sei Dank, keine Rolle.

Wie viele junge Mädchen gibt es, die ein ähnliches Schicksal haben. Sie geben sich einem Mann hin, den sie wegen des Standesunterschiedes nicht heiraten können, und werden dann von diesem Mann gut versorgt.‹

Er atmete erleichtert auf und ging in sein Arbeitszimmer, um seine Korrespondenz zu erledigen. Nach einer Weile sah er auf und überlegte.

›Coligny drängt immer noch auf einen Krieg gegen Spanien, wann wird sich dieses Problem lösen? Die Königinmutter versucht den König zu überreden, keinen Krieg gegen Spanien zu beginnen, bisher ohne Erfolg. Wann wird sie anfangen, den Hugenotten zu vernichten?‹

Nachmittags ging Margot wieder in den Liebesgarten und betrachtete das Beet, auf dem die tragische Liebe mit Dolchen und Schwertern dargestellt war. Sie ging zu der Bank und wartete auf Heinrich.

In diesem Augenblick betrat Armand den Garten und eilte zu Margot. »Endlich habe ich Euch gefunden. Wo ist der Herzog von Guise?«

»Armand, wie ist das möglich? Was wollt Ihr von dem Herzog? Ich weiß nicht, wo er ist.«

»Ich will ihn zum Duell fordern!«

»Warum?«

»Warum? Margot, ich liebe Euch seit Langem, er hat kein Recht auf Euch, er liebt Euch nicht, er begehrt Euch nur!«

»Das ist nicht wahr, er liebt mich! Da kommt er!«

Heinrich trat zu dem Paar und musterte Armand: »Wer seid ihr? Was wollt Ihr hier? Ihr scheint ein Hugenotte zu sein. Zumindest seid Ihr gekleidet wie die Hugenotten!«

Margot sank auf die Bank, und ihre Gedanken überstürzten sich. Jetzt würde Heinrich erfahren, dass sie eine Hugenottin war.

»Ich bin Graf de Villiers«, sagte Armand. »Ich liebe die Demoiselle Cauvin und ich werde sie heiraten. Ich bin gekommen, um Euch zum Duell zu fordern!«

»Ihr wollt Euch also mit mir um ein Mädchen duellieren, das keine Aristokratin ist. Habt Ihr keine Standesehre?«

Als Antwort zog Armand den Degen.

»Ihr wollt es also nicht anders«, rief Heinrich und zog ebenfalls seinen Degen.

»Hört auf, ich will nicht, dass einer von euch stirbt!«, schrie Margot.

In diesem Augenblick begann der Kampf, und sie verfolgte entsetzt das Kreuzen der Klingen.

Plötzlich wich Heinrich zurück, fiel zu Boden und Armands Degen durchbohrte ihn. Margot sah das Blut über seine Kleider rinnen und schrie auf: »Nein, nein, er ist tot!«

Sie schlug die Augen auf, sah Heinrich kommen, lief zu ihm und warf sich an seine Brust: »Du lebst, Gott sei Dank, du lebst!«

Er legte die Arme um sie und sah sie erstaunt an. »Margot, was hast du? Warum sollte ich nicht leben?«

»Es war schrecklich. Dieser Garten scheint verzaubert zu sein. Ständig träume ich Schlimmes, vorhin, dass du in einem Duell getötet wirst. Ich glaube zwar nicht an Zauberei, aber ich möchte hier weg.«

Er presste sie an sich, küsste sie auf die schwarzen Haare und sagte leise: »Beruhige dich, manchmal hat man schlechte Träume. Ich träumte vor einigen Nächten von dem dunklen Gang in Schloss Blois. Ich war in dem Gang und bekam auf einmal Angst, dann erwachte ich. Wir werden diesen Garten jetzt verlassen und die Träume vergessen. Kannst du reiten?«

»Ja, das durfte ich lernen.«

»Ich habe eine weiße Stute für dich satteln lassen. Sie ist zahm und wird nicht versuchen, dich abzuwerfen. Ich möchte dir Paris von einem Hügel aus zeigen, du solltest aber einen Mantel anziehen, damit dein Kleid nicht vom Straßenstaub beschmutzt wird.«

»Ich habe nur einen schwarzen Samtumhang, er gehörte meiner Mutter, sie war Aristokratin und durfte Samt tragen. Ich darf keinen Samt tragen.«

»Wenn du neben mir durch Paris reitest, wird dich jeder für eine Aristokratin halten«, lachte Heinrich. »Deine Mutter war also eine Adelige, erzähle mir von ihr.«

»Die Familie lebte in Orléans. Sie brach mit ihrer Familie, um meinen Vater zu heiraten, und nahm einige Kleider und etwas Schmuck mit. Nach ihrem Tod erbte ich ihre Habseligkeiten.«

»Deine Mutter hat aus Liebe unter ihrem Stand geheiratet, das war sehr mutig. Als Aristokratin hat sie bestimmt auch Masken besessen, die man anlegt, wenn man ausgeht, um das Gesicht vor Staub zu schützen. Man legt sie natürlich auch an, wenn man unterwegs nicht erkannt werden will.«

»Ich besitze eine schwarze Maske.«

»Gut, ich lege Wert darauf, dass du sie aufsetzt, wenn wir durch Paris reiten.«

›Man kann nicht vorsichtig genug sein‹, dachte er. ›Die Prinzessin lebt zwar im Louvre unter ständiger Aufsicht, aber wer weiß, vielleicht haben einige Pariser irgendwann die Prinzessin gesehen. Wenn sie jetzt Margot erblicken, denken sie, ich reite mit der Schwester des Königs aus. Dann gibt es wieder Schwierigkeiten mit den Valois, und das kann ich jetzt nicht gebrauchen. Ich benötige die Unterstützung der Königinmutter gegen Coligny.‹

Schweigend ritten sie durch die Straßen, bis sie ein Kloster erreichten. Dort hielt Heinrich, band die Pferde an die eisernen Ringe an der Klostermauer und blickte lächelnd zu Margot:

»Die Stute heißt Fortuna. Ich schenke sie dir.«

»Du schenkst mir ein Pferd? Ich danke dir für dieses kostbare Geschenk. Ich werde sie jeden Tag im Stall besuchen, damit sie sich an mich gewöhnt.«

Sie gingen zu einem Platz, von wo aus man Paris liegen sah.

»Hier«, erklärte Heinrich, »wurde einst der Heilige Dionysius enthauptet. Man erzählt, dass er mit seinem

Kopf unter dem Arm bis Saint-Denis gegangen sei. Früher nannte man diesen Berg Mont Martyr, im Lauf der Zeit wurde daraus Montmartre.«

Er nahm sanft die Maske von ihrem Gesicht, und Margot betrachtete einen Augenblick versunken die Stadt.

»Heinrich, die Aussicht ist traumhaft, man erkennt die beiden Inseln, die Île de la Cité und die Île St. Louis. Wie winzig der Louvre aussieht. Hier war ich nicht zum letzten Mal.«

Er legte den Arm um sie und zog sie an sich. »Margot, du hast dich wahrscheinlich gewundert, dass du mich während der letzten Tage nicht gesehen hast. Ich wollte dir Zeit lassen, du solltest in Ruhe nachdenken, was du selbst herbeisehnst. Ab jetzt kann unser Leben zu zweit beginnen, vorausgesetzt, du wünschst es.«

»Es ist mein sehnlichster Wunsch.«

Sie schloss die Augen, und Heinrich lächelte amüsiert, dann nahm er ihr Gesicht, berührte mit seinen Lippen ihre, und sie spürte, wie sie schwach wurde. Sie presste ihren Körper an seinen und gab seinem fordernden Mund nach.

»Ein Leben zu zweit, ich wusste bisher nicht, wie schön das sein kann.«

»Ich werde ab jetzt jede freie Minute mit dir verbringen, am Vormittag habe ich zu tun, aber die Nachmittage, die Abende, die Nächte gehören uns. Wir werden zusammen speisen, die Messe besuchen und Ausflüge unternehmen. Kannst du ein Instrument spielen?«

»Ja, die Laute, ich kann dir Balladen von Villon vorsingen. Magst du seine Balladen?«

»Ja sehr, es gibt da eine Ballade über die Frauen von Paris:

›Obwohl als höchst geschwätzig gelten
Die aus Venedig und Florenz,
Um Liebesbotschaft zu vermelden,
Sogar die lange floh der Lenz,
Mailänderinnen, Römerinnen,
Genueser Damen, ich wage dies:
Savoiens Frauen, Turinerinnen,
Kein Schnabel piepst wie in Paris.‹

Die anderen Strophen habe ich vergessen. Aber alle enden mit dem Refrain: ›Kein Schnabel piepst wie in Paris.‹«

»Ich kenne alle Strophen, es gibt noch zwei und am Schluss einen Vierzeiler.«

Heinrich stülpte die Maske wieder über ihr Gesicht, und während sie langsam zurückritten, gab Margot sich ihrem Glücksgefühl hin. Das Leben zu zweit, das Leben mit einem Mann, der sie liebte und den Margot begehrte, es war richtig, dass sie Navarra verlassen hatte.

In ihrem Zimmer läutete Margot nach Henriette und bat sie, einen Krug mit heißem Wasser zu bringen und ein Bad zu richten.

Sie nahm aus der Truhe das Säckchen mit den getrockneten Kräutern, gab einen Löffel voll in den Holzbecher und wartete, bis die Dienerin das heiße Wasser gebracht hatte und wieder verschwunden war. Dann goss sie aufgeregt das Wasser über die Kräuter und sah zur Uhr auf dem Kaminsims.

Sie durfte niemals vergessen, abends diesen Sud zu trinken. Während sie badete, spürte sie Angst in sich aufsteigen.

›Die Kräuter müssen jetzt ziehen, dann trinke ich den Sud mit den Kräutern, und dann kann ich nicht schwanger werden. Ich weiß nichts über die körperliche Liebe. Anne hat mich zwar aufgeklärt, ich weiß was mich erwartet – und doch bin ich ahnungslos. Hoffentlich enttäusche ich ihn nicht.

In Ovids *Ars Amatoria* gibt es ein kurzes Kapitel über das Liebesspiel, aber es sind Ratschläge, wie der Mann sich verhalten soll, an einige Sätze erinnere ich mich:

Glaube mir, die Wonne der Venus darf nicht überstürzt, sondern muss allmählich durch langes Verzögern hervorgelockt werden. Und lass du nicht die Geliebte im Stich, indem du ihr mit vollen Segeln voraneilst, und auch sie soll nicht deiner Fahrt vorauseilen. Eilt gemeinsam zum Höhepunkt; dann ist die Lust vollkommen, wenn Mann und Frau gleichzeitig überwältigt daliegen.

Wird Heinrich sich so benehmen, wie Ovid es rät? Wie soll ich mich verhalten? Wenn ich Ovid richtig verstehe, dann soll die Frau dem Mann beim Liebesspiel die Führung überlassen.‹

Sie spürte, wie ihre Angst sich in prickelnde Neugier verwandelte. Nach dem Bad nahm sie ein Kleid nach dem anderen aus der Truhe und beschloss, das rote Taftkleid anzuziehen, das sie am Abend des Schachspiels getragen hatte. Sie legte Rouge auf, betupfte sich mit Parfüm und betrachtete den mütterlichen Schmuck. Schließlich legte sie die Perlenkette an. Henriette half ihr beim Aufstecken der Frisur, und als die Silberkämme in den schwarzen Haaren funkelten, sagte die Dienerin leise: »Heute?«

»Ich bin so aufgeregt.«

»Das ist verständlich, aber Ihr solltet Euch beruhigen, der Herzog benimmt sich bestimmt wie ein Edelmann.«

»Wie meint Ihr das?«

»Ich denke, er wird Euch rücksichtsvoll begegnen und nicht über Euch herfallen wie ein Bauer.«

Margot erschrak. Was sollte sie tun, wenn Heinrich über sie herfiel? Doch es war sinnlos, jetzt darüber nachzudenken. Ihr Gefühl sagte ihr, dass er sich wie ein Edelmann benehmen würde.

Als sie den Speisesaal betrat, saß Heinrich bereits am Tisch. Er stand auf, führte sie zu ihrem Platz an der rechten Längsseite, und sie bemerkte erleichtert seinen bewundernden Blick.

Er goss Rotwein in die Kristallgläser.

»Auf dein Wohl, du siehst aus wie eine Fürstin. Perlen stehen dir gut.«

»Man sagt, dass Perlen Tränen bedeuten. Ich finde sie jedoch nicht so protzig wie Edelsteine.«

»Das stimmt. Die Damen bei Hof erinnern mich oft an wandelnde Goldschmiedeläden.«

Nach der Kräutersuppe erschien Carlo, gefolgt von einem Küchenjungen, stellte eine Platte mit Spargel auf den Tisch und sagte: »François hat heute den ersten Spargel stechen lassen.«

Margot aß genüsslich einige Stangen Spargel, eine Scheibe Schinken, trank etwas Wein und sah Heinrich strahlend an. »Ich komme mir vor wie im Paradies.«

»Du sollst dein Leben an meiner Seite genießen.«

Sie horchte auf das tiefe Timbre seiner Stimme und genoss die Intimität des Klanges.

»In deinem Leben wird sich ab jetzt einiges ändern. Deine Kleider aus Taft stehen dir alle gut, aber ich habe beschlossen, dir welche aus Seide schneidern zu lassen.

Morgen kommt ein Seidenhändler, und du kannst dir die Farben aussuchen. Zu den Kleidern wirst du farblich passende Strümpfe und Schuhe tragen und Accessoires, also Handschuhe, Fächer und Masken. Du wirst ab jetzt auch Rouge und Parfüm benutzen.«

»Seidene Kleider? Seide dürfen doch nur die Aristokratinnen tragen.«

»Deine Mutter war Aristokratin, also bist du auch eine. Übrigens, morgen kommt nach dem Seidenhändler ein Tanzlehrer, der dir verschiedene Tänze beibringt.«

»Ein Tanzlehrer? Henriette hat mir bereits die Schritte der Volta gezeigt.«

»Es gibt noch andere Tänze, die eine junge Frau beherrschen sollte.«

»Ich danke dir, aber seidene Kleider, ein Tanzlehrer, das kostet alles viel Geld.«

»Geld spielt für mich keine Rolle, das klingt jetzt angeberisch, aber es ist so.«

Der Lammbraten in einer goldbraunen Soße wurde serviert. Einen Augenblick lang genossen sie schweigend das Fleisch, bis schließlich Heinrich sagte: »Unsere Schachpartie endete mit einem Patt. Was meinst du, sollen wir nachher dieses Patt in Sieg oder Niederlage verwandeln?«

»Ich habe mir inzwischen Minchiate beigebracht, ich würde zu gern Minchiate spielen.«

»Wie kommst du auf Minchiate?«, fragte Heinrich verblüfft.

»Ich fragte Böhme, welches Kartenspiel du am meisten liebst, und er antwortete Minchiate. Er besorgte mir von einem Juden die Karten und die Regeln. Ich habe sie studiert und würde gern wissen, ob ich sie verstanden habe.«

War es ihm nicht recht, dass sie Minchiate gelernt hatte? »Heinrich, wenn du lieber Schach spielen möchtest, spielen wir natürlich Schach.«

»Nein, ich möchte sehen, ob du Minchiate beherrschst.«

»Der Jude wollte übrigens kein Geld für die Karten, weil angeblich ein Fluch auf ihnen liegt.«

»Wie bitte? Das ist Hokuspokus.«

»Ich glaube auch nicht daran, aber es ist doch merkwürdig, dass er kein Geld verlangte.«

»Vielleicht hatte er einen großzügigen Tag.«

»Der Jude hat behauptet, dass die Minchiate-Karten den Tarotkarten ähneln und man aus ihnen die Zukunft lesen kann.«

»Es ist merkwürdig, dass die Menschen so versessen darauf sind, etwas über ihre Zukunft zu erfahren. Ich glaube nicht an diese Kartenleserei. Gleichviel, es gibt Menschen, die das zweite Gesicht besitzen, dazu gehört die Königinmutter.«

»Was bedeutet es, das zweite Gesicht zu haben?«

»Ein Mensch, der das zweite Gesicht besitzt, kann Ereignisse vorhersehen. Die Königinmutter hat damals den Tod ihres Gatten in der Nacht vor jenem Turnier vorhergesehen. Es war wahrscheinlich ein Traum. Sie bat ihren Gemahl am nächsten Tag, nicht an dem Turnier teilzunehmen. Er hörte nicht auf sie und wurde tödlich verwundet. Sie erzählte später meinem Vater und Onkel von diesem Traum. Meine Familie war damals am Hof sehr mächtig; mein Onkel, der Kardinal, war der politische Berater der Valois.«

Das Dessert wurde serviert, und während Margot langsam ein Stück Marzipantorte aß, spürte sie eine Mischung aus Angst, Neugier und Verlangen und hoffte, dass sie ihn nicht enttäuschen würde.

Heinrich beobachtete ihre Miene und erriet, was in ihr vorging. »Wir werden Hippokras und kandierte Früchte während des Kartenspiels genießen.«

Er legte den Arm um sie und führte sie in die Halle.

Margot merkte, dass ihre innere Spannung allmählich nachließ und genoss seine körperliche Nähe. Dann saßen sie in der Halle und spielten Minchiate.

Nach der siebten Partie sagte Margot: »Ich habe jedes Spiel verloren.«

»Was sagt man? Unglück im Spiel, Glück in der Liebe, mach dir nichts daraus, dass du verloren hast, es ist ein Glücksspiel, und die Regeln beherrschst du.«

»Heinrich, kannst du die Zukunft aus den Minchiate-Karten lesen?«

Er schwieg einen Augenblick. »Nein«, log er dann. Er legte die Karten zusammen. »Es ist spät, wir sollten zu Bett gehen. Morgen Abend könntest du mir die Balladen von Villon vorsingen.«

Als Margot das Wort Bett hörte, bekam sie Herzklopfen und stand auf. »Du hast recht, es ist spät.«

Heinrich legte den Arm um sie und führte sie in sein Schlafzimmer. Hier würde sie also eine Frau werden.

Ihre Augen wanderten von dem weißen Marmorfußboden zu dem breiten Himmelbett, dessen blutrote Samtvorhänge halb zurückgezogen waren. Sie sah eine Truhe, mehrere Schemel, gepolsterte Stühle mit Armlehnen, zwei kleine Tische mit Nachtlampen an jeder Seite des Bettes, einen Tisch mit silbernem Waschgeschirr, einen hohen Standspiegel, hohe Silberleuchter, in denen Kerzen brannten, sie sah die Gobelins an den Wänden, die kunstvollen

Schnitzereien, mit denen die Möbel aus Eichenholz verziert waren, und atmete tief durch.

Heinrich umarmte sie, presste seine Lippen auf ihren Mund, und Margot genoss seinen Kuss und spürte wieder die wohlige Schwäche, die sie am Nachmittag erlebt hatte.

Nach einer Weile löste Heinrich die Lippen von ihr. »Margot, weißt du, wie man eine Schwangerschaft verhindert?«

»Ja, ich habe vorgesorgt.«

»Soll ich dich entkleiden, oder möchtest du dich lieber allein ohne meine Anwesenheit ausziehen?«

»Du sollst mich entkleiden.«

Er streifte langsam das Kleid und die Unterkleider von ihrem Körper, und in dem Augenblick, als sie nackt vor ihm stand, senkte sie die Augen.

›Ich bin nicht die erste Frau, die er sieht, er hat die Prinzessin gesehen. Es ist albern, dass ich mich schäme, hoffentlich gefalle ich ihm.‹

Heinrichs Augen wanderten über die kleinen festen Brüste, die schlanke Taille, die langen, wohl geformten Beine, und er spürte sein Begehren. Wie schön, dachte er, war ein schlanker Körper mit einer straffen Brust.

Er trug sie zu dem Bett, legte sie nieder und streifte die weißen Samtschuhe und die weißen Strümpfe ab.

Sie sah ihn an und sagte leise: »Was ist mit dem Schmuck?«

Er lächelte und legte die Decke aus weißem Samt über sie. »Der Schmuck ist später an der Reihe.«

Er ging in den Nebenraum, entkleidete sich und zog einen schwarzen Schlafrock an, kehrte zurück, streifte die Decke von ihr, legte sich neben sie und nahm sie in die Arme. Heinrich spürte ihr Zittern.

»Du musst keine Angst haben, ich werde nichts machen, was du nicht willst. Wir haben noch viele Nächte vor uns, es muss nicht alles in dieser Nacht passieren.«

»Ich habe keine Angst und ich will es, ich will alles.«

»Wirklich? Du willst alles?«

»Ja, Heinrich.«

Er stand auf, warf den Schlafrock auf den Boden und beugte sich über sie. Margot schloss die Augen und spürte, wie sein Mund über ihren Körper wanderte. Nach einer Weile hielt er inne, und sie merkte, dass er ihr die Kette vom Hals und die Ohrringe von den Ohren löste.

Er legte den Schmuck auf den kleinen Tisch neben sich und begann sie erneut zu liebkosen.

Irgendwann lagen sie erschöpft nebeneinander.

Nach einer Weile fragte Heinrich: »War es sehr schmerzhaft?«

Sie kuschelte sich an ihn. »Nein, ich bin so glücklich, und ich liebe dich so.«

»Du bist eine sinnliche Frau, du wirst einmal eine gute Geliebte sein.«

Eine sinnliche Frau, dachte sie, sie war jetzt wirklich zur Frau geworden.

17. KAPITEL

Am Morgen danach erwachte sie im Bett neben Heinrich. Sie war glücklich wie noch nie zuvor, und der Gedanke streifte sie, ob das Glück von Dauer sein würde. Sofort verdrängte sie ihn wieder.

Sie frühstückten gemeinsam, und sie genoss das Frühstück der Aristokraten: heiße Milch, die mit viel Honig und Eigelb verquirlt war, frisches Obst und Weißbrot mit Butter.

Am Vormittag empfing sie den Schneider, probierte die neuen Kleider an und wählte die Accessoires aus. Nach dem Schneider kam der Tanzmeister, und es dauerte nicht lange und Margot wusste, wie sie bei einer Pavane schreiten musste und wie sie den Coralto tanzte.

Später aßen sie gemeinsam im großen Speisesaal und am Nachmittag ritten sie aus. Als sie das Palais verließen, erinnerte Heinrich Margot daran, ihr Gesicht unter einer Maske zu verbergen.

Sie wusste, dass die Damen der Oberschicht nie ohne Maske ausgingen. Gleichzeitig spürte sie, dass es noch einen Grund geben musste, weshalb Heinrich solchen Wert darauf legte, dass sie sich verhüllte, aber sie dachte nicht weiter darüber nach.

Am späten Abend gingen sie in Margots Schlafzimmer und genossen das Liebesspiel, bis sie irgendwann erschöpft einschliefen. Hin und wieder dachte sie an Armand, seinen Heiratsantrag, ihre ablehnende Antwort und überlegte, was jetzt in ihm vorging. Liebte er sie noch, hasste er sie?

Er war sicher enttäuscht von ihr, und ganz leise empfand sie ihm gegenüber ein schlechtes Gewissen.

Margot verdrängte dieses Gefühl sofort und allmählich tauchte ein anderer Gedanke auf.

›Armand ist Aristokrat und wollte mich heiraten, obwohl ich bürgerlicher Herkunft bin. Heinrich ist Aristokrat und auch für ihn spielt der Stand bei einer Eheschließung keine Rolle. Er liebt mich, ist es nicht denkbar, dass er mich eines Tages heiraten wird?‹

Je länger sie über diese Möglichkeit nachdachte, desto mehr festigte sich in ihr die Überzeugung, dass sie eines Tages die Gattin des Herzogs von Guise werden würde.

Als sie am Spätnachmittag des 16. Mai von einem Ausritt zurückkehrten, kam Böhme ihnen entgegen.

»Herr Herzog, morgen werde ich mit den Vorbereitungen für das Sommerfest beginnen. Bis zu Eurem Geburtstag sind es noch sechs Wochen. Diese Zeit dürfte genügen, um alles herzurichten. Der Ochse, der am Spieß gebraten werden soll, ist bereits bestellt. Was machen wir aber, wenn es regnet?« Er sah prüfend zum Himmel. »Morgen wird es schütten, das sehe ich. Hoffentlich ist das nicht der Beginn einer Regenperiode.«

»Du sollst nicht so pessimistisch sein. Wenn es an meinem Geburtstag regnet, werden Zelte im Park errichtet. Allerdings müssen wir dann auf das Sonnwendfeuer verzichten.«

Er legte den Arm um Margot und ging mit ihr zum Palais. »Ich freue mich so, dass ich an diesem Abend die Volta mit dir tanzen werde. Du wirst nur mit mir tanzen, und ich werde nur zur Volta aufspielen lassen.«

»Ich kann dir gar nicht sagen, wie sehr ich mich darauf freue. Es ist das erste Mal in meinem Leben, dass ich an einem richtigen Fest teilnehme mit Tanz, Gesang und Bankett. Welches Kleid soll ich anziehen?«

»Es ist kein höfisches, sondern ein ländliches Fest. Wir sitzen an einfachen Holztischen und essen von Zinngeschirr. Die Dienerschaft wird teilnehmen, dann der Tanz um das Feuer, dabei kann ein Kleid auch versengt werden. Ich denke, ein seidenes Kleid ist nicht angebracht. Zieh eines von den Taftkleidern an, das cremefarbene, das du trugst, als wir zum Montmartre ritten. Ich möchte nicht, dass du aufgeputzt wirkst.«

»Deine Wünsche sind für mich immer Befehle.«

Einige Stunden später lagen sie glücklich und erschöpft nebeneinander.

Margot kuschelte sich an Heinrich und sagte leise: »Du bist ein guter Lehrer in der Liebe.«

»Du bist eine gute Schülerin«, lachte er leise.

»Heinrich, ich liebe dich so, ich werde dich immer lieben.«

›Das hat die Prinzessin auch zu mir gesagt, dachte Heinrich. Sie meinte es aufrichtig, so wie Margot es aufrichtig meint. Denkt die Prinzessin manchmal noch an mich? Seit meiner Flucht durch das Fenster habe ich nichts mehr von ihr gehört. Ich weiß, dass sie im Louvre in ihren Gemächern lebt. Sie darf das Schloss nicht verlassen, wird Tag und Nacht bewacht. Wahrscheinlich denkt sie noch an mich, so wie ich an sie.‹

Als sie am nächsten Morgen erwachten, goss es in Strömen.

»Es wird den ganzen Tag regnen, wie wollen wir den Nachmittag verbringen?«, fragte Margot.

»Wahrscheinlich hört es gegen Mittag auf, und dann könnten wir in der Kutsche irgendwohin fahren. Zum Ausreiten habe ich keine Lust.«

In diesem Augenblick klopfte es an der Tür, und sie hörten Henriette sagen: »Herr Herzog, in der Halle wartet ein Bote des Königs mit einem Schreiben für Euch. Der Bote sagt, er soll Eure Antwort überbringen.«

»Ein Bote des Königs?«, brummte Heinrich. »Was mag der wollen?« Er stand auf, zog den Schlafrock über und sagte zu Margot: »Du wirst heute allein frühstücken müssen.«

Er begab sich hinunter in sein Zimmer, kleidete sich an und ging in die Halle. Dort nahm Heinrich den Brief entgegen, brach das Siegel, las ihn und sagte zu dem Boten: »Ich werde um fünf Uhr im Louvre sein.«

Sein Gesicht verdüsterte sich. Er las den Brief erneut, ging in sein Arbeitszimmer und nahm aus einem Geheimfach des Schreibtisches Minchiate-Karten. Er mischte sie, legte sie auf die Tischplatte und betrachtete sie eine Weile.

›Ich sehe nichts von einer Hochzeit, aber mein Schicksal ändert sich schon seit Wochen nicht. Nun, ich weiß, wie ich mich schützen kann.‹

Er schob die Karten zusammen, legte sie zurück ins Fach und sagte leise zu sich selbst: »Hokuspokus, die Kartenleserei ist Hokuspokus, sonst nichts.«

Er spürte, dass eine merkwürdige Unruhe in ihm aufstieg. Vor seinem inneren Auge erschien abwechselnd das Gesicht der Prinzessin und das von Margot. Margot hatte ihm nicht geholfen, Margarethe von Valois zu vergessen. Plötzlich spürte er Abneigung gegenüber seiner neuen Mätresse in sich aufsteigen, gleichzeitig ein sinnliches Verlangen nach ihr.

Er musste an die frische Luft, um einen klaren Kopf zu bekommen. Heinrich warf sich einen schwarzen Samtmantel über, eilte im strömenden Regen über den Hof zu den Ställen, sattelte seinen Rappen und ritt durch Paris zu einem der östlichen Stadttore. Er ließ die Stadt hinter sich und galoppierte Richtung Osten.

Nach einer Weile fiel er in Trab.

›Am liebsten würde ich jetzt nach Lothringen reiten und dort bleiben, aber ich muss bei der Hochzeit anwesend sein, sofern sie überhaupt stattfindet. Es kann so viel dazwischenkommen. Und Margot? Ich möchte sie nicht mehr sehen, gleichzeitig wünsche ich ihre Nähe. Falls diese Hochzeit stattfindet, wird die Prinzessin in Navarra leben. Ich werde sie viele Jahre nicht sehen, vielleicht sehe ich sie überhaupt nicht mehr. Ich werde sie nie vergessen und wenn mich das Verlangen nach ihr übermannt, könnte ich Margot kommen lassen, als Ersatz. Das ist besser als nichts!

Wenn meine Gefolgsleute eintreffen, werde ich einen unter ihnen aussuchen, der Margot heiratet. Sie müsste so weit entfernt von mir leben, dass ich sie nicht jeden Tag sehe. Sollte ich aber Sehnsucht nach der Prinzessin haben, könnte ich sie zu mir befehlen. Ihr Gatte muss damit einverstanden sein, schließlich ist er mein Untertan.‹

Dann dachte er daran, dass er am Nachmittag im Louvre erscheinen musste, und der Schmerz darüber, dass er die Prinzessin nicht heiraten durfte, überkam ihn erneut.

Er gab dem Pferd die Sporen und galoppierte durch die Landschaft, bis Pferd und Reiter vor Erschöpfung nicht mehr konnten.

Er trabte zurück zur Stadt, und als er im Hof des Palais absaß, hörte der Regen auf.

Er nahm ein heißes Bad und überlegte dann, wie er sich für den Empfang im Louvre kleiden sollte. Er wählte ein rotes seidenes Wams, schwarze seidene Beinkleider und einen kurzen Mantel aus rotem Samt. Schwarz ist die Farbe der Trauer, dachte er, Rot die Farbe der Liebe.

Während Margot frühstückte, überlegte sie, welche Nachricht der Bote des Königs überbracht und warum Heinrich sie allein gelassen hatte. Sie spürte ein leichtes Unbehagen aufsteigen, das sie sofort verdrängte.

Nach dem Bad betrachtete sie die neuen seidenen Kleider und musste plötzlich an die Symbolik der Farben denken. Blau bedeutete Treue, Grün bedeutete Hoffnung, also entschied sie sich für das lindgrüne Seidenkleid.

Später empfing sie den Schneider. Er verneigte sich vor ihr und säuselte: »Mademoiselle Cauvin, heute überbringe ich ein Kleid, das ist kein Kleid, sondern ein Traum.«

Er winkte seinem Gehilfen, und dieser breitete vor Margot eine Robe aus blutroter Seide aus.

Sie betrachtete das Kleid und rief: »Als ich diesen Farbton wählte, wusste ich noch nicht, wie er wirkt, wenn man ihn am Kleid sieht, er ist einmalig.«

»Mademoiselle, die Accessoires bringen dieses Rot erst richtig zur Geltung.«

Sie betrachtete die roten seidenen Strümpfe, die roten Schuhe aus weichem Saffianleder, die mit Perlen bestickt waren, die roten Handschuhe aus Samt, den roten Fächer, die rote Maske und den kurzen roten Samtumhang.

Schließlich zeigte ihr der Schneider die Perlenschnüre, die sie in die Haare flechten konnte.

»Es sind echte Perlen wie die auf den Schuhen.«

»Echte Perlen«, sagte sie leise, dachte einen Augenblick

daran, dass Perlen Tränen bedeuteten, und verdrängte den Gedanken. »Danke, Ihr könnt jetzt gehen.«

Sie läutete nach Henriette.

»Seht, ist das Kleid nicht ein Traum? Helft mir beim Ankleiden.«

Henriette betrachtete die Robe: »Dies ist ein Kleid für besondere Anlässe, es ist sogar für einen Ball zu schade.«

Margot ging vor dem hohen Standspiegel langsam auf und ab und bewegte den Fächer hin und her.

›Henriette hat recht, es ist ein Kleid für besondere Anlässe. Ich werde es an meinem Hochzeitstag tragen, aber das werde ich Heinrich nicht sagen. Er wird das Kleid erst sehen, kurz bevor wir vor den Altar treten.‹

Sie zog es langsam wieder aus, und Henriette legte alles in die neue große Truhe zu den übrigen seidenen Roben. Daneben stand die kleine Truhe, in der Margot ihre Kleider verwahrte, die sie mitgebracht hatte.

Der Tanzmeister wurde gemeldet. Er übte mit ihr die einzelnen Schrittfolgen und sagte zum Abschluss: »Ihr beherrscht inzwischen die Tänze perfekt. Ich wünsche Euch viel Vergnügen bei den Bällen.«

Als sie den Speisesaal betrat, saß Heinrich bereits an der Tafel und starrte düster vor sich hin.

Sie erschrak und überlegte, ob sie ihn fragen sollte, welche Nachricht der Bote am Vormittag überbracht hatte.

›Nein, wenn er etwas erzählen will, wird er es tun. Seine schlechte Stimmung hängt bestimmt mit dem Königsboten zusammen.‹

Als Spargel mit Safran, Mangold und Spinat mit Kräutern serviert wurden, lächelte sie ihn an:

»Der Schneider brachte vorhin ein Kleid und die Accessoires. Diese Robe ist traumhaft, und die Perlen waren eine Überraschung. Ich weiß nicht, wie ich dir dafür danken soll.«

»Du musst mir nicht dafür danken. Ich freue mich, dass dir alles gefällt.«

»Heinrich, ich werde dieses Kleid nur bei besonderen Anlässen tragen.«

»So? Nun, das entscheidest du allein.«

Sie spürte, dass ein leises Unbehagen in ihr aufstieg, eine Mischung aus Unsicherheit und Angst. Wie kalt seine Stimme klang. Er wollte sich nicht mit ihr unterhalten. Warum?

Während der Mahlzeit wurde kein Wort mehr gesprochen.

Nachdem Hippokras und kandierte Früchte serviert waren, sah Heinrich Margot an: »Du wirst den Nachmittag und Abend allein verbringen, ich muss um fünf Uhr im Louvre sein. Der König von Navarra traf gestern ein, und heute will der König von Frankreich die Verlobung seiner Schwester mit dem Hugenotten bekannt geben.«

Margot zuckte bei dem Wort Hugenotte unmerklich zusammen.

›Wie verächtlich seine Stimme klingt, er hasst die Hugenotten. Das ist verständlich, wenn man bedenkt, dass Coligny angeblich seinen Vater ermorden ließ.‹

Sie betrachtete seine düstere Miene und sah die Traurigkeit, die sich in seinen Augen spiegelte.

›Er hat die Prinzessin nicht vergessen, wahrscheinlich liebt er sie immer noch. Kann man zwei Frauen gleichzeitig lieben?

Margot spürte, dass sie anfing, auf Margarethe von Valois eifersüchtig zu werden.

›Ich bin eine Närrin! Er liebt mich. Es gibt für mich keinen Grund zur Eifersucht.‹

»Ich hasse diese Empfänge im Louvre«, fuhr Heinrich fort. »Nach dem offiziellen Teil steht man herum, unterhält sich über den neuesten Hofklatsch und trinkt Wein. Irgendwann beginnt das festliche Bankett, das drei bis vier Stunden dauert. Zum Glück findet heute nach dem Bankett kein Ball statt.«

»Ich denke, du liebst Bälle.«

Er blickte sie stumm an, reagierte aber nicht darauf. »Die Hochzeitsfeierlichkeiten werden drei Tage dauern, da muss ich am Hof anwesend sein. Danach reise ich sofort zurück nach Lothringen.«

Margot wurde hellhörig. Er hatte *ich* gesagt, nicht *wir*. Was sollte aus ihr werden, wenn er nicht mehr in Paris war? Sie versuchte ruhig zu wirken, obwohl sie vor Aufregung kaum atmen konnte:

»Steht der Hochzeitstermin schon fest?«

»Nein, morgen beginnen die Verhandlungen über den Ehevertrag, das heißt, der Hugenotte wird wahrscheinlich die Verhandlungen seiner Mutter fortführen. Es kann sein, dass man sich nicht einigt und die Hochzeit nicht stattfindet, aber das ist sehr unwahrscheinlich.«

Margot spürte, dass er dies innerlich wünschte, und wechselte das Thema: »Der Empfang ist um fünf Uhr. Bis du zum Louvre aufbrichst, könnten wir doch noch etwas unternehmen, einen Spaziergang im Park. Ich kann dir auch auf der Laute vorspielen, wenn dir das lieber ist.«

Heinrich sah sie an, und sie erschrak, als sie den Hass

in seinen Augen sah. Als sie seine kalte Stimme hörte, zuckte sie zusammen.

»Ich habe keine Lust, den Nachmittag mit dir zu verbringen, ich will allein sein und meine Ruhe haben. Ich weiß auch noch nicht, wann ich am Abend wieder hier bin. Du solltest nicht auf mich warten.«

Er stand abrupt auf und verließ den Saal.

Margot sah ihm ängstlich nach. Nach einer Weile stand sie auf, ging in ihr Zimmer und versuchte ihre Gedanken zu ordnen.

›Das Wiedersehen mit der Prinzessin und diese bevorstehende Hochzeit bedrücken ihn, das verstehe ich. Warum ist er dann so unfreundlich mir gegenüber?

Er will allein nach Lothringen reisen, was wird dann aus mir? Finanziell bin ich durch den Beutel Gold, den Böhme mir vor einigen Tagen gab, für die nächsten Monate abgesichert. Ich müsste wieder anfangen, mir eine Stellung zu suchen. Aber ohne Heinrich kann ich nicht leben, er ist für mich der wichtigste Mensch im Leben geworden. Ich muss um ihn kämpfen, ihm beweisen, dass ich ihn liebe. Doch wie?

Ich werde mich ihm in allen Dingen anpassen und versuchen, seine Wünsche zu erraten und zu erfüllen. Abgesehen davon liebt er mich. Ich sollte seiner schlechten Laune keine allzu große Bedeutung beimessen. Wenn ich nur wüsste, wann die Hochzeit stattfindet. Wie lange können sich Verhandlungen über einen Ehevertrag hinziehen? Wer könnte mir darüber etwas sagen? Sie musste Böhme fragen.

»Ihr habt jetzt viel Arbeit, nicht wahr?« Margot hatte Böhme gefunden und wollte nicht mit der Tür ins Haus fallen.

»Wie man es nimmt, Mademoiselle Cauvin. Wenn man ein Fest organisiert, muss man vor allem wissen, welche Arbeiten man an wen delegiert. Ich hoffe, dass es an dem Abend nicht regnet, denn sonst kann kein Sonnwendfeuer stattfinden. Was macht man dann mit dem vielen Holz?«

»Man könnte es der Dienerschaft überlassen. Sie müssten dann für ihre Familien kein Holz für den Winter kaufen.«

»Ihr habt recht, das wäre ein gutes Werk. Man soll ja gute Werke tun, um die Vergebung der Sünden und das Seelenheil zu erlangen.«

»Der Herzog ist heute im Louvre«, wechselte Margot das Thema, »weil die Verlobung der Prinzessin Margarethe mit dem König von Navarra offiziell verkündet wird. Der Herzog erzählte mir, dass morgen die Verhandlungen über den Ehevertrag beginnen. Was meint Ihr, wie lange die Verhandlungen dauern werden?«

»Das ist in diesem Fall schwer zu beurteilen, weil man sich auch über religiöse Fragen einigen muss. Wird die Prinzessin zum protestantischen Glauben übertreten? Im Augenblick weigert sie sich. Falls sie auf ihrer Weigerung beharrt, muss geklärt werden, wie sie ihren katholischen Glauben in Navarra ausüben kann. Die Königinmutter wünscht natürlich, dass der König von Navarra zum katholischen Glauben übertritt. Falls er dazu nicht bereit ist, müssen Einzelheiten der kirchlichen Trauung geregelt werden. Er kann dann nicht an der Messe nach der Trauung teilnehmen und so weiter und so weiter. Dann muss die Mitgift der Braut geregelt werden. Ich schätze, die Hochzeit wird frühestens Ende August stattfinden. Die Vorbereitungen dauern schließlich auch ihre Zeit. Nach allem, was man hört, will die Königinmutter diese Vermählung als Hochzeit des Jahrhunderts ausrichten, mit allem nur möglichen Prunk.«

»Hochzeit des Jahrhunderts«, wiederholte Margot und dachte, kein Wunder, dass Heinrich so schlecht gelaunt war.

»Die Königinmutter liebt prachtvolle Trauungen«, fuhr Böhme fort. »Die Verheiratung ihres verstorbenen ältesten Sohnes mit der jungen Königin von Schottland war seinerzeit auch eine Hochzeit des Jahrhunderts. Zwei Jahre später starb ihr Sohn, und seine Witwe kehrte nach Schottland zurück. Sie hatte Streitigkeiten mit dem Adel, und jetzt lebt sie schon seit drei Jahren in irgendeinem Schloss in England. Sie ist die Gefangene der englischen Königin. Ihr Unglück hat sie sich selbst zuzuschreiben, weil sie diesem Bothwell verfallen war. Ihr kennt die Geschichte sicher?«

»Ich habe davon gehört. Sagt mir, könnte auch der Fall eintreten, dass die Vermählung der Schwester des Königs nicht stattfindet, weil man sich im Ehevertrag über strittige Punkte nicht einigen kann?«

»Das glaube ich nicht, die Königinmutter wünscht die Vermählung, um den Frieden zu sichern, und sie wird ihre Wünsche durchsetzen. Warum interessiert Euch dies so sehr?«

»Ihr wisst, dass ich in Navarra lebte, da ist es doch verständlich, dass mich die Hochzeit des Königs von Navarra interessiert.«

»Verständlich, aber nun müsst Ihr mich entschuldigen, ich muss mit Carlo noch einmal wegen des Festmahles reden.« Er nickte Margot freundlich zu und ging.

Unterdessen ging Heinrich unruhig in seinem Arbeitszimmer auf und ab und dachte nach, warum er Margot so schroff behandelt hatte.

›Ihr Anblick geht mir auf die Nerven, sie kann nichts dafür, dass sie so aussieht wie die Prinzessin. In Margots Gegenwart habe ich in den letzten Wochen diese verwünschte Hochzeit vergessen, aber die Einladung in den Louvre hat mich erneut an meine unglückliche Liebe erinnert. Soll ich Margot überhaupt nach Lothringen mitnehmen? Wenn ich sie nicht mehr sehe, werde ich nicht mehr an die Prinzessin erinnert, und es fällt mir leichter, sie zu vergessen.

Andererseits, Margarethe ist die Liebe meines Lebens, ich werde sie nie vergessen. Die Entscheidung, ob ich Margot mitnehme, hat Zeit. Wäre es vielleicht nicht besser, ihr zu sagen, warum ich sie in mein Haus kommen ließ? Es wäre ihr gegenüber ritterlicher, aber im Augenblick habe ich keinen Mut, ihr zu eröffnen, dass ich sie nicht liebe, sondern nur begehre.

Ich muss abwarten, wie sich alles entwickelt. Vielleicht findet diese Hochzeit doch nicht statt. Vielleicht gelingt es mir, die Königinmutter Colignys Einflüsterungen zu entziehen. Oder ich muss ihn beiseite schaffen. Ein toter Coligny verpflichtet sie zu Dank gegenüber dem Haus der Guise. Wäre der Lohn dann nicht die Hand der Prinzessin?‹

An jenem Nachmittag begab der Kammerdiener Jean sich zu Armand und berichtete: »Herr Graf, während der letzten Wochen habe ich überall in Paris die Demoiselle Cauvin gesucht. Ich habe sie nicht gefunden, weder bei wohlhabenden hugenottischen und katholischen Familien, weder in Bordellen noch in Nonnenklöstern. Ich weiß nicht, wo ich sie noch suchen soll. Vielleicht weilt sie nicht mehr in Paris.«

»Das ist denkbar, aber wohin könnte sie gereist sein? Ihre Freundin Corisande war über Margots Verschwinden entsetzt und beteuerte mir, sie wisse nicht, wo sie sein könnte. Sie teilt meine Vermutung, dass Margot eine Stelle bei einer katholischen Familie gefunden hat und verurteilt, dass sie ihrem Glauben untreu geworden ist.« Er ging zum Tisch, nahm einen Lederbeutel mit Goldstücken und gab ihn Jean. »Du hast dir diese Belohnung redlich verdient.«

»Herr Graf, ich verdiene das Geld nicht, ich kann Euch keine Erfolge berichten.«

»Nimm den Beutel. Im Augenblick ist es zwecklos, weiter nach Margot zu suchen. Ich hoffe auf einen glücklichen Zufall, der mir weiterhilft. Ich spüre, dass sie noch in Paris ist.«

»Herr Graf, ich werde weiterhin Augen und Ohren offen halten, Ihr habt recht, wir müssen auf einen glücklichen Zufall hoffen.«

18. KAPITEL

Um fünf Uhr stand Armand neben seinem Vater und den anderen Aristokraten des Königreiches Navarra im Thronsaal des Louvre und wartete auf die beiden Könige und die Prinzessin. Die Königinmutter und die beiden jüngeren Brüder des Königs waren bereits anwesend.

Armand betrachtete die schwarzen Kleider des Herzogs von Anjou und wunderte sich, warum er sie trug. Dann hörte er, wie ein Franzose zu seinem Nachbarn sagte:

»Der Herzog von Anjou wird immer merkwürdiger, schwarze Kleider sind seine neueste Marotte.«

»Das ist noch nicht alles. Die jungen Männer, die ihn stets begleiten, sind auch in Schwarz gekleidet.«

In diesem Augenblick wurden der König von Frankreich, der König von Navarra und die Prinzessin angekündigt. Armand erschrak, als Margarethe von Valois den Saal betrat. Das war doch nicht möglich, dachte er, sie sah aus wie Margot! Er stieß seinen Vater an und machte ihn darauf aufmerksam.

»Na, und? Solche Ähnlichkeiten gibt es. Denkt Ihr etwa immer noch an sie?«

Armand schwieg, und sein Verstand begann fieberhaft zu arbeiten.

›Könnte einer der hier anwesenden Franzosen Margot im Louvre gesehen haben? Das ist unwahrscheinlich, diese Damen und Herren halten sich immer in der Nähe des Königs auf, und die königlichen Gemächer liegen weit entfernt von dem Flügel des Schlosses, wo Margot kurze Zeit untergebracht war. Hat einer der hier anwesenden Hugenotten sie gesehen? Auch das ist unwahrscheinlich. Die Aristokraten aus Navarra wohnen in der Nähe des Königs, und während der Reise waren wir vom übrigen Gefolge getrennt untergebracht und haben auch die Mahlzeiten getrennt eingenommen.

Ich spüre, dass diese frappierende Ähnlichkeit zwischen Margot und der Prinzessin der Schlüssel ist, mit dessen Hilfe ich Margot finden könnte. Ich muss die Tür finden, in die dieser Schlüssel passt.‹

Er achtete nicht auf die Worte des Königs, sah gedankenverloren über die Menschen im Saal und zuckte unmerklich zusammen, als er inmitten der Franzosen einen groß gewachsenen dunkelhaarigen Mann sah. Er musterte das rote Wams, den kurzen roten Samtumhang, und dann fielen ihm die Augen auf. Wie er die Prinzessin anstarrte, seine Augen brannten förmlich, bei Hofe hatte er ihn noch nicht gesehen. Wer war dieser Mann?

Die Stimme des Franzosen neben ihm unterbrach seine Gedanken.

»Gott sei Dank, die langweilige Ansprache des Königs ist beendet. Ich bin am Verdursten, ah, die Erfrischungen werden gebracht.« Er nahm einen Silberpokal mit Wein und trank einen großen Schluck. »Probiert diesen Wein«, sagte er zu Armand, »es ist ein exzellenter Bordeaux, der König lässt sich die Hochzeit seiner Schwester etwas kosten.«

»Ihr habt recht, ein edler Tropfen. Sagt, kennt Ihr den Mann dort drüben mit dem roten Samtumhang? Bisher habe ich ihn im Louvre noch nicht gesehen.«

»Kein Wunder, das ist der Herzog von Guise. Er darf nur mit ausdrücklicher Erlaubnis des Königs den Louvre betreten.«

»Der Herzog von Guise?«, stammelte Armand. Er sah gut aus, kein Wunder, dass die Prinzessin sich in ihn verliebt hatte. Allerdings war es auch kein Wunder, dass der Herzog sich umgekehrt in Margarethe verliebt hatte.

Er sah hinüber zu dem Brautpaar.

›Mein König reicht der Prinzessin bis zu den Schultern, das hagere Gesicht, der Spitzbart, der Herzog sieht zweifellos besser aus, aber mein König hat Erfolg bei den Frauen, er besitzt wahrscheinlich etwas, das Frauen anzieht.‹

»Der Herzog scheint noch immer in die Prinzessin vernarrt zu sein«, warf nun der Franzose neben ihm ein, »seht nur, wie er sie anstarrt.«

»Warum darf der Herzog nur mit Erlaubnis des Königs den Louvre betreten?«

»Warum? Habt Ihr noch nie etwas von der saftigen Liebesaffäre gehört? Der König und seine Mutter haben das Paar im Bett erwischt. Und was sah der König, als er das Zimmer betrat? Ein zerwühltes Bett, eine Schwester, die wahrscheinlich nur mit einem Hemd bekleidet war, und als er zum Fenster trat, sah er den Herzog über die Dächer des Louvre laufen.«

»Über die Dächer?«

»Ja, der Herzog ist irgendwie hoch geklettert und über die Dächer geflohen.«

Armand spürte, dass sich in seinem Kopf alles drehte, er musste nachdenken.

»Ich würde gern noch weiter mit Euch plaudern, aber ich muss nach meinem Vater sehen. Er wünscht, dass ich in seiner Nähe bin.« Er nickte dem Franzosen zu und suchte nach einer Fensternische, wo er ungestört nachdenken konnte.

Der Herzog von Guise hat Margot auch nicht getroffen, weil er während der vergangenen Wochen nicht im Louvre war. Hat er sie vielleicht irgendwo in Paris entdeckt? Der Gedanke ist absurd, aber vielleicht hat er sie in Paris gesehen und in sein Haus gelockt, weil sie der Prinzessin ähnelte?

Nein, das ist unwahrscheinlich, sie würde ihn ja ständig an seine unglückliche Liebe erinnern. Allerdings ist auf dem Gebiet der Liebe alles möglich. Man müsste etwas über die Gepflogenheiten des Herzogs wissen.

Wie würde ich reagieren, wenn ich ein Mädchen, das ich liebe, verliere, und dann begegnet mir ihre Doppelgängerin? Würde ich versuchen, mit diesem Mädchen bekannt zu werden? Nein, ich würde mir den Schmerz nicht antun.

Ich komme nicht weiter, aber ich weiß, dass die Ähnlichkeit zwischen der Prinzessin und Margot der Schlüssel ist. Sie sehen aus wie Zwillingsschwestern.‹

Heinrich von Guise stand in einer anderen Fensternische und musterte den König von Navarra. Dieser Hugenotte, dachte er wütend, würde irgendwann auf der Frau liegen, die er liebte. Der Gedanke war unerträglich. Nun, der König hatte kein Wort gesagt, wann die Hochzeit stattfinden soll. Vielleicht kam noch etwas dazwischen.

In diesem Augenblick sah er den Admiral Coligny auf den König zugehen, er sah, wie Karl IX. den Admiral umarmte, und der Schmerz über seinen ermordeten Vater stieg wieder in ihm hoch.

›Mit diesem verdammten Hugenotten werde ich abrechnen. Meine Spione haben herausgefunden, dass Coligny den König drängt, einige Tage nach der Hochzeit den Krieg gegen Spanien zu beginnen. Der König hat noch keine Entscheidung getroffen. Wie wird Coligny reagieren, falls der König sich gegen den Krieg entscheidet? Fängt dann im Land ein neuer Religionskrieg an?‹

Margot verbrachte den Rest des Nachmittags auf ihrem Zimmer und wiederholte deutsche Grammatik und Vokabeln, um sich abzulenken. Nach einer Weile schloss sie die Bücher, trat zu einem der Fenster, sah hinunter in den Hof, horchte auf das Plätschern des Springbrunnens und versuchte die Angst, die in ihr aufstieg, zu unterdrücken.

Plötzlich hielt sie es im Zimmer nicht mehr aus. Sie eilte hinunter, setzte sich auf den Beckenrand des Brunnens, beugte sich über das Wasser und betrachtete ihr Gesicht.

›Ich habe Angst, aber wovor? Ich habe Angst, dass ich Heinrich verliere, dass er mich wegschickt, weil er die Prinzessin liebt. Warum hatte ich in diesem Haus sonst von Anfang an eine Sonderstellung? Warum hat er für mich so viel Geld ausgegeben? Der Schneider, der Tanzlehrer, warum hat er gesagt, dass er mich liebt? Die vergangenen zwei Wochen waren ein Traum, er ist zu Ende. Wie wird es weitergehen?‹

Sie begann zu weinen, und als die Tränen nach einer Weile versiegten, fühlte sie sich erleichtert und kehrte in ihr Zimmer zurück. Selbst das Abendmahl lehnte sie ab, sie hatte keinen Appetit.

Als es Mitternacht schlug, betrat Heinrich mit einer Öllampe in der Hand das Zimmer. Er entkleidete sich, öffnete die Bettvorhänge und legte sich neben Margot.

»Warum schläfst du noch nicht?«

»Ich habe auf dich gewartet. Erzähle ein bisschen. War es sehr anstrengend? Ich stelle es mir strapaziös vor, stundenlang an einer Tafel zu sitzen.«

Ihre Liebe und Anhänglichkeit wurden allmählich lästig, dachte er und erwiderte in gereiztem Ton: »Es gibt nicht viel zu erzählen. Nach der Ansprache des Königs standen alle herum, tranken Wein und unterhielten sich über belanglose Dinge, mit anderen Worten, über den neuesten Hofklatsch. Das Bankett war üppig, und das lange Sitzen hat mich nicht angestrengt, weil ich an Bankette gewöhnt bin.« Er setzte sich auf und sah sie an. »Der König von Navarra reicht seiner Braut nur bis an die Schultern. Ich glaube nicht, dass er ein guter Liebhaber ist. Ihre Hochzeitsnacht wird eine Enttäuschung für sie werden.«

Margot wusste nicht, was sie antworten sollte, und schwieg.

›Ich muss mich damit abfinden, dass er außer mir eine andere Frau liebt. Vielleicht vergisst er sie allmählich, wenn sie fern von ihm in Navarra lebt? Wie sagt man? Aus den Augen, aus dem Sinn.‹

Heinrich betrachtete Margot, und vor seinem inneren Auge erschien Margarethe von Valois. An der Tafel hatte er nah genug bei der königlichen Familie gesessen, um ihr Gesicht und ihre Augen zu betrachten. Sie hatte traurig ausgesehen, dachte er.

›Einmal blickte sie mich kurz an, und ich spürte, dass sie Sehnsucht nach mir hat. Und ich? Ich habe auch schreckliche Sehnsucht nach ihr.‹

Dieses Gefühl überkam ihn mit einer solchen Heftigkeit, dass er sich auf Margot warf, doch gleich wieder auf sein Kissen zurücksank. »Ich kann heute nicht.«

Sie beugte sich über ihn. »Heinrich, was ist los? Habe ich etwas falsch gemacht?«

»Nein.« Er drehte sich zur Seite und schlief ein.

Margot sank zurück und spürte eine Enttäuschung wie noch nie zuvor in ihrem Leben. Warum behandelte er sie so lieblos und kalt?

Sie spürte Tränen in sich aufsteigen und weinte sich allmählich in den Schlaf.

Als sie am anderen Morgen erwachte, war Heinrich fort. Sie erinnerte sich an die vergangene Nacht und wurde plötzlich von panischer Angst ergriffen.

›Mein Gott, ist er nach Lothringen abgereist? Lässt er mich hier allein zurück? Was mache ich ohne ihn in Paris? Ohne ihn bin ich hilflos in dieser Stadt, und zu den Hugenotten kann ich nicht zurück. Sie verurteilen mich wahrscheinlich, weil ich einfach weggegangen bin.‹

Sie läutete, und Henriette brachte das Frühstück.

»Wisst Ihr, wo der Herzog ist?«

»Ja, er ist schon seit dem frühen Morgen in seinem Arbeitszimmer, er hat eine Besprechung mit Böhme und Maurevert.«

Margot atmete auf. Sie zog das silberblaue Seidenkleid an, schminkte sich noch sorgfältiger als sonst und beschloss, bis zur Mittagstafel deutsche Vokabeln zu wiederholen, um sich von ihren trüben Gedanken abzulenken.

Sie nahm das Lehrbuch, ein Blatt Papier und notierte die deutschen Wörter, die sie sich nur schwer merken konnte: Gewehr, Schuss, Schuhschnalle, Flucht, Rathaus, Glocke, Anführer, Bürgermeister, Vorsteher, Kaufmannsgilde.

Sie arbeitete konzentriert, bis der Mittag eingeläutet wurde. Als sie den Speisesaal betrat und Heinrich mit düsterer Miene am Tisch sitzen sah, bekam sie Herzklopfen.

»Guten Tag, Heinrich.«

»Guten Tag.« Er starrte wieder vor sich hin.

Heinrich schwieg während der Mahlzeit, und Margot zwang sich, von jedem Gericht einige Bissen zu essen. Sie atmete auf, als der letzte Gang abgetragen wurde. Dieses Schweigen war unerträglich.

»Ich kann deinen Anblick nicht mehr ertragen«, schnauzte Heinrich sie plötzlich an, »auch wenn du nichts für deine äußere Erscheinung und dein Gesicht kannst.

Du gehst jetzt auf dein Zimmer und bleibst dort, bis ich dich wieder zu sehen wünsche. Du wirst dich nur in deinem Zimmer aufhalten und weder andere Räume noch den Park betreten, weil die Gefahr besteht, dass wir uns dann begegnen. Wenn ich dich zu sehen wünsche, komme ich zu dir.«

»Heinrich, was ist passiert? Warum willst du mich nicht mehr sehen?«

»Ich will diese Frage nicht beantworten.«

»Heinrich, wäre es dir lieber, wenn ich das Haus verlasse?«

»Nein, du bleibst! Versuche nicht zu fliehen, man würde dich daran hindern, meine Diener haben ihre Anweisungen.« Er blickte sie an und fuhr mit gefährlichem Unterton in der Stimme fort: »Verschwinde, lass mich allein, das ist ein Befehl!«

Sie stand auf, eilte in ihr Zimmer, warf sich auf das Bett und begann laut zu weinen. Nach eine Weile beruhigte sie sich und versuchte ihre Gedanken zu ordnen.

›Warum will er mir nicht sagen, warum er mich nicht mehr sehen will? Was bedeutet der Satz, dass ich nichts für meine äußere Erscheinung und mein Gesicht kann? Das ist alles merkwürdig, um nicht zu sagen, geheimnisvoll. Böhme weiß bestimmt etwas über das Geheimnis in diesem Haus, aber er darf wahrscheinlich nichts darüber erzählen.

Ich darf das Haus nicht verlassen, warum? Ich möchte nicht fliehen, ich habe nur einen Wunsch, dass es zwischen Heinrich und mir wieder zu jener Harmonie kommt, die bis gestern zwischen uns herrschte. Wie lange werde ich in diesem Zimmer bleiben müssen? Einige Tage, einige Wochen, vielleicht sogar Monate? Eines weiß ich, wenn

Heinrich mich irgendwann wieder sehen will, wird es nie mehr so sein wie früher. Gleichviel, ich liebe ihn nach wie vor, ich möchte ihn sehen und von ihm geliebt werden. Ich muss mit Henriette über meine Lage sprechen, vielleicht weiß sie eine Erklärung für Heinrichs Verhalten.‹

Sie läutete und als Henriette das Zimmer betrat, wies Margot auf einen Stuhl. Henriette setzte sich und die zwei Frauen sahen sich eine Weile schweigend an, bevor Margot ihr kurz die neue Situation schilderte und sich bei Henriette danach erkundigte, ob es ein Geheimnis gäbe, von dem sie nichts wisse.

»In diesem Haus gibt es kein Geheimnis. Aber Böhme sagte uns beim Mittagessen, dass der Herzog befohlen hat, Euch zu hindern, falls ihr einen Fluchtversuch unternehmt. Mehr nicht. Böhme sagt uns natürlich nicht alles. Wann, wo und wie habt Ihr Böhme kennengelernt?«

»Es war am 2. Mai. Ich stand auf einer Seinebrücke, betrachtete Notre Dame und dachte über meine Zukunft nach. Plötzlich tauchte Böhme auf.« Sie schilderte die damalige Unterhaltung. »Dann kam ein gewisser Maurevert dazu. Wer ist dieser Maurevert, vor einigen Tagen sah ich ihn vor dem Speisesaal, er hatte wieder eine Unterredung mit dem Herzog.«

»Maurevert ist einer der herzoglichen Spione im Louvre.«

»Ein Spion im Louvre? Ich erinnere mich, dass Maurevert überrascht schien, als er mich erblickte, er wirkte, als habe er mich schon einmal gesehen, aber das ist unmöglich.«

Es entstand eine Pause und Henriette fügte im Geist einen Mosaikstein zum anderen. Sollte sie Margot sagen, was für ein Verdacht in ihr keimte? Sie sah Margot in die Augen. »Ich bin im Augenblick so ratlos wie Ihr. Es tut mir leid. Wenn ich etwas in Erfahrung bringen kann, werde ich es Euch melden.«

»Ich danke Euch, dass Ihr mir helfen wollt. Es ist für mich schon eine Erleichterung, dass ich mit einem Menschen über meine verworrene Lage sprechen kann.«

›Heinrich ist ein faszinierender Mann, ich bin immer noch in ihn verliebt, obwohl er mich schroff und unfreundlich behandelt hat. Habe ich es nötig, mich von einem Mann so traktieren zu lassen? Nein! Meine Erziehung und mein Stolz gebieten mir, mich innerlich von ihm zu lösen. Das gelingt nur, wenn ich Paris verlasse. Ich muss weit weg von ihm leben.‹

Vor ihrem inneren Auge erschien die Landkarte Mitteleuropas. Sie dachte einen Augenblick nach, und richtete dann das Wort wieder an Henriette.

»Ich bin fest entschlossen, den Herzog, Paris und Frankreich zu verlassen. Er liebt mich nicht und hat mich nie geliebt. Am ersten Abend, den wir gemeinsam verbrachten, sagte er zu mir, dass ich nicht zu ihm passe und es für uns keine gemeinsame Zukunft gibt. Ich war todunglücklich und beschloss, das Palais zu verlassen. Wenig später gestand er mir seine Liebe und ich war so naiv ihm zu glauben. Sein Verhalten gestern und heute ertrage ich nicht länger. Ich muss fort, ich will irgendwo ein neues Leben beginnen.«

»Ihr habt recht, ich werde Euch helfen, von hier fortzukommen.«

»Das ist reizend von Euch. Aber ich möchte Euch nicht in Gefahr bringen. Wer weiß, wie der Herzog reagiert, wenn er erfährt, dass Ihr mir geholfen habt?«

»Das interessiert mich nicht. Wenn er mich hinauswirft, reise ich zu meiner Familie nach Lothringen. Das nötige

Reisegeld habe ich zusammengespart. Ich weiß, wie Ihr unbemerkt entfliehen könnt. Ihr habt mir doch erzählt, dass der Herzog Euch das Pferd Fortuna schenkte. Mit ihm könnt Ihr fliehen. Ich habe folgenden Plan: Hinter meinem Zimmer gibt es eine Treppe, die zu einem Nebenausgang führt. Von dort gelangt man unbemerkt zu den Ställen. Die Stallknechte sitzen fast den ganzen Tag in einem Raum nebenan und spielen Karten. Ihr müsst fliehen, wenn die Pferde gefüttert, getränkt, gestriegelt und die Ställe ausgemistet werden. Ein günstiger Zeitpunkt ist der Vormittag.

Ihr könnt in Ruhe baden und frühstücken, dann begleite ich Euch zu den Ställen und gebe acht, dass niemand kommt, solange Ihr Fortuna sattelt.«

»Euer Plan klingt überzeugend. Was passiert aber, wenn plötzlich einer der Knechte auftaucht und versucht, mich an der Flucht zu hindern? Die Knechte sind über den Befehl des Herzogs informiert.«

»In diesem Fall müsst Ihr dreist behaupten, der Herzog habe Euch einen Ausritt erlaubt. Ich werde Eure Aussage bestätigen und den Burschen verscheuchen. Euer Bündel werde ich unter dem Rock verstecken. In dem Augenblick, wenn Ihr auf dem Sattel sitzt, gebe ich es Euch.«

»Ich weiß nicht, wie ich Euch danken soll«, beteuerte Margot. »Hoffentlich klappt Euer Plan.«

»Er wird klappen. Habt Ihr Euch schon für ein Reiseziel entschieden?«

»Ich werde nach Köln reiten und dort ein neues Leben beginnen. Köln hat ungefähr vierzigtausend Einwohner und ist die größte Stadt in Deutschland. Köln ist eine Freie Reichsstadt. Das bedeutet, sie ist unmittelbar dem Kaiser unterstellt. Es gibt dort sogar zwei Frauenzünfte, die Seidenmacherinnen und die Goldspinnerinnen. Allerdings muss man sehr wohlhabend sein, wenn man zu diesen Zünften gehören will.«

»Köln? Deutschland?«, rief Henriette erstaunt. »Ihr beherrscht die deutsche Sprache nicht. Wie wollt Ihr Euren Lebensunterhalt verdienen?«

»Ich hörte, dass man eine fremde Sprache am leichtesten lernt, wenn man dort lebt, wo sie gesprochen wird. Außerdem kann ich ein paar Brocken Deutsch. Zusammen mit meinen anderen Sprachkenntnissen werde ich irgendwie überleben. Es gibt in Köln über hundert Beginenkonvente. Dort leben Frauen ohne Ordensregel zusammen. Jede Frau kann Begine werden, man muss nicht vermögend sein. Die Beginen sind unabhängig von Priestern, Ehemännern oder Vätern, sie können sich den Ehepartner selbst aussuchen und sie leben von ihrer eigenen Arbeit. Sie sind Weberinnen, Spinnerinnen, Krankenpflegerinnen oder Bierbrauerinnen. Viele arbeiten auch als Erzieherinnen. Sie nehmen gegen Bezahlung junge Mädchen auf und unterrichten sie. Das ist mein Ziel: Ich möchte in einem Beginenkonvent leben und junge Mädchen unterrichten.«

»Woher wisst Ihr das alles?« Henriette war völlig verblüfft.

»Aus einem Buch der Bibliothek meines Vaters, in dem die wichtigsten Städte Europas beschrieben wurden.«

»Eure Pläne klingen vernünftig. Jetzt müssen wir aber an praktische Dinge denken. In diesem Haus gibt es bestimmt einen Mantelsack, in den Ihr Euer Bündel hineinlegen könnt. Taftkleider sind unpraktisch für tagelange Ritte. Ich besorge Euch ein einfaches Tuchkleid. Ihr müsst unauffällig wirken, sonst wird man Euch sofort überfallen. Einen Teil des Geldes müsst Ihr am Körper tragen. Im Judenviertel werde ich bestimmt eine Geldkatze finden, und bei einem der jüdischen Geldwechsler werde ich einen Teil Eurer Livres in deutsches Geld tauschen.«

Margot entnahm dem Beutel, den sie von Bertrand de Villiers erhalten hatte, zwanzig Livres.

»Lasst Euch dafür rheinische Goldgulden geben. Hoffentlich genügt der Ausweis, den Bertrand mir gab, wenn ich die Grenze überschreite.«

»Eure Reise ist nicht ungefährlich. Habt Ihr überhaupt keine Angst?«

»Ich versuche nicht daran zu denken, was unterwegs passieren könnte. Ich werde die großen Handelsstraßen benutzen, und vielleicht lerne ich in einer der Herbergen zuverlässige Leute kennen, in deren Gesellschaft ich reisen kann.«

Am folgenden Vormittag stand Margot neben Fortuna und wartete ungeduldig, dass Henriette mit dem Beladen der Satteltaschen fertig wurde.

»In der linken Tasche«, sagte die Dienerin, »sind ein Säckchen mit weißem Zucker für Fortuna, ein Wasserschlauch und ein Weinschlauch. In der rechten Tasche sind Brot, geräucherter Schinken, Käse, ein Messer, eine Gabel und ein Löffel. In den Herbergen erwartet man, dass Ihr Euer eigenes Besteck mitbringt.« Skeptisch betrachtete sie Margot. »Das dunkelgraue Tuchkleid und der Umhang werden hoffentlich beweisen, dass Ihr nicht viel Geld besitzt.«

Margot umarmte Henriette. »Ich weiß nicht, wie ich Euch danken soll. Vielleicht gelingt es mir, Euch irgendwann eine Nachricht zu schicken.«

»Ich werde für Euch beten, und ich verspreche Euch, kein Mensch wird von mir erfahren, wohin Ihr reitet.«

Margot bestieg Fortuna und ritt über den Hof. Als sie das Tor erreichte, wandte sie sich um und winkte Henriette zum Abschied noch einmal zu.

Während Margot durch das Stadttor Saint Martin ritt, ging Heinrich ruhelos in seinem Schlafzimmer auf und ab und empfand ein schlechtes Gewissen, weil er Margot kalt und schroff behandelt hatte.

›Ich bin ein Idiot. Ich trete die aufrichtige Zuneigung dieser Frau mit Füßen. Warum? Sie kann nichts dafür, dass sie wie die Zwillingsschwester der Prinzessin aussieht. Ich muss die Prinzessin endlich vergessen, ich muss! Was empfindet Margot jetzt für mich? Hass? Enttäuschung? Vielleicht ist ihre Liebe erloschen.‹

An der Mittagstafel stocherte er lustlos in den Speisen herum, sah hin und wieder zu Margots leerem Stuhl, und als der Hippokras serviert wurde, war er entschlossen, sie um Verzeihung zu bitten.

Am Nachmittag ging er in den Rosengarten, setzte sich auf eine Steinbank, betrachtete die drei Säulen und überlegte, wie er sie von seiner Zuneigung überzeugen konnte. Als der Abend nahte, stand er auf, nahm den kleinen Dolch, den er stets bei sich trug, schnitt eine rote, eine weiße und eine rosa Rose ab und ging zum Palais.

›Ich werde ihr jetzt die Rosen überreichen und sie um Verzeihung bitten. Wir speisen zusammen und verbringen den Abend in der Halle. Sie singt mir Lieder vor, wir spielen Schach oder Minchiate. Dann gehen wir in ihr Schlafzimmer, und unsere Liebe fängt noch einmal von vorn an.‹

Als er vor Margots Zimmer stand, atmete er tief durch und klopfte laut an die Tür. Er lauschte, drinnen blieb alles ruhig. Er klopfte erneut. Stille.

Nach einer Weile klopfte er zum dritten Mal. Stille.

Er wartete noch einen Augenblick, öffnete die Tür, betrat das Zimmer, sah sich um und erschrak. Sie war fort, ihre Bücher waren verschwunden. Er betrachtete den Frisiertisch mit den Fläschchen und Döschen, öffnete die kleine Truhe, wo sie, wie er wusste, ihre alten Kleider aufbewahrte und sah entsetzt, dass die Truhe leer war.

›Sie ist geflohen, wie ist dies möglich? Die Dienerschaft hat den Befehl, sie an einer Flucht zu hindern. Jemand hat ihr geholfen, das Palais zu verlassen! Wer? Es kann nur Henriette gewesen sein! Wahrscheinlich weiß sie auch, wohin Margot gegangen ist. Ich muss wissen, an welchen Ort Margot reisen will. Ich werde ihr folgen und sie zurückerobern.

Ihre Flucht beweist, wie sehr ich sie gekränkt habe. Was mache ich, wenn sie mich nicht mehr liebt? Darüber kann ich jetzt nicht nachdenken, ich muss sie finden. Ich kann ohne ihre Gegenwart nicht mehr leben, ich begehre sie nach wie vor.‹

Er eilte hinaus, lief zu den Ställen und fand die Knechte in Aufregung, weil Fortuna verschwunden war. Er befahl zwei Soldaten, zu seinem Arbeitszimmer zu kommen. Dann ließ er Böhme rufen.

»Die Demoiselle Cauvin ist geflohen; wahrscheinlich hat Henriette ihr dabei geholfen. Schaffe das Weibsbild herbei, bringe sie in mein Arbeitszimmer. Falls sie leugnet, wird sie den hinteren Teil des Parks kennenlernen!«

Böhme zuckte bei diesen Worten zusammen. Er ging zu ihr und gab ihr einen Wink, und als sie zum Arbeitszimmer gingen, sagte er leise: »Der Herzog verdächtigt dich, der Demoiselle Cauvin bei der Flucht geholfen zu haben. Ich rate dir, sage dem Herzog alles, was du weißt, es ist in deinem eigenen Interesse.«

»Ich habe der Demoiselle versprochen zu schweigen, und ich werde mein Versprechen halten.«

»Henriette, beherzige meinen Rat.«

Dann stand sie dem Herzog gegenüber und ihr grauste, als sie den Blick seiner Augen sah.

Heinrich musterte die Dienerin von Kopf bis Fuß. »Hast du der Demoiselle Cauvin bei der Flucht geholfen?«

»Ja, Herr Herzog.«

Böhme atmete auf.

»Wenn jemand flieht«, fuhr Heinrich fort, »so vertraut er gewöhnlich dem Helfer an, wohin er sich begeben will. Wohin will Margot reiten?«

»Ich weiß es nicht, Herr Herzog.«

»Du weiß es nicht? Dann werde ich deinem Gedächtnis ein wenig nachhelfen.« Er gab den Soldaten einen Wink, und sie fesselten Henriette die Hände auf dem Rücken. »Vorwärts, in den Park!«

Die Soldaten gingen neben der Dienerin, gefolgt von Heinrich und Böhme. Unterwegs spürte sie, wie die Angst ihr die Kehle zuschnürte. Was hatte der Herzog vor?

Im hintersten Winkel des Parks blieben die Soldaten vor einem kleinen runden Platz stehen, über den eine Holzplatte gebreitet war.

Sie zogen die Platte zur Seite und führten Henriette an den Rand einer Grube. Sie sah hinunter und erschrak. Auf dem Boden der Grube schlängelten sich unzählige Kreuzottern, silbergrau, gelb, braun, blaugrau und schwarz.

Henriette wurde beim Anblick der Rücken mit ihrem schwarzen Zickzackband von panischer Angst erfasst.

»Ich zähle bis drei. Wenn du nicht sagst, wohin die Demoiselle geflohen ist, wirst du in diese Grube gestoßen. Eins … zwei …«

»Lieber Gott hilf mir«, schrie sie, »Demoiselle Cauvin, vergebt mir, Köln, es ist Köln!«

»Na bitte, geht doch. Böhme, nach der Abendtafel erwarte ich dich in meinem Arbeitszimmer.«

Er ging weg, gefolgt von den Soldaten.

Henriette begann zu weinen. Böhme legte ihr den Arm um die Schulter und führte sie zum Palais zurück.

Nach einer Weile beruhigte sie sich. »Ich habe die Demoiselle verraten, was soll ich nur machen? Ich fühle mich schuldig.«

»Ich glaube, dass jeder Mensch beim Anblick der Schlangen schwach geworden wäre.«

»Wird der Herzog nach Köln reisen und die Demoiselle suchen?«

»Sicherlich. Er empfindet wahrscheinlich immer noch Zuneigung für sie, obwohl er sie schroff behandelt hat.«

»Was wird er machen, wenn die Demoiselle sich weigert, ihn nach Paris zu begleiten? Sie will nichts mehr mit ihm zu tun haben.«

»Ich bin davon überzeugt, dass es dem Herzog gelingen wird, sie zurückzuerobern.«

Einige Stunden später stand Böhme im Arbeitszimmer des Herzogs.

»Ich will, dass die Demoiselle Cauvin zu mir zurückkehrt, ihre Flucht war nur eine Laune. Wir brechen in einer halben Stunde nach Köln auf. Die Kutsche mit acht

Pferden steht bereit. Wir werden Tag und Nacht reisen, ein Trupp Soldaten wird uns begleiten. In Köln werden wir bei meiner Tante wohnen, der Gräfin Brandenstein. Wahrscheinlich werden wir sogar vor der Demoiselle ankommen. Ich schätze, dass wir, wenn nichts dazwischenkommt, am Freitag gegen Abend in Köln sein werden. Margot wird frühestens am Sonntag eintreffen. Nun zu deiner Aufgabe:

Du wirst dich verkleiden, damit sie dich nicht erkennt, falls ihr euch zufällig in Köln begegnet. Am Sonntag wirst du ab dem Vormittag das westliche Stadttor beobachten. Wenn sie kommt, folge ihr unauffällig, finde heraus, wo sie wohnt. Ich vermute, sie wird sich eine Stellung als Dienerin suchen.

Eine Dienerin hat nicht viel freie Zeit. Es wird nicht einfach sein, sie unter vier Augen zu sehen. Nun, mir wird schon etwas einfallen. Hast du noch Fragen?«

»Nein, Herr Herzog. Ich werde eine blonde Perücke tragen und einen blonden Bart, und zwar schon während der Reise. Ihr könnt Euch auf mich verlassen, ich werde die Demoiselle finden.«

19. KAPITEL

Am Spätnachmittag des 23. Mai, es war ein Freitag, saß die Gräfin Louise Brandenstein in ihrem Schlafzimmer und las einen Brief ihres ältesten Sohnes. Nach einer Weile legte sie das Schreiben auf den kleinen Tisch neben ihrem Stuhl, nahm den Silberbecher und trank einen Schluck Wein.

Jetzt wollte er noch weitere Weinberge kaufen, warum? Sie besaßen weiß Gott genügend Güter.

In diesem Augenblick betrat ihre Zofe Elisabeth das Zimmer. »Frau Gräfin, Euer Neffe, der Herzog von Guise, und sein Diener sind eben angekommen. Mein Mann kümmert sich um sie.«

Louise sah die Zofe erstaunt an. »Mein Neffe? Im letzten Sommer tauchte er auch überraschend hier auf. Führt die beiden zu mir.«

Elisabeth eilte hinaus in die Halle, wo ihr Gatte, Valentin Bellach, sich vor Heinrich von Guise verbeugte: »Herr Herzog, ich werde sofort Eure Räume richten und Eure Pferde versorgen lassen.«

Heinrich betrachtete Elisabeths groß gewachsene, üppige Gestalt, die dunklen Augen und die dunklen Locken, die sich unter der Haube hervorkräuselten. »Ihr müsst jetzt seit ungefähr einem halben Jahr verheiratet sein, die Ehe hat Euch noch hübscher gemacht. Gibt es bereits Hoffnung auf Nachwuchs?«

»Bis jetzt noch nicht, Herr Herzog. Bitte, die Gräfin erwartet Euch und Euren Diener.«

Heinrich betrachtete die schlanke Gestalt der Tante, das silbergraue Kleid, die silbergrauen Haare und dachte: Sie war jetzt fünfzig Jahre alt, aber sie hat sich gut gehalten.

Louise gab Elisabeth einen Wink, das Zimmer zu verlassen, und musterte die Männer. »Seid willkommen in meinem Haus. Lieber Heinrich, Euer Diener ist äußerlich sehr verändert, oder habt Ihr einen neuen Diener?«

»Tante Louise, er musste sich aus bestimmten Gründen verkleiden«, und zu Böhme: »Kümmere dich um das Gepäck.«

Als sie allein waren, wies die Gräfin mit der Hand auf den Stuhl, der neben dem Tisch stand, ging zu einem Schrank, holte einen Silberbecher und füllte ihn mit Wein.

»Auf Eure Ankunft. Ihr könnt hier selbstverständlich so lange wohnen, wie Ihr wollt. Aristokratische Gesellschaft ist sehr angenehm. Die Patrizier, mit denen ich verkehre, reden immerzu über ihre Geschäfte.«

»Ich danke Euch für Eure Gastfreundschaft, Tante Louise. Ich werde nicht lange hier weilen. Ende Juni muss ich wieder in Paris sein.«

»Was ist der Grund Eures unverhofften Besuches? Im Sommer letzten Jahres kamt Ihr auch überraschend wegen einer Liebesgeschichte. Ist diese Affäre auch jetzt der Grund?«

»Ja und nein.«

»Warum muss Euer Diener sich verkleiden?«

»Er darf in Köln von einer gewissen Person nicht erkannt werden.«

»Das klingt aufregend, ist diese Person eine Frau? Verzeiht, dass ich so offen frage, aber ich bin sehr neugierig.«

»Das verstehe ich. Ja, diese Person ist eine Frau.«

»Ich will nicht weiter in Euch dringen. Ich spüre, dass Ihr nicht mehr erzählen wollt. Nun, es geht mich auch nichts an. Wie geht es Eurem Onkel und Eurer Mutter? Wissen sie, dass Ihr nach Köln gereist seid?«

»Es geht ihnen gut, und sie wissen nichts von meiner Reise.« Es entstand eine Pause, dann sagte Heinrich: »Tante Louise, es wäre für mich angenehm, wenn die Dienerschaft darüber schweigen würde, dass ich hier wohne.«

»Selbstverständlich, sie wurden von meinem seligen Gatten und mir zur Verschwiegenheit erzogen. Ihr wollt Euch von der Reise bestimmt erholen, das Abendessen ist in zwei Stunden. Ihr werdet mir viel von Paris erzählen können, von der geplanten Hochzeit des Königs von Navarra mit der jüngsten Schwester des Königs. Eure Mutter schrieb davon, und außerdem ist diese Neuigkeit seit Wochen in Köln bekannt. Hier beobachtet man sehr genau die religiösen Schwierigkeiten in Frankreich.«

Sie sah, dass ein Schatten über Heinrichs Gesicht huschte, und überlegte flüchtig, ob seine Liebesgeschichte etwas mit der geplanten Heirat zu tun hatte.

»Ich erzähle Euch gern von Paris«, sagte Heinrich im Aufstehen, »über die geplante Hochzeit allerdings gibt es nicht viel zu berichten.«

Er verbeugte sich, verließ das Zimmer, und die Gräfin sah ihm erstaunt nach. Es gab nicht viel zu berichten? Merkwürdig. Konnte es sein, dass er eine Affäre mit der Schwester des Königs hatte?

Sie läutete, und Elisabeth betrat das Zimmer.

»Richtet mir das weinrote Kleid, es ist an den Ärmeln mit weißen Perlen besetzt, ich werde auf weiteren Schmuck verzichten. Weniger ist manchmal mehr. Wisst Ihr inzwischen, ob Ihr guter Hoffnung seid?«

»Ich bin mir noch nicht sicher, aber im Lauf der kommenden Woche werde ich wissen, ob ich ein Kind erwarte. Ein Sohn wird den Namen Valentin tragen, eine Tochter den Namen meiner Mutter, Ursula.«

Die Gräfin betrachtete in dem Frisierspiegel Elisabeths Gesicht. »Ich bin gespannt, ob Euer Kind Euch oder Eurem Gatten ähnlich sehen wird. Ihr seid äußerlich das Ebenbild Eurer Mutter. Euer Bruder Johannes sieht Eurem seligen Vater ähnlich, Euer Bruder Matthias ebenfalls. Will Johannes nicht bald heiraten? Er wird im nächsten Jahr dreißig, und der Betrieb benötigt einen Erben.«

»Die Verheiratung meines Bruders ist ein Problem. Es gibt viele junge wohlhabende Handwerkertöchter in Köln, die ihn gern ehelichen würden, aber sie gefallen ihm nicht. Er trauert anscheinend immer noch dem jungen Mädchen in Florenz nach, das er während seiner Gesellenzeit erfolglos umwarb. Johannes hat in seinen Briefen dieses Mädchen, Julia, beschrieben: groß, sehr schlank, dunkle Augen, schwarze Haare, eine makellose weiße Haut. Ich glaube, er sucht in Köln nach einer zweiten Julia. Da kann er lange suchen. Südländische Schönheiten habe ich hier noch keine gesehen.«

»Hat Eure Mutter denn inzwischen eine neue Köchin gefunden?«

»Nein. Sie hat sich verschiedene Küchenmägde angesehen, aber aus der Unterhaltung geschlossen, dass sie nicht kochen können. Meine Mutter ist anspruchsvoll und von unserer verstorbenen Ottilia verwöhnt. Ich hoffe, sie findet bald eine Köchin. Valentin und ich speisen zwar nur am Sonntag bei ihr, aber das, was die Mägde auftischen, ist eine Katastrophe. Die Suppe ist zu dünn, das Fleisch manchmal nicht richtig durchgebraten, und bei den süßen Speisen entwickeln sie keine Fantasie. Seit Wochen servieren sie Gerstenbrei, in Scheiben geschnitten und mit Honig beträufelt.«

»Ich werde mich bei meinen Bekannten umhören. Manchmal gibt es glückliche Zufälle.«

Der 25. Mai, ein Sonntag, war ein warmer, windstiller und wolkenloser Frühlingstag.

Am Vormittag ging Böhme zum westlichen Stadttor und verbarg sich geschickt zwischen den Häusern. Von seinem Standort aus konnte er beobachten, wer die Stadt betrat, ohne dass er selbst gesehen wurde.

Eine Stunde nach der anderen verging, und er verspürte Hunger und vor allem Durst. Er überlegte, ob er es wagen konnte, für kurze Zeit in eine der Schänken zu gehen, und beschloss auszuharren. Er durfte Margot nicht verfehlen.

Am späten Nachmittag sah er sie tatsächlich durchs Tor reiten.

Sie stieg von ihrem Pferd ab, ging zu einem der Torwächter und sprach mit ihm. Dann schritt sie mit dem Pferd die Straße weiter hinauf. Böhme folgte ihr, bis sie an die Herberge ›Zum schwarzen Schwan‹ kamen.

Böhme atmete erleichtert auf. Das war einfacher als gedacht.

Margot betrat den Hof der Herberge, band Fortuna an einem der Eisenringe fest, die am Stall angebracht waren, und ging in die Gaststube.

Der Wirt brachte ein Tablett mit Bierkrügen zu einigen Gästen und wandte sich dann Margot zu.

»Womit kann ich dienen?«

»Habt Ihr ein Bett für diese Nacht, vielleicht auch für mehrere Nächte?«

»Ihr könnt hier wohnen, solange Ihr zahlt.«

»Ich denke, eine Nacht genügt. Ich hoffe, dass ich noch heute eine andere Bleibe finden werde, wo ich wohnen und arbeiten kann. Wo sind die Beginenkonvente? Ich möchte Begine werden und junge Mädchen unterrichten.«

Der Wirt starrte sie an. »Ihr wollt Begine werden? Wisst Ihr nicht, dass der Rat über die Hälfte der Konvente inzwischen geschlossen hat? Angesichts der schlechten wirtschaftlichen Situation empfanden viele Zünfte die Beginen als Konkurrenz. Sie dürfen kein Handwerk mehr ausüben und nicht mehr unterrichten, sie dürfen nur noch Kranke und Alte pflegen.«

»Wie bitte? Nur Pflege?« Gütiger Himmel, Kranke und Alte waschen, füttern, der Geruch in den Räumen, wo Kranke und Alte liegen, nein, das war nichts für sie! Dann lieber Küchenmagd, das war das kleinere Übel. »Ich verstehe nichts von Pflege. Wisst Ihr zufällig eine Familie, die eine Küchenmagd sucht? Ich muss meinen Lebensunterhalt verdienen.«

Der Wirt musterte Margot von oben bis unten. »Könnt Ihr kochen?«

»Ja, ich komme aus Frankreich, ich kann kochen, wie man in Frankreich kocht.«

Donnerwetter, dachte der Wirt, das würde Ursula gefallen. »Eine entfernte Verwandte von mir, die verwitwete Goldschmiedemeisterin Ursula Buchholz, sucht seit einiger Zeit eine gute Köchin. Geht zu ihr und stellt Euch vor. Am Sonntagnachmittag ist die Familie bei ihr versammelt.«

»Vielen Dank. Ist es ein großer Haushalt?«

»Nein, die Meisterin, ihr ältester Sohn, der Geselle, der Lehrling, ein Knecht, drei Mägde. Am Sonntag müsst Ihr für drei weitere Gäste kochen, einen Sohn der Meisterin, ihre Tochter und deren Gatte.«

Mit ihr neun Personen, überlegte Margot, am Sonntag zwölf Personen, das war zu bewältigen. »Wo wohnt die Familie?«

»Die Straße heißt Unterer Goldschmied, das Haus ist das größte und höchste in der Straße.« Er beschrieb ihr den Weg.

»Ich danke Euch, wenn ich heute nicht mehr hier erscheine, wisst Ihr, dass ich dort arbeiten kann.«

Sie holte Fortuna und ging zum Haus des Goldschmiedemeisters Buchholz, das sie ohne Probleme fand.

Einige Zeit später betrat Böhme den Gastraum der Herberge und bestellte einen Krug Bier beim Wirt. »Vorhin sah ich eine junge schwarzhaarige Frau mit einer weißen Stute in Euren Hof gehen. Übernachtet sie hier?«

Der Wirt musterte den Gast, und sein Instinkt sagte ihm, dass etwas nicht stimmte. Warum interessierte sich dieser Fremde für die junge Frau? Wahrscheinlich war sie irgendwo weggelaufen, und er sollte sie verfolgen. Er würde ihn auf eine falsche Fährte locken.

»Die junge Frau war hier, aber sie übernachtet nicht in meinem Haus. Sie will zu den Beginenkonventen gehen und dort bleiben und arbeiten.«

»Wo sind die Beginenhäuser?«

»Überall in der Stadt, Ihr müsst sie suchen. Einige sind in der Nähe des Klosters Sankt Ursula.«

Böhme trank das Bier genüsslich in großen Schlucken. Heute würde er die Demoiselle nicht mehr suchen. Morgen war auch noch ein Tag.

20. KAPITEL

Margot stand vor dem zweistöckigen Steinhaus der Familie Buchholz und sah sich um. Neben der Eingangstür war ein großes rundes Holztor. Margot band Fortuna an einen der eisernen Ringe am Tor fest und ging zögernd zurück zum Hauseingang. Sie atmete tief durch und betätigte den Türklopfer.

Nach einer Weile hörte sie Schritte, die Tür wurde geöffnet, und sie sah einen großen kräftigen jungen Mann mit blonden Haaren.

Er starrte sie überrascht an. Eine südländische Schönheit, die ihn an Julia erinnerte. Er lächelte Margot an.

»Guten Tag, ich bin Johannes Buchholz, womit kann ich Euch dienen?«

»Verzeiht den unangekündigten Besuch, aber der Wirt der Herberge ›Zum schwarzen Schwan‹ sagte mir, dass Ihr eine Köchin sucht. Mein Name ist Margot Cauvin, ich bin heute in Köln angekommen und suche eine Stellung.«

»Euer Name klingt französisch.«

»Ich bin Französin und komme aus Paris.«

Eine Französin, eine Pariserin, wie apart, was für ein zauberhafter Akzent. Seine himmelblauen Augen strahlten sie an.

»Ihr sprecht gut Deutsch. Kommt, ich werde Euch meiner Familie vorstellen. Wie heißt Euer Pferd?«

»Fortuna.«

Er band Fortuna los und öffnete das Hoftor. »Hier ist der Wirtschaftshof. Rechts ist der Stall für die Pferde, daneben der Holzschuppen und der Raum für die Kutsche. Gegenüber seht Ihr den Backofen, das Waschhaus, Abort und Hühnerstall. Dahinter liegt der Gemüse-, Obst- und Blumengarten.«

Auf einer Holzbank vor dem Pferdestall saß ein älterer grauhaariger Mann und döste in der Nachmittagssonne.

»Das ist Jakob, er kümmert sich um die Pferde, den Garten und den Hühnerstall. Jakob, versorge Fortuna, es ist ein besonderes Pferd, es kommt aus Frankreich. Bringe bitte den Mantelsack in Annas Kammer. Das ist Margot Cauvin, unsere neue Köchin.«

Der alte Mann lächelte Margot an. »Willkommen im Hause Buchholz, wir vermissen seit Wochen eine gute Köchin.«

Margot sah Johannes unsicher an: »Eure Mutter ist vielleicht nicht einverstanden, dass ich hier arbeite.«

»Seid unbesorgt. Seit dem Tod meines Vaters bin ich der Herr im Haus.«

Er führte sie um das Gebäude herum zu einem Sitzplatz vor dem Hintereingang. Dort stand ein runder Steintisch, und um ihn herum saß die Familie Buchholz auf Holzschemeln.

»Mutter«, sagte Johannes Buchholz, »der liebe Gott hat uns eine neue Köchin geschickt. Margot Cauvin kommt aus Paris und wird uns künftig mit der französischen Küche verwöhnen.«

»Eine Französin, wie aufregend«, rief Elisabeth, »dann werde ich meine französischen Sprachkenntnisse so verbessern können, dass die Gräfin sich wundern wird.«

Margot hörte erstaunt diese Worte, konnte aber nicht darüber nachdenken, weil eine füllige ältere Frau sie zu sich heranwinkte. Sie betrachtete die schwarzen Witwenkleider und die schwarze Haube, unter der dunkle Haare hervorlugten. Sie senkte die Augen unter dem prüfenden Blick.

»Ihr seid sicher durstig«, sagte Johannes, ging ins Haus und holte einen Becher. Er füllte ihn und reichte ihn Margot. »Wir nennen das Getränk Rheinwasser, es ist obergäriges Bier, mit Apfelmost vermischt, und löscht Durst besser als Wasser.«

»Ich danke Euch. Es schmeckt köstlich.«

Ursula Buchholz wies auf einen Schemel ihr gegenüber. »Setzt Euch. Ich möchte Euch zunächst meine Familie vorstellen. Mein Sohn Matthias ist Priester am Dom. Mein Schwiegersohn Valentin Bellach ist Schlossverwalter bei der Gräfin Brandenstein. Meine Tochter Elisabeth ist die Zofe der Gräfin Brandenstein.«

Margots Augen wanderten von dem rundlichen Priester zu dem großen schlanken Valentin und der fülligen Elisabeth.

»Der Geselle, der Lehrling, die drei Mägde und der Knecht haben am Sonntag nach dem Mittagessen einen freien Nachmittag bis zum Abendläuten«, sagte Ursula. »Ich bin gespannt auf Eure Geschichte. Warum habt Ihr Paris verlassen?«

Margot erzählte die Geschichte, die sie seinerzeit Böhme erzählt hatte, und schloss mit den Worten: »Ich hatte eine gute Stellung in Paris, aber die Spannungen zwischen den Hugenotten und den Katholiken waren für mich unerträglich. So beschloss ich, nach Deutschland zu gehen.«

»Eines verstehe ich nicht. Ihr seid Katholikin und Frankreich ist ein katholisches Land, wieso habt Ihr unter den religiösen Spannungen gelitten? Die Hugenotten sind eine Minderheit in Frankreich.«

»Wegen der Heirat des Königs von Navarra mit der Prinzessin Margarethe kamen während der letzten Wochen immer mehr Hugenotten nach Paris, und sie benehmen sich immer unverschämter. Wir haben jetzt zwar Frieden, und diese Hochzeit soll den Frieden festigen. Aber wer weiß, vielleicht bricht wieder ein Religionskrieg aus. Davor hatte ich Angst.«

Ursula musterte Margot von oben bis unten. »Während der Religionskriege wart Ihr in Navarra, Ihr habt im Süden nichts davon gemerkt.«

»Wir hörten von den Gräueln, die verübt wurden.«

»Mutter«, mischte Johannes sich ein, »die Gründe, warum Margot Cauvin Frankreich verlassen hat, sind unwichtig. Viel wichtiger ist, dass in unserer Küche wieder eine gute Köchin regiert.«

»Da hast du recht, mein Sohn«, und zu Margot: »Welche Speisen habt Ihr bei Eurer Pariser Herrschaft gekocht?«

»Alles, Suppen, Gemüse, Zwischengerichte, süße Speisen, Fisch, Fleisch. Ich habe öfter einen Kapaun zubereitet, nach einem besonderen Rezept, er wurde zuerst gekocht und dann gebraten.«

»Kapaun? Das ist eine Delikatesse, in meinem Haus wird vor allem Schweinefleisch gegessen, Huhn und Innereien. Doch Kapaun? Es interessiert mich, wie Ihr ihn zubereitet. Am nächsten Sonntag, es ist der 1. Juni, sind es fünfunddreißig Jahre, dass ich meinen seligen Gatten heiratete. Das ist ein Anlass, um Kapaun zu speisen.

Ich will es mit Euch als Köchin probieren. Magdalena wird Euch während der ersten Tage zum Markt begleiten und Euch mit unseren Händlern bekannt machen. Unsere Dienerschaft wird mit dem Vornamen angeredet.

Euer Wochenlohn beträgt einen halben Goldgulden, dazu Unterkunft und Verpflegung.«

Ein halber Goldgulden, das war eine gute Bezahlung.

In diesem Augenblick wurde der Abend eingeläutet, und Elisabeth sprang auf. »Valentin, wir haben die Zeit vergessen, los, rasch, die Gräfin erwartet mich«, und zu Margot: »Ich freue mich schon auf die künftigen Sonntage, dann werden wir uns nur auf Französisch unterhalten.«

Ursula stand auf. »Elisabeth, in meinem Haus wird Deutsch gesprochen«, und zu Margot: »Ich zeige Euch jetzt das Haus.«

Margot folgte ihrer neuen Herrin. Elisabeth, ihr Gatte und der Priester verließen den Hof, Johannes blieb zurück, schenkte sich noch einen Becher Rheinwasser ein und schaute verträumt vor sich hin.

Margot ... Sie war schön, charmant und intelligent. Hoffentlich blieb sie lange bei ihnen. Er fühlte sich zu ihr hingezogen.

Ursula öffnete im Hausflur eine Tür, und sie betraten die Küche.

Margot sah sich um. Der Raum war doppelt so groß wie die Küche ihrer Tante. In der Mitte stand ein langer Eichentisch, umgeben von hohen Stühlen ohne Armlehne. An den weißgekalkten Wänden hingen Holzborde. Auf ihnen standen irdene Becher, Holzdosen mit Gewürzen und Mörser aus Messing. An der Wand neben den zwei Feuerstellen hing funkelndes Kupfergeschirr.

Ursula wies auf eine Falltür. »Von hier könnt Ihr in den Keller steigen. Vom Hof aus gibt es ebenfalls einen Zugang zum Keller. In meinem Haus ist festgelegt, was es jeden Tag zu essen gibt. Habt Ihr noch Fragen?«

»Nein.« Diese festgelegte Speisenfolge erleichterte ihr die Arbeit.

Sie verließen die Küche und gingen hinauf in den zweiten Stock.

Ursula wies auf zwei Türen. »Dort schlafen der Geselle, der Lehrling und zwei Mägde. Jakob schläft in einer Kammer neben dem Stall.« Sie öffnete eine der beiden Türen. »Diese Kammer werdet Ihr mit Anna teilen.«

Margot trat in das Zimmer und sah sich um. Rechts und links von ihr an der Wand stand ein Bett, dessen Strohsack mit einem weißen Leintuch bezogen war. Neben jedem Bett stand ein kleiner Tisch mit einer Nachtlampe. Vor den Betten sah sie zwei Truhen, an einer Wand einen länglichen Tisch mit zwei Waschschüsseln und Kannen aus Blech. Daneben lagen kleine Leinentücher.

»Im Waschhaus gibt es einen großen Zuber aus Holz. Ihr und die Mägde dürft dort einmal wöchentlich baden. Die Männer gehen in eine der öffentlichen Badestuben. Dort ist es mitunter sehr unterhaltsam. Meinen Mägden habe ich es immer untersagt. Die Moral ist dort etwas lässig, um es gelinde auszudrücken.

Jeweils Samstagnachmittags gehen wir zur Beichte in die Kirche Groß St. Martin. Die Priester dort sind bekannt dafür, dass sie immer eine milde Buße auferlegen. Das ist im Dom anders. Es bleibt Euch natürlich überlassen, wo Ihr beichten wollt.«

»Ich werde im Dom beichten.« Sie sollte wissen, dass sie eine fromme Katholikin war.

Ursula lächelte. »Ihr könnt auch bei meinem Sohn Matthias beichten, er hat stets Mitleid mit armen Sündern. Am Sonntag werdet Ihr und die Mägde nicht zum Hochamt gehen, sondern zur Frühmesse. Danach habt Ihr genügend Zeit, um das Mittagessen zu kochen. Ihr könnt jetzt in Ruhe auspacken und Euch einrichten. Dann geht Ihr in die Küche. Magdalena wird Euch bei der Zubereitung der Abendmahlzeit helfen.« Sie musterte Margots Kleid. »Euer Reisekleid ist staubig, so könnt Ihr nicht in der Küche arbeiten. Gebt das Kleid Anna, sie wird es waschen, und zieht ein anderes Kleid an.«

Margot sah Ursula unsicher an.

»Was gibt es, warum zögert Ihr?«

»Ich habe kein anderes Kleid.«

»Wie bitte? Ihr habt nur ein Kleid? Ihr hattet doch eine gute Stellung, man hat Euch doch sicher zwei Kleider gegeben.«

Margot atmete tief durch, öffnete den Mantelsack, der auf der Truhe vor ihrem Bett lag, öffnete ein Bündel und zeigte Ursula eines der Taftkleider.

»Ich besitze nur diese Kleider, sie gehörten meiner Mutter. Ein Taftkleid passt nicht in die Küche.«

Ursula starrte das Kleid an, und es dauerte einige Sekunden, bis sie sich von ihrer Überraschung erholt hatte. »Ich gebe Euch eines von Elisabeths Kleidern. Es müsste Euch passen. Ihr seid so groß wie sie, und bis vor zwei Jahren war meine Tochter so schlank wie Ihr. Sie hat stark zugenommen, seit sie bei der Gräfin Brandenstein arbeitet. Im Schloss wird üppig gekocht, und Elisabeth besitzt einen gesunden Appetit.«

Sie ging hinaus und kehrte nach einer Weile mit einem dunkelblauen Leinenkleid zurück. Margot zog es an, und es passte wie angegossen.

Sie betrachtete sich im Spiegel. Das dunkle Blau brachte ihre weiße Haut und ihre schwarzen Haare vorteilhaft zur Geltung.

»Solange Ihr in meinem Haus weilt, könnt Ihr Elisabeths Kleider tragen.«

Margot legte ihre Habseligkeiten in die Truhe und sah erfreut, dass diese ein Schloss hatte. Ihre Mitbewohnerin war bestimmt ehrlich, aber man konnte nie wissen.

Sie verschloss die Truhe, steckte den kleinen Schlüssel in die Tasche des Kleides und ging hinunter in die Küche.

Eine junge große, schlanke, aschblonde Frau schleppte Wasser und Holz herbei, eine große kräftige, grauhaarige, ältere Frau war damit beschäftigt, Feuer zu entfachen, und eine junge kleine, rundliche, aschblonde Frau stellte Teller und Becher auf den Tisch.

Margot sah sich unschlüssig um. In diesem Augenblick betrat Ursula die Küche.

»Ich möchte Euch unsere neue Köchin vorstellen. Sie heißt Margot Cauvin und kommt aus Paris. Ihre Geschichte wird sie Euch irgendwann erzählen.«

Sie sah die ältere Frau an.

»Das ist Anna, Eure Zimmergenossin. Das ist Maria und dies ist ihre Schwester Magdalena. Sie sind so alt wie meine Tochter, zwanzig Jahre, und sie sind Zwillinge. Man möchte es nicht glauben, aber es gibt Zwillinge, die sich überhaupt nicht ähnlich sehen. Anna, Ihr holt jetzt die Getränke aus dem Keller. Maria, Ihr deckt den Tisch, und Ihr, Magdalena, helft Margot beim Kochen. Ihr befolgt alle ihre Anweisungen.«

Ursula verließ die Küche, und die Frauen musterten Margot neugierig.

Anna lächelte Margot an. »Wir werden uns in der Kammer schon vertragen.«

»Seid willkommen«, sagte Maria freundlich, aber mit ernstem Gesichtsausdruck.

»Ihr kommt aus Paris«, rief Magdalena, »wie aufregend! Elisabeth wird sich freuen, dass es jemanden im Haus gibt, der Französisch spricht.«

Warum wollte Elisabeth unbedingt Französisch lernen?, fragte Margot sich, während sie bei der Zubereitung half. Nach einer Weile sagte sie: »Seht Ihr, die Suppe wird dicker. Warum will Elisabeth Französisch lernen?«

»Sie ist seit zwei Jahren die Kammerfrau der Gräfin Brandenstein. Die Gräfin ist Französin, eine Cousine der Herzogin von Guise. Sie spricht zwar fließend Deutsch, aber sie unterhält sich lieber in ihrer Muttersprache. Sie hat angefangen, Elisabeth Französisch beizubringen. Elisabeth ist ehrgeizig, sie möchte irgendwann die Sprache fließend und ohne Akzent beherrschen.«

Margot spürte ein flaues Gefühl im Magen. Eine Cousine der Herzogin von Guise, eine Cousine von Heinrichs Mutter? Ihre Finger umklammerten den Stil des Holzlöffels, und sie rührte mechanisch in der Suppe, während Magdalena weiter plapperte:

»Die Brandensteins besitzen große Weingüter am Rhein. Der älteste Sohn verwaltet die Güter, der jüngste Sohn ist bei der Kurie in Rom, und die Tochter hat einen böhmischen Aristokraten geheiratet und lebt in Wien. Die anderen Kinder sind kurz nach der Geburt gestorben. Die Gräfin liebt das Landleben nicht. Deswegen ist sie nach dem Tod ihres Gatten vor über zwei Jahren nach Köln zurückgekehrt.

Das Schloss liegt am Stadtrand, und der Park erstreckt sich bis zum Rhein. Dort liegt eine große Barke, in der die Gräfin Fahrten auf dem Fluss unternimmt. Nach dem Trauerjahr hat sie die schwarzen Kleider abgelegt, im Gegensatz zu unserer Meisterin. Sie hat beschlossen, bis zu ihrem Tod Trauerkleidung zu tragen.«

»Ich weiß, dass die Familie Guise in Lothringen lebt. Gehört die Cousine zur regierenden Linie?«

»Nein, das hätte Elisabeth irgendwann erzählt.«

Die Cousine war also Heinrichs Mutter. »Die Gräfin pflegt wahrscheinlich den Kontakt zu den Verwandten in Lothringen, besucht sie oder empfängt ihren Besuch.«

»Nein, die Gräfin verlässt Köln nicht, und sie hat noch nie ihre Verwandten hier empfangen. Das heißt, einmal bekam sie Besuch von einem Neffen. Das war im letzten Sommer. Elisabeth schwärmt noch heute von seiner eleganten männlichen Erscheinung. Der Grund seines Besuches war eine mysteriöse Liebesgeschichte. Mehr hat die Gräfin nicht erfahren.«

Margot spürte, dass ihr Herz zu klopfen anfing.

›Heinrich war im letzten Sommer hier. Das hat nichts zu bedeuten. Es gibt keinen Grund, warum er seine Tante in diesem Sommer besuchen sollte. Warum bin ich unruhig? Ich liebe ihn nicht mehr.‹

Sie probierte die Suppe, nickte zufrieden und schickte Magdalena in den Keller, um Schinken, Käse und Brei zu holen.

Johannes saß am oberen Ende des Tischs, rechts von ihm seine Mutter und die drei Mägde, links von ihm der Geselle Martin, der Lehrling Georg und Jakob. Auf Anordnung Ursulas saß Margot am unteren Ende, weil sie von dort den Überblick über den Tisch hatte und gegebenenfalls weitere Speisen bringen konnte.

»Die Suppe schmeckt köstlich«, sagte Johannes nach einer Weile.

»Ja«, pflichtete ihm Ursula bei, »sie ist würziger und kräftiger als am Mittag. Wie ist dies möglich?«

Margot sah auf. »Ich habe sie mit Butter und Wein verfeinert.«

Butter und Wein, dachte Ursula, sie konnte kochen, aber sie kochte etwas verschwenderisch.

Während man Schinken und Käse aß, wanderten Johannes Augen immer wieder verstohlen zu Margot.

›Sie ist nicht nur eine südländische Schönheit, sie ist gebildet, man kann sich mit ihr wahrscheinlich gut unterhalten. Sie plappert bestimmt nicht so dummes Zeug wie die Töchter der Kölner Handwerker. Die oder keine! Sie hat keine Mitgift, aber das ist unwichtig. Ich bin ein wohlhabender Mann. Die oder keine!‹

Er lächelte Margot an und hob seinen Becher. »Auf Eure Ankunft in meinem Haus.«

Ursula beobachtete befremdet das Verhalten ihres Sohnes. Was für Umstände wegen einer Köchin.

Margot betrachtete das Gesicht und die blauen Augen von Johannes.

›Er erinnert mich an Armand, nicht nur äußerlich. Gütiger Himmel, ich bin nach Köln gereist, um die Vergangenheit hinter mir zu lassen, und jetzt werde ich an Heinrich *und* an Armand erinnert.‹

21. KAPITEL

Am kommenden Vormittag gingen Magdalena und Margot zum Markt, um die Einkäufe zu erledigen, unter anderem vier große Kapaune.

Als sie alles beisammen hatten, sagte Magdalena: »Wir haben genügend Zeit für einen kleinen Spaziergang. Ich zeige Euch jetzt den Dom. Von dort gehen wir zur Kirche Groß St. Martin und zum Fischmarkt. Maria und ich zeigen Euch am Sonntagnachmittag auch gern, was es in Köln noch an Sehenswürdigkeiten gibt, falls Ihr Lust habt, uns zu begleiten.«

»Vielen Dank, ich begleite euch gern.«

In diesem Augenblick sah Margot eine große dicke Frau jüngeren Alters auf sie zukommen. Unter der grünen Leinenhaube quollen rote Locken hervor, das Gesicht war mit Sommersprossen übersät, und die grünen Augen blickten hochmütig umher. Neben ihr gingen eine ältere Frau und ein zierliches blasses Mädchen, unter dessen grauer Leinenhaube fahlblonde Haare hervorlugten.

»Die Rothaarige ist Barbara Heinbuch, ihr Vater ist der reichste Bierbrauer in Köln«, flüsterte Magdalena.

Barbara und ihre Begleiterinnen blieben vor Magdalena und Margot stehen.

»Guten Tag, Magdalena«, sagte Barbara, »hat die Familie Buchholz Besuch?« Die grünen Augen musterten Margot kritisch von oben bis unten.

»Nein, Barbara, Margot Cauvin ist unsere neue Köchin. Sie kommt aus Paris in Frankreich.«

»Sie ist Französin? Wie verständigt Ihr Euch mit ihr?«

»Sie spricht sehr gut Deutsch.«

Barbara sah Margot an. »Ich bin Barbara Heinbuch.«

»Ich freue mich, Euch kennenzulernen, Barbara.« Sie versuchte das ›H‹ auszusprechen, und als es ihr nicht gelang, sagte sie: »Barbara Einbuch.«

»Liebe Magdalena, Eure neue Köchin beherrscht die deutsche Sprache nur mangelhaft, sie kann noch nicht einmal meinen Familiennamen richtig aussprechen.«

Margot spürte, dass sie errötete, und antwortete leise: »In der französischen Sprache spricht man das ›H‹ nicht aus.«

Barbara ignorierte die Bemerkung und wandte sich an die ältere Frau: »Gertrud, wir dürfen die Krebse nicht vergessen«, und zu Magdalena und Margot: »Heute gibt es bei uns eine Krebspastete, ich muss unsere Köchin zum Markt begleiten und selbst die Krebse aussuchen. Gertrud ist dafür zu dumm. Ich wünsche Euch noch einen angenehmen Tag.«

Sie ging erhobenen Hauptes weiter, und Margot sagte zu Magdalena: »Was für eine aufgeblasene, dumme Gans.«

»Sie bildet sich Gott weiß was ein auf den Reichtum ihrer Familie und die stattliche Mitgift, die sie dem künftigen Ehemann mitbringt. Sie hat schon viele Heiratsanträge erhalten, bisher aber nur Körbe verteilt. Sie ist nämlich schon lange hinter unserem Meister her wie der Teufel hinter der armen Seele.

Ihre Zuneigung wird Gott sei Dank bis jetzt nicht erwidert. Ich möchte sie nicht als junge Herrin im Haus haben. Unsere Meisterin hätte sie gern zur Schwiegertochter wegen der Mitgift, und der Brauer hätte unseren Herrn gern als Schwiegersohn, weil er als Goldschmied in seinen Augen etwas Besseres ist. Außerdem war er in Italien und hat etwas von der Welt gesehen. Das imponiert dem alten Heinbuch.«

»Unter uns, Magdalena, ich möchte diese Barbara auch nicht im Haus haben. Sie würde uns alle wahrscheinlich schikanieren. Wer ist das junge Mädchen, das Barbara begleitete? Sie wirkte auf mich eingeschüchtert und ängstlich.«

»Das Mädchen ist Dorothea Overstolz, Barbaras beste Freundin. Barbara ist zwanzig Jahre alt und Dorothea ein oder zwei Jahre jünger.«

»Overstolz? Das ist eine der reichsten Patrizierfamilien in Köln, so stand es in dem Buch, das ich las. Wie ist es möglich, dass eine Patrizierin mit einer Handwerkertochter befreundet ist?«

»Dorotheas Eltern gehörten zu einem verarmten Zweig der Familie. Die Eltern starben, als sie zwei oder drei Jahre alt war. Die reichen Verwandten nahmen sie auf, und sie lebt bei ihnen, wird aber als arme Verwandte behandelt. Sie muss die abgelegten Kleider der Cousinen tragen, sitzt bei der Familientafel am unteren Ende, und wenn ein Bankett vorbereitet wird, muss sie in der Küche helfen. Sie bekommt von den Verwandten auch kein Geld, so erzählt man sich.

Aber Barbara ist stolz darauf, mit einer Patrizierin befreundet zu sein. Die Armut stört sie nicht, im Gegenteil. Sie schenkt der Freundin manchmal ein buntes Band, einen halben Gulden oder lädt sie am Nachmittag in ihr Haus und bewirtet sie mit Süßigkeiten und Mandelmilch. Dorothea ist dankbar für diese kleinen Geschenke und unterwirft sich Barbara völlig.«

»Ich kann Dorothea verstehen. Wenn man arm ist, freut

man sich über jedes Geschenk, und ist bereit, sich dem Schenkenden zu unterwerfen.«

›Gott sei Dank habe ich mich davon befreit, ging es ihr durch den Kopf.

Heinrich wird seine Tante in diesem Sommer nicht besuchen, ich kann völlig beruhigt sein.‹

Als die Krebse gekauft waren, schickte Barbara die Köchin nach Hause und ging zusammen mit Dorothea zum Haus der Familie Buchholz.

»Warte hier auf mich«, sagte sie zur Freundin.

Sie betrat den Laden und sah durch die offene Tür zur Werkstatt Johannes, Martin und Georg.

Als Johannes Barbara erblickte, gab er dem Lehrling einen Wink, sich um die Kundin zu kümmern.

Georg ging in den Laden und verbeugte sich: »Womit kann ich Euch dienen, Jungfer Heinbuch?«

»Ich möchte den Meister sprechen.«

Georg verbeugte sich erneut und ging in die Werkstatt. »Sie möchte Euch sprechen.«

Verdammtes Weibsbild, dachte Johannes und betrat den Laden.

»Womit kann ich Euch dienen?«

»In Eurer Auslage habt Ihr ein goldenes Medaillon mit einem Marienbildnis. Das möchte ich mir gern näher ansehen.«

Johannes holte das Medaillon und legte es schweigend vor sie hin.

Barbara nahm es in die Hand und betrachtete es von allen Seiten. »Hübsch, sehr hübsch.« Sie legte es auf den Ladentisch und sah Johannes zärtlich an: »Mein Vater wird am Johannistag, dem 24. Juni, ein Sonnwendfest geben. Ich möchte Eure Mutter und Euch schon jetzt dazu einladen und Euch bitten, diesen Abend nicht anders zu verplanen.«

»Über die Zeit meiner Mutter kann ich nicht verfügen. Was mich betrifft, so werde ich nicht kommen.«

Barbara zuckte unter dem harten Ton seiner Stimme zusammen. »Überlegt es Euch, bitte.«

Ursula Buchholz war unbemerkt in den Laden getreten und hatte das Gespräch mitverfolgt. Sie ging zu Johannes und sah Barbara freundlich an: »Wir danken Euch für die Einladung. Es ist für uns eine Ehre, bei diesem Fest anwesend sein zu dürfen, und wir werden kommen.«

Barbara atmete auf. Sie würde Johannes überreden.

Er spürte Ärger über seine Mutter in sich aufsteigen und fragte in schroffem Ton: »Was ist mit dem Medaillon? Wollt Ihr es kaufen?«

»Ich muss es mir überlegen. Ich wünsche noch einen angenehmen Tag.«

Sie verließ den Laden und begann zu weinen. Dorothea trat zu ihr.

»Was ist passiert?«

»Warum ist Johannes immer unfreundlich zu mir? Er weiß doch, dass ich ihn liebe. Warum erwidert er meine Zuneigung nicht? Schließlich bin ich eine gute Partie. Nun, mein Vater und seine Mutter werden ihn irgendwann überzeugen, dass es vorteilhaft für ihn ist, wenn er mich heiratet. Mit meiner Mitgift könnte er seinen Betrieb vergrößern. Das muss ihn doch irgendwann reizen.«

»Ich verstehe deinen Kummer. Allerdings, vielleicht ist deine Mitgift allein nicht reizvoll genug für ihn.«

»Rede keinen Unsinn. Eine stattliche Mitgift ist das Beste für eine Heirat.«

Ursula musterte ihren Sohn. »Ich muss mit dir reden, komm in mein Zimmer. Georg kann den Laden so lange beaufsichtigen.«

Er hasste diese Gespräche mit der Mutter, die sich stets um seine Verheiratung drehten. Doch folgte er ihr, um die Unterhaltung hinter sich zu bringen.

»Johannes, seit Jahrzehnten bin ich für die Buchhaltung verantwortlich und leite den Haushalt. Ich habe es immer gern gemacht, aber allmählich wird es mir zu viel, ich spüre mein Alter. Ich würde mich freuen, wenn ich endlich eine Schwiegertochter bekäme, die mich entlastet. Was hast du gegen Barbara Heinbuch? Sie ist mit den roten Haaren und den grünen Augen ein apartes Mädchen, sie liebt dich aufrichtig und wird eine stattliche Mitgift in unsere Familie bringen.«

»Mutter, erstens halte ich Barbara für dumm. Sie läuft mir nach, obwohl sie längst gemerkt haben müsste, dass ich mir nichts aus ihr mache. Zweitens bildet sie sich etwas auf den Reichtum ihres Vaters ein. Das stößt mich ab. Drittens gefällt mir ihre äußere Erscheinung nicht, sie ist zu dick. Ihr wisst, dass ich schlanke Frauen bevorzuge.«

»Dem kann man abhelfen. Ich bin gern bereit mit ihr zu reden, dass sie schlank werden muss, um dir zu gefallen.«

»Danke, das ist sehr liebenswürdig von Euch, aber Ihr könnt Euch die Mühe sparen. Ich werde Barbara nie lieben.«

»Du trauerst immer noch der Florentinerin nach, nicht wahr?«

»Ich weiß es nicht, und jetzt entschuldigt mich bitte, die Arbeit ruft.«

Er verließ das Zimmer, und Ursula sah ihm bekümmert hinterher.

An jenem Vormittag ging Böhme von einem Beginenhaus zum anderen und fragte nach einer jungen schwarzhaarigen Frau aus Frankreich. In jedem Haus erhielt er die Antwort, dass eine solche Frau nicht im Konvent wohne.

Am Samstag schließlich begab er sich mit gemischten Gefühlen zu Heinrich und berichtete von seiner erfolglosen Suche.

Der Herzog sprang auf und schlug mit der Faust auf den Tisch. »Himmeldonnerwetter, Böhme, dir gelingt doch sonst alles! Köln ist eine kleine Stadt im Vergleich zu Paris, es muss doch möglich sein, eine junge Frau zu finden, die fremdländisch aussieht. Du musst sie finden, du musst. Ich will sie wiederhaben!«

Böhme wartete, bis sein Herr sich beruhigt hatte, und sagte vorsichtig: »Herr Herzog, vielleicht hat sie Köln inzwischen verlassen.«

»Rede keinen Unsinn. Sie sucht eine Stellung, um ihren Lebensunterhalt zu verdienen. Bedenke, sie beherrscht nicht die deutsche Sprache. In einer Stadt wie Köln findet sie wahrscheinlich trotzdem eine Arbeit, weil viele Einwohner ein paar Brocken Französisch, Italienisch oder Spanisch können. Von den Handwerksmeistern waren bestimmt einige während der Gesellenzeit im Ausland. Wir haben noch Zeit, du suchst jetzt bei den Handwerkern, und vor allem suchst du auf dem Markt nach ihr. Ich vermute, dass sie als Küchenmagd arbeitet. Dann muss sie die Köchin oder die Meisterin zum Markt begleiten.«

Als Böhme gegangen war, wanderte er unruhig auf und ab.

›Diese Flucht beweist, dass sie Charakter und Stolz besitzt. Diese Eigenschaften verbieten es ihr, sich von einem Mann schlecht behandeln zu lassen. Sie verzichtet auf den Luxus, den ich ihr biete. Aber ich habe ihr als Mann gefallen, sie hat die Nächte mit mir genossen, ihre Sinnlichkeit ist ihre Schwachstelle, die ich nutzen muss.‹

Margot lebte sich rasch in ihrer neuen Umgebung ein. Ihre Kochkünste wurden jeden Tag gelobt, und am Ende der ersten Woche war sie bei den Händlern auf dem Markt bekannt.

»Ab Montag«, sagte sie zu Magdalena, »müsst Ihr mich nicht mehr begleiten.«

Sie arbeitete den ganzen Tag, sank am Abend todmüde ins Bett und dachte nicht mehr an die Gräfin Brandenstein und deren französische Verwandtschaft.

Am Sonntagvormittag schälten die drei Mägde den Spargel, den Jakob am Tag zuvor im Garten gestochen hatte. Margot kümmerte sich um die Zubereitung der Kapaune, zauberte aus den Spargelabfällen eine Suppe, bereitete eine Schichttorte mit Trockenfrüchten vor und schmückte die Tafel mit einem großen Strauß roter Rosen aus dem Garten.

Als Ursula mit den Söhnen, mit Tochter und Schwiegersohn vom Hochamt zurückkehrte, wurden sie von verschiedenen Düften empfangen: Rosen, Spargel und Bratenaromen waberten durch die Küche.

Ursula beobachtete unwillig, dass ihre Tochter zwei Teller Suppe und zwei große Portionen Spargel aß, die sie üppig mit zerlassener Butter übergoss.

Dann brachten Margot und Magdalena die Fleischplatten, und Johannes legte auf jeden Teller ein Stück Fleisch. Elisabeth beobachtete ihn und sagte: »Du kannst mir zwei Portionen Fleisch geben, es ist ja genügend da.«

»Elisabeth«, rief Ursula, »sei nicht so gierig, du wirst bald in kein Kleid mehr passen.«

»Mutter, ich muss jetzt für zwei essen. Seit ein paar Tagen weiß ich, dass ich ein Kind erwarte. Ich bin jetzt im dritten Monat, das Kind wird also Ende November oder Anfang Dezember zur Welt kommen.«

»Ich werde Großmutter, was für ein Glück. Allerdings ist eine Schwangerschaft kein Grund, für zwei zu essen. Das habe ich schon öfter von Hebammen gehört.«

Johannes hob seinen Becher. »Auf dein Wohl, Elisabeth, und auf das Wohl des ungeborenen Kindes.«

Sie tranken Elisabeth zu, und dann widmeten sich alle dem zarten Kapaunfleisch.

»Köstlich«, sagte Ursula nach einer Weile, »an meinem Hochzeitstag habe ich nicht so delikat gespeist, da gab es Schweinebraten.«

Elisabeth sah Margot an. »Ihr müsst mir das Rezept für den Koch der Gräfin aufschreiben, er beherrscht sein Handwerk. Aber Fleisch wird immer nur am Spieß gedreht. Ach, ich habe vergessen, euch noch etwas zu erzählen.

Morgen muss ich der Gräfin nur beim Ankleiden helfen, dann hat sie mich beurlaubt bis zum Abendläuten. Ich werde also den ganzen Tag hier sein und im Haushalt helfen. Ich werde natürlich vor allem Margot in der Küche unterstützen und mich mit ihr auf Französisch unterhalten.«

»Du kannst meinetwegen den Vormittag mit Margot verbringen«, korrigierte Ursula ihre Tochter, »aber am Nachmittag wirst du mir helfen. Warum hat die Gräfin dich für morgen beurlaubt? Es ist das erste Mal, dass du an einem Wochentag frei hast.«

»Sie will mit ihrem Neffen in der Barke den Rhein hinunterfahren, um sich mit ihrem Sohn zu treffen und sich ein Weingut anzusehen, das er kaufen will.«

Margarethe wurde aufmerksam. Ihr Neffe?

»Ihr Neffe?«, fragte Ursula, »ist es der Neffe, der im letzten Sommer einige Wochen hier war?«

»Ja, er kam mit seinem Diener am Freitag vor einer Woche. Die Gräfin war sehr überrascht, und der Grund für seinen Besuch ist unklar. Die Gräfin vermutet, dass es sich um eine Liebesgeschichte handelt. Er wird nicht lange bleiben. Ende Juni muss er wieder in Paris sein. Es ist alles etwas merkwürdig. Der Herzog war bis jetzt nur im Palais und im Park, der Diener treibt sich den ganzen Tag in Köln herum und hat sich verkleidet. Er trägt eine blonde Perücke und einen blonden Bart.«

Margot spürte, dass ihre Hände anfingen zu zittern. Sie legte Messer und Gabel zur Seite, nahm ein Stück Brot, umklammerte es und brach es vorsichtig auseinander. Sie aß langsam einen kleinen Krumen, merkte, wie ihr Herz anfing wild zu klopfen.

»Diese Gäste sind sehr merkwürdig«, sagte Valentin. »Warum verkleidet man sich? Man will nicht erkannt werden, aber in Köln kennt doch niemand den Diener des Herzogs von Guise. Bei den Mahlzeiten sitzt dieser Böhme, so sein Name, bei uns in der Küche und schweigt, obwohl er die deutsche Sprache beherrscht. Wir wagen nicht, ihn anzusprechen. Schließlich ist er der Diener eines Herzogs. Meiner Meinung nach stimmt da etwas nicht.«

»Das alles geht uns nichts an«, sagte Elisabeth und ließ sich von Johannes erneut Fleisch auf den Teller legen.

Margot versuchte, ihre zitternden Hände zu ignorieren, und quälte sich damit ab, die Fleischportion hinunterzuschlingen.

Ursula beobachtete sie und überlegte.

›Valentin hat recht, niemand in Köln kennt diesen Böhme, außer vielleicht Margot? Ist es möglich, dass sie mit dem Herzog ein Liebesverhältnis hatte? Hat sie Paris deswegen verlassen? Der Herzog reist ihr nach und lässt sie von seinem Diener suchen. Es ist nur eine Vermutung, aber mein Gefühl sagt mir, dass diese Vermutung richtig ist. Und sie benimmt sich wirklich sonderbar. Warum zittern ihre Hände? Warum ist sie so geistesabwesend?‹

»Das war ein köstliches Mahl«, lobte sie schließlich Margot. »Ab morgen müsst Ihr aber wieder sparsamer einkaufen.«

Eine Stunde später waren Margot und die Mägde mit der Arbeit in der Küche fertig.

»Ich bin sehr müde«, sagte Margot, »ich möchte ruhen. Am nächsten Sonntag begleite ich euch in die Stadt.«

Sie ging in die Kammer, legte sich aufs Bett, schloss die Augen und versuchte ihre Gedanken zu ordnen.

›Heinrich ist in Köln, und Böhme sucht mich. Wie hat Heinrich erfahren, dass ich in Köln bin? Er kam zwei Tage vor mir hier an, er muss Tag und Nacht gereist sein.

Hat er solche Sehnsucht nach mir? Es scheint ihm leid zu tun, wie er mich behandelt hat. Und Böhme verkleidet sich, damit ich ihn nicht erkenne.

Was ist, wenn er mich tatsächlich findet? Werde ich ihm widerstehen können? Ich werde mich nicht von seinen Worten verführen lassen, ich liebe ihn nicht mehr, er ist mir gleichgültig. Ich bin fertig mit ihm. Meine zitternden Hände vorhin haben nichts zu bedeuten.‹

Sie richtete sich auf. Es ist unwichtig, ob wir uns begegnen. Er kann mir nicht mehr gefährlich werden.

Während Margot über Heinrich nachdachte, saß die Familie Buchholz im Hof um den runden Tisch und trank Rheinwasser.

Matthias Buchholz war ein schweigsamer Mann, aber an jenem Nachmittag wurde er gesprächig.

»Gestern erhielt ich den Brief eines alten Studienfreundes aus Paris. Wir müssen Gott jeden Tag danken, dass es in Deutschland den Augsburger Religionsfrieden gibt. ›Cuius regio, eius religio‹ – wessen Land, dessen Glauben. Wer es in der katholischen Reichsstadt Köln nicht aushält, kann in eines der protestantischen Fürstentümer auswandern. In Paris scheint es jeden Tag Schlägereien zwischen Katholiken und Protestanten zu geben. Überdies hat mein Freund aus sicherer Quelle erfahren, dass Coligny einen Krieg gegen Spanien plant.

Der König ist noch unentschieden. Wer weiß, vielleicht bricht in Frankreich ein neuer Religionskrieg aus, wenn Karl IX. sich gegen einen Krieg mit Spanien entscheidet.«

»Irgendwann wird es in Frankreich zu einem dauerhaften religiösen Frieden wie in Köln kommen«, sagte Valentin. »Bei uns haben die Bürger zweihundert Jahre lang gegen die erzbischöfliche Herrschaft und deren Übergriffe gekämpft. In der Schlacht von Worringen 1288 errangen wir endlich unsere politische Unabhängigkeit. Seit damals residieren die Erzbischöfe in Bonn.«

»Noch wichtiger«, sagte Ursula, »ist das Jahr 1396. Damals errangen die Handwerkerzünfte endlich nach jahrzehntelangen Auseinandersetzungen mit den regierenden Patriziern die Stadtherrschaft. In einem Verbundbrief wurde unsere demokratische Stadtverfassung festgelegt.«

Johannes schwieg. Er dachte über Margot nach. In den vergangenen Tage hatte sich seine Zuneigung für sie gefestigt und vertieft. Die oder keine, war der Gedanke, mit dem er sich am Morgen erhob und am Abend zur Ruhe begab.

Er war entschlossen, um ihre Liebe zu werben, und sie irgendwann zu heiraten. Damals in Florenz war es einfacher gewesen.

›Julia war die Tochter meines Meisters, und ich wusste, dass ich eines Tages ebenfalls Meister sein würde. Wir befanden uns auf gleicher Augenhöhe, auch wenn es letztendlich nicht geklappt hat.

Mit Margot ist es anders. Sie ist Köchin, Dienerin, wie wird sie reagieren, wenn ich ihr zum Beispiel etwas schenke? Wird sich in ihr echte Zuneigung entwickeln, oder wird sie aus Berechnung Liebe heucheln? Andererseits, sie kann Lesen, Schreiben, Rechnen, sie beherrscht mehrere Sprachen. Ist das nicht auch eine Art Augenhöhe?‹

Er trank einen Schluck Rheinwasser und betrachtete seine Mutter. Johannes würde ihr heute nach der Abendtafel sagen, was er für Margot empfand. Vielleicht wusste sie einen Rat. Sie würde von seiner Wahl nicht entzückt sein, sie wünschte ein Mädchen mit einer Mitgift. Er musste es versuchen, mit wem sollte er sonst sprechen?

Nach der Abendtafel gingen Maria und Magdalena ins Waschhaus, um zu baden. Jakob und Anna saßen auf der Bank vor den Ställen und erzählten sich Ereignisse ihres Lebens. Martin und Georg saßen am Tisch im Hof und spielten Karten. Margot saß in einiger Entfernung von ihnen, las im Gebetbuch ihrer Mutter den Beichtspiegel und überlegte, was sie am kommenden Samstag dem Priester Matthias beichten sollte.

›Gestern beichtete ich, dass ich neidisch bin auf den Reichtum der Barbara Heinbuch, und ich musste als Buße drei Ave Maria beten. Soll ich ihm am nächsten Samstag beichten, dass ich beim Lesen von Ovids »Ars Amatoria« unkeusche Gedanken hatte? Wie wird er reagieren? Werde ich dann doppelt so viele Ave Maria beten müssen?

Unkeusche Gedanken, das bekommt er bestimmt oft zu hören. Soll ich ihm beichten, dass ich mich einem Mann hingegeben habe, ohne mit ihm verheiratet zu sein? Das entscheide ich im Lauf der Woche.‹

Ihre Gedanken schweiften zur ersten Nacht mit Heinrich. Das war vorbei und vergessen, Gott sei Dank.

Unterdessen spazierten Johannes und Ursula im Garten an den Rosenstöcken vorbei.

»Warum willst du mich unbedingt sprechen, mein Sohn? Hast du deine Meinung über Barbara geändert? Man hört, dass der alte Heinbuch inzwischen reicher ist als die Familie Overstolz.«

»Mutter, ich möchte mit Euch weder über die Patrizier Overstolz noch über den Bierbrauer sprechen. Als ich Margot Cauvin am letzten Sonntag zum ersten Mal sah, da war es bei mir Liebe auf den ersten Blick. Dieses Gefühl hat sich während der vergangenen Woche vertieft. Ich bin inzwischen davon überzeugt, dass sie der Mensch ist, mit dem ich mein künftiges Leben teilen will. Sie weiß noch nichts von meinen Gefühlen. Ich bin fest entschlossen, um ihre Zuneigung zu werben, weiß aber nicht, wie ich es anfangen soll. Wie hat mein Vater seinerzeit um Euch geworben?«

»Das ist wahrhaftig eine Überraschung – und auch wieder nicht. Ich spürte schon am ersten Abend, dass sie dir nicht gleichgültig ist. Du willst also dein künftiges Leben mit ihr teilen? Willst du sie heiraten?«

»Ja, Mutter.«

»Johannes, ich kann verstehen, dass du dich in sie verliebt hast. Aber was wissen wir von ihr? Ich glaube zwar, dass sie uns die Wahrheit gesagt hat, was ihr bisheriges Leben betrifft. Mein Gefühl sagt mir jedoch, dass sie uns nicht alles erzählt hat. Das ist ihr gutes Recht. Was könnte sie verschwiegen haben? Ich vermute, dass sie wegen einer unglücklichen Liebesgeschichte Paris verlassen hat.« Sie überlegte, ob sie dem Sohn ihren Verdacht bezüglich des Herzogs von Guise sagen sollte, und entschied sich dagegen. Es war ein Verdacht, den sie nicht beweisen konnte. »Johannes, wenn meine Vermutung richtig ist, so musst du damit rechnen, dass sie diesem Mann nachtrauert, dass sie ihn vielleicht nie vergessen wird, das würde eine Ehe belasten. Sie scheint der Florentinerin ähnlich zu sehen. In deinen Briefen hast du Julia ausführlich beschrieben. Ist es möglich, dass du dich in Margot verliebt hast, weil sie dich an Julia erinnert?«

»Es ist möglich, aber ich weiß es nicht sicher. Ich schließe aus Euren Worten, dass Ihr gegen eine eheliche Verbindung mit ihr seid?«

»Ja, wir wissen zu wenig über sie, und sie besitzt keine Mitgift.«

»Eines Tages wird sie mehr über ihr Leben erzählen.«

»Johannes, wenn ein Mensch etwas verschweigen will, so verschweigt er es. Was die Werbung deines Vaters betrifft, so hat er sich bei meinen Eltern um mich bemüht. Es war eine arrangierte Heirat. Solche Ehen sind manchmal auch sehr glücklich. Wenn du Barbara heiratest, wirst du sicher eines Tages anfangen, sie zu lieben.«

»Mutter, ich werde sie nie lieben, und ich werde sie nicht heiraten. Das ist mein letztes Wort in dieser Angelegenheit.«

»Gut, ich werde dich vorerst nicht weiter bedrängen, was Barbara betrifft. Sei aber vorsichtig bei Margot, begegne ihr mit Misstrauen.«

»Das kann ich nicht, Mutter.«

»Wir drehen uns im Kreis, komm, es wird allmählich kühl.«

Während sie zum Haus gingen, überlegte Johannes, wen er noch um Rat fragen konnte. Elisabeth, sie hatte bestimmt mehr Verständnis für seine Situation.

22. KAPITEL

Am Montagvormittag ging Heinrich von Guise im Vorraum des Schlafzimmers seiner Tante ungeduldig auf und ab und sah hin und wieder gereizt zur Uhr auf dem Kaminsims.

›Um acht Uhr wollten wir aufbrechen, jetzt ist es halb neun, und sie ist immer noch nicht mit ihrer Toilette fertig. Verdammt, sie geht nicht zu einem Ball, sondern fährt in einer Barke.‹

Er ging zur Tür und überlegte, ob er klopfen und eintreten sollte. Nein, das schickte sich nicht. In diesem Augenblick hörte er die Stimme der Tante:

»Elisabeth, ich habe mich in meinem Freundeskreis nach einer Köchin für Eure Mutter umgehört, leider ohne Erfolg.«

»Das ist nicht schlimm, Frau Gräfin. Meine Mutter hat inzwischen eine neue Köchin. Ich vergaß, es Euch zu erzählen. Am Sonntag vor einer Woche erschien bei uns ein junges Mädchen. Sie kommt aus Paris und heißt Margot. Meine Mutter war bisher mit ihren Kochkünsten sehr zufrieden. Gestern hat sie uns Kapaun serviert, er war unbeschreiblich köstlich. Die Zubereitung scheint arbeitsaufwendig zu sein, aber es lohnt sich.

So, nun ist Eure Frisur perfekt für den Ausflug. Ich wünsche Euch einen angenehmen Tag und eine ruhige Flussfahrt ohne Wellengang.«

Heinrich glaubte nicht richtig zu hören. Margot war Köchin im Haus des Goldschmiedemeisters Buchholz.

Als sie in der Barke saßen, schloss er die Augen und tat so, als schliefe er. Er wollte in Ruhe nachdenken und sich nicht mit der Tante unterhalten.

›Sie arbeitet als Köchin. Köchinnen gehen zum Markt, dort könnte ich ihr begegnen. Ich werde sie in ein Gespräch verwickeln und herausfinden, wann sie einen freien Nachmittag hat. Wahrscheinlich am Sonntag.

Dann werde ich sie mit Versprechungen umwerben und so nach Paris zurücklocken. Ein Leben in meinem Palais und an meiner Seite muss für sie reizvoller sein als eine Stelle als Köchin. Sie ist ernsthaft veranlagt, und sie liebt mich. Natürlich ist sie enttäuscht über mein Benehmen, aber ihre Gefühle für mich sind bestimmt noch nicht erloschen.‹

Während die Barke über den Rhein glitt, betrat Elisabeth die Küche im Elternhaus. Margot stand vor dem langen Tisch und betrachtete nachdenklich die Geflügelleber, die sie auf dem Markt gekauft hatte.

»Guten Morgen, Margot«, sie sah die Leber und fuhr fort: »Diese Menge Fleisch reicht kaum für uns heute Mittag.«

»Guten Morgen, Elisabeth, ich weiß, aber der Metzger hat die Leber sehr preisgünstig angeboten. Ich werde eine Leberpastete zubereiten und sie mit Gemüse anreichern. Außerdem werde ich noch eine würzige Kräutertorte herrichten.«

Elisabeth nahm das Kochbuch, das neben ihr lag, und fing an, darin zu blättern. »Mein Bruder muss mir Papier, Tinte und eine Feder geben, damit ich mir die Gerichte notieren kann.«

Sie eilte in die Werkstatt. »Johannes, bitte, gib mir schnell etwas zu schreiben. Ich lerne neue französische Wörter.«

Johannes sah die Schwester einen Augenblick unschlüssig an und sagte leise: »Elisabeth, ich muss etwas mit dir besprechen. Ich liebe Margot, ich habe mich schon am Tag ihrer Ankunft in sie verliebt. Sie weiß natürlich nichts von meinen Gefühlen für sie. Ich bin entschlossen, um ihre Zuneigung zu werben, und weiß nicht, wie ich es anfangen soll.«

»Das weißt du nicht? Wie hast du damals um Julia geworben?«

»Die Situation war völlig anders. Margot ist Dienerin. Selbst wenn sie mir eines Tages gesteht, meine Gefühle zu erwidern, weiß ich nicht, ob sie mich als Person liebt oder meinen Stand als Meister.«

»Gütiger Himmel, ist das kompliziert. Willst du sie irgendwann heiraten?«

»Ja. Gestern sprach ich mit der Mutter über Margot. Sie stört es, dass sie keine Mitgift mitbringt, und mahnte zur Vorsicht, weil wir zu wenig über sie wissen. Ich bin ratlos.«

»Du solltest die Meinung von Mutter ignorieren. Margot hat eine gute Erziehung genossen, sie spricht mehrere Sprachen und wurde Dienerin, weil sie nach dem Tod des Vaters ihren Lebensunterhalt verdienen musste. Ich rate dir, ihr deine Gefühle zu gestehen.«

»Wann soll ich es ihr sagen?«

»Sofort, heute. Sie wird überrascht sein, aber sie wird dadurch gezwungen, sich mit dir auseinanderzusetzen.«

»Ich würde ihr gern eine Kleinigkeit schenken, ein Schmuckstück zum Beispiel.«

»Nein, Johannes, du darfst nicht versuchen, ihre Zuneigung zu kaufen. Aber unter uns: Sie wäre mir als Schwägerin wesentlich lieber als diese eingebildete Barbara.«

Johannes atmete erleichtert auf. »Ich danke dir für deinen Rat.«

Elisabeth kehrte in die Küche zurück. Ungefähr eine Stunde vor dem Mittagläuten legte sie die Feder zur Seite. »Fertig, jetzt muss ich nur noch lernen. Würdet Ihr Feder und Tinte zu Johannes bringen? Ich passe auf, dass nichts anbrennt.«

»Ich verlasse die Küche nicht gern, wenn Speisen zubereitet werden.«

»Geht schon, es gibt einen Grund, weshalb ich Euch zu meinem Bruder schicke.«

Margot sah Elisabeth unsicher an, doch machte sie sich auf den Weg, ohne weiter nachzufragen.

»Eure Schwester bat mich, Euch dies zu bringen.«

Johannes legte alles auf den Tisch und sah Margot an. »Habt Ihr einen Augenblick Zeit?«

Sie nickte und folgte ihm in den Hof.

»Margot, ich weiß, dass mein Geständnis für Euch jetzt überraschend ist, und Ihr habt alle Zeit der Welt zum Nachdenken. Als ich Euch am Sonntag vor einer Woche sah, da verliebte ich mich in Euch, und dieses Gefühl hat sich während der letzten Woche vertieft. Ich erwarte jetzt keine Antwort, Ihr sollt wissen, dass ich aufrichtige Zuneigung für Euch empfinde.«

»Ich weiß nicht, was ich sagen soll, ich muss Euer Geständnis in Ruhe verarbeiten. Jetzt entschuldigt mich, die Pflicht ruft.«

Mit diesen Worten ging sie zurück in die Küche.

Am Nachmittag saßen die Frauen in Ursulas Zimmer und nähten Windeln.

»Mutter«, sagte Elisabeth nach einer Weile, »die Gräfin ist sehr großzügig. Eine der Mägde wird auf das Kind aufpassen, wenn ich ihr bei der Toilette helfe. Die Taufe wird in der Schlosskapelle stattfinden, und die Gräfin wird auch das Tauffest bezahlen.«

»Ja, das ist großzügig, mein Kind.«

Ursulas Augen wanderten verstohlen zu Margot.

›Ich möchte sie nicht als Schwiegertochter. Abgesehen von der fehlenden Mitgift passt sie nicht in einen Handwerkerhaushalt.‹

Margot sah auf das weiße Leinen, bewegte die Nadel und dachte über Johannes nach.

›Ich finde ihn sympathisch. Aber werde ich ihn jemals lieben können? Will er mich heiraten? Das Leben in diesem Haus gefällt mir, es herrscht ein solider Wohlstand, mehr habe ich nie für mein Leben erwartet.‹

Gegen fünf Uhr begab Elisabeth sich zurück zum Schloss. Als sie über den Hof zu ihrer Wohnung ging, sah sie schon von Weitem, dass die Eingangstür geöffnet war.

›Hat Valentin vergessen die Tür zu schließen? Das passt nicht zu ihm. Als sie den Vorraum betrat, sah sie Barbara auf der Holzbank sitzen. Sie verspürte Ärger. Wie ist diese Person hereingekommen?‹

Barbara stand auf. »Verzeiht, dass ich hier eingedrungen bin. Eine der Mägde öffnete mir.«

»Was wollt Ihr?«

»Ich möchte Euch um einen Gefallen bitten. Ihr habt ein gutes Verhältnis zu Eurem Bruder Johannes. Vor einigen Tagen lud ich ihn zum Sonnwendfest ein, das bei uns am 24. Juni stattfinden soll. Selbstverständlich werden auch Eure Mutter, Euer Gatte und Ihr dazu eingeladen. Johannes will nicht kommen. Könnt Ihr ihn nicht überreden, am Fest teilzunehmen?«

Elisabeth musterte Barbara mit verächtlichem Blick. »Ich glaube, es ist wenig sinnvoll, dass ich mit Johannes rede. Wenn er nicht will, will er nicht. Selbst wenn es mir gelänge, ihn zu überreden, so würde er nur widerwillig zu Euch kommen, und Ihr hättet an seiner Anwesenheit wenig Freude.«

»Ich bitte Euch, tut mir den Gefallen, ich liebe Euren Bruder, das wisst Ihr.«

Ja, ganz Köln wusste es. Sie würde sie jetzt mit der Realität konfrontieren. Das war zwar bitter für sie, aber bittere Medizin half manchmal am besten.

»Barbara, Johannes erwidert Eure Zuneigung nicht, er liebt ein anderes Mädchen, er liebt Margot Cauvin.«

Barbara starrte Elisabeth an und begann zu kreischen. »Wie bitte? Er liebt diese französische Dirne? Das ist nicht wahr. Johannes würde niemals eine Küchenmagd lieben, die keine Mitgift mitbringt!«

Elisabeth spürte, dass Wut in ihr aufstieg, und versuchte sich zu beherrschen. »Erstens ist Margot Cauvin keine Dirne, sondern ein anständiges Mädchen guter Herkunft. Ihr Vater war ein studierter Mann. Zweitens ist sie nicht Küchenmagd, sondern Köchin. Drittens hat mein Bruder mir gesagt, dass er sie liebt. Verlasst jetzt meine Wohnung und denkt einmal darüber nach, dass Geld nicht immer entscheidend ist.«

Barbara sah Elisabeth hasserfüllt an und verließ schweigend den Raum.

Auf dem Heimweg begann Barbara zu weinen.

›Er liebt also diese Welsche, diese Hure. Ich werde dafür sorgen, dass er sie hasst und sich von ihr abwendet. Warum hat sie Paris verlassen? Man verlässt eine Stadt wie Paris nicht ohne triftigen Grund. Hatte sie eine unglückliche Liebesgeschichte? Wurde sie davongejagt? Ich werde sie beobachten, allerdings ist das nicht einfach. Sie verlässt das Haus nur, um zum Markt oder zur Beichte zu gehen … Ich muss mit einem Menschen über meinen Kummer reden. Dorothea? Ja, sie ist meine Freundin, sie wird mich verstehen.‹

Sie eilte in die Rheingasse zum Haus der Familie Overstolz. Es war vor ungefähr dreihundertfünfzig Jahren errichtet worden und gehörte zu den ältesten Gebäuden in Köln.

Barbara betrat den Innenhof, wo einige Diener herumliefen.

»Verzeiht, ich bin Barbara Heinbuch und möchte Dorothea Overstolz besuchen. Wo ist ihr Zimmer?«

»Dort, auf der linken Seite. Sie bewohnt das Erkerzimmer im zweiten Stock. Das Fenster ist offen.«

»Ich danke Euch.«

Sie eilte über den Hof, stieg langsam die Wendeltreppe hinauf und blieb hin und wieder stehen, um sich von dem Aufstieg zu erholen. Endlich stand sie vor einer Tür, klopfte und trat ein.

Dorothea saß auf einer der zwei Bänke im Erker und beugte sich über einen Stickrahmen.

»Guten Tag, Dorothea, entschuldige, dass ich dich uneingeladen besuche, aber ich muss mit dir reden.«

»Ist etwas passiert? Du siehst verweint aus.«

»Johannes liebt diese französische Hure, die in seinem Haus als Köchin arbeitet.« Sie schilderte das Gespräch mit Elisabeth und schloss mit den Worten: »Ich verstehe nicht, was ihn an dieser armen Französin reizt, an einem Mädchen ohne Mitgift.«

Dorothea sah die Freundin mitleidig an. »Johannes legt keinen Wert darauf. Wahrscheinlich gefällt ihm ihre äußere Erscheinung, ihre schlanke Figur zum Beispiel.«

»Schlank?«, schrie Barbara, »die Hure ist eine dürre Ziege, und warum? Weil sie arm ist und zu wenig Geld besitzt, um sich satt zu essen. Ein rundliches Mädchen wie ich beweist, dass genügend Geld da ist.«

»Vielleicht fühlt er sich zu ihrem Charakter hingezogen, sie ist wahrscheinlich bescheiden. Warum nennst du sie Hure? Du weißt doch nichts über sie.«

»Das ist richtig, aber denk nach, Dorothea. Wahrscheinlich hat sie Paris wegen einer unglücklichen Liebesgeschichte verlassen, wurde davongejagt. Ich bin fest entschlossen dafür zu sorgen, dass Johannes sich von ihr abwendet und sie hasst.«

»Barbara, selbst wenn dir das gelingt, bedeutet es noch lange nicht, dass Johannes dich lieben wird.«

»Mein Vater und seine Mutter werden dafür sorgen, dass er mich heiratet.«

»Glaubst du wirklich, dass du an der Seite eines Mannes glücklich wirst, der dich widerwillig heiratet? Man hört hin und wieder, dass die Liebe während der Ehe entsteht, aber man weiß es nicht. Klammere dich nicht so an Johannes, du bist reich, du wirst irgendwann heiraten. Sieh mich an. Meine Zukunft ist düster.«

»Nun, was hältst du davon: Wenn ich verheiratet bin, kannst du bei mir als Zofe arbeiten. Du würdest nicht nur Zofe, sondern auch Vertraute und Freundin, mit der ich alles bespreche, was mich bewegt. Überlege es dir.« Sie stand auf. »Man erwartet mich zu Hause. Ich bin fest entschlossen, die Hure zu beobachten. Und ich werde Johannes' Gefühle für sie zerstören.«

Dorothea brachte die Freundin zur Tür. »Wie soll dein Plan gelingen?«

»Das weiß ich noch nicht. Wenn ich es weiß, musst du mir dabei helfen. Kann ich mich auf dich verlasen?«

»Selbstverständlich.«

Barbara nickte der Freundin zu und verließ das Zimmer.

Dorothea sah ihr nach. Zofe? Dienerin? Nein, schließlich war sie eine geborene Patrizierin. Lieber blieb sie für den Rest ihres Lebens die arme Verwandte, dann gehörte sie wenigstens zur Herrschaft.

Am Dienstagvormittag ging Margot in den Garten und holte Kräuter, um mit ihnen die Omeletts anzureichern.

Als sie auf dem Rückweg am Waschhaus vorbeikam, hörte sie, dass Anna Wäsche schrubbte; vor dem Backofen standen Maria und Magdalena und schoben Brote hinein.

›Die Meisterin in diesem Haus muss keine der schweren Arbeiten verrichten. Sie überwacht alles, führt die Bücher, webt und näht, aber das sind keine schweren Arbeiten, auch Kochen ist keine schwere Arbeit. Diese gottverdammte Näherei am Nachmittag.

Sie hindert mich daran, mein Pferd Fortuna zu reiten. Es steht nur im Stall herum. Nun, wenn ich erst Meisterin bin, dann werde ich darauf bestehen, dass ich eine Stunde oder auch zwei Stunden am Tag mein Pferd bewegen kann.‹

Sie blieb stehen und strich sich mit der Hand über die Stirn.

›Wohin verirren sich meine Gedanken? Meisterin in diesem Haus? Ich muss mich dann mit einer Schwiegermutter arrangieren, aber das ist nicht so wichtig, das würde ich schaffen. Viel wichtiger ist die Frage: Werde ich Johannes lieben können? Ich hörte schon öfter, dass die Liebe in der Ehe kommt. Das stimmt vielleicht – oder auch nicht. Johannes ist mir sympathisch, er ist ein Mann, der mich gut behandeln würde. Ich muss einfach abwarten und Johannes besser kennenlernen. Nur, was ist mit Heinrich? Er wird versuchen, mich zu finden. Ich werde eine Begegnung mit ihm vermeiden. Ab jetzt werde ich immer so früh wie möglich zum Markt gehen, denn er ist kein Mensch, der früh aufsteht. Falls er mich auf dem Markt sucht, bin ich schon wieder im Haus.‹

Der Gedanke beruhigte sie.

23. KAPITEL

Am Morgen des Mittwoch, gegen sieben Uhr, ging Barbara in Begleitung der Köchin missgelaunt zum Markt. Sie war im Auftrag der Mutter so früh aufgebrochen, um die letzten frischen Maischollen zu kaufen.

Als sie bezahlte, sah sie Margot an dem Stand stehen, wo Heringe verkauft wurden. Billige Heringe! Teure Schollen konnte diese Familie sich natürlich nicht leisten. Der Gedanke erfüllte sie mit einer gewissen Genugtuung.

Sie wandte sich um und wollte den Markt verlassen, da sah sie einen großen Mann, dessen Wams und Beinkleider aus weißer Seide waren. Um die Schultern trug er einen kurzen Mantel aus schwarzem Samt und auf dem Kopf ein schwarzes Samtbarett, auf dem eine weiße Feder wippte. Samt und Seide? Ein Aristokrat? Was machte ein Aristokrat zu dieser frühen Stunde auf dem Fischmarkt?

Sie beobachtete, wie er sich einen Weg durch die Stände bahnte. Hinter ihm ging ein kräftiger blonder junger Mann. Sie sah, dass der Aristokrat zielstrebig zu Margot ging und stehen blieb. Interessant.

Sie stieß die Köchin an: »Geh nach Hause, ich komme nach.«

Heinrich betrachtete Margot und spürte, dass er sie mehr begehrte als je zuvor. Langsam ging er zu dem Stand mit den Heringen.

Margot bezahlte den Fisch und in diesem Augenblick trat Heinrich neben sie.

»Guten Morgen, Margot, endlich habe ich dich gefunden.«

Sie zuckte beim Klang seiner Stimme zusammen und sah ihn abweisend an. »Guten Morgen, Heinrich. Woher weißt du, dass ich in Köln bin?«

»Henriette hat's mir gesagt.«

»Henriette? Sie versprach mir zu schweigen. Ach, das ist eigentlich auch unwichtig. Ich habe keine Zeit, da ich mich um die Morgensuppe kümmern muss.«

»Margot, warte einen Augenblick. Ich bin Tag und Nacht zusammen mit Böhme hierher gefahren, um mich bei dir für mein Benehmen zu entschuldigen. Ich weiß nicht, was neulich mit mir los war. Wir müssen uns aussprechen.«

»Heinrich, ich liebe dich nicht mehr. Wozu also eine Aussprache?«

»Überlege es dir. Ich bin nicht nur gekommen, um mich zu entschuldigen, sondern weil ich dich liebe.«

Sie eilte davon, und Heinrich sah ihr amüsiert nach. Mit dieser Reaktion hatte er gerechnet. Er musste abwarten.

Barbara hatte alles beobachtet und beschloss, ihm unauffällig zu folgen. Nach einer Weile sah sie ihn in den Hof des gräflichen Schlosses gehen und blieb unschlüssig stehen.

›Ist er ein Verwandter der Gräfin oder nur ein Besucher? Nein, zu dieser frühen Stunde empfängt die Gräfin keine Besucher, also ein Verwandter. Ich muss wissen, wer er ist.‹

Kurz entschlossen ging sie über den Hof zum linken Seitenflügel, wo im Erdgeschoss Valentin Bellachs Arbeitszimmer lag. »Guten Morgen, Herr Bellach, verzeiht die Störung.«

»Guten Morgen, Jungfer Heinbuch«, sagte er verärgert, »was führt Euch zu mir?«

»Ich sah eben einen stattlichen jungen Mann ins Schloss gehen. Wer ist der feine Herr?«

»Es ist der Herzog von Guise, ein Neffe der Gräfin, er kam vor einigen Tagen hier an. Warum interessiert Ihr Euch für ihn?«

»Mein Vater veranstaltet am 24. Juni ein Sonnwendfest. Selbstverständlich wird die Frau Gräfin dazu eingeladen. Als ich ihren Neffen eben sah, dachte ich, es sei schicklich, ihn ebenfalls einzuladen.«

Valentin sah Barbara verblüfft an, und dann begann er zu lachen. Nachdem er sich beruhigt hatte, musterte er das junge Mädchen herablassend. »Euer Vater kann sich die Einladung sparen, der Herzog wird am 24. Juni nicht mehr in Köln weilen, und außerdem verkehren die Gräfin und ihr Neffe in anderen Kreisen. Die Gräfin pflegt den gesellschaftlichen Kontakt zu den ansässigen Patriziern, und der Herzog verkehrt am französischen Hof in Paris. Merkt Euch, Reichtum allein öffnet nicht alle Türen. Und jetzt geht, ich muss arbeiten.«

Er beugte sich wieder über die Zahlenkolonnen, und Barbara verließ teils verärgert, teils zufrieden den Raum.

›Die Bellachs werden immer hochnäsiger, aber ich habe erfahren, was ich wissen wollte. Der Herzog und die französische Hure haben sich irgendwann in Paris kennengelernt, wahrscheinlich waren sie ein Liebespaar. Die Hure hat Paris verlassen, warum? Wurde sie von ihm fortgejagt? Warum ist er nach Köln gekommen? Will er sie zurückholen? Hoffentlich.

Er ist nur noch kurze Zeit in Köln. Vielleicht verlässt

sie mit ihm zusammen die Stadt. Dann wird Johannes sie vergessen und sich mir zuwenden.

Eines steht fest: Der Herzog hat irgendwie erfahren, wo die Hure arbeitet. Da eine Köchin gewöhnlich früh zum Markt geht, hat er sie abgepasst. Am Freitag geht die Ketze wieder zum Fischmarkt. Ich werde früh dort sein und aufpassen, ob der Herzog kommt.‹

Margot ging langsam zurück und fühlte sich wie benommen.

›Ich wollte nicht mit ihm sprechen und habe mich doch mit ihm unterhalten. Warum habe ich ihn nicht beachtet, warum habe ich ihn nicht stehen lassen? Die Begegnung mit ihm kam so plötzlich, so unerwartet. Warum klopft mein Herz? Ist das die Aufregung über die unerwartete Begegnung?‹

Als sie in die Straße Unterer Goldschmied einbog, sah sie einen jungen blonden Mann auf sich zukommen. Sie erschrak und blieb stehen.

›Das ist Böhme, ich erkenne ihn an seinem Gang. Was will er von mir? Wahrscheinlich hat Heinrich ihn geschickt, damit er mich überredet, nach Paris zurückzukehren. Ich werde Böhme ein Gespräch nicht verweigern, er war mir immer wohlgesonnen.‹

Böhme blieb vor ihr stehen. »Guten Morgen, Mademoiselle Cauvin.«

»Guten Morgen, Böhme.«

»Hat der Herzog mit Euch gesprochen?«

»Ja. Ich habe ihm gesagt, dass ich nicht an seine Liebe glaube und dass ich ihn nicht mehr sehen will. Er bat mich um eine Aussprache. Wozu? Ich habe ihm nichts mehr zu sagen.«

»Mademoiselle Cauvin, ich verstehe, dass Ihr dem Herzog zürnt, aber denkt in Ruhe nach. Warum ist er Euch so weit nachgereist? Ist dies nicht ein Beweis dafür, dass seine Reue aufrichtig ist?«

Sie überhörte die Frage. »Wie habt Ihr herausgefunden, wo ich arbeite?«

»Ich habe Euch nicht gefunden, es war ein glücklicher Zufall, dass der Herzog es erfuhr.«

»Warum hat Henriette nicht geschwiegen? Sie hat es mir versprochen!«

»Der Herzog zwang sie, Euer Reiseziel zu verraten. Es ist besser, wenn ich Euch keine Einzelheiten erzähle. Er bittet Euch um eine Aussprache, das ist kein unbilliges Anliegen, wollt Ihr sie ihm wirklich verweigern? In einem Gespräch kann man Missverständnisse klären.«

»Es gibt keine Missverständnisse, Böhme, und jetzt entschuldigt mich, die Arbeit ruft. Lebt wohl!« Sie ließ ihn stehen und ging zum Haus des Goldschmieds.

Böhme sah ihr nach. Es würde für den Herzog schwierig werden, sie zurückzuerobern. Sie blieben nur noch etwas über zwei Wochen hier. Würde es ihm in dieser Zeit gelingen, sie umzustimmen?

Margot bereitete die Morgensuppe, später briet sie die Heringe, am Nachmittag nähte sie Windeln, dann war es Zeit für die Abendmahlzeit. Während des ganzen Tages dachte sie an die Begegnung mit Heinrich und an das Gespräch mit Böhme. Margot empfand eine innere Unruhe und versuchte, ihr Herzklopfen zu ignorieren.

Bei den Mahlzeiten vermied sie es, jemanden anzusehen, und spürte, dass Johannes sie liebevoll betrachtete.

Nach dem Abendessen saßen alle im Hof um den

runden Tisch. Ursula las in der Bibel, Johannes unterhielt sich mit Martin und Georg, Jakob und die Mägde genossen schweigend den warmen, frühsommerlichen Abend.

Margot beugte sich über das Gebetbuch ihrer Mutter und dachte an Heinrich. Plötzlich hielt sie es nicht mehr aus und stand auf. »Ich möchte Fortuna noch ein bisschen im Hof herumführen.«

›Warum musste ich den ganzen Tag an Heinrich denken, warum kann ich sein Bild nicht verscheuchen? Warum habe ich ihm gesagt, dass ich am Samstag zur Beichte gehe? Will ich ihn sehen und mit ihm sprechen? Nein, ich empfinde nichts mehr für ihn, er ist mir gleichgültig. Die Tatsache, dass er Tag und Nacht gereist ist, um mich zu sehen, ist kein Beweis für seine Zuneigung.‹

Sie führte das Pferd langsam im Hof herum und erinnerte sich erneut an die Begegnung auf dem Fischmarkt. Dennoch spürte sie eine leise Sehnsucht nach Heinrich und unterdrückte das Gefühl.

Am Freitag ging Barbara mit der Köchin freiwillig in der Frühe zum Fischmarkt. Sie war gespannt, ob sie den Herzog und Margot treffen würde.

Sie sah sie zu dem Stand gehen, wo Aale angeboten wurden. Wenig später erblickte sie den Herzog, der auf Margot zusteuerte.

Ein gut aussehender Mann, ging es Barbara durch den Kopf, und ihre Augen wanderten über das schwarze seidene Wams und die schwarzen seidenen Beinkleider. An diesem Morgen trug er einen kurzen Umhang aus blutrotem Samt.

Margot betrachtete die Aale und überlegte, wie viele

sie für neun Personen kaufen sollte. »Gebt mir von den Aalen ein halbes Dutzend.« Das würde für neun Personen reichen, mehr als einen halben Aal aß niemand, schließlich war es ein fetter Fisch.

Heinrich trat neben sie: »Nein.«

Margot zuckte zusammen, als sie seine Stimme hörte und sah ihn verwirrt an.

Er lächelte. »Guten Morgen, Margot. Darf ich dich beim Fischkauf beraten? Nimm die kleinen Aale, sie sind zarter, schmecken delikater und sind nicht so fett. Für wie viele Personen musst du kochen?«

»Neun Personen.«

»Zwei Dutzend reichen.«

Der Händler gab ihr die Fische, sie bezahlte und wollte gehen.

»Einen Augenblick, Margot. Ich bin nach wie vor der Meinung, dass wir uns aussprechen sollten. Ich liebe dich und möchte die Missverständnisse zwischen uns klären. Kannst du deinen Brotherrn nicht bitten, dich am Sonntagnachmittag zu beurlauben?«

Margot hörte das Wort Brotherrn und vor ihrem inneren Auge erschien Johannes. Sie sah Heinrich an und sagte in scharfem Ton: »Nein.«

Sie ließ ihn stehen und eilte nach Hause. Dort dachte sie über die morgendliche Begegnung mit Heinrich nach.

›Ich war unfreundlich zu ihm. Hat er das verdient? Er ist mir nachgereist, er will mich zurückholen, vielleicht stimmt es, dass er mich noch immer liebt. Warum verweigere ich ihm eine Aussprache? Er hat recht, wir müssen reden und die Missverständnisse klären. Wenn er morgen früh erscheint, werde ich ihm sagen, dass wir uns am Sonntag treffen können. Maria und Magdalena werden mir die Sehenswürdigkeiten der Stadt zeigen wollen. Ich werde ihnen sagen, dass Fortuna geritten werden muss.‹

Sie atmete erleichtert auf, als sie diesen Entschluss gefasst hatte.

Barbara hatte das Paar beobachtet und gewann den Eindruck, dass sie sich gestritten hatten. Sie sah Heinrich nach.

Er sieht zwar gut aus, aber er wirkt irgendwie teuflisch. Ja, das ist das richtige Wort. Wie komme ich darauf? Sind es die schwarzen seidenen Kleider, die ihn diabolisch wirken lassen?

Sie kaufte Salm und Neunaugen und ging mit der Köchin nach Hause.

Auf dem Heimweg versuchte Heinrich seine Gedanken zu ordnen.

›Sie ist eine richtige Kratzbürste. Ist ihre Ablehnung echt, will sie wirklich nicht mit mir reden, oder ist es ein Schutzpanzer, hinter dem sie sich verbirgt? Hat sie Angst vor ihren Gefühlen? Wie kann ich herausfinden, was in Margot vorgeht?

Ich werde morgen nicht auf dem Markt erscheinen. Das wird sie überraschen. Falls sie nichts mehr für mich empfindet, wird es ihr egal sein. Falls sie noch etwas für mich empfindet, wird sie verunsichert.

Am Nachmittag geht sie zur Beichte. Ich werde den Dom ab ungefähr zwei Uhr im Auge behalten. Wenn sie ihn verlässt, werde ich ihr zufällig begegnen und sie in ein Gespräch verwickeln, vielleicht weiß ich dann, woran ich mit ihr bin.‹

An der Mittagstafel sah Johannes Margot an.

»Diese kleinen Aale sind viel köstlicher als die langen Exemplare. Wie kamt Ihr auf die Idee, diese zu kaufen?«

Margot spürte, dass sie errötete. »Der Händler hat es mir empfohlen.« Sie sah auf ihren Teller, weil sie Johannes liebevollen Blick nicht ertrug.

Ursulas Augen wanderten zwischen dem Sohn und Margot hin und her. Wie verliebt er sie ansah, es war unerträglich. Warum errötete sie?

›Weiß sie von seiner Zuneigung? Nun, vielleicht ergibt sich am Sonnwendfest eine Gelegenheit mit dem alten Heinbuch über eine Heirat seiner Tochter mit meinem Sohn zu sprechen.‹

Am nächsten Tag kaufte sie Schweinebraten und ging dann langsam zu dem Händler, der Kalbfleisch anbot. Sie blieb stehen und betrachtete die Fleischstücke.

›Kalbsragout, wie gern würde ich einmal wieder Kalbsragout essen. Ich werde Ursula fragen, ob ich für den kommenden Sonntag etwas von dem zarten Kalbfleisch kaufen und zubereiten darf.‹

Sie sah sich vorsichtig um.

›Heinrich ist noch nicht gekommen, warum? Er ist wahrscheinlich gekränkt, weil ich gestern kurz angebunden war. Vielleicht will er jetzt keine Aussprache mehr. Es hat keinen Zweck, dass ich mich noch länger hier herumtreibe, die Arbeit ruft. Ich habe ihn gekränkt und verletzt, vielleicht sehe ich ihn nie mehr. Doch ich möchte ihn jetzt sehen und mich mit ihm aussprechen.‹

Sie spürte, wie Verzweiflung in ihr keimte.

Am Nachmittag ging Margot bedrückt in den Dom und kniete vor dem Beichtstuhl des Priesters Matthias Buchholz.

»Im Namen des Vaters und des Sohnes und des Heiligen Geistes. Amen.«

»Gott, der unser Herz erleuchtet, schenkt dir wahre Erkenntnis deiner Sünden und seiner Barmherzigkeit.«

»Ich habe mich einem Mann hingegeben, obwohl ich nicht mit ihm verheiratet bin.«

»Ist der Mann verheiratet?«

»Nein.«

Matthias erkannte Margot Stimme, auch wenn sie leise sprach. Er überlegte. »Bete sieben Ave Maria.«

Margot erhob sich, ging zu einem der Seitenaltäre, kniete nieder und begann, die Ave Maria zu beten.

Der steinerne Fußboden war hart, und die Gebete langweilten sie. Aber sie wollte, dass jeder, der den Dom betrat, sah, dass sie die Buße tat.

Sie verließ den Dom durch den Haupteingang und wandte sich nach links. In diesem Augenblick trat Heinrich zu ihr.

»Guten Tag, Margot.«

Sie spürte Freude und lächelte ihn an: »Guten Tag, Heinrich.«

»Hast du deine Bußgebete gesprochen?«

»Ja.«

»Hast du jetzt Zeit für eine Aussprache?«

»Ja.«

»Wir gehen hinunter zum Rhein, dort sind wir ungestört.«

Während sie dem Dom den Rücken kehrten, kam Barbara in Begleitung ihrer Mutter und sah das Paar.

›Nanu, es sieht so aus, als vertrügen sie sich wieder. Verflixt, ausgerechnet heute muss ich die Mutter zu ihrer Schwester begleiten. War diese Begegnung am Dom zufällig, oder haben sie sich verabredet? Egal, am nächsten Samstag werde ich hier sein, vielleicht treffen sie sich wieder.‹

Heinrich und Margot gingen über den verlassenen Fischmarkt und dann am Rhein entlang.

»Margot, ich bitte dich um Verzeihung für mein ungebührliches Benehmen neulich. Es gibt keine Entschuldigung dafür, wohl aber eine Erklärung. Die Verlobung des Königs von Navarra mit der Prinzessin Margarethe hat mich verärgert und meinen Zorn entfacht. Es tut mir leid.«

»Ich verstehe, dass du unter der Verlobung der Prinzessin leidest. Du hast sie einmal geliebt und liebst sie vielleicht immer noch. Warum hast du mich deinen Ärger spüren lassen? Ich bin völlig unschuldig an dieser Verlobung.«

»Ich weiß nicht, warum ich dich schlecht behandelt habe.« Die Wahrheit konnte er ihr natürlich nicht sagen. »Ich verstehe, dass du vor mir geflohen bist. Das ist aber keine Lösung für dein künftiges Dasein. Ich bewundere, wie du dein Leben bisher gemeistert hast. In einer ausländischen Stadt, in einem Land, dessen Sprache du nur kaum beherrschst, hast du eine Stellung gefunden und verdienst deinen Lebensunterhalt. Wie bewältigst du das tägliche Leben, ohne Deutsch richtig zu können?«

»Ich besitze eine gewisse Begabung für Sprachen. Außerdem spricht Meister Buchholz Italienisch. Die Worte für die verschiedenen Fleisch- und Fischsorten, die Gemüse und die Speisen, die ich täglich zubereiten muss, kann ich inzwischen.«

»Und willst du wirklich den Rest deines Lebens als Dienerin im Haus eines Handwerkers verbringen? Der Meister und seine Familie sind bestimmt ehrenwerte Leute, aber sie sind dir geistig nicht ebenbürtig.«

»Bei der Familie Buchholz fühle ich mich geborgen. Im Übrigen habe ich nicht die Absicht, mein Leben als Dienerin zu beschließen. Nach dem Tod meines Vaters war ich gezwungen, Geld zu verdienen, um eine bescheidene Mitgift anzusparen. Die soll mir ermöglicht, einen Ehemann zu finden. Das ist mein Ziel.«

Heinrich lächelte sie liebevoll an. »Margot, es gibt auch Männer, die so wohlhabend sind, dass sie auf eine Mitgift keinen Wert legen, Männer, die dich um deiner selbst willen heiraten möchten. Du hast das Leben an meiner Seite kennengelernt, und ich hatte den Eindruck, es gefällt dir. Du bist zu schade für eine Dienerin, eine Köchin. Du bist eine Frau, in deren Haar Perlen schimmern sollen. Auf deiner zarten Haut sollen Edelsteine funkeln, du sollst in Seide und Samt gekleidet sein, du sollst den ganzen Tag bedient werden und erlesen speisen. Bitte verrate mir Folgendes: Wie viele Fleischgerichte wirst du morgen zubereiten?«

»Es gibt nur ein einziges Fleischgericht, Schweinebraten.«

»Hast du nicht Lust, einmal wieder Kalbfleisch, Rebhühner, Fasane oder Wild zu essen?«

»Natürlich.«

»Siehst du, du sehnst dich nach einem besseren Leben. Ich bin gekommen, um dich zu bitten, mit mir nach Paris zurückzukehren. Ich gebe dir mein Wort als Edelmann, dass ich dich nie wieder schroff behandeln werde. Lass uns neu anfangen. Dafür ist es nie zu spät.«

Sie schwieg, und er spürte, dass sie anfing, innerlich mit sich zu kämpfen.

»Margot, ich will dich nicht bedrängen, denke in Ruhe nach. Wir werden uns jetzt nicht mehr auf dem Markt begegnen. Ich werde am nächsten Samstag neben dem Haupteingang des Doms auf dich warten. Wollen wir uns nächsten Samstag treffen?«

»Einverstanden, aber jetzt muss ich gehen, die Arbeit ruft.«

Heinrich sah ihr nach und lächelte vor sich hin.

Als Margot das Abendessen zubereitete, dachte sie über das Gespräch mit Heinrich nach. Sie ertappte sich bei dem Gedanken, dass sie enttäuscht war, ihn eine ganze Woche lang nicht zu sehen.

Bei der Abendtafel musterte sie verstohlen die Tischgesellschaft. Diese Familie war ihr geistig nicht ebenbürtig. Er hatte recht. Nur Johannes bildete eine Ausnahme. Doch sie verspürte Sehnsucht, Heinrich zu sehen. Aber sie musste sich gedulden.

24. KAPITEL

Als sie an der Mittagstafel saßen und die Suppe löffelten, sagte Elisabeth: »Die Hebamme hat mir viel Bewegung verordnet. Die Gräfin und ich gehen jeden Tag zwei Stunden im Park oder am Rheinufer spazieren. Am Sonntagnachmittag macht die Gräfin immer Besuche oder empfängt Besucher. Valentin verbringt den Nachmittag lieber hier, er hasst Spaziergänge. Allein zu spazieren ist langweilig. Hat jemand Lust, mich nachher im Park zu begleiten? Die Gräfin ist einverstanden, dass ich meiner Familie und der Dienerschaft die Anlage zeige.«

»Ich begleite Euch gern«, rief Magdalena.

»Ich auch«, sagte Maria, »das ist doch einmal eine Abwechslung. Allerdings wollten wir Margot die Stadt zeigen.«

»Das ist nicht so wichtig«, sagte Margot, »im Park ist es bestimmt angenehm kühl.« Vielleicht begegneten sie Heinrich, und sie spürte, wie ihr Herz zu klopfen begann.

»Ich gehe auch mit«, sagte Johannes.

»Nein«, rief Ursula in einem Ton, der keinen Widerspruch duldete, »du bleibst hier und leistest mir Gesellschaft.«

»Ich leiste Euch auch Gesellschaft, Mutter«, sagte Matthias.

Martin und Georg wollten sich mit Freunden treffen, Anna und Jakob zogen es vor, ein wenig in der Sonne zu sitzen.

Margot war innerlich froh, dass Johannes nicht mitkam.

Elisabeth führte ihre Begleiterinnen über kiesbestreute Wege, vorbei an Rosenstöcken und Springbrunnen zum Rheinufer. Als sie es erreichten, sahen sie die Barke der Gräfin kommen.

Margot sah Heinrich in der Barke sitzen.

›Wie soll ich mich ihm gegenüber verhalten? Darüber habe ich noch gar nicht nachgedacht.‹

Die Ruderknechte steuerten die Barke ans Ufer, Heinrich stieg aus und ging der Gruppe entgegen. Als er vor ihnen stand, sah Margot verlegen zu Boden, Elisabeth versank in einen tiefen Knicks und sagte: »Guten Tag, Herr Herzog, ich, das heißt, wir wünschen Euch einen angenehmen Sonntag.«

Heinrichs Augen wanderten über die Gruppe und verweilten einen Augenblick auf Margot. Dann lächelte er: »Meine Damen, auch ich wünsche einen angenehmen Sonntag.«

Heinrich ging langsam zum Schloss und überlegte.

›Elisabeth muss wegen der Schwangerschaft viel gehen. Allein ist es natürlich langweilig. So hat sie die Dienerschaft ihrer Mutter gebeten, sie zu begleiten. Warum ist Margot mitgegangen? Sie tat vor einer Woche so, als sei es ihr wichtig, den Sonntagnachmittag bei der Familie ihres Brotherrn zu verbringen.

Wollte sie mich sehen? Wendet sie sich allmählich mir wieder zu? Am nächsten Samstag werde ich noch ein Schäufelchen auf meine Werbung drauflegen.‹

Am Samstag kaufte Margot auf dem Markt wieder Schweinebraten, weil Ursula fand, Kalbfleisch sei zu teuer. Kalbfleisch sollte es nur bei besonderen Gelegenheiten geben.

Sie brachte den Braten in den kühlen Keller. Wie gern würde sie wieder einmal Kalbfleisch essen. Als sie in die Küche zurückkehrte, stand Johannes dort.

»Margot, könnt Ihr in den Laden kommen, bevor Ihr zur Beichte geht? Ich möchte Euch etwas zeigen.«

»Einverstanden.«

Sie sah ihm nach, wie er zur Werkstatt ging, und begann mit der Zubereitung der Suppe.

›Er umwirbt mich. Wie soll das weitergehen? Meine Gefühle für ihn sind im Augenblick Sympathie, mehr nicht.‹

Im Laden zog Johannes eine Schublade auf und wies auf ein längliches goldenes Kreuz, das dort auf schwarzem Samt lag.

»Dieses Kreuz war die erste Arbeit, die ich unter der Anleitung meines Vaters anfertigte. Ein Lesezeichen aus purem Gold. Es würde gut in Euer Gebetbuch passen. Ich möchte es Euch schenken.«

»Eine schöne Arbeit, pures Gold. Ihr seid sehr großzügig, aber das Kreuz ist zu wertvoll für mich.«

Er sah sie an und sagte in zärtlichem Ton: »Für Euch ist nichts zu wertvoll.«

»Johannes, ich kann Euer Geschenk nicht annehmen, es ist noch zu früh.«

»Ich verstehe, ich muss Euch Zeit lassen«, antwortete er mit Enttäuschung in der Stimme. »Das Kreuz bleibt hier liegen, bis Ihr es haben wollt. Es ist unverkäuflich.«

Im Dom beichtete Margot, dass sie unkeusch geträumt habe. Zur Buße musste sie sieben Ave Maria beten. Dann verließ sie die Kathedrale durch den Haupteingang, ging nach links und sah Heinrich dort auf sie warten.

Er ging zu ihr, nahm ihre Hände und führte sie an seine Lippen. »Ich freue mich so, dich zu sehen.«

Ihr Entschluss, ihm ernst und würdevoll zu begegnen, schmolz, und sie lächelte ihn an. »Ich freue mich auch, dich zu sehen.«

»Komm, Margot, am Rhein wartet die Barke der Gräfin. Wir werden auf dem Fluss fahren. Dort sind wir ungestört.«

Heinrich und Margot setzten sich in der Barke auf eine mit rotem Samt gepolsterte Bank und schwiegen eine Weile.

Dann legte Heinrich den Arm um Margot und zog sie an sich.

Sie ließ es geschehen und spürte, wie leise Schauer durch ihren Körper rieselten. Würde er sie küssen?

»Margot, hast du über unser Gespräch vor einer Woche nachgedacht?«

»Ja, natürlich.«

»Hast du eine Entscheidung getroffen?«

»Ich weiß es nicht. Ich würde gern wieder in Paris leben, aber …« Sie schwieg und lehnte den Kopf an seine Schulter.

»Aber was? Warum fällt dir die Entscheidung so schwer? Ich liebe dich, und ich hatte auf der Reise hierher Sehnsucht nach dir. Ich möchte dich nicht verlieren, sondern an meiner Seite haben. Wir müssen ja nicht ständig in Paris leben, wenn du nicht willst. Seit dem Tod von Franz II. hat meine Familie aus politischen Gründen immer nur wenige Monate in Paris gelebt.

Wir können in Lothringen leben, in Joinville, dem Stammschloss meiner Familie, oder in Nancy. Nancy ist eine hübsche Stadt. Sie bietet natürlich nicht so viel Abwechslung wie Paris. Das Leben am Hof meines Verwandten, des Herzogs von Lothringen, ist bescheidener als im Louvre. Dieser Hof hat einen Vorteil gegenüber dem Pariser Hof: Es wird weniger intrigiert, die Herzogin Claude ist eine offene, warmherzige Frau und völlig anders als ihre Mutter Katharina von Medici. Ich werde dich an diesem Hof einführen, und du wirst dort eine Rolle spielen, die du im Louvre nie spielen würdest.« Danach schwieg er und wartete, dass sie seine Worte verarbeitete.

›Er will mich am Hof in Nancy einführen? Das kann er nur, wenn wir verheiratet sind.‹

»Margot, ich kann mir nicht vorstellen, dass dieses Leben im Haus des Goldschmieds dir wirklich zusagt. Du hast das Leben in meinem Palais kennengelernt, mit seidenen Kleidern, Dienern, erlesenen Speisen. Was hält dich in Köln? Ich gebe dir noch einmal mein Ehrenwort als Edelmann, dass ich dich nie wieder schroff behandeln werde. Ich will dich nicht drängen. Du hast jedoch nicht mehr viel Zeit zum Nachdenken. Ich bleibe nur noch bis nächsten Sonntag hier. Spätestens am Montag reise ich ab. Ich muss rechtzeitig zu meinem Geburtstagsfest wieder in Paris sein.«

Sie löste sich von ihm und sah ihn erschrocken an: »Nur noch eine Woche?«

»Überlege in Ruhe. Die Wahl ist einfach, entweder ein Leben im Luxus an der Seite eines Mannes, der dich aufrichtig liebt, oder Köchin im Haus eines Handwerkers.«

»Die Stellung als Köchin ist angenehm, ich muss keine schweren Arbeiten verrichten. Die Wäsche und das Backen des Brotes besorgen andere Mägde, und Kochen macht mir Spaß.«

»Du hast recht, aber die Voraussetzung ist, dass der Koch nicht rechnen muss, was die Lebensmittel kosten. Im Haus deines Brotherrn musst du wahrscheinlich kürzer treten, und das schränkt deine Kreativität ein. Was für einen Fleischgang bereitest du morgen?«

»Schweinebraten.«

Heinrich begann zu lachen: »Schon wieder? Den gab es doch erst am letzten Sonntag.«

»Die Meisterin findet, dass Kalbfleisch zu teuer ist. Ach wie gern würde ich wieder einmal Kalbsragout essen, gebratene Tauben und weißes Brot. Die Mägde backen hier nur dunkles Brot. Es gibt noch nicht einmal Brotkuchen.«

»Brotkuchen? Was ist das?«

»Der Bäcker in Pau hat von dem Teig immer etwas abgezweigt und ein kleines Brot geformt, das war der Brotkuchen. Er schmeckt köstlich, weil man ihn ganz frisch und warm isst. Mit Butter und Honig bestrichen, ist er eine wahre Delikatesse.«

Er beobachtete den sehnsüchtigen Blick in ihren Augen. »Ich werde dafür sorgen, dass du in meinem Haus Brotkuchen bekommst. Um noch einmal auf dein Leben als Köchin bei der Familie Buchholz zu kommen. Ich habe den Eindruck, dass du im Augenblick in der Küche schalten und walten kannst, abgesehen davon, dass du sparsam einkaufen musst. Ich hörte beiläufig, dein Brotherr ist noch ledig. Irgendwann wird er heiraten, und dann wird eine junge Meisterin dir Befehle erteilen und dich herumkommandieren. Willst du das?«

Margot zuckte unmerklich zusammen und strich über die Falten des grauen Leinenkleides. »Das ist keine Perspektive«, sagte sie leise.

Die Barke glitt über den Rhein. Nach einer Weile erreichte sie die Anlegestelle unterhalb des gräflichen Schlosses.

Als sie langsam durch den Park gingen, sagte Heinrich:

»Wir können uns morgen leider nicht sehen, weil ich meine Tante auf einer Kutschfahrt in die Umgebung begleiten muss. Wir sehen uns am nächsten Samstag beim Dom.« Im Schlosshof blieb er stehen und nahm ihre Hände. »Überlege gut, Margot.«

Sie sah sich vorsichtig um. »Macht es dir nichts aus, wenn man dich hier mit einer Dienerin stehen sieht?«

»Nein, das ist mir gleichgültig. Ich sagte dir schon einmal, dass ich auf Standesunterschiede nicht achte.« Er spürte, dass sie auf eine Umarmung wartete und küsste sie auf die Stirn. »Andere Küsse müssen warten, bis ich weiß, dass du mit mir nach Paris zurückkehrst, oder es wird keine Küsse mehr geben.«

Über den Hof ging er langsam ins Schloss. Bevor er eintrat, sah er verstohlen zurück und beobachtete befriedigt, dass Margot ihm nachsah. In seinem Zimmer sank er in den Lehnstuhl und dachte noch einmal über die Unterredung mit Margot nach. Warum war sie so unentschlossen? Hatte der Goldschmied sie vielleicht umworben und ihr Hoffnungen gemacht? Es war möglich, dass er sich in sie verliebt hatte.

›Vergleicht man ihre Erscheinung mit den jungen Frauen in Köln, so ist sie – auch in einfachen Kleidern – wie der Pfau auf einem Hühnerhof. Ich glaube nicht, dass er ihr Hoffnungen gemacht hat. Die Zünfte haben ihr Standesbewusstsein, und ein Handwerker heiratet nur ein junges Mädchen mit einer Mitgift oder eine reiche Witwe. Was mache ich, wenn sie hier bleiben will? Unmöglich, ihre Sinnlichkeit wird sie zu mir treiben.‹

Barbara hatte beobachtet, wie Heinrich und Margot zusammen zum Ufer hinuntergingen. Sie hatte sie abgepasst und sah ihnen nun hinterher.

»Dorothea, die beiden treffen sich anscheinend immer am Samstag. Nächste Woche werde ich dafür sorgen, dass ich den Nachmittag für mich habe. Auch du musst dann viel Zeit mitbringen, wir werden dem Paar folgen. Sie gehen bestimmt irgendwohin, wo sie sich nicht so sittsam benehmen wie hier.«

»Warum interessiert dich das Paar?«

»Warum? Ich habe dir doch erzählt, dass Johannes diese französische Hure liebt. Sie macht sich anscheinend nichts aus ihm, sonst würde sie sich nicht mit dem Herzog treffen. Die beiden sind ein Liebespaar, waren es vielleicht schon in Paris. Ich muss Gewissheit haben. Dann werde ich Johannes die Augen öffnen, und du bist meine Zeugin. Ich werde dir meine Beobachtungen berichten. Ich habe dich noch nicht eingeweiht, weil ich mir nicht ganz sicher war, wie ich die Begegnungen der beiden deuten soll.«

»Du glaubst, wenn Johannes erfährt, dass die Köchin nicht ihn, sondern einen anderen Mann liebt, dass er sich dir doch noch zuwenden wird?«

»Ich bin davon überzeugt.«

Margot fühlte sich innerlich aufgewühlt und ging in den Stall zu Fortuna, um in Ruhe nachzudenken.

›Was soll ich machen? Was ist die richtige Entscheidung? Was hat er gesagt? Er liebt mich, er will mich immer an seiner Seite haben, er will mich am Hof in Nancy einführen. Es ist alles zu schön, um wahr zu sein!

Ich glaube ihm und bin dennoch unsicher. Ich muss mit einem Menschen über meine Situation reden. Aber mit wem? Ich kenne hier nur die Familie Buchholz und ihre Dienerschaft. Von ihnen kann ich mich keinem anvertrauen, weil ich die Gewissheit nicht habe, dass er oder sie schweigen wird.

Moment, Matthias ist Priester und muss das Beichtgeheimnis wahren. Mit ihm kann ich reden, es ist zwar keine Beichte, aber er muss trotzdem schweigen. Morgen nach dem Mittagessen werde ich Ursula um eine Stunde Urlaub von der Näharbeit und Matthias um ein Gespräch bitten. Wenn sie mein Ansinnen ablehnen, muss ich allein mit der Situation fertig werden.‹

An jenem Abend konnte Margot lange nicht einschlafen. Sie erinnerte sich an die Nächte mit Heinrich, an seine Liebkosungen. Sie verspürte körperliche Sehnsucht nach ihm wie nie zuvor.

Am Sonntag wartete sie, bis Elisabeth und die beiden Mägde zu ihrem Spaziergang aufgebrochen waren. Ursula, Johannes, Valentin und Matthias blieben zu Hause, saßen im Hof und tranken Rheinwasser.

Sie ging zu ihnen und atmete tief durch. »Frau Buchholz, ich habe eine Bitte. Könnt Ihr mich im Lauf der Woche an einem Nachmittag für ein oder auch zwei Stunden von der Näharbeit befreien? Ich werde die versäumte Arbeit natürlich nachholen.«

»Warum sollte ich das tun?«

»Ich möchte mit Eurem Sohn, dem Priester, ein Gespräch führen, vorausgesetzt«, sie sah Matthias an, »Ihr seid dazu bereit, Hochwürden.«

Matthias dachte an die Beichten, die er von ihr gehört hatte, und lächelte. »Ich bin gern bereit für ein Gespräch mit Euch. Morgen Nachmittag habe ich Zeit. Wenn Ihr mit der Arbeit in der Küche fertig seid, könnt Ihr kommen. Ihr wisst ja, wo ich wohne. Mutter, ich bitte Euch, ihr ihren Wunsch zu gewähren.«

Ursulas Augen wanderten zwischen Margot und ihrem Sohn hin und her.

»Bis zum Abendläuten habt ihr frei. Ihr müsst die versäumte Arbeit allerdings nachholen.«

Margot atmete auf. »Ich danke Euch, Frau Buchholz, und Euch, Hochwürden. Ich wünsche noch einen angenehmen Nachmittag.«

Nachdem Margot gegangen war, richtete Ursula das Wort an Matthias. »Lieber Sohn, du wirst mir hoffentlich erzählen, was Margot dir anvertraut hat.«

»Liebe Mutter, dieses Gespräch ist zwar keine Beichte, aber ich bin dennoch zur Verschwiegenheit verpflichtet. Von mir werdet Ihr nichts erfahren.«

Ursula sah verärgert vor sich hin und beteiligte sich nicht mehr an der Unterhaltung.

Johannes spürte, dass sein Herz zu klopfen anfing.

›Wahrscheinlich wird sie mit Matthias über uns reden, über meine Zuneigung für sie, über ihre Gefühle. Schade, ich würde zu gern dabei sein und lauschen.‹

25. KAPITEL

Am nächsten Tag betrat Margot gegen drei Uhr das kleine Haus des Priesters. Matthias führte sie in die Ecke seines Arbeitszimmers, wo ein runder Tisch und vier hohe Stühle standen.

Matthias ging in die Küche und brachte auf einem Tablett zwei irdene Becher und einen Krug mit Rheinwein. Er lächelte Margot an: »Bei einem Schluck Wein redet es sich leichter.«

Sie erzählte ihm daraufhin die ganze Geschichte, und er hörte aufmerksam zu, ohne eine Miene zu verziehen.

»Mein Bruder hat sich in Euch verliebt«, sprach er schließlich, »das kann ich verstehen, aber reden wir von Euch. Ihr könnt Euch nicht entscheiden, ob Ihr mit dem Herzog nach Paris zurückkehren oder in Köln bleiben sollt. Die Tatsache, dass Ihr Euch mit ihm getroffen habt, beweist, dass er Euch nicht gleichgültig ist, dass Ihr noch etwas für ihn empfindet. Ihr werdet an seiner Seite im Luxus leben. Es sieht so aus, als wolle er Euch heiraten. Was verunsichert Euch?«

»Er gab mir zwei Mal sein Ehrenwort als Edelmann, mich nicht mehr schroff zu behandeln. Ich glaube ihm und glaube ihm auch wieder nicht. Irgendwann, spätestens bei der Hochzeit der Prinzessin, wird er wieder an seine unglückliche Liebe erinnert, und ich fürchte, dann lässt er seinen Zorn wieder an mir aus.«

»Eure Befürchtung ist verständlich. Aber ist Euer Verbleib in Köln eine echte Alternative? Im Augenblick seid Ihr im Haus meiner Mutter eine Magd. Ich kenne Johannes und bin sicher, dass er Euch auch gegen den Willen unserer Mutter heiraten würde. Euer Leben würde sich aber nicht verbessern, weil meine Mutter sich eine Schwiegertochter mit einer Mitgift wünscht. Sie müsste Euch akzeptieren, aber sie würde Euch das Leben schwer machen, wo sie kann. Sie ist rüstig und erfreut sich einer guten Gesundheit; sie kann gut noch zehn oder zwanzig Jahre leben.«

Er schwieg, und Margot sah bekümmert vor sich hin.

»Wie würdet Ihr an meiner Stelle entscheiden?«

»Diese Frage kann ich Euch nicht beantworten. Aber ich will versuchen, Euch anderweitig weiterzuhelfen. Ihr schwankt zwischen Gefühl und Verstand. Was will Euer Gefühl?«

»Ich möchte mit dem Herzog zurück nach Paris, an seiner Seite leben und den Luxus genießen.«

»Das ist eine klare Antwort. Warum zögert Ihr?«

»Johannes tut mir leid, ich möchte ihn nicht verletzen.«

»Ihr müsst offen mit ihm reden. Er wird enttäuscht sein, aber er wird darüber hinwegkommen. Die Situation wäre vielleicht anders, wenn der Herzog nicht hier aufgetaucht wäre. Dann würdet Ihr ihn wahrscheinlich irgendwann vergessen und innerlich frei sein für eine neue Beziehung.«

»Ich danke Euch für das Gespräch, ich habe noch einige Tage, um mich endgültig zu entscheiden.«

Matthias begleitete sie zur Tür und sah ihr lange nach.

›Das arme Kind, sie ist diesem Herzog verfallen, aber sie muss seinen wahren Charakter erkennen. Das ist die einzige Möglichkeit, von diesem Mann loszukommen. Er hat sie hier mit seinen Schmeicheleien betört, weil er sie noch eine Weile als Geliebte genießen will. Er wird sie nie heiraten, allein wegen des Standesunterschiedes. Das sieht sie noch nicht oder will es nicht sehen. Gott möge sie beschützen!‹

An jenem Abend lag Margot lange wach und dachte über das Gespräch mit Matthias nach.

›Er hat recht, ich werde meinem Gefühl folgen und mit Heinrich nach Paris zurückkehren, Risiko hin und her. Doch wie geht es hier weiter? Am Samstag treffe ich Heinrich, vielleicht kann er mich für die Nacht von Sonntag auf Montag im gräflichen Schloss unterbringen.

Ich möchte nach dem Gespräch mit Johannes nicht mehr hier bleiben.

Am Sonntag, nach dem Mittagessen, werde ich zuerst mit Johannes reden, dann werde ich seiner Mutter sagen, dass ich Köln verlasse. Den Grund wird sie von mir nicht erfahren, vielleicht erfährt sie ihn von Johannes, vielleicht auch nicht. Und wenn ich nicht im Schloss wohnen kann, werde ich in einer Herberge übernachten.‹

Sie atmete erleichtert auf und schlief endlich ein.

Am Samstagnachmittag ging sie in den Dom, um sich von Matthias zu verabschieden. Sie kniete vor dem Beichtstuhl und sagte leise: »Morgen werde ich das Haus Eurer Mutter verlassen. Ich danke Euch für Euren Rat.«

»Gott sei mit Euch. Ich werde für Euch beten.«

Sie ging zu einem Seitenaltar und sprach ein Vaterunser. Dann verließ sie den Dom und ging nach links. Heinrich erwartete sie bereits, und sie warf sich ihm in die Arme.

»Ich gehe mit dir zurück nach Paris. Meine Flucht war eine Laune, ich war enttäuscht von dir und dachte, ich würde dich nicht mehr lieben. Das ist nicht wahr: Ich liebe dich immer noch. Du hast recht, wir sollten noch einmal von vorn anfangen.«

»Ich kann dir gar nicht sagen, wie glücklich ich bin, dass du bei mir bleibst.«

Er beugte sich über ihr Gesicht, berührte mit seinen Lippen ihren Mund, und Margot schloss die Augen, genoss den Kuss, und beide vergaßen die Umgebung und die Zeit.

Barbara und Dorothea kamen vom Markt und gingen hinauf zum Dom. Sie blieben stehen, als sie plötzlich das eng umschlungene Liebespaar sahen.

»Sieh dir das an«, sagte Barbara zur Freundin, »sie sind beide schamlos. Wie kann man sich nur in der Öffentlichkeit küssen?«

Dorothea sah sich vorsichtig um. »Auf dieser Seite des Doms ist jetzt kein Mensch.«

»Die beiden haben ein Liebesverhältnis, du bist meine Zeugin. Heute Abend gehen wir zu Johannes, und ich werde ihm erzählen, was ich beobachtet habe.«

»Barbara, das geht uns doch nichts an. Ist es nicht unter deiner Würde, sich wie eine Klatschbase zu benehmen?«

»Du hast mir nicht zu sagen, was ich zu tun und zu lassen habe. Du bist zwar eine Overstolz, aber mehr auch nicht. Ich glaube nicht, dass es dir gefallen würde, wenn ich unsere Freundschaft beende. Komm, wir gehen einen anderen Weg zum Haupteingang. Es ist nicht nötig, dass die Hure uns sieht.«

Dorothea schwieg und dachte an die finanziellen Vorteile dieser Freundschaft. Das Sonnwendfest mit einem köstlichen Bankett, die kleinen Geschenke der Freundin, farbige Bänder, Süßigkeiten, hin und wieder ein paar Geldmünzen. Sie beschloss, Barbara am Abend zu begleiten.

Heinrich löste sich von Margot.

»Wir müssen jetzt über praktische Dinge sprechen. Ich möchte Köln bereits morgen gegen Abend verlassen, und wir werden irgendwo übernachten. Ich möchte mit dir allein zu zweit sein, und das ist im Schloss meiner Tante nicht möglich. Kannst du morgen die Familie verlassen?«

»Natürlich, ich werde nach dem Essen mit der Meisterin reden, im Lauf des Nachmittags werde ich mit Fortuna im Schlosshof auf dich warten.«

»Wir werden Tag und Nacht fahren. Ich möchte so rasch wie möglich wieder in Paris sein. Fortuna binden wir an die Kutsche.«

»Du hast an alles gedacht. Ich muss jetzt gehen, packen und überlegen, was ich der Meisterin sage. Ich kann den morgigen Tag kaum erwarten.«

Sie umarmten sich, und nach einem langen Kuss ging Margot beschwingt zum Haus ihres Brotherrn.

Sie packte ihre Habseligkeiten in den Mantelsack, zog das Kleid an, das sie bei ihrer Ankunft in Köln getragen hatte, und brachte Elisabeths Kleid in das untere Zimmer.

›Anna wird vielleicht merken, dass ich meine Sachen gepackt habe. Ach, das ist egal. Morgen, wenn die Familie beim Hochamt weilt, werde ich den Mantelsack in den Stall zu Fortuna bringen und dann den Schweinebraten zubereiten.

Hoffentlich ist das der letzte Schweinebraten, den ich in meinem Leben esse. Morgen um diese Zeit habe ich Köln schon verlassen.‹

Nach dem Abendessen führte sie Fortuna im Hof herum und überlegte, was sie am nächsten Tag zu Johannes sagen wollte.

Ursula, Johannes, Martin, Georg, Jakob und die drei Mägde saßen im Hof und genossen den warmen Frühsommerabend. Ursula las in der Bibel, die Mägde sprachen über den neuesten Klatsch in der Stadt. Johannes und Martin unterhielten sich auf Italienisch. Georg hörte ihnen zu und überlegte, dass er als Geselle auch nach Italien gehen könnte.

Plötzlich betraten Barbara und Dorothea den Hof.

»Guten Abend«, sagte Barbara, »entschuldigt die Störung zu dieser Stunde.«

Ursula sah von der Bibel auf und lächelte Barbara an: »Ihr stört nicht. Kommt, setzt Euch mit der Jungfer Overstolz zu uns.«

»Vielen Dank, Frau Buchholz, aber ich wollte Johannes bitten, mir noch einmal das Medaillon zu zeigen. Er weiß schon, welches ich meine.«

Johannes sah unwillig auf: »Hat das nicht Zeit bis Montag?«

»Johannes«, rief Ursula empört, »was fällt dir ein? Du kannst eine Kundin doch nicht so behandeln!«

Er stand wortlos auf, ging in den Laden und zeigte den Mädchen das Medaillon.

»Eine wunderbare Arbeit«, flüsterte Dorothea und beobachtete Barbara, deren grüne Augen Johannes triumphierend anfunkelten.

»Ich habe von Eurer Schwester erfahren, dass Ihr Eure Köchin, diese französische Hure, liebt.«

»Erstens ist Margot keine französische Hure, sondern

ein anständiges Mädchen, und zweitens ist es meine Angelegenheit, wen ich liebe.«

»Dieses anständige Mädchen ist doch eine Hure. In der vergangenen Woche habe ich beobachtet, wie sie sich mit dem Herzog von Guise auf dem Markt traf. Damit aber nicht genug, auch am Samstagnachmittag beim Dom. Heute sah ich, dass sie in den Armen des Herzogs lag und sich von ihm küssen ließ. Dorothea ist meine Zeugin. Johannes, dieses Miststück ist die Geliebte des Herzogs! Wahrscheinlich war sie das schon in Paris. Entweder ist sie vor ihm davongelaufen, oder er hat sie weggejagt. Jetzt ist er in Köln. Warum? Er will sie wahrscheinlich zurückerobern. Ihr hättet die Umarmung sehen sollen, sie liebt ihn, davon bin ich überzeugt. Ich erzähle Euch das, damit Ihr Euch keinen Illusionen hingebt.«

Johannes starrte Barbara an, und für einen kurzen Moment drehte sich der Raum vor seinen Augen. »Habt Ihr gesehen, was die Jungfer Heinbuch gesehen hat?«, fragte er Dorothea.

»Ja.«

»Das ist doch alles gelogen, Jungfer Heinbuch, und Eure Freundin habt Ihr wahrscheinlich bestochen, falsch auszusagen. Hinaus mit Euch, und lasst Euch hier nie wieder blicken. Ich werde Euch nie heiraten, denn ich verabscheue Menschen, die andere verleumden. Raus jetzt, und zwar rasch!«

Die Mädchen sahen ihn erschrocken an und eilten aus dem Laden.

»Seine Worte haben nichts zu bedeuten«, sagte Barbara nach dem ersten Schrecken. »Es ist verständlich, dass er so reagiert. Irgendwann wird er sich beruhigt haben, und mein Vater und seine Mutter werden ihn zu einer Heirat mit mir bewegen.«

Dorothea schwieg und dachte, dass ihre Freundin sich Illusionen hingab – genau wie Johannes.

Johannes legte das Medaillon in die Schublade und ging in den Hof, wo auch der Stall lag. Er beobachtete, wie Margot Fortuna herumführte.

›Es ist nicht wahr, dass sie sich mit dem Herzog getroffen hat, es ist alles eine Lüge. Es ist alles Verleumdung. Soll ich morgen mit ihr reden?

Wenn es aber doch wahr ist, dass sie mit dem Herzog ein Liebesverhältnis hat? In diesem Fall würde sie es mir sagen. Sie besitzt einen anständigen Charakter. Ich werde abwarten.‹

Er ging zu den anderen, setzte sich und trank etwas Rheinwasser.

Ursula sah ihn prüfend an. Sie beobachtete den Sohn und spürte, dass etwas nicht stimmte. »Hat Barbara das Medaillon gekauft?«

»Nein, sie will es sich noch überlegen.«

Am Sonntagvormittag gelang es Margot, Johannes abzupassen, ohne dass die anderen es merkten.

»Kann ich Euch kurz unter vier Augen sprechen? Es ist wichtig.«

Sein Herz begann wie wild zu klopfen. »Natürlich.«

»Johannes, ich werde nachher Euer Haus verlassen. Eurer Mutter muss ich noch sagen, dass sie sich eine neue Köchin suchen muss.

Ich habe in Paris einen Mann geliebt und er mich. Mir ist klar geworden, dass ich ihn immer noch liebe. Er ist hier, und ich kehre mit ihm nach Paris zurück.«

»Es ist der Herzog von Guise, nicht wahr?«

»Ja. Woher wisst Ihr das?«

»Barbara Heinbuch war gestern hier und hat es mir erzählt. Sie hat Euch und den Herzog beobachtet. Ich wollte es nicht glauben … Nun gut. Ihr habt mir nie falsche Hoffnungen gemacht. Ich wünsche Euch alles Gute, lasst mich jetzt allein.«

»Ich wünsche Euch auch alles Gute, vor allem hoffe ich, dass Ihr eines Tages eine Frau findet, die Eure Zuneigung ehrlich erwidert.«

Johannes sah ihr nach. Dann öffnete er die Schublade und nahm das goldene Kreuz in die Hand. Er betrachtete es, pfefferte es in eine Ecke und begann zu weinen.

Margot begab sich zu Ursula. »Frau Buchholz, ich weiß, dass mein Entschluss für Euch überraschend kommt, aber ich habe mich erst gestern dazu durchgerungen. Ich gehe noch heute nach Paris zurück.«

»Euer Abschied ist in der Tat eine Überraschung, aber Reisende soll man nicht aufhalten, lebt wohl. Die Gründe würde ich schon gern erfahren, aber sie gehen mich nichts an«, sagte Ursula in scharfem Ton.

Margot sah Ursula an. »Ich wünsche euch für die Zukunft alles Gute, ich habe mich in diesem Haus sehr geborgen gefühlt.«

Ursula ging in den Laden und betrachtete bekümmert ihren weinenden Sohn. »Johannes, was ist passiert?«

Johannes erzählte stockend von Barbaras Besuch und von seinem Gespräch mit Margot.

»Mein liebes Kind, ich verstehe deinen Kummer, aber ich habe dich gewarnt. Du darfst ihr nicht nachtrauern, sie ist es nicht wert, sie ist eine Hure. Dein Kummer wird vergehen, und vielleicht bist du dann bereit, noch einmal über eine Heirat mit Barbara nachzudenken.

»Nein«, schrie er, »ich werde sie nie heiraten. Ich werde überhaupt nicht heiraten!«

Als Margot den Schlosshof betrat, stand die achtspännige Kutsche schon bereit. Böhme kletterte auf den Bock neben den Kutscher. Heinrich und Margot bestiegen den Wagen und verließen die Stadt durch das westliche Stadttor.

Als Köln hinter ihnen lag, umarmten sie sich, und Heinrich erstickte Margot fast mit seinen Küssen.

26. KAPITEL

Am späten Nachmittag des 28. Juni trafen sie in Paris ein.

Heinrich ging in sein Arbeitszimmer, um die Briefe zu lesen, die während seiner Abwesenheit angekommen waren, Böhme begab sich zu den Soldaten, um zu sehen, wer von den Gefolgsleuten inzwischen angereist war. Margot eilte in ihr Zimmer und läutete nach Henriette.

Sie kam sofort aus ihrer Kammer und als sie Margot sah, errötete sie über das ganze Gesicht und fiel vor ihr auf die Knie. »Mademoiselle Cauvin, ich bitte Euch inständig um Vergebung, dass ich mein Versprechen brach und dem Herzog sagte, dass Ihr nach Köln geritten seid. Ich konnte nicht anders.«

»Beruhigt Euch, Böhme hat mir erzählt, dass der Herzog Euch dazu zwang. Einzelheiten ließ er aber aus.«

»Ja, es war schrecklich. Hat der Herzog Euch auch gezwungen, nach Paris zurückzukehren?«

»Nein, es war meine Entscheidung, ihm zu folgen. Wir haben uns versöhnt. Ich bin so glücklich, ich bin auch glücklich wieder in Paris zu sein. Die Heimat bleibt die Heimat. In Köln ging es mir gut, aber es war doch eine fremde Stadt, der Rhein ist nicht die Seine. Ach, ich bin seit drei Tagen nicht aus den Kleidern gekommen.« Sie schwieg und ein Lächeln umspielte ihre Lippen, als sie daran dachte, dass sie nachts doch aus den Kleidern geschlüpft war.

»Ich möchte Euch so viel fragen, ich weiß nicht, wo ich anfangen soll. Wie seid Ihr in dem fremden Land zurechtgekommen?«

Sie erzählte, wie sie in das Haus des Goldschmieds kam, beschrieb die Familie, ihre Einkäufe auf dem Markt und was sie kochen musste.

Henriette hörte andächtig zu. »Wie hat Böhme Euch gefunden?«

»Er hat mich nicht gefunden, der Herzog hat durch Zufall erfahren, wo ich arbeitete. Zunächst war ich ihm gegenüber kühl und abweisend, nach einigen Tagen merkte ich, dass ich ihn noch immer liebe, und so bin ich zurückgekehrt. Das Leben ist schon merkwürdig, Henriette.

Es war ein Zufall, dass ich in das Haus der Familie Buchholz kam. Es war ein Zufall, dass ein Mitglied dieser Familie bei der Gräfin Brandenstein diente, die mit dem Herzog verwandt ist. Der Herzog logierte natürlich bei seiner Tante und erfuhr dank dieser Zufälle, wo ich lebte. Ich denke, das Schicksal hat es so gewollt.« Von Johannes erzählte sie nichts.

»Ich freue mich über Eure Rückkehr und die Versöhnung mit dem Herzog, ein neuer Anfang ist immer gut. Ich muss jetzt in die Küche. Ich bin gespannt, was Böhme nachher von Köln erzählen wird.«

Sie verließ das Zimmer.

Margot betupfte Hals und Schläfen mit Rosenparfüm, verteilte Rouge auf Gesicht und Mund, dann stand sie auf und betrachtete sich in dem hohen Spiegel.

Silberblaue Seide, Schmuck, Parfüm, Rouge, es war herrlich, dass sie diese Dinge wieder genießen konnte.

Sie ging langsam im Zimmer auf und ab und ihre Augen blieben plötzlich an der Tür haften, durch die Henriette kam und ging. Wohin führte diese Tür? Sie öffnete sie vorsichtig und sah eine Holztreppe. An den grauen Steinwänden hingen Öllampen, deren mattes Licht die Treppenstufen erkennen ließ.

Margot ging langsam die Treppe hinunter, die auf einen Gang mündete.

›Ich bin jetzt im ersten Stock‹, überlegte sie, ›hier befinden sich die Festräume, der Speisesaal und die Gemächer des Herzogs. Von hier aus geht Henriette hinunter zur Küche. Das ist von meinem Zimmer aus natürlich ein kürzerer Weg.‹

Sie ging den Gang zurück, als sie zur Linken eine Tür sah, die ihr vorher nicht aufgefallen war.

Sie horchte, öffnete sie einen Spalt und sah das Schlafzimmer des Herzogs. Plötzlich betraten Heinrich und Böhme das Zimmer. Hastig schloss sie die Tür.

Heinrichs Stimme erklang: »Sind meine Gefolgsleute inzwischen alle eingetroffen?«

»Ja, Herr Herzog, bis auf Baudricourt, den Stadthauptmann von Vaucouleurs. Er schickte einen Boten mit der Nachricht, dass er erst morgen eintreffen wird.«

»Gut, bringe ihn morgen nach seiner Ankunft zu mir. Wie weit bist du mit den Vorbereitungen für das Fest?«

»Es ist alles vorbereitet, Herr Herzog, und wie es aussieht, werden wir herrliches Sommerwetter haben.«

Margot war erschrocken, als sie den Namen Baudricourt hörte.

›Gütiger Himmel dieser grausame Mann, der seine schwangere Geliebte von Hunden zerfleischen ließ, wird bei dem Fest anwesend sein. Aber dieser Baudricourt würde ihr nichts tun. Wichtig ist nur Heinrich. Übermorgen ist das Geburtstagsfest und wir werden zusammen die Volta tanzen.‹

Sie ging so leise wie möglich in ihr Zimmer und versuchte eine unbestimmte Angst zu unterdrücken. Nach einer Weile beruhigte sie sich.

27. KAPITEL

Am Nachmittag des 29. Juni stand Baudricourt im Schlafzimmer des Herzogs vor seinem Herrn.

Heinrich musterte den stämmigen jungen Mann. Er war ein Nachfolger jenes Baudricourt, der seinerzeit von Jeanne d'Arc aufgesucht wurde, um ihn zu bitten, sie zum König nach Chinon zu geleiten.

»Willkommen in Paris, ich hoffe, Ihr hattet eine angenehme Reise.«

»Ja, Herr Herzog.«

»Ihr wisst, dass Eure Familie in meiner Schuld steht. Mein seliger Vater bezahlte einst die Schulden Eures Vaters, und ich sorgte dafür, dass Ihr Stadthauptmann in Vaucouleurs wurdet – wie seinerzeit Euer berühmter Vorfahre. Jetzt ist der Zeitpunkt gekommen, dass Ihr Eure Schuld bezahlt.«

»Selbstverständlich, Herr Herzog, was verlangt Ihr von mir?«

»Seid Ihr nicht mit Jeanne d'Arc aus Domrémy verlobt?«

»Ja, Herr Herzog, wir wollen im September heiraten. Ich bin stolz darauf, dass ich eine Nachfahrin jener Jungfrau heirate, die den Feind, die Engländer, einst aus Orléans vertrieben hat.«

»Die Jungfrau Jeanne d'Arc hatte keine Kinder, Ihr seid mit der Nachfahrin eines ihrer Brüder verlobt, aber das ist jetzt unwichtig.« Er trat dicht vor Baudricourt. »Ihr bezahlt Eure Schuld, indem Ihr die Verlobung mit diesem Mädchen löst.«

Der Stadthauptmann starrte den Herzog entsetzt an. »Ich soll die Verlobung lösen? Warum? Was soll ich der Familie d'Arc sagen? Jeanne und ich lieben uns seit längerer Zeit, die Vorbereitungen zur Hochzeit sind in vollem Gang. Gibt es keine andere Möglichkeit, meine Schuld zu begleichen?«

»Nein, Ihr seid mein Lehensmann, und die Lösung der Verlobung ist ein Befehl.«

»Herr Herzog, warum sollte ich die Verlobung lösen? Ich verstehe nicht.«

»Nun, ich habe beschlossen, Euch mit einer anderen Frau zu vermählen. Sie ist jung, sehr schön, sie kann Lesen, Schreiben, Rechnen und beherrscht mehrere Sprachen. Sie kommt aus einer guten Familie, ihr Vater war Anwalt. Sie bringt zwar keinen Landbesitz in die Ehe, aber Geld. Ich werde sie mit einer großzügigen Mitgift ausstatten und für Euch eine prachtvolle Hochzeit ausrichten. Ihr werdet diese Frau nach meiner Rückkehr im Herbst heiraten.«

Baudricourt schwieg und versuchte seine Gedanken zu ordnen. War die Frau, wahrscheinlich seine Geliebte, vielleicht schwanger? Das wäre eine Erklärung, es war nicht ungewöhnlich, dass die hohen Herren sich auf diese Art von einer Frau trennten.

Er straffte sich und sah Heinrich fest an. »Mit Verlaub, Herr Herzog, ist die Frau schwanger?«

»Nein, das ist nicht der Grund, weswegen Ihr sie heiraten sollt. Ihr werdet meine Gründe nie erfahren. Die Frau weiß übrigens noch nicht, dass sie Euch ehelichen wird. Das erfährt sie, wenn wir in Lothringen sind. Morgen bei dem Fest werdet Ihr sie kennenlernen, und ich befehle Euch, Diskretion zu wahren. Sie darf nicht ahnen, dass Ihr der künftige Gemahl seid.«

Das wurde ja immer mysteriöser, dachte Baudricourt. »Herr Herzog, ich werde Euren Befehlen gehorchen.«

»Ich habe nichts anderes von Euch erwartet, eines noch: Vaucouleurs liegt in einiger Entfernung von meinem Schloss in Nancy. Es kann sein, dass ich Eure Gattin hin und wieder sehen möchte. In diesem Fall lasst Ihr sie nach Nancy reisen. Ich sorge dafür, dass sie von Bewaffneten begleitet wird, Ihr müsst Euch keine Sorgen wegen ihrer Sicherheit machen.«

Aha, dachte Baudricourt, er wollte sie als Geliebte behalten. Nun, er war sein Untertan und musste sich fügen.

»Ich danke Euch, dass Ihr für die Sicherheit meiner künftigen Gemahlin sorgt.«

Was Heinrich nicht wusste: Henriette hatte alles mit angehört. Sie hatte an derselben Stelle gestanden, wo Margot zuvor das Gespräch zwischen Heinrich und Böhme belauscht hatte.

›Was mache ich jetzt? Soll ich Margot sagen, was der Herzog mit ihr vorhat? Nein, jetzt ist es noch zu früh. Bis zur Abreise nach Lothringen werden einige Wochen vergehen, da kann so viel passieren. Bevor ich Margot erzähle, dass sie Baudricourt heiraten soll, muss ich mit Böhme gesprochen haben. Arme Margot, sie hofft, dass sie das Rad zurückdrehen kann und ihre Beziehung zum Herzog wieder so wird wie vor einigen Wochen.‹

Als Baudricourt gegangen war, atmete Heinrich tief durch.

›Ich habe für Margot gesorgt, ich kann sie künftig sehen, wann und wie lange ich will. Wird sie einverstanden sein, dass ich sie verheirate? Sie muss einverstanden sein, sie wird ein bequemes Leben ohne finanzielle Sorgen führen und sie bleibt meine Geliebte. Mehr kann sie nicht erwarten.‹

Ein wolkenloser Himmel wölbte sich am 30. Juni über Paris, dem Geburtstag des Herzogs. Am Abend stand Margot angekleidet vor dem hohen Spiegel, betrachtete das cremefarbene Taftkleid, die Bernsteinkämme in ihren Haaren, überlegte, welchen Schmuck sie tragen sollte, streifte die vier Granatringe über die Finger der rechten Hand und besprengte sich üppig mit dem Rosenparfüm.

Der Holzstoß brannte bereits, und ein leichter Wind wehte ihr den Duft von geröstetem Fleisch und Kräutern entgegen.

Heinrich saß mit seinen Gefolgsleuten bereits an den langen Tischen. Als er Margot sah, ging er zu ihr, bot ihr den rechten Arm und führte sie zu der Tafel.

»Meine Herren, ich möchte Euch die Demoiselle Cauvin vorstellen. Sie wohnt seit einiger Zeit in meinem Palais.« Er goss Wein in einen Zinnbecher, reichte ihn Margot, dann hob er seinen Becher. »Wir trinken auf das Wohl der Demoiselle Cauvin!«

Die Männer sprangen auf und hoben ihre Becher: »Auf das Wohl der Demoiselle Cauvin!«

Margot lächelte. »Ich trinke auf Euer Wohl, meine Herren, und auf das Wohl des Herzogs von Guise. Ich wünsche uns einen harmonischen Abend.«

Sie setzte sich Heinrich zur rechten am oberen Ende der Tafel und betrachtete die bärtigen Gesichter der Männer und die verwegen funkelnden Augen.

»Dieser Wein schmeckt köstlich, würzig, er ist der beste Wein, den ich bisher getrunken habe«, lobte Margot.

»Er wird an der Grenze des Herzogtums Lothringen angebaut, in der Nähe von Straßburg, die Deutschen nennen ihn Gewürztraminer.«

In diesem Augenblick bemerkte sie den Mann, der links von Heinrich an der Längsseite der Tafel saß und sie anstarrte.

Heinrich folgte ihrem Blick. »Der Herr ist mein treuester Gefolgsmann, Baron Baudricourt, er ist der Stadthauptmann von Vaucouleurs und besitzt viele Ländereien. Habt Ihr Eure Leute alle gut unterbringen können, Baron?«

»Ja, Herr Herzog, allerdings musste ich sie in verschiedenen Gasthäusern unterbringen. Die Herbergen sind fast alle mit Hugenotten belegt, die wegen der Hochzeit nach Paris gekommen sind. Wann soll die Vermählung stattfinden?«

»Der Termin steht immer noch nicht fest.«

Diener brachten große Platten mit Spargel und geräuchertem Schinken und Schüsseln mit zerlassener Butter, und Heinrich rief voller Hochstimmung: »Guten Appetit, meine Herren, das ist der letzte Spargel, der heute gestochen wurde.«

Baudricourt dachte, diese junge Frau war tatsächlich eine Schönheit. Kein Wunder, dass der Herzog nicht auf sie verzichten wollte.

Die anderen Männer sagten leise zueinander:

»Der Herzog hat Geschmack. Wo mag er die junge Frau kennengelernt haben? Sie scheint nicht zur Hofgesellschaft zu gehören.«

Während Margot genüsslich eine Stange Spargel nach der anderen aß, überlegte sie:

›Wird Heinrich mir auch die anderen Herren vorstellen,

die in meiner Nähe sitzen? Es sieht nicht so aus, warum hat er mir diesen Baudricourt vorgestellt?‹

Sie hörte, dass Heinrich den Stadthauptmann über Angelegenheiten fragte, die Vaucouleurs betrafen, und sah hinüber zu der Tafel, wo die Dienerschaft saß, und es sich nun ebenfalls schmecken ließ. Sie betrachtete immer wieder Heinrich und war glücklich und stolz, dass sie neben einem so gut aussehenden Mann saß, der ein reicher, mächtiger Herzog war, der sie liebte und sicher heiraten würde. Wie schade, dachte sie, dass meine Eltern das nicht mehr erleben konnten.

Nun erschienen einige Männer mit Instrumenten und stellten sich in der Nähe des Holzstoßes auf.

»Ah«, rief Heinrich, »die Musikanten sind gekommen.«

Er gab ihnen ein Zeichen und sagte zu Margot: »Komm, wir tanzen, die süßen Speisen essen wir während der Tanzpausen.«

Er führte sie zu dem Holzstoß und tanzte mit ihr rund um das Feuer die Volta. Margot lachte jedes Mal glücklich, wenn er sie hochhob, durch die Luft wirbelte und wieder auf den Boden setzte. Sie sah, dass seine Augen sie verliebt und begehrlich anfunkelten, und freute sich auf die Liebesnacht.

Nach und nach gingen auch die Diener und Dienerinnen zu dem Feuer, und irgendwann standen die Gefolgsleute auf und begleiteten die Musik mit rhythmischem Händeklatschen.

»Heinrich, dieser Tanz ist … Ich weiß nicht, wie ich ihn beschreiben soll. Ich wünschte, er würde nie enden.«

Heinrich setzte sie auf den Boden und lächelte sie zärtlich an. »Dieser Tanz ist sinnlich, aber er wird enden. Sieh, das Feuer ist fast heruntergebrannt, wir hören jetzt auf und sehen zu, wie die Flammen verlöschen.«

Er gab den Musikanten ein Zeichen, die Instrumente verstummten, und dann versammelten sich alle um den Holzstoß und beobachteten schweigend, wie das Sonnwendfeuer erlosch.

»Das Fest ist vorbei«, rief Heinrich, »ich wünsche allen eine angenehme Nachtruhe.«

Böhme löste sich aus der Menge und trat vor. »Es lebe der Herzog von Guise!«

»Es lebe der Herzog von Guise!«, riefen alle.

Einige Stunden später lagen sie glücklich und erschöpft nebeneinander.

Nach einer Weile beugte Heinrich sich über Margot: »Kannst du dir vorstellen, für immer in Lothringen zu leben?«

»Ja natürlich, ich würde gern in Lothringen leben.«

»Nun ja, es ist dort anders als in Navarra, das Klima ist rauer, im Winter ist es kälter als im Süden. Es liegt dann Schnee und die Straßen sind vereist; auch die Menschen im Norden sind anders, sie sind schwerblütiger als im Süden.«

»Das stört mich nicht, ich bin glücklich, wenn ich mit dir zusammenleben kann.«

»Gut, nach den Hochzeitsfeierlichkeiten und wenn ich meine anderen Angelegenheiten hier geregelt habe, reisen wir ab.«

›Soll ich ihr jetzt schon sagen, dass sie in Lothringen mit Baudricourt verheiratet wird? Nein, es ist besser, sie erfährt es erst, wenn wir dort sind.‹

Margot kuschelte sich enger an ihn.

›Jetzt wäre der Augenblick, um mir zu sagen, dass er mich heiraten will, warum sagt er nichts? Wahrscheinlich wird er mich am Hochzeitstag der Prinzessin fragen, das ist natürlich romantischer.‹

Sie spürte eine leichte Enttäuschung, dennoch sagte sie: »Ich bin so glücklich, Heinrich, ich kann dir gar nicht beschreiben, *wie* glücklich ich bin.«

Er schwieg und küsste sie stattdessen sanft auf den Mund.

Am nächsten Vormittag spazierte Margot durch den Park zu dem Festplatz und beobachtete die Diener bei den Aufräumarbeiten. Dann ging sie zu den verkohlten Resten des Holzstoßes und durchlebte noch einmal die Augenblicke, als Heinrich sie hochhob, durch die Luft schwang und wieder absetzte.

›Es war mein erstes Tanzvergnügen, und in Lothringen werden noch viele Bälle folgen. Vor mir liegt eine wunderbare Zukunft.‹

Plötzlich spürte sie ein Würgen, das vom Magen in ihr aufstieg, sie presste erschrocken die Hand vor den Mund, sah sich suchend um, rannte in eine Ecke, wo niemand sie sah, und erbrach sich.

Dann stand sie einen Augenblick ratlos da, bedeckte das Erbrochene hastig mit herumliegenden Zweigen und ging langsam zurück zum Palais.

In ihrem Zimmer spülte sie den Mund mit Wasser aus, wusch die Hände und sank erschöpft auf das Bett.

›Warum ist mir plötzlich übel geworden, ich habe gestern weder zu viel gegessen noch zu viel getrunken. Wahrscheinlich war der Tag zu aufregend.

Die Versöhnung mit Heinrich, das Fest, die Tanzerei, die Liebesnacht, die Neuigkeit, dass ich für immer in Lothringen leben soll, das war wahrscheinlich alles zu viel, nicht nur für meine Seele, sondern auch für den Körper.‹

Sie ruhte, bis es Zeit für die Mittagstafel war, dann stand sie auf, richtete die Haare, besprengte sich mit Parfüm und dachte, merkwürdig, wenn man sich den Magen verdorben hatte, verspürte man normalerweise keinen Appetit. Sie aber hatte Hunger, großen Hunger sogar, Hunger auf scharf gewürzte Speisen.

Sie ging, leise vor sich hinsummend, hinunter zum Speisesaal, öffnete die Tür und sah Heinrich mit düsterer Miene auf und ab gehen.

Sie spürte eine unbestimmte Angst und trat zu ihm: »Heinrich, ist etwas passiert?«

»Ja, es ist etwas passiert. Bis zum heutigen Tag hatte ich die Hoffnung, dass diese Ehe der Prinzessin mit dem Hugenotten doch nicht stattfinden wird. Vorhin überbrachte ein Bote die Nachricht, dass der Hochzeitstermin feststeht: Am 18. August, einem Montag, wird Margarethe von Valois den König von Navarra heiraten. Man hat sich über alle strittigen Punkte geeinigt, die protestantischen Geistlichen erkennen die Ehe unter bestimmten Bedingungen als gültig an. Der Kardinal von Bourbon wird die Ehe nicht als Priester einsegnen, sondern in seiner Eigenschaft als Onkel des Bräutigams.

Der Bräutigam darf während der Brautmesse in der Kathedrale nicht anwesend sein, sondern muss mit seinem Gefolge vor dem Eingang warten, bis die Messe beendet ist. Das sind meiner Meinung nach theologische Spitzfindigkeiten, aber die Königinmutter hat sie akzeptiert, sie hat den Hugenotten nachgegeben.«

Margot unterdrückte die aufsteigenden Tränen. Er liebte die Prinzessin also immer noch. »Heinrich, es ist doch angenehm, dass der Termin endlich feststeht, die Feierlichkeiten dauern drei Tage. Wir könnten am Freitag oder Samstag oder am Sonntag nach Lothringen abreisen.«

Er packte sie bei den Schultern und schüttelte sie: »Schweig! Meine Abreise nach Lothringen hängt noch von anderen Umständen ab, und ich weiß im Moment nicht, ob ich dich überhaupt mitnehmen werde. Geh in dein Zimmer. Dort bleibst du, bis ich weitere Entscheidungen getroffen habe. Du kannst Gott danken, dass ich großzügig bin, du wirst finanziell abgesichert sein. Verschwinde jetzt, Böhme wird dir die Mahlzeiten wieder in deinem Zimmer servieren.«

Er ließ sie los, Margot eilte in ihr Zimmer und warf sich weinend auf das Bett.

Nach einer Weile richtete sie sich auf und versuchte Heinrichs Worte zu begreifen. Er verließ sie, das konnte sie nicht ertragen. Wie sollte ich ihn zurückgewinnen? Sie konnte nicht ohne ihn leben, und sie begann erneut zu weinen.

Nach einer Weile klopfte es, und Böhme brachte das Essen.

Sie trocknete die Tränen. »Ich habe keinen Hunger, Ihr könnt alles wieder mitnehmen.«

Böhme betrachtete die junge Frau und verspürte Mitleid. »Ihr müsst bei Kräften bleiben. Nehmt Euch die schlechte Laune des Herzogs nicht so zu Herzen.«

Margot sah ihn an und dachte, sie musste mit irgendeinem Menschen über ihre Situation reden. »Böhme, der Herzog hat mich nicht nur wieder auf mein Zimmer verbannt, sondern er will mich nicht nach Lothringen mitnehmen. Ich weiß nicht, was ich tun soll.«

»Bis zur Abreise nach Lothringen fließt noch viel Wasser die Seine hinunter. Ich verstehe Euren Kummer, aber denkt auch einmal an den Herzog. Wenn man von der Frau, die man geliebt hat oder noch liebt, weit entfernt lebt und erfährt, dass sie verheiratet wird, so ist das einfacher zu verkraften, als wenn man bei der Hochzeit anwesend sein muss. Und er muss ja nicht nur am Hochzeitstag anwesend sein, sondern auch während der dreitägigen Festlichkeiten. Zudem: Am Hof gibt es zwei Parteien. Die eine Partei, angeführt von Admiral Coligny, ist für einen Krieg gegen Spanien, die andere Partei, angeführt von der Königinmutter, ist dagegen. Der König wird von beiden Gruppen bedrängt und muss bald eine Entscheidung treffen, und der Herzog wartet sehr gespannt auf diese Entscheidung.«

»Warum wartet er gespannt?«

»Das darf ich nicht sagen, Ihr aber solltet sorglos in die Zukunft blicken. Der Herzog wird schon für Euch sorgen, und nun esst, es gibt unter anderem Kalbsragout, das gehört doch zu Euren Lieblingsspeisen.«

»Danke, Böhme, es tut gut, mit Euch zu reden.«

Nach der Mahlzeit dachte sie nach.

›In Lothringen wird Heinrich seine unglückliche Liebe wahrscheinlich bald vergessen. Werde ich ihn doch begleiten? Eines verstehe ich nicht. Warum verbannt er mich auf mein Zimmer und will mich nicht sehen, wenn ein Ereignis ihn an seine unglückliche Liebe erinnert? Was geht in ihm vor? Erinnere ich Heinrich etwa an die Prinzessin? Neulich sagte er, ich könne nichts für mein Aussehen und mein Gesicht. Sehe ich der Prinzessin ähnlich? Sehe ich vielleicht sogar so aus wie die Prinzessin? Das wäre eine Erklärung für sein Verhalten.

Meine Erziehung und mein Stolz müssten es mir verbieten, noch länger die Geliebte eines Mannes zu sein, der mich schlecht behandelt und erniedrigt. Im Augenblick komme ich aber nicht los von ihm, es ist entsetzlich. Mein Verstand sagt mir, dass ich diesen Mann verlassen muss, aber mein Gefühl sehnt sich nach ihm.‹

Sie spürte, dass ihr Kummer über Heinrichs Kälte und ihre Angst vor der Zukunft sich allmählich mit Enttäuschung über seinen Charakter vermischte.

Als die Dienerin am nächsten Morgen das Frühstück brachte, sagte Margot: »Setzt Euch einen Augenblick zu mir. Ich bin so unglücklich.« Sie schilderte das Gespräch mit Heinrich. »Gestern erzählte ich Böhme alles, und er meinte, ich solle mir keine Sorgen machen, was meint Ihr dazu?«

»Es war richtig, dass Ihr Euch Böhme anvertraut habt. Ein Mann beurteilt eine Situation wie die Eurige wahrscheinlich anders als eine Frau. Ich habe den Eindruck, dass der Herzog launisch ist, wenn es Euch betrifft. Wollt Ihr dies noch länger ertragen?«

»Was soll ich denn machen?«

»Was haltet Ihr von einer neuerlichen Flucht aus diesem Haus und aus Paris? Ich werde Euch wieder helfen und dafür sorgen, dass niemand von der Dienerschaft etwas bemerkt.«

»Nein, ich will nicht noch einmal fliehen. Einerseits bin ich unglücklich und enttäuscht über den Charakter des Herzogs, andererseits liebe ich ihn und sehne mich nach ihm, könnt Ihr das verstehen?«

»Ich verstehe Euch. Mein Angebot bleibt bestehen. Denkt in Ruhe darüber nach. Ich werde jetzt Euer Bad richten.«

Sie ging in den Nebenraum, und Margot trank langsam die heiße Milch.

An den folgenden sieben Tagen musste Margot sich jeden Morgen vor dem Frühstück übergeben. Sie dachte, dass ihre ungewisse Zukunft der Grund dafür war, und staunte über ihren Appetit.

Nach einer Woche hörte die morgendliche Übelkeit auf, und Margot versuchte sich zu beschäftigen: Sie las, wiederholte ihre Kenntnisse in Fremdsprachen oder spielte Laute, aber nach einer Stunde konnte sie sich nicht mehr konzentrieren. Sie dachte an Heinrich und versank in Tagträumen. Sie stellte sich vor, wie er in ihr Zimmer kam, sie umarmte, küsste und ihr sagte, dass sie noch vor der Hochzeit der Prinzessin nach Lothringen reisen und dort sofort heiraten würden.

In den Nächten lag sie lange wach, sehnte sich nach Heinrich und überlegte, ob sie nicht über die geheime Treppe, die zum ersten Stock führte, zu ihm gehen sollte.

An einem schwülen Abend Mitte Juli hielt sie es nicht mehr aus. Sie stand auf, trat zum Fenster, sah hinaus in die dunkle Sommernacht und hörte das leise Plätschern des Springbrunnens im Hof. Sie nahm die Nachtlampe, ging zur Seitentür, öffnete sie und ging barfuß die Holztreppe hinunter.

Sie stellte die Lampe auf den Boden und horchte an der Tür.

Sie hörte, wie Wasser in eine Schüssel gegossen wurde, atmete tief durch und betrat das Zimmer.

Heinrich stand im Schlafrock vor dem Waschtisch und wusch sich die Hände.

In diesem Augenblick sagte Margot: »Heinrich, ich musste zu dir kommen, bitte, schicke mich nicht fort.«

»Was machst du hier?«, schrie er sie an. »Ich habe dir befohlen, in deinem Zimmer zu bleiben! Du missachtest meine Befehle, verschwinde, fort mit dir!«

Sie umschlang ihn mit den Armen. »Heinrich, ich habe solche Sehnsucht nach dir, ich musste dich sehen. Kann ich heute nicht bei dir bleiben?«

Er befreite sich von ihr. »Verlasse sofort das Zimmer!«

»Heinrich, bitte, ich liebe dich so sehr.«

In diesem Augenblick konnte er sich nicht länger beherrschen, er hob die rechte Hand und schlug zu. »Margot«, sagte er leise, als ihm bewusst wurde, was er getan hatte, »es tut mir leid, ich habe noch nie in meinem Leben eine Frau geschlagen.«

Sie sahen sich schweigend an, und plötzlich verspürte Heinrich körperliches Verlangen nach ihr. Er wollte nur ihren Körper besitzen.

»Du bist gekommen, weil ich mit dir schlafen soll, das kannst du haben.« Er hob sie hoch, trug sie zu dem Bett und warf sie darauf. »Was ist? Hebe das Hemd hoch und mache die Beine breit!«

Sie blickte ihn erschrocken an.

»Was ist, warum zierst du dich wie eine Jungfrau?«

Sie sah ihn ängstlich an. In diesem Moment riss Heinrich das Hemd nach oben und warf sich auf sie. Sie spürte Schmerzen, als er in sie eindrang, hoffte, dass es bald vorbei sein würde, und fühlte sich beschämt.

Als er fertig war, befahl er ihr: »Du hast bekommen, was du wolltest, jetzt verschwinde und lass dich nie mehr in meinem Schlafzimmer sehen.«

Sie eilte hinaus, nahm die Lampe, ging hinauf in ihr Zimmer und sank erschöpft auf das Bett. Noch nie war sie so gedemütigt worden. Doch sie war Heinrich verfallen, wie kam sie aus dieser Situation wieder heraus?

Dann fiel ihr etwas ein, das sie seit Tagen verdrängt hatte.

›Meine Regel ist nun schon zwei Mal ausgeblieben, die Übelkeit am Morgen. Man sagt, dass es Frauen am Beginn einer Schwangerschaft morgens übel ist. Trage ich etwa die Frucht Heinrichs in mir?‹

Das kann nicht sein, ich habe regelmäßig den Kräutersud getrunken, wahrscheinlich sind die Aufregungen der letzten Wochen schuld daran, dass meine Regel zweimal ausblieb, ich werde noch den August abwarten. Es kann nicht sein, dass ich schwanger bin, die Kräuter haben es verhindert.

In jener Nacht konnte sie nicht einschlafen, und während sie sich unruhig von einer Seite auf die andere wälzte, fiel ihr Henriettes Vorschlag ein. Erneute Flucht aus diesem Haus und aus Paris.

Als die Dienerin das Frühstück brachte, sagte Margot: »Ich habe über Euren Vorschlag nachgedacht.« Sie sank zurück in die Kissen und wurde von einem Weinkrampf geschüttelt. »Es war entsetzlich, letzte Nacht, der Herzog hat mich unmenschlich behandelt.«

»Was ist passiert?«

»Das kann ich Euch nicht sagen. Armand hätte mich nie so behandelt.«

»Wer ist Armand?«

»Ein junger Aristokrat aus Pau, der mich liebte und mich heiraten wollte. Ich lehnte seinen Antrag ab, weil sein Vater gegen unsere Vermählung war, und ich befürchtete, dass unsere Ehe unglücklich würde.«

»Wie hat der junge Mann reagiert, als er erfuhr, dass Ihr ihn nicht heiraten wolltet?«

»Das weiß ich nicht. Ich teilte ihm meine Entscheidung in einem Brief mit, ich habe ihn nicht mehr gesehen.«

»War der Vater der einzige Grund, den Antrag abzulehnen?«

»Ja.«

»Ihr habt den jungen Mann also geliebt?«

»Zunächst nicht, erst später.«

»Und Ihr habt Euch jetzt entschlossen zu fliehen?«

»Ja und nein. Ich weiß nicht, wohin ich soll. Ich möchte nicht zurück nach Navarra, weil ich dort meinen Lebensunterhalt nicht verdienen kann, und es wäre für mich zu schmerzlich, wenn ich Armand begegne. Er ist bestimmt enttäuscht von mir.«

»Habt Ihr keine Verwandten?«

»In Pau lebt die Schwester meines Vaters, zu ihr kann und will ich nicht gehen, wir schieden voneinander im Unfrieden. In Orléans lebt die Familie meiner Mutter. Ich weiß nicht, wie sie mich empfangen wird. Meine Mutter wurde von ihren Eltern seinerzeit verstoßen, weil sie unter ihrem Stand heiratete.«

»Ihr könnt nach Lothringen zu meiner Familie fliehen und zunächst dort bleiben. Meine Eltern und mein Verlobter wissen bestimmt einen Ort, wo Ihr leben könnt, ohne dem Herzog zu begegnen. Sie würden auch eine Stellung finden, wo Ihr Euren Lebensunterhalt verdienen könnt.«

»Das wäre eine Lösung, aber was wird aus Euch, wenn der Herzog erfährt, dass Ihr mir wieder bei der Flucht geholfen habt?«

»Wenn er mich hinauswirft, reise ich nach Lothringen zu meiner Familie. Ich erzählte Euch, dass ich im Herbst heiraten werde. Die Reise finanziere ich von meinem Lohn, den ich gespart habe.«

»Ich weiß nicht, wie ich Euch danken soll. Hoffentlich klappt auch die zweite Flucht.«

»Sie wird klappen. Denkt in Ruhe darüber nach. Es genügt völlig, wenn Ihr mir am Morgen, wenn ich Euch das Frühstück bringe, sagt, dass Ihr an dem Vormittag fliehen wollt.«

»Ich muss in Ruhe über alles nachdenken.«

Während Henriette in das Badezimmer ging und den Zuber mit heißem Wasser füllte, wurde ihr klar, dass eine Unterredung mit Böhme jetzt überflüssig geworden war.

28. KAPITEL

IN DEN FOLGENDEN Tagen tat es Heinrich leid, was er getan hatte.

›Liebt sie mich noch? Hasst sie mich? Ich begehre

sie nach wie vor. Was mache ich, wenn sie sich von mir abwendet?

Ihre Seele ist wahrscheinlich verletzt, aber ihre Klugheit wird sie davon abhalten, mich zu verlassen. Sie weiß, dass sie finanziell von mir abhängig ist, und sie wird in ihrem eigenen Interesse diese Abhängigkeit akzeptieren. Außerdem hat sie die Erotik entdeckt, sie findet Gefallen an der körperlichen Liebe. Auch das hält sie davon ab, mich zu verlassen.‹

So verging ein Tag nach dem anderen, und je näher der Hochzeitstag rückte, desto niedergeschlagener fühlte er sich.

Am Vormittag des 1. August saß er in seinem Arbeitszimmer und las Berichte seiner Verwalter über die Erträge der Ländereien, als Böhme hereinstürzte.

»Verzeiht die Störung, Herr Herzog, aber soeben traf ein Page der Prinzessin Margarethe ein, er möchte Euch einen Brief geben und Eure Antwort abwarten.«

»Lass den Pagen eintreten.«

Der junge Mann überreichte ihm schweigend den Brief. Heinrich öffnete ihn. Dann nahm er einen Bogen Papier, schrieb einige Zeilen, siegelte den Brief und übergab ihn dem Pagen, der sich stumm verbeugte und das Zimmer verließ.

Heinrich sah ihm nach. Dann stand er auf, ging erregt auf und ab, blieb vor Böhme stehen, atmete tief durch. »Böhme, die Prinzessin hat den Hugenotten überredet, erst nach der Ankunft in Navarra mit ihr zu schlafen. Die Hochzeitsnacht und die Nächte bis zur Abreise nach Navarra will sie mit mir verbringen. Sie hat inzwischen alles so geregelt, dass ihre Familie nichts davon merken wird. Ich glaube aber, es ist sicherer, wenn du während dieser Nächte diskret in der Nähe ihres Schlafzimmers bleibst, damit du uns warnen kannst, wenn Gefahr im Verzug ist.

Die Königinmutter hat der Prinzessin zwar versichert, dass die Hochzeitsnacht nicht von Spionen beobachtet wird, weil sie davon überzeugt ist, dass der König von Navarra die Ehe vollziehen wird, aber man kann nie wissen.«

»Wieso ist die Königinmutter davon überzeugt?«

»Der König von Navarra ist als Schürzenjäger bekannt, das hat er wohl von seinem Vater geerbt. Außerdem ist er in seine Braut sehr verliebt.«

»Herr Herzog, es ist eine Ehre für mich, wenn ich Euch in dieser delikaten Angelegenheit helfen kann, und Herr Herzog, ich freue mich für Euch.«

»Lass mich jetzt allein und überlege dir, wie du unerkannt in die Nähe des Schlafzimmers gelangst. Du weißt ja noch von damals, wo die königlichen Appartements liegen.«

Als Böhme gegangen war, dachte Heinrich über die Situation nach.

›Die Prinzessin liebt mich, sie will noch einmal, zum letzten Mal mit mir die körperliche Liebe erleben. Vom Hochzeitstag an gerechnet bis zur Abreise sind es ungefähr sieben Nächte, Nächte, in denen sie schwanger werden kann. Vielleicht bekommt sie einen Sohn, dann wäre mein Sohn der künftige König von Navarra. Was für ein Gedanke! König von Navarra und vielleicht sogar eines Tages König von Frankreich?

Ein Guise König von Navarra, das ist wenigstens eine kleine Genugtuung dafür, dass die Valois unsere Liebe zerstörten.

Margarethe und ich wollten nach Lothringen fliehen, dort heimlich heiraten und die Valois vor vollendete Tatsachen stellen. Der Herzog von Anjou hat alles zerstört. Er ließ uns beobachten und informierte dann seinen Bruder und die Königinmutter. Anjou und ich haben zwar als Kinder zusammen gespielt, aber wir mochten uns nie.

Warum hat Anjou uns die Liebe nicht gegönnt? Er ist selbst verliebt in Margarethe. Er hätte Unzucht mit ihr getrieben, wenn er gekonnt hätte.

Ich werde die Nächte mit der künftigen Königin von Navarra genießen, ich bin so glücklich. Und ich werde jetzt sofort zu Margot gehen und sie um Verzeihung bitten. Sie hat es wahrlich nicht verdient, von mir schlecht behandelt zu werden.‹

Während der letzten zwei Juliwochen schwankte Margot zwischen Verstand und Gefühl.

Der Verstand sagte ihr, dass sie nicht länger an der Seite eines Mannes leben konnte, dessen Gefühlsleben so unberechenbar war. Doch sie erinnerte sich an seine Umarmungen und Zärtlichkeiten.

Doch sie wusste, dass in jener schrecklichen Nacht ist etwas in ihr zerbrochen war, sie hatte körperlich erfahren, wie grausam er sein konnte. Sein Verhalten seit Anfang Juni war der Beweis, dass sein Charakter nicht viel wert war. Ein Mann mit einem anständigen Charakter versuchte eine unglückliche Liebe zu verarbeiten, ohne einen anderen Menschen zu verletzen und zu demütigen.

›Wo soll ich hingehen, wenn ich ihn verlasse? Wo könnte es für mich und das Kind, falls ich schwanger bin, eine Zukunft geben? Es wäre sicher am besten, wenn ich in aller Stille entbinde und dann in ein Kloster gehe. Es wird bestimmt Möglichkeiten geben, das Kind hin und wieder zu sehen.

Ein Kloster ist nicht die schlechteste Lösung, dann wäre mein Lebensunterhalt gesichert.

Wer weiß, wie lange dieser Friede zwischen Hugenotten und Katholiken in Frankreich währt. Vielleicht kommt es doch irgendwann zu einem neuen Krieg. Dann bin ich in einem Kloster in Sicherheit.

Ich werde morgen früh meine Sachen packen und an Heinrich einen Abschiedsbrief schreiben.›

Als Henriette das Frühstück brachte, sagte Margot zu ihr: »Ich habe während der vergangenen Nacht noch einmal über meine Lage nachgedacht und beschlossen, heute zu fliehen. Ich werde nach Orléans zu den Verwandten meiner Mutter reisen. Ich weiß nicht, ob sie mich freundlich empfangen werden, aber dieses Risiko nehme ich auf mich.«

»Ich verstehe Euch und ich bin froh, dass Ihr Euch entschieden habt. Ich werde nachher zu den Ställen gehen und warten, bis die Stalljungen beim Kartenspiel sitzen. Dann komme ich zu Euch und begleite Euch hinaus. Ihr könnt in Ruhe Eure Sachen packen.«

Während Margot frühstückte und badete, spürte sie, dass innere Unruhe und Angst in ihr aufstiegen: Hoffentlich klappte die Flucht. Sie würde auch nichts von den Dingen mitnehmen, die Heinrich ihr geschenkt hatte.

Margot legte das Bündel zurück in die Truhe, setzte sich an den Tisch, nahm einen Bogen Papier, tauchte die Feder in das Tintenfass und schrak zusammen, als an die Tür geklopft wurde.

»Herein.«

Heinrich trat ein und blieb an der Schwelle stehen.

Margot sah auf, starrte ihn einen Augenblick an, dann erhob sie sich. »Heinrich, ich habe nicht mehr damit gerechnet, dass du mich noch einmal aufsuchst.«

»Margot, ich komme, um dich um Verzeihung zu bitten. Ich weiß nicht, was vor zwei Wochen plötzlich über mich kam. Es tut mir so leid, kannst du mir verzeihen?«

Sie spürte, dass ihre Gefühle allmählich über ihren Verstand siegten, und dachte, er musste wissen, dass diese Szene in seinem Zimmer nicht einfach vergessen werden konnte.

»Heinrich, ich verzeihe dir, aber ich werde nie vergessen, was du in jener Nacht mit mir getan hast.«

»Das verstehe ich, du verzeihst mir, aber du liebst mich nicht mehr.«

Sie ging zu ihm, umarmte ihn und begann zu weinen: »Ich liebe dich nach wie vor, aber ich kann dieses furchtbare Erlebnis in deiner Kammer nicht vergessen.«

»Willst du mich verlassen?«

»Nein, ich werde dich nicht verlassen. Ich verstehe, wie schwer es für dich ist, bei der Hochzeit einer Frau anwesend sein zu müssen, die du einmal geliebt hast und vielleicht noch immer liebst.«

Er atmete auf. »Die Hochzeit wird vorübergehen, und dann reisen wir gemeinsam nach Lothringen. Nach dieser Hochzeit wird für uns beide alles besser werden. Wir fangen jetzt noch einmal von vorn an. Ich werde ab jetzt die Nachmittage, die Abende und die Nächte mit dir verbringen wie früher. Am Hochzeitstag der Prinzessin und an den folgenden Tagen und Nächten werde ich aber nicht bei dir sein können. Die Feierlichkeiten dauern bis zum

Morgen, und der König legt Wert darauf, dass alle Gäste von Rang und Namen daran teilnehmen.

Es gibt noch etwas, ich vergaß es dir zu sagen: Der König wird demnächst entscheiden, ob er Spanien den Krieg erklären wird oder nicht. Falls es zum Krieg kommt, wird die Armee einige Tage nach der Hochzeit in die Spanische Niederlande einmarschieren. Auch ich muss dann in den Krieg ziehen, ebenso wie der König von Navarra.

Während der letzten Tage vor dem Abmarsch wird der König mit seinen Heerführern lange Besprechungen haben. Diese Konferenzen können bis in die Nacht dauern, du wirst also auch diese Nächte allein verbringen. Wahrscheinlich wirst du sogar früher als geplant nach Lothringen reisen müssen.«

›Was sage ich ihr, falls es keinen Krieg gibt? Nun, ich werde auf jeden Fall mit Coligny abrechnen, und dann herrscht ein solches Chaos, dass ich mein Fernbleiben ebenfalls mit Konferenzen beim König begründen kann.‹

»Krieg?« fragte Margot entsetzt. »Ich darf nicht daran denken, dass du in den Krieg ziehen musst. Ich werde beten, dass der König sich dagegen entscheidet. Falls es zum Krieg kommt und der König von Navarra daran teilnimmt, kann es sein, dass er getötet wird. Er hat noch keinen männlichen Erben. Dies bedeutet, dass Navarra an Frankreich fällt.«

»Das ist ungewiss. Falls der Hugenotte den Heldentod stirbt, und die Königin ist schwanger, muss man zunächst die Geburt des Kindes abwarten. Ist es ein Sohn, dann wird er König werden, und bis zu seiner Volljährigkeit wird wahrscheinlich die Königin die Regentschaft übernehmen. Ist es eine Tochter, kann der französische König immer noch entscheiden, was aus Navarra wird.« Er schwieg kurz, weil ihm die Prophezeiung des Nostradamus einfiel. »Falls es zum Krieg kommt, wird der König von Navarra ihn überleben.«

»Wie kommst du darauf? Jeder Soldat, jeder Heerführer kann in einem Krieg getötet werden.«

»Es gibt eine merkwürdige Geschichte. Mein Vater erzählte sie manchmal an Winterabenden, wenn wir vor dem Kaminfeuer saßen, und als Kind konnte ich sie nicht oft genug hören. Sie ist fantastisch und ein bisschen gruselig.

Einige Monate nach dem Tod Heinrichs II. fing sein Nachfolger, der junge Franz II., an zu kränkeln. Das war gegen Ende des Jahres 1559. Die Königinmutter wollte wissen, wie viele Jahre er noch regieren würde. Da sie zum Aberglauben neigt und selbst das zweite Gesicht besitzt, ließ sie Nostradamus nach Paris kommen. Du weißt sicher, wer Nostradamus war?«

»Ja, er war Mathematiker und Astrologe.«

»Nostradamus nahm einen runden Spiegel, murmelte irgendwelche Formeln, und nach einer Weile entwickelte sich in dem Spiegel Nebel, aus dem heraus dann das Gesicht Franz II. erschien.

Sein Bild begann sich zu drehen, es drehte sich einmal und blieb dann stehen. Das bedeutete, dass er nur noch ein Jahr regieren würde. Tatsächlich starb Franz ungefähr ein Jahr später im Dezember 1560. Nostradamus hatte also recht mit seiner Vorhersage, aber was nun kommt, ist noch viel interessanter.

Das Gesicht des Franz verschwand, wieder Nebel, dann erschien das Gesicht des regierenden Königs. Sein Bild drehte sich vierzehn Mal, also vierzehn Jahre Regierung. Das würde bedeuten, dass er in zwei Jahren stirbt, also 1574.

Auch sein Gesicht verschwand, wieder Nebel, dann erschien das Gesicht des Herzogs von Anjou. Sein Bild drehte sich fünfzehn Mal, er würde also im Jahr 1589 sterben. Als sein Konterfei verschwand, was glaubst du, welches Gesicht die Königinmutter dann sah?«

»Es ist wirklich gruselig, aber sie sah bestimmt das Bild ihres jüngsten Sohnes.«

»Nein, sie sah nicht den Herzog von Alençon, sondern den König von Navarra, Heinrich von Bourbon. Sein Gesicht drehte sich zwanzig Mal. Es verschwand, und ein neues Gesicht tauchte nicht auf. Die Königinmutter war bestimmt nicht erfreut, schließlich bedeutete es, dass die Valois aussterben würden. Immerhin hatte sie die Genugtuung, dass ihr Lieblingssohn, der Herzog von Anjou, einige Jahre regieren würde.

Sie hat das alles natürlich für sich behalten, aber mein Vater und mein Onkel hatten ihre teuer bezahlten Spione, und diese berichteten ihnen von Nostradamus.«

»Haben dein Vater und dein Onkel an diese Vorhersage geglaubt? Und: Der König von Navarra ist Hugenotte. Müsste er nicht zum katholischen Glauben übertreten, um König von Frankreich zu werden?«

»Ja, im Augenblick ist es ungewiss, ob er dazu bereit wäre.«

»Etwas ist merkwürdig: Warum kam in diesem Spiegel nicht das Bild des Königs, der nach Heinrich von Bourbon regiert?«

»Warum? Nun, die Königinmutter war nur am Schicksal ihrer Familie interessiert, und Nostradamus hat dies bei seinen Formeln berücksichtigt. Der König von Navarra wird bestimmt einen Sohn haben, der ihm auf den Thron folgt.«

Margot betrachtete Heinrichs Gesicht.

›Er wirkt glücklich. Kann es sein, dass er innerlich wünscht, dass der König von Navarra König von Frankreich wird? Das kann ich mir nicht vorstellen, er hasst die Hugenotten.‹

Heinrich unterbrach ihre Gedanken: »Genug von diesem gruseligen Nostradamus. Wie wollen wir den Nachmittag verbringen?«

»Es ist so heiß und schwül, eine Kahnfahrt auf der Seine wäre angenehm bei diesem Wetter.«

Heinrich zog Margot an sich: »Ich bin glücklich, dass du bei mir bleibst.«

Sie spürte, dass ein sinnliches Verlangen in ihr erwachte und genoss seine körperliche Nähe. Er küsste sie sanft auf den Mund und verließ das Zimmer.

Margot sah ihm nach läutete dann nach Henriette.

»Ihr werdet es nicht glauben, eben war der Herzog hier, bat mich um Verzeihung, und wir haben uns versöhnt. Henriette, ich glaube, ich wollte in Wirklichkeit nie fliehen. Mein Gefühl sagt mir, dass der Herzog mich heiraten wird, ich bin glücklich, ich bin so glücklich.«

Henriette erschrak, dachte an Baudricourt, aber versuchte, sich nichts anmerken zu lassen. »Ich freue mich für Euch. Ihr hättet übrigens unbemerkt fliehen können, die Stalljungen sind vollauf mit ihrem Kartenspiel beschäftigt. Habt Ihr noch einen Wunsch?«

»Nein, ich möchte jetzt allein sein. Einen Wunsch habe ich, es wäre mir lieb, wenn Ihr auch in Lothringen meine Dienerin und Freundin bleibt.«

»Ich danke Euch für Euer Vertrauen, ich bleibe gerne bei Euch, sofern der Herzog es erlaubt.«

Sie verließ das Zimmer und während sie die Geheimtreppe hinunterging, überstürzten sich ihre Gedanken. Sie musste sofort Böhme sprechen. Sie ging zu seinem Zimmer, klopfte und trat ein: »Entschuldige die Störung, hast du einen Augenblick Zeit? Ich muss etwas mit dir besprechen.«

»Henriette, was ist passiert? Du bist so erregt.«

»Ich mache mir Sorgen um die Demoiselle Cauvin, der Herzog hat sich wieder mit ihr versöhnt. Sie ist jetzt natürlich glücklich, aber wie soll dies weitergehen? Sie kann sich innerlich nicht von ihm lösen. Sie muss gehen, sie wird sonst todunglücklich. Ich möchte ihr so gerne helfen, aber ich weiß nicht wie.«

»Wir kennen uns lange genug, Henriette, und können offen miteinander reden«, erwiderte Böhme. »Margot tut auch mir leid. In dem Augenblick, als ich sie auf der Brücke ansprach, tat sie mir leid. Ich weihe dich nun in ein Geheimnis ein, du kannst entscheiden, ob du ihr alles erzählst. Wenn Margot alles erfährt, wird sie schockiert und entsetzt sein, vielleicht gelingt es ihr dann, sich vom Herzog zu lösen. Manchmal hilft nur bittere Medizin.«

Böhme erzählte die Geschichte, wie sie auf Margot gestoßen waren und sie überredet hatten, ins Palais zu ziehen.

»Margot könnte die Zwillingsschwester der Prinzessin sein, meine Vermutung war also fast richtig«, meinte sie, als Böhme geendet hatte. »Der Herzog wollte sich mit Margot über seine unglückliche Liebe zur Prinzessin trösten, das war nicht der Fall. Dann erhielt er Nachrichten, Verlobung, Hochzeitstermin, die ihn an seinen Liebeskummer erinnerten, und seinen Ärger ließ er an Margot aus. Sie konnte dies natürlich nicht verstehen, und zu ihrem Unglück hat sie sich in den Herzog verliebt. Sehe ich die Situation richtig?«

»Ja. Und: Der Herzog wird Margot mit nach Lothringen nehmen und dort mit Baudricourt verheiraten. Ausgerechnet Baudricourt, der seine schwangere Geliebte von Hunden zerfleischen ließ, weil er ihrer überdrüssig war; du hast wahrscheinlich davon gehört?«

»Ja, weiß der Herzog davon?«

»Er weiß es, und ich verstehe nicht, warum er Margot mit einem Mann verheiratet, der so grausam ist und sie wahrscheinlich hasst, weil er wegen ihr seine Verlobung lösen musste.«

»Nun, Margot wird wahrscheinlich von Baudricourt schlecht behandelt werden und nie anfangen ihn zu lieben. Ihre Liebe wird nach wie vor dem Herzog gehören, und sie wird sehnsüchtig darauf warten, dass er sie zu sich kommen lässt. Er wird sie immer holen lassen, wenn es ihn nach ihr gelüstet. Irgendwann wird er ihrer überdrüssig sein und dann ist sie Baudricourt völlig ausgeliefert. Der Herzog ist ein Teufel in Seide.« Sie stand auf. »Ich danke dir, Böhme, dass du mir alles erzählt hast. Du hast recht, wenn Margot erfährt, dass der Herzog sie nie geliebt hat und sie nur der Ersatz für die Prinzessin war, dass er sie mit einem grausamen Mann verheiraten wird, dann fängt sie vielleicht an, sich innerlich von ihm zu lösen. Ich werde mit ihr sprechen, ich muss nur einen günstigen Zeitpunkt abwarten.«

Böhme sah Henriette an: »Sollte sie fliehen wollen, werde ich sie nicht an einer Flucht hindern.«

In den folgenden Tagen genoss Margot die Stunden mit Heinrich, aber immer wieder musste sie an den drohenden Krieg denken.

»Ich bete, dass der König sich gegen einen Krieg entscheidet, ich darf nicht daran denken, dass du kämpfst und vielleicht getötet wirst.«

»Habe keine Angst, es wird zu keinem Krieg kommen, das weiß ich.«

›Woher weiß er das‹, überlegte sie, wagte aber nicht zu fragen, weil sie spürte, dass er irgendetwas plante, worüber er nicht sprechen wollte. ›Angenommen, das Schicksal würde uns für immer trennen, würde ich ihn vermissen und mich nach ihm sehnen? Ich weiß es nicht, ich weiß nur, dass er mir nicht mehr so viel bedeutet wie vor einigen Wochen.‹

29. KAPITEL

Als sie am Vormittag des 10. August nach der Messe die Kapelle verließen, kam Böhme auf sie zu: »Herr Herzog, in der Halle wartet ein Bote der Königinmutter.«

»Hole ihn.«

Der Bote überreichte Heinrich einen Brief.

Er las ihn und sagte: »Der König hat heute, am heiligen Sonntag, den Kronrat zu einer Sitzung befohlen. Er will noch einmal hören, was jeder zum Krieg sagt, und dann seine Entscheidung treffen. Die Königinmutter bittet mich, in den Tuileriengarten zu kommen, weil sie etwas mit mir besprechen will. Margot, du wirst den Sonntag allein verbringen müssen, wir sehen uns an der Abendtafel.«

Böhme und Margot sahen Heinrich nach, wie er sich hastig aufmachte, und dann sagte Böhme: »Jetzt wird es spannend. Der gesamte Kronrat, zu dem auch die Königinmutter gehört, ist gegen einen Krieg mit Spanien. Coligny hofft, dass die protestantischen deutschen Fürsten und England Frankreich unterstützen werden, was unwahrscheinlich ist. Die ausländischen protestantischen Fürsten haben kein Interesse an einem Krieg gegen die Großmacht Spanien.«

»Woher wisst Ihr dies alles?«, fragte Margot erstaunt.

»Der Herzog bespricht viele politische Angelegenheiten mit mir.«

»Ich bin so aufgeregt, ich muss mich an der frischen Luft bewegen, ich werde ausreiten, bevor es zu heiß wird.«

Sie ging in ihr Zimmer, zog das dunkelgrüne Reitkleid an, nahm eine schwarze Maske und begab sich zum Stall.

Sie ritt durch die Straßen hinauf zum Montmartre.

›Meine monatliche Blutung ist jetzt zum dritten Mal ausgeblieben, ich bin schwanger. Noch einen Monat, und man kann es mir ansehen. Warum haben die Kräuter die Schwangerschaft nicht verhindert? Ob die Blutung doch noch einsetzen wird?

Nein, das würde ich spüren. Ich habe weder Unterleibskrämpfe, noch eine Spannung in der Brust, noch Kopfschmerzen. Ich erwarte ein Kind. Wann sage ich es Heinrich? Wird er sich freuen? Er freut sich bestimmt, dennoch muss ich einen günstigen Augenblick abwarten. Vor der Hochzeit der Prinzessin ist es wahrscheinlich nicht ratsam, es ihm zu sagen.

Heute werde ich erfahren, ob es einen Krieg gibt oder nicht. Falls es keinen Krieg gibt, werde ich es ihm nach den Hochzeitsfeierlichkeiten sagen, also am Freitag. Falls es Krieg gibt, muss ich es ihm vor der Hochzeit sagen, weil ich dann früher nach Lothringen abreisen muss.

Ich hoffe, dass ich einen Sohn erwarte. Alle Männer wünschen sich Söhne, das ist verständlich. Töchter müssen eine Mitgift erhalten, damit man sie verheiraten kann.‹

Die Sonne stieg höher und höher, und sie beschloss zurückzureiten. Sie stieg auf das Pferd, nahm die Maske und behielt sie in der Hand, weil es darunter zu heiß war.

In diesem Augenblick galoppierten zwei Reiter herauf. Die Stute sprang erschrocken zur Seite, und es gelang Margot nur mit Mühe, im Sattel zu bleiben.

Die Reiter hielten an, und einer sagte: »Wir haben Euer Pferd erschreckt, das wollten wir nicht. Ist alles in Ordnung?«

Margot betrachtete die schwarzen Kleider der Männer. »Danke, es ist alles in Ordnung. Ihr seid Hugenotten?«

»Ja, wir gehören zum Gefolge des Königs von Navarra.«

In diesem Augenblick fiel ihr die Maske ein.

Sie hatten ihr Gesicht gesehen, dachte sie erschrocken, nickte ihnen zu und setzte ihren Weg fort.

Die Männer sahen ihr nach.

»Träume ich? Das war doch die Braut unseres Königs, die Prinzessin Margarethe.«

»Das ist unmöglich, die Prinzessin weilt den ganzen Tag in ihrem Appartement, sie geht erst am Abend, wenn es kühler ist, in den Höfen spazieren.«

»Diese junge Frau sah wirklich genauso aus wie die Prinzessin.«

»Sie ist vielleicht eine Doppelgängerin, so etwas kommt vor. Die Sache interessiert mich, wir folgen ihr unauffällig bis zu ihrem Haus, dann fragen wir die Nachbarn, wer sie ist.«

Sie ritten langsam hinter Margot her, und als sie in den Hof des Palais Guise ritt, sahen sie sich verblüfft an.

»Das ist das Palais des Herzogs von Guise. Ich weiß es, weil ein Freund mir kurz nach unserer Ankunft die Stadt zeigte und auch die Adelspalais im Marais.

Allmählich fange ich an, die Angelegenheit zu begreifen. Man erzählt, dass der Herzog eine Liebesaffäre mit der Prinzessin hatte. Er musste auf sie verzichten, hat eine Frau getroffen, die genauso aussieht wie die Prinzessin, und diese Frau ist jetzt seine Geliebte. Er tröstet sich mit einer Doppelgängerin.«

»Das klingt plausibel. Aber wie und wo hat er sie kennengelernt?«

»Das ist unwichtig, wir müssen König Heinrich von unserer Entdeckung erzählen und ihm sagen, dass der Herzog für ihn kein Rivale mehr ist.«

Sie ritten zurück zum Louvre und begaben sich zu dem Flügel, wo der König von Navarra und sein Gefolge untergebracht waren.

Im Vorraum standen Armand und Agrippa d'Aubigné,

ein enger Freund König Heinrichs, und unterhielten sich leise.

Die beiden Hugenotten traten zu ihnen: »Wo ist unser König? Wir wollen ihm eine lustige Neuigkeit erzählen.«

Agrippa musterte die Männer.

»Der König ist jetzt nicht zu sprechen. Er, seine Würdenträger und die Heerführer warten auf die Entscheidung König Karls, ob es Krieg geben wird oder nicht. Die Sitzung des Kronrates kann noch dauern. Im Übrigen glaube ich nicht, dass unser König zurzeit an lustigen Neuigkeiten interessiert ist.«

»Das ist schade, aber vielleicht seid Ihr daran interessiert. Wir hatten vorhin ein unglaubliches Erlebnis. Als wir zum Montmartre hinaufritten, kam uns eine junge Frau entgegen, die genauso aussah wie die Prinzessin Margarethe.«

Armand spürte, wie seine Knie weich wurden.

Er musste jetzt bei Besinnung bleiben, man durfte nicht merken, was in ihm vorging.

»Da die Prinzessin den Louvre nicht verlässt«, fuhr der Hugenotte fort, »muss es sich um eine Doppelgängerin handeln. Wir wurden neugierig und folgten der jungen Frau unauffällig.

Sie wohnt im Palais des Herzogs von Guise, wir sahen sie in den Hof reiten. Wir vermuten, dass sie die Geliebte des Herzogs ist, er tröstet sich mit der Doppelgängerin, weil er die Prinzessin nicht bekommen kann. Der Herzog ist nicht mehr der Rivale unseres Königs um die Liebe der schönen Prinzessin.«

»Das weiß man nicht«, erwiderte Agrippa, »er tröstet sich mit dieser Doppelgängerin im Bett, und in Wahrheit liebt er immer noch die Prinzessin.«

Armand spürte ein flaues Gefühl im Magen.

Agrippa hatte recht, die brennenden Augen des Herzogs neulich bei dem Empfang hatten Bände gesprochen. Er musste zu Margot, jetzt, sofort.

Er verließ den Vorraum, eilte durch die Gänge, blieb an einem Fenster stehen und atmete tief durch.

Er musste vor allem die Ruhe bewahren. Wie ging er jetzt vor?

In diesem Augenblick sah er den Herzog von Guise über den Hof gehen und atmete auf.

›Der Herzog ist im Louvre, und er geht nach Westen zu den Tuileriengärten. Wahrscheinlich wartet er auch auf die Entscheidung des Königs. Ich habe Zeit genug, um mit Margot zu sprechen.‹

Er ließ sich von einer Sänfte zum Palais des Herzogs bringen. Als sie vor dem Eingang hielt, kletterte Armand hinaus und sagte zu den Trägern: »Wartet hier, ich bin wahrscheinlich erst in einigen Stunden zurück. Ich werde euch reichlich bezahlen.«

»Wir wissen, dass Ihr Graf de Villiers seid, wir vertrauen Euch.«

Armand ging langsam über den Hof und betrat die große Eingangshalle. Böhme trat zu ihm, betrachtete die schwarzen Kleider Armands und sagte: »Ich bin der Verwalter in diesem Haus, man nennt mich Böhme. Wer seid Ihr, was wollt Ihr hier?«

»Ich bin der Graf de Menthon, ein Freund des Herzogs von Anjou. Mein Herr bat mich, dem Herzog von Guise eine Nachricht zu überbringen.«

»Ihr seid also ein Freund des Herzogs von Anjou. Im ersten Augenblick hielt ich Euch für einen Hugenotten, aber ich entsinne mich jetzt, dass der Bruder des Königs und seine Freunde neuerdings schwarze Kleider tragen. Der Herzog von Guise ist leider nicht anwesend. Ihr könnt die Nachricht mir geben oder morgen noch einmal kommen.«

Margot ging zum Speisesaal, sah hinunter in die Halle, sah Böhme und Armand, und für den Bruchteil einer Sekunde drehte sich alles vor ihr.

›Ich darf jetzt nicht ohnmächtig werden. Was macht Armand hier? Mein Gott, weiß Böhme inzwischen, dass ich Hugenottin bin?‹

Sie ging die Treppe hinunter, und als sie vor den Männern stand, sah sie an Böhmes Gesichtsausdruck, dass er nicht wusste, wer sie in Wirklichkeit war.

Sie sah Armand an. »Wer seid Ihr?«

Armand verbeugte sich. »Ich bin Graf de Menthon, ein Freund des Herzogs von Anjou. Mein Herr bat mich, dem Herzog von Guise eine Nachricht zu überbringen.«

›Menthon, das war der Mädchenname meiner Mutter, Armand ist gekommen, um mich zu sprechen, ich werde ihm den Gefallen tun.‹

»Der Herzog ist nicht da. Eure Nachricht für ihn, darüber sprechen wir später. Ihr seid der Graf de Menthon? Meine Mutter war eine geborene Comtesse de Menthon. Die de Menthons besaßen in Orléans ein Palais und Ländereien in der Umgebung.«

»Mademoiselle, ich weiß nicht, was ich sagen soll. Ihr seid meine Cousine, mein Vater ist der Bruder Eurer Mutter. Sie hatte ein trauriges Schicksal, weil sie wegen ihrer unstandesgemäßen Heirat von meinem Großvater verstoßen wurde. Lebt sie noch, wie geht es ihr?«

»Meine Eltern sind tot.«

»Das tut mir leid.«

Böhme betrachtete beide und sagte: »Das Leben ist bunt, was für Zufälle es gibt. Ich freue mich für Euch Mademoiselle, dass Ihr die Familie Eurer seligen Mutter gefunden habt. Ihr werdet einander viel zu erzählen haben, erlaubt, dass ich mich zurückziehe.«

Margot atmete erleichtert auf und führte Armand in den Hof, wo der Springbrunnen stand.

»Wir werden hier auf und ab gehen, hier gibt es keine Lauscher an der Wand, aber wir müssen trotzdem leise sprechen, auch wenn Böhme uns zu glauben scheint. Wie habt Ihr mich gefunden?«

»Es war ein glücklicher Zufall, das ist eine lange Geschichte. Ich habe jetzt keine Zeit, sie Euch zu erzählen. Wie seid Ihr in dieses erzkatholische Haus gekommen?«

Sie erzählte ihm von der Begegnung mit Böhme, seinem Versprechen, ihr eine Stellung als Dienerin in diesem Palais zu besorgen, und von der Entwicklung der Liebe zwischen ihr und dem Herzog. Sie verschwieg, dass Heinrich sie zeitweise in ihr Zimmer gesperrt, sie geschlagen und sich dann an ihr vergangen hatte.

Armand hörte schweigend zu und war innerlich entsetzt.

›Sie muss erfahren, was für ein infames Spiel der Herzog, dieser falsche, verlogene Katholik mit ihr treibt. Er blieb stehen und sah sie ernst an.‹

»Ihr seid also die Geliebte des Herzogs. Wie soll das weitergehen?«

»Wir lieben uns, nach der Hochzeit König Heinrichs reisen wir nach Lothringen, und dort werden wir heiraten.«

»Hat er Euch einen Heiratsantrag gemacht?«

»Bis jetzt noch nicht.«

»Woher wisst Ihr dann, dass er Euch heiraten wird?«

»Er liebt mich, also wird er mich auch heiraten.«

»Margot, ich verstehe Euch nicht. Ihr wart immer so vernünftig und besonnen, was ist aus Euch geworden? Versucht einmal klar zu denken. Der Herzog wird Euch nie heiraten, wegen des Standesunterschiedes. Die aristokratische Abkunft Eurer Mutter macht Euch nicht zur Aristokratin, weil Euer Vater kein Aristokrat war. Selbst wenn Ihr eine Gräfin wäret, so wäret Ihr dem Herzog immer noch nicht ebenbürtig, weil er zur Seitenlinie eines regierenden Hauses gehört. Abgesehen davon hat diese Familie immer darauf geachtet, dass ihre Ehen für die Familie politisch von Vorteil waren.«

»Der Herzog denkt nicht an Standesunterschiede.«

»Gut, nehmen wir an, er setzt sich über die Meinung seiner Familie hinweg. Es gibt noch einen anderen Grund, weswegen er Euch nie heiraten wird. Er liebt Euch nicht! Verzeiht, dass ich so offen zu Euch spreche, aber Ihr müsst die Wahrheit erkennen.«

»Wie wollt Ihr wissen, dass er mich nicht liebt?«, entgegnete Margot erbost. »Ihr kennt ihn überhaupt nicht.«

»Ich kenne ihn nicht, aber ich beobachtete ihn während des Empfanges im Louvre, als der König die Verlobung der Prinzessin Margarethe mit unserem König verkündete. Die Augen des Herzogs brannten, als er die Prinzessin sah. Er scheint sie immer noch zu lieben.«

»Das weiß ich, aber nach der Hochzeit wird er sie nicht mehr sehen und sie vergessen.«

»Das bezweifele ich, er nimmt Euch nach Lothringen mit, weil Ihr ihn an seine große Liebe erinnert.«

Margot sah Armand erstaunt an: »Das verstehe ich nicht.«

»Ihr seht der Prinzessin zum Verwechseln ähnlich und könntet ihre Zwillingsschwester sein. Das ist der Grund, weshalb Ihr in dieses Haus kamt. Der Herzog wollte sich mit Euch über seine unglückliche Liebe trösten.«

»Der Herzog sah mich erst, nachdem Böhme mich als Dienerin eingestellt hatte.«

»Margot, Böhme wusste, wie die Prinzessin aussieht, er hat den Herzog wahrscheinlich zum Louvre und den heimlichen Rendezvous mit der Prinzessin begleitet. Dann sah Böhme Euch auf der Brücke. Wahrscheinlich hat er seinem Herrn von Euch und der Ähnlichkeit erzählt, und der Herzog befahl, Euch als Dienerin einzustellen.«

»Ihr habt recht, so kann es gewesen sein. Ich wunderte mich von Anfang an über die Sonderstellung, die ich als Dienerin hatte. Der Herzog hat sich in mich verliebt, er begehrt mich, kann man nicht zwei Menschen gleichzeitig lieben?«

»Margot, wir haben nicht viel Zeit, ich kam, um Euch aus diesem Haus zu befreien, Ihr müsst dieses Palais verlassen. Was wird passieren, wenn der Herzog entdeckt, dass Ihr in Wirklichkeit eine Hugenottin seid? Wisst Ihr, welche Zukunft Euch in Lothringen erwartet? Er wird Euch nicht heiraten, Ihr werdet seine Geliebte sein. Eines Tages ist er Eurer Gegenwart überdrüssig und verlässt Euch. Wollt Ihr das?«

»Das will ich nicht, aber welche Zukunft erwartet mich, wenn ich dieses Haus verlasse? Zu den Hugenotten kann ich nicht zurückkehren. Wahrscheinlich verurteilen mich alle, weil ich mich als Katholikin ausgab. Wie haben die Hugenotten reagiert, als sie bemerkten, dass ich weggelaufen war?«

»Mein Vater und ich haben ihnen das erzählt, was in Eurem Brief stand, dass Ihr eine Stellung gefunden habt. Damit gaben sie sich zufrieden. Wir, mein Vater und ich, haben niemandem erzählt, dass wir Eure Hugenottenkleider in der Truhe fanden. Für meinen Vater seid Ihr eine Ketzerin, für mich seid Ihr eine tapfere junge Frau. Ich bewundere Euren Mut und beschloss von Anfang an, nach Euch zu suchen. Jetzt habe ich Euch endlich gefunden, und ich weiß, wie es weitergehen soll.

Ich bringe Euch zu Corisande, sie wird Euch aufnehmen, weil sie mir eine Gefälligkeit schuldet – und Euch auch. Sie hat es uns zu verdanken, wenn sie sicher nach Navarra zurückreisen kann. Nach der Hochzeit werden wir alle in unsere Heimat zurückkehren, und dort, Margot, werden wir heiraten. Ich will Euch heiraten, weil ich Euch schon lange liebe.«

»Habt Ihr damals eigentlich meinen Brief erhalten?«

»Ja.«

»Ich habe Euren Antrag abgelehnt und Euch meine Gründe genannt, und Ihr liebt mich trotz alledem?«

»Die Meinung meines Vaters interessiert mich nicht. Ich liebe Euch, und ich werde Euch heiraten.«

»Armand, Ihr riskiert, dass Euer Vater Euch enterbt.«

»Ich bin der einzige Sohn, der die Kinderjahre überlebt hat. Wem will er alles vermachen?«

»Eure Einstellung ehrt Euch. Aber Armand, es könnte sein, dass der französische König sich für einen Krieg gegen Spanien entscheidet. Navarra ist durch die Heirat unseres Königs mit Frankreich verbündet. Falls es zum Krieg kommt, wird die Armee wenige Tage nach der Hochzeit aufbrechen. Ihr müsst auch in den Krieg ziehen. Wie wollt Ihr vorher heiraten?«

»Falls es zum Krieg kommt, lassen wir uns hier in Paris von einem hugenottischen Pfarrer trauen.«

»Armand, ich will offen zu Euch sprechen.« Margot wurde bewusst, dass sie ihm reinen Wein einschenken musste. »Ich glaubte Euch zu lieben, dann lernte ich den Herzog kennen. Ich liebe ihn, das ist der Grund, warum ich Euch nicht heiraten kann.«

»Die Liebe kommt in der Ehe. Ich habe Geduld, ich werde warten, ich werde mit dem Vollzug der Ehe warten, bis Ihr mir sagt, dass Ihr mich liebt.«

»Armand, ich liebe den Herzog, und ich werde bei ihm bleiben.«

»Margot, Ihr redet von Liebe. Ihr liebt den Herzog nicht, Ihr seid ihm verfallen, ja, Ihr seid ihm hörig. Ich flehe Euch an, geht jetzt mit mir, vergesst den Herzog und fangt ein neues Leben an!«

»Ich bleibe hier.«

»Ist das Euer letztes Wort?«

»Ja.«

»Margot, falls Ihr Eure Meinung ändert, so lasst es mich wissen, ich werde auf Euch warten.«

»Wie soll ich Euch eine Nachricht schicken? Auch Ihr könnt mir keine Botschaft senden, es ist zu gefährlich, man würde sofort herausfinden, dass ich Hugenottin bin.«

Er sah sie verzweifelt an: »Ihr habt recht, Margot, bitte, vor dem Tor wartet eine Sänfte.«

Sie begann zu weinen. »Armand, bitte, geht jetzt, ich danke Euch für alles, was Ihr für mich tun wollt, aber lasst mich jetzt allein.«

Es hatte keinen Zweck, sie war völlig im Banne dieses Katholiken. Er drehte sich um und verließ den Hof.

Margot blieb noch einen Augenblick und versuchte sich zu beruhigen. Sie konnte aber nicht verhindern, dass sie immer wieder in Tränen ausbrach.

›Es war ein Fehler von mir, Armand nicht zu folgen, aber ich kann Heinrich nicht jetzt verlassen, jetzt, wo wir uns wieder lieben und ich sein Kind erwarte. Liebe ich ihn noch? Bleibe ich in Wahrheit nicht nur bei ihm, weil ich eine gesicherte finanzielle Zukunft für mich und das Kind wünsche? Bleibe ich nicht nur aus Berechnung bei Heinrich?

Wie hätte Armand reagiert, wenn ich ihm von der Schwangerschaft erzählt hätte? Er hätte das Kind akzeptiert, er ist ein Mann von anständigem Charakter, und ich weise ihn zurück. Warum?‹

Nach einer Weile kam Böhme in den Hof. »Mademoiselle, wann soll das Essen aufgetragen werden? Ihr weint? Was ist passiert?«

»Ich weine, weil mein Cousin schon morgen Paris verlassen muss. Er konnte auch nicht zum Essen bleiben, da der Herzog von Anjou ihn erwartet. Ich bin traurig, weil ich nicht weiß, wann ich ihn wieder sehen werde.«

»Das tut mir leid, Mademoiselle.«

Margot atmete auf. Gott sei Dank, er schöpfte keinen Verdacht, dass etwas nicht stimmen konnte.

30. KAPITEL

ALS ARMAND SEIN Appartement im Louvre betrat, wurde er von seinem Vater erwartet.

Bertrand de Villiers ging mit düsterer Miene auf und ab. Er musterte den Sohn und brummte: »Da seid Ihr ja endlich. Vor ungefähr einer halben Stunde war die Sitzung beendet. Der Kronrat hat sich einstimmig gegen den Krieg erklärt, allen voran die Königinmutter. Der König wagte anscheinend nicht, sich gegen die einhellige Meinung zu stellen.«

»Kein Krieg! Nach der Hochzeit können wir alle nach Navarra zurückkehren! Vater, was habt Ihr? Freut Ihr Euch nicht, dass es friedlich bleiben wird?«

»Es wird keinen Waffengang gegen Spanien geben, aber Coligny soll im Kronrat gesagt haben, der König solle beten, dass kein anderer Krieg über ihn komme, dem er sich nicht werde entziehen können.«

Armand erschrak. »Das klingt so, als plant Coligny einen neuen Religionskrieg. Was meint Ihr, Vater? Wird Coligny wirklich einen Angriff auf den König wagen?«

»Ich fürchte, ja.«

»Gütiger Himmel, diese Hochzeit sollte den Frieden besiegeln. Wann glaubt Ihr, hat Coligny vor loszuschlagen?«

»Ich vermute einige Tage nach der Hochzeit, solange unser König und ein Teil unseres Heeres noch in Paris weilen.«

»Kann König Heinrich Coligny nicht von diesem wahnwitzigen Gedanken abbringen?«

»Er wird es bestimmt versuchen, niemand wünscht den Frieden mehr als unser König, aber ich kenne Coligny, er ist ein religiöser Fanatiker.«

Armand trat zu einem der Fenster und blickte nachdenklich über den Hof. Wo sollte das alles enden, was würde aus Margot und ihm werden?

In diesem Augenblick sah er eine kleine rundliche Frau in schwarzer Witwentracht den Hof betreten. Katharina von Medici schritt langsam und würdevoll hinunter zu den Tuleriengärten.

Margot verbrachte den Nachmittag in ihrem Zimmer und dachte immer wieder über das Gespräch mit Armand nach. Hin und wieder stand sie auf, ging im Zimmer umher, trat an ein Fenster und wartete auf Heinrichs Rückkehr.

›Er wird mir erst an der Abendtafel sagen, ob es Krieg geben wird. So lange will und kann ich aber nicht warten, ich werde versuchen, sein Gespräch mit Böhme zu belauschen. Dieses dreht sich bestimmt um die Entscheidung des Königs.‹

Sie sah zur Uhr auf dem Kaminsims, es war halb fünf. Kurz nach fünf Uhr sah sie Heinrich kommen. Sie wartete noch einen Augenblick, dann ging sie langsam und vorsichtig die geheime Holztreppe hinunter und achtete darauf, dass die Stufen nicht knarrten. Sie ging ein paar Schritte über den Gang und blieb überrascht stehen, als sie im Schlafzimmer Heinrichs Stimmen hörte.

»Böhme, wir werden uns jetzt auf Deutsch unterhalten, man kann nicht vorsichtig genug sein.«

Margot wagte kaum zu atmen. Was für ein Glück, dass Heinrich und Böhme nie erlebt hatten, wie gut sie die deutsche Sprache beherrschte.

»Nach der Sitzung des Kronrates trafen die Königinmutter und ich uns in den Tuileriengärten, dort ist man vor Lauschern sicher. Die Königinmutter schilderte mir kurz den Verlauf der Besprechung. Der Kronrat war einstimmig gegen den Krieg, und der König wagte nicht, sich gegen ihn zu stellen. Er entschied, keinen Krieg gegen Spanien zu führen.

Da stand Coligny auf und sagte: ›Nun, der König hat sich entschlossen, diesen Krieg nicht zu führen. Gott gebe, dass kein anderer über ihn komme, dem sich zu entziehen er nicht in der Lage sein wird.‹ Zum König sagte er: ›Ich kann mich dem, was Eure Majestät getan hat, nicht widersetzen. Doch bin ich überzeugt, dass Ihr noch Gelegenheit haben werdet, es zu bereuen.‹

Die Königinmutter war entsetzt und ist davon überzeugt, dass dies eine Kriegserklärung Colignys an den König war und der Religionskrieg von Neuem beginnen wird. Sie sieht nur eine Möglichkeit, einen Krieg zu verhindern. Coligny muss sterben.

Sie will verhindern, dass ein Verdacht auf die Valois fällt. Sie weiß, dass ich seinerzeit schwor, die Ermordung meines Vaters zu rächen, und so fragte sie mich, ob ich bereit sei, Coligny töten zu lassen. Ich war sofort einverstanden.

Sie wünscht, dass Coligny erst nach der Hochzeit ermordet wird. Die Art der Ausführung überlässt sie mir und sichert mir und meiner Familie Straffreiheit zu, falls etwas herauskommt.

Ich habe folgenden Plan: Der Tag nach den dreitägigen Hochzeitsfeierlichkeiten ist der günstigste Tag, das ist der 22. August, der Freitag. An diesem Tag wird am Vormittag eine Ratssitzung sein. Coligny begibt sich nach diesen Sitzungen immer zu Fuß zu seinem Haus in der Rue de

Bethisy. Sein Weg führt ihn an der Kirche Saint Germain de l'Auxerrois vorbei. Schräg gegenüber der Kirche steht ein Haus, das uns gehört, aber unbewohnt ist.

Ich habe inzwischen mit Maurevert gesprochen, er wird an dem Freitag von einem Fenster aus Coligny beobachten und dann, wenn er an dem Haus vorbeigeht, einen tödlichen Schuss abfeuern. Nun kommt deine Aufgabe Böhme: Sorge dafür, dass im Hof ein gesatteltes Pferd bereitsteht mit Munition und Proviant. Bedenke auch die vielen Pferdewechsel auf dem Weg nach Lothringen. Du hast nicht viel Zeit! Bis zur Hochzeit am 18. August muss alles organisiert sein.«

»Das ist kein Problem, Herr Herzog. Wie geht es weiter, wenn Maurevert Coligny verfehlt?«

»In diesem Fall muss Maurevert auch sofort fliehen. Für einen zweiten Schuss wird er keine Zeit haben, weil man natürlich sofort bemerken wird, von wo aus geschossen wurde. Am Fluchtplan ändert sich also nichts. Abgesehen davon wird Maurevert den Hugenotten nicht verfehlen, er ist ein hervorragender Schütze.«

Es entstand eine Pause, dann fragte Heinrich Böhme: »Gab es hier etwas besonderes?«

»Ja und nein, Herr Herzog. Um die Mittagszeit erschien ein neuer Freund des Herzogs von Anjou, ein Graf de Menthon, mit einer Nachricht des Herzogs für Euch. Während ich mit ihm sprach, kam die Demoiselle Cauvin, und es stellte sich heraus, dass der Besucher ein Cousin von ihr ist. Sie plauderten eine Weile im Hof und die Demoiselle war sehr betrübt, dass ihr Cousin bereits morgen wieder abreisen muss.«

»Was für Zufälle es gibt, es freut mich für Margot, dass sie einen Verwandten ihrer Mutter getroffen hat. Vielleicht kann man es arrangieren, dass sie ihn besucht oder er sie, wenn wir in Lothringen sind. So, nach diesem aufregenden Tag möchte ich nur noch baden, gut essen und einen erholsamen Abend mit Margot verbringen.«

Margot eilte zurück in ihr Zimmer und sank erschöpft auf das Bett. In ihrem Kopf drehte sich alles, und es dauerte eine Weile, bis sie klar denken konnte. Coligny sollte ermordet werden!

›Ist es nicht meine Pflicht als Hugenottin, ihn zu warnen? Doch wie soll ich zu ihm reiten – und dann wieder zurückkehren? Und begebe ich mich nicht in Lebensgefahr, wenn ich mich zu Coligny in katholischer Kleidung begebe? Ich will noch nicht sterben, ich will leben!

Ich werde Coligny nicht warnen, sondern dem Schicksal seinen Lauf lassen.‹

An der Abendtafel versuchte Margot, sich nichts anmerken zu lassen. Die Mahlzeit verlief schweigend, und Margot war froh, dass sie sich nicht unterhalten musste.

Als der Hippokras serviert wurde, sagte Heinrich: »Der Tag war anstrengend, ich möchte mich bei deinem Lautenspiel entspannen.«

»Gern, soll ich dir dazu etwas vorsingen?«

»Nein, ich möchte nur die Lautenklänge hören.«

Später saßen sie in der Halle, und während Margot eine Melodie nach der anderen spielte, dachte Heinrich über das geplante Attentat nach.

›Böhme hat recht, wie soll es weitergehen, wenn Maurevert den Hugenotten nicht tötet? Falls Coligny das Attentat überlebt, wird die Königinmutter sich einen neuen Plan ausdenken und wahrscheinlich wieder mich mit der Ausführung beauftragen.

Ich kann nichts weiter tun, als auf die Befehle der Königinmutter zu warten.

Das Attentat an dem Freitag wird sicher gelingen. Allerdings gibt es noch ein Problem: Wie soll ich bei Margot begründen, dass ich auch die Nächte nach den Hochzeitsfeierlichkeiten nicht mit ihr verbringe? Jetzt, da es keinen Krieg gibt, kann ich keine nächtlichen Konferenzen als Grund angeben.

Andererseits bin ich weiß Gott nicht verpflichtet, ihr zu sagen, wo ich meine Nächte verbringe. Sie ist wahrscheinlich froh, dass wir uns wieder vertragen.‹

Während der folgenden Tage genoss Margot die Harmonie mit Heinrich.

Am Vormittag des 18. August betrat Heinrich Margots Zimmer. Sie betrachtete bewundernd seine Kleider aus weißem Goldbrokat, ging zu ihm und umarmte ihn:

»Die nächsten Tage werden anstrengend für dich sein, besonders bei der Hitze.«

»Genieße die Ruhe und den Frieden in diesem Haus. Wir sehen uns am Freitag wieder, bis zur Mittagstafel bin ich zurück.«

Er küsste sie sanft auf den Mund und ging zur Tür.

»Heinrich, du siehst in dem Goldbrokat wunderbar aus.«

Er drehte sich um, lächelte sie glücklich an und verließ das Zimmer.

Sie sah ihm nach.

›Merkwürdig, er wirkt so gelöst und glücklich, er müsste traurig sein, weil er bei der Hochzeit einer Frau, die er immer noch liebt, anwesend sein muss.‹

Sie ging hinunter in den Park und setzte sich auf eine Bank.

›Mein Gefühlsleben ist völlig durcheinander, ich weiß nicht mehr, ob ich Heinrich noch liebe. Und manchmal sehne ich mich nach der Sicherheit, die Armand mir bieten würde. Sehne ich mich nur nach ihm als ruhigem Hafen oder fange ich an, mich nach ihm als Mann zu sehnen? Ich weiß es nicht. Falls Heinrich und ich doch heiraten sollten, dann sieht man schon, dass ich ein Kind erwarte, das rote seidene Kleid muss wahrscheinlich weiter gemacht werden.‹

Sie sprang auf, eilte in ihr Zimmer, holte das Kleid aus der Truhe, zog es an und betrachtete sich im Spiegel:

›Es passt, und von meiner Schwangerschaft sieht man noch nichts.‹

Sie zog es wieder aus, untersuchte die Nähte und atmete erleichtert auf, als sie sah, dass es in der Taille erweitert werden konnte. Sie läutete nach Henriette und zeigte ihr das Kleid. »Ich kann nähen, aber ich habe noch nie ein Kleid für mich weiter gemacht. Würdet Ihr mir diese Arbeit abnehmen?«

»Selbstverständlich, aber warum soll das Kleid weiter gemacht werden? Ich sehe nicht, dass Ihr dicker geworden seid.«

»Ich möchte diese Robe anziehen, wenn der Herzog und ich heiraten. Bis es so weit ist, werde ich dicker sein. Ich erwarte ein Kind. Der Herzog weiß es noch nicht, ich werde es ihm nach der Hochzeit der Prinzessin sagen.«

Henriette starrte Margot an, und es dauerte einige Sekunden, bis sie den Inhalt von Margots Worten begriff. »Hat der Herzog Euch einen Heiratsantrag gemacht?«

»Nein, aber wenn er erfährt, dass ich sein Kind erwarte, wird er mich heiraten.«

Henriette sah Margot entsetzt an. »Es tut mir leid, aber

ich muss Euch jetzt eine bittere Wahrheit sagen: Der Herzog wird Euch nie heiraten, einmal, weil sein Onkel und seine Mutter entscheiden, wer die künftige Herzogin von Guise sein wird, zum anderen, weil er Euch nicht liebt und nie geliebt hat.

Ihr wart für ihn von Anfang an nur ein Ersatz für Prinzessin Margarethe.«

»Innerlich weiß ich schon lange, dass meine Hochzeit mit dem Herzog nur ein Traum war, aber warum bin ich ein Ersatz für die Prinzessin?«

»Ich habe Böhme ein bisschen ausgefragt, und er erzählte mir die Geschichte. Der Herzog begehrte Euch, Ihr solltet ihn über seine unglückliche Liebe trösten, diese Rechnung ging nicht auf, weil er die Prinzessin nicht vergessen kann.«

»Jetzt verstehe ich, warum er mich in mein Zimmer verbannte. Immer wenn er an die Heirat der Prinzessin erinnert wurde, behandelte er mich schroff und unfreundlich. Eines begreife ich nicht: Warum soll ich ihn nach Lothringen begleiten? Ich würde ihn dort täglich an seine unglückliche Liebe erinnern.«

»Ja und nein. Böhme erzählte mir, dass er Euch mit Baudricourt verheiraten will. Böhme spricht die Wahrheit, ich habe nämlich zufällig das Gespräch zwischen dem Herzog und Baudricourt belauscht. Nach der Heirat mit Baudricourt seid Ihr finanziell versorgt, und der Herzog kann Euch sehen, wann immer er will.«

»Baudricourt? Er will mich mit diesem grausamen Mann vermählen? Sagtet Ihr nicht, dass Baudricourt verlobt ist?«

»Ja, der Herzog befahl ihm, die Verlobung zu lösen. Baudricourt ist ein Lehnsmann des Herzogs und muss ihm gehorchen.«

»Baudricourt wird mich hassen, er wird auch das Kind hassen und uns schlecht behandeln. Weiß der Herzog, dass dieser Mann seine Hunde auf die schwangere junge Frau hetzte und sie von ihnen zerfleischt wurde?«

»Ja.«

Margot schwieg einen Moment. »Gütiger Himmel, wie konnte ich mich nur in einen Mann wie Heinrich verlieben? Was soll ich jetzt machen?«

»Beruhigt Euch. Im wievielten Monat seid Ihr?«

»Im dritten Monat.«

»Gut, es ist noch nicht zu spät für einen Abort, danach könnt Ihr nach Orléans zu Euren Verwandten fliehen.«

»Eine Abtreibung? Nein, ich habe Angst davor, man kann dabei sterben, und ich möchte leben, ich werde das Kind nach der Geburt weggeben. Flucht? Nein, ich muss mit dem Herzog reden, ich will von ihm hören, dass ich nur ein Ersatz war, und vor allem muss er finanziell für mich und das Kind sorgen. Ich möchte meinen Verwandten in Orléans nicht zur Last fallen. Was denkt Ihr über meinen Plan?«

»Er klingt vernünftig, ich verstehe, dass Ihr mit dem Herzog reden wollt. Ihr seid jetzt entschlossen, nach Orléans zu reisen?«

»Ja, ich danke Euch, dass Ihr mir alles erzählt habt, lasst mich jetzt allein, ich muss in Ruhe nachdenken.«

Margot legte sich auf das Bett, schloss die Augen und versuchte ihre Gedanken zu ordnen.

›Ich muss mit ihm reden, am Freitag, wenn Coligny tot sein wird. Wie wird er reagieren, wenn ich ihm sage, dass ich ein Kind erwarte?‹

Sie spürte eine innere Unruhe und stand auf.

Sie legte das rote Kleid zurück in die Truhe und überlegte, wie sie sich die kommenden Tage vertreiben könnte. Sie würde gegen sich selbst Schach spielen. So verging die Zeit wahrscheinlich am schnellsten.

Als es am Abend zehn Uhr schlug, hörte sie mit dem Schachspiel auf. Sie versuchte einzuschlafen, aber die Hitze war trotz der geöffneten Fenster drückend.

Schließlich stand sie auf, trat an ein Fenster, atmete die Nachtluft ein, betrachtete den sternenklaren Himmel und lauschte dem Plätschern des Springbrunnens.

Sie hörte, dass es elf Uhr schlug, und wollte sich erneut zur Ruhe begeben, als sie zwei Männer den Hof betreten sah. Einer der Männer trug eine Laterne, und sie erkannte in dem Lichtschimmer Böhme und Heinrich.

Warum kam Heinrich jetzt schon nach Hause? Warum hatte er den Louvre so früh verlassen?

Nach einer Weile wurde unter ihr ein Fenster geöffnet, und sie hörte Heinrichs Stimme: »Mon dieu, ist das hier stickig, das ist der schwülste August, den ich je erlebte.«

»Herr Herzog, was ist passiert?«

»Ich habe sie zurückgewiesen. Nach dem Hochzeitsmahl begann der Ball. Ich entfernte mich unauffällig aus dem Saal und ging zu ihrem Appartement. Die Kammerfrau ließ mich ein, ich ging in das Schlafzimmer, und es dauerte nicht lange, bis Margarethe kam. Wir umarmten uns, und sie begann zu weinen.

Sie sagte, der Gatte sei ihr zuwider, sie habe ihn noch nie gemocht, sie sagte, sie liebe nur mich und werde nie aufhören mich zu lieben.

Ich versuchte sie zu beruhigen, sagte ihr, dass auch ich sie immer lieben werde, und bat sie, den Gatten jetzt zu vergessen und die Nächte bis zur Abreise nach Navarra mit mir zu genießen. Ich sagte ihr, dass ich hoffte, sie würde während dieser Nächte schwanger werden. Dann würde unser Sohn einmal über Navarra regieren.

Sie erwiderte, daran habe sie auch gedacht, als sie mich bat, die Nächte mit ihr zu teilen. Ein Kind von mir wäre ein bleibendes Andenken an mich.

In diesem Augenblick hörten wir, dass sich Schritte näherten. Sie sah mich erschrocken an, läutete nach der Kammerfrau, gab ihr einen Wink, die Kammerfrau eilte in den Vorraum, kam zurück und sagte: ›Majestät, Euer Gemahl kommt in Begleitung einiger Pagen.‹

Margot öffnete eine Tür, schob mich in eine schmale fensterlose Kammer und bat mich, dort zu warten.

Ich ließ die Tür einen Spalt offen, um Luft zu bekommen, und weil ich die Szene zwischen dem Ehepaar beobachten wollte.

Der Hugenotte betrat das Zimmer, gab den Pagen einen Wink den Raum zu verlassen und ging zu Margot.

Sie trat einen Schritt zurück und sagte mit vor Zorn bebender Stimme: ›Was wollt Ihr hier? Ihr wart einverstanden, dass unsere Ehe erst nach der Ankunft in Navarra vollzogen wird.‹

›Ich habe es mir anders überlegt. Wir sind vor Gott und den Menschen Mann und Frau, wir haben jetzt eheliche Rechte und Pflichten. Dazu gehört der Vollzug der Ehe in der Hochzeitsnacht.‹

›Das hat Zeit, bis wir in Navarra sind. Ich bitte Euch, geht jetzt.‹

›Ich kann und will nicht warten, bis wir in Navarra sind.‹

›Warum?‹

›Ich kann nicht warten, weil niemand weiß, wie sich

die Situation zwischen den Hugenotten und den Katholiken entwickeln wird. Ihr wisst bestimmt, was Coligny am 10. August in der Ratssitzung zu Eurem Bruder sagte.‹

›Ja, der ganze Hof redet darüber.‹

›Es kann zu einem neuen Krieg kommen. Vielleicht überlebe ich den Krieg, vielleicht nicht, Navarra benötigt einen Erben. Das ist ein Grund, warum ich die Ehe jetzt vollziehen möchte.‹

›Meine Mutter wird einen neuen Krieg verhindern, sie wünscht nichts sehnlicher als einen dauerhaften Frieden. Unsere Heirat sichert diesen Frieden.‹

›Das sind die Wunschträume Eurer Mutter, die Wirklichkeit sieht leider anders aus. Der zweite Grund: Ich will die Ehe vollziehen, weil ich Euch liebe. Ich liebe Euch, seit ich Euch zum ersten Mal sah, damals vor vierzehn Jahren bei der Heirat Eures ältesten Bruders mit der Königin von Schottland.‹

›Ich liebe Euch nicht, und ich werde Euch niemals lieben. Ich weiß, dass es meine Pflicht ist, die Ehe mit Euch zu vollziehen, aber nicht heute und während der folgenden Nächte. Ich werde mich Euch hingeben, wenn wir in Eurem sogenannten Königreich angekommen sind. Geht jetzt, bitte.‹

›Wie werden Euer königlicher Bruder und Eure Mutter reagieren, wenn sie erfahren, dass Ihr Euch mir verweigert habt? Von mir werden sie es nicht erfahren, aber es gibt unzählige Spione im Louvre.‹

›Meine Mutter‹, sagte sie leise, ›ich habe Angst vor ihr, ich habe immer Angst vor ihr gehabt.‹

›Ich verlasse Euch jetzt, komme aber morgen wieder. Werdet Ihr ab morgen die Nächte mit mir verbringen?‹

›Ja.‹

›Margarethe, denkt daran, Ihr werdet Eure Nächte mit einem Mann verbringen, der Euch aufrichtig liebt.‹

Er verließ das Zimmer, ich öffnete die Tür und ging zu Margarethe.

Sie fing an zu weinen:

›Heinrich, nur eine Nacht ist uns geblieben.‹

Ich fühlte mich verletzt und gedemütigt, dass sie diesem Hugenotten nachgegeben und unsere Liebe verraten und verleugnet hatte.

›Margarethe, ich gehe jetzt und wünsche dir angenehme Nächte mit dem König von Navarra. Du hast mich beleidigt, weil du Angst vor dem König und deiner Mutter hast. Du bist jetzt die Königin von Navarra, du bist durch diese Heirat von deiner Familie unabhängig geworden, leider nur äußerlich. Innerlich bist du ein Kind geblieben, das sich fürchtet. Ich habe dich für stärker gehalten. Lebe wohl, wir werden uns nur noch bei offiziellen Anlässen sehen.‹

›Liebst du mich nicht mehr?‹

›Ich weiß es nicht.‹

Ich verließ das Zimmer, ohne mich noch einmal umzusehen.«

»Gütiger Himmel, Herr Herzog, das tut mir alles so leid. Ich versuche zu verstehen, was jetzt in Euch vorgeht. Wie soll es weitergehen?«

»Wie soll was weitergehen? Eines weiß ich: Ich werde diese Nacht und die folgenden Nächte nicht ohne eine Frau verbringen, aber ich werde die Nächte nicht mit der Demoiselle Cauvin verbringen, ihr Anblick würde mich nur unnötig an die Königin von Navarra erinnern.«

Margot schloss das Fenster und ging zurück zu ihrem Bett, sank nieder und begann zu weinen.

›Ich bedeute ihm nichts mehr, er begehrt mich auch nicht mehr. Dieses Gespräch, das ich soeben hörte, war ein Schock, doch jetzt fühle ich mich befreit.

Ich empfinde nichts mehr für Heinrich. Am liebsten würde ich dieses Haus sofort verlassen, aber ich muss an das Kind denken. Er muss dafür sorgen, dass sein Kind, unser Kind, finanziell abgesichert ist.

Gott sei Dank sehe ich ihn erst am Freitag. Am Abend werde ich ihm sagen, dass ich schwanger bin, und ich werde das rote seidene Kleid anziehen. Ich wollte es bei meiner Hochzeit tragen, aber dieses Gespräch am Freitag ist auch eine besondere Gelegenheit. Ich werde ihm sagen, dass ich ihn verlasse. Wahrscheinlich ist er sogar froh darüber.

Ich werde nach Orléans zu den Verwandten meiner Mutter reisen. Wenn er das Kind und mich finanziell versorgt, werde ich ihnen nicht zur Last fallen.

Warum habe ich nicht auf Armand gehört? Jetzt ist es zu spät. Warum habe ich meine keimende Liebe zu Armand unterdrückt? Warum glaubte ich, dass seine Liebe zu mir erkalten würde, wenn unsere Ehe sich schwierig gestaltet?‹

Während der folgenden Tage genoss Margot das Gefühl, sich innerlich von einem Mann befreit zu haben, der sie schlecht behandelt hatte. Sie ging viel im Park spazieren und dachte über ihre Beziehung zu Heinrich nach.

›Diese erste große Liebe werde ich nie vergessen, auch wenn er mir jetzt gleichgültig ist. Ja, er ist mir gleichgültig. Ich hasse ihn nicht, ich verachte ihn nicht, aber ich empfinde nichts mehr für ihn.‹

31. KAPITEL

Am Morgen des Freitag sagte Henriette zu Margot: »Der Hochzeitstrubel ist vorbei. Der Herzog kam heute früh, nahm ein Bad, und jetzt ist er in seinem Arbeitszimmer.«

›Jetzt ist der richtige Augenblick, um Henriette meine Entscheidung mitzuteilen‹, dachte Margot.

»Henriette, am Abend der Hochzeit kehrten der Herzog und Böhme schon vor Mitternacht von dem Fest zurück. Ich stand zufällig am Fenster und hörte ihre Unterhaltung.«

Sie schilderte kurz den Inhalt des Gespräches und schloss: »An jenem Abend habe ich mich innerlich endgültig von dem Herzog befreit. Ich werde ihm heute sagen, dass ich ein Kind von ihm erwarte und ihn bitten, für sein Kind und mich zu sorgen. Sobald diese Frage geregelt ist, verlasse ich Paris und reise nach Orléans.«

»Gott sei Dank seid Ihr endlich vernünftig geworden. Es ist die beste Lösung für Euch, in Orléans könnt Ihr ein neues Leben beginnen.«

Während des Vormittags spürte Margot, wie innere Unruhe in ihr aufstieg, und begab sich in den Park. Sie ging auf und ab und wartete ungeduldig auf das Mittagläuten. Die Ratssitzung war zu Ende, jetzt näherte Coligny sich dem Haus.

Sie atmete tief durch. Heinrich durfte nichts von ihrer inneren Unruhe merken. Als sie den Speisesaal betrat, ging Heinrich auf und ab.

»Ich hoffe, du hast dich während der letzten Tage nicht zu sehr gelangweilt«, entschuldigte er sich bei ihr.

»Ich habe viel gelesen, gegen mich selbst Schach gespielt und bin im Park spazieren gegangen.«

Sie setzten sich an die Tafel und Heinrich goss Weißwein in die Gläser. »Das ist Gewürztraminer, der dir neulich so gut mundete. Da du die letzten Tage allein warst, habe ich angeordnet, dass heute ein festliches Essen serviert wird. Es ist Freitag, und wir werden auf Fleisch verzichten. Dafür gibt es erlesene Fischgerichte.«

Sie lächelte ihn an. »Ich danke dir für dieses festliche Mahl.«

Während sie auf den zweiten Gang warteten, klopfte es an der Tür, und Böhme betrat das Zimmer.

»Ich bitte die Störung zu entschuldigen, Herr Herzog. Vorhin wurde ein Attentat auf den Admiral Coligny verübt. Der Admiral wurde an der rechten Schulter verletzt, der Attentäter konnte fliehen.«

»Nur verletzt? Wie ist dies möglich?«

»Als der Schuss abgefeuert wurde, bückte Coligny sich, um an seinem rechten Schuh etwas zu richten. So wurde er nur verletzt und nicht getötet. Er ist inzwischen in seinem Haus. Wahrscheinlich ist Paré, der Leibarzt des Königs, schon bei ihm.«

Heinrich starrte düster auf den Tisch, als ein Diener das Zimmer betrat. »Herr Herzog, im Vorzimmer wartet ein Bote der Königinmutter, er möchte Euch einen Brief übergeben.«

»Er soll eintreten.«

Der Bote verbeugte sich vor Heinrich und übergab ihm wortlos den Brief.

Heinrich las das Schreiben und sagte dann zu Böhme

und Margot: »Der König, seine Brüder, der König von Navarra, der Prinz von Condé und die Königinmutter begeben sich zu Coligny.

Die Königinmutter bittet mich sofort in den Louvre zu kommen und in ihrem Appartement auf sie zu warten. Sie weiß allerdings nicht, wann sie in den Louvre zurückkehrt. Sie glaubt, dass sie wahrscheinlich bis zum Abend bei Coligny sein werden.

Es tut mir leid, Margot, dass ich dich schon wieder allein lasse, Böhme wird gegen Abend in den Louvre kommen und hören, ob es Neuigkeiten gibt.«

Er verließ mit dem Boten das Zimmer, und Margot fühlte eine unbestimmte Angst in sich aufsteigen. Sie eilte hinauf in ihr Zimmer, sank auf das Bett, schloss die Augen und versuchte ihre Gedanken zu ordnen.

›Die Königinmutter wünscht Colignys Tod, Heinrich ebenso. Die Florentinerin hat sich bestimmt schon überlegt, wie Coligny jetzt ermordet werden soll, das dürfte allerdings schwieriger werden. Coligny ist jetzt in seinem Haus von Hugenotten umgeben, die ihn schützen. Der französische König verehrt Coligny, er wird bestimmt versuchen herauszufinden, wer das Attentat plante.

Wann sage ich ihm, dass ich ein Kind erwarte? Es bleibt nur der Tag morgen.‹

Sie stand auf, ging hin und her, legte sich wieder und beobachtete die Zeiger der Uhr auf dem Kaminsims. Die Zeit verging äußerst langsam. Als es Zeit für die Abendtafel war, ging sie hinunter. Sie fühlte sich hungrig und aß alles, was serviert wurde.

Als sie Hippokras trank und kandierte Früchte knabberte, betrat Böhme das Zimmer.

»Gibt es Neuigkeiten?«

»Ja und nein. Der Herzog hat inzwischen Nachrichten von der Königinmutter erhalten. Sie bittet ihn, die Nacht im Louvre zu verbringen. Wahrscheinlich kehrt die königliche Familie erst spät zurück. Der Admiral wird genesen, die Hugenotten um ihn herum sind aufgebracht und wünschen allen Katholiken den Tod. Der König ist empört über das Attentat auf den Admiral und hat geschworen, er werde nichts unversucht lassen, um diejenigen zu finden, die den Auftrag gaben, Coligny zu ermorden. Er ist entschlossen, sie zum Tod zu verurteilen.«

»Wird der Herzog morgen zurückkehren?«

»Davon bin ich überzeugt. Wann, weiß ich nicht. Ich werde morgen gegen Mittag noch einmal zum Louvre gehen.«

Nach dem Abendessen spielte Margot wieder Schach gegen sich selbst, und es gelang ihr für einige Stunden, die Ereignisse zu vergessen. Sie verbrachte die Nacht in einem unruhigen Halbschlaf und dachte immer wieder darüber nach, was die Königinmutter jetzt plante.

Am nächsten Morgen öffnete sie nach ihrem Bad die große Truhe, nahm das rote seidene Kleid und betrachtete es.

Ich wollte es an meinem Hochzeitstag tragen. Eine Hochzeit mit Heinrich wird es nie geben, aber heute werde ich ihm sagen, dass ich sein Kind erwarte. Auch das ist ein angemessener Anlass, um dieses Kleid zu tragen.

Als der Mittag eingeläutet wurde, betrat Böhme das Zimmer.

»Der Herzog wartet immer noch auf die Königinmutter. Die königliche Familie kehrte erst in der Nacht zurück. Jetzt sind die Königinmutter und der Herzog von

Anjou beim König und besprechen irgendetwas mit ihm. Ich gehe am Spätnachmittag noch einmal zum Louvre.«

Sie lächelte Böhme an. »Ich danke Euch. Dieses Hin und Her ist für Euch bestimmt nicht angenehm bei der Hitze.«

»Ich erfülle meine Pflicht. In den Straßen von Paris ist alles ruhig, keine Streitereien zwischen den Hugenotten und den Pariser Bürgern. Wahrscheinlich leiden alle unter den Temperaturen.«

Es war wie die Ruhe vor dem Sturm, dachte Margot und ging hinunter in den Speisesaal.

Sie verbrachte den Nachmittag in ihrem Zimmer und versuchte ihre innere Anspannung zu bekämpfen. Als die Glocken von Paris den Abend einläuteten, klopfte es an der Tür und Böhme betrat das Zimmer.

»Das Warten hat jetzt ein Ende. Ich vermute, dass der Herzog in einer halben Stunde hier ist. Er ließ mir ausrichten, dass ich in seinem Schlafzimmer auf ihn warten soll.«

Er verließ das Zimmer und Margot sah ihm nach.

›Dieses Gespräch werde ich mir anhören, aber vorher muss ich mit Heinrich sprechen.‹

Sie trat zum Fenster, und es dauerte nicht lange, da sah sie ihn über den Hof kommen. Sie eilte hinunter in die Halle.

»Heinrich, endlich, die Warterei war entsetzlich.«

»Margot, du siehst in diesem Kleid wundervoll aus.«

»Heinrich, ich muss dich sofort sprechen. Es ist wichtig. Ich muss dir etwas sagen.«

»Margot, ich habe jetzt keine Zeit, ich muss jetzt mit Böhme reden. Geh in dein Zimmer, Böhme wird dich dann holen und zu mir bringen.«

Er eilte die Treppe empor. Sie sah ihm nach und lief in

ihr Zimmer, öffnete die Tür zu der Holztreppe, ging hinunter und stand dann vor der Tür zu Heinrichs Schlafzimmer.

Einen Augenblick war alles ruhig, dann hörte sie Heinrichs Stimme: »Böhme, die Königinmutter und Anjou haben heute stundenlang versucht, den König davon zu überzeugen, dass Coligny eine Gefahr für den Staat ist. Schließlich gab der König den Befehl, Coligny und alle Führer der Hugenotten zu töten, mit Ausnahme der Prinzen von Geblüt, also des Königs von Navarra, des Prinzen von Condé und der Prinzessin Katharina.

Es ist bekannt, dass der König unberechenbar ist, plötzlich rief er: ›Alle! Alle!‹

Mit anderen Worten: Alle Hugenotten, die sich zurzeit in Paris aufhalten, sollen getötet werden! Die Königinmutter beauftragte mich mit der Durchführung des Befehls. Wir haben Folgendes vereinbart:

Am 24. August, am Bartholomäustag, wird um fünf Uhr morgens die Rathausglocke geläutet. Das ist das Zeichen für meine Leute, mit der Ermordung der Ketzer zu beginnen. Die Hugenotten halten sich in ihren Vierteln auf, im Louvre und in den Herbergen. Du organisierst alles, tötest Coligny persönlich und legst mir seine Leiche zu Füßen. Die Königinmutter wird überdies mit dem Bürgermeister von Paris reden. Er soll dafür sorgen, dass die Pariser Bevölkerung sich ruhig verhält. Fragen?«

»Nein, Herr Herzog.«

»Gut, dann bringe Margot jetzt zu mir.«

Margot presste die rechte Hand auf den Mund, um einen Schrei zu unterdrücken, und eilte zurück in ihr Zimmer.

›Alle Hugenotten, alle! Armand, sein Vater, Corisande,

nein, nein! Das muss ich verhindern. Ich muss sofort in den Louvre zu den de Villiers, es ist Zeit genug, um die Hugenotten zu warnen. Vielleicht können sie die Stadt verlassen, bevor die Tore geschlossen werden.‹

Sie hörte Schritte und straffte sich. Hoffentlich merkte man ihr die Erregung nicht an. Es klopfte, und Böhme betrat das Zimmer:

»Ihr könnt jetzt mit dem Herzog reden.«

Als sie das Schlafzimmer betraten, lehnte Heinrich lässig an einem der offenen Fenster und lächelte sie an.

Sie betrachtete das mit kostbaren Schnitzereien verzierte Himmelbett, die blutroten Samtvorhänge, die das Bett verbargen, und dachte daran, dass sie jetzt zum dritten Mal in diesem Zimmer war.

Die erste Liebesnacht Mitte Mai, die schreckliche Nacht Mitte Juli und jetzt.

Böhme ging zu einer Tapetentür und wollte das Zimmer verlassen, da sagte Heinrich:

»Du kannst ruhig bleiben, Böhme, und hören, was Margot mir sagen will.«

Sie sah ihn an und sagte langsam: »Heinrich, ich erwarte ein Kind von dir. Unser Kind wird im Februar zur Welt kommen.«

Sie schwieg und betrachtete sein Gesicht, das sich vor Wut verzerrte. Er ging ein paar Schritte in das Zimmer, und seine dunklen Augen funkelten sie zornig an. »Ein Kind!«, schrie er, »du hast mir versichert, du wüsstest, wie man eine Schwangerschaft verhindert! Du hast mich hintergangen!«

»Die Kräuter haben nicht geholfen.«

»Rede keinen Unsinn! Du hast absichtlich die Schwangerschaft nicht verhindert, weil du damit gerechnet hast, dass ich dich heirate, wenn du ein Kind erwartest. Was bildest du dir ein, wer du bist? Hast du wirklich geglaubt, ich würde eine Frau heiraten, die nicht standesgemäß ist? Du bist eine erbärmliche Hure, ich will kein Kind mit dir, mit dir nicht, verschwinde aus meinem Haus, Hure!«

Sie blickte ihn an. Eine Welle von Abscheu und Verachtung stieg in ihr hoch. Sie trat einen Schritt zurück, streckte den rechten Arm in die Höhe, sah ihn zornig an und schrie: »Ich verfluche Euch, seid verflucht!« Sie eilte zur Tür, drehte sich um und rief: »Eines sollt Ihr noch wissen, ich bin eine Hugenottin! Ich gab mich als Katholikin aus, um eine Stelle zu finden. Euer Gespräch vorhin mit Böhme habe ich gehört!«

Sie rannte hinauf in ihr Zimmer, ergriff das Bündel, eilte die Treppen hinunter durch die Halle über den Hof zu der Stelle, wo die Sänftenträger standen. »Bringt mich zum Louvre, rasch!«

Sie stieg in die Sänfte, sank zurück und schloss erschöpft die Augen. Wie konnte sie sich nur in einen so grausamen Mann verlieben? Darüber durfte sie jetzt nicht nachdenken, jetzt musste sie den Hugenotten helfen.

Heinrich und Böhme sahen Margot nach, dann begann Heinrich zu lachen: »Ein Fluch, das ist doch lächerlich, in unserer Zeit weiß jeder, dass ein Fluch ohne Bedeutung ist.«

»Der Fluch ist unwichtig, Herr Herzog. Bedenkt, was sie noch sagte: Sie ist Hugenottin, und sie hat unser Gespräch verstanden.«

Heinrich erbleichte. »Sie wird die Hugenotten warnen. Wenn der Plan misslingt, wird die Königinmutter mich umbringen lassen. Wir müssen den Plan ändern! Das Gemetzel wird nicht erst um fünf, sondern bereits um zwei Uhr beginnen. Das Geläut der Kirche Saint Germain de l'Auxerrois wird für meine Leute das Zeichen sein.«

Er überlegte, winkte Böhme ihm zu folgen, ging in sein Arbeitszimmer, schrieb einige Zeilen auf einen Bogen Papier, gab ihn Böhme und sagte: »Du gehst jetzt sofort zu den Stadttoren und zeigst mein Schreiben. Es ist der Befehl, dass die Tore sofort geschlossen werden. Der König hat befohlen, dass alle Hugenotten getötet werden sollen, ich führe seinen Befehl aus, kein Ketzer wird entkommen.« Ein spöttisches Lächeln umspielte seinen Mund. »In Paris war ein Befehl des Herzogs von Guise schon immer so gut wie ein Befehl des Königs!«

Als die Sänfte in einem Hof des Louvre hielt, stieg Margot hastig aus und sagte zu den Trägern: »Ihr müsst nicht auf mich warten, geht zurück.«

Sie eilte über den Hof und begab sich klopfenden Herzens zum Appartement der de Villiers.

›Wie werden sie mich empfangen, werden sie mir glauben?‹

Armand und sein Vater sahen erstaunt auf, als Margot das Zimmer betrat.

Armand sprang auf. »Margot, welche Überraschung! Ihr kehrt also doch zu uns zurück, seid willkommen!«

Bertrand musterte Margot mit zornigem Blick. »Was wollt Ihr hier? Ihr seid eine Ketzerin, Ihr habt unserem Glauben abgeschworen! Hinaus mit Euch, sofort!«

»Monsieur de Villiers, bitte hört mich an, ich komme, um die Hugenotten zu warnen.« Sie erzählte von dem Gespräch, das sie belauscht hatte. »Ihr müsst die Protestanten informieren, noch ist Zeit genug.«

Armand und sein Vater sahen sich entsetzt an, dann stand Bertrand auf und sagte zu Margot: »Ihr seid gekommen, um uns zu warnen, ich glaube Euch, ich habe Euch Unrecht getan und bitte Euch um Verzeihung. Aber wie seid Ihr in das Palais des Herzogs von Guise gekommen, und wie kommt es, dass Ihr in Seide gekleidet seid?«

»Ich beschloss, mich als Katholikin auszugeben und in einem katholischen Haus zu arbeiten, weil ich bei den Hugenotten keine Arbeit fand. Der Verwalter des Herzogs, Böhme, begegnete mir zufällig, wir kamen ins Gespräch, und er besorgte mir Arbeit im Palais. Das Kleid ist ein Geschenk des Herzogs.«

Bertrand musterte das rote Kleid und sagte langsam: »Ein Geschenk des Herzogs.«

»Vater, das ist jetzt alles unwichtig, wir müssen überlegen, wie wir die Hugenotten warnen, damit sie noch vor der Schließung der Tore Paris verlassen können.«

In diesem Augenblick stürzte Agrippa d'Aubigné ins Zimmer und rief: »Eben kam die Nachricht, dass alle Stadttore von Paris sofort geschlossen werden. Was hat das zu bedeuten?«

»Die Tore werden geschlossen? Der Herzog weiß, dass ich die Hugenotten warnen würde, deshalb die Schließung der Tore. Wer weiß, vielleicht geht das Morden schon vor fünf Uhr los!«

»Beruhigt Euch, Euch trifft keine Schuld. Es gibt am Hof eine Partei, die uns vernichten will. Selbst wenn es den meisten Hugenotten gelänge, die Stadt zu verlassen, so würden sie in der Provinz getötet werden.«

Bertrand betrachtete das Paar und sagte zu Margot: »Armand hat recht.«

Er wandte sich zu Agrippa und informierte ihn über den Befehl des Königs von Frankreich und den Plan des Herzogs.

»Armand, Ihr begebt Euch jetzt mit Margot in die Gemächer unseres Königs, dort seid ihr sicher. Ich will versuchen, die Hugenotten in der Stadt zu warnen, damit sie sich bewaffnen können. Ich bin alt und habe mein Leben gelebt, aber Ihr, mein Sohn, und Ihr, Margot, Ihr seid jung, das Leben liegt noch vor Euch.«

»Nein, Vater, ich werde an Eurer Seite bleiben. Ihr, Margot, geht in das Appartement des Königs.«

»Verzeiht, das ich mich einmische«, sagte Agrippa, »ihr solltet alle drei zu König Heinrich gehen. Wer weiß, wie alles weitergeht. Der König benötigt in jedem Fall Männer, die etwas von der Verwaltung eines Staates verstehen, dazu gehört Ihr.«

»Er hat recht, Ihr müsst Euer Leben retten«, sagte Margot. »Was mich betrifft, so gehe ich jetzt in meine Kammer, wo ich nach unserer Ankunft wohnte. Entweder man findet und tötet mich, oder man findet mich nicht. Ich möchte auch wieder die Hugenottentracht anlegen, sie ist dort oben in einer Truhe.«

Armand sah sie verzweifelt an. »Margot, bitte, geht in das Appartement des Königs. Ich will nicht, dass Ihr Euer Leben verliert.«

»Lebt wohl, ich fühle mich mitschuldig an der Ermordung der Hugenotten.«

Sie eilte hinaus, und Agrippa sagte zu den de Villiers: »Wartet hier.«

Nach einer Weile kehrte er zurück.

»König Heinrich befiehlt Euch, in sein Appartement zu kommen. Ich habe ihm alles erzählt, er weint.«

Bertrand und sein Sohn sahen sich an, und Bertrand sagte: »Dem Befehl des Königs müssen wir gehorchen.«

Als Margot in ihrer Kammer ankam, öffnete sie die Truhe, nahm die schwarzen Kleider und betrachtete sie.

Es war so einfach zu sagen, entweder sie finden und töten mich, oder sie finden mich nicht. So einfach ist es nicht, ich will noch nicht sterben, ich will leben. Ich werde das rote Kleid nicht ablegen, es ist mein Schutz vor den Katholiken. Eine andere Möglichkeit bleibt mir nicht, ich muss abwarten.

Sie schrak auf, als sie das Glockengeläut hörte, ging zum Fenster und horchte. Das sind die Glocken der Kirche Saint Germain de l'Auxerrois, ich erkenne sie an ihrem unmelodischen Klang. Es geht los, meine Vermutung war richtig, es geht los!

Ich kann nicht hier bleiben, ich muss etwas unternehmen, ich muss zu Coligny, zu Corisande, vielleicht kann ich wenigstens diese beiden retten.

Sie verriegelte die Tür, eilte die Geheimtreppe hinunter und rannte zu Colignys Haus. Sie betrat den Hof, sah Heinrich und verbarg sich im Dunkel des Torbogens. Bewaffnete Männer umgaben Heinrich. Dann sah Margot Böhme im ersten Stock an einem Fenster stehen. Er trug einen leblosen Körper und warf ihn hinunter in den Hof zu den Füßen des Herzogs von Guise.

Der Herzog betrachtete den Leichnam, versetzte ihm einen Fußtritt und rief zu den Bewaffneten: »Coligny ist tot! Zerstückelt den Mörder meines Vaters und werft ihn in die Seine!«

Margot wagte kaum zu atmen. Sie eilte zum Haus von Corisande, betrat die Halle und blieb entsetzt stehen.

Überall lagen Leichen. Sie sah sich vorsichtig um, und als sie keine Katholiken entdeckte, ging sie weiter in die Halle, und dann sah sie Corisande. Der Leib war aufgeschlitzt, und das ungeborene Kind war zu sehen. Margot bekam einen Weinkrampf, und es dauerte eine Weile, bis sie sich beruhigte.

Sie musste in den Louvre zurück, sie ertrug das hier nicht.

Sie eilte zurück und sah entsetzt, dass neben ihren Füßen ein schmaler Blutbach floss. Plötzlich sah sie Pariser Bürger die Straße entlang kommen, sie waren mit Gewehren und Säbeln bewaffnet. Die Bevölkerung von Paris beteiligte sich also auch an dem Blutbad. Es war entsetzlich, grauenhaft.

Sie hatte Angst, Angst, sie wollte nur noch in ihre Kammer im Louvre. Sie rannte dorthin, öffnete die Seitentür, verriegelte sie, eilte die Treppe hinauf, trat zum Fenster und wartete auf den Morgen.

›Werden sie mich finden? Wann wird diese Nacht zu Ende sein? Die Bartholomäusnacht, in dieser Nacht starben meine Eltern, aber sie starben eines natürlichen Todes.

Warum habe ich dem Herzog gesagt, dass ich sein Gespräch mit Böhme gehört habe? Hätte ich geschwiegen, so wären vielleicht einige Hugenotten entkommen, ich trage eine Mitschuld, dass jetzt viele den Tod fanden. Wie soll ich mit dieser Schuld weiterleben? Wie soll mein Leben weitergehen, wenn ich diese Nacht überlebt habe?

Es gibt zwei Möglichkeiten.

Die de Villiers werden nicht getötet und können nach Navarra zurückkehren. Ich werde sie bitten, mir zu erlauben, sie zu begleiten.

In Pau kann ich zunächst bei den Tailleurs wohnen. Ich werde mein Kind zur Welt bringen und es behalten müssen, es weggeben würde meine Landsleute moralisch entrüsten. Ich muss versuchen, für das Kind und mich den Lebensunterhalt zu verdienen, bisher haben sich alle Probleme irgendwie gelöst.

Die zweite Möglichkeit wäre, dass Bertrand de Villiers nicht erlaubt, dass ich sie begleite, weil er mich von Armand trennen möchte, oder die de Villiers überleben diese Nacht nicht, dann werde ich ein Pferd kaufen und nach Orléans reiten.

Falls meine Verwandten nicht bereit sind, mir zu helfen, werde ich das Kind nach der Geburt vor eine Kirche legen und eine Stellung suchen. Ich hoffe, dass das Kind von Leuten aufgenommen wird, die es gut behandeln. Allerdings, vielleicht will ich das Kind auch behalten, wenn ich es gesehen habe, das muss ich abwarten.‹

Plötzlich hörte sie die Schritte mehrerer Personen, die sich ihrer Tür näherten. Es wurde an die Tür geklopft, und dann hörte sie Armands Stimme: »Margot, seid Ihr hier? Öffnet die Tür, Ihr müsst keine Angst haben, ich bin hier mit Bewaffneten, um Euch sicher aus dem Louvre zu führen.«

»Ich hatte solche Angst.«

Er nahm sie in die Arme. »Beruhigt Euch. Der französische König gibt uns, meinem Vater und mir, unseren Dienern, der Prinzessin Katharina, ihrer Kammerfrau, der Erzieherin und dem Pfarrer der seligen Königin bewaffnetes Geleit bis zur Grenze.

Der König von Navarra, der Prinz von Condé und ihre Freunde bleiben vorerst im Louvre, sie sind Gefangene des französischen Königs. Unser König wünscht, dass mein Vater und ich Navarra verwalten, solange er in Paris weilt. Wollt Ihr uns nach Navarra begleiten?«

»Ich will Euch begleiten, aber was sagt Euer Vater dazu?«

»Mein Vater ist einverstanden.«

Sie löste sich von ihm. »Wartet einen Augenblick, ich möchte meine schwarzen Kleider anziehen.«

Sie schloss die Tür, zog das rote seidene Kleid, Strümpfe und Schuhe aus, löste die Perlenschnüre aus ihrem Haar und warf alles in eine Ecke. Dann öffnete sie die Truhe, zog die schwarzen Kleider an, nahm die Lutherbibel und ihr Bündel und ging mit Armand und den Soldaten hinunter in einen der Höfe.

Unterwegs sah sie starr geradeaus, aber sie konnte nicht verhindern, dass sie die Leichen sah, die überall in den Gängen und auf den Treppen lagen.

»Armand, wie konnte Gott das geschehen lassen?«

»Es war sein Wille.«

Bertrand de Villiers stand im Hof neben zwei Kutschen. Er umarmte Margot.

»Ich danke Gott, dass Ihr überlebt habt. Während der vergangenen Stunden habe ich über Eure Zukunft nachgedacht. Mein Sohn wünscht, dass Ihr als Gesellschafterin meiner blinden Mutter in unserem Haus lebt. Dies ist nicht mein Wunsch.«

Er schwieg und blickte Margot ernst an.

»Ich verstehe Euch«, sagte sie leise.

»Ich wusste immer, dass Ihr vernünftig seid. Die Erzieherin der Prinzessin Katharina erzählte mir, dass die Gräfin de Gramont schon seit Monaten nach einer guten Erzieherin für ihre fünfjährige Tochter sucht. Nach unserer Ankunft in Navarra werde ich an die Gräfin schreiben und Euch empfehlen. Die Gräfin hat bisher immer auf meine Ratschläge gehört.

Ihr Schloss La Grange liegt in der Nähe von Nérac. Ihr werdet Euch dort wohl fühlen und als Erzieherin steht Ihr über der Dienerschaft. Ihr habt ein eigenes Zimmer, eine Dienerin, Ihr dürft an der Tafel der Gräfin speisen, seid Ihr mit meinem Vorschlag einverstanden? Bis zu Eurer Abreise nach La Grange könnt Ihr wahrscheinlich bei den Tailleurs wohnen.«

»Ja, ich danke Euch, ich bin mit allem einverstanden. Aber, Monsieur de Villiers«, sagte sie zögernd, »es gibt ein Problem. Ich erwarte ein Kind, ich rechne in der zweiten Februarhälfte mit der Niederkunft. Wird die Gräfin akzeptieren, dass die künftige Erzieherin ihrer Tochter ein uneheliches Kind zur Welt bringt?«

»Mademoiselle Cauvin, Euer Kind ist kein Problem. Sobald wir in Navarra sind, werde ich einen Gatten für Euch suchen. Ich verspreche Euch, dass dieser Mann bereit sein wird, Euch auch ohne große Mitgift zu heiraten und Eurem Kind seinen Namen zu geben.

Ich werde mit der Gräfin besprechen, ob sie ihn nicht als Verwalter bei sich beschäftigen kann. Ihr könnt dann mit Eurem Gatten im Haushalt der Gräfin leben, was sagt Ihr zu meinem Vorschlag?«

Margot überlegte. Gütiger Himmel, sie hatte einfach keine Wahl.

»Ich bin einverstanden, Monsieur de Villiers, ich danke Euch für Eure Güte.«

Sie blickte verstohlen zu Armand und erschrak, als sie seine finstere Miene und die Augen sah, in denen sich Trotz und Auflehnung spiegelten.

Auf der Reise wurde nur wenig gesprochen.

Bertrand dachte über die politische Situation Navarras nach und überlegte, wie lange König Heinrich als Gefangener im Louvre leben musste.

Margot versuchte sich damit abzufinden, dass sie einen Mann heiraten würde, den sie nicht kannte und hoffte, dass er sie und das Kind gut behandeln würde. Sie überlegte auch, ob Armand versuchen würde, seinen Vater von seiner Liebe zu ihr zu überzeugen. Vielleicht erteilte Bertrand doch die Erlaubnis zur Heirat, allerdings würde sie auf ewig die ungeliebte Schwiegertochter bleiben.

Armand war empört darüber, dass sein Vater versuchte, ihn für immer von Margot zu trennen und beschloss, in Blois, wo sie sich einige Tage erholen wollten, noch einmal mit ihm über Margot zu sprechen.

An einem Spätnachmittag Anfang September kamen sie in Blois an und bezogen Quartier im Gasthof Anne de Bretagne in der Nähe des Schlosses.

Armand wusch Gesicht und Hände, wechselte die Kleider und ging zum Zimmer seines Vaters.

»Vater, etwas Bewegung nach dem tagelangen Sitzen in der Kutsche tut uns gut. Wir könnten zum Schloss gehen, ich möchte mir den Innenhof noch einmal ansehen.«

Bertrand war einverstanden. Im Schlosshof blieben sie stehen und betrachteten eine Weile schweigend den Flügel Ludwigs XII.

»Vater, Margarethe Cauvin hat bewiesen, dass sie eine loyale Hugenottin ist. Ich liebe sie schon lange, und ich bin davon überzeugt, dass sie anfängt, meine Zuneigung zu erwidern. Ich bitte Euch, erlaubt, dass wir heiraten.«

Bertrand starrte seinen Sohn einen Augenblick an, dann

überkam ihn ein Zorn wie noch nie zuvor, und er schrie: »Seid Ihr verrückt geworden? Abgesehen von dem Standesunterschied und der fehlenden Mitgift erwartet sie ein Kind von einem anderen Mann, von dem fanatischen Katholiken Guise, der auf Befehl des Königs unsere Glaubensgenossen brutal abschlachten ließ. Habt Ihr die Leichen im Louvre und in den Straßen von Paris vergessen? Habt Ihr vergessen, dass unser König ein Gefangener der Valois ist? Wenn Ihr die Demoiselle Cauvin heiratet, wird ihr Kind unseren Namen tragen, und falls es ein Sohn ist, wird er unseren Besitz erben! Ich werde nie meine Erlaubnis zu einer Ehe mit dieser Frau geben, das ist mein letztes Wort!«

»Bis jetzt habe ich Euch gehorcht, aber nun bin ich entschlossen, meinen eigenen Weg zu gehen. Ich werde Margot hier in Blois heiraten und mit ihr nach La Rochelle reisen. Dort werde ich mir eine Existenz als Anwalt aufbauen.«

Es entstand eine Pause, dann sagte Bertrand: »Es ist im Augenblick sinnlos, Euch zur Vernunft zu bringen. Schlaft eine Nacht, morgen sprechen wir noch einmal über Euren Entschluss.«

Als sie den Hof betraten, sahen sie einen Reiter von seinem Pferd absteigen und erkannten den Verwalter ihres Palais' in Pau.

Der Mann eilte zu ihnen und übergab Bertrand einen Brief. »Monsieur de Villiers, was ein Glück, dass ich Euch schon hier treffe, der Brief ist von Madame de Villiers.«

Bertrand öffnete das Schreiben. »Merkwürdig, im Brief Eurer Mutter liegt ein Brief für Margot von dem Anwalt Tuteur.«

Er sah sich um und befahl einem Diener des Hotels, der im Hof stand, Margot zu holen.

Bertrand übergab Margot wortlos den Brief, den sie umgehend las. »Was für eine Überraschung, ich kann es noch nicht glauben. Monsieur Tuteur schreibt, dass meine Tante Johanna plötzlich verstorben ist. Sie aß Torte und erlitt einen Herzschlag. Sie hat kein Testament hinterlassen, und da ich die einzige lebende Verwandte bin, erbe ich alles. Das Haus in Pau, Ländereien und Geld, viel Geld, es ist eine Summe, ich glaube, ich träume.« Sie reichte Bertrand den Brief.

»Ihr träumt nicht.«

Während er den Brief las, erblickte Margot den schwarzen Wallach, eilte zu ihm und umarmte ihn: »Hiram, als ich Pau verließ, dachte ich, es sei ein Abschied für immer. Du hast mir die Nachricht gebracht, dass ich von nun an keine finanziellen Sorgen mehr haben werde. Ich werde dich zurückkaufen, du bekommst ab jetzt jeden Tag weißen Zucker.«

Sie lehnte ihr Gesicht an seinen Hals und begann zu weinen.

Bertrand de Villiers ging zu ihr. »Geht auf Euer Zimmer, Ihr müsst diese Neuigkeiten in Ruhe verarbeiten«, und zu dem Verwalter: »Ich sorge dafür, dass Ihr hier übernachten könnt, wir kehren gemeinsam nach Navarra zurück.« Er sah Armand an und lächelte. »Gehen wir in mein Zimmer.«

Dort schritt er einen Augenblick auf und ab, blieb schließlich vor Armand stehen. »Die Frau, die Ihr liebt und heiraten wollt, erbt eine Million Livres! Eine Mitgift in dieser Höhe wird kein aristokratisches Mädchen in Navarra erhalten. Ich gebe meine Erlaubnis, dass Ihr die Demoiselle Cauvin heiratet.«

Armand starrte den Vater an und plötzlich verachtete er ihn. »Ich habe nicht gewusst, wie geldgierig Ihr seid. Was soll Margot denken, wenn ich jetzt um ihre Hand anhalte?«

»Armand, im Augenblick weiß niemand, welches Schicksal uns in Navarra bevorsteht. Ich hörte, dass der französische König einen Generalstatthalter einsetzen will. Wer weiß, wie dieser Herr regiert, vielleicht enteignet er uns und vertreibt uns aus Navarra. Wir können nicht genug Geld besitzen, um zu überleben. Margot war immer eine Privatperson, man wird sie nicht enteignen. Geht jetzt zu Margot und teilt Ihr meine Entscheidung mit.«

Unterdessen saß Margot in ihrem Zimmer und las immer wieder den Brief des Anwalts.

›Ich bin jetzt reich, sehr reich, ich muss nie mehr arbeiten. Ich kann mein Leben gestalten wie ich will, mein Kind wird sorgfältig erzogen werden, ich kann heiraten wen ich will. Ich kann Armand heiraten, sofern er mich noch liebt.‹

Sie zuckte zusammen, als es an der Tür klopfte und Armand das Zimmer betrat. Sie stand auf, ging zu ihm, und sie sahen sich eine Weile schweigend an.

»Margot, es ist mir peinlich, aber, mein Vater ist einverstanden, dass wir heiraten, Euer neu erlangter Reichtum hat einen Saulus in einen Paulus verwandelt. Ihr wisst, ich habe nie aufgehört Euch zu lieben. Wollt Ihr meine Frau werden?«

Sie spürte, wie eine Last von ihr abfiel. »Ja, Armand, ich will.« Ein Lächeln umspielte ihren Mund: »Eurem Vater sagen wir noch nicht, dass wir heiraten werden, er kann ruhig in Ungewissheit leben, bis wir in Navarra sind.«

»Ihr habt recht, er hat einen Denkzettel verdient, darf ich Euch jetzt küssen?«

»Ja.«

EPILOG

Am Vormittag des 23. Dezember 1588 betraten eine Frau und ein junges Mädchen den Innenhof des Schlosses in der Stadt Blois.

Sie sahen sich um, und dann sagte die Frau: »Ich habe dieses Schloss leider nie von innen gesehen. Damals, als ich die Königin Johanna nach Paris begleitete und wir in Blois übernachteten, wurde das Gefolge in Gasthöfen und bei wohlhabenden Bürgern untergebracht.«

In diesem Augenblick kam ein Mann aus dem Schloss, überquerte den Hof, und als er die beiden Frauen erblickte, blieb er überrascht stehen und ging zu ihnen.

»Guten Tag, Mademoiselle Cauvin, welche Überraschung, Euch hier zu sehen.«

Margot zuckte zusammen. »Guten Tag, Monsieur Böhme, ich bin nicht mehr die Demoiselle Cauvin, sondern seit sechzehn Jahren die Gräfin de Villiers. Das ist meine Tochter Gasparde, sie wird im Februar sechzehn Jahre alt. Wir sind unterwegs nach Orléans, dort wird sie ihren Verlobten kennenlernen. Der Graf de Menthon ist weitläufig mit meiner seligen Mutter verwandt.«

»Der Graf de Menthon, ich entsinne mich dunkel. Wie kommt es, dass Ihr, Madame, schwarze Kleider tragt und Eure Tochter in Grün gekleidet ist?«

»Mein Gatte und ich ließen Gasparde im protestantischen und im katholischen Glauben unterweisen. Sie sollte selbst entscheiden, welchem Glauben sie einmal angehören will. Als sie fünfzehn wurde, entschied sie sich für den katholischen Glauben. Da sie ihr künftiges Leben in

Frankreich verbringen wird, ist die Entscheidung richtig. Im katholischen Frankreich ist kein Platz für Hugenotten. Was macht Ihr in Blois?«

»Ich begleitete meinen Herrn, den Herzog von Guise. Heute früh wurde er zum Gemach des Königs gerufen und dort von mehreren Männern überfallen. Sie stachen mit Dolchen auf ihn ein, er konnte sich noch ins Zimmer des Königs schleppen, wo er zu dessen Füßen tot niedersank. Ich muss jetzt alles für die Überführung nach Lothringen organisieren.«

»Der Herzog wurde ermordet? Warum ließ der König ihn töten?«

»Warum? Der Herzog ist der politische Gegner der Valois. Er ist seit Jahren der Anführer der Katholiken in Frankreich, und der König führt nur noch ein Schattendasein. Ohne seine Mutter wäre er schon längst entmachtet worden, aber sie hat stets für ihren Lieblingssohn gekämpft. Die Valois hatten immer Angst, die Krone an die Familie Guise zu verlieren. Deswegen wurde der Herzog, das Oberhaupt dieser Familie, beseitigt.« Er schwieg einen Augenblick. »Euer Fluch von vor sechzehn Jahren hat sich heute erfüllt.« Er drehte sich um und eilte hinweg.

Margot sah ihm nach und spürte eine leise Trauer.

Gasparde schaute ihre Mutter an: »Mama, was meinte der Mann mit dem Fluch, der sich erfüllt hat?«

»Gasparde, das ist eine lange Geschichte, ich erzähle sie Euch irgendwann, wenn wir Zeit haben. Ihr müsst mir versprechen, dass Ihr Eurem Vater nie etwas von dieser Begegnung erzählt. Es würde ihn wahrscheinlich schmerzlich an die Vergangenheit erinnern.

Eines aber sollt Ihr jetzt wissen. Euer Vater, der Euch über alles liebt, der Euch ebenso liebt wie Eure Geschwister, der Euch sorgfältig hat erziehen lassen, der Euch mit einer großen Mitgift ausstattet, Euer Vater ist nicht Euer leiblicher Vater. Euer leiblicher Vater ist der Herzog von Guise, der heute ermordet wurde.«

ENDE

Weitere historische Romane finden Sie auf den folgenden Seiten und im Internet: www.gmeiner-verlag.de

Harald Görlich
Feuermal und Flammenmeer
978-3-8392-1495-4

»Ein bewegendes und spannendes Frauenschicksal im Zeitalter Napoleons!«

Stuttgart im 18. Jahrhundert. Agnes kann ihrem Gatten, dem einflussreichen Adligen Rüdiger von Hayden, keine Kinder schenken und begibt sich in die Hände eines Heilers. Mit katastrophalen Folgen. Sie wird missbraucht und bringt Zwillinge zur Welt. Als von Hayden bemerkt, dass es nicht seine Kinder sind, kommt es zu einer furchtbaren Tragödie. Agnes landet im Zuchthaus. Nach ihrer Begnadigung beginnt sie eine jahrzehntelange Suche nach den Zwillingen. Wird sie ihre Kinder jemals wiederfinden?

GMEINER

Wir machen's spannend

Cornelia Naumann
Die Portraitmalerin
978-3-8392-1498-5

»Die Geschichte der berühmten Malweiber«

Berlin 1733. Anna ist erst zwölf Jahre alt, als ihre Mutter stirbt. Sie muss nun den großen Künstlerhaushalt allein stemmen, dabei hat sie nur ein Ziel: Maler zu werden wie ihr Vater. Aber eine solche Karriere ist in ihrem Jahrhundert für eine Frau nicht vorgesehen. Intrigen und sogar Gewalt sollen der jungen Frau ihren Willen nehmen. Aber Anna gibt nicht auf und reist gegen alle Widerstände nach Paris …

GMEINER

Wir machen's spannend

Unser Lesermagazin

2 x jährlich das Neueste aus der Gmeiner-Bibliothek

24 x 35 cm, 40 S., farbig; inkl. Büchermagazin »nicht nur« für Frauen und HistoJournal

Das KrimiJournal erhalten Sie in Ihrer Buchhandlung oder unter www.gmeiner-verlag.de

GmeinerNewsletter

Neues aus der Welt der Gmeiner-Romane

Haben Sie schon unsere GmeinerNewsletter abonniert?

Monatlich erhalten Sie per E-Mail aktuelle Informationen aus der Welt der Krimis, der historischen Romane und der Frauenromane: Buchtipps, Berichte über Autoren und ihre Arbeit, Veranstaltungshinweise, neue Literaturseiten im Internet und interessante Neuigkeiten.

Die Anmeldung zu den GmeinerNewslettern ist ganz einfach. Direkt auf der Homepage des Gmeiner-Verlags (www.gmeiner-verlag.de) finden Sie das entsprechende Anmeldeformular.

Ihre Meinung ist gefragt!

Mitmachen und gewinnen

Wir möchten Ihnen mit unseren Romanen immer beste Unterhaltung bieten. Sie können uns dabei unterstützen, indem Sie uns Ihre Meinung zu den Gmeiner-Romanen sagen! Senden Sie eine E-Mail an gewinnspiel@gmeiner-verlag.de und teilen Sie uns mit, welches Buch Sie gelesen haben und wie es Ihnen gefallen hat. Alle Einsendungen nehmen automatisch am großen Jahresgewinnspiel mit attraktiven Buchpreisen teil.

GMEINER

Wir machen's spannend